HOT-BLOODED YOUTH

# 热血少年

上

汤祈岑　徐晓璐　著

中国广播影视出版社

谨以此书献给
始终怀有赤子之心的每一位读者

*HOT-BLOODED*
*YOUTH*

CONTENTS ▌**目录**

CONTENTS ▎目录

## 第一章

# 惊鸿

上海租界内, 歌舞升平, 花园洋楼, 电灯汽车。而距离租界不远的一片棚户区内, 则破败不堪, 景象颓然。

暗夜迷雾之中, 两个洋人提着皮箱, 神色警惕地走入棚户区的街道。忽然, 一辆黄包车停在二人面前。

"二位应该听说过, 和三叔交易的规矩, 一向如此。"说完, 车夫白毛将两根宽布条递给洋人。

两个洋人认为这样的要求简直无礼至极, 但一想到传闻中三叔的货从来没有问题, 也就认了, 老老实实地将宽布条蒙在眼睛上, 坐上了白毛的车。

白毛拉着两个洋人兜兜转转, 跑了半个时辰才停下。车子还没停稳, 洋人便迫不及待地摘下眼罩, 只见面前的街道上白事商铺绵延无尽, "冥"字歪歪扭扭地贴满门帘, 白纸花漫天飞舞。白毛拉着二人来到

"千古白事店"门前，周围漆黑一片，阴森恐怖。

"这是什么地方？"两个洋人不禁后背一阵冰凉。

白毛嘿嘿一笑："听过城隍庙吧？这是县隍庙。"

这时，店门从内打开，露出一张帅气逼人却不失狡黠的鲜嫩面庞，只听这人道："Please"。细看之下，这张英俊的脸颊上竟然还贴着一小块煞风景的膏药，此人正是棚户小霸王——吴乾。

"千古白事店"中一片昏暗，只在屋内四角燃着几根小蜡烛，映出"土夫子"打扮的吴乾和董大锤。吴乾示意董大锤亮货，大锤打开箱子，箱内的夜明珠顿时发出耀眼的光芒，照亮了吴乾嘴角的微笑。

"我老子和张德公拜过把子，指的地儿好货出了不少，拳头大的夜明珠就这么一对。"吴乾得意地看着箱子中的夜明珠。

洋人拿出放大镜凑上前，准备拿起夜明珠细看。

吴乾将他的手打掉，说道："连个手套都不戴，划了皮、蹭了灰赔得起吗？你们到底是不是收古董的！"

"是是是。"洋人连忙拿出手套。

吴乾却直接合上了箱子说："跟我交易，就得听我的规矩，我从不验货！"

两个洋人用英文嘀嘀咕咕半天，思忖半晌，只得让步。吴乾见洋人妥协，心下暗喜，于是更加放心大胆地装模作样起来，要求验洋人的货。

"不是不验货吗？"洋人一脸震惊。

"那是我的货不用验！"吴乾毫不让步。

洋人无奈，只得从皮箱里小心翼翼地捧出一尊玉磬。吴乾拿起玉磬一边装模作样地把玩着，一边偷偷打量洋人的神情，见洋人万分宝贝地盯着玉磬，心下顿时了然，这一定是个好东西，于是极力克制内心的兴奋，冷着脸冲洋人比了一个给钱的手势。

洋人拿出一沓大洋道："这是有龙纹的玉磬，然后我再加一百大洋，一起换你的夜明珠。"

吴乾摇摇头说："No，No，No，还得再加五十大洋。"

"What？！"

吴乾指指自己脸上的膏药："为了这珠子我差点儿死在地下，你看看我的脸！"

董大锤推出一架手推床，上面躺着浑身缠满绷带的阿蛙，阿蛙身上的腐烂之气和脓血让洋人退避三分。其实，手推床上有两个洞，阿蛙的双腿就藏在里面……

吴乾指指可怜的阿蛙，不依不饶道："还有，我兄弟腿都断了，工伤，也得算在买家头上！"

两个洋人再次用英文嘀咕着，很显然那个金发洋人同意这笔交易。吴乾瞄准时机，果断从金发洋人手中抽出三十大洋，又从他胸前摘下一只怀表，俏皮地道："钱货两清。"

两个洋人得了夜明珠，也不愿再多计较，索性赶紧蒙上眼罩，催促白毛带他们离开。

洋人离开后，吴乾立刻帮阿蛙解开绷带，夸赞阿蛙今天的扮相逼真。董大锤则看着手上的玉磬，有点怀疑道："有钱，这洋人给的东西，会不会有问题啊？"

"东西我看不懂，但那两人的表情，绝对假不了！再说了，论卖假货，洋人怎么比得过咱几个！"吴乾一脸得意。

白事店角落里的储物箱中堆放着许多骨灰盒，而每一盒中，都装满了假夜明珠……

店外，白毛拉着两个蒙着眼的洋人还在原地转圈。吴乾忍着笑做了个撤离的手势，白毛点点头，这才拉着洋人一路走远。

街边还有人在帮着烧草放烟，营造白事街的阴森氛围。吴乾撕下脸上的膏药，示意众人收工。众人纷纷熄灭烟草，把各家招牌上的白布扯掉，露出本来的招牌——原来都是药铺、杂货铺等正常店铺。棚户区的纯良群众，全都是小霸王吴乾的得力助手……

此时，白毛拉着两个洋人再度回到棚户区街道，黄包车停下，洋人摘下眼罩，看看面前热闹的街景，并没认出这是刚才来过的白事街，只顾欣喜

地抱着夜明珠盒子，匆匆上了另一辆黄包车。

吴乾看着洋人远去的背影，得意地偷笑道："做戏做全套，明天上午八点，把花姐请来！"

花姐，人称花蝴蝶，身段紧致而丰腴，偏又喜穿紧身旗袍和细高跟鞋，手中常持一把精致的小扇，扇子和假睫毛同时娇媚煽动，看到她不心颤的异性至今还没有出生，不过看到她素颜的异性大概都死了……

浓妆艳抹的花蝴蝶得意地展示自己的化妆箱："我花姐给人化妆可是很贵的，有钱，今天这笔买卖你能不能成啊？"

"有花姐这个易容天后帮忙怎么会不成，之后给你个大红包。"吴乾满脸堆笑。

"红包就免了，不过最近剧院总有人骚扰我，讨厌得很，今晚八点我跟完妆，你来接我。"

"好嘞！还劳烦花姐多给我介绍几个剧院的漂亮小姐！"

片刻之后，花蝴蝶便将吴乾和董大锤打扮成了连亲妈都认不出的模样。

吴乾看看镜子里的自己，不禁疑问道："花姐，我这看起来像洋人吗？不像啊！"

"我给你画的这叫混血！混血知道吗？真正的洋人还没你好看呢！"

化妆成混血洋人的吴乾和董大锤蒙上眼罩，上了一个"土夫子"的黄包车，带着从之前两个洋人那里得到的玉磬，出发去与真正的三叔交易。

黄包车一路奔向城外，几辆自行车远远跟着，带头的人正是一身巡捕打扮的卫乘风——吴乾的发小。周围越来越安静，黄包车终于停下，吴乾和董大锤摘下眼罩一看，他们此时正身处一个昏暗阴森的仓库之中。

"听说毛子拿走的东西，你们都能收到手，可以啊。"三叔冷冷地看着吴乾。

"那三叔您的东西呢？给我们验验货。"

"我从不验货，跟我交易，就要听我的规矩。"三叔一脸冷漠。

这套路吴乾再熟悉不过,但还是假装咬咬牙,做出一副视死如归的表情道:"好,江湖上说,三叔的货从来没有问题,我信你!"

"那你的货呢?"三叔笑了笑。

"不是不验货吗?"吴乾继续装。

"是我的货不用验!"

吴乾装作很无奈的样子,学着洋人的样子小心翼翼地拿出玉磬。

三叔用放大镜将玉磬仔细观察了一番,深知这是好货,脸上禁不住泛起笑意,示意助手再送两个贵妃夜壶给吴乾。吴乾接过贵妃夜壶闻了闻,一股恶臭袭来,让他禁不住揉鼻子,不小心把贴的假胡子揉掉了一半。

三叔盯着吴乾的脸,禁不住眯起眼睛道:"我好像在哪见过你。"

"我……我千真万确是从南洋来的,混血!看着眼熟也正常。"吴乾躲避三叔的目光。

"吴法天!你是吴法天的儿子,三年前我就被你们骗过一回!"三叔提起盗墓铲就打吴乾。

吴乾眼见身份暴露,只得逃跑,但这一趟可不能白来,那玉磬看来真是好东西,吴乾欲与三叔争抢玉磬,却被三叔连连击退,千钧一发之际,门突然打开了!

"巡捕!"卫乘风带着白毛等几个小弟举枪冲了进来,"你们被包围了!"

吴乾和三叔顿时愣住,只见窗外有火光,人影攒动,那些人影手上都拿着枪,随即传来一串枪声。

"哼,小巡捕,你今天放我一马,这里的东西都是你的。"三叔假装镇定。

"我不是小巡捕,我是冷……"卫乘风努力回忆了一下,结巴道,"冷面捕神卫乘风!"

吴乾扯着脖子挑衅道:"你有种开枪吗?唬谁呢!"趁卫乘风不备,吴乾夺过卫乘风的枪,同时对三叔大吼,"快跑!"

话音未落,只听一声枪响,吴乾倒地不起,血流不止。三叔顿时吓得直哆嗦,猛然跪倒在地。白毛立即带人上前,将三叔铐起来带了出去。

　　卫乘风走到吴乾的"尸体"旁，用手沾了一下地上的血，尝了一口说"有钱，你真是有钱啊，放这么多糖。"

　　吴乾一个挺身坐起来，也尝了尝自己身上的血浆，接着猛打董大锤的头："放这么多糖，你钱多烧的啊！"

　　阿蛙走进来说："人都捆结实了。怎么样，我说得没错吧？"阿蛙晃晃手中的棍子，"拿根棍子在窗外比画比画，再放串炮仗，他们肯定以为是枪！"

　　吴乾笑了笑，看向卫乘风道："你们怎么这么半天才到？"

　　"不敢跟太近啊，怕被发现。三叔这个老狐狸，巡捕房都抓他多久了，根本拿他没办法。还是有钱你行，想到这种歪招。"卫乘风指指玉磬，"要是没这个，怎么能把他给钓出来啊。"

　　"赶紧带人回去领功吧！抓了这么条大鱼，你们老大可没理由再不提拔你了！"

　　"有钱……"卫乘风满目感激，准备说些肉麻话。

　　"行行行，赶紧押人回去吧！"吴乾不想起一身鸡皮疙瘩，赶紧截住他的话头。


　　"集合！"吴乾回到了棚户区，"兄弟们都过来集合！棚户区第一小霸王，天王老子找我也不换的有钱哥我回来啦！"

　　几秒钟过去，周围并没有人响应。

　　"派钱啦！钱都不要啊？"吴乾一手提着钱箱，一手叉腰。

　　白毛、阿蛙、花蝴蝶等人瞬间从各家涌出，一路狂奔而来，从吴乾手中接过银元，不住地感激着他们的领袖小霸王。

　　"有钱，吃饭了……"白事店内传来卫奶奶阴森森的声音。

　　饭桌上摆满了热腾腾的饭菜和好酒，"吃，腿。"卫奶奶掰了只鸡腿，放到吴乾的碗里。

　　吴乾叼起鸡腿大嚼，突然眉头一皱："盐又放多了……"

　　"你说什么？"卫奶奶慢悠悠地问。

　　"我说……好吃！您这鸡腿在门口支个摊，十分钟，买鸡腿的人准能排到北平去！"吴乾掏出三块银元放在桌上，"白事店的场地费，也是乘风的演出费。"

原来这是一出吴乾编排的大戏，目的就是抓住三叔这个土夫子，让耿直木讷的发小卫乘风立个功，从一个临时巡捕转正，在巡捕房有一席之地。

卫奶奶看到银元，颇为不满意："六块，六块。"

"阿奶，别的事您都记不清，钱的事您倒是不糊涂！"吴乾又掏了三块大洋放到桌上，"乘风今天登场晚了点儿，害我多费了力气，不过您放心，他这编外捕头当了三个月也是够久的了，这次转正后我会盯着他，保他平步青云！"

卫奶奶点点头，满意地收下银元，一粒一粒地拿起花生米堆在吴乾的面前说："喏，给老吴。"

"别提了，老吴几个月都没回家了，等他回来，花生米都发芽了！"说着，吴乾往嘴里丢了一颗花生米。

卫奶奶却仿佛没听到一般："喏，给老吴。"

吴乾酒足饭饱回到家，不想娇俏歌女小桃红正等在屋内，吴乾不用猜就知道她一定又是来找吴法天讨账的。吴乾懒得为他这个不着调的爹擦屁股，索性转头就走。

"吴法天不在，那你就是他儿子吴乾喽？"小桃红冲上去勾住了吴乾的脖子，"吴法天真有才，取了个'无钱'的好名字挡煞，我看你这个儿子，可以改名叫'还钱'。我今天来是讨你爹在我们馆子里欠的酒钱、茶钱、听曲儿钱，他点名让我们来找你，听说你是你们棚户小霸王啊。"

"不敢当不敢当，吴法天这个老王八蛋，几个月不着家，倒是天天送些像姐姐这么美的姑娘回来，你说我又没钱，怎么招待好呢？"吴乾假意靠近小桃红。

"没钱？那用肉偿啊。"小桃红毫不含糊，顺势将吴乾推在桌上，欲解他的衣扣。

"姑奶奶生猛，我怕了。"吴乾反倒瞬间红了脸颊。

小桃红摸到吴乾口袋里的银元，直接夺走："正好，两清。"

"喂！就是把你们店里所有酒买下来也不值这几个大洋，找钱！"

"那你妹妹的命值不值？"小桃红将银元放入袖子里。

"关潇潇什么事？"

"听说吴法天的女儿在太古码头和人打起来了，你这做哥哥的还不快去救人？"

"开玩笑，谁能打得过我妹妹！"吴乾嗤之以鼻。

"好像是那个上海滩双刀杀手阿平吧。"

吴乾脸色骤变，立即冲出门去。街道边贴满了"万术大赛"的招贴画，吴乾瞥了一眼不以为意，急速向码头奔去。

租界的繁华区域内有一座小楼，是个西式剧院，剧院的经营者是一个进步组织——明镜学会。剧院楼上有一间办公室，室内极为简洁，墙上挂有"天下为公"的牌匾，桌上放置着党旗，另有一盏台灯、一个电话、一套西洋茶具及归置整齐的文档若干，这里的主人一看便是个清廉正直之人，此人就是明镜学会的组织者——桑介桥。

干练少女贺红衣站在桑介桥的桌前，手中拿着"万术大赛"的招贴画，这个女孩肤若凝脂，眸子澄明，不过十七八岁，正是没有闲事挂心头的好年岁，但眉宇之间却总结着一丝沉重和坚毅，似是一腔热血无处洒的惆怅。

"老师，'万术大赛'又开始了……"贺红衣将招贴画和厚厚一叠资料放在桌上，"这是我收集的历届'万术大赛'的资料，这比赛打着挖掘能人志士的旗号，实则变相搜刮民脂民膏，帮助他人敛财，往年还发生过一些失踪案例，上面隐瞒不报，中间必有猫腻。我还查到，赛事和洋人之间有着千丝万缕的联系，主办方很可能串通洋人一起愚弄百姓！"

"可能还是肯定？"

贺红衣一时语塞。

"红衣，胡部长让我们驻守此地，叫我们发展学会成员，蓄积后备力量，你做得如何？他再三嘱咐，让你们这些青年人了解新气象，学习新思想，你又做得如何？现在，还不是大展身手的时机，需要潜心蛰伏、静观其变。我知道你有一腔激情，满腹热血，可你是否想过，这是为名利光荣所起，还是真正为了民族大义？"

贺红衣沉思片刻，抬头坚定地看向桑介桥说："要从心底里生出正义与无惧，为民所想，带他们远离泥淖，实现自由、平等、博爱。老师，学生一直谨记着您教我的话，每天都在心里想上一遍。我知道您身在其位，有些事不便插手，但是学生可以去做，尽我所能地去做。百姓欲被愚弄，我做不到视而不见。"

桑介桥这才拿起资料，扫了几眼："如若'万术大赛'真有蹊跷，我亦不会袖手旁观。你啊，收敛些心性，切勿鲁莽行事。当下时局不稳，有命才能谈信念。"

贺红衣露出了笑容，声音也轻快起来："学生知道。"

桑介桥看着贺红衣离开的背影，脸上浮现出一丝担忧。


太古码头上围观者众多，吴乾拨开重重人群，终于看到了自己的妹妹，然而眼前的景象却令他瞠目结舌。

"还我小鱼！还我小鱼！"吴潇潇竟然骑在阿平头上，不断捶打他的后颈，阿平的双刀则落在地上。

"潇潇！"

吴潇潇抬起头，紧紧扼住阿平的脖颈道："哥你来啦！"

吴乾捡起阿平落在地上的双刀说："说了多少次了，武器不要留在地上，容易被反杀，而且你一个女孩子家家，别老动手动脚，还想不想嫁人了？"

"他……他收保护费的时候，把我辛辛苦苦一上午捞的鱼仔全给打回水里了！让他赔我还不赔！"

"行了，今天赚的钱都够给你买大鲨鱼了，我们回家！"吴乾拉起潇潇想要离开，刚一松手阿平立刻嚣张反击。

"小兔崽子，趁我滑倒偷袭我！"

吴乾感受到背后来拳，立即用后肩抗住，阿平反被打得手疼。

阿平意识到吴乾不好惹,马上改口:"你们给我等着!我老大娜姐不会饶过你们的!"阿平匆匆跑开。

"我好怕哦……"吴潇潇嘚瑟不已。

吴乾忙捂住吴潇潇的嘴说:"闭嘴,你摊上事了,没听他老大是娜姐吗?"

"娜姐?哪个娜姐?"

"还能是哪个娜姐,只能是那个娜姐啊!"

巡捕房外,明晃晃的太阳照得人睁不开眼,卫乘风押着三叔走来。同为编外巡捕的李鹿看到此景,心下暗想,卫乘风抓到了倒卖文物的三叔,岂不是转正在望?那他李鹿不就没有出头之日了?

李鹿急忙拦住卫乘风道:"我刚听到队长在里面发脾气,你待会儿别结巴,慢点儿和他说,如果他生气了,你就推给我,我帮你说。"

"谢谢,你真好。"

"客气什么,我们是兄弟嘛。你转正后得照顾我啦……"李鹿屁颠屁颠地跟着卫乘风走进巡捕房,心中却盘算着该如何把功劳抢过来。

巡捕房内,一个老巡捕看到卫乘风和李鹿回来,掐灭烟头询问道:"怎么一早上不见人,都去哪了?"

"我……我……抓……"卫乘风一紧张就结巴。

"我缴获了一起重大文物盗卖案!"李鹿一把牵过三叔,"人都带来了,好好瞧瞧这是谁。"

"喂!这……这不是……"卫乘风急了,却越发结巴。

"这不就是大名鼎鼎的三叔嘛!"李鹿倒是一脸得意。

卫乘风急得不知该从何解释,众巡捕已经开始拼命夸赞李鹿了。这时,巡长余德义从楼上下来,看到三叔,大感意外。

"老大,你可不知道当时有多激烈,三叔抄起家伙就想干我,幸亏我反应快,用队长教过我的无影脚踹得他底儿掉。"李鹿向老巡捕使了个眼色。

"不……不是……"卫乘风焦急地望着余德义。

李鹿一把勾住卫乘风："乘风，你结巴，我帮你说。对对对，当时我擒住三叔，是乘风兄帮我上的链条，辛苦了!

"还有……"

"还有就是，没你我抓不住三叔，真不愧是我的好兄弟，我们联手，以后肯定就无敌了。"

"头儿，这是我们队的编外巡捕李鹿，办事牢靠，您看下个月能不能转正?"老巡捕询问余德义。

"你有什么要说的?"余德义盯着总被截断话头的卫乘风问道。

"我兄弟不善言辞，巡长您多见谅，您问我，我一定知无不言言无不尽!"李鹿一脸殷勤。

"我跟你说话了吗?"

李鹿噤声，卫乘风正犹豫如何开口，却看到老巡捕在余德义的背后比出闭嘴的动作。卫乘风张了张嘴，怂了下去，低头耷脑地说道："没什么……他说得都对。"

余德义心中了然："说得对就赏，李鹿准备转正。"

巡捕队众人鼓掌，卫乘风低头不语。


吴乾和吴潇潇回到棚户区，却见周围邻里均关门闭户，寂静得反常，吴乾不禁警惕起来，忽然看见了家门口站着两个乔娜的小弟。

"怕什么，我们自己的家还不能回了?"吴潇潇依旧不知天高地厚。

"那可是砍刀帮的乔娜! 你真是年纪小，不知道她当年一把砍刀大杀四方，一夜之间黑道易主，威慑整个上海滩的故事!"

吴乾小声说着，面前忽然出现了好几个乔娜的人，兄妹俩当即被拖进家中，天空中回荡着吴乾的哀号："娜姐我错了!"

吴乾跪在地上，紧紧抱住乔娜的大腿，痛哭流涕道："好姐姐，你就原谅我妹妹吧，你有气就撒在我身上，我抗揍。"他又抬起头，却发现面前坐着的只是一个娇小的女孩，顿时松了口气，"嗖"地一下站起来，四处张望道："人没来啊? 小丫头片子，帮我给你们老大带句话，赢了阿平我们已经很不好意思了，我不打女人的，你赶紧走吧。"

娇小的乔娜冷冷一笑，一脚踹飞吴乾，慢条斯理地道："刚刚是你说自己扛揍吧，好！"

"老大，我来！"阿平自告奋勇。

躺在地上的吴乾眼睛一转，连忙一个翻滚把背后的双刀双手奉还给阿平："兄弟你砍我，是我没教育好妹妹。"

"不！我一人做事一人当！砍我！"吴潇潇毫无惧色。

"那我就一人砍一刀！"阿平举刀欲砍。

忽然，乔娜抬脚踢飞了利刃，目光横向阿平道："连个小姑娘都打不过，丢不丢人，下去！"

阿平心有不忿，暂且偃旗息鼓。

"你就是吴乾，棚户小霸王？"乔娜饶有兴致地看着吴乾，"我怎么看你像小王八？"

"当然不能跟乔帮主比，我们都是小打小闹。"

"还挺会说话，但你们欺负我小弟的事不能就这么算了，得留点东西长个记性。"

吴乾一看情况不妙，抓起潇潇的衣领说："看你把我美乔姐姐气得，我抽你！"说着一巴掌抽飞潇潇，潇潇会意后连续翻滚，磕晕在门槛上。

乔娜憋不住笑道："你早这么管教妹妹就没今天的事了。小伙子，我看你挺狠，也算是智勇双全，不考虑来我砍刀帮施展拳脚？"

"多谢娜姐赏识，我功夫跟你们比还差远了，等我练成了一定第一时间去找您。"

"呵，还没有人敢对我说个不字。"乔娜一脚踹向吴乾，"我还会来找你的，走！"说完，乔娜带人离开了。

"人走了，起来吧。"吴乾掸去妹妹身上的尘土，"演技不错，以后可以跟着我混了！"

"哥，我真的摔伤了。"吴潇潇带着哭腔，疼得爬不起来。

中药店内，身形健壮的大锤妈扶着潇潇的肩头，以她的屁股为圆心，猛地抡了半圈，只听"咔嗒"一声，吴潇潇骨头复位。大锤妈看在邻居的份上，免了潇潇的正骨费，然后顺手卖了一瓶三块大洋的祖传神油给她。

"我想过了，你白天还能打得过杀手，这会儿摔一跤就能扭成麻花，这说明什么？"吴乾认真地盯着潇潇。

"我没发挥好？"

"不对。"

"你对我下手太狠了？"

"错！因为你只会打，不会防，花架子还可以，但没有真本事。"

"那我怎么办？难道还要学童子功呀？"

"来不及了，我们这些生活在棚户区的穷人，不能太招摇，不仅要会打架，还要会挨打！等你好了，我教你一套我自创的挨打绝技。之后你进可攻，退可守，看似被揍得很惨，其实不伤筋骨，甚至还能还手。"

吴乾边说边摆出一连串闪躲的架势，看得人眼花缭乱。突然，吴乾瞥到桌上的破钟已经七点半了，立即飞奔出门，该去剧院接花蝴蝶下班啦！

明镜学会的狭窄房间中，贺红衣与进步女学生雨辰、戴眼镜的斯文男生博文以及另外三名成员聚在一起，众人的脸上都挂着朝气蓬勃的青春气息。

"'万术大赛'的招贴报已经传遍上海的大街小巷了，我们必须争分夺秒，他们贴在哪，我们也贴在哪，他们发到哪，我们也发到哪。"贺红衣一边手抄小字报一边说道，"绝不能让他们得逞，虽然我们力量微薄，但是只要一个人看见，便会传给第二个人，一传十，十传百……主办方的真面目总会暴露在民众面前！"

"bravo！"雨辰激动地附和道，"撕开这些人的面具，让他们的狐狸尾巴露出来！红衣，不如这样，我组织大家去示威游行？我在西洋留学的时候，看他们都喜欢走上街头，不满、愤怒，都得喊出来，丑恶、不堪，都要揭露出来！你们是没见过那街上有多热闹，跟过节似的。"

贺红衣摇摇头说："洋人的那套我们不学，我们就用我们的办法行事。他们把招贴报做得花里胡哨，我们简单明了，要用最快的速度让民众知道！要快！一定要快！博文，你还是负责宣传。"

博文扶了扶眼镜，有些畏缩："可是……"

贺红衣却坚定地说出了宣传口号："'万术大赛，洋佬搞事，生死自负，伊作猴耍！'就这么写！"她又把写好的小字报和纸张传给大家，"大家赶紧，分工合作！"

夜晚的街道，吴乾顶风而行，一张"万术大赛"的宣传单刮到了他的脸上，他索性向宣传单啐了两口唾沫，将有油墨的一面抹在头发上，毛糙的头发瞬间成为帅气的大背头。

吴乾朝剧院走去，然而剧院外的上层人士都穿着锦衣华服，他土灰色的外衣显得格格不入。

剧院门口的橱窗里贴满了戏剧海报——《恶家庭》《空谷兰》《西太后》《三雌老虎》等，最大的一张海报印着"今日演出《罗密欧与朱丽叶》"。

吴乾欲进剧院，却被保安拦住，他低头看了看自己翻着毛边儿的衣服和破了洞的布鞋，顿时有些无地自容。

"不就是个破剧嘛，谁稀罕看！"吴乾走了两步又停下，挠了挠脑袋，"不对啊，我是来接人的。"他脑筋一转，绕到了剧院的后门。

吴乾悄悄从剧院后门进入，巨大的剧院后场呈现在眼前，铁梯子通向高处。吴乾三步并作两步爬了上去，坐在铁架子上看戏。

"那边窗子里亮起来的是什么光？那就是东方，朱丽叶就是太阳！起来吧，美丽的太阳！那是我的意中人……"戏台上，穿着罗密欧服装的男演员正在表演。

吴乾俯视着演员和观众们，一脸高傲道："不让爷爷看，爷爷自有地方看。这上头的位置比下面好一千倍，你奈我何？"

"唉，但愿她知道我在爱着她！她欲言又止，可是她的眼睛已经道出了她的心事，待我去回答她吧。不，我不要太鲁莽，她不是对我说话。天上两颗最灿烂的星，因为有事他去，请求她的眼睛替代它们在空中闪耀……"罗密欧继续深情地表演着。

吴乾完全听不懂，转而观察周围，发现铁架子后方有一条走廊幽暗又整洁，与乱糟糟的后台全然不同。吴乾跳下铁架，好奇地向走廊深处走去。

黑暗的走廊尽头，贺红衣正走向桑介桥的办公室，忽然，她听见一个陌生的脚步声，不禁起疑，向脚步声的方向悄然靠近。走廊中的吴乾也突然看到前方墙壁上有一个人影在向他靠近，立刻警惕起来，侧着身子靠在墙壁上。

此时的吴乾和贺红衣仅一墙之隔。

"你是谁？来干什么的？"贺红衣听到对方停在不远处，凌厉发问。

"来看戏呀。"吴乾撇了撇嘴。

"看戏到这儿干什么？说！谁叫你来的？"贺红衣并不相信。

吴乾索性上前一步，直接出现在贺红衣的面前，看到面前是个俊俏的姑娘，不禁有些惊讶，贺红衣则警惕地盯着吴乾。

这一刻，他们二人并不知道，从此以后，他们的命运将被对方改写，而他们也将共同搅动这个纷乱的大时代……

# 第二章

# 缘劫

"我来接花姑娘。"吴乾看着贺红衣，故作轻佻。

"这里没有什么花姑娘。"贺红衣眉头紧蹙。

"你不就是吗？"

"流氓！"

贺红衣一脚踹向吴乾，吴乾灵活地闪开了，抬腿就跑。贺红衣一路追他至舞台上方的铁架上，二人激烈交手，连带着幕布和戏台也随着晃动，台下观众随着波动左右惊呼，舞台上的演员们也察觉到戏台的震动，但也只能继续演出。

"你这个女人怎么这么难缠？"吴乾明显不敌贺红衣，"我说实话，你又不信。到点了，我要去接我朋友，你要是再跟着我，我就把你们整个剧场给毁了。"

吴乾闪身逃脱，贺红衣并不罢休。吴乾只得且战且退，最终一屁股摔进化妆间，连连向贺红衣告饶。

"有钱?"花蝴蝶手里拿着化妆刷，惊讶地看着吴乾。

"花姐!"吴乾宛如看到救星。

花蝴蝶对着贺红衣连连道歉："不好意思，我们认识。"

"这就是我说的花姑娘，我没骗你吧。"吴乾躲在花蝴蝶身后，嬉皮笑脸地看着贺红衣。

贺红衣瞪了吴乾一眼，愤然离开。贺红衣思前想后，总觉得这个毛头小子不仅是来砸场子这么简单，恐是敌对势力派来的间隙，想到此处，贺红衣不觉加快脚步，赶紧去向桑介桥报告此事。

桑介桥听完贺红衣的汇报，却觉得不必惊慌失措："我们本就是一习革新的学会，让人来探听两句不当紧，但若搞出今天这么大的动静，反叫人声讨起来，不好。"

"是学生考虑不周，老师教训得是。"

"谈不上教训，互相交流而已，你没事就好。像花蝴蝶之流也属特殊人才，他们虽然出身不好，住在棚户区，也没念过什么书，但他们心不坏，重义气，越是那样地方出来的人倒是越团结，这都值得我们学习。倘若他们也认同我们的理念，我们亦不必在意其学识背景，大可发展其成为学会成员，这也是胡部长的期望。"

"学生记下了。"

窗外，风起，桌上的党旗微微晃悠，桑介桥伸手将党旗扶好，不禁轻声叹息。近来时局不稳，大家只顾过日子，没心思来看剧，来租赁剧院的人也越来越少了，学会的收入情况着实令桑介桥忧愁。

贺红衣看穿了老师的心思，急忙宽慰道："老师不用担心，我和雨辰已经带着学会成员在做译本了，和一些学校也都谈妥了，说是能帮着做些课件辅助，虽都是散活，但勉强能补点。"

"这也不是长久之计。"桑介桥拉开抽屉，拿出一个信封，"这备用金我原本是不想动的，但学会发展，宣传组织，处处都需要用钱，你拿着善用。"

贺红衣接过信封，看向墙上"天下为公"的牌匾，目光坚定。

棚户区的天台向来是街坊四邻的公共食堂，每每遇到什么值得庆祝的事，大家都会聚到天台上，由董大锤掌勺，吃上一顿美味佳肴。

这一天，众人又聚在天台上，准备庆祝卫乘风转正。乘风几次欲开口向大家说明实情，却始终支支吾吾张不开嘴。吴乾姗姗来迟，却一眼看穿了卫乘风的心思，刚准备悄悄问话，楼下忽然传来白毛的声音："大锤，你在家吗？"

众人向楼下一看，只见白毛鼻青脸肿，满身伤痕，大锤等人急忙下楼给白毛包扎涂药。

"他们说下个月涨我租黄包车的钱，我气不过和他们理论了几句……"白毛委屈地诉说着，"结果就……我一个人，双拳难敌五六七八手啊……"

"你这车，还差多少钱？"吴乾气愤不已。

"五个，就差五个大洋，再等几个月就攒够了！"白毛颓丧地把头低了下去。

吴乾掏出五个大洋，霸气道："收好！明天一早就去把你看上的车买回来！"

"钱哥……"

"你再不收我跟你翻脸了啊！每次就会说攒钱，攒了那么多年还是连辆自己的车都没有！你又不是不知道，租别人的车就要看别人的脸色！谁看你都好欺负！"

"我还是想靠自己……"

"人生在世是要靠自己活，但也要和兄弟一起闯。你、乘风、大锤，还有新闸路的各位都是我的亲兄弟姐妹，帮你们一把我心里高兴，我不缺这点钱，回头慢慢还我就是了。"

"收好，收好，你别跟我哥客气了。"吴潇潇将大洋塞到白毛手里。

"有钱的脾气你还不了解吗，他不罩着咱们就浑身难受。"卫乘风宽慰白毛。

白毛点点头，攥紧手中的钱说："行，钱哥，钱我收下了，等我拉车挣了钱一定还你！"

"好好好，不求同生死，但求同富贵！"吴乾举起酒杯，与众人共饮。

突然，吴乾家的方向传来一阵碗碟碎裂的声音，众人顿时一惊，以为是哪个不怕死的小毛贼敢偷到吴乾的头上。然而吴乾和吴潇潇对视了一眼，心下了然，一定是他回来了……

吴乾家客厅乱作一团，碗盘碎裂，凳子倾覆，正是浑身酒气的吴法天躺在一堆柴火中。

"王八蛋，吴法天！你半年不回家，一回来就把家里弄得一团乱，天天在外面喝花酒、欠赌债，让我给你擦屁股！你想过我和潇潇是怎么过的吗？你根本不配当爹，给我滚出去！" 吴乾拎起吴法天的衣领，想把他拽起来。

"儿……儿子！嘿，长高了！走，爹带你喝花酒！"

"喝！喝死你算了！"吴乾气得握紧了拳头。

卫乘风赶紧拉住吴乾："你可别动手啊，他是你爹！"

"他才不是我爹！"吴乾顺势推了卫乘风一把，卫乘风一屁股摔在了地上。

"孙子！"卫奶奶见卫乘风摔了，急火攻心，突然捂住胸口倒了下去。场面顿时乱成一锅粥，众人七手八脚地赶紧送奶奶去医院。

吴乾拿出全部家当付了抢救费，总算捡回了奶奶的一条命。医生要求卫奶奶住院观察，每天还要花不少钱。卫乘风顿时一筹莫展，不知什么时候才能把抢救费还给吴乾，更不知接下来每一天的医药费该从哪来。

吴乾看出了卫乘风的忧虑，揽住他的肩膀道："咱俩亲兄弟，你奶奶就是我奶奶，我给自己奶奶治病是必需的，接下来的医药费我们一起挣！"

"谢谢你，有钱……可是，我一个月的津贴还不够付一天药钱……"

吴乾也眉头紧锁，一时想不到对策。

翌日，卫乘风拿着一张"万术大赛"的宣传单兴冲冲地找到吴乾，宣传单上的巨额奖金格外醒目。

"你疯了吧！"吴乾敲了敲卫乘风的脑袋，"这种比赛就是洋人搞的骗局，把我们当猴耍！你挣不了还有我呢，我们兄弟几个随便演出戏不都能赚个万把大洋。"

"你说洋人的比赛是骗局，你的那些把戏就不是了吗？我不想一辈子当骗子，现在有这个机会我为什么不能拼一把？"

"你还说我？你转正的事有没有骗你奶奶？我一看就知道你吃了瘪！"

"我不是故意骗她的，是你们根本没给我机会说！"

"你们吵什么呢？"吴潇潇被两人的吵闹声引来，"你们在说什么呢？什么骗局，我也要参加！"

"万术大赛。"

"你说那个奖金多的吓人的比赛啊，我也看到了，这种好事我一定要参加！万术大赛——各种技能都要会一点，那说的不就是我吴潇潇嘛。"

"我警告你少掺和！"吴乾郑重地指着吴潇潇。

"你少管我！"吴潇潇看着卫乘风，"你也要玩吗？正好，我们两个搭个伴。不过我觉得有人比我们更适合参加，他武艺高强、能言善辩、风流倜傥，这些关卡对他来说简直是小意思，只可惜……"

吴乾只想一辈子当这里的棚户小霸王，不想掺和外面的规则，他原以为他身边的人也都是这样想的，至少他最好的兄弟和他的妹妹不会被外面影响。可如今，奶奶的病急需用钱，他却无计可施，即便知道洋人的比赛是骗局，他也没法斩钉截铁地阻止乘风去参加。吴乾第一次产生了无力感，他默默地走到大街上，却见到处都是"万术大赛"的海报，十万银元的奖金醒目刺眼……

充满异国情调的欧式餐馆，一向只接待洋人，今天却为几个中国人破了例。

包间中，胡琴、琵琶伴着越剧小调，悠扬婉转，与包间外的钢琴和萨克斯声截然不同。桌上虽摆满西餐，可在座的人却都坐在沙发上抽着雪茄。

钱白铁目若朗星，清秀俊逸，举手投足间透着优雅的艺术气息，他微微闭眼，打着节拍，完全沉浸在越剧中，此人正是皖系军阀第七独立团团长钱白铁。坐在一旁的是直系军阀第二混成团团长何致鸿。

钱白铁的管家姗姗来迟，手里提着两个精致的盒子，打开一看，正是上好的大闸蟹。蟹刚摆上桌，万术大赛的负责人黄先生就推门进来了。

"你可算来了。"何致鸿兴奋地迎上去，"快快快，上桌上桌。老钱说什么都不肯吃西餐，非要等这大闸蟹！人家热曼和马尔斯先生能吃得惯吗？他就爱起这些高调！"

"平日西餐吃得有点厌了，今天换换口味。"钱白铁从容一笑。

"你喜欢换口味？不是吧，我可听说你就娶了一位夫人，恩爱得很，怎么今天没把夫人也带来？"何致鸿看着钱白铁。

"等会儿就来。她说有家老字号的黄酒口味醇和、驱寒暖胃，配上这大闸蟹，妙哉。"

这时，身段婀娜的美少妇吕思蒂款款走了进来："老爷，我一路让司机紧赶慢赶，没错过你们开餐吧？"

"来得正好，还有两位客人没到。"

"哟，这位就是钱夫人吧。"何致鸿打量着吕思蒂，"果然是个大美人儿，老钱，怎么就跟你了，可惜可惜！"

"何长官如此夸奖，真叫人愧不敢当。能得到钱先生垂怜，我实在是万分幸运。"吕思蒂微笑欠身。

"我这夫人除了相貌出众，性子更是惹人喜欢。"钱白铁拉起吕思蒂的手，四目相对，柔情蜜意。

"老钱，好好珍惜。"

话音未落，法国人热曼和英国人马尔斯便走了进来，众人依次入座。钱白铁率先优雅地打开了蟹壳。

"钱先生，咱们不能光在吃上面讲究，"热曼学着钱白铁的样子吃蟹，"玩的东西也不能将就，万术大赛本是你们本地人随便玩玩的，不过，我和马尔斯先生现在有了新想法。"

"之前不是说好了吗，看谁押中万术大赛的冠军。我们四个人都下了

注，有住宅别墅，也有股票基金。怎么着，又要变卦？"何致鸿发问。

"热曼是觉得，差那么点意思……"马尔斯露出一丝狡黠的笑。

"那热曼先生的意思是？"

"我想，与其下注别人，不如下注自己人。我们各自安排人去参赛，看谁的人能得冠军，可好？"

钱白铁只顾吃蟹，何致鸿却点头认同。

"既然何先生同意，我们的赌注也不能再是那些小儿科的东西。我决定出十箱军火，马尔斯先生出二十箱鸦片。要玩儿就玩儿得大一点。何先生，钱先生，敢不敢加注啊？"

"热曼先生都这么说了，何某当有不奉陪之理。靠近法租界下面那块新闸路的地皮，我记得热曼先生看中很久了，我便追加这个，如何？"

"何先生爽快！钱先生呢？"热曼急切地看着钱白铁。

钱白铁放下蟹，用餐巾擦了擦嘴，神情疏懒，缓缓开口道："怎么会，这么大的事可落不下我钱某。"

"不知钱先生要加注什么呢？早听闻钱先生有收集古董的癖好，不如将你私藏的几个元代瓷器拿出来吧。"

钱白铁一听要押自己的心肝宝贝，顿时坐直了身体："那东西中看不中用，既然都玩这么大了，那我加注我常去的那个西洋剧院，如何？"

"钱先生，说话可要算话啊。"热曼欣喜地举起了杯子。

"一言为定。"


酒店阳台，女服务员为热曼和马尔斯打开了一瓶红酒。

"没想到那两个中国人如此见利忘义，负责一方治安的军人，却根本没想后果是什么。"

"他们是军人？我可一点也没看出来，在我眼里，他们不过是啃食民脂民膏的魔鬼。"马尔斯不屑地笑笑。

"难道你可怜那些中国人？"

"可怜？"马尔斯轻轻摸了一下女服务员的脸，"可怜，我当然可怜，尤其是这些性感尤物。"说着，他将一张英镑塞到了女服务员的领口里。

热曼哈哈大笑："看来你每天晚上关了灯，都是在发善心喽？"

"这些中国人，有了鸦片，他们就当我是神。如果那些鸦片和军火能让上海滩更乱，我并不在乎输赢，你不也是这样想吗？"

"看中国人内斗是我最开心的事，不瞒你说，为了让这个比赛更精彩，我还找了个中国人。"

"哦？你这个老狐狸动作还挺快。"两人碰杯，同时将香槟喝光。

钱白铁在书桌边起草地契，副手陆横带着桑介桥走了进来。

"老桑？找我有何贵干？"钱白铁没有停笔，头也不抬。

"钱先生，此次桑某是为万术大赛而来。"

"万术大赛？"钱白铁写完最后几个字，停笔，落座。

"万术大赛虽为民间娱乐赛事，但历年以来，皆有参赛者无故失踪。而今时局动荡，若大赛再起，势必……"桑介桥看到桌上剧院的地契，皱眉紧张道，"钱先生，这是剧院的地契？"

"对了，这是你们学会剧院的地契，不过也是我刚拿出来作为万术大赛的加码赌注。"

"加码赌注？那我想，你们赌的应该不只是剧院这一块地吧？"

"这是自然，你说这动荡的时局，什么才是最值钱的，什么又是最不值钱的？"

"军火和土地。"

"唉……何致鸿押上了他那块新闻路的地皮，我钱某自然不能不作陪。"

"那有资格和二位一起对赌的，恐怕只有洋人了。"桑介桥了然于心，指着地图上的一块地，"钱先生，新闻路住了千千万万个老百姓，一旦划归洋人，那里所有的人都会无家可归。何致鸿这样做已经很荒唐了。你现在又赌上剧院，剧院到了法国人和英国人手里，我们明镜学会又该如何安身？更何况，拿土地换军火，如此行径，与那腐朽败亡的大清朝又有何异！"

"我说老桑，别着急啊。这不过是个赌注罢了，鹿死谁手还不一定，你

何必这么紧张。"

"看来不紧张的也就是只有钱先生了。我此行来也是带着胡部长的意思，这万术大赛做不得。"

"胡部长事务繁忙，有些事只知一不知二，难免误会，况且之前你们找我谈过合作，我也耳闻你学会人才济济，这比赛应有胜算。"

"可这与洋人做局，无异于与虎谋皮。"

钱白铁充耳不闻，拿出印泥，在地契上印下了章子。

回到剧院后，桑介桥愁眉不展，打量着学会的上下，心头感慨万千。贺红衣听说今年的万术大赛竟然堵上了剧院，顿时心潮涌动，说什么也要去参赛，事关学会存亡，她不能坐视不管。桑介桥思虑再三，也没有更好的办法了，只得同意红衣出战。

万术大赛的报名日转眼到来，吴潇潇已经几天没跟吴乾说话了，但她左思右想还是没有人比她哥更有把握赢得奖金，于是又好声好气地去求吴乾。

"哥，我想了想，我们上海滩三剑客还是要共进退，你就和我们一起去报名吧，求求你了，好哥哥……"

吴乾一脸冷漠，但其实心里已经动摇了，毕竟从看到海报上的奖金那天起，他每天晚上都梦见自己得了冠军，被埋在银元堆里爬不起来。

吴潇潇拉着吴乾起床，帮他穿衣穿鞋递漱口水。

"服务不错，以后每天坚持！"吴乾得了台阶，也乐得往上爬，况且他也实在不放心木头脑袋的兄弟和二货妹妹去比赛。

"卫乘风去巡捕房报道了，我们先去吧，快走啦哥！"

吴潇潇推着吴乾出门，刚走出去，就见阿蛙、阿狼、白毛等人匆匆赶来，每个人手里都拿着毛票、水果或换洗衣服等物，拜托吴乾带去医院给卫奶奶。这一刻，吴乾忽然特别想得冠军，到时候拿到奖金，不光能把卫奶奶的病治好，还能让棚户区的大家都过上好日子。

万术大赛的报名处，挤满了排队报名的人，报名告示上写着"报名费大洋两元，概不赊账"，可他们兄妹俩把钱都给了卫奶奶，现在连一个子儿都没有了。吴乾看了看乌泱乌泱的报名人群，从容一笑，在他的眼里，这些人全都变成了一只只排队的待宰羔羊。

片刻之间，吴乾在报名队伍的尾端布置了一个假收费处，恰好在主办方的视觉死角处。吴潇潇则叫来了棚户区众邻居当托，引导混乱的报名队伍甩向吴乾的假报名处。

"咦？这边报名是吗？快快快，我要报！"董大锤故意抬高音量。

"我也要报！我也要！"邻里街坊全体戏精上身，假报名处前顿时聚集了一群人。

"大洋两元，排队不要挤，都能报得上！"吴乾对众人挤眉弄眼。

"先写我的名字！我先来的！"阿蛙故意挤到前面报名。

脸上长疤的武师崔洋将阿蛙拎了起来，拖到一边说："在下满洲里武师崔洋。"

"好，大洋两元！"吴乾推了推收钱箱。

众人纷纷拥挤报名："王鸿茂，水工鸟的鸿，草戊的茂，就是很繁盛的意思，你要不会写就把笔给我。"

"你怎么这么啰唆！报上了！"吴乾在名册上大笔写着"王红猫"。

假报名处人潮涌动，吴乾收钱收得不亦乐乎，却不料贺红衣也在队伍中。贺红衣一眼就认出了吴乾，暗自思忖片刻，还是坐在了他的面前。

"哟，花姑娘也来报名啊，也对，母老虎发起飙来的两三下功夫还挺吓人的。"吴乾看到贺红衣，惊讶地坏笑道。

"你嘴巴放干净点儿。"

"哎哟，别这么凶啊，笑一个，哥哥我高兴还能给你打个折。"吴乾轻佻地吹起口哨。

贺红衣将两枚大洋拍在桌上。

吴乾眼睛发亮，收下银元："名字？"

"贺红衣。"

吴乾煞有介事地在名册上写名字："好了，下一位！"

贺红衣心中起疑，抓起报名表一看，上面竟然写着"河红一"……

"你写的这是什么？也不问我名字是哪几个字，就随便乱写吗？"贺红衣一眼扫过报名表，气愤更甚，"这都是什么？王红猫！翠羊！这是人的名字吗?！你这分明是在骗钱！"

吴乾凑近贺红衣，偷偷从收钱箱里抓了几枚银元塞给她："断人财路如杀人父母，姑娘让一步权当交个朋友，以后有什么事您招呼。"

"想收买我？"贺红衣抓住吴乾拿着银元的手，举在空中："大家都看清楚了，这是个假报名处，交钱的时候要当心了。"

众人发现吴乾是骗子，纷纷哄抢银元。吴乾气急败坏，回望这个拆台的"河红一"，却早已没了踪影。


"我吴乾行走江湖二十年从没失过手……"吴乾蹲在路边看着报名的队伍，怒上心头。

"不对吧，上个月你钻车轱辘底下讹钱，不是被人碾过去了？"吴潇潇倒是淡定得很。

"那开车的是个对眼儿。"

"还有过年的时候你去骗小孩压岁钱，被人爹妈扭送巡捕房。"

"……那是我跟卫乘风打的配合。喂，你哥的实力你心里没点数吗？不过这花姑娘挺还邪性，居然能跟我过上两招，要再让我碰上，那我得好好给她上一课。"

"连报名的钱都没了，还想着跟人家过招？"

忽然，吴乾瞥见报名队伍中的贺红衣，心头一阵恼怒，既然打不过她，那就用自己最擅长的方式教训她！吴乾悄然凑到贺红衣的身边，与她擦身而过。贺红衣厌恶地瞪了他一眼，却发现她腰间的钱袋竟然已经在吴乾的手中！

"谢啦！"吴乾得意洋洋地晃着贺红衣的钱袋。

"狗彘之行！厚颜无耻！"

"你在说什么？我听不懂。"

贺红衣上前抢钱袋，这时，卫乘风赶了过来，急忙拉住贺红衣。贺红衣发现背后有人，一个过肩摔将卫乘风摔在地上，一转身却发现卫乘风穿的是巡捕服，急忙将他扶起。

"对不起，这人是个骗子！开假报名处敛财，当街行窃，你是巡捕，快把他抓起来！"

"我……我……他……"卫乘风看着贺红衣的眸子，顿时紧张得面红耳赤，时光仿佛在这一刻静止了，在这一眼之前，他还从来没有体验过心动的感觉。

吴乾一把揽过还在发蒙的卫乘风："你怎么才来，报名都要结束了！"

贺红衣怒意骤起："原来巡捕和骗子蛇鼠一窝，靠你们保护老百姓根本就是做梦！"

卫乘风本就容易紧张，这下被一见倾心的女孩误会，更加支支吾吾地，不知如何解释。

"要不是你断我财路，我至于对你一个姑娘家下手吗？"吴乾掂着手中的钱袋。

"你抢了她的钱？"卫乘风早已习惯了吴乾的坑蒙拐骗，但这一刻却一反常态，"还给她。"

吴乾诧异于卫乘风的斩钉截铁，疑问道："凭本事抢的钱，我为什么要还？"

卫乘风一咬牙，干脆从吴乾手中拿回钱袋，递给贺红衣："我替我兄弟还你，对……对不起。"

贺红衣接过钱袋，瞪了一眼吴乾，转身离开。

"你干什么啊！这下好了，我们一分钱都没了！"吴乾怒视卫乘风。

"我来想办法。"卫乘风默然离开。

卫乘风回到巡捕房，欲向俸部预支三个月的工资，却被告知编外人员预支不了钱。卫乘风一筹莫展之际，李鹿又晃着恼人的油腻脑袋出现了，随手丢了两块大洋给卫乘风。

卫乘风犹豫片刻，还是把钱收下了："谢谢你李哥，我奶奶病了急用钱，等发了工资……"

"知道了！今天晚上，天香酒楼，我转正庆功，我还请了巡长，你一定要来啊！"李鹿故意炫耀道。

"你转正了……"卫乘风心内顿时五味陈杂。

报名处，穿着黑衣的局座上前报名，寥寥几笔就填好了报名表。

赛事主管黄先生拿过报名表核对，皱着眉头念道："姓名：知名不具，地址：上海甲区乙路丙号……你这写的什么！不合格，重写！"

局座冷冷地盯着黄先生，兀自抽走一张入场券。黄先生震惊了，还没回过神来，局座已经消失在人群中。

卫乘风拿着两个大洋匆匆赶来，只够一个人报名。吴乾向吴潇潇使了个眼色，兄妹俩心领神会地出发，在人群中钻来钻去，不一会儿就各自拿着两个大洋出现在卫乘风身边，三人总算是赶上了报名的末班车。

"欢迎各位参赛者来到万国赌场主办的万术大赛！这是一场上海滩绝无仅有的赛事，租界内所有的能人志士，也就是你们，都会聚于此，我们的目的就是要选出当今上海滩最有能力的人，他将独得我们的最终大奖——十万银元！"

所有参赛者聚集在赌场内，听着黄先生发言。

赌厅之上是一个个包间，包间内烟雾缭绕，只能看见几双跷着的腿，皮鞋擦得锃亮。

"下面我宣布游戏规则。"黄先生清了清嗓子，"整个万术大赛分为三轮，每个阶段有不同的游戏规则，每轮获胜的人进入下一轮，输的人淘汰，最终将选出一名决胜者。在第一轮游戏中，每一位参赛者都将随机获得一张我们特制的雀牌。这意味着，在座的每四个人中，手中的雀牌是一样的，七天之后，手里有两张相同雀牌的人，即可进入下一轮。"

吴乾悄悄翻开自己的牌看了一眼，是一张幺鸡，而卫乘风则大大方方翻看自己手中的牌，是一张八万，周围的参赛者顿时被吸引，都想去看卫乘风的牌，吴乾连忙按住卫乘风的手，替他挡住众人的目光。

吴潇潇得知吴乾手中是张幺鸡，顿时激动不已，悄悄展示她手中的牌,竟然也是幺鸡。

"你俩好巧,都是幺鸡,这样你们至少有一个人能进下一轮。"卫乘风感叹道。

"那当然,我们是兄妹,缘分深得很,拿一样的牌不是很正常吗?哥,看在兄妹情深的份上,把你的牌给我吧!"

"做梦,你怎么不把你的给我?"吴乾猛敲吴潇潇的头。

吴乾看向不远处的贺红衣,眼神示意吴潇潇去偷看她的牌。吴潇潇心领神会,刚要上前,贺红衣警惕察觉,立马侧身。吴乾站在另一面,透过玻璃镜子的反光看到贺红衣手中也是一张八万。

吴乾戳戳卫乘风:"那个女的跟你一样,也是张八万。"

卫乘风盯着贺红衣,顿时想入非非:"茫茫人海中能拿到一样的牌,是不是说明,我和她也很有缘呢……"

"是有缘,有缘到刚被人过肩摔就忘了疼。守好你的牌,这个女的不好惹!"

卫乘风默默点头,眼神却又不由自主地向贺红衣飘去,完全没有把吴乾的话听进去。

周围渐渐安静下来,主持人高声宣布道:"万术大赛正式开始!"

# 第三章

# 风起

　　"这么简单的比赛根本就没难度。"吴乾打了个哈欠，"折腾了一天累得不行，我要回去睡觉了。姑奶奶，你自己的牌自己想办法，别打我的主意。"吴乾径直离开赌场，众人也纷纷离场。

　　"五块大洋，卖不卖？"一出赌场就有人想要买牌子，交易不成干脆开抢，两个男人扭打在一起，互相拉扯对方的牌。

　　卫乘风怔怔地跟着贺红衣，贺红衣暗中察觉，索性引着他进入一个偏僻的巷子中。

　　"你跟着我干什么？"贺红衣猛然转身，厉声质问。

　　"我……我……"卫乘风强装镇定，"我知道，你的牌是八万，我的也是，你能不能……把你的牌给我？进入下一轮比赛对我来说很重要……"

　　"是吗？"贺红衣轻佻一笑，猛然将卫乘风击倒，不待卫乘风反应过来，便从其衣兜中抽出雀牌，"你的牌我收下了，多谢。"

　　看着贺红衣离开的背影，卫乘风懊恼不已："哎，我怎么这么笨，这不是白白把牌送给人家吗？这下怎么办……"他突然反应过来，"不对，我是巡捕啊，她这么做，是抢劫巡捕，我可以喊巡长把她给抓了！"

　　卫乘风想起今晚李鹿刚好在天香酒楼举办转正庆功宴，还邀请了巡长，于是赶紧爬起来，一瘸一拐地向天香酒楼赶去。

　　卫乘风来到酒楼，非但没看到巡长，反倒被李鹿拼命灌酒，喝得七荤八素。

　　李鹿带着喝醉的卫乘风来到账台："咱俩一起抓'土夫子'那事儿，兄弟干的可是太漂亮了。"

　　"那是你抓的吗？"卫乘风顿时酒醒了半分。

　　"是啊！"李鹿毫不犹豫，"而且你得知道，就算是你抓的，你也转正不了。工作时间干私事，要是让上头知道，是要被开除的。"

　　卫乘风的酒又醒了半分，心虚辩解道："我干什么私事了？"

　　"我手底下的人在万国赌场看见你了，你报名参加万术大赛了，是吗？"

　　"我参加比赛是因为……因为我急需用钱。"

　　"我不是刚借给你了吗？"

　　"远远不够，这是救我奶奶命的钱，你一定不要告诉巡长。我们搭档也有些时日了，你还认我这个兄弟的话……"

　　李鹿把卫乘风的话打断："对呀，我们兄弟俩一起抓的土夫子嘛。"

　　卫乘风愣住，一字一句说道："'土夫子'是李哥抓的。"

　　"对喽！你也知道我们是搭档，转正这么大的事不得给我庆祝庆祝？"李鹿把账单塞给卫乘风。

　　"李哥你是要我请客？"卫乘风看到账单，顿时慌了，"我没这么多钱啊！"

　　"这是我朋友开的，可以赊账，你每个月只要把工资拿来还一点，很快就还完了。"

　　"这真不行！"

　　卫乘风为难之际，忽然看到了白毛，问道："白毛，你怎么在这里？"

"潇潇姐不是想搞点雀牌吗，我有些通路，给他介绍几个大哥。"白毛向楼上包间喊，"潇潇姐，乘风哥也在这呢！"

吴潇潇下楼，看到一脸油腻的李鹿，立刻猜到七八分："你是卫乘风的同事？凭什么让他请客？他还欠我一屁股债呢，我一看你那小样儿就一肚子坏水。"

李鹿感到莫名其妙，质问卫乘风道："这谁呀，敢这么跟我说话？你相好？"

卫乘风连忙拉过吴潇潇说："你走吧，不用管我。"

"凭什么不管？不管，今天你就要被欺负了！"

众巡捕闻声赶来，纷纷对吴潇潇出言不逊，一个老巡捕还企图捏潇潇的脸。吴潇潇打开老巡捕的手，反手给了他一记耳光。

"小丫头片子，我看你是活腻了！"老巡捕愤怒不已，"还有你，卫乘风，我看你也不想在巡捕房混了！把他们抓起来！"老巡捕一声令下，所有巡捕皆抽出警棍欲抓人。

卫乘风错愕不及，吴潇潇连忙拉着他跑出了酒楼。

卫乘风和吴潇潇一路狂奔，但背后的巡捕紧追不舍，二人只得在分叉路口处分头跑。吴潇潇沿着巷子狂奔，突然被一根绳子绊倒，飞身摔了出去，不巧的是，巷子两边走出四个拿着棍子的人，正是乔娜的手下。

卫乘风甩掉巡捕，逃回棚户区，一路直奔吴乾家，却发现潇潇并没回家。

"完了，潇潇一定是被巡捕抓了，我们快去救她！"卫乘风急得满头大汗。

"被巡捕抓而已……没事……"吴乾却只顾蒙头大睡，"潇潇可比那些吃干饭的巡捕厉害多了，没事，我还要再眯一会儿，你自己倒茶，别客气。"

"没，没那么简单……"卫乘风仍旧紧张不已。

"别瞎担心了！要不你去巡捕房打听打听。"

"可我现在自身难保，巡捕房是回不去了，雀牌还被人给抢了。今天和你交手的那个人女人是谁? 就是她抢了我的雀牌。"

吴乾看到卫乘风灰头土脸的样子, 啧啧摇头: "我不是叫你不要去招惹她吗, 不过你也别灰心, 比赛才刚开始, 你的八万包在我身上, 我去帮你讨回来。"

"那潇潇怎么办? "卫乘风依然着急。

吴法天被吵醒, 迷迷糊糊走过来说: "不就是巡捕房吗, 明天我去把她领回来就是了。"

翌日清晨, 吴乾将棚户区众人聚到家中, 胸有成竹地指挥道: "今天叫大家来是想把万术大赛的雀牌搜罗搜罗, 白毛, 你消息灵通, 哪有好搞一点的牌子就带大家去, 所有拿回来牌子的人统统有赏! "

"没问题, 钱哥, 我这两天见了不少参赛的人, 都不咋地, 综合来看还是你更厉害, 这次比赛我们一定全力协助你! "白毛对吴乾眨眨眼。

"有眼光, 若能夺魁, 你是头一号功臣。"

接下来的一段日子里, 依靠着白毛的消息, 阿狼、阿蛙等人使出坑、蒙、拐、骗、偷等各种压身绝技, 每日都奋战在抢牌子的道路上。其他各路选手也都没闲着, 各种上不了台面的抢牌方式纷至沓来。巡捕房收到的报案数量每天都在呈指数上升, 而热曼和马尔斯却乐见这种混乱的情景。

巡捕房中, 积压的案件越来越多, 余德义却接到了上面的命令——与万术大赛有关的案件, 只要不出人命, 统统不要插手。

巡捕房外, 醉醺醺的吴法天一把抓住李鹿: "我来……要人! "

"哪儿来的醉汉, 一边儿待着去! "李鹿推开吴法天, 欲出发巡逻。

"你们把我女儿抓了, 我也不跟你多啰唆……麻利点儿把人给我放了! "

"嘿, 你女儿谁啊? 我们最近抓的女人总共三个, 都是暗娼, 哪个是你女儿? "

"拐着弯儿骂人是吧? 当我软柿子好捏是吧? "吴法天身子一软, 抱住李鹿的大腿, 扯着嗓子哭喊道, "官大老爷啊, 现在不是旧社会了, 你怎

么还强抢民女，掳我女儿回去当小妾啊……"

不少路人纷纷侧目，李鹿顿时一惊。

"你这人怎么回事，别信口雌黄，我根本不认识你女儿！"

"可怜我的女儿，她才十六岁，如花似玉的年纪就要被你给糟蹋了……还没有没有王法，大家伙给我评评理……"

"老子才转正，这是哪档子事啊。你不是谁派来故意黑我的吧！"李鹿克制怒火，故作客气道，"请问，您女儿是谁啊？"

"吴潇潇，你们昨晚抓了她！"

李鹿一听吴潇潇的名字，顿时来了火气，却碍于眼前的局面，不得不压着怒火敷衍道："她给逃了。"

"逃了？"吴法天满意地点头笑笑，"不愧是我女儿，嘿嘿。"

剧院后台，雨辰对着镜子甩了甩新剪的短发，乌黑蓬松，显得英姿飒爽。其实从留洋时起，雨辰就很羡慕那些留短发的女孩，看上去精神，打理起来也方便，如今终于一咬牙把自己的长发也剪掉了。

雨辰抚弄着贺红衣的长发，一阵手痒，想给红衣也剪个新发型。贺红衣却没有心情在意发型，一心想着吴乾。

"雨辰，你记得吗，上次我跟你说过有一个擅闯学会的人。"

雨辰点点头："他到底是干什么的？"

"就是新闻路的一个无赖，我拿了他朋友的一张八万，他肯定知道我手上的也是八万了。"

"管他呢，反正你现在已经有两张八万了，一定能晋级，就别出门了。"

"这次比赛，我们的目标就是胜利，单纯晋级等于是被比赛推着走，而我要掌握主动权，只有获得越多的雀牌，之后的对手才会越少。"

"我相信你，但你也千万要注意安全啊。"

雨辰望着贺红衣，满眼关切。贺红衣抓紧雨辰的手，宽慰地拍了拍。

吴乾听说潇潇逃掉了，顿时放了心，那个丫头鬼心眼儿那么多，一定是藏到没人能找到的地方了，等过两天风头过了，她肯定会自己回来。吴法天也是同样的看法，索性哼着小曲找酒喝去了。

董大锤和阿蛙脸上挂着彩，费尽千辛万苦才带回两张雀牌，整个租界已经在抢牌子的乱象中变得乌烟瘴气，要想不伤一兵一卒就获得一张牌，实是难上加难。吴乾发现此事棘手，暗自思忖，照这样下去肯定不是个办法，他一动不动地盯着木头雀牌，忽然心生一计……

吴乾来到刻印店，想请老板帮忙做假雀牌，然而老板却早已收到上头的规定，任何刻印店皆不许仿制雀牌。吴乾好话说尽，老板却都不愿冒这个风险。

"你不帮忙？"吴乾顿时收起笑脸，"行啊你，你可别忘了，你老婆的玉戒指是我帮你弄的，我现在就去告诉她这玉是假的！还有，是谁帮你把那些禁书运出去的？"说着他又拿出一本名为《美文鉴赏》的书，翻开却是春宫图，"你帮我这个忙，你的宝书就能卖下去，雀牌赚了钱还有分红，你自己看着办吧！"

老板为难不已，权衡半晌后终于对吴乾低了头。

过了两日，老板便送上了五套极为逼真的仿制雀牌，吴乾摸着雀牌，惊叹不已。有了这可以乱真的雀牌，非但不必费工夫去抢牌，还可以发一笔横财。

"有钱哥，这么多雀牌，咱们也用不了啊。"大锤一脸不解。

"笨蛋，用不了你不知道卖出去啊！每块至少值五块大洋，你想想能赚多少钱，到时候还比什么赛啊，赚钱才是王道！"吴乾用黑布裹了三套雀牌给大锤，"拿去，让大家小心行事，切莫声张。"

大锤拿走雀牌，和白毛等人前往黑市，不一会儿就赚得盆满钵满。

砍刀帮的会客厅，留声机里传来靡靡之音，乔娜穿着西装，梳着油头，脚伴着音乐把地板踩得嘎吱作响。面前，吴潇潇的头罩被人拿了下来，刺眼的灯光让她一时无法适应。

"小妹妹，咱们又见面了。"乔娜气场十足地开口道，"听说你参加了

万术大赛，雀牌找到了吗？"

吴潇潇定睛一看，发现竟然进了乔娜的地盘，顿时吓得发抖，可怜巴巴地摇着头："没……没找到……"

"那你的牌呢？拿出来。"

"娜姐……我的牌……"吴潇潇犹豫了一下，撒谎道，"被人抢了，你又不是不知道现在租界这么乱……"

乔娜点了一根烟说："既然你来到了我的地盘儿，就必须给我做点事才能走。"

"娜姐尽管开口。"

"我们参加这个比赛，说白了也是为了钱。找牌子这种事不能没个条理，倘若能拿到报名表，那么就能对所有参赛者的底细了如指掌，谁去谁留不就能由我们做主了吗？"乔娜盯着吴潇潇，"你是不是也该出出力？以前的那些事，我也就不跟你计较了。"

"娜姐您让我去拿比赛的花名册？这个难度有点大啊，花名册在哪我都不知道，长什么样我也不知道，我平常只是小偷小摸，干不了神偷的事，我看您背后这几个兄弟身手可比我强多了。"

"我们收了赌场的钱，不方便出面，这事当然是交给你来做最好！"乔娜走上前安抚吴潇潇，"你想想，上百块雀牌都在你手里，游戏一下子会变得好简单喔。"


医院病房中，卫奶奶因为药物作用时常处于昏睡状态。卫乘风守在奶奶的病床边，心中有千头万绪，雀牌丢了，工作也完蛋了，医院又催着交钱，好像全世界都在和他作对。

这时，卫奶奶缓缓醒过来，一睁开眼就吵着要回家，卫乘风好不容易才把奶奶安抚下来。

"哎哟，那人一闷棍就把我打晕了，这下雀牌没了，我可怎么办呀……"隔壁病床躺着一个头上包着纱布的男子。

"你可真是倒霉，现在雀牌可好搞多了，我刚弄了两张，轻轻松松。"受伤男子的朋友在病床边展示自己的雀牌。

　　卫乘风被他们的对话吸引了，连忙问道："不好意思，请问你在哪里搞的雀牌？"

　　桑介桥察觉到市面上流通的雀牌恐有猫腻，连忙叫来贺红衣及学会中参加万术大赛的其他几名成员。众人将自己的牌放入水中，八张牌有五张浮在水面，三张沉于水底。而这些浮在水面上的牌都是成员们从来路不明的地方收集来的，如此看来很可能是假牌。

　　比赛已经让租界变得如此混乱，如今假牌横空出世，只怕会乱上加乱。桑介桥准备向赛事主办方反映假牌流通的情况，更希望能够借此让他们取消比赛。

　　如今的黑市，买卖假牌已经成了一种光明正大的事，各家商铺和小贩都开始仿制雀牌，品质参差不齐。卫乘风心急火燎地来到黑市，顿时就被许多小贩纷纷围住。

　　"小哥，想要什么花色的牌？来看看我的牌，这色泽，这质量。"

　　"我想要一张八万，你们谁有？"卫乘风如实询问。

　　"我有！"不远处，一家商铺的老板喊住卫乘风。

　　卫乘风随老板进店，发现老板有一整套雀牌，顿时狐疑不已，可老板拍着胸脯保证的神情又让卫乘风想要掏钱。就在这时，一声惨叫传来，大赛主办方的打手们冲进黑市，暴力打砸卖假雀牌的摊子，商贩们见状四下奔逃，店内的老板也纷纷藏起雀牌。

　　黑市的街道上一片狼藉，地上散落着不少雀牌，赛事主管黄先生拿出一把铁榔头，当众敲开一张真牌和一张假牌，假的里面注满沙子，而真的则注的是水银。

　　"这些假牌都是谁做的？"黄先生厉声质问，周围却鸦雀无声，"都不说是吗？那我就一个一个问，直到有人承认。"

　　黄先生使了一个眼色，打手立即将老板从商铺里拖了出来，一直拖到黄先生的身边，拉出老板的一只手放在桌子上。黄先生一阵猛敲，老板的手顿时血肉模糊。

"啊——我不知道那人叫什么名字，都是一些小孩！"被打的老板痛得难以自持。

卫乘风看得心惊肉跳，但还是站了出来："住手！他贩卖假牌有罪，但罪不至死，你再打下去他就要没命了！"

"哼，那你替他挨打！"

卫乘风壮着胆子说道："我是租界巡捕卫乘风，你们若敢殴打巡捕，就违反了中华民国约法，我可以逮捕你们！"

黄先生笑了笑，戳着卫乘风的脑袋说道："你要真是巡捕，来黑市买东西犯不犯法？真是不知天高地厚，还以为上海滩是你说了算？给我打！"

众打手顿时向卫乘风冲过来……

吴乾和董大锤在药馆里数钱，喜不自胜。忽然有人敲门，吴乾将钱藏好跑去开门，却见门外竟是浑身青紫的卫乘风，董大锤赶忙给卫乘风上药。

"不知道是谁搞的假雀牌，可把我害惨了！"卫乘风痛得龇牙咧嘴。

"什么假雀牌？"吴乾突然警惕起来。

董大锤心虚地看着吴乾，担心是不是他们被发现了。

"我听说黑市有卖雀牌的，就想去买一张，结果那里的雀牌全是仿制的，被大赛组委会直接一锅端了，他们下手那叫一个狠，黑市毁了，还差点搞出人命。"

吴乾因害了兄弟心中愧疚，连忙把卖假牌赚的大洋拿出来塞给卫乘风："给，这些钱你先拿着，把阿奶的医药费交了，比赛不用那么拼命，你最重要的是把阿奶照顾好！"

卫乘风想了想，只拿了五枚大洋："多谢兄弟了，但总向你拿钱不是长久之计，比赛还是要参加，不能放弃！"

"那这样吧，我把我的幺鸡给你，潇潇那还有一张，保你晋级下一轮。"

"你的好意我心领了，但是潇潇在哪儿还不知道啊，我不能拿你的牌，也不想要幺鸡，我只想拿回我的八万。"

"你这人怎么这么倔，拿什么牌不都一样。"

"我已经为八万吃这么多苦头了，我心不甘！"

吴乾太了解卫乘风直线条的思维了，知道劝说无用，索性一拍大腿放出狠话："行！八万就八万！这件事包我身上了！大锤，放出消息高价回收八万！"

翌日清晨，卫乘风正准备出门，却见阿奶远远走来，手里还提着食盒，卫乘风诧异不已，赶忙迎了上去。

"阿奶，我正要去看您，您怎么跑回来了，不在医院好好躺着？"

卫奶奶置若罔闻，只顾拉着卫乘风进屋，脸上还挂着藏不住的笑，示意孙子打开食盒。卫乘风打开食盒一看，顿时傻了眼，里面是一坨馄饨皮，还有一整坨肉放在上面，撒了点葱花。

"快吃。"卫奶奶一脸宠溺地看着孙儿。

"阿奶，这……"

这时，一个陌生人走进了白事店。

"阿……阿奶，你看有客人来了。"卫乘风仿佛得到解脱一般，"等会儿我再吃，你再去买点菜，我想吃鱼！"

"鱼啊，吃鱼早说嘛。"卫奶奶转身离开，腿脚轻便，看上去病已痊愈。

"这里是千古白事店吗？"来人客气询问。

"对，你是？"

"听说这里高价收八万，我有一张。"

"真的吗？让我看一眼！"卫乘风难以抑制内心的激动。

"我要先看到钱。"

"好，你等着！"

卫乘风兴冲冲地跑出门，叫来吴乾，但陌生人却不见了。卫乘风正欲出门寻找，吴乾却在一口棺材前愣住了——那人被一刀封喉，扔在棺材之中，脖颈的血还在喷射。

吴乾和卫乘风立刻追了出去，瞥见一个黑衣人一闪而过，二人欲再追，

却发现黑衣人转眼就不见了。兄弟俩站在原地喘着粗气，察觉到这个游戏陡然变得恐怖起来……而那黑衣人正是报名时的"知名不具"——局座。

局座离开棚户区，径直找到热曼。

"你干得比我想象中还要好。"热曼乐得合不拢嘴。

"你答应我的事你别忘了。"局座却一脸冷漠。

"放心，你的钱和船票，赢得比赛之后都会准备好。"热曼冷笑道，"下一个，找到何致鸿的人。"

赌场办公室，吴乾把一张合同拍在桌上，冲赛事主管黄先生大吼道："你们写这么小谁看得到？"

只见参赛合同最末有一行极小的字："生死由命，概不负责"。

黄先生靠在椅子上，耸了耸肩："发生这种杀人的事是我们谁也不愿见到的，但这不代表你就可以违反第三条规矩，'比赛期间不得以任何形式和理由殴打及辱骂工作人员'。"

吴乾把合同揉成团，砸向黄先生的脑袋："你大爷我退赛，不跟你们玩了！"

黄先生身边的保镖纷纷拔出枪，却被黄先生拦下了。黄先生将揉成团的合同展开，笑着指给吴乾看："第八条上清清楚楚地写着，禁止中途退出，否则……"

吴乾看都不看，咬牙切齿地说道："那我就把牌子卖给其他人！我们是来赢奖金的，不是来送命的！你们如果不解决杀人的问题，说什么我都不玩了！"

"别人可以不玩，但你不行。"黄先生拍了拍手，门外的手下立即把一个五花大绑的人扔了进来，"你必须得赢得比赛的奖金，然后拿奖金来换此人的性命。"

吴乾定睛一看，发现被绑之人竟是吴潇潇！原来，吴潇潇奉乔娜之命前来赌场偷参赛者的名单，结果却被黄先生逮了个正着。

"拿十条银鱼来换你妹妹，不议价。"黄先生从容一笑。

吴乾蹲在吴潇潇的身边，笑着捏起她脸上的肉，一字一顿地说道：

"你可真是我的恩人。"

"你妹妹也是为了帮你，心肯定是好心，虽然这方法嘛，欠考虑，但你也不想下次再见她时，是在宝山吧。"

吴潇潇惊恐地睁大眼睛拼命摇头，嘴里发出"呜呜"的声音。

"黄老板，您了解我，"吴乾把头一昂，"我们这些人命贱，惹急眼了大不了同归于尽，只是您可就亏大了。"

黄先生摆摆手："这不是没对你妹妹下手吗，我什么时候做过赔本生意。"

"得，只要您把我妹妹一天三顿好吃好喝伺候舒服了，钱的事好说，哪怕赢不了奖金，我吴乾就是骗也给你骗十条银鱼来！"

"那就等你好消息。"黄先生狡诈一笑。

# 第四章

# 封侯

　　李鹿转正之后，浑身的谄媚劲儿更甚从前。这日，李鹿托人千辛万苦搞到了一罐上好的信阳毛尖，屁颠屁颠地给余德义送去。

　　"老大，这可是一顶一的好货，我一大老粗也尝不出好赖，就全留着孝敬您了。"李鹿急忙给余德义递上刚沏好的茶。

　　余德义呷了一口，满意地点点头，示意李鹿可以出去了。李鹿却不罢休，还想在巡长面前表现积极性。

　　"老大，最近抢雀牌都抢出人命了，外面都说我们巡捕只吃干饭不干活，我们还管不管？"

　　余德义一眼就看穿了李鹿的心思，但对这样狗腿子的下属他倒是不讨厌，索性跟他多说上几句："当然要管，现在事情搞大了，出了人命，上头要找我解决，不就是找你们解决吗？"

　　李鹿连连点头，还未开口说话，却听门外有人匆匆赶来，下一秒，就见卫乘风没敲门径直推门闯了进来。李鹿见到卫乘风，顿时一惊，暗自思忖这小子怎么还有胆回巡捕房。

"巡长，我是来报案的！我还知道凶手的线索……"卫乘风一进门就径直走向余德义的办公桌。

"报案？你这么多天没来巡捕房，我们还以为你另谋高就了呢。"李鹿不屑地看着卫乘风。

余德义抬手打断李鹿，转而饶有兴味地看着卫乘风道："说说。"

"我见过他，个子不高，顶多这么高，"卫乘风比画了一下，"穿着黑衣服，如果再见一次，我一定能认出他来！"

余德义点了点头："谁若能抓到凶手，功劳可强过抓土夫子千百倍，重赏之后，直接升官！"余德义看看卫乘风，又看看李鹿。

卫乘风顿时眼前一亮，面前的巡长瞬间如同伯乐一般，周身散发出光芒，似乎就要照亮他的前程。


何致鸿听说派去参赛的人被一刀封喉，顿时乱了阵脚，火急火燎地找到钱白铁。而钱白铁却正在办公室中悠哉地听着小曲，对窗外上海滩的打打杀杀充耳不闻。

"哎呀，都什么时候了，别听了！"何致鸿一把关掉钱白铁的唱片，"我的人被杀了，一刀封喉，对方的杀手肯定是受过训练的。"

钱白铁略一思考，引导道："受过训练的人会来参加这个比赛？"

何致鸿恍然大悟道："肯定是那个英国佬和法国佬干的！为了几张牌，竟敢在我的地盘上杀人，人死不要紧，面子不能丢，老钱，你的人还活着吧？"

"暂时没收到消息。"

"还是你的人信得过，我的人死了，那我之后的比赛怎么办，老钱你得想想办法啊！"

"那你想……"钱白铁深知何致鸿的意思，却故作疑问。

"你的人不就是我的人嘛！你赢了，我这块地皮就能保住了！放心，面上我的人没了，但我肯定会保你的人。"

"你说什么就是什么。"钱白铁淡淡一笑，二人达成协议。

吴潇潇被关在赌场楼上的客房中，全天候被打手看管着，但是除了人身自由被限制之外，别的罪倒是没怎么遭，一天吃三顿正餐加两顿夜宵，中间还穿插着各式下午茶，没几天脸就圆润了两圈。

吴乾偷偷打听到吴潇潇的现状之后，方才敢把她的处境告诉吴法天，吴法天一听顿时急了，立刻要去救人。吴乾深知赌场安保严密，要想把一个大活人偷出来无异于虎口拔牙，所以只得做出一副浑不吝的样子。

"她那个饭量，救回来你养得起吗？别管她了！"

"什么？你这个蛇蝎心肠的东西！你自己的妹妹你都不管？"吴法天哭天喊地。

"喂，等等，她是你亲女儿，我是你亲儿子吗？"

"好，你不管我管！真是白把你捡回来养这么大了！"吴法天作势要冲出去。

"去去去，我就不信你真敢去救潇潇。"吴乾索性跷起二郎腿，抖着脚看吴法天的笑话。

谁知吴法天还真是爱女心切，头也不回地往外冲，结果一出门就撞在了卫乘风的身上。

"吴叔、有钱、我们巡长说了，这次要能抓到黑衣人，直接升官，还大大有赏。"卫乘风一脸兴奋地走来。

"那还等什么呢，走啊，抓人去！"吴乾立刻站起身来，一副箭在弦上的样子。

"抓什么黑衣人，先陪我去救潇潇！"吴法天不容分说地拉走卫乘风。

卫乘风边走边回头看吴乾问："有钱，这……这……这什么情况啊？"

吴乾复又坐了下来，百无聊赖地双手抱头，碎碎念道："看我干吗，我反正不去，白费力气！"

黑衣人的新目标正是贺红衣，但跟踪了几日却始终没有合适的机会下手。这日，贺红衣索性将其引至一处偏僻的弄堂里，猛然回头。局座也不闭退，索性立刻出手，招招瞄准贺红衣的喉咙，企图割喉。

"都是来参加比赛的，何必下杀手？"贺红衣厉声质问。

贺红衣招招留手，然而黑衣人却不依不饶，将贺红衣逼至死角。贺红衣几步攀上墙，可衣服却被黑衣人扯住，腰间的雀牌直直掉进黑衣人的衣兜之中。黑衣人拿了牌子还不罢休，仍想置红衣于死地，猛然向红衣的喉部出刀，千钧一发之际，红衣只得以手臂抵挡，鲜血顿时浸红了她的衣袖。贺红衣不顾伤痛，顺势灵巧地将黑衣人的面罩摘掉，发现竟然是个女人！黑衣人短暂愣神，贺红衣趁机逃走了。


吴法天和卫乘风雄起起气昂昂地冲向赌场，不待进入大门，就被打手横着扔了出来，跌得浑身关节响。二人灰溜溜地躲进了旁边的巷子中，这时，贺红衣捂着受伤的手臂从隔壁巷子飞身坠落。

"姑娘，你受伤了……"卫乘风一见贺红衣，顿时燃起满目怜惜。

吴法天一眼就看出卫乘风对这姑娘有意思，但姑娘的眼里却干净得很。

"小子，你们怎么认识的？"吴法天满脸八卦地问卫乘风。

"她……她抢了我的牌子……"卫乘风的嘴里从来只有实话。

"嘿，这就怪了……"吴法天完全不信自己竟然猜错了，不是有情而是有仇，"小姑娘，看你也不像那么不懂事的人，把牌子交出来吧，爷爷我饶你一命！"

贺红衣一看吴法天这张老脸，顿时想起另一个令人厌烦的人——吴乾。不是因为长得像，而是这副油滑恼人的样子，实在如出一辙。

"被抢了。"贺红衣不愿与这个老头纠缠，一脸漠然。

"被抢了？"卫乘风很快意识到，"那个黑衣人？"

贺红衣虚弱地点了点头："不过我看到了她，她肯定还会来找我。"

"你见到了他？他长什么样？"卫乘风激动不已。

"是个女人。"

"她是女的？"卫乘风和吴法天同时震惊不已，他们都想不到上海滩

还有这么一号凶狠毒辣的女子。

"那……咱们是不是可以联手啊！现在市面上大多的牌子都在这黑衣人手里，这样我们谁都赢不了。想赢，就得合作，只要擒了王，大家就都能晋级。"卫乘风为了晋级比赛，也为了抓住黑衣人升职，说话竟然前所未有的利落。

"我凭什么和你们合作？"

"我们……我们人多！"卫乘风又恢复了憨态。

贺红衣不屑地笑了一下，衣袖上的血不停地滴落下来。

"喂，你们两个把我放在哪儿呢，我开口说话了吗，我同意了吗？至少得让这位美人表示表示，我才能……"正说着，贺红衣突然倒在了他的身上，吴法天一惊，"我说的不是这种表示，不过你的诚意我感受到了，姑娘你可以起来了。"

卫乘风发现贺红衣已然晕了过去，顿时心急如焚，不知该将她送往何处。

"笨蛋，正好带回你家呀！"吴法天一语点醒梦中人。

赌场客房内，吴潇潇吃饱喝足，实在是无聊至极，终于燃起了逃跑的兴趣。这时，看守已经对她放松了警惕，正坐在门边打着盹。吴潇潇踮着脚尖走到看守身边，一掌劈了下去，看守应声倒地。

"哼，一点儿挑战都没有，只要姑奶奶想逃，分分钟的事儿！"吴潇潇欣喜地拉开了门。

可她怎么也没想到，在门外等着她的，竟然是三个枪口。吴潇潇立即举起手来，不敢造次。黄先生从枪后走了出来，坏笑着将吴潇潇逼回房内，而倒在房内的看守也笑着站起身来，原来刚才的打盹儿只是对吴潇潇的测试。

"不错嘛，小姑娘，若不是我早有安排，说不定还真被你逃出去了！"黄先生盯着吴潇潇，皮笑肉不笑，"我们赌场决定为你加注，全面增强难度，我倒要看看，你这下怎么跑出去。"

吴潇潇扑通一声跪在地上，抱住黄先生的大腿求饶："黄老板，我错了! 我真的错了! 求你放我出去吧! 人命关天啊! ”

黄先生笑了笑, 弯下身捏住了吴潇潇的脸说: “你, 少来! ”

钱家花园, 钱白铁正入神地听着戏, 满面陶醉, 似是毫无闲事挂心头。钱夫人吕思蒂端着茶点款款走进, 满面都是贤惠纯良, 不细看丝毫看不出眼角藏着的半分异心。

“老爷, 今天这么有雅兴啊, 不是说比赛还挺紧张的吗? ”吕思蒂将茶水递到钱白铁嘴边。

“与我何干, 我又不关心那些, 倒是你, 什么时候关心起这些了? ”钱白铁只顾听戏, 冷淡地推开吕思蒂递来的茶, 与在人前时营造的亲密之感相去甚远。

“我这不是瞧着你们这次赌得还挺大, 不过为了一个万术大赛, 搞这么大的阵仗, 值得吗? ”

“这种赌局无关乎值不值得, 赌的是面子。”

“可我看洋人那边都安插了自己的人手, 老爷是不是也要……”

“我赌的不过是一块地, 他们喜欢, 我给他们就是了, 搅这趟浑水做什么, 看戏便好。”钱白铁沉浸在戏里, 再也不搭理吕思蒂。

吕思蒂早已习惯了丈夫这样的态度, 在外人面前表演夫妻情深, 回了家却难得说上几句话, 但吕思蒂也不恼怒, 她知道钱白铁的确没有别的女人, 这对她来说就已经够了。

天蒙蒙亮, 白事店门口的白色纸灯周围盘旋着几只鸟, 整条巷子清冷异常。

店内, 贺红衣睁开眼睛就发现天花板上吊着一个纸人, 再一看身边, 缀满假花, 身下还铺了一层纸钱。贺红衣惊得一下子弹了起来, 发现自己竟然躺在一口棺材里! 低头再看, 身上穿的竟然是——寿衣! 贺红衣冷汗直冒之际, 棺材旁突然冒出来一张满头银发的脸, 阴森森地对着她笑, 这人不是别人, 正是卫奶奶。

“啊——”贺红衣的尖叫声顿时响彻整个棚户区。

　　卫乘风应声冲进来，向贺红衣解释了事情的来龙去脉。贺红衣方才想起昨天晕倒之前发生的事，于是对卫乘风既感谢又嫌弃，毕竟被救到棺材里不是每个人都能接受的。

　　卫乘风有些不好意思地挠了挠头："我不知道你家在哪里，只能把你带回来了，吴乾妹妹的床一向不许别人睡，我阿奶身体又不好，我也不敢打扰，就只好让你委屈一下了……"

　　卫奶奶一把拉住了贺红衣的手，阴森森地嘟囔着："醒啦？吃饭……"

　　"我叫卫乘风，是个……你知道的，是个巡捕。这是我奶奶，我们没有恶意的，要说唯一对你有什么所图……如果你愿意把牌子还给我，那就最好了。"

　　贺红衣轻轻拿开奶奶的手说："谢谢，饭我就不吃了，牌子的事我已经解释过了，被抢走了，信不信由你，我先走了，我的衣服在哪？"

　　"你衣服上有血，我阿奶给你洗了，估计还没干，她说这个衣服是店里最好看的，很适合你，就……给你换上了。"

　　贺红衣看着自己的一身寿衣，万分无语。


　　吴乾和董大锤在天台上吃饭，卫乘风走上来，得知吴法天还没回来，担心他又去赌场闹事。吴乾则毫不在意，有一个命如此硬的爹，谁的心都会变大。

　　说话间，贺红衣穿着吴乾的衣服走了出来。吴乾一看，顿时把一口饭全部喷了出来，呛得眼泪鼻涕一大把。

　　"我也不想穿你的衣服，但总比穿寿衣好。"贺红衣没好气地白了吴乾一眼。

　　吴乾拽起衣服，擦掉脸上的饭渣，毫不在意地露出八块腹肌道："衣服是小事，你把卫乘风的牌子弄丢了，赔钱，或者赔一套新牌子。"吴乾的腰间露出一张雀牌。

　　"没钱，也没牌子。"贺红衣移开眼神，不看吴乾露出的胸腹，却禁不住偷瞄吴乾腰间的雀牌。

　　"那你跟猪一样在这儿睡了一整天，床位费结一下。"吴乾伸手向贺红衣要钱。

"还有饭吗? 饿死了! "白毛和阿蛙穿着平角裤, 光着膀子跑了过来。

贺红衣又看见两个裸男, 忙把头别过去。

"妈呀, 怎么有个女的! "白毛注意到贺红衣, 赶紧躲到吴乾身后。

"你这叫什么话, 吴潇潇平时不也跟你们一起吃饭吗? "吴乾嫌弃地挪开了白毛的手。

"你妹妹那是女的吗? ! "

几个大男孩顿时嬉笑打闹起来, 旁若无人。贺红衣这才抬头望去, 俯瞰整个棚户区, 发现这里的人都不闭门户, 大家来回串门就像进出自家一样, 这样的邻里关系不禁让贺红衣感到陌生而惊奇, 甚至, 还有一丝向往。

当晚, 夜深人静的后半夜, 棚户区众人聚在天台上, 神神秘秘地围坐一团, 唯独没有吴乾。他们在密谋的是棚户区一年一度的盛事——小霸王吴乾的生日。生日宴掌勺的任务依然落在董大锤的头上, 众人七嘴八舌提出想吃的菜色, 毕竟每年一顿的生日宴比年夜饭还要丰盛。

而楼下, 吴乾的房间中, 贺红衣正蹑手蹑脚地摸到吴乾的床边, 悄然掀起他的衣服寻找雀牌。然而, 吴乾的腰间竟然空无一物! 贺红衣正纳闷之际, 吴乾突然睁眼坐了起来, 直勾勾地盯着她, 一把抓住她的手腕, 将她按到了床上。

"从你说要留着过夜, 我就知道你没那么好心。抢牌是吧? 哼, 还从来没人能骗过你钱哥我。"

原来, 吴乾早就看穿了贺红衣的心思, 把自己的幺鸡牌交给了卫乘风保管。

贺红衣挣开吴乾的手, 却被吴乾一把拽回怀里。

"不留下点东西就想走? "吴乾坏笑道。

贺红衣吃痛地叫了一声。

吴乾连忙松手: "干吗, 你别装啊, 我可没使劲儿。"

贺红衣推开吴乾, 捂住手臂上的伤, 委屈道: "你弄疼我了。"

话音刚落，吴乾警惕地捂住贺红衣的嘴："嘘，外面有人！"说着看向窗外，一个黑影闪过，"是黑衣人。"

黑衣局座潜入吴乾家，吴乾和贺红衣则埋伏在角落，趁局座不备之际，两人趁机逃了出去，但门的响声惊动了局座，她一回头，只见贺红衣和吴乾已经跑出门外。局座追上去与贺红衣缠斗，贺红衣因受伤明显力不从心。

"杀人了，杀人了！"吴乾边跑边大喊道。

瞬间，天台上的棚户区众人纷纷跑了下来，整个棚户区街道顿时挤满了人。

局座见势不妙，欲逃，吴乾反倒仗着人多势众拦住了她的去路。吴乾凭借那一点三脚猫的功夫与局座厮打起来，局座不便当众杀人，只好一路抵挡。

吴乾借势一把扯掉局座的面罩，的确是一张女人的脸，然后对着众人大喊："大伙快看啊，就是这个家伙入室抢劫，还要杀人！"

局座怒视吴乾，一拳将其打翻在地，趁机逃得无影无踪。众人围住受伤的吴乾，吴乾却拨开众人，发现贺红衣也不见了。


贺红衣受伤后潜伏在棚户区多日，一直未与学会取得联系，雨辰急得像热锅上的蚂蚁，桑介乔也打算派人出去寻上一寻。这时，贺红衣却急匆匆地回来了，桑介桥微微松了口气。

雨辰欣喜地迎了上去："红衣姐，你可急死我们了，这些天你都到哪去了？"

"我被黑衣人盯上了，雀牌也被抢走了，我担心回来会暴露学会，就在外面避了避风头。"

桑介乔点了点头："人没事就好，牌子的事，你无须分心，我来想办法。"

雨辰担心地看着贺红衣说："你知道学会里也有人被杀了吗？听说都是这个黑衣人干的。红衣姐，我们对这个人的情况一无所知，你不能拿自己的命去赌啊。"

"其实此人并非无坚不摧，我在外面结识了几个年轻人，他们脑子很聪明，我想跟他们合作看看，一来，他们手里还有牌子，再者，他们都是些混混，倘若真出了事也不会牵扯到我们学会。老师，您觉得呢？"

桑介桥点点头："必要的时候，可以联合他们。"

"老师，有一件事我需要拜托您，为了找到黑衣人，我需要全部参赛者的名单。"

"这个恐怕……"桑介桥叹了口气，终究为难地答应了下来，"我会去办的。"

白毛、阿蛙、阿狼和董大锤聚在阿狼店前聊天，话题无外乎是吴乾的生日，每年一到了这段时间，大家几乎都不会去关心别的事情。

"钱哥生日宴的菜谱我都想好了，八荤八素，八凉八热，今年的主题就是养生！"

"还是大锤省事，我这脑子已经想不出来送钱哥什么好了。"白毛一筹莫展。

"要不你就学卫乘风，每年都是打油诗！"阿狼打趣道。

阿蛙打了个哈欠："乘风哥可真是没创意。"

"我连字都不会写，你这不是难为我嘛。"白毛苦笑了一下。

忽然白毛瞥见贺红衣走了过来，赶紧打招呼："咦，这不是红衣吗？你是来找有钱的吗？"

"红衣回来啦！"众人纷纷热情招呼道。

"有钱在阿奶家，我带你去找他！"白毛二话不说就抬腿往白事店走去。

虽然已经见识过了，但贺红衣对棚户居民的热情还是有些不适应，只得愣愣地跟着白毛往前走去。

贺红衣走进白事店时，看到卫乘风正在给吴乾涂药，于是眼珠一转，换上一副和气的表情，毕竟今天来的任务是找他们合作。

"你受伤了？有什么我可以帮忙的吗？"

卫乘风一见贺红衣，脸上就禁不住泛出两抹红晕："红……红衣。"

吴乾把掀起的衣服放下，盖住伤口说："帮忙？你是不是准备到时候帮着人家把我们一锅端了呀，我们这里不欢迎忘恩负义的人，请回！"

"你误会了，我这次来是有很严肃的事情要跟你们讨论。"

"那我也正经问问你，昨天为什么不告而别？现在又为什么回来？去了哪？见了谁？"

"谢谢你们收留我养伤，但我有自己的家，我回来自然是觉得双方合作对比赛比较有利，至于我去哪儿了见了谁，好像没必要跟你报告吧。"

吴乾冷笑一声，别过脸不愿看红衣，贺红衣索性掀开吴乾的衣服，抢过卫乘风手中的药膏。

"你干吗？！"吴乾惊得肌肉发颤。

贺红衣看着吴乾的伤口，笑意盈盈地挤出药膏说："帮你换药。"

"别来这个，想干什么就直说，这种招用给那边那个没脑子的人还行，我可不吃这一套！"吴乾义正词严地瞪着贺红衣。

然而结果却是——吴乾乖乖躺在床上，任贺红衣给他上药，脸上的表情甚至还有点享受。站在一边的卫乘风暗暗心痛，为什么昨晚受伤的不是自己。

"我是觉得……我们可以合作。"贺红衣边涂药膏边说道。

"吴乾！吴乾——"吴法天气势汹汹地闯进来，"赌场根本进不去，我连我闺女的半根毛都没看到！"看到贺红衣，吴法天立刻来了兴致，"咦，这不是乘风的心上人吗？"

"天叔，你别乱讲话！我什么时候说这是我心上人了。"卫乘风的脸红得像熟透的苹果。

"呸呸呸，不是你的心上人，是我的，我的。"吴法天知道卫乘风面子薄。

"乘风怎么可能喜欢这种不正常的女人，她一拳下来能让你直接在棺材里躺平了。"吴乾不屑地看着吴法天。

"那可不一定，我就喜欢有脾气的漂亮姑娘，对美的事物我的容忍度从来就很大，只要你一句话，把生命奉献给你也是可以的。"吴法天对着贺红衣嘿嘿笑。

贺红衣虽然厌烦吴法天的嘴脸，但一想到这是吴乾的爹，倒是也可以说说好话："我正好在请吴乾帮我一个忙，您一来把这话打断了，您能帮我劝劝他吗？"

"你说，我替你做主！"

"我想跟他合作。现在大部分雀牌都在上海滩能力较强的人和黑衣人手里，而这两条路都十分难走，只有我们双方合作，才有可能侥幸攻破其中一方。"

吴乾冷哼一声："想得美，合作需要的是相互信任，你信我吗？问题是我不信你啊。"

"你错了，合作是利益共通，所以我们可以合作。我的目的不仅是晋级下一轮，也想在第一轮就解决掉尽可能多的对手，而你的能力较强，是个很好的合作伙伴。"

吴乾被贺红衣夸得很舒服，但依旧绷着脸道："我能力强这件事当然不用你说，问题是，你有什么值得我跟你合作的地方？"

"我有两张幺鸡，你兄弟的八万我会帮你找回来。你如果同意合作，我可以去赌场把参赛名单偷出来，而且可以保你和卫乘风晋级，这是个只赚不赔的生意。"

"呸！你昨天可不是这么说的。"

"八万是被抢了，但幺鸡还在我手上，如果没有把握，我今天是不会来找你的。"

吴乾刚想反驳，就见吴法天掏出一张纸放在贺红衣面前道："姑娘，空口无凭，做事情要讲证据，你写张欠条，再画个押。"

"这没问题。"贺红衣果然给吴乾立了一张欠条。

吴乾心中本就明白这是一场稳赚不赔的买卖，加上贺红衣的良好态度，所以也就顺水推舟应了下来。而在这件事中最高兴的人，莫过于始终站在一旁没吭声的卫乘风，双方合作达成，也就是说未来的一段时间内，他会有很多见到贺红衣的机会。一想到这里，卫乘风就禁不住笑出了声。吴乾默默地看在眼里，暗自吐槽他这个兄弟看女人的眼光真是太差了。

桑介乔经过多方周折,花费了许多气力,方才为贺红衣搞到万术大赛的选手名单。

"红衣啊,你要这名单到底作何用?"桑介桥一向信任贺红衣,但还是不禁询问。

"我想对照名单,去掉被淘汰的人,倒推出黑衣杀手的身份,抢先一步拦截。"

桑介桥越听眉头越紧,叹了一口气道:"你这主意乍听起来似乎有些道理,可实际上不过是纸上谈兵,痴人说梦。"

"老师,我不明白……"

"一百多号人,若挨个找过去,时间成本会成为很大的问题,若分散人手去搜索,则需要大量的人力配合,即使解决了这些,等到真正发现黑衣人的下落再返回去通报时,也为时已晚,人去楼空。"

贺红衣听着老师的话,默默低下了头,内心却仍旧觉得这不失为一个好法子,只是操作起来确实不容易。


翌日,贺红衣带着名单来到棚户区。吴乾向贺红衣勾了勾手,示意她交出东西,贺红衣却眼神闪烁,显得有些犹豫。

"干吗,别告诉我你没拿到,昨天是谁自信满满说一定能偷出赌场名单的?"

"你觉得,我们现在的计划,真的可行吗?"贺红衣莫名很在意吴乾的看法。

吴乾翻了个白眼道:"别瞎操心,东西拿来。等到你见证了奇迹之后,不要哭着求我原谅你现在的不信任和诋毁就行。"

贺红衣没好气地拿出名单,心里却踏实了几分。

"好,大家分一下工,第一步就是把这里面所有的女人都找出来。"吴乾分发名单给众人,"男的就别看了,直接划掉,把女的全勾出来就行。"

白毛接过名单看了一眼,坏笑着叫董大锤:"大锤,你妈居然还偷偷报名了?"

"什么?我怎么不知道。"

"我支持阿姨，阿姨那身板儿绝了，稳赢！男的都打不过！"阿蛙竖起大拇指。

吴乾拍了拍阿蛙的后脑勺说："赶紧干活！把她们的住址在地图上标出来，咱们挨个去蹲，我就不信找不到！"

众人分头行动，一个个排除，最终锁定了"十六铺码头"这个位置。码头边雾气缭绕，脚夫们正在卸货，有节奏地喊着号子。吴乾、贺红衣和卫乘风蹲点已久，忽然看见局座的身影一闪而过。

"是她没错！"贺红衣瞟了一下旁边的仓库，示意吴乾和卫乘风去那里埋伏，"你们去那边藏起来，我去诱她过来。"

贺红衣不容分说地跑向码头，远远看见局座拿出随身携带的袋子，欲将袋中之物倒入一个熊熊燃烧的铁桶中。贺红衣顿感不妙，冲上前一看，局座手里拿的正是一整袋雀牌！

局座骤然一见是贺红衣，与她开始了激烈交手。贺红衣将局座引到仓库门口，局座察觉出异样，不由冷笑，伶俐出手，锁住贺红衣的喉咙。卫乘风见状冲上去欲救红衣，却被局座轻巧击飞。

贺红衣跑向铁桶的方向，欲救出大火中的雀牌，局座再次向贺红衣扑去。

吴乾见卫乘风倒在地上，愤怒地按响关节："女人又怎么样，今天就让你见识见识，你大爷为什么只能是你大爷！"说完猛然冲向局座。

吴乾一通快拳与局座相抗，然而局座却游刃有余地与贺红衣和吴乾周旋。卫乘风看准空隙，猛扑向局座，将她身上的外衣扯下。局座欲跳上仓库顶，却被吴乾一把拽住，局座顺势踩住吴乾的头，飞上仓库逃走了。

"快捞雀牌！"贺红衣大喊一声。

三人立刻跑向铁桶边，飞快倒出雀牌，然而雀牌却大多都已经烧焦，其中就有一张烧得焦黑的幺鸡。

"你骗我！"吴乾怒视贺红衣。

他二话不说，立即对贺红衣出手。贺红衣自知理亏，不便还手，兀自飞上屋顶逃掉了。卫乘风却还没反应过来为何吴乾要攻击贺红衣。

　　吴乾气急败坏，一脸不甘道："你怎么不拦住她？"

　　"啊？我……我不知道，你没说啊。"

　　吴乾气得直捶地："你怎么能让她走了呢？她骗了我们！她根本就没有幺鸡！幺鸡在那个杀手手上！"

# 第五章

# 鬼脸

　　首轮比赛还剩两天的时间，雀牌还没有着落，吴乾索性破罐子破摔，躺在床上看天花板。白毛急得火急火燎，拼命催促吴乾出门想办法，吴乾却依旧一动不动。

　　"有钱哥，你可从来没被事难住过，这次要是怂了，那也太没面子了。而且，真要是让别人得了第一，拿了钱，你不眼馋？"

　　吴乾一听这话，突然从床上弹起来："我当然想拿钱，可我也得有米下锅！事到临头，你们一个个都只知道靠我，我要是真犯难了，你们哪个顶用？有本事你给我弄张牌去，看老子能不能给你们这帮废物得个第一回来！"

　　"好，我去想办法，让你知道，我白毛不是废物！"白毛赌气离开。

　　吴乾正要去追白毛，恰好吴法天和阿蛙走了进来。

　　"贺红衣的牌没拿到？"阿蛙注意到吴乾的脸色不太对。

　　"她一张牌也没有，还骗我有什么幺鸡、八万，我竟然被她骗了两次！"

　　吴法天一听，立马来了精神："看，我就说嘛，女人最不可信了，你还说她人不错，我看你是看她身材不错。"

　　"事后诸葛亮，你给老子少废话！"

　　"老子？你跟我，谁是老子？！"

　　"你们爷俩儿吵什么，还不赶快想想有什么办法补救。"阿蛙赶紧劝和。

　　"有什么办法？能想的都想了，总不能让我拉张牌出来吧。"吴法天一屁股坐了下来，他又思忖片刻，开口道，"还有一个办法……"

　　"什么办法？"

　　"用钱买。"

　　"用钱买？"吴法天一脸嫌弃，"要是有钱的话，谁参加这个比赛。"

　　阿蛙想了想，问道："即使弄到了钱，也没地方买吧？"

　　"乘风已经在打听了，问题是钱怎么办？"

　　"比起钱来，我更担心潇潇啊……"吴法天忽然一脸慈父相。

　　"只要搞到牌赢了比赛，我就能救出潇潇！"


　　白毛到巡捕房找到卫乘风，恰好乘风打听到双刀阿平的牌就是幺鸡。性子冲动的白毛一听，转身就要去找阿平抢牌，但一想到阿平的老大是娜姐，瞬间又怂了。二人一合计，眼下唯一的办法，或许就是凑钱买牌了。

　　"钱的事我去想办法，今晚不是给钱哥过生日嘛，就当给他的生日礼物了，说不定还能还他些钱，不错吧！"白毛拍拍卫乘风的肩膀，兴冲冲地离开了。

　　卫乘风原本担心以白毛的脾气会搞出什么乱子，但一想到比赛开始在即，也顾不得那么许多了，只得看着白毛离开，暗暗祈祷他能顺利搞到买雀牌的钱。


　　贺红衣利用吴乾抢牌的计划失败，而且雀牌还被黑衣人烧掉了，因此沮丧不已。桑介桥倒是并不意外，他早已看穿这个世道人人见利眼开，无所不用其极也很正常。

桑介桥拍了拍贺红衣的肩膀，宽慰道："不必灰心，那个黑衣人出来过一次，肯定还会再现身，以后还有机会。你的能力我有数，下次多加小心就是。"

"可是后天就截止晋级了，我怕已经来不及重新找牌了。"贺红衣目露不甘。

桑介桥心下暗想，既然不能阻止比赛，那么为今之计也只有让红衣晋级才能保住剧院，为此，他或许不得不使些手段了。


白毛去药馆找到董大锤，让大锤带着化石粉和他一起去搞钱。董大锤不解其意，却任由白毛拉走。

白毛和董大锤蹑手蹑脚地走进一间舞厅，舞池中洋人聚集，纵情飚舞，卡座中的洋人们则左拥右抱，与身材姣好的姑娘们喝酒谈笑。白毛打量一个个洋人，目光最终落在了一个喝醉的洋人身上。

"上！"白毛推了推董大锤。

董大锤径直走过去，装作不经意地瞥了洋人一眼，发出"咦"的一声，继而仔细打量洋人的脸。

"混蛋，你看什么！"洋人被董大锤看得十分不爽。

"先生，您有病呀。"董大锤故作神秘状。

"混蛋，你才有病！滚开！"

董大锤正要离开，洋人身边的姑娘却伸手拦住了他，含笑道："别走呀，你说他有什么病？"

洋人无奈，只得允许董大锤给他号脉。

董大锤的手搭在洋人腕上，微闭着眼睛，叨念道："肾水亏乏，观之表虽壮，却……先生，您是不是耐力不好？"

姑娘一听董大锤的话，捂着嘴不住地笑。洋人却听不懂，要求董大锤说明白点。

"耐力，就是……呃，那个，那个……"董大锤不好意思解释。

"他呀,他说你是个银样镴枪头。你们聊着,我还有事。"姑娘看了一眼洋人的跨间,撇了撇嘴,起身离开了。

洋人顿时明白了董大锤的意思,一把揪住他的衣领欲揍他。

"先生,且慢!"董大锤及时开口道,"你是不是每天早上都右腰酸痛?"

洋人一愣:"你怎么知道?"

"有时会尿中带血?"

洋人惊讶地点点头,不仅放下了拳头,甚至还饱含感情地望着董大锤,犹如看见救世主一般。

"中华医术博大精深,今天你我有缘,我给你开张方子。"董大锤的虚汗收了一半,放心大胆地按照白毛安排的剧情往下演。

洋人拿起董大锤开的药方,上面写满了密密麻麻的名贵药材,不禁问道:"这些东西,得多少钱?"

"这都是壮阳补肾的灵药,按市面价大概三千块大洋吧。"

"什么?要这么多钱?"洋人顿时泄了气。

这时,白毛疾步冲过来,愤怒地指着董大锤喊道:"你这个骗子,又想骗人买你的药!"

"我骗什么人,这位先生的病症我哪里说错?好药才能治病,你懂不懂?"董大锤一脸不爽。

"你知不知道,是药三分毒?"

"那你有什么办法?"

"气功!"

"你会气功?"洋人一听"气功",眼睛顿时发亮。

白毛矜持地点点头,洋人却并不相信眼前这个毛头小子会神秘的东方气功。白毛为了自证,请侍者出门找来一些砖头,而洋人则示意停止音乐,舞厅众人皆围拢过来,争相一睹"气功"风采。

舞池中央摞着一叠砖头,白毛不住地摆出各种运气的姿势,忽然,他拿起一块砖头,右手一横,猛地一砍,砖头应声断为两截。人群中顿时爆发出惊叹声,站在角落的董大锤则偷偷捂嘴笑了起来。原来,这砖头是白毛用大锤家的化石粉做的，提前放在了舞厅门口。董大锤见状放下心来，骗钱计划肯定万无一失了，遂依照计划先行溜走，免得露出马脚。

洋人兴奋地拉住白毛的手说："这位先生，请您务必教我气功。"

"好说好说，不过……学费还是多少需要一点的。"

"要多少钱？"

白毛看了看四周的人群，缓缓说道："不多，每人十块。"

洋人和众人一听，纷纷掏出大洋和各种外币，白毛瞬间赚得盆满钵满。此时，热曼走进舞厅，一眼看穿了白毛的小伎俩，于是打算教训教训这个胆敢骗到洋人头上的臭小子。

舞厅外的小巷内，白毛兴奋地数着钱，盘算着这么多钱都能买好几套牌了。忽然，一支枪从背后抵在了白毛的腰间，白毛颤颤巍巍地转过身来，一看是洋人，吓得一动都不敢动。

"敢骗我朋友的钱，我看你是活腻了！"

白毛顿时明白了此人的来意，拼命告饶道："小的有眼不识泰山，大哥饶命！钱我马上就还回去，不不不，都给你的朋友……大哥饶命……"

热曼轻蔑地一笑，对着白毛的腿开了一枪，白毛顿时捂着腿跪在地上。

"你的骗术，骗骗你们中国人也就算了，偏偏惹到我头上来。"热曼用枪顶着白毛的头。

"不骗了，我再也不骗了……大哥，我就是个拉黄包车的……现在腿也废了……我知错了……"

"太晚了，卑劣的中国人。"热曼扣动扳机，发出一声枪响。

白毛应声倒地，至死都紧紧攥着那些大洋，那是原本打算今天晚上送给吴乾的生日礼物，可如今，他再也回不去了……

此时的棚户区却是一年中最热闹的时候，所有人都聚集在天台上准备给吴乾庆祝生日。

董大锤兴冲冲地跑上天台，边跑边兴高采烈地喊着："有钱哥，好消

息! 白毛一会儿就回来, 买牌的钱有着落了!"

"就你们这点儿能耐, 还能捞到钱?"吴乾嘴上不饶人, 心里却笑开了花。

"白毛脑袋灵光着呢, 你就别操心了。"董大锤吹着口哨支起灶台, "不好意思回来晚了, 大伙都饿了吧, 菜都备好了, 二十分钟, 准备开饭!"

舞厅外的小巷内, 白毛的尸体下面, 一摊触目惊心的血迹已经开始凝固。

卫乘风和一个巡捕接到报案, 匆匆赶来, 只见热曼站在白毛的尸体旁边, 双手叉腰, 一副毫不在意的样子。

"是你报的警?"卫乘风看着热曼。

热曼点了点头: "这个人是个骗子, 他骗了我朋友的钱。"

卫乘风蹲下身子查看尸体, 顿时失声大叫: "白毛!"他的眼睛里顿时充满血丝, 眼球仿佛要从眼眶中冲出来, "是谁干的? 是谁?"

热曼俯视着卫乘风和白毛的尸体, 冷冷道: "我。"

卫乘风一听, 发疯一般地袭向热曼, 却被一旁的巡捕死命拉住。如今的上海滩, 没有人敢对洋人动手。卫乘风并不罢休, 强行将热曼带回巡捕房, 不想余德义却对热曼殷勤备至, 一个劲儿地道歉, 并亲自送他离开。

"为什么法兰西人就不能抓?"卫乘风向余德义怒吼道。

"因为他是法兰西人, 这个案子你不要再管了。"余德义面色一沉。

"这里是中国! 他杀的是我兄弟!"

"很可惜, 你的兄弟是个棚户区的小混混, 要是个外国人, 也许这事还好说。"

"住在棚户区的就不是人吗? 只有外国人才算人?"

"你说对了, 在租界, 中国人很多时候还真不算人。你听我一句劝, 差不多就算了吧。"

"差不多? 昨天还是个活蹦乱跳的兄弟, 今天就这么死了……这……这让我怎么算了!"

"这么说你还想搞洋人不成? 别说是你, 就是上头那些大佬也不敢得罪洋人，得罪洋人什么后果你知道不？别忘了你只是个小巡捕，还是编外的！"

卫乘风盯着余德义道："那我要是当上巡长呢？"

余德义讥讽道："那你兄弟的命可能就值钱了，不过……就凭你，这辈子能混成正式巡捕就不错了。你兄弟死了，今天我不和你计较，你去料理下他的后事吧。记住，小不忍则乱大谋！以后不许再提这件事，否则可别怪我不帮你。"

卫乘风看着余德义的巡长肩章，拳头越攥越紧。

桑介桥为了停止万术大赛，再次找到钱白铁，可钱白铁却似乎对外面杀人抢牌的事并不知情。桑介桥已经顾不得考虑钱白铁是真不知道，还是懒得过问，只一心想再试一下，劝说钱白铁站在他这一边。

"明天晋级截止之前，局势只会更残酷！"桑介桥劝说道，"我的人好在有些功夫傍身，不然就不仅仅是受伤了，我猜想，寻常的参赛者没有这个胆量，他们的后面一定有人撑腰。钱先生，您为人温文尔雅，但架不住背后有人心怀鬼胎，他们已经破坏了比赛的公平性，那对于我们这样安分参赛的人来说，无异于毁灭性的打击。"

"你想怎么办？"

"最好能阻止比赛，但我知道您不会同意。"桑介桥轻声说道，"钱先生，现在已经没有规则可言了，您也该出手帮帮我们。如果我的人赢了，对您来说不是最好的吗？"

钱白铁会意一笑，幽幽说道："反正已经是一摊浑水，那我就搅得更浑一点。"

棚户区的天台上，董大锤的菜上桌已久，却迟迟不见卫乘风和白毛回来，潇潇也还被关在赌场里，吴乾总觉得心里打鼓，说不清有种什么样的感觉，总之没法像往年一样轻松。

吴法天饿得肚子直叫，一直嚷着先开饭，吴乾却坚持等乘风和白毛回来才能动筷子。此时，卫乘风拖着沉重的步伐回来了，他一看见吴乾就

放声大哭。他们永远失去了白毛，失去了那个永远叽叽喳喳吵个不停、永远一抬腿就跑、永远冲动又热情、永远把兄弟义气看得比天还大的好兄弟……

　　赌场楼上的包间中，钱白铁坐在窗边悠闲地喝着茶，陆横守在一边。

　　黄先生笑着问道："钱先生来找我，不只是为了喝茶吧？"

　　"没错，但你这赌场的茶糊弄洋人还行，对我们这些行家来说，实在拿不上台面，我特意给你带了些太平猴魁尝尝。"

　　陆横将太平猴魁放了黄先生面前。

　　"谢谢钱先生！无功不受禄，这怎么好意思呢？"

　　"我要请你办事，这点茶叶不算什么。只要事情办成了，自然还有你的好处。"

　　"钱先生但说无妨。"

　　钱白铁云淡风轻地说道："我的人牌子被抢了，还请黄先生再给一对牌。"

　　黄先生一愣："这……不好吧，这是作弊。"

　　"比赛规则没有提到这一点吧？不然，杀人抢牌算不算作弊？我可听说，不少参赛者的牌都是这样得来的。"

　　"那是他们的个人行为，我管不了……钱先生，我还有点事要忙。"从钱白铁一进门，黄先生就对他的来意猜个七八分，早有送客之意。

　　钱白铁温和地笑道："太平猴魁你不要了？"

　　钱白铁话音一落，陆横便上前用枪抵住了黄先生的后背。黄先生怎么也没想到钱白铁竟然会对他用这一招，虽然心下一惊，但也并不真的害怕，他不信钱白铁真的敢在他的地盘动手。

　　"钱先生，你们就算拿枪指着我也没用，我真的没有牌。"黄先生面不改色。

　　"听说你的夫人每周三下午三点会去南京美发店，做完头发去红宝石咖啡馆吃下午茶。"钱白铁故意停顿了一下，客气地看着黄先生。

　　"你这是什么意思……"

"你的儿子在瑞安童稚园上学,下午五点由佣人李妈接回家里。还有赫德路凯撒公寓三楼一室,你包养的情人蓝琳小姐就住在那里。如果黄先生还是坚持不肯让步,那我也只能试试杀人到底算不算作弊……"钱白铁既然来了,就是铁了心要拿着牌子走,他并不真想要这些人的命,但也唯有如此才能达到目的。

黄先生越听越冒冷汗,姿态立即软了下来:"钱先生,既然您开口了,这事一切都好说。"

钱白铁儒雅一笑。

黄先生立刻命手下拿来两张一样的雀牌,双手呈给钱白铁,客气地说道:"钱先生,这是我们的备用牌,本来按照规矩是不能动的……"

"放心,这事天知、地知、你知、我知。"钱白铁收起两张雀牌,满意地一笑。


郊外坟头边,纸钱漫天翻飞,桌上摆放着供品。吴乾一手捏着么鸡牌,一手举起酒瓶大口地喝着酒。

"有本事你弄张牌去,看老子能不能给你们这帮废物得个第一回来!"

吴乾的耳畔响起他曾经对白毛说过的话,一行眼泪汩汩流下,看了一眼手里的么鸡,他低声说道:"兄弟,哥对不住你,你放心,我一定杀了热曼给你报仇!"

"都怪我!我就应该拦着他!是我害死了他!"董大锤自责地痛哭。

"洋人也太欺负人了,不就几十块大洋,还给他就是了!一条人命还不值这几十块大洋吗?"阿蛙又给火堆里添了些纸钱。

"在洋人眼里,我们狗屁都不是。"阿狼气得握紧拳头。

卫乘风掏出三枚沾着血迹的大洋递给吴乾:"这是白毛的遗物,也是送给你的生日礼物。"

吴乾双手颤抖地接过大洋,两眼通红,望着坟头泪流不止:"谁要你给我送礼物!这狗屁比赛根本就不重要,不值得你把命搭进去!"他攥着大洋捶着坟前的土,"都怪我这张臭嘴,说什么不求同生死的话,我是说给八十年之后听的,谁让你现在说走就走的,过生日,还过什么生日,不给白

毛报仇我这辈子都不过生日了！”

阿蛙猛然站起来，攥着拳头说道：“对，要出人头地，要报仇！”

“就算咱们都出人头地了，到哪儿去找这个洋人，上海这么多洋鬼子……”董大锤颓丧不已。

吴乾突然含着泪狂笑不止，旋即哽咽道：“今天比赛就要截止了，等你们出人头地？那要到什么时候？”

“你说得对，我们不能再等了！”卫乘风一把拉起吴乾，“跟我走！”

“去哪儿？”

“砍刀帮！”


卫乘风和吴乾冲到砍刀帮，欲向阿平讨要他手中的幺鸡。

“怎么样？跪下，跪下大爷就给你们。”阿平手举着一张幺鸡，一脸坏笑地看着吴乾和卫乘风。

“你个混蛋，今天你要是不把牌给老子，老子就和你拼了！”吴乾愤怒地盯着阿平。

阿平看了看身后站着的一众兄弟，挑衅地说道：“好小子，有种你就上，我看你是不是有能力单挑砍刀帮。”

吴乾攥紧拳头，向前迈了一步，突然听到身后“扑通”一声，吴乾扭头去看，只见卫乘风直直地跪在了地上。

“乘风，你……”

“小不忍则乱大谋……”卫乘风看向阿平，“我兄弟腿太直，我代他跪，可以把牌给我们了吗？”

阿平先是一怔，接着大笑道：“你跪得还不错，那今天本大爷就发发善心，这牌送你了。”

阿平把牌往远处一扔，卫乘风想要伸手抓住，却失了手，雀牌掉在地上摔碎了，碎掉的牌内竟然流出了沙子。

“假的？”卫乘风和吴乾同时一愣。

“哎呀，不好意思，我不知道这是张假牌。”阿平阴阳怪气地看着笑话。

"王八蛋，敢拿假牌骗我！"吴乾大叫着冲向阿平，与砍刀帮众人厮打起来。

"住手！"乔娜款款走出，对阿平训斥道，"废物，牌都被抢走了，还有心思在这戏弄人！"

乔娜转身又对吴乾说道："我们没有牌，你还是另想办法吧。"

"不可能，我妹妹的牌在你这里！"

"吴乾，江湖上混，不能只讲个'猛'字。"说着走到吴乾近前，"吴潇潇确实是我抓的，我也确实想抢牌，但我没找到，如果你不信可以去问你妹妹。我知道你兄弟死了，你很难过，所以我今天放你一马。另外，请你记住，我是堂堂砍刀帮老大，来硬的我永远不怕你。"说着又看了眼手表，"你们剩的时间不多了。"

吴乾想了想，既然砍刀帮没有真牌，着实多说无益，拉起卫乘风直奔赌场而去。

赌场包间中，吴乾和吴潇潇面对面坐着，身旁站着三个打手，直勾勾地监视着两人。

"哥，你怎么来这了？你是来带我出去的吗？"

"别废话，还有一个小时比赛就截止了，你的牌呢？"

"早就被别人偷了。"

"小丫头片子，连个牌都看不好！"

"你那么厉害，怎么还来找我？小时候你不是说种花生米，就能长出一棵花生树吗，你去种牌子吧。"吴潇潇冲吴乾使个眼色，继续说道，"你种了牌子，就能长出一棵雀牌树，你想要什么牌，就来什么牌。"

"智障……"吴乾话音未落，突然意识到什么，"对啊，种瓜得瓜，种豆得豆，你说得有道理！太有道理了！"吴乾飞奔出门。

三个打手像看神经病一样看着这对兄妹。

吴乾跑出赌场，一路狂奔向棚户区，脑海中回响的正是儿时与妹妹的对话——

"哥哥我饿……我想吃花生米……"

小吴乾咽了咽口水为难地说道:"可是只有一粒花生米……潇潇,我们把花生米种了吧,等长出一棵花生树,我们就能吃到好多好多的花生米了。"

小潇潇欣喜地点点头,和哥哥一起将花生米埋进了天台角落的大花盆里。

吴乾满头大汗地跑上天台,四处翻找,终于找到了那个大花盆,翻开盆中泥土,一枚幺鸡雀牌果然静静地躺在泥土中。原来,吴潇潇当初拿着自己的雀牌到处找安全的存放处,最终选定了天台上不起眼的大花盆!吴乾拿起幺鸡雀牌,急忙离开。

比赛马上就要截止了,贺红衣正为没有晋级机会而懊恼,桑介桥却将两张一样的雀牌放在了她的面前。

"老师,这牌子……您从哪里弄来的?"贺红衣惊讶无比。

"无须理会,黑衣人那边,我也会盯紧她。"

贺红衣仍然有些疑惑。

"红衣,老师只能帮你到这里了,学会的安危如今全部担负在你一人身上,往后比赛中不得再有任何闪失。你要记住,全心备战,切勿分心!"

"是,红衣记下了。"贺红衣拿着雀牌匆匆前往赌场。

赌场大厅设有结算处,结算桌上摆着一碗水和一口小钟。黄先生看着怀表,秒针滴滴答答地走着。贺红衣向黄先生走来,将两个一样的雀牌放在了结算桌上。黄先生将雀牌放进水碗里,雀牌沉入碗底,于是笑着敲了一下小钟,钟声清脆。

"万术大赛首位晋级选手诞生!"

大厅跃层平台之上,热曼、马尔斯、钱白铁和何致鸿四人,一边品酒,一边关注着楼下的晋级情况。

接下来的一段时间内,钟声阵阵,局座、崔洋、王鸿茂等人皆晋级成功,陆续在侍者的引领下走到休息位就座。

"万术大赛晋级还有三十分钟截止!"黄先生看着怀表宣布道。

街道人来人往,车辆川流不息,吴乾一路狂奔。一个洋人开着汽车横冲直撞,吴乾躲闪不及,一个翻身擦伤了膝盖,他跟跄起身,看着洋人飞扬跋扈的样子充满愤怒。这时,董大锤拉着黄包车到来,载上吴乾一路狂奔。

卫乘风站在赌场外,听着赌场里传出的阵阵钟声,心头越发紧张。突然,他看见董大锤拉着吴乾从人群尽头冲了过来,卫乘风欣喜万分。

"你快进去。"吴乾将两张幺鸡雀牌递给了卫乘风。

"你比我能干,还是你进去。"卫乘风将雀牌推给吴乾。

"别啰唆了,现在只有这一对牌,再拖下去就没机会了。"吴乾和卫乘风僵持不下。

董大锤在一旁干着急,满头大汗道:"哎呀,只有一对牌,太可惜了,这大赛的规则一点都不为咱们这种兄弟团考虑。"

吴乾若有所思,突然问道:"比赛规则是什么?"

"手里有两张相同雀牌的人,即可进入下一轮。"卫乘风老老实实地复述道。

吴乾眼神一亮,满脸坏笑道:"谁说我们不能一起进去?"

结算处,分针即将走向整点。

黄先生高声喊道:"最后一分钟!大门即将关闭,未到的参赛选手将失去继续参赛的资格,比赛会直接进入下一个环节。"

"等一下!"吴乾和卫乘风捏着一副幺鸡雀牌,冲到了黄先生面前。

黄先生愣住,问道:"这到底是谁的牌子?"

"每人领取一张雀牌,七天之后手里有两张相同雀牌的人可以进入下一轮。这是你当时说的比赛规则,你不会承认吧?"

"是我说的,可你们俩……"

"你们的规则又没有限制这两张牌是在几个人的手里,所以我们现在的情况是符合晋级规则的。"吴乾挑衅地看着黄先生。

黄先生被噎住，一时不知作何反应。

吴乾和卫乘风共同将雀牌放进水碗中，只见雀牌沉入碗底。

"别犯傻啦——"吴乾将钟锤放到黄先生手中，猛然一敲，兄弟二人晋级了。

大厅跃层平台，何致鸿看着吴乾若有所思，吴乾也注意到了正在楼上谈笑风生的热曼等人。

片刻后，吴乾和卫乘风走向休息位，只见已有八位选手等候在此，其中就包括贺红衣和局座。

"你怎么也能参赛？不是从哪儿偷溜进来的吧？"吴乾不爽地看着贺红衣。

"这话我倒想送给你，一对牌两个人进来，这种偷奸耍滑的主意肯定是你想的。"

"怎么？后悔没带你的相好一起来？你没我聪明，就不用吃不到葡萄说葡萄酸了。"

众选手看着吴乾和贺红衣斗嘴，完全插不上话，卫乘风在一旁也只是讪笑。

"恭喜在场的十位选手通过了第一轮比赛，顺利晋级。"黄先生来到众人面前，"在我们第二轮团队战开始前，得先进行分队选人，共分为两队，其中有一个人是队长。"

大厅跃层平台上，热曼、马尔斯、钱白铁和何致鸿居高临下地看着吴乾等人。

"等一下！"吴乾对着黄先生大喊道，"那边那个女人，在上一轮比赛中杀了人，这样的人也能参加比赛吗？"

"我没有杀过人。"局座露出一丝阴笑。

"好啊你，我算见识到什么叫睁眼说瞎话了，这事儿你管不管？"吴乾看向黄先生。

"这和赌场没有关系，我无权过问，而且上一轮的规则中，可没说不能杀人哦。"黄先生意味深长地笑了笑，"本轮比赛开始之前，我还得讲一下注意事项，从现在开始，赛制会逐渐变得残酷，之后若谁再想退赛，则全组连坐，一同接受惩罚。"

接着，吴乾等人开始在纸箱内依次抽取黑白两种颜色的纸条，吴乾、贺红衣、王鸿茂、崔洋、卫乘风抽到了白色纸条；局座和另外四人则抽到黑色纸条。众人互相介绍之际，崔洋和王鸿茂认出吴乾就是那个搞假报名处骗钱的小子，卫乘风赶紧安抚二人。

"现在分组已经完成，队长由每队成员投票选取。"黄先生说道。

局座冷冷地看向众队员，众人立刻怂了，异口同声对局座喊道："队长好！"

而吴乾这一组就没那么简单了——

"我要当队长。"贺红衣率先开口。

"凭什么？"吴乾第一个不服。

"就凭我一身正气。"

"你这意思，我没有正气，就不能当队长了？"

"若不是现在没得选择，我连跟你一队都觉得丢脸。"

"怎么？觉得我恶心？那我就让你恶心到底。我也要当队长！"

王鸿茂、崔洋和卫乘风面面相觑。

"投票吧，我投我自己一票。"贺红衣分毫不让。

"我也投我自己一票。"吴乾把手举得高高的。

崔洋看了吴乾一眼，说道："我投贺红衣。"

"为什么？"吴乾颇不服气。

"因为我不喜欢别人把我名字写成翠羊！"

吴乾一阵尴尬，却也无话可说，只得看向王鸿茂。

"虽然不喜欢你，但是……"王鸿茂瞥了瞥贺红衣，"我不相信女人。"

贺红衣冷哼一声："二比二，还没选完呢。"

卫乘风抬起手指，在贺红衣和吴乾之间摇摆不定："我选……"

"指的是我，是吧？"吴乾一把抓住卫乘风的手。

"明明指的我！"

"这手不是在我这儿吗？"

"你别胡搅蛮缠！卫乘风，你到底投谁？"贺红衣凌厉地盯着卫乘风。

"我……我……"

吴乾走到贺红衣身后，愤愤地看着卫乘风，做出一个威胁的动作。

"我选他……"卫乘风一脸为难，终究指向了吴乾。

吴乾顿时笑开了花，冲着贺红衣做起了鬼脸。

另一边，局座起身走了过来，气势逼人地瞪着吴乾道："别高兴得太早，我会先拿你开刀。"

"谁怕谁！"吴乾也对着局座做了一个鬼脸。

# 第六章　杀机

队长选拔完毕，众人齐齐向吴乾问好，唯贺红衣冷哼一声。

"其实当队长呢，等于承担了最多的风险。"吴乾瞥了瞥不远处的局座，"对面那个队长可是心狠手辣，要杀肯定也是先杀我，我这可是在保护你，不过你不用谢我，队长理应担此重任嘛。"

"得了便宜还卖乖！"贺红衣并不领情，"既然做了队长，就请记住你刚才说的话，为你的队员负责，若我有个什么三长两短……"

此时黄先生发话了："两组的队长已经诞生，今日议程到此，明日再宣布下一轮的规则，大家请先去用餐吧。"

众人纷纷往外走，两队人马碰到一起，眼神交错间，杀机无限。


赌场的豪华饭厅中布置着两桌美味珍馐，两队各占一桌。吴乾毫不客气地在主位就座，用手抓起一块熏鱼就往嘴里塞。

"你懂不懂礼数，你这样别人怎么吃啊？"贺红衣厌恶地看着吴乾。

"大小姐，别穷讲究了，有得吃就不错了，明天还要搏命呢！不吃饱，要是你有个什么三长两短……是吧？"吴乾吃得满脸是油。

卫乘风夹起两块熏鱼，贴心地放到贺红衣的碗中，说："红衣姑娘你放心，有钱做队长，我们一定会赢的。"

"就是有他才不放心，谎话连篇、满嘴生风，我可不会再信他。"

"喂，怎么肚量这么小啊，当初不是你非要求我跟你合作的吗？算了算了，过去的事就让它随风而去吧，耿耿于怀伤身体！"吴乾倒是想得开。

隔壁桌，局座在主位吃得津津有味，其余队员却都战战兢兢不敢动筷。

"吃呀，怎么都不吃？"局座看着众人，微微一笑，"既是一队人，便目标一致，利益相同，放心吧，我不会杀你们的，都给我好好吃饭！"

众人面面相觑，都在等着别人先动筷子。

"不吃也行，不过万一饿着肚子给我掉了链子……"局座将蟹钳送入口中，咔嚓一声咬得粉碎。

众人吓得一颤，迅速埋头吃饭，局座见状露出邪魅一笑。

"隔壁桌战事吃紧，还是我们和谐友爱，对不对？"吴乾瞥了一眼贺红衣。

"对，我们现在是一条绳上的蚂蚱，有什么私人恩怨，暂且抛诸脑后。"王鸿茂认同道。

卫乘风见贺红衣还板着脸，举起酒杯道："红衣姑娘，有钱从来不坑自己人，要不……要不我们干一杯，预祝明天在有钱哥的带领下，旗开得胜。"

贺红衣躲开吴乾的杯子，勉强和大家碰杯，算是认同了这个暂时的利益共同体。


赌场楼上的包间中，钱白铁、热曼和马尔斯饶有兴致地俯视着饭厅里的众位选手，何致鸿却面露不安。

"何先生好像有什么心事？"热曼盯着何致鸿，"还是我这瓶特意从日本人手上搞来的酒，不合先生的口味？"

"酒是好酒，只是入了嗓子，浇得我心口一热，叫我担心起比赛来。真的不能再死人了，这可是上海滩一年一度最大的赛事，别说巡捕房布满了眼线，哪一双眼睛不盯着我们啊！"

"何先生的胆子怎么突然小了起来？押注的时候可是利落得很。"马尔斯从容地灌下一口酒。

"一定是我这酒让何先生多虑了，在座的都是文明人，谁见过彼此取人性命的吗？"热曼意味深长地和马尔斯对视一眼，"之前出现了小小的意外，那也不是我们能控制的，大家的愿望都很简单，只要赛事精彩，能人志士涌出，也不枉我们这么费心费力，钱先生你说呢？"

"老何他就是心事重，任何赛事总有意外嘛。"钱白铁晃着酒杯，暗示了一下何致鸿。

何致鸿会意道："那咱们立个规矩，这一局队长不能死，队长如果死了，那比赛可就进行不下去了，我们还赌什么呀！"

"我觉得可行。"钱白铁急忙认同道。

"好啊，这样何先生就不必担心了吧！"热曼其实早看穿了何致鸿的心思，但也乐得给这个台阶。

众人碰杯，何致鸿猛干一口，表情略微舒展，凑到钱白铁身边，悄声问道："老钱，你的人到底是哪个？"

钱白铁笑了笑，意味深长地望着楼下饭厅。

吴乾吃饱喝足后，不拘小节地剔着牙，贺红衣不爽地扭过脸不看他，吴乾越发变本加厉。

卫乘风见状急忙替吴乾捂住嘴，在他耳边低声劝道："有钱，你就和红衣姑娘和平相处吧，我们是要并肩作战的。"

"一口一个红衣姑娘，你不会真是看上人家了吧？"

卫乘风愣了一下，脸有些红："我……"

"你放心，我早就看明白了，我和她都是刀子嘴，真到行动，绝不含糊。"

"那就好……不过有钱，说实话，你到底有几分把握？我阿奶……"

"你阿奶难道不是我阿奶? 真够磨叽的。我现在就算告诉你有一百分把握,你这口气还不是松不下来? 但是你回想一下,只要我们兄弟联合,什么时候输过? "吴乾一把钳住卫乘风的脖子,卫乘风总算舒展了眉头。

何致鸿向黄先生索要吴乾的资料,却得知此人只是棚户区的一介莽夫,好吃懒做、坑蒙拐骗。然而,何致鸿并没有因此小看吴乾,他深知能翻天覆地的往往是这些隐于市井的所谓草民。

与何致鸿不同,黄先生却并不将吴乾放在眼里,毕竟吴潇潇正被他关在赌场里呢。何致鸿听闻此讯,则露出了意味深长的笑容。

关着吴潇潇还不算完,黄先生又派人把小桃红也"请"了过来。

晋级当晚,所有选手都被要求留在赌场客房休息过夜。吴乾四仰八叉地躺在床上,懒得洗澡更衣,头刚碰到枕头就打起了呼噜。

凌晨,半梦半醒之间,吴乾隐约听到门外走廊有异动,似是有人被强行抓走的声音,他顿时警觉起来,欲出门查看,却发现门已被反锁。

"搞什么鬼啊! 有没有人啊? 放老子出去! "吴乾大声喊叫,却无人响应。

半晌,门外再没了声音,吴乾无奈,索性又睡了过去。

翌日,吴乾被带到赌场大厅,却只看到了局座,其他双方队员一律缺席。大厅内摆着两张木桌,桌上皆放有上海地图和纸笔。

"又搞什么花头啊,其他人呢? 啊? 昨天晚上一阵叮咣乱响,也没人回老子话! 还说什么养精蓄锐,什么玩意儿! "

大厅的舞台上,黄先生将一块幕布揭下,一副牌位图呈现,共四列,每列分黑白两个空位。

"现在我宣布规则,你们抽签选中的四个队员,都已被带到上海滩四处地点,每处地点安置了两位不同队的人,每人身上都绑有一枚令牌,到达者需拔得对方令牌,我会随时跟着你们,只要队长把令牌交给我,当局即获胜,我会将令牌送至赌场排位,占据牌面上位置更多、速度更快的队，方可取得最终胜利。一会儿你们将会听到特殊的小曲儿，根据音乐提示，你们要推断出队员被隐藏的地方，八点大门打开后，你们便可以出门拔令牌。现在若有不懂的规则尽可以提问。"

局座狡黠一笑，凑近吴乾说："你说我将你一刀毙命，是不是就不用费力气了？"

吴乾翻了个白眼，举手提问："黄先生，她说她要杀我，杀人怎么算？你们的比赛可不能没有底线啊！"

"杀人是要拿证据的，信口雌黄可不行。"黄先生懒得跟吴乾多说。

"那你们就视若无睹？这个女人心狠手辣，我跟她交过手的，我拿性命担保，她就是上一轮抢雀牌的杀手！"吴乾指着局座。

"没人能要你的命，你大可放心。比赛有比赛的规矩，双方队长不能互相杀戮，否则还比什么赛啊！"黄先生一脸不耐烦。

"放心、放心！反正这轮不比谁心狠手辣，比的是脑子。"

"比什么，你都是输！"局座盯着吴乾，满脸冷笑。

这时，舞台上灯光亮起，小桃红竟然立于台上，她见吴乾坐于台下，立即张嘴，想要呼救："吴乾……"

两个保安立即按住小桃红的肩膀，同时用枪抵住她的后腰。小桃红不敢再喊，只得抖着手绢开始唱戏，声音也颤抖不已。

吴乾看清舞台上是小桃红后，顿时嗨瑟起来："哟，我说听见有人叫我呢，原来是派熟人给我送分来了？"

"蝇蚊乱，飞相逐，奈何空空楼台，此会难余馥……"小桃红惊恐地唱着。

吴乾听得云里雾里，不得其解，转头看向一旁的局座。局座却全神贯注，似乎听出了门道，尤其是听到"若圣洁肮脏真假难辨，红酒面包亦不复存"这一句时，局座邪魅一笑，匆匆用笔做下标记，似乎是要画一把西餐刀。

"你也挤来我也挤，此处几无立足地……好且看来歹且看，任谁都有下场时。"小桃红继续唱着，"君看渡口淘沙处，渡却人间多少人。过尽千帆皆不是，涛声依旧唱铿锵。"

"过尽千帆皆不是，涛声依旧唱铿锵……这到底是哪儿啊！"吴乾愈发焦虑，索性在地图上戳了一个破洞，"哎哟，老子的脑子是灵光，可这种八股谜题不是故意刁难我吗？不过……对面那锁喉怪可比我笨多了，我都没猜出来，她肯定也不行！"

吴乾从地图上撕下一片纸，写上"你听得懂吗"，悄然将纸条丢给局座。

局座看都不看就把纸条揉成一团扔掉，继而卷起地图，整装待发。时钟整点报时，正是早上八点。局座对着吴乾冷笑一声，自信地向外奔去。

"不会吧？这出的哪一招啊？是不是作弊啊？"吴乾不可思议地望着局座的背影，犹豫片刻，索性起身跟了上去。

而方才局座在纸上画的，正是一把西餐刀与一朵简易的花。

知道吴乾一路跟踪自己，于是局座将吴乾引入小巷中，趁其不备猛然出招。

"能发现我棚户小霸王跟踪你，有两下子。"吴乾闪身躲开。

局座不愿费口舌，出手招招狠辣，千钧一发之际，吴乾大喊道："又想杀人！果然死性不改！你别忘了比赛规则！"

局座权衡片刻，一挥匕首，割下旁边的晾衣绳，用绳子将吴乾捆了起来。

"你干吗！放开我！放开我！"

"我说过，比什么你都是输。"局座捡起地上的一只袜子。

"喂，别用袜子，你换一件……换……"

吴乾的话局座显然不会听，她最终还是用袜子堵住了吴乾的嘴并匆匆离开，巷子中徒留呜呜挣扎的吴乾。

空空荡荡的教堂之中，炸弹的倒计时装置嘀嘀嗒嗒地响着。

"这比赛我不比了！来人啊！奖金我也不要了！求求你们放了我吧！"局座的队员白宇被绑在椅子上，颈部绑着炸弹，他吓得浑身颤抖，脸色煞白。

贺红衣被绑在白宇旁边，冷静道："省省力气吧，叫破嗓子也没人会来放你。"

"都怪我贪图那奖金，如今分文未得，命却搭进去了！"白宇禁不住抽泣起来。

"那你哭哭啼啼的有用吗？"

"姑娘，绑在我们脖子上的是炸弹！我能不怕吗？那鬼见愁队长我可不敢指望。如今只求死的时候，别太痛苦，阿门！"

"与其自怨自艾，还不如想想法子。"

"能有什么法子，难不成你会拆炸弹？"

另一边，阴冷黑暗的码头仓库中，卫乘风和局座的队员何萌被蒙着眼睛，绑在机械传送带上。何萌止不住地哭，卫乘风欲安慰她，但他自己也担心得很，二人索性一起啜泣了起来，哭声在空旷的仓库内回荡着，显得更加哀怨。

小巷中，吴乾好不容易反手解开了绳子，急忙拿出嘴里的臭袜子，拼命啐了几口唾沫，朝着局座离开的方向跑去，远远就看到了一个热闹的集市。

看着此情此景，吴乾禁不住一字一句地念叨着线索："坐上人望春，花映花奴肉……"

"小伙子，你要买望春？"一个卖玉兰花的大娘将一朵玉兰花递给吴乾。

"什么望春？这个是望春？这不是玉兰花吗？"

"我们乡下把玉兰花叫望春啦！你看看，早上刚摘的，开得多美，带一个回去送姑娘吧。"

吴乾接过玉兰花嗅了嗅，突然问道："大娘，你知道附近哪有种玉兰花的吗？"

大娘指指不远处，小声说道："我的这些望春都是在前面那个玉兰花园摘的，那儿的花儿出了名的香。"

"谢大娘，确实香！"吴乾立刻狂奔而去。

　　吴乾依着大娘指的路，一直跑到一个大宅院的围墙外，他张望片刻，索性翻墙跳了进去。谁知墙内竟是一个大池塘，吴乾顿时浑身透湿，挣扎着爬出泥塘，抬头一看才发现这是一座如此宽阔敞亮的府邸，院内玉兰花暗香浮动。

　　"真是得来全不费功夫啊！就是这儿了！可这院子这么大，我怎么找啊？"

　　此时，局座已经上了府邸的主楼，推开一间间房门，却始终不见人影。

　　吴乾走进一座小楼，只见这座小楼纵深极长，房间很多，恰有一个房门虚掩着。他走上前，轻轻推门，见屋内没人便壮着胆子闯了进去。突然，他看见一个小男孩坐在窗边，小男孩也注意到了他，两人面面相觑。

　　"Hello，小孩儿！"吴乾见小男孩正在读英文报纸，便想起了唯一会说的英文单词。

　　"抓贼啊！"

　　"哪有贼这么明目张胆，你看哥哥像贼吗？"吴乾捂住小男孩的嘴。

　　小男孩盯着吴乾看了片刻，坚定地点了点头。

　　"哥哥没伤害你吧，你再搜搜我身上，有你家的东西吗？"

　　小男孩摸了摸吴乾的身上，一无所获，再打量片刻，逐渐放下心来："那你为何出现在我家？"

　　"是这样的，我有两个朋友在你家做客，这事儿你知道吗？他们昨天晚上被送过来的。"

　　"我家那么大，东边发生的事，西边怎么会知道？"

　　吴乾看到桌上的孙子兵法，又打量了下小男孩手中的英文报纸道："这么小的年纪就戴着眼镜？看了多少书呀？"

　　"不多，也就几本字典而已。"

　　"还懂英文？"吴乾挑了挑眉毛，眼神示意英文报纸。

　　"略知皮毛，A little bit。"

　　"那我考考你，坐上人望春，花映花奴肉……"

　　"望春就是玉兰花，我家就是玉兰花园！"小男孩从容抢答。

　　"嘿，小子，有两下子！那你再听……蝇蚁乱，飞相逐，奈何空空楼台，此会难余馥, 你家有没有这么个地方?"

"花奴肉, 蝇蚊乱, 难余馥……我猜, 这说的是我家最臭的地方——鸡窝, 我家的鸡食掺有玉兰花, 正应了花奴肉一句。"

吴乾听后喜笑颜开, 连连点头道: "有道理, 太有道理了! 鸡窝在哪里?"

男孩抬手指向花园后方。

"我还有几句诗要你帮我解一解……"吴乾正准备开口, 屋内的钟表敲响九点钟声。

同时, 外面鸡窝的方向传来一声王鸿茂的惨叫。

吴乾暗道不妙, 一定是局座又要杀人! 他立即起身离开, 刚走到门口又折返回来, 将男孩手中的英文报纸夺走, 塞上一本孙子兵法道: "老祖宗的智慧好好学习, 现在国家动荡, 以后派得上用场。"

吴乾赶到鸡窝, 只见王鸿茂和局座的另一名队员躺在地上, 而黄先生作为裁判已先一步到达。王鸿茂被鸡啄得大呼小叫, 吴乾连忙冲了上去。

"队长别过来! 有炸弹, 我的左腿上绑着炸弹!"王鸿茂连忙制止吴乾。

吴乾仔细一看, 发现两名队员的腿上都绑着炸弹, 而令牌正插在炸弹之上。

"竟然被你抢先一步!"局座也赶了过来。

"毕竟我有这个,"吴乾指了指自己的脑袋, "不过我也很好奇, 像你这种人, 不是都靠杀人解决问题吗, 谁借你的智商啊?"

"哼, 我的命就是帮别人做事, 既然要帮, 当然不能只懂得打……别拖延时间了, 既是你先到, 为何不取令牌?"

"我傻呀? 你没看见他们的腿上绑着炸弹吗, 一旦拿下令牌……"

吴乾犹豫之时, 局座已飞身向前, 伸手便拔了王鸿茂腿上的令牌。一声巨响后, 王鸿茂左腿的炸弹爆炸, 顿时血肉横飞, 惨叫不止。

"可惜了, 棚户区小霸王不过如此。"局座被溅得满脸是血, 她吐了一口带血的唾沫, 露出胜利的笑容。

吴乾满眼震惊,一时语塞,而局座已将令牌交到了黄先生手中。

"救我……救我……"王鸿茂惨叫不止。

愣住的吴乾被王鸿茂的声音唤醒,于是立即冲进鸡棚,将王鸿茂拽了出来,继而找黄先生理论道:"你们这算什么?我兄弟都受伤了!不是斗脑子吗,怎么又开始玩命了?这样我不玩了,我要退赛!"

"你找我理论什么?别忘了比赛规矩,退赛是要连坐的,现在你的队友待救治,还有别的队员等着你去救呢!这本就是斗智斗勇的游戏,选择当这个队长,就好好想想你的职责!"黄先生直视着吴乾,一脸冷漠道,"你选择救人还是退赛,我可没有损失。顺便告诉你,你妹妹现在不在我手上,有人看中了你妹妹,下一局你要是再输了,我可不知道她会发生什么!"

"你把我妹怎么了?"

"没事,好吃好喝伺候着呢。看,人家队长已经走了,你抓紧吧。"

医护队赶来,将王鸿茂抬上担架。王鸿茂告诉吴乾,昨晚被关在鸡窝里,听到外面有人说起"法租界的郑家木桥"以及"红酒面包"。吴乾一个激灵,立即前往。


吴乾首轮落后于局座的消息顿时传开。热曼暗自得意,在他的眼中,局座与大多数中国人的哀哀戚戚不同,反而坚定异常,是百里挑一的人才。

而在赌场的包间中,看好吴乾的何致鸿却迁怒于吴潇潇,欲杀了她泄愤。吴潇潇为自保,谎称第一局落后是吴乾的计谋。何致鸿被吴潇潇的巧舌如簧说动了,答应暂且留她一命。

至于棚户区众人,因为不了解实情而轻松如常,全部认定这是吴乾的战术,他们可不相信有人能赢得了他们的小霸王。


吴乾气喘吁吁地跑至王鸿茂所说的郑家木桥路,只见店铺林立,洋人满街,稍远处还有一座教堂。

吴乾不知何去何从,抓耳挠腮,口中念叨着:"若圣洁肮脏真假难辨,红酒面包亦不复存……"

此时，一个信徒手里拿着面包与红酒走来。

"这面包和红酒是在哪里买的？"吴乾一把抓住信徒。

"买？小兄弟不要乱说，这是主赐给信徒的圣餐。"

"主？圣餐？所以……"吴乾思考片刻，看着信徒问道，"是从那个教堂领的？"

不待信徒点头，吴乾拔腿就跑，跑了几步突然又跑回来问道："教堂为什么发这个？"

信徒在胸前比画十字，娓娓道来："主要我们分享圣子的苦难，这面包和红酒就是他的肉和血。据说在最后的晚餐上……"

吴乾已然飞奔向教堂。


此时的局座正在一家满是红酒面包的西餐厅内找人，她拿着匕首挨桌查看，将餐厅搞得一片狼藉。

"快把藏着的人交出来！"局座用匕首抵着西餐厅老板的脖子。

"没有啊，真没有，你都翻个底朝天了，我做小本生意骗骗洋人的，从来不骗中国人！"

局座愠怒万分，匕首往老板的脖子边一斜，直直插入墙上的一幅耶稣壁画。局座抬头一看，顿时想到了什么，发出一声低沉的冷笑。


吴乾跑进教堂，一眼就发现了被绑在前排的贺红衣和白宇。

"大哥饶命，饶了我吧！"白宇吓得一阵哀求。

吴乾并不理会白宇，立刻帮红衣松绑："怎么办？如果我拔了他的令牌，他的炸弹就会爆炸！"

"没时间了，局座应该也快来了，你看好了，我只能教你一次。"贺红衣取下头上的发夹，开始拆白宇颈上的炸弹。

"什么？教什么？拆炸弹？开什么玩笑？"吴乾大惊失色。

"姑娘，你还真会拆炸弹啊，我的命……现在可在你手上啊！"白宇比吴乾更加震惊。

炸弹内部结构复杂，数条颜色的线交错着。贺红衣一边从容操作，一边简明扼要地给吴乾讲解着。

原本心肝俱颤的吴乾竟然在此刻出奇的平静，说不清为什么，他好像对贺红衣深信不疑，总觉得这个娇小的姑娘无所不能。下一刻，他又赶紧摇摇头，不允许自己有这样灭自己威风的想法。

"咔嚓"一声，贺红衣将红线割断，炸弹安然无恙。吴乾和白宇此时不分敌我，竟然激动地抱在了一起，毫无嫌隙地庆祝着此番劫后余生。而一直看起来镇定从容的贺红衣，其实额头上也早已布满了一层细细密密的汗。

"你还站着干吗，想叛变啊？赶紧走吧，走得越远越好。"吴乾取下白宇的牌子。

"你们……不杀我？"

"再不走我可后悔了！"吴乾佯装欲打白宇。

白宇撒腿就跑，边跑边回头喊道："谢谢二位不杀之恩，我会……"话还没说完，白宇就与正走进来的黄先生撞了个满怀。

黄先生抓住白宇，嬉笑道："急什么？跑了可就没机会赢喽！那么多钱呐……"

"黄先生，我不要了，让我走吧，求求你……"

白宇还欲再说，突然一把匕首伸了过来，一刀隔断了他的喉，霎时血喷如注。黄先生被溅了一脸，用手一抹才反应过来是血。

杀人凶手坦坦荡荡地站在众人面前，此人正是局座。

"没用的东西！"局座看了一眼倒在地上的白宇，又不屑地看着吴乾和贺红衣，"这局，我送给你们！"

"连自己队友都杀！最毒妇人心！"吴乾忍不住唾骂。

黄先生不住地擦拭自己脸上的血迹，忍不住又看了一眼白宇的尸体，也不禁胆寒道："输就输，杀什么人啊，哎哟我的心脏病差点犯了，让我缓缓……"

吴乾却没有缓的时间，急匆匆地赶往下一处。

见吴乾追平了比分，何致鸿的脸色稍作舒展，对吴潇潇也客气了几分。吴潇潇倒是心大，趁势索要美食珍馐。何致鸿一听，反倒是觉得这些小老百姓的乐观精神颇有意思。

棚户区的天台上，董大锤煮了一大锅面，庆祝吴乾迎头赶上。众人欢天喜地的样子甚是动人，知道的是庆祝追平比分，不知道的还以为是已经赢得了十万奖金呢。

贺红衣拉着吴乾一路狂奔，吴乾实在跑不动了，气喘吁吁地停了下来。

"大姐，你连下一个地方都不知道，瞎跑什么呢！"

"那你快跟我说啊！废什么话！"

"我可是冒着生命危险救了你，你说话能不能温柔点！"

贺红衣停下脚步，眼神一凛道："我拜托你认真点！你的好兄弟现在还生死未卜呢！"

"行，我告诉你，这句是个八股文啊，你要听好！"吴乾喘了一口气，"君看渡口淘沙处，渡却人间多少人。过尽千帆皆不是，涛声依旧唱铿锵……"

贺红衣听后立即了然，从容不迫道："前两句引自刘禹锡的《浪淘沙》，渡口即是码头，若是渡却许多人，那说明是客运码头。下句半引自温庭筠的《望江南》，这应该意味着人并不在船上。这都不知道，还好意思称自己是小霸王！"

"不不不，你慢点，你说的都是什么？我怎么一个字都听不懂啊！"

"听不懂就别问了，走！"贺红衣又拉着吴乾飞身狂奔起来。

"那你还没告诉我这到底是去哪啊？"吴乾跑得上气不接下气。

"码头！"

# 第七章

# 悬命

夕阳从仓库的窗户照了进来，卫乘风与何萌仍旧被捆在传送带上，二人已经没有力气挣扎，但卫乘风的心中仍不绝望，他相信吴乾一定会找到他的。

吴乾和贺红衣一路向码头狂奔而来，吴乾上气不接下气，实在跑不动了，终于倒在地上，四仰八叉地喘着粗气。

"别停下啊，还管不管你兄弟了！"贺红衣也气喘吁吁，但仍旧试图拉吴乾起来。

"管……当然管啊……可……可我真的跑不动了……"

不停下来还好，这一停，贺红衣也没了力气，索性稍息片刻。

"缓一缓……缓一缓跑得更快……"吴乾宽慰贺红衣，"我说你一姑娘家，怎么就甘愿参加这么危险的比赛呢？"

"那你呢？坑蒙拐骗来的钱不是更容易？"

吴乾指了指自己的脑袋:"我那是靠脑子,凭的都是真本事!"

贺红衣忍不住扑哧一笑:"好,那凭真本事赚钱不好吗?干吗来搏命?"

吴乾略微沉思,忽然严肃起来:"像我这种混混的命,值钱吗?其实我一开始只是想给卫乘风的阿奶赚点药费,谁知我妹那个要债鬼,被赌场的黄先生抓了去,我想不参加也不行了。"说着他握紧拳头,"我必须要赢这个比赛,拿奖金救我妹妹出来!"

"看来我们都有不得不赢的原因。"贺红衣第一次认真审视吴乾,夕阳下,他这张忽然认真起来的脸竟然有点让人心动,这一刻,她竟然猜不透自己的心跳是因为方才的奔跑,还是因为……他。

"你的理由呢?说说。"吴乾倒是心无旁骛。

贺红衣仍旧沉浸刚才的悸动之中,没有开口。

吴乾见贺红衣不说话,满不在乎地说:"你不想说就算了,我也没兴趣知道,不过如果最后是我们两个争冠军,怎么办?"

贺红衣猛然理智下来,恢复了惯常的脸色,坚定道:"我是不会让你的!因为,我必须赢!"

"切!小爷我还需要你一个姑娘让着?"吴乾瞥了贺红衣一眼,起身继续奔跑。


码头仓库之中,卫乘风和何萌这两个榆木脑袋总算想出了一个招数——两个人互相用牙齿把对方的眼罩扯了下来,但他们一看身处的环境,顿时更加绝望,这样一个空旷阴冷的地方,怎么会有人能找得到。

"我们身子底下好像是条传送带,可能这是个工厂?"卫乘风看着他们身下的传送带。

"他们把我们俩绑在工厂做什么?"

"我也不知道,不过你放心,不会有事的,吴乾他……"

何萌不耐烦地打断卫乘风道:"你别再提你那兄弟了,我听着就烦。"

卫乘风老实地闭了嘴,忽然发现身后有一根棱角分明的金属杆,于是开始往金属杆上磨绑着自己的绳子,边磨边说道:"万一真有个三长两短,我也会保护你的,你保存好体力,等我把绳子解开你就逃。

"我们素不相识，你救我图什么？"何萌略感诧异。

"我是巡捕，救人是我的职责，万一我有个三长两短，你只要替我去看看我阿奶就好。"

"乘风！"突然，仓库大门打开，吴乾和贺红衣冲了进来。

"有钱，有钱，我就知道你一定会来的！"卫乘风欣喜万分。

"这群王八蛋真是把老子当猴耍，这犄角旮旯的地方都要藏人！你别乱动，我马上来救你。"

然而，随着门被打开，卫乘风和何萌身下的传送带竟然缓缓启动了，而传送带的尽头，是一台巨大的粉碎机！

"这……这机子会咬人啊！"何萌大惊失色。

"有钱，快关掉！快让它停下来！"卫乘风也失声惊叫。

"怎么回事，我没动到开关啊？"吴乾冲上前，慌张地观察传送带。

"别管机器了，先把他俩救下来再说！"贺红衣准备解救传送带上的二人。

吴乾急忙提醒道："别冲动，小心有炸弹！"

贺红衣立刻收手，与吴乾分别检查何萌和卫乘风的全身上下。

"应该没有炸弹，除非藏你裤子里，喂，你裤子里有没有啊？"吴乾认真地盯着卫乘风的下身。

"有钱！我要死了！没时间开玩笑了！"一向木讷的卫乘风也发飙了。

既然没有炸弹，贺红衣立刻放心大胆地开始给何萌解绳索，却发现绳子被卷在了机器里。贺红衣尝试抽出绳子，手却险些被卷入其中。

"不行，这绳子解不开，还是要想办法关停机器！"贺红衣看着吴乾。

吴乾发现传送带侧边有一个按钮，他略一犹豫按下了按钮，传送带的速度反而加快了，吴乾一阵惊慌，连按了好几下，机器的速度不降反升。

"你别瞎按！"贺红衣急忙按住吴乾。

"你到底是来救我们的，还是来杀我们的！"何萌早已泣不成声。

"还是解绳子比较快！"卫乘风大喊道。

卫乘风和何萌离粉碎机越来越近，吴乾急得手忙脚乱，在卫乘风身上一通乱解，却毫不见效。千钧一发之际，贺红衣抱着一堆巨大的钢铁废料塞进了粉碎机中,传送带被卡住,终于缓慢停了下来。

卫乘风长舒一口气,何萌则放声大哭起来。吴乾和贺红衣露出欣喜的表情,正欲上前救人,局座却赶了过来。

仓库大门被打开,传送带再次启动,粉碎机加大了马力,不一会儿就将钢铁废料磨碎吞掉了,吴乾和贺红衣顿时惊慌万分。

"局座!队长!救我!"何萌惊慌挣扎。

局座完全不顾队员的生死,径直冲向卫乘风,欲抢他身上的令牌。贺红衣与局座近身缠斗,一时难分高下。

"我拦着她,你快去拿令牌!"贺红衣对吴乾高喊道。

吴乾应声奔向何萌,局座则甩开贺红衣,朝着卫乘风而去。吴乾刚拽住何萌,局座便出手干脆在传送带上对打起来。局座渐占优势,忽然瞥到侧边的按钮,抬手摁下,机器加速,将吴乾带倒。

贺红衣再次捡了些钢铁废料想要塞进粉碎机,局座却一脚踹向贺红衣,废料洒落一地。之后她轻松地摘下卫乘风的牌子,而后将他一把推向粉碎机的方向。

"有钱救我——"卫乘风失声惊呼。

在局座欲拿着令牌离开之际,贺红衣一跃挡在她的身前道:"拿了令牌便不管他人死活,果然符合你的一贯风格!"

何萌在传送带上苦苦挣扎,对局座喊道:"队长你别走啊!我快死了!"

局座背对何萌,冷冷道:"我只要赢,他人生死与我何干?"

贺红衣不忿,果断对局座出手,招招冲着局座手中的令牌而去。

"先别打了!快来帮我!"吴乾既想将卫乘风拽回来,又想停下机器,急得青筋暴起。

贺红衣见状立即收手,匆匆奔向卫乘风。局座则轻蔑一笑,不再恋战,拿着令牌高傲地走出了仓库。

贺红衣和吴乾一起疯狂地向粉碎机中塞钢铁废料,传送带终于在即将碾碎卫乘风的脚之时停了下来。众人劫后余生,累得摊在地上,大口地喘着粗气。

"她已经赢了两局，接下来一局，我们绝不能再输了！"贺红衣眉头紧锁。

吴乾本亦满脸忧虑，但听贺红衣这样一说，又将脖子一梗，嘴硬起来："她赌的是心狠，我才瞧不上呢，最后一局，我一定打得她落花流水、满地找牙！"

吴乾再次落了下风了，钱白铁看出了何致鸿的惊慌，出言宽慰。然而，此时的何致鸿已经什么都听不进去了，急得仿佛热锅上的蚂蚁。只是苦了吴潇潇，何致鸿再次将气撒到了她的头上，还命人用白布塞住了她的嘴。

另一边，热曼则乐得合不拢嘴，仿佛已经赢得了胜利一般。

"局座又下一局，你的人可真是厉害。"马尔斯酸溜溜地赞叹道。

"这个结果不是很正常吗？他们不会真以为那几个中国混混能赢吧？对了，你的人还活着吗？"

马尔斯一笑："我的人，上一轮就被淘汰了。"

"那我就提前谢谢你的鸦片啦，还有新闸路和剧院的那两块地，都是我的了。"热曼得意地笑着，没有注意到马尔斯眼神中的异样。

吴乾虽然暂时落后，却并不着急，带着贺红衣和卫乘风来到市集。

"你为什么觉得是市集？"贺红衣皱眉询问吴乾。

"你也挤来我也挤，此处几无立足地，好且看来歹且看，任谁都有下场时。"吴乾哼完小调，悠哉道，"人挤来挤去，可不就是市集？分头行动，先找找再说！"

三人将集市翻了个底朝天，却一无所获，正心焦之际，一家新开的店铺突然一阵骚动，就见几个脏兮兮的小孩抱着糖果从店内冲出。

店老板边追边骂道："站住，这么小就偷东西，看我不打断你们的腿！"

吴乾扫了一眼，看到这家店的伙计正在贴对联，突然想起儿时随吴法天去红府戏院听戏时的画面——当时，戏院门口贴着一副对联，内容正是"你也挤来我也挤，此处几无立足地；好且看来歹且看，任谁都有下场时"。

"我想起来了！"吴乾拉着二人向红府剧院一路狂奔，"这下好了，只要局座没去过那个戏院,就算打死她也想不到这句词的谜底!"

同一时间,一墙之隔的商业街上,局座正盯着红府戏院的海报露出胜券在握的微笑,海报中正是戏院大门的样子,对联上的内容她看得清清楚楚——"你也挤来我也挤,此处几无立足地;好且看来歹且看,任谁都有下场时"。

此时的红府戏院已经关门谢客,工作人员毕恭毕敬地招呼着黄先生。

戏院二楼的东南角上,崔洋的双手被紧紧绑着,嘴里塞着炸弹,只能发出含糊不清的声音。

"这办法好,在旁的地方,听到他们大呼小叫我就脑袋疼,另一个呢?"黄先生喝了一口茶,询问局座队中成员的去向。

"对角待着呢,免得他们挣脱了绳索,搞些小动作。"工作人员恭敬地回答道。

黄先生满意地点了点头。

吴乾带着贺红衣和卫乘风冲入了戏院,一路跑上二楼,他们看到嘴巴里塞着炸弹的崔洋,顿时目瞪口呆。

"这是什么情况?怎么只有崔洋?局座他们队的那个叫好好的呢?"吴乾立刻质问黄先生。

"就是你们看到的情况,至于人,你们自己找。"黄先生又喝了一口茶。

突然,一阵阴风吹进戏院。

"局座来了。"黄先生顿时来了精神,放下茶碗,坐直了身体。

风吹起局座的长袍,她走进戏院,冷傲地站在戏台上,观察着二楼的形势。

二楼,吴乾看着贺红衣道:"先救崔洋,保证局座拿不到我们的令牌,我和乘风去找好好!"

三人立即行动,贺红衣朝着崔洋步步逼近。随着炸弹倒计时的临近,崔洋吓得白眼一翻,晕了过去,这反倒正好不影响贺红衣拆弹。不一会儿,

贺红衣成功拆下炸弹，得了崔洋的令牌。

这时，二楼的西北角，卫乘风发现了局座的队员好好，急忙喊来了吴乾和红衣。

局座听到贺红衣已经拆了崔洋的炸弹，便朝着好好所在的位置跑了过去。

"我拆她的炸弹，你俩掩护！"贺红衣指挥道。

吴乾和卫乘风对视了一下，一起冲向局座，三人在楼梯口近身肉搏。局座招招狠辣，全是奔着取吴乾性命而去。

另一边，贺红衣欲拆好好嘴中的炸弹，好好却惊恐地拼命摇头，濒临崩溃。贺红衣只得采取非常手段，将好好的下巴拽至脱臼。

楼梯口，局座担心贺红衣即将拆弹成功，无心再纠缠，径直想往楼上冲。吴乾和卫乘风见状，一人拉住局座的一条大腿，死命抱住不放。

"贺红衣，快，我们撑不了太久！"吴乾和卫乘风被局座打得浑身挂彩，却仍不放手。

贺红衣加快动作，终于拆下了好好的炸弹，拿到了令牌。

"赢了！我们赢了！"吴乾和卫乘风松开局座的腿，二人抱在一起，喜极而泣。

"别高兴得太早，你们还没赢！"黄先生的声音幽幽响起，"比赛规定，队长抢了令牌才算赢。"

吴乾一听，二话不说，连滚带爬地冲向二楼的西北角。贺红衣掏出好好的令牌，正要交给吴乾，却瞬间被赶过来的局座一把抢走。

局座满意地打量着手中的令牌："我们相互拿了对方的牌子，这一局应该算作废吧。按照此前的比分，二比一，这轮比赛我赢了。"

"黄先生，这不符合比赛规定！"卫乘风气愤地向黄先生大喊。

黄先生胆怯地看了局座一眼，声音虚弱道："这确实不合规定……但规定说了，只有交到我手上的，才能获胜。"

局座狠狠地瞪着黄先生，眼中似乎飞出无数匕首。黄先生顿时转了话头，冠冕堂皇道："既然你们都没法交出彼此的令牌，此局作废。"

局座满意地冷笑一声，转身就走。

"把令牌还回来!"贺红衣上前拦住了局座。

局座却突然对贺红衣出手,吴乾和卫乘风立刻冲上去救助,三人拳脚相向,局座稍落下风。吴乾看准机会,往局座怀中摸去,想顺手摸走令牌。局座巧妙闪身,却迎上了贺红衣的手刀,局座再闪,一个不小心,撞上了身后的围栏。围栏承受不住冲击,当即断裂,眼看局座就要摔下二楼之际,突然,一只手抓住了局座的手。

局座不敢置信地睁大了眼睛,想不到抓住她的人,竟然是贺红衣。

卫乘风看贺红衣吃力,也上去帮忙,俩人死死拽着局座。

吴乾探出脑袋,对悬在半空的局座嬉皮笑脸道:"想活命就把我们的令牌扔上来,否则就撒手了啊,我数三个数,三——二——"

局座不得不从怀中掏出令牌,冷笑一声。吴乾欣喜地盯着令牌,停止了报数。然而,下一秒,局座竟突然将令牌用力抛到了楼下!啪嗒一声,令牌重重跌落在地,应声摔成碎片。

"就算是我死,你们也别想赢。"局座毫不畏惧。

吴乾双眼冒火,怒吼道:"给我放手!"

不待贺红衣和卫乘风反应过来,局座竟然自己松开了手,直直地坠了下去……

然而,所有人都高估了这个高度,局座只不过是被摔得关节作响而已,下一秒,她就灰头土脸地爬了起来,表情仍然冷静肃杀。贺红衣、吴乾和卫乘风本也无心杀人,对此倒是并不失望,他们在意的是摔碎在楼下的令牌。三人不甘心地试图将令牌碎片重新拼起来,却是徒劳无功。

"为什么要救我?"局座冷冷地盯着贺红衣。

"对啊,为什么要救她?"不待贺红衣回答,吴乾抢先一步没好气地盯着她。

吴乾只是发泄情绪,但贺红衣却认真解释了起来:"我无法做到见死不救,也许这个人十恶不赦,死了是罪有应得,但是……我有我的底线和原则。"

局座发出一声冷笑。

贺红衣看向局座,继续说道:"我知道,为了赢,底线、原则,甚至道

德和律法，你统统不放在眼里，包括你自己这条命，但是你想过没有，你这样反而正合了背后操纵比赛那些人的意。"

局座猛地看向贺红衣，颇为惊讶。

"没错，我知道，你也是受了别人的命令来参加比赛，所以你不惜任何代价都要赢，为此你心狠手辣，杀伐果决，可你知不知道，在他们眼里，我们就像是渺小的蝼蚁一样，你斗我，我斗你，斗到所有人全死掉，只有一人活着，他们才觉得有乐趣！以你的能力，说不定真的可以活到最后，但是你真的甘心这样拼死拼活，就为了给别人当一个解闷的工具吗？"

局座依旧沉默。

吴乾不屑道："你和她说这些也没用，她要是有这个心思，就不会杀那么多人了。也不知道到底是谁在搞这些比赛，要是我赢了，非会会那些人不可。"

局座的眼中闪过一丝愤怒，被贺红衣敏感地捕捉到。

贺红衣转而看着吴乾，语重心长道："她只是看不清楚形势而已，可偌大的中国，清醒的人又有几个？就拿我们这些参赛者来说，能活到现在，个个都有些能力，若是团结起来，必能有一番成就。然而，现在还不是……"

"你们说完了吗？"局座打断贺红衣，起身就要走。

"等一下！"贺红衣叫住局座，"这次我们输了，愿赌服输，但是你接下来还有一轮比赛，赛制只会越来越疯狂，希望你……好自为之……"

局座没说话，径直离开了戏院。

"她听不进去的，你别费唾沫了。"吴乾不耐烦道。

"但我觉得，她的态度似乎有点不一样了……"卫乘风盯着局座离开的背影出神。

突然，好好的呜咽声从二楼传来，众人方才想起楼上还有人，于是急忙冲了上去。

戏院二楼，贺红衣手上猛一发力，将好好的下巴复了位。好好惊魂未定，连一句感激的话都说不出来就转身离开了。

吴乾看着站在一旁的黄先生，讥讽道："你就那么怕那个局座吗？亏你还是个男人！"

"输家的话向来酸得很，我从不放在心上，你还是想想怎么救你妹妹吧！"说完，黄先生得意地离开了。

吴乾、卫乘风和贺红衣拖着沉重的步子走在街上，一句话也不说，就这样漫无目的地走了不知道有多远。

良久，贺红衣忽然开口道："我们就这么输了吗？"她眼中的坚毅未减分毫。

卫乘风满脸颓丧，点点头道："是啊，输了。阿奶的药费怎么办呢？还有潇潇……"

"阿奶的药费我们再想办法，至于潇潇……"吴乾方才在心中盘算了一千个主意，此刻却觉得没有一个是靠谱的。

"不能就这么认了，我要去找黄先生好好理论理论。这个比赛，本来是为了选拔上海滩有胆识、有谋略的人，为国家所用，现在却变得那么乌烟瘴气，从第一局开始，就处处不对劲，一定是有什么人在背后搞鬼！"贺红衣突然站在卫乘风和吴乾的面前，满心的不甘通通写在了脸上。

"好！我吴乾还没这么被人耍过，我和你一起去，找那个黄先生谈谈，看有没有别的条件能换回潇潇。"

卫乘风看看贺红衣，又看看吴乾，点头道："我听你们的。"

局座虽然晋了级，但心中同样不轻松，耳畔一直回响着贺红衣的话，"你真的甘心这样拼死拼活，就为了给别人当一个解闷的工具吗？"

她越想越觉得空前烦闷焦躁，迟迟不愿回到赌场，于是拐到赌场旁的一条小巷子里，掏出了烟和火柴。火柴刚点燃，却被风吹灭了，她顿时警觉，于是抬头一看，只见巷口处已经站了一个人，冷笑道："哼，居然是你！"局座猛地抽出匕首，向着对方冲去。

对方冷静地掏出一把枪，不由分说便扣动了扳机。枪声响起，局座应声倒地，瞪大了双眼，眉心汩汩流出鲜血……

吴乾三人本正向赌场走去，却意外听到旁边小巷的枪声，于是立刻跑了过去，不想竟然看到了局座的尸体。三人大惊失色，立即四处寻找凶手，

却没看见一个人影。

赌场包厢中，何致鸿期盼着揭晓结果，然而却迟迟不见两队队长归来。

"还没到时间呢，何先生再等等……"黄先生安抚着何致鸿，却被粗暴打断，"等什么等，别废话，赶紧说！"

"既然何先生说了，那黄某就不好再隐瞒，虽然人没回来，但是最后一轮找人，双方都没有拿到彼此的令牌，因而作废。按照之前的比分来算，应该是局座赢了。"

"不可能，我哥不可能会输！"吴潇潇惊恐地睁大眼睛。

何先生脸色一沉，将手中的雪茄掐灭："这就是你劝我下的好注。"

"是在下无能。"黄先生欠身道。

"好，好！"何致鸿指向吴潇潇，"剁了她的手，给她哥送去。"

吴潇潇大惊失色，连忙求饶："别，何先生，你再等等啊，这人还没回来呢，说不定事情有转机呢，我之前忘了讲，我哥最擅长的事就是逆风翻盘，剑走偏锋……"

何致鸿不耐烦地挥挥手，副手孙海立即拿出刀，就要向吴潇潇的手砍去。

"啊——"吴潇潇挣扎着闭上眼睛。

突然，包厢门被打开了："黄先生，出事了！"赌场看守匆匆跑进来，对黄先生耳语报告着什么。

"怎么了？"何致鸿不耐烦地问道。

"何先生，事情有变，我需要去处理一下，至于这个姑娘……"黄先生意味深长地看向吴潇潇，"恐怕何先生得再留一留了。"

黄先生带人急匆匆地赶到小巷，确认了局座的尸体。

"是局座没错，把吴乾那队的人带到赌场来。"黄先生吩咐道。

卫乘风、吴乾和贺红衣等人已聚集在赌场大厅好一会儿，黄先生却还没到，众人焦虑不已。

"这个黄先生准备把我们晾到什么时候?"吴乾不耐烦地踱着步。

"队长死了,那这个比赛……还要不要继续了?有钱……"卫乘风没有主意,照旧盯着吴乾。

吴乾托着下巴,喃喃自语着:"有问题,这个比赛有问题,我们三个不可能杀人,局座这时候死了,谁有时间下手?"

"别……别拉我回去……我不玩了!各位大老爷,求求你们了!我不玩了!"崔洋被看守们拖了进来,"我真的怕了,你们就饶了我吧,我给你们磕头!"

看守将崔洋放开,崔洋跪在地上频频磕头,却无人搭理他,他只得委屈地站起来,嘴里喃喃道:"这都是什么比赛啊,往我嘴里塞炸弹,我上有老下有小……"

"那炸弹是能解除的。"贺红衣宽慰道。

"那下次呢?万一下次弄几把枪来,我们怎么办?"崔洋心有余悸。

"搜身!"黄先生带着几个看守走到众人面前。

看守瞬间将几人围住,检查了他们的身体,一会儿便退了回来,冲着黄先生摇头。

"你怀疑我们?"贺红衣瞪着黄先生。

"例行检查,请多多理解。"

赌场二楼,热曼、马尔斯、何致鸿和钱白铁正观察着大厅中的情况。

何致鸿掩饰不住欣喜,开口道:"你看,我就说他们身上不可能有枪,局座被枪杀,跟他们可一点关系都没有了!"

"没枪,说不定是把枪处理掉了!"热曼脸色铁青。

"老热,你怎么就认定人一定是吴乾杀的呢?按照局座平时的作风,外面的仇家应该不少吧?"何致鸿藏不住幸灾乐祸的表情。

钱白铁点点头,慢悠悠地开口道:"况且,比赛嘛,意外也是有的。"

何致鸿连连点头:"没错,意外嘛。现在时局这么动荡,谁知道怎么回事。局座的死就是个意外,或者她出于内疚,自杀了也说不准!吴乾还活着,那他理所当然进入下一轮比赛呀。"

"什么下一轮，局座就是赢了，她既然死了，比赛就应该到此为止！"热曼一腔不满。

一直沉默的马尔斯忽然开了口："老热，你这就有点输不起了，你的人死了，我们的人还在啊！"

"你们的人……等等！"热曼反应过来，气急败坏地追问马尔斯，"你骗我！你还有人？你的人是谁？"

马尔斯神秘一笑，没有搭话。

"那么，比赛继续？"钱白铁看看马尔斯，又看看何致鸿。

何致鸿急忙点头："继续！"

"当然继续！"马尔斯从容一笑。

"哼，继续就继续，我倒要看看，局座都死了，你的人又能活到什么时候！"热曼故意扭脸不看马尔斯。

楼下大厅，黄先生收到楼上大佬们的决定，开口宣布道："我宣布，第二轮比赛因局座意外而亡，吴乾队剩下四人自动晋级下一轮比赛。明早我会宣布下一轮游戏规则，你们就留在赌场内，不许离开。"

崔洋抱着头浑身发抖，不愿继续比赛。其他人的脸上也毫无喜色，吴乾暗暗握住了拳头。

众人刚刚散开，何致鸿就派人将吴乾接到了关押吴潇潇的房间，吴乾方才知道他如今要面对的人已经不是黄先生了。

"这想必就是吴乾了，幸会幸会，鄙人何致鸿，直系军阀第二混成团团长。"

吴乾虚虚地握上何致鸿的手，很快便松开了："幸会，何先生，我妹妹一个混混，怎么会和先生您有交集？"

何致鸿愣了一下，随即爽朗一笑："小伙子够直接！刚巧，我何某也喜欢打开窗户说亮话，万术大赛，我和那些洋人下注，买了你赢，就从黄先生那里把你妹妹请过来做客，接下来该怎么做，我想不用我说了吧？"

"你想用潇潇威胁我为你赢得比赛？"

"什么叫为我？难道你不想赢吗？你是为了你自己啊！当然，顺便也是为了我。至于威胁嘛，你要这么理解，也不是不可以。"何致鸿凑近吴乾，"毕竟，我只看中结果！我相信，你不会拒绝我的。"

吴乾看着可怜巴巴的吴潇潇，咬紧牙关。

当晚，众人来到餐厅用餐，却没有一个人有胃口。

"我还是不敢相信，局座居然会死。"吴乾拿起筷子又放了下来。

"这就是一个拿命来玩儿的比赛。"贺红衣眉头紧锁。

"他们……根本不把我们当人看！局座那么强都死了，却连怎么死的都不知道，下一个会是谁？"崔洋尤其气愤，"游戏就游戏，救人就救人，搞什么炸弹啊！摆明就是想看我们死！我真的不想玩了！我们一起退赛吧，奖金哪有命重要！"

吴乾看向卫乘风和贺红衣，卫乘风低下了头。

崔洋继续说道："你们想想，这些天的比赛，死了多少人，有巡捕管过吗？"

"有有有，我们巡长说抓到割喉杀手局座有重赏！"

吴乾冷冷地说道："你可真是单纯，这就是你们巡长为了应付老百姓的说辞！你看局座潇潇洒洒参加比赛，有人动她吗？还不是互相通过气了。"

卫乘风思忖吴乾的话，着急结巴道："可……这……不是……好不容易走到这一步，阿奶的医药费……"

吴乾也低落下来："潇潇被赌场扣着，我只有赢了比赛，才能救她……"

"有钱，对不起……都怪我非要参加……"卫乘风满脸愧疚。

"好了，不管怎么样，我们都不能退赛，否则不正是合了那些洋人的意吗？他们回头又会嘲笑我们懦弱无能，我们不能输！都走到这一步了，再坚持一下，我不信他们敢这么无法无天！"贺红衣仍旧一脸坚毅。

"你们都这么想？"崔洋失望地看着众人。

贺红衣点点头："无论下一场比什么，只要我们团结，洋人不敢拿我们怎么样。"

　　崔洋点点头，顺着红衣的话说道："就剩我们四个人了，最好还是共进退，要弃赛就一起弃，万一有什么事我们也互相有个照应。"

　　"唉，什么共进退，是想退退不了！没了吴潇潇，老不死的估计也活不了。别愣着了，吃饭吧，多吃一点，明天上路当个饱死鬼。"吴乾深知没有退路，索性大快朵颐起来。

　　众人吃饱喝足，准备回房间休息。

　　"明天的比赛一定要团结！活到最后！"吴乾给众人打气道。

　　贺红衣和卫乘风认真地点点头，走在众人之后的崔洋却不屑地笑了笑，然而并没有人发现……

# 第八章 对决

夜里，吴乾和卫乘风一人一张床躺着，两人呆呆地望着天花板，半晌无语。

"终于到决赛了……这一路真不容易，挨了……"卫乘风掰着手指数，"唉，挨了五六七八顿打，差点儿被卷进粉碎机里，又差点儿被炸弹炸死，总算摸爬滚打走到了现在。"

"当初劝你不要来你还不听，有这点儿功夫早就轻轻松松赚大钱了，你说你后悔吗？"

卫乘风想了想，摇摇头："不后悔！能跟你共闯难关，不管能不能拿冠军，都是我这辈子最不后悔的事！"

"喂喂喂，你可别乱说，我们费这么大劲最后什么也没捞着，那我可是要杀人的！"

"得了吧，我还不知道你，面恶心善，总想着保护大家。你放心，咱们

兄弟俩联手，什么时候不是所向无敌！"

吴乾却面露忧虑，淡淡说道："如果明天我有意外，潇潇就交给你了，她说风就是雨，你可得看好她。"

卫乘风鼻子一酸："你别瞎说！潇潇太凶了，除了你谁都降不住，我们一定会活到最后的！"

隔壁房间中，贺红衣卸下在众人面前的坚毅伪装，颓丧无力地坐在房间里。此刻，她特别想听听老师的建议，甚至是听听雨辰的鼓励也好，可是，她连出都出不去。然而，稍一转念，她一想到隔壁有一个人在，就觉得莫名踏实了几分。

前一秒吴乾还在担心没人照顾潇潇，后一秒，他的呼噜已经打得隔壁贺红衣都能听得到了。而卫乘风则心事万千，睁着眼睛默默祈求平安。

棚户区里，众人渐渐对万术大赛的残酷有了耳闻，不再心宽如常。

白事店外，卫奶奶起了一个火盆，将一大包纸钱扔了进去，阴森森地念叨着："乘风……回来啊……"

吴乾家中，吴法天跪在财神爷的海报前上香，低声嘟囔着："财神爷，也不知道你管不管这个，但是我老吴就认你！财神爷在上，保佑我儿子万术大赛拿个第一，把潇潇那丫头顺利换出来，如果财神爷能允了我，我愿意一辈子戒赌，把我的好运全留给他！"说罢，他"嘭嘭嘭"连磕了三个结结实实的响头。

天台上，董大锤和阿蛙等人则在商量着如何能帮吴乾一把。

"要不咱们明天带上刀，跟他们拼了！"阿蛙目光如炬。

董大锤一盆冷水泼下来："就你那小身板还想跟人拼？管他赌场是什么妖魔鬼怪，恶人自有恶人磨，我们只用带一个东西。"

"什么东西？"阿蛙好奇地问道。

"吴法天。"

众人顿时了然，纷纷点头如捣蒜。

钱白铁深夜到家，吕思蒂热情地迎接，钱白铁却懒得跟她多说一句，径直带着副手陆横走进了餐厅。

"恭喜先生。"陆横向钱白铁拱手。

钱白铁倒是一脸淡然:"这才第二轮,运气而已。"

"这一轮比赛这么危险,贺红衣不是队长,居然也赢了,看来这个女孩有些能力。"

"老桑最得意的门生,想来不会太差。"钱白铁心情愉快,指指旁边的座位,招呼陆横一起坐下吃饭。

餐厅外,吕思蒂悄悄靠近偷听。这时,张妈送来粥和小菜,吕思蒂上前接过,示意张妈离开。

钱白铁注意到吕思蒂在门外徘徊,故意抬高声音道:"夫人又做了什么好吃的,要等放凉了才能吃?"

吕思蒂笑吟吟走进屋说:"我这不是怕打扰老爷说话嘛。"说着将粥菜放下,"您尝尝粥的火候怎么样,不行我再续上火。"

"已近午夜,夫人累了就回屋歇息吧。"钱白铁温柔而冷漠。

"好,那我到楼上等您。"吕思蒂款款离开,出门前还特地回头看了餐厅一眼。

陆横压低声音道:"先生对她赢得比赛有信心吗?"

钱白铁冷笑:"最后一轮,英国人和何志鸿都虎视眈眈,提着一口气呢,我在这儿操什么心,坐山观虎斗好了,左右不过一张剧院地契而已,贺红衣能不能赢,还是交给老桑去烦恼吧。"

翌日,何致鸿、钱白铁、热曼和马尔斯早早来到赌场,一落座便开始明里暗里地斗了起来。

"现在就看你的人和钱先生的人,谁更技高一筹了?"热曼看着马尔斯,再也没了往日的亲密。

马尔斯微微一笑,看着钱白铁道:"之前钱先生提过您选的人是个学生,但怎么还会拆炸弹啊?这真是让人太意外了。"

"如今的年轻人受的教育可跟我们那时不同,现在都讲究要学技术、懂科学嘛。"钱白铁淡然道。

　　"真没想到一个女孩子竟懂这些，这不就是你们中国人说的巾帼英雄嘛，不过女人毕竟是女人，下面的比赛是男人的游戏。"马尔斯用手比出枪的形状，顶着太阳穴假装开枪，继而悠然地吹了吹枪口。

　　楼下大厅中，四把手枪拍在桌上。黄先生对面，吴乾、卫乘风、贺红衣和崔洋四人围在桌前，桌子中间是一个转盘。

　　吴乾看到手枪，瞪圆了眼睛："搞什么？你们这是要光明正大杀人啊！"

　　吴乾伸手想要抓枪，却被崔洋按住，崔洋凑近吴乾道："你摸过枪吗？这些枪的保险已经开了，小心走火。"

　　"我……我不仅摸过，还用过呢……"吴乾嘴硬，手却默默收了回来。

　　卫乘风盯着枪，眼神渐有恐惧，结巴道："有钱，这次要……要来真的了？我不会……开枪，红衣，你会吗？"

　　"哪次不是来真的？"贺红衣的手扶在桌边，微微颤抖。

　　吴乾冲到黄先生面前，指着桌上的枪质问道："谁制定的游戏规则？让他出来！我倒要看看是谁想玩我们的命，他要是有胆量就出来，当面和我们比试比试！"

　　崔洋微微抬头，看向二楼马尔斯的方向，没错，马尔斯的人就是这只一直在装无能的"翠羊"。

　　二楼，马尔斯一脸嘲讽地看向楼下的吴乾，侧身对热曼说道："楼下那个混混想见你。"

　　"他算个什么东西！想见我，等他活着走出赌场再说。"热曼不屑地盯着吴乾。

　　何致鸿看着马尔斯，嘴角一勾："倘若就是这个吴乾获胜呢？我看他胆子大，命也大，倒是强过你的人许多嘛，别忘了，可是他救了崔洋。"

　　"若是你们的人赢了，鸦片、军火我们自当奉上，就当看了一场好戏，也是一笔很划算的交易。"马尔斯并不恼怒。

楼下，吴乾还在忘乎所以地叫嚣着，而崔洋的眼中则渐露杀气。

忽然，黄先生掏出枪指着吴乾，冷冷道："大早上的这么大火气，我有说要取你们的性命吗？这都要看你们自己的造化，平时多做善事，现在才不慌张。"

"说吧黄先生，这一轮玩什么，怎么玩？"贺红衣一脸镇定。

黄先生展颜，收起枪道："西洋人的游戏，简单直接，一会儿，我会转动桌上的转盘，转到谁，他之外的人就要挑选桌上的枪向他开枪。"

四人顿时脸色一变。

黄先生继续说道："别担心，这四把枪只有一把上了子弹。大概率来说，是不会被子弹射中的。"

贺红衣冷笑一声："大概率？大概率就是一定会有人死，并且是让我们自相残杀！"

"别急嘛，真要不幸中弹了，就只能怪阎王爷收你喽。"

吴乾愤然走到黄先生面前道："我没听懂规则，也不想听，我只知道，我们凭什么要听你的自相残杀？"

黄先生却不理他，目光扫视桌边四人，抬手就去转动转盘，吴乾阻拦不及。

转盘一边转动，黄先生一边严肃开口："从现在开始，你们将各自为战，直到决出最后的冠军！"

转盘缓缓停下，指针正对着贺红衣。

二楼，何致鸿、热曼和马尔斯立刻转头看向钱白铁，好奇他的人将会如何，而钱白铁则一副冷眼旁观的样子，并不着急。

大厅中，黄先生看向贺红衣，又转向其余三人，伸手请道："三位，挑枪。"

吴乾和卫乘风对视不动，崔洋的目光则紧盯着桌上的枪。

"还愣着干什么，动手啊。"黄先生催促道。

吴乾凑到贺红衣和卫乘风的身旁，压低声音道："黄先生只有一个人，我们四打一还打不过吗？等下我们都拿起枪，一起对着他，我冲在前面，你们跟上，绑他做人质，我们逃出去！"吴乾的手逐渐向桌上的枪移动。

"我……我……我听你们的!"卫乘风满头大汗。

贺红衣微微摇头,抬眼瞥了瞥四角站着的保镖,低声道:"想要逃出去很难。"

"你没听到他说什么吗?直到决出冠军!那就是要其他人死!进也是死,退也是死,不如拼一把!"吴乾急不可耐。

黄先生不耐烦道:"我数三声,要是再没人动手,我就喊保镖们来动手了。"

吴乾急切地低声说道:"我数两声,目标黄先生。"

"三——"黄先生先开口。

"二!"吴乾紧随其后。

"二——"黄先生略显烦躁。

"一!"吴乾大喝一声,同时拿起枪,卫乘风和贺红衣紧随其后,三把枪一瞬间全都对准了黄先生。

然而下一秒,崔洋不动声色地举起自己面前的枪,对准了贺红衣。

"崔洋,你干什么?!"吴乾高声大喝。

三人惊讶地望向崔洋,崔洋和之前判若两人,胜券在握地笑着。

楼上,四位大佬都直起了身子,看得眼热心跳。尤其是何致鸿,紧张地握紧了拳头。马尔斯占据了主动,反倒放松了些许,故作淡定道:"中国人不是讲究生死有命富贵在天吗?游戏而已,何先生要输得起啊。"

钱白铁微微眯起眼睛,静观其变。

楼下大厅,吴乾看着面前这个凶狠冷酷的面孔,怎么也不能接受这是他曾经的队员,一个整天胆小得哭哭啼啼的男人。而贺红衣则恍然大悟,责怪自己被表面想象所蒙蔽,毕竟能走到这一步,靠的绝不可能是被主办方胁迫。

崔洋成为马尔斯的人,是在第一轮比赛过后。那时候,崔洋得知马尔斯把注压在了他的身上,立刻对马尔斯点头哈腰。马尔斯授意崔洋可以在接下来的比赛中采取非常手段,崔洋会意,于是择机在小巷中干掉了局座。

"我们昨天不是说好一起对付他们吗？"吴乾还是不能接受这样的转变。

崔阳嘴角一斜，坏笑道："你说那个结巴单纯，你可比他还要单纯，走到这一步，谁不是为了拿冠军，你问贺红衣是不是也这么打算的，只怪她运气不好，第一轮转盘就指到了她。"

"我是想赢得冠军，但我从来没有伤害过任何人，你不配和我相提并论！"贺红衣反驳道。

"等我成了冠军，你们再来说配不配吧。"崔洋猛地将枪口从贺红衣的胸前抬至眉间，"昨天晚上好心劝你们退赛，但拦不住你们赶着送死啊，我可以告诉你们，最后获胜的，只能有我一个。"

卫乘风挪动步子，上前劝说崔洋道："获胜的办法有很多种，你……你千万不要动手！"

"原来你昨天都是演给我们看的，真是卑鄙小人！"吴乾破口大骂。

"随便你们怎么说，我都不会放过这个娘们儿的！"崔洋满不在乎，直直地看着贺红衣。

"她救过你，你忘了吗？你就算拿了冠军也不是男人！有本事你别对她开枪，对我开！"吴乾重重地戳着自己的太阳穴。

贺红衣不可思议地盯着吴乾。

"不！不要开！"卫乘风几乎带着哭腔祈求着。

崔洋不再犹豫，对着贺红衣扣动扳机。贺红衣绝望地闭上了眼，卫乘风和吴乾立即扑向崔洋……

二楼，马尔斯激动地站了起来，何致鸿则愤恨地摔碎了茶杯，钱白铁的笑容也微微凝固。

然而，崔洋扣下扳机，却没有子弹射出，这竟然是一把没有子弹的空枪。吴乾红着眼冲上去擒拿崔洋，崔洋连续扣动扳机，但都没有子弹射出。

崔洋号叫道："为什么没子弹？姓黄的，子弹呢？"

黄先生看看周围的人，装作不知情。

楼上，马尔斯趴在栏杆上，激动地冲着下面喊道："你搞什么，快杀

了她！"

"动手啊。"热曼戏谑地吹起了口哨。

卫乘风抬头看见热曼，立刻认出他是杀死白毛的凶手，惊呼道："是他！吴乾，是他！楼上那个洋人！"

吴乾将崔洋压在身下，拎着他的衣领，抬头看向楼上。

"黄头发的，就是他杀了白毛！"卫乘风大喊道。

吴乾一愣，继而对上了热曼的眼神。

吴乾的眼神从意外变成深入骨髓的憎恨，咬牙切齿道："王八蛋、洋鬼子、狗杂种！终于让我找到你了。"说着将崔洋扔在一边，拿起枪就向二楼冲去。

二楼，热曼和马尔斯对视了一下，热曼耸耸肩，做了个不解的手势。在他们眼里，这些冲动的中国少年总是很容易被激怒，但又根本没有搞事的能力，说的话和做的事只会让人发笑罢了。

楼下，卫乘风也举枪跟着吴乾往上冲，几个赌场保镖冲下来拦住吴乾。吴乾灵活地穿过保镖，就要冲上二楼。卫乘风则被保镖拦住，枪也被打落在了地上。

"白毛是哪个？我杀的中国人太多了，忘了。"热曼饶有兴致地看着楼梯下方的吴乾。

吴乾咬牙切齿道："你个王八蛋，我要你替白毛偿命！"他不惧对手，一路打了上去。

卫乘风见势不妙，对着贺红衣大喊："快阻止他！"

贺红衣放下枪，上前想要拉住吴乾。

此刻，被吴乾打晕的崔洋缓缓爬了起来，他看见贺红衣正和赌场保镖周旋，嘴角一斜，欲向贺红衣放阴枪。

卫乘风连忙大喊道："红衣——小心！"

贺红衣专注与保镖们交手，没听到卫乘风的提醒，崔洋不断瞄准移动中的贺红衣。卫乘风慌了，他拼命挣脱了保镖，捡起地上的枪，双手颤抖着瞄向崔洋。

另一边，贺红衣在楼梯口帮吴乾挡住了保镖，吴乾眼看就要打到二楼。陆横欲掏枪，这时，钱白铁看了他一眼，陆横又退了回去。

热曼见保镖逐渐不敌，有些慌了，索性自己拔出枪想要射杀吴乾，却误射中了保镖。

"老子命硬，没那么容易死。"吴乾挑衅地喊道。

楼梯上，吴乾隔着保镖，举枪瞄准热曼。

楼下，崔洋用枪瞄准了贺红衣。

楼梯口，卫乘风飞身推开贺红衣，枪口瞄准了崔洋。

一瞬间，三枪齐发!

卫乘风开枪及时，崔洋小腹中弹;崔洋受伤移动，贺红衣则被流弹划伤手臂;吴乾则被保镖干扰，子弹击中了栏杆。

吴乾继续开枪，可枪中再无子弹，他愣愣地看着自己的手枪，疑惑道:"为什么这三把枪里都会有子弹? 游戏规则不是这样的!"接着他愤怒地看向黄先生，"你们出老千!"

钱白铁眼神示意陆横，陆横当即指挥保镖上前将吴乾按在了地上。


此刻，一楼大厅中，贺红衣被押在一旁，崔洋腹部受伤，坐在椅子上，卫乘风刚才飞身开枪时撞在了栏杆上，此刻仍晕在原地。

而吴乾正被保镖压住，跪在二楼。

热曼走到吴乾面前，拿出枪指着吴乾的脑袋:"想替那个什么毛报仇? 哦，我想起来了，是那个黄包车夫对不对? 他还说会什么气功，真是可笑。"

"是你杀了他! 你为什么要杀他? !"

"他骗了我，就该死。你想杀我，你也该死，你们这些中国人罪有应得! 我送你去地狱!"热曼用枪抵着吴乾的额头。

这时，热曼身后的钱白铁突然开枪，直击吴乾的胸口，瞬间血花四溅，吴乾倒在了血泊之中……

楼下，贺红衣听到枪响，惊得目瞪口呆，欲向上冲却被保镖们紧紧拦住。

"别拉我! 你们是不是杀了吴乾? 吴乾——"贺红衣声嘶力竭的声音

回荡在赌场四壁，久久未能散去。

二楼，热曼疑惑地看着钱白铁："钱先生，你这是……"

钱白铁淡淡开口道："不管怎么说，赌场毕竟还是上海的地盘，这个混混死不足惜，只是国有国法，热曼先生想自己动手，恐怕不太合适。按照租界的规矩，这种事情还是交给钱某来做比较适合，也避免热曼先生惹上什么不必要的麻烦。"

热曼点点头将枪收起来："钱先生平常万事和气，讲起规矩来也是黑白分明，多谢了！"

钱白铁擦了擦衣服上溅到的血迹，示意陆横道："拖下去，找人来把这里搞搞干净。"

陆横立即带人拖走了吴乾的尸体。

楼下，贺红衣探着身子向二楼看，却看不到人，只得无力地喊着："你们到底对他干了什么？吴乾……你不要死啊……"

钱白铁探头看了一眼楼下慌乱的贺红衣，转身揽着热曼离开。

崔洋见楼上两人要走，连忙喊道："我还没杀了她，游戏还没有结束，别走，我还要比！"

无人理睬崔洋，贺红衣却死死地瞪着他。


赌场办公室内，四位大佬就座，钱白铁又恢复了往日的淡然神色。

马尔斯重新打量着钱白铁道："钱先生平常不爱言语，没想到做起事来也挺狠，怪不得你和何先生在租界内外都是叱咤风云的人物。"

钱白铁连连摆手道："举手之劳。"

热曼笑笑说道："今天想杀我的，看起来不只是那个已经死了的吴乾了，还有那个姑娘，钱先生，她是你的选手吧，我和她无冤无仇的，她怎么也想让我死呢？"

"你想说这是老钱指使的？没有的事！"何致鸿立刻说道。

热曼对何致鸿一笑："何先生不要紧张，她既然是钱先生的人，这件事，我就当没发生过。狗，最重要的是听话，这种人，我劝你们还是少用为好。"

钱白铁不置可否地点点头。

赌场后门，陆横和手下们将吴乾抬上车，汽车飞快地开走了，溅起一地水花。

赌场大厅中，贺红衣将尚在昏迷的卫乘风放平，崔洋不屑地冷眼看着。

"局座是不是你杀的？"贺红衣瞪着崔洋。

崔洋并不回答。

贺红衣继续质问道："你帮洋人做事，可是看看你现在这个样子，他们真的在意过你吗？我是为了守护我重要的东西参加比赛，那是我的信仰，可以带领千千万万的中国百姓获得自由和民主，可你呢，为了钱不惜残害同胞，一个国家如果连真正的主人都不在了，你还要这些东西有什么用？"

崔洋激动道："什么国不国家不家？大清亡了我就没有国，东洋人来了我就没有家，你能为了你的信仰拼命，我就不能苟且而活？"

"我想救助的，就是像你这样麻木不仁的人。"

崔洋苦笑道："麻木的人太多了，你救得过来吗？你看看那个姓黄的，他收了英国人的钱，在转盘里作弊，第一轮，无论怎么转，被转到的都是你。"

贺红衣冷笑道："那你有想过为什么你的枪里没有子弹吗？黄先生这样的人，他收了英国人的钱，也一定会收其他人的钱。"

"洋人给我安排的子弹，现在就在我的肚子里！"崔洋惨淡一笑，移开压着小腹的手，忍痛低头一看，他的小腹已是一片血肉模糊。

贺红衣看着奄奄一息的崔洋，犹豫片刻，还是上前撕扯衣服为他包扎，尽管已经无济于事……

办公室内，四位大佬气氛微妙，黄先生更是不知该作何表情。

"举办这么大的比赛，难免会出现乱子……"黄先生讪笑道。

何致鸿夸张地点了点头："是啊，只不过一点小乱子，不足为奇。黄先

生为比赛操持忙碌得很，每天不知道多少人找你打听消息，想要让你帮帮忙，那才是大事。"何致鸿故意看向热曼和马尔斯。

马尔斯的神情略有尴尬，原来热曼和马尔斯曾提前给过黄先生十根金条，要求黄先生对贺红衣的转盘略做调整，此外，还把给崔洋准备的那把有子弹的枪做了记号，以保证一击即中，永无后患。

见热曼和马尔斯作弊之事暴露，何致鸿神情得意。

黄先生欠身道："热曼先生和马尔斯先生托我办的事我也办了，有不妥当的地方还请恕罪。"

热曼羞愤暴怒，指着黄先生骂道："你收了我的钱还敢玩我！"

马尔斯愠怒，嘴硬狡辩道："崔洋的枪里根本没开出子弹！就算我请你办事，你没做到那就不能算是作弊，游戏还是公平的，你不要污蔑我。"

何致鸿难掩笑意："马老弟，做没作弊你也不必与我争了。中国有句俗话说得好，螳螂捕蝉黄雀在后。"

钱白铁和何致鸿对了一个眼神，原来，热曼和马尔斯买通黄先生之后，黄先生立刻将此事知会了何致鸿和钱白铁。何致鸿欲与洋人撕破脸，钱白铁却担心这样一来不止鸦片、军火打了水漂，对他们也没好处。思忖之下，二人决定在转盘上随了洋人的心意，但四把枪则反着来——给崔洋空枪，而其余三把枪全部装上子弹。他们相信以那三个人的品性，不会以子弹伤人，但子弹却有可能助他们自保。

马尔斯得知真相后不寒而栗，但却依旧嘴硬："两位看起来计高我们一筹，但也不过是玩些调包的把戏，彼此彼此。"

何致鸿放声大笑道："哈哈哈哈，老钱，你这以其人之道还治其人之身的高招，竟然被人家说成了把戏。"

钱白铁微笑着摇了摇头："确实是把戏，不足挂齿。"

热曼听得云里雾里，索性直言道："如果说你我为了赢都买通了黄先生，那就当互相扯平，现在选手都还在楼下等着，游戏还可以继续嘛。"

"好像是这个道理，就是不知道，一旦真的靠天意，你的人还能不能笑到最后！"何致鸿满脸自信。

马尔斯意识到形势不妙，连忙否定热曼的话："到了今天，我想大家也玩得开心，看得尽兴了，输赢对我来说倒也不是最重要的事，两位先生要是也有同感就把这游戏散了，我的鸦片两位要是感兴趣就拿去。"

热曼眉头一紧："这和说好的不一样！比得好好的凭什么不比？"

马尔斯压低声音对热曼道："你还没看出来吗？中国佬摆明吃定我们了，比不比都是输，你停下吧。"

热曼还是没反应过来。

钱白铁开口道："马尔斯先生的意思我明白了，我也十分赞同，但我也得尊重各位选手的意愿，这样吧，我们出去征求下意见，要是大家都觉得妥当，就赌注各归其主。"

黄先生和四位大佬先后下楼，马尔斯看到崔洋已经咽了气，气得连踹崔洋的尸体两脚，用英文暗骂道："阴险狡诈的中国佬！"

黄先生见状一本正经地走到几位大佬面前，宣布道："现在崔洋已经死了，卫乘风还在昏迷，显然丧失了继续参赛的能力，那我们的冠军候选人只剩贺红衣，根据比赛流程，她就是本届万术大赛的冠军！恭喜贺小姐。"

"吴乾怎么不出来跟我比？"贺红衣立刻追问。

无人回应贺红衣，何致鸿和钱白铁相视一笑，从容地鼓起掌来。贺红衣了然，顿时满面绝望。

"按照赌约，除钱先生之外，三位大人的赌注将于决出冠军之后奉上。"黄先生提醒道。

热曼站起身冲到钱白铁面前："你们！"

陆横和孙海立即站出来，挡在钱白铁面前，热曼只得作罢。

"愿赌服输，我们走！"马尔斯愤恨不已，却只能拉着热曼离开赌场。

"老钱，你看到他们的脸色了吗？哈哈哈，这军火和鸦片，现在都归你我了！"何致鸿喜不自胜。

"何先生喜欢，都拿去便是，我对这种东西，实在没太大大兴趣。"钱白铁走到贺红衣面前，轻声道，"恭喜贺小姐夺魁，戏院保住了。"

贺红衣则面无表情地看着钱白铁，问道："吴乾呢？"

钱白铁耸耸肩，神秘一笑。

黄先生走到贺红衣面前，低声道："贺小姐放心，吴乾没事的。"

"没事怎么不见他人？"

黄先生并不回答，而是点头哈腰道："为保安全，奖金支票今日开出，明日即可领取，您就是上海滩的富翁咯。现在从正门走不方便，从后门走吧，我派车送您回去。"

随后，保镖架起受伤的贺红衣，向后门走去，贺红衣则不甘心地回望了钱白铁一眼。

赌场外，棚户区众人守在门口已久，见赌场内渐渐没了动静，纷纷涌上去狂敲大门。赌场内，何致鸿和钱白铁听着外面的鼎沸人声，头疼不已。

何致鸿拿出新闸路的地契交给钱白铁，钱白铁却轻轻推了回去。

"面子没丢，一块地算什么，老钱，新闸路这块地……"何致鸿再次将地契推给钱白铁。

"算了算了，都是自己人还客气什么。我要这块地有什么用，你自己收着吧。"

"不过不是我说，你这招实在是厉害！"何致鸿默默收回了地契。

"毕竟是何先生的赌场，我是狐假虎威借您的佛光。这赌场就像是黄龙雀巢，洋人不过是色厉内荏的大刀螳螂罢了。"钱白铁说罢就向后门走去。

"这么着急去哪儿啊？留下喝一杯庆祝庆祝。"

"红府戏院有新本子，我岂能错过！"钱白铁露出由衷的喜悦。

"这个老钱。"何致鸿笑了笑，也转头离开了。

副手孙海跟在何致鸿背后道："恭喜先生获胜。"

何致鸿这时却收起笑脸，压低声音道："钱白铁几时疯痴，几时运筹，不能小看了他。"

"先生明鉴。"

何致鸿瞥了眼地上躺着的卫乘风和崔洋："这两个人收拾一下，该埋的埋，该送医院的送医院。"

"是。对了先生，那个吴潇潇……"

"你不提我都忘了,可怜她死了哥哥,赏几块大洋放了吧。"

吴潇潇拿着几个大洋,兴高采烈地走出了赌场,就发现棚户区众人都在,顿时喜极而泣。吴法天见女儿非但没受伤,还被喂得白白胖胖,也放了心。然而吴乾和卫乘风到底是什么情况,却仍然没有人知道。

众人疑惑之际,赌场大门忽然打开了,一个蒙着白布的担架被送了出来,众人心头一紧。

"这是⋯⋯"阿蛙面色铁青,拉着抬担架的人问道。

"不知道,比赛的人。"工作人员抬担架就走。

吴法天连忙拦住担架:"不行,我得看看。"他鼓足勇气,捂着眼睛去掀白布。

此时,昏迷的卫乘风被抬了出来,众人立马围了上去。

"乘风哥哥!"吴潇潇大呼道。

吴法天一直捂着眼睛,以为白布底下的人是卫乘风,顿时一惊:"啊!乘风死了?"他赶忙放下手,发现眼前的人是崔洋,"打扰了,抬走抬走!"

众人围着卫乘风,董大锤给他号了号脉,又翻开眼皮看了看,良久才开口道:"他昏过去了。"

"废话,谁看不出来!"吴法天嫌弃道。

董大锤拿出腰间背着的饭盒,打开正是还冒着热气的鸡汤。

"本来就是给你俩补身子的,救人要紧,就我先享这个口福了,让开!"董大锤示意众人闪开,然后吞了一大口汤,猛地喷在了卫乘风的脸上。

片刻之间,卫乘风缓缓睁开眼,却仍因头晕而看不清众人的脸。

"你小子你怎么搞成这样?吴乾呢?"吴法天急忙问道。

"对啊,我哥呢?"吴潇潇急忙往赌场里看,却再没有人被送出来。

卫乘风头疼不已,脑海中飞快地闪现着方才被撞晕前后的片段画面,猛然间他忆起恍惚中曾听到吴乾被当场击毙。

"吴乾⋯⋯吴乾⋯⋯吴乾他死了⋯⋯"卫乘风泪流满面。

第九章

# 分道

贺红衣回到剧院，博文等一众明镜学会的学员们对她交口称赞，却唯独不见贺红衣的好闺蜜雨辰。贺红衣好奇之际，雨辰捧着一个大蛋糕走了出来。

"红衣，我早就知道你会是冠军，提前就在研究怎么给你庆祝——surprise！"雨辰将蛋糕举在贺红衣面前，"西洋人有喜事就会吃蛋糕，我第一次做，样子虽然难看了点，但满满的快乐都在里面。"

雨辰将蛋糕塞进贺红衣手里，又从衣兜里拿出几只蜡烛插在蛋糕上，用火柴点燃。火光映照着贺红衣憔悴的脸庞，万术大赛的场景一幕幕浮现在她眼前，一滴泪不禁滑落她的眼角。

雨辰见贺红衣垂泪，以为她是因胜利而激动："别激动别激动，吹蜡烛啊。"

贺红衣轻轻吹灭蜡烛，雨辰挖了一块奶油，想抹在贺红衣的脸上。

　　桑介桥见贺红衣情绪异样，开口制止道："好了，别闹了，我和红衣有事要谈，你们先出去。"

　　众人离开后，桑介桥拍着贺红衣的肩膀，由衷地赞叹道："红衣，你现在是我们学会的第一大功臣。"

　　"老师，比赛的奖金改日我去领取，到时候交由学会管理使用。"

　　"这次你获胜不仅保住了学会所在，所得的一大笔奖金，对学会来说也无疑是一场及时雨。我们发展学员，开办杂志，正是需要用钱的时候，你立了这么大的功，该奖，而且要大大的奖，你有没有什么想要的，可以跟我提。"

　　贺红衣思忖片刻道："承蒙学会和老师的照顾，我没有别的所需，但我这次获胜，离不开新闸路那些朋友的帮助，可到头来他们伤的伤，失踪的失踪……"贺红衣叹了口气，不再言语。

　　桑介桥宽慰道："我之前就说过这些人并非平庸之辈。红衣，你获胜就是对他们最大的宽慰，不要太难过，你的所作所为对得起他们，也对得起自己。"

　　"学生不明白，那些所谓的军阀和西洋人，直接在赌场里杀人，我的那些队友，瞬间就成了枪下冤魂，那是一条鲜活的人命啊，他们把我们的生命当成什么了！"

　　"确实可气，当今中国形势就是如此残酷，我们学会奋斗的意义，正是为了打破这种陋象，让每个人都能过上自由平等的生活。还有一件事或许你还不知道，你的胜利，不仅保住了学会的剧院，还保住了新闸路百姓脚下的土地，保住了他们的家。"

　　"为什么？这个比赛和新闸路也有关系？"贺红衣更加莫名。

　　桑介桥点点头："对，新闸路也在这场赌注之中。法国人看中那块地皮很久了，这次要当真被他们拿走了地，不出一周，棚户区就会被夷为平地，变成影戏院、跑马场，那里的人就会流离失所，所以，这次任务你完成得非常出色，救了剧院，还救了许多百姓，老师以你为荣。"

　　贺红衣百感交集，沉吟片刻道："我知道了，老师，这几天我太累了，想先回家休息。"

"本想着晚上给你好好庆祝一番，知道你辛苦那我也不勉强。对了，你入党的事，快了。"桑介桥满怀希冀地看着贺红衣。

卫乘风被送至医院，众人仍旧无法相信吴乾已死，纷纷盼着卫乘风醒来说个清楚。转眼到了深夜，众人困得几乎睁不开眼，这时，卫乘风却缓缓醒来了，众人顿时被点燃，一股脑挤在了卫乘风身边。

卫乘风努力打起精神，一五一十地把赌场中的所见所闻向大家说明，然而一回想到吴乾的死就天旋地转，仿佛又要晕过去了似的。医生见状将众人强行推出病房，不许他们再打扰病人休息，然而卫乘风根本没有心情休息，始终沉浸在痛失兄弟的悲伤之中无法自拔。

病房外，吴潇潇哭天抢地，说什么也不信她那个混世魔王哥哥会被人打死。无论众人怎么安慰，吴潇潇还是止不住地号啕大哭。人群之外，吴法天面无表情，一声不吭地坐在地上，良久，方才一字一顿道："说我儿子被杀了，怎么杀的？尸首呢？活要见人，死要见尸，潇潇，不哭。"

吴潇潇看着父亲从未有过的样子，顿时止住了哭声，坚毅地点点头。

夜晚的租界繁华热闹，一家高级西餐厅中，马尔斯将一块带血的牛排切开，使劲咀嚼着。

热曼啜饮一口烈酒，发出啧啧感叹："都说你们英国人绅士，老马，你吃起牛排来却很狂野啊，这让我想起了非洲草原，百兽之王狮子寻找猎物的样子，我们什么时候一起去一趟？"

马尔斯放下刀叉，举起杯子摇晃了一下："都说你们法国人优雅，看来红酒还是太清淡，也不是那么符合你的口味啊，比起非洲，我可是更喜欢中国！"

热曼大笑，与马尔斯碰杯："我也喜欢！这里真是让人充满激情。"

"No, No, No!"马尔斯摇头道，"是充满兽性！所以，为什么还要去非洲呢？这里的动物世界还不够精彩吗？还是你没看过瘾？"

"过瘾，当然过瘾！这帮中国人是真的饥饿，急煞了眼……"热曼说到兴奋处，突然拿刀抵向脖子，临空划了一刀，"就像这样，血哗地流出来，人就死了，眼都闭不上，哈哈，等我老了，我要把这些见闻写进回忆录里……不过老马，我们损失的鸦片、军火，着实可惜！"

"有得必有失嘛。"马尔斯举起手，比起小拇指，"那么一点点，就当送给他们了！"

"被他们摆了一道，还能有这样的心态，你可真是大度。"

"尽管我们身处租界，但总归要和中国人做生意，提前交一点学费也没什么不妥。"

热曼一听来了兴致："看来，你要有大动作了？有什么好生意别忘了让我也分一杯羹，中国人的钱确实好赚。"

马尔斯指指桌上的餐食："那是当然，一起吃肉，一起喝汤，盘子做大，到时候……就用中国人那句话——君子报仇，十年不晚。"说着举起杯来，二人相视一笑。


吴法天回到家，越想越坐不住，每五分钟就要猛地站起来一次，非要冲出去找儿子、找仇家。众邻居怕吴法天冲动出事，轮番负责看住他。

"老子死了这小子也死不了，我不信。现在我就去找他！"吴法天再次欲往门外冲。

卫乘风的头上缠着绷带，拼命拉住吴法天，自己却一阵头晕。

大锤妈赶紧上前堵住门："哎哟，吴乾爹，现在哪里是冲动的时候啊？你找他，这么大个上海，你就凭这双脚，到哪找他去啊？黄包车兄弟们早就出动了，阿蛙也去赌场打听了，我们还是等等吧！"

"我等不了了！"吴潇潇一下子站起来，"我现在就去赌场，就算我哥死了，我也要把他的尸体背回来！"

"潇潇，你就别添乱了，你哥死不了，什么尸体不尸体的，呸呸呸！"大锤妈急忙猛啐了几口唾沫。

卫乘风的表情愈发痛苦："是我对不起有钱，我没能救得了他，他说得对，我就不应该去参加什么万术大赛！"

吴法天忽然瞪着卫乘风："你这个臭小子，说什么对不起，这是什么狗屁话！我说了我儿子不会死！你想想你说的，你当时确实听到枪响，看到吴

乾的背影倒下了，但是要是人真死了，不是会蒙着白布抬出去吗？怎么会连人影也没有，对不对？"

"对啊，有道理，那死人抬出来我们都见到了！"董大锤兴奋不已。

吴法天接着说道："所以，这里头肯定有问题，我要去赌场问个明白！"

卫乘风思忖片刻，似乎振作了一些。

"我也去！"吴潇潇立刻站起身。

"要去大家一起去，抄家伙，走！"董大锤高喊一声，棚户区众人顿时雄赳赳气昂昂地涌向了赌场。


吴法天拿着扫帚往赌场里冲，棚户区众人跟在他身后，气势如虹。然而，下一秒众人就被保镖们的枪口给逼退了出来。吴法天只得转换战术，抬高声音变着花样地骂街，终于把黄先生骂了出来。

"你是吴乾他爹？他已经死了，你们去乱坟岗找他去吧。"黄先生一句多余的话都懒得说。

"你放屁！把我哥还给我！"吴潇潇说着就张牙舞爪地冲向黄先生，棚户区众人也纷纷出手。

不远处，贺红衣正走过来，见赌场前大乱，匆匆走来："大锤，乘风，你们怎么在这儿？"

卫乘风听到贺红衣声音，立刻扭头："红衣……"

黄先生见到贺红衣，立刻换了一副嘴脸："呀，贺小姐您来了，一定是来领奖金的，我都……"

贺红衣并不理睬黄先生，上前扶起卫乘风："你们怎么搞成这样子？"

"我们来讨说法！我……我们都不信吴乾就这么死了，我记不清了，你告诉我，他死了没？"

贺红衣摇头道："我也想知道，那天我是听见枪响了，可是不是打中了吴乾，他又去哪儿了，不管我问了再多遍他们都不说。"

吴潇潇上前质问贺红衣："听那个长着狗眼的人意思，就是你得了冠军？别以为我不知道你们的比赛都有猫腻，你肯定和他们串通好了，杀了我哥拿的冠军！"

"潇潇！"卫乘风急忙喝止。

贺红衣并不介意，仔细思考其中问题，严肃道："你们来这儿就是鸡蛋碰石头。乘风，你先带你的朋友们回去，吴乾的下落交给我，我去打听。"

众人看着贺红衣一脸笃定的样子，纷纷冷静下来，向黄先生投了一堆白眼便离开了。

赌场中，黄先生将奖金发给贺红衣，以为这一场劳心劳力的浩劫总算结束了，便在椅子上打起了盹儿。然而，只要他一闭上眼，眼前便浮现出比赛中一个个惊悚的画面——王红茂被炸飞的腿、白宇直直倒地死去的样子、局座至死都闭不上的眼，还有崔洋血肉模糊的肚子……黄先生猛然惊醒，紧紧捂住发慌的心口，再也不愿在赌场待着，赶忙出去透透气。

弦拧紧了，谁都想松一松。钱白铁本也打算好生休养一番，却收到了新的难题。

"莫新龙？他来做什么？"钱白铁眉头紧皱。

陆横毕恭毕敬地汇报道："说是带着小妾来上海游玩，有消息证明他打算在上海跟奉系接头，意图投靠。"

"放着北京不去，反而来上海接头？没那么简单，我看他是要待价而沽。这个莫新龙胆子倒是挺大，也不怕没吃着肉，反倒把狼引来。"

"上面的意思，笼络还是打压，由您决定。"

钱白铁笑了笑："一道难题啊。"

"负责护卫的，是他最精锐的特务连，为掩人耳目，只有轻装武器，我们有能力解决。您看……"

钱白铁摇了摇头："先不要动他！你去帮我准备一份厚礼，等他到了上海，安排见一面。"

"明白。"

"公事说完了，"钱白铁眉头缓缓舒展，"我们说说私事，最近上海的戏园子有什么好看的戏啊？这唱片我都听了八百遍了。"

"听说最近红府戏园来了个新班子，叫万重山，是第一次来上海，据说听过的都说好，尤其是他们的班主，传说能顶半个陈啸云，具体是真是假，属下就分辨不出了。"

"万重山，半个陈啸云？有点意思。"

与此同时，桑介桥也收到了莫新龙要来上海的消息。与钱白铁的静观其变不同，桑介桥决定拉拢他。

"我不同意！莫新龙此人在四川恶贯满盈，为什么要去拉拢他？"贺红衣的脸上明显有些愠色。

"说下去。"自从贺红衣赢得万术大赛之后，桑介桥比以往更在意这个学生。

"我明白这肯定不是老师的主意，而是南边的命令，如果老师吩咐我做什么，我也会去完成，但在心里我无法接受，难道我们就缺他那几千人马吗？"

"红衣，现在北方局势波诡云谲，直系、奉系的决战不可避免，我们必然要在此之前博取机会，否则等尘埃落定，我们又该如何自处？"

"可是……"

"我明白你的意思，但这世界不是简单按对错划分的，如果真是这样，那么倒也简单了。"

"可我们本身不是为了做对的事而存在的吗？为什么要叫明镜学会，不就是为了要像明镜一样，明辨是非吗？"

"不，我们的最终目的，是在未来让所有人都走到正确的轨道上，但现在我们需要做的是胜利。只有胜利了，才有未来，才能完成我们的期望。"见贺红衣沉默，桑介桥继续说道，"你现在不理解很正常，一周后莫新龙会入驻万国酒店，你同我一起去见他。对你来说，这既是一堂课，更是一个考验。"

贺红衣略微犹豫了一下："好，我听老师的，只是学生还有一事相求。"

"你说。"

"之前我跟您提过，比赛中我的队友吴乾失踪了，此事十分蹊跷，还请老师动用关系帮我打听一下。"

桑介桥应了下来，给钱白铁打去电话，但电话却是副手陆横接的。陆横态度冷淡，虽然嘴里说着吴乾已经死了，但又让桑先生不要再过问，言语间似乎另有隐情，贺红衣听了更觉蹊跷。

另一边，陆横刚挂掉桑介桥的电话，就传来了吴乾苏醒过来的消息，陆横匆匆赶往一家私人医院。

高级病房中，吴乾打量着周围素雅明媚的一切，误以为自己已经来到了天国，半是惊喜半是悲伤之际，忽然响起一个男人的声音。

"这是医院，你一时半会儿还死不了。"陆横冷冷道。

吴乾顿时警惕地摆出架势，伤口却不由疼地直咧嘴。

"长这么大，没人教过你要量力而为吗？以卵击石，只能自讨苦吃。"陆横继续说道。

吴乾打量着这张陌生的面庞，疑惑道："你是谁？对我做了什么？"

"我可什么都没做，我要是想做什么，你还能再睁开眼吗？"

"不是你，你废什么话，把开枪的人叫出来，我砍死他给老子做药引……咳……"吴乾扯着嗓子吼了两下，发现自己体力不支，又坐回了床上。

"我只负责救活你，不负责别的事。"陆横不屑地盯着吴乾。

"谁求你救我了？"

陆横不禁笑了："也不是我想救你，是我们的先生，只要你肯帮他做事，你办不到的，我们老板帮你。"

"免了！你钱爷我经历过这回大难不死，算是懂了，天王老子都要敬我三分，不敢留我在上面跟他肩并肩，只好放我回人间，你现在让我给你们老板做事？他算个屁，想让老子听他摆布？想都别想！"

"你中枪之后所有的治疗费用，可都是先生出的，怎么说他也是你半个救命恩人，你不记他的好就罢了，多少也尊重点吧。"

"尊重？你让你上面那人亲自出来跟我谈，这才叫尊重！你一个名字都不敢告诉我的喽啰凭什么坐在这里说大话，你也配？"吴乾的伤口

又痛了起来。

"我可给你时间考虑了，你别不识好歹，人的耐性也是有限的。"

"老子不干！听好了，不干！你最好趁我伤好之前赶紧从上海滩消失，否则我出院了要你好看！"

"那我也不勉强你，不过这住院费可是结了一个月的，不要浪费，在这之前，你就乖乖待在这里吧。"陆横说完便离开了。

"王八蛋，你给我等着！"吴乾对着陆横的背影怒骂道。

红府戏院中，草台班子万重山的兄弟们正在做开演前的准备。

班主贺青舟在众人中间，席地而坐，随手抚摩着一把旧琴的琴面，缓缓开口道："少于五百年，漆面生不出裂纹，若是自然裂开的，必定锋芒如刺。这作假的，大火蒸开，再用冰块镇的，锐不起来。"他环顾众人，露出一脸清高的神情，"看看，这假东西，就是乱不了真！"

"区区草台班子，倒也有几分讲究！"戏院老板走进来，将眼神落定在贺青舟的身上。

贺青舟未起身，只礼貌地点点头："穷讲究，穷讲究，这琴都惹了灰，怕是老板也看不上眼的。红府戏院，闻名遐迩，才是真正的讲究地方。"

戏院老板冲贺青舟微微一笑："兄弟谈吐，像是肚子里有些墨水的。我也不绕弯子了，这世道乱，生意不好做啊，有讲究的人，我倒也能少操点心，我们戏院，平日里挑人严格得很，现在走的走，散的散，我才破的格，往日里草台班子……"

贺青舟身后的一个兄弟有些不服，立即反驳道："草台班子怎么了？我们有名字，叫万重山！我们走南闯北，给百姓送去多少好戏，论资历和经验，还不比那些被人点来点去……"

贺青舟手一挥，那人便闭了嘴。

"我们混口饭吃，拿人钱财，自然要让人满意，绝不落得口舌。老板您放心，万重山这帮兄弟虽然不是什么正经科班，但嗓子一开，架势一摆，识货的都不敢喊停。"贺青舟露出客气而不容置疑的表情。

"对，老板若是不信，哥几个可以来一出。"万重山众兄弟纷纷来了情绪。

"那倒不必，我还有事要忙。"戏院老板看着贺青舟道，"班主你说了，我便信你，不过，这一上台，立见分晓，好的，留下来，不好的……"

"不好的，自然是走了。"贺青舟不看老板，兀自掸了掸旧琴上的尘土。

戏院老板满意地点了点头。

戏院大厅，钱白铁已经在老位子坐下了，工作人员们点头哈腰地接待着。

片刻，台上锣鼓声响，伶人们开始入场。贺青舟扮演的青衣赵艳荣出场，演出的正是《三击掌》。贺青舟一开嗓，钱白铁登时一愣，放下手中的茶碗，直直朝台上望去，只见贺青舟长身玉立，倜傥风流，歌喉扇影，一座皆倾。直到贺青舟退场，钱白铁的眼睛都没从贺青舟的身上移开片刻，哪怕陆横中途来报都被钱白铁叫退了。

陆横察言观色，知道这位贺老板入了钱先生的眼，倒也不急着打扰，直至贺青舟完全退下舞台，方才再度上前汇报道："先生，您交代我的事儿，没成。"

"他不肯？"钱白铁有些讶异。

"说什么也不干。"

"从没有人拒绝过我，这还真是头一回。"

"那您看，这面子咱们要不要找回来？"

"面子都被人拂了，还能唱得出好戏吗？去找个人把他盯紧了。"

"明白，我这就去办。"陆横转身要走。

钱白铁又叫住他："慢着，你去打听打听这个青衣。"

陆横含笑领命。

戏院后台，贺青舟疲惫地摘下头饰，擦去脸上的油彩，竟是一张清秀英俊的脸庞。不远处，戏院老板正点头哈腰地向陆横说着什么。

不消片刻，陆横回到钱白铁身边，低头附身道："先生，打听好了，此人名唤青舟，善作青衣，还习得一手好琴，就是我之前跟您提过的万重山

的人，班主说若是唱得叫座还能多留几日，若是无人捧场，给的期限也就一周。"

钱白铁满意地点了点头。

后台，画着老生装的高九郎兴奋地向贺青舟转述台下观众的热烈反应，贺青舟虽然嘴上自谦，但心中倒是颇感得意。

这时，一个男声响起来："此一去，不回相府门，这'去'字唱错了气了。"说话的正是钱白铁。

"你谁啊，谁让你进来的？"高九郎立即为班主说话。

贺青舟连忙摆手，示意高九郎不得无礼，青舟起身对钱白铁行礼道："青舟功夫不到家，斗胆请教先生，这气不应该是蓄在'去'上？"

钱白铁回以一笑，继而缓缓解释道："蓄气尚可，偷气却偷错了地方。王宝钏悲从中来，正是抽噎的时候，偷气偷的声音壮了，她那悲惨模样便减了八分。"

贺青舟顿时警醒，连忙拱手："请先生指教。"

钱白铁笑了笑："敝人姓季，贺班主可愿赏脸阳春楼一叙？"

酒楼包间中，贺青舟再次开嗓，钱白铁听得如痴如醉，一桌子的菜一点儿都没动过。

"贺班主这一出《三击掌》，果然非同凡响，一个望穿秋水的王宝钏，简直活灵活现。"

"先生就不必捧杀我了，刚刚说到的那最后一句此'一去不回相府门'，光顾着蓄气提劲，却忘了偷气泄力，简直是砸了招牌。"

"刚刚是我孟浪，本以为王宝钏一个弱女子，陡遭大难，必然是要抽噎不停，可与贺班主一番交流，却有了新的心得。这王宝钏绝境中涌出一股勇气来，也是一种至美！如此看来，贺班主以气托字，让这股勇气突然一升，倒是另一种高妙。"

"这虽然是先生安慰我的话，却也让我受益颇多，下一次这王宝钏，我可要唱出柔中带刚，绝境逢生的感觉来，不然可对不起先生的教导。"

钱白铁笑着点了点头，起身道："时候不早了，我该回去了。"

"我送送先生。"

"不必，你唱了一天，休息吧，我明天再来看你。"

"那我明天恭候先生大驾了。"

这一晚，不止钱白铁因觅得新的好嗓子而愉快，贺青舟也感觉遇见了知音，心头一阵爽利。

深夜，吴乾躲开保安，从私人医院逃了出来，一路向棚户区兴奋狂奔，却不知他一刻也没有离开过陆横的眼线。

"集——合——"吴乾站在棚户区中央，热泪盈眶地大喊道。

瞬间，棚户区的灯一一亮起。一片吵嚷声中，大家纷纷跑到街上，连衣服都顾不得穿整齐。

"真的吗？钱哥回来啦！钱哥！"阿蛙冲在最前面。

"哥，我就知道你死不了！"吴潇潇一下扑到吴乾的怀中。

卫乘风在吴潇潇身后望着吴乾，兄弟二人深深对视，眼神中满是共历生死后的顿悟。

人群之中，唯独不见吴法天。这个老爷子慢悠悠地推开自家窗户，懒得走出来，骂骂咧咧地开口道："回来不先来见老子，反了你了！"

实际上，吴法天是听到吴乾的声音之后第一个冲出家门的，当时他穿着拖鞋和大裤衩，脸上挂满眼泪和鼻涕的混合物。然而，他确认儿子安全后，又立刻恢复了往常的德行，没有人发现他方才激动而狼狈的模样。

卫乘风、阿蛙、吴法天、潇潇、阿狼还有花蝴蝶全部挤在吴乾家，神情一致地做出龇牙咧嘴的夸张表情。

桌子边，董大锤正在给吴乾的伤口上药。

"伤在你身，痛在你爹心啊，我儿这次受苦受大发了，不过能回来就好。"吴法天看见吴乾身上的各种伤痕，也毒舌不起来。

吴乾看见众人的夸张表情，又好气又好笑道："我还没喊疼呢，你们倒先疼上了，出去出去，别吓着你们了！"

"差一点都见不着你了，我才不出去！哥，到底是谁打的你啊？"吴潇

潇一脸愤慨。

"我也想知道是哪个孙子打了我！热曼当时用枪顶着我的头，结果，我的胸口先中了弹，你们说邪乎不邪乎？"

"那是有人放暗枪啊！你看清是谁了吗？"吴潇潇扑闪着大眼睛。

"我满脑子都是要杀了热曼，我死瞪着他，哪能注意到周围的人。这事儿不能就这么算了，我明天得去赌场找狗贼黄问个明白！"吴乾激动地一拳打在桌上。

董大锤连忙将吴乾按住："去不得去不得！除了热曼还有别人想杀你，你要是活着回了赌场，不就是自投罗网吗。"

"可我哥也不能伤得不明不白啊。"

"要不你找贺红衣问问，她也在查这事呢，你也别太生气，尽管有人想伤你，但也有人救你，说明赌场里也有好人。"董大锤仔细地包扎着伤口。

吴乾一听，更加愤慨："放屁！他们全都是穿一条裤子的！别看我现在是四肢健全地活下来了，但你们不知道比赛的时候他们是怎么玩我们的！今天说句实话，虽然我管自己叫棚户区小霸王，但其实没什么真本事，都是靠着朋友才混成了现在的样子，杀白毛的那个洋人就在楼上，可我就是上不去，我真是憋屈！"

阿蛙一听，鼻子一酸："钱哥，我要去杀了那个白皮猪给白毛报仇！"

卫乘风立刻拉住阿蛙："这人是我们能杀得了的吗，巡捕房都不敢拿他怎么样。有钱大难不死，你们就别折腾了……"

"那我们就这么算了？"阿蛙不甘心地看着吴乾。

吴潇潇猛拍桌子："当然不能！"

"就算弄不死那个洋人，我也不会让他好过！"吴乾看向众人，"白毛是我们出生入死的兄弟，你们不想替他出口气吗？"

"在自己的地盘，自己人还整不了白毛猪了？跟他们干！"阿蛙握紧拳头。

董大锤看着吴乾，又看看阿蛙："我也不知道我能帮啥，我听你们的……"

卫乘风沉默许久，吴乾看出了他的不安："乘风，你要是担心巡捕房那边，这事你就不要管。"

"不是，我……"

"不用解释，我明白你的。"吴乾郑重地朝卫乘风点了点头。

花蝴蝶见状凑上前来，掏出两张戏票塞给吴乾："你看你，伤都没好就别折腾其他的，仇要报，日子也要过，今朝有酒今朝醉。上次给你的两张票估摸着你是浪费了，再给你两张，你去看场戏放松放松。这个戏特别好笑，你可别把伤口给笑开了啊。"

吴乾盯着戏票愣愣地出神，第一次见到贺红衣，就是在那家剧院。

同一时刻，贺红衣在床上辗转反侧，脑袋里反复回想着桑介桥给陆横打电话时的情景，她还是无法判断吴乾死讯的真假，或者说，她绝不愿看到他死。

雨辰看出了贺红衣这几日的异常，索性八卦道："红衣，你这几天都魂不守舍的，是不是比赛的时候喜欢上什么人了？现在没了比赛见不到面，得了相思病？我跟你说啊，人在紧张的情况下就会心跳加速，然后就很容易喜欢上面前的异性，你可要问问自己的内心，是爱还是依赖。"

"你这都是什么乱七八糟的理论。"贺红衣无心谈笑。

"不是乱七八糟，是心理学！这是一门新兴学科，我托朋友在国外带了很多资料学习，老师不是常说——师夷长技以制夷嘛。"

贺红衣心情沉重，雨辰见状收敛了笑容，认真道："红衣，到底发生什么事了？"

贺红衣想了想，开口道："决赛那天，赌场的人用枪打伤了和我一起比赛的队友。今天，老师帮我打听到那人死了……"

"死了？你别告诉我是那个小子吧？"

贺红衣抬起眼睛："谁？"

"还能是谁，新闸路的那个混混，你之前和我说过的，叫……"

"他叫吴乾。"再次说出这个名字，竟然已经阴阳相隔，贺红衣不禁垂下眼睛。

"之前你说他挺有意思的,想着以后能做个朋友,这下……唉……"雨辰也悲伤起来。

"我不知道该不该把这个消息告诉他的家人,更不敢告诉他们凶手位高权重……"

"他的死讯他家人有知情权,你必须要去面对!这样,明天你找老师支点钱,我陪你去新闸路报丧。"

贺红衣思忖片刻,点了点头。

翌日,贺红衣和雨辰经过剧院后台,往桑介桥的办公室走去。忽然,贺红衣察觉到一个黑影一闪而过,一股危险的气息袭来。她支开雨辰,只身朝黑影的方向奔去,刚拐过去就见一个身影坐在后台的架子上。

"你是谁,来干什么的?"贺红衣满脸警惕。

那黑影向着贺红衣转过脸,贺红衣顿时呆住。

"吴乾?"贺红衣的声音几乎是颤抖的。

吴乾嬉皮笑脸地扬了扬手里的两张戏票:"我这次是来正经看戏的,你可不能赶我走啊。"

贺红衣紧紧地盯着吴乾的脸,那一抹坏笑一点都没变,真好,沽着真好,像以前一样真好。不知怎么的,贺红衣突然情不自禁上前抱住了吴乾,她的力道大了些,差点将吴乾从架子上推下去。

吴乾死命撑住栏杆,故意哀号道:"妈呀,没被枪打死,差点被你搞死了!"

贺红衣连忙慌张地松开手,她也被自己吓了一跳,脸上的两抹红云怎么也骗不了人,她尴尬地捋了捋额前的碎发,若无其事道:"那天你到底怎么了?"

"我还想问你呢,谁拿枪打的我?我怎么就被人给救了呢?"

"那天我听到枪响想上去,被他们拦住了,我还以为你死了呢。"

"别咒我,真是奇了怪了,算是老子命硬,硬是从鬼门关走了一遭。"吴乾跳下架子,身轻如昨。

"你的伤呢?"贺红衣眼睛里带着关切。

　　吴乾捶了两下胸口，又吃痛地捂住："基本算是好了，流了那么多血，硬是挺过来了。"

　　"那……是谁救了你？"

　　"我也不知道，说是看上我了，吓得我赶紧就跑。还有，我声明啊，我可不是怕你担心才来的，你们下面的戏什么时候开始演？"吴乾再次晃了晃手中的票，生怕被误会，可事实上他对这些话剧根本就没有半分兴趣……

　　时间尚早，贺红衣带吴乾参观起了舞台，吴乾东摸摸西蹭蹭，看一切都觉得新奇。

　　"听卫乘风说，最后是你拿了冠军？"吴乾摸了摸工作人员刚摆好的道具。

　　"怎么？想分奖金？抱歉，钱不在我这儿。喂！人家都在工作呢，你别乱摸。"

　　"你也在这儿工作吗？"

　　贺红衣犹豫片刻："是，算是幕后人员，你有没有兴趣来做我的同事？"

　　"什么幕后？哪个幕后会拆炸弹啊！"吴乾一点都不相信。

　　贺红衣一时语塞。

　　"我有一肚子问题要问你，你去比赛，也不肯说参加的理由，拿了奖金，又说钱不在你这儿。会武功、会拆弹、心理素养良好、专业素质过硬，如果你下次跟我说你会带兵打仗，估计我也不会觉得奇怪。贺红衣，你到底是什么人？"吴乾认真地看着贺红衣。

　　贺红衣欲言又止，她不是不信任他，只是面对这个另一个世界的人，她真的不知从何说起。

　　"算了，不说就不说呗，我也不关心。"吴乾撇撇嘴。

　　贺红衣看穿了吴乾的口是心非，认真开口道："吴乾，你相不相信有一天，我们中国人可以在这片土地上做自己的主人，没有压迫，没有不平等，不会再受到任何人的欺负……"

　　"不信！"吴乾的回答快速而坚决，"人有理想固然好，可你知不知道，我们这种底层的混混，光是活着就已经拼尽了全力，什么国家，什么理想，

都不如我们一家子的晚饭来得重要！所以呢，大赛的奖金，你要愿意分给我一点，我当然不介意啦。"

贺红衣叹了一口气，掩饰不住的失望："你怎么还是这个样子！我说了，钱不在我身上。现在比赛结束了，你以后怎么办，还打算继续以坑蒙拐骗为生吗？"

"坑蒙拐骗有什么不好？坑蒙拐骗也是一门本事啊，你不要看不起我。"

"我是说，你那么聪明，应该找一份正经工作，做一些有意义的事！"

"不好意思，老子没兴趣。"吴乾抬脚就要走，又转身说道，"算了算了，你也不懂，我走了。你要是想我的话，倒是可以来新闸路看我。"

贺红衣白了吴乾一眼："再见！"

第十章

横祸

红府戏园内，贺青舟的《三击掌》正好唱到最后一段，钱白铁打着拍子，如痴如醉。贺青舟唱罢，陆横上前汇报道："先生，那小子有消息了。"

"哦？"钱白铁仍旧沉浸在戏中，眯着眼睛，面带笑意。

"吴乾一回去，果真就撺掇了那帮草民杀法国人。"

"杀热曼？你听清楚了没？"

"听得一清二楚，说得煞是兴奋，说是要给白毛报仇！"

钱白铁微微一笑："热曼那只老狐狸，可不是他们能对付的，我真好奇，他们打算怎么杀？"

"这会儿估计在商量计谋呢。这群混混，坏脑筋多得是，没准还真能杀个出其不意。先生，您……"

"他们要杀人，和我们有什么关系？不过，我欣赏他们的勇气和仁义，必要的时候，你倒是可以帮他们一把。"

"帮他们？先生是说……"

"军火已经到手，热曼，呵……"钱白铁嘴角一斜，哼起《三击掌》的调子，不再说话。

此刻，马尔斯的办公室中，马尔斯将一张纸条递给热曼，上面写着"租界，国际饭店619房间"。

"哟，什么样的大生意要放在国际饭店谈，不怕树大招风吗？"热曼好奇道。

"自己人的地盘，怕什么，这赚钱的好生意，要谨慎，不能随便找个地方。我告诉你，搞这条渠道我可是费了心，知道现在需求最旺盛的是什么吗？"

一个女佣送来英式茶点，继而退到一边伺候着。

马尔斯一口气喝了大半杯奶茶，接着说道："是橡胶呀兄弟！现在汽车跟自行车这么普及，橡胶的需求量骤增，简直供不应求。最近国际市场上橡胶的价格频频上涨，但凡了解情况的，扳着手指算算就知道，这玩意儿有多暴利。"

"那就做啊，又不是什么非法的事，遮遮掩掩的干吗？"

"谁不知道要赚钱，现在大家都抢着入股橡胶公司，但哪来这么多公司和橡胶，你说是不是？"

"所以咱们这是……造假？"热曼眯起了眼睛。

"东西假不了，全是真的！只是一些商业运作上的小动作，你放心，我们一起做生意，肯定安全第一。咱们只捞一笔就出来，不过单这一笔，都能保证你翻好几倍。"

热曼饶有兴致地琢磨着马尔斯的话，将奶茶饮尽。身后，女佣将奶茶杯收走，退出了房间，而方才的谈话内容也被女佣听了个明明白白。

女佣刚离开马尔斯的办公室，就被吴法天拽进了旁边的空房间。原来，这个女佣与吴法天有着多年的交情，吴法天此番许了她一些好处，她便答应帮忙探听洋人的秘密。

吴法天首战告捷，兴冲冲地回到了家，与众人计划了一场狸猫换太子的好戏。

夜晚，国际饭店门口车水马龙，热曼压了压帽檐，带着手下低调地走进大堂。

酒店房间，一个穿着旗袍的女子笑吟吟地站在门口迎接热曼："热曼先生吗? 我们老板等您很久了，这边请。"此女正是吴潇潇。

吴潇潇带着热曼和手下走进里间，一个穿着热带风情衬衫的人正在细细品茶。

热曼一琢磨，微微笑了笑，坐了下来："你就是那个想跟我谈生意的尼曼斯先生吧? "

"尼曼斯先生"抬起头，正是打扮成东南亚人的吴法天。原来，吴法天盘算着做橡胶生意的估计是东南亚人，所以请花蝴蝶画了一个东南亚妆容。

"你好你好"吴法天热情地开口道。

热曼一听他流利的中文，顿时起疑："马尔斯告诉我，你是马来西亚人。"

"我……我确实是马来西亚人，从小在马来西亚长大，不过我妈是越南人，我混血，后来我爸来中国做生意，我们一待就十多年，现在说话都是中国味儿。马尔斯先生向我提起过好几次了，我们都想和热曼先生做生意。"

吴法天窃笑着瞥了一眼旁边的大衣柜，里面装着真正的尼曼斯先生。半小时前，尼曼斯被阿蛙打晕，全身五花大绑，嘴里塞着抹布，然后被一脚揣进了衣柜中。

热曼一挑眉："想和我合作的人不少，你有什么项目值得我合作? "

吴法天神秘一笑，压低声音道："最近在各大报刊上有一篇数万字的长文，叫《今后之橡皮世界》，不知道热曼先生知道不知道? "

"知道，这个最近很火嘛。"

"那是我们公司发的，前阵子，跟几个英国朋友一起弄了家橡胶公司，最近才上市，马尔斯先生知道，我们公司跟各大洋行联手坐庄，还有道

儿上的关系开门铺路，所以不论是资金还是抗风险能力，在上海那都是数一数二的。"

热曼的眼神里，渐渐浮现出赞许的光芒。

"你知道，就在我们公司开放股票一个小时后，全国的申购指标全部告罄，也就因为跟马尔斯先生是朋友，我才放多指标出来给你们。"见热曼放松警惕，吴法天越发舒展，"怎么样，热曼先生，有兴趣吗？"

"有，而且兴趣很大。"

"那我们说好的五十条大黄鱼的定金……"

"定金？"热曼一脸茫然。

"马尔斯先生没跟你说吗？那你现在去车里能凑出五十条银鱼吗？"

热曼一脸为难："明天再送过来行吗？"

吴法天不快地摇摇头："那这生意不然就算了，我看您这诚意，太不足了……"

"我现在就让他们去取。"热曼急了，转身催促手下，"愣着干吗？还不快去取？"

手下领命，匆匆退下。

吴法天恢复笑脸："热曼先生，爽快人！那……咱们吃点东西，边吃边等？"吴法天打了个响指，"上food！"

片刻，贴着假胡子的董大锤端着咖啡和茶走了过来："Coffee? Tea？"

吴潇潇趁机坐在热曼身边，故作妖娆状，一只手慢慢伸向热曼腰间的枪。谁知热曼瞟了一眼吴潇潇的胸，嫌弃地推开了她。见计划一失败，吴潇潇只得悻悻起身。

还好计划二顺利进行，热曼拿起咖啡，一股脑喝了下去，而这杯咖啡已提前被大锤加了猛料。

"这个咖啡味道怎么那么怪？"热曼感觉喉咙怪怪的。

"这是特别为您准备的，加了熊胆、红参、鱼腥草一起煮的，好喝吗？"董大锤和吴法天对视一眼。

突然，热曼捂着喉咙呕吐了起来。

"热曼先生,您这是对熊胆过敏呀!我去叫人送您去医院。"吴法天和董大锤故意四只手胡乱地搀扶着热曼,吴潇潇趁机顺走了他腰间的枪。

热曼被他们扶着走出了酒店,他的车却还没回来,但他实在难受得厉害,便任由吴法天送上了一辆黄包车。车夫微微侧脸,正是吴乾。

吴法天和董大锤目送热曼走后,激动地相互击掌。

"想不到这么顺利!热曼落到有钱哥手里,就任他宰割了,走,回去会合!"董大锤说着就要走。

"你去就行了,做戏做全套,我回楼上坐着等钱!"吴法天转身又进去了。

董大锤走后不久,热曼的手下便开车回来了,还从车里拎出一只皮箱。忽然,一个黑影从后方勒住了这名手下的脖颈,冲他的背部开了一枪,又将尸体塞回了车内,而后提起地上的皮箱潇洒离去。这黑影,正是陆横。


吴乾拉着黄包车拐进小巷,热曼察觉到不对劲,厉声叫停:"停车!停车!你要带我去哪?停车!"

吴乾不理会热曼的叫嚣,最后停在了白毛遇害的地方。

热曼忍着腹痛,借着月光看清了吴乾的脸:"是你……你不是已经死了吗?"热曼惊慌失措地挣扎逃跑。

吴乾一个箭步堵住他的去路:"是的,老子从阎王殿爬回来找你了!还想跑,我已经蹲了你很多天了,终于让我逮住了。"

热曼腹痛至极,艰难地盯着吴乾:"你想做什么?"

话音刚落,吴乾的袖中便飞出一把小刀,不偏不倚地插入了热曼的左手手掌。

热曼痛得厉声惨叫:"我警告你,警告你……这里是租界,你如果敢……"

吴乾又一个飞刀,刺入热曼右手手掌。热曼两手皆受伤,一边惨叫着,一边发了狂般往巷子外跑。

"我告诉你，就没有我吴乾不敢的！那些巡捕搞不定的，不敢搞的，就我来搞定。"吴乾又一飞刀，插入了热曼的左腿。

热曼跟跄地跪倒在地，重心落在右腿上："饶了我！饶了我……我不跑，不跑了！我给你钱……你要什么……我什么都给你！"

吴乾冲上前，再一刀刺入热曼的右腿："给我跪正了，跪好了！谁稀罕要你的臭钱？白毛当初骗了你们几个钱，你居然要他的命！我现在，也要你的命！"

热曼面目扭曲，举着两个刺着刀的手哀求道："饶我一命，饶我一命！"

"你觉得我饶得了你吗？我兄弟当初怎么死的，我现在要你十倍偿还！"吴乾左手抓起热曼的头发，强迫他扬起头，举起右手的刀对准他的头，却一直停在半空，微微颤抖着，始终下不去手。

最终，吴乾愤恨地将刀扔在地上，看着热曼痛苦不堪又动弹不得的样子，咬牙切齿道："我让你在这儿自生自灭！"

吴乾转身大步离开，脑海中浮现着与白毛共度的旧日时光，泪流满面。

小巷中，浑身是血的热曼艰难地爬行着，地上拖出了一条长长的血痕。突然，一双黑鞋出现在热曼的眼前，热曼忍痛抬起头。下一秒，枪声响起，子弹瞬间射入眉心，热曼当场死亡。穿黑鞋的人手里提着一个钱箱，此人正是陆横。


棚户区的天台上，吴乾坐在角落饮酒，故意离众人远远的。

吴潇潇心疼地看了看吴乾，故意说得很大声："我哥命硬，心肠却软，这要是我，一定割下法国人的狗头，给我爹下酒。"

阿蛙故意跟着抬高声音："有钱哥可是好人，你以为跟你一样？咦，潇潇，你爹呢，怎么一直不见人？"

"外国人那手下不讲信用，我们等了半天都没见人拿钱过来，我爹还不出老相好的人情，登门给人家请罪去了。"吴潇潇撇撇嘴。

天台边缘，吴乾仍旧一言不发，喝着闷酒。

卫乘风拎着酒瓶在他身边坐下："谢谢你。"

"我可不是顾忌你巡捕的差事。"

"我知道,你是下不了手。"

吴乾沉默不言。

"后不后悔?"

吴乾勉强笑了一下："我和他们不一样,那一刀要是真捅下去,我就和他们一般货色了!"

"有钱,我知道,你不愿和他们同流合污,我也知道,你心里肯定憋屈……"

"憋屈啥?我没想那么多,反正那洋鬼子也是个废人了,白毛他会理解我的,我心里那一刀,为他砍了千百次了,但睁开眼,面前活生生一条命,老子,还是只能做个人!"吴乾灌了一口酒,又默默在地上洒了一圈,抬头看天,"兄弟瞑目,来生咱还要一起做人。"

这时,吴法天回来了,神情紧张地问道:"吴乾,你们刚说什么,热曼没死?"

吴乾点点头:"我下不去手。"

"你想没想过他活着会有什么后果?热曼的性子,会善罢甘休吗?他马上就能查到你,查到你,也就会查到我,查到我,就会查到大家,所有人都完了!"

空气瞬间安静,吴乾也愣住了。

卫乘风又结巴了起来:"也……也没……这么严重吧……"

"怕什么,万一他真找上门,我吴乾一人做事一人当,绝不拖累大家!"吴乾说着抄起酒坛,一饮而尽。

翌日清晨,热曼的尸体被巡捕发现,余德义大惊失色,匆匆赶到现场。

"法国人死在了我的地盘上,要命,真要命了!"余德义急得来回踱步,一抬头,就见陆横走了过来。

"法国人死了,巡长你也很为难吧,杀他的凶手,我倒是略知一二。"

"陆先生请明示。"

　　"热曼的死法，巡长你是不是很熟悉？之前热曼杀死了一个新闸路的混混，只怕这次，是有人在替他的兄弟报仇呢。"

　　余德义一听，虽不知热曼之死的前因后果，但到底与谁有关倒是有了眉目，他饱含深意地看着陆横一笑，等于是领了命令。

　　另一边，热曼的死也传到了马尔斯的耳朵里，马尔斯装模作样地感慨了几句，然后便决定接手好伙伴热曼在上海滩的场子了。

　　巡捕房立刻绘制了一叠画着吴乾肖像的通缉令，上书"吴乾，谋杀法国人热曼，现该人犯在逃，悬赏三十大洋，追捕凶手。"

　　李鹿带着一队巡捕来到棚户区抓人，董大锤看到通缉令，匆匆赶往吴乾家报信。吴乾跳窗出逃，恰好被巡捕发现。棚户区众人以五花八门的方式掩护吴乾撤离，吴法天则在最前方带路，父子二人逐渐逃脱了巡捕的追捕。

　　与此同时，通缉令瞬间贴满了各大街道，贺红衣一看，顿时慌了，立刻赶往棚户区。

　　无人的巷子，吴乾和吴法天见巡捕没有跟上来，停下来大口大口地喘着气。

　　吴乾没好气地吐槽道："不是吧，我只是扎伤了他的手脚，又没伤他的重要部位，他死了和我有什么关系，为什么通缉我？"

　　"你小子是不是不小心扎到什么动脉了？"

　　"你的意思是我杀了人？"吴乾嫌弃地看着吴法天。

　　"我可没说啊，我只是说你可能不小心……"

　　"没有什么不小心，我很清楚，我没有杀人，你说得像我真的杀了他一样。"

　　吴法天摆摆手，安抚道："我……我不是这个意思，他死了对我们当然是好事，白毛泉下有知肯定高兴得很。"

　　"不，这个罪我不认啊！"

　　"你对你老子吼什么啊！我是你爹，我当然相信你没杀人，可是通缉令发出来了！白纸黑字，全上海滩的人都觉得你是杀人犯！"

"不对！这件事一定搞错了，有人要害我！"

说话间，李鹿带人远远追了过来。吴乾撒腿就跑，吴法天为他断后。突然，一双手将吴乾的嘴捂住，一把将他拽进了旁边的黑暗之中。

吴乾定睛一看，眼前的人竟然是贺红衣，刚才他跑过的地方正是剧院的小偏门。贺红衣并不多言，悄然将他带进了后台。

"你这是窝藏逃犯啊，还是准备把我卖去巡捕房，你好大捞一笔？"

贺红衣认真地看向吴乾："以我对你的了解，你根本下不了这个手。"

"说得好像你很了解我一样。"吴乾叹了一口气，"挺过了鬼门关，却栽死在人间路。现在仔细想想，这整件事都是个圈套，可恶，顺得出奇，就像有人在暗中帮着我们似的！我倒真后悔那时候没下得去手，要了热曼的狗命，也好过现在莫名其妙地被人扣屎盆子，还要给别人做替死鬼！"

"你就别逗嘴上功夫了，还不如想想，到底是谁要栽赃你？"

"十有八九就是那天在病房里的人，拉拢我不成就想毁了我，于是借刀杀人……"

贺红衣微微皱眉："你知道是谁吗？"

"我要是知道我还能干坐在这儿吗，我早杀过去取他人头当坐凳了。"

"若真如你所说，能把热曼杀掉，还能嫁祸给你的人，在上海滩，可真就一只手数得过来了。"

"所以……"吴乾逼近贺红衣，"你知道是谁？"

贺红衣眼神闪躲："我怎么可能知道，我一个剧院里做事的……我只是觉得，这个人的身份一定不简单……你接下来打算怎么办？"

"什么怎么办，去找贴通缉令的那帮人理论，大不了拳打巡捕房。"

贺红衣摇摇头："你还不明白吗？敢杀热曼的人一定比热曼的底气还硬，你就是把人证物证全部放在他们面前，你这个替死鬼也是当定了！再说，如果你能理论得了，你刚才跑什么？"

吴乾一阵泄气："所以呢？我只能由着他们把我铐起来，扔进监狱里面？"

"带着你爹和你妹妹走吧。"

"开什么玩笑，让我走？上海滩这么大个地方，还容不下小爷我了？"

"别说是你一个小小的吴乾，就算是这个上海滩，他们若真有心想毁掉，也是有可能做得到的。"

"想毁上海滩是他们的事，我的清白是我的事，这事儿必须搞清楚弄明白，否则以后别人说起吴乾就是一个通缉犯，我还不如死了呢！"

"好，你要送死就去送，早知道不救你了，你走吧……"

吴乾犹豫着准备走，又转身回到贺红衣面前："我们也是经历过生死的朋友，你知道我平常什么都无所谓，爱怎么样怎么样，但你让我背着杀人犯的骂名，我做不到。"

贺红衣叹了一口气："你不知道你要面对的是什么样的人，什么样的势力！"

"这些我都不怕，我就怕……"吴乾极其认真道，"兄弟我想求你几件事，你一定得答应，我能求的也只有你了，不过你放心，我吴乾向来是滴水之恩，涌泉相报的人，说到做到，绝不忽悠，从此以后你就是我的恩人，只要你开口，你指东我绝不往西，怎么样？"

贺红衣无奈地笑了笑："说来听听，能做到我一定做。"

吴乾正色道："你到我家去，告诉吴潇潇和那个老不死的，收拾好行李，今晚来仓库集合，我被通缉了他们也不会好过，我要想办法把他们送出城，机灵着点，千万别被人盯上。对了，要跟他们说我跟他们一起走，不然潇潇不会听话的。"

"好，就这样吗？"

"完了之后……再去找大锤，告诉他，让他带着阿蛙谋些正经出路，好好照顾他娘。最后告诉卫乘风那个不争气的，好好做他的巡捕，千万别为我丢了饭碗，以后做事的时候，硬气一点，不要老受人欺负……"说着他鼻头一酸，"没想到，临要走了，还能有贺大美女陪着我，实在荣幸，以后我的兄弟，就托付给你了，若他日有缘，我们江湖再见。"

看着吴乾忧伤又不正经的样子，贺红衣竟一时不知该哭还是该笑，这个油嘴滑舌的男人，祸到临头关心的都是家人和兄弟，说起自己却可以天马行空不着边际。

巡捕房中，卫乘风被软禁着，连去方便都要被小巡捕跟着，就是为了防止他给吴乾通风报信。然而，李鹿没抓到人，还是将怒气撒到了卫乘风的头上。

卫乘风因为吴乾被冤枉，窝火已久，索性对李鹿不客气起来："一发了通缉令我就被你押在这，我给谁通风报信？你自己抓不到人是你失职，还反咬我！"

"嗬，你小子硬气了，说话都不结巴了，我警告你，你兄弟现在是通缉犯，你包庇他就等于包庇通缉犯，明白吗？你赶紧劝他来自首，要不你就把他抓过来，还有赏领。"

卫乘风瞪着李鹿，一字一顿道："我再说一遍，我不知道他在哪儿，他也不是杀人犯！让开！"

"你去哪儿？"李鹿拦住卫乘风。

"我去找巡长说明白！"

"你也不看看现在几点了，巡长早就下班了，但你放心，巡捕都还在街上巡逻呢，只要你兄弟一露头……"

"别管我，下班了我爱去哪儿去哪儿！"卫乘风推开李鹿就走。

李鹿在背后道："跑得了和尚跑不了庙，抓不到吴乾不是还有他爹和他妹吗，等我把他一家老小抓起来，我看他还躲不躲？"他又对身边的巡捕小声道，"盯着点他。"

当晚，吴法天和吴潇潇背着包赶到仓库，棚户区众人也悉数赶来送行。

卫乘风最后一个赶到，低落开口道："我一回家就接到红衣的消息赶过来了，路上甩掉巡捕花了些时间，你们真的要走啊？"

"不走没办法，满大街都是我的通缉令，待不下去了。"吴乾苦笑道。

"对不起，都怪我无能，不能帮你什么……要不明天天一亮我就去找我们老大，他还算通情达理，我去向他求求情，问问到底什么情况。"

吴乾拍拍卫乘风的肩膀："哎哟，你就别白费力气了，小心到时候连你也拖累了。"

众人纷纷低头啜泣，吴乾最见不得这种场面，鼻头一酸，也红了眼眶："这上海滩我是待不得了，只能跑路保命了，就是舍不得你们……"

董大锤强忍着眼泪："有钱哥，你放心，我们都明白，你不在了我们几个会照顾大家的，你多担心担心自己吧。"

"是啊钱哥，自己在外，一定要照顾好自己。"阿蛙躲在后面抹眼泪。

吴乾忍住眼泪，转向卫乘风："照顾好阿奶。"

贺红衣有些难过，吴乾对她使了个眼色："我知道你不舍得，实在想我的话呢，就来新闸路看看我兄弟们。"

贺红衣点点头，正要开口，忽然，远处有巡捕追了过来。

"有人来了！你们快走！爹，潇潇，快上车！"吴乾催促道。

吴法天和吴潇潇跳上车，吴乾却跳上了另一辆。

"哥，你怎么不跟我们上一辆车？"

"小子你什么意思，你不要跑路了？"

"我当然要跑，你们也得跑，但是我们不能一起跑！如果我们分两个车走，万一你们被发现了，还能说是搭车的，要是我们仨坐一辆车被发现了，那就是畏罪潜逃！"吴乾见吴潇潇欲哭，连忙安慰道，"别担心，这两辆车都是去苏州的，到时候我们爷仨重新拉架子闯江湖！"

吴法天火冒三丈："你这小兔崽子，万一你被抓了我们跟谁拉架子？我们一辆车还互相有个照应，快过来！"

吴乾毫不退让地看向吴法天："你这老不死的怎么那么固执，你就不用担心我了，老子我是谁，还能被抓，我是怕你俩跟着我给我拖后腿，相信我，两辆车前后脚出发，天一亮就到苏州了。"

"我不！"吴潇潇哭红了眼。

巡捕即将赶到，吴法天被吴乾说服："行了潇潇，你哥的话也有道理，就这样吧。"

吴潇潇不再说话，吴法天将卡车的防水布罩在了吴潇潇身上。

卡车启动，吴乾突然起身对吴潇潇和吴法天说道："吴法天，虽然你不是我亲爹，但能被你养大，是我的福气！吴潇潇，收收你的脾气，除了你爹和你哥之外，不会有人再罩着你了。"

发动机声音轰鸣，吴法天没听清吴乾的话："臭小子，你说什么？"

吴潇潇和吴法天的车开出仓库，吴乾的车紧跟着开动。他拭去眼角的泪，低声对父女二人说道："后会有期。"

卡车驶向大路，吴乾见前后没有巡捕追来，径直跳下了车。

凌晨时分，吴乾回到棚户区，远远望去，只见家门大开，围着不少巡捕，家具和锅碗瓢盆都被扔在了门口。吴乾愤恨地握紧拳头，转身离开。

翌日，卫乘风找到余德义，欲向他说明热曼之死与吴乾无关。这时，李鹿却带来了吴乾全家跑路的消息，余德义顿时看向卫乘风。

卫乘风连忙解释道："巡长，这事我不知情，但我会把我知道的都跟您说清楚，吴乾和热曼是有些过节，可他一个新闻路的混混，怎么会有枪啊……我觉得这个案子另有蹊跷，我们再仔细查一查，肯定能找到真凶，不能白白冤枉好人啊！"

"连我都不清楚是怎么一回事，是要好好查一查，但上头逼我逼得紧啊……"余德义做出一脸苦闷状。

"枪，可以是买的，也可以是抢的，既然通缉令上说是吴乾杀的，那就是吴乾杀的，你说什么也没用，而且他一家都不见了，一定是畏罪潜逃！"李鹿挑衅地看着卫乘风。

"不是这样的！巡长，您不能就因为上面认定他是杀人犯，而不顾事实的真相啊！"

余德义揉了揉额角："那你想让我怎么办？"

"对啊，那你想让巡长怎么办，难不成你来当巡长啊？"李鹿煽风点火。

"巡长，我不是这个意思，我只是……"

余德义抬抬手："我们头上是洋人，你兄弟惹了洋人，肯定逃不掉，早点结案，对大家都没坏处。"

"你要是脑筋活络一点，就去把你兄弟抓来，既有赏金，说不定还能转正。"李鹿坏笑起来。

"巡长，身为巡捕抓犯人本是我的责任，可抓吴乾我真的做不到。"卫

乘风说罢，转身离开。

余德义见卫乘风走远，侧身对李鹿说道："加派人手，在闹市、主要街道、码头、车站等地方严加防守，务必抓住犯人吴乾！"

"是！"

剧院门口贴着一张通缉令，雨辰不禁感叹知人知面不知心，贺红衣却一口咬定吴乾没有杀人。说话间，贺红衣瞥向不远处，只见一个乞丐正看着她，那乞丐正是吴乾。贺红衣意外之际，吴乾朝她做了一个飞吻的手势后，消失在了街角。

雨辰并未注意到贺红衣的情绪，拉着贺红衣的手说道："红衣，学校那边马上要汇报演出了，我得回去三天参加排练。"

贺红衣望着吴乾方才消失的街角，心不在焉地点了点头。

雨辰叮嘱道："这几天我不在，你照顾好自己，千万别再去招惹那些个是非了，特别是那个小混混啊。"

雨辰道别离开，贺红衣见她走远，立刻向吴乾刚刚消失的街角追去。

不远处的一条窄巷中，吴乾忽然探出头来，向贺红衣招手。贺红衣确认无人跟踪后，才悄然走了进去。

"你真的没走！"贺红衣又惊喜又担心。

"你钱哥我一言既出，驷马难追，不找到陷害我之人还我清白，我绝不离开上海滩！"

"那你准备怎么查？"

贺红衣问得严肃，吴乾还没说话，肚子却叫了起来，二人顿时相视一笑。

贺红衣继续问道："新闸路回不去了，你现在住在哪儿？"

"天为被，地为床，哪里挡风就住哪里呗。"

贺红衣打量着吴乾，见他身上脏兮兮的，脸上则写满了疲倦，顿时心软了，红着脸开口道："要不，你来我家吧。"

第十一章

暗涌

　　贺红衣将吴乾带进她和雨辰共同居住的公寓，吴乾打量着室内的一切，屋子里虽然只是些朴素平常之物，但在棚户区居民的眼中这里已经可以算得上是气派了。

　　"我室友排练话剧，住在学校，这两天正好不在，但这并非是长久之计，给你挡风遮雨两天倒是没问题。在她回来前，你必须想好以后怎么办。"贺红衣边说边给吴乾找了一双拖鞋。

　　吴乾却摆摆手，赤着脚走了进去，他向来不习惯在屋内穿鞋。他走到窗边，恰好看见有巡捕在街上拿着通缉令巡视，于是连忙将头缩了回来，好奇地在室内东张西望，见到贺红衣的房门虚掩着，他一溜烟儿钻了进去。

　　"喂……你去哪？"贺红衣皱着眉跟进卧室，只见吴乾从桌子上取了一块蝴蝶酥，直接盘腿坐上了贺红衣的床，在上面大快朵颐起来。

"谁让你上我的床的!你再这么不讲规矩我就让你出去了!"贺红衣气得发抖,她忽然觉得自己方才的决定有点欠考虑了。

"别别别,街上都是巡捕,我现在出去就等于是送死。"吴乾继续往嘴里塞甜点,声音含含糊糊。

"知道你就老实点!新时代的青年要讲文明懂礼貌,没你这种无赖。"

"看不出来,你这么个母夜叉,居然爱吃这些甜齁齁的糕点。"

"这些……"贺红衣又羞又急,"是我室友买来要吃的。"

"你室友不是不在吗,买这么些糕点放在家里也不怕放坏了,还骗我!"吴乾往床上一躺,十分享受,"真软啊……"

贺红衣赶忙上前把吴乾拖下床,"给我下来!你不是说要去调查谁陷害你吗,怎么样,查出来了吗?"

吴乾舔舔手指:"还没,我要查就肯定要去租界,可现在租界关卡极严,我试了几次都进不去。"

"那你千万要小心,一旦被抓了别说洗脱不了清白,估计连命也没了。"

"我明白,所以我这几天过得心惊胆战,现在头上有片瓦,总算好了点,谢谢红衣大姐招待,你刚才说我睡哪儿来着?"

贺红衣立即从立柜中抱出一套被褥,带着吴乾回到客厅。

"那个是雨辰的房间,你不许进去。你就睡地上,千万不许再给我乱碰乱摸,否则——"

"是是是,我绝对不敢!"吴乾接过被褥。

夜里,贺红衣躺在床上仍有怒气,翻来覆去睡不着,一个劲儿埋怨自己不该把吴乾招到家里来,但碍于君子重诺,只得忍过这几天了。但她正打算含怨入睡,吴乾却敲响了贺红衣的门。

"你又想干吗?"贺红衣打开门,双手抱着胳膊。

"睡不着,找你说说话。"

"你不睡我要睡!况且,我也没什么可跟你聊的。"贺红衣伸手就要关门。

"我想吴潇潇了。"吴乾看起来竟然像个失落的孩子。

贺红衣不觉放下了要关门的手。

"她和老不死的，现在已经到苏州了吧……"

"你很担心他们吧。"

"担心什么，吴法天看着满嘴不靠谱，逃命的事他最拿手。小时候有一次，他欠着赌债，被赌场的人追着逃了大半个中国，最后还不是毫发无损地回来了。"

"那你和潇潇怎么办？"

"全靠卫乘风的阿奶和邻居们照顾，吃着百家饭，我和潇潇倒也没病没灾。所以，他们就是我的亲人。"吴乾叹了口气，"小时候被他们罩，现在，应该是我罩着他们才是，也不知道大家都过得怎么样。"

"你想做什么？"

"我想偷偷溜回去。可新闻路那块儿，估计每天都有巡捕房的人守着，不太好混啊。"

贺红衣连忙打断吴乾："知道混不进去就好，你好不容易逃出来，现在回去就是自投罗网。"

"可我现在不是有你吗？"吴乾认真地看向贺红衣。

贺红衣避开吴乾的视线："我可没那么大本事。"

"不用你的本事，只需要……"吴乾露出狡黠的笑容，"我牺牲一下色相，问你借套衣服，乔装打扮，肯定能成！"

"流氓，变态，你想都不要想！"

"好大姐，好姐姐，红衣姐！"吴乾摇晃着贺红衣的胳膊。

贺红衣甩开吴乾："我劝你还是别想了！这么荒唐的事，一旦被抓住，你脑袋不要了？况且，你以为你走了，人家日子就不过了？说不定早都把你忘了，天天过得好好的，我看你还是别自作多情了。"这话听起来虽然凶悍，但她的眉宇之间却流露出一丝慌张的关切。

"哼，谁敢不惦记着老子，我更要回去教训教训他们了！"

"你……"

"你不帮我算了，我自己想办法。"

贺红衣看着吴乾执拗的样子，决定不和他硬碰硬，换了一副不情愿的语调道："若你非要坚持，这样吧，我替你去新闸路看看，怎么样？"

"你？"

"我就好人做到底，过两天就走一趟，看看现在什么情况，也省得你再出事。"贺红衣瞪着吴乾，"我就帮你这一次！"说完她再次抬手欲关门。

吴乾挡住门，喜笑颜开地絮叨着："哎哟，红衣姐姐，你真的是我的好姐姐。我和你说，你去了新闸路，先去白事店找卫乘风，问问他阿奶怎么样了，然后去中药店找董大锤，对了，我这两天有些便秘，你就用你的名义，帮我抓点药来……"

"知道了，去洗澡，睡觉。"贺红衣一把将吴乾的唠叨关在卧室门外，露出了一个无奈的笑容。

吴乾撇撇嘴，寄人篱下，总得听人差遣，于是不情愿地把自己洗了一通。洗完澡出来，他在雾气氤氲的镜子里，看到了自己胸前的弹孔。他摸着这个伤痕，再次咬紧了牙关，到底是谁开枪打的他，又是谁搞死了热曼却要栽赃到他的头上，他一定要查清楚！

次日，阳光正烈的午后，三辆车行至万国酒店门口，霸气停下。从车上下来的人，正是抹了钱白铁面子的莫新龙。

莫新龙从车上下来，看了一眼气派的酒店高楼，顿时感慨道："还是大上海好啊！"他拍了拍身边小妾芳澜的手，"咱那都是些破屋，跟人家一比，就是个茅房，以后我要是能占了上海，我就把这个楼买下来，改成我的茅房。"

芳澜娇媚一笑："大帅您光想着自己，那我呢？"

"你啊，这条街就都是你的了！"莫新龙放声大笑。

"大帅，这边请。"随从引着二人进入酒店。

何致鸿早早地就给莫新龙安排了最好的房间，还专门从上海宾馆调来了名厨。此刻，他正在房间内等着这位大帅。

孙海跑上来，向何致鸿汇报道："先生，这莫新龙倒是出乎我的意料，我本以为他会浩浩荡荡地带着上百人马随行，没想到就来了三辆车，总共四五个护卫，这人胆子倒是很大，也不怕被人暗中算计了。"

何致鸿冷笑一声："这个人一向狂妄自大，自视甚高，这么做倒是很像他行事的风格，他人刚到上海，现在各方各派的人都想拉他入伙，他只带这么点儿人也是要告诉大家，他莫新龙的这扇门向所有人敞开，这就叫待价而沽，价高者得。"

这会儿，莫新龙和小妾被副手周力带进了房间，看着豪华的装潢，莫新龙不禁赞叹道："哎呀，真好啊，周力，以后大帅府就照着这个装啊，看你们给我盖的那都是什么玩意！"

周力点点头。

莫新龙注意到桌上摆放的西餐餐具中有一把小小的刀子，便拿起来把玩着："嘿，你们说这小刀是干啥用的，又不开锋，这能切得了什么？"

"那是抹黄油用的。"何致鸿从门外走了进来，主动向莫新龙伸出了手，"上海第二混成团团长，何致鸿。"

莫新龙与何致鸿握手道："何老弟，总是在信上看你的字，这回见着真人了，我一直想跟你说，你这个字写得啊，是真好看！"

"莫大帅可真会开玩笑。"何致鸿掏出一个首饰盒子，"听说夫人也来了上海，这是在下的一点心意。"

"何先生太客气了！"芳澜接过盒子打开，里面是一个翠绿的镯子，她立刻把镯子带在手上，"真好看，多谢何先生。"

"夫人不嫌弃就行。"

"站着做啥子嘛，坐。"莫新龙坐下，何致鸿也跟着落座。

只听莫新龙打了个响指，对周力道："去，让他们上几个菜。"

"不急，先聊正事。莫兄从四川赶到上海来，千里奔波啊。"

"何团长也知道我来做什么吧？"莫新龙一笑，对周力使了一个眼色。

周力挥手让侍者下去。

何致鸿盯着正在把玩黄油刀的莫新龙说："莫兄文韬武略，留在川

军，屈才了。"

"四川那个地方实在没什么意思，想带着芳澜出来散散心，顺便帮两万巴蜀子弟找个好归宿。"

何致鸿眉头一挑："莫兄的两万子弟，还有不少人在用前装枪吧？"

"张大帅倒是枪多炮多，没人给他使唤，还不是被上头压得死死的？"

何致鸿神色严肃起来："五千支水连珠，正经的俄国货，再加四台法国产哈奇开斯，这是张大帅的见面礼。"

莫新龙把玩着黄油小刀，突然岔开了话题："你刚才说这是做啥子用的？"

"黄油，用这小刀轻轻一切，抹在面包里夹着吃。"

"刀太钝，怕是不好使噢。"

"刀钝了，就花钱找人磨一磨，就怕材料不行，一磨就坏。"

周力眼神凌厉，向前踏出一步，孙海亦向前一步，两人目光对峙。

莫新龙挥了挥手，看着何致鸿露出微笑，何致鸿也摆摆手示意孙海莫急。

莫新龙摸着黄油刀道："大帅的礼物，足见心意啦，我老莫满意得很，只是下面小的们，有枪使，没饭吃，不好安抚啊。"

"好说，张大帅早就打算给莫兄一个师的番号，外加一个守备团，薪饷按当年保定六镇的标准给足，这地盘么……莫兄，大帅很器重你，有枪有饷，搏一个前程并不难。"

莫新龙轻笑一声："聊了半天，饿了。"

"上菜！"周力对门外喊道。

何致鸿站起身来："不叨扰了，公务在身，感谢莫兄招待，改日再登门拜访！"

"随时来嘛，我都欢迎。"莫新龙笑了笑，却并不起身相送。

何致鸿离开房间后，脸上的微笑渐渐消失，他明白这个老狐狸是要货比三家。

"这什么人啊，敢这么跟我们家大帅说话。"芳澜凑上来，抱住莫新龙。

"跟你有什么关系，没事少插嘴！这两天我有重要的事，明天起你就自己出去逛吧，要钱你就开口。"

"可人家想跟大帅一起出去嘛。"

"听话，大上海好吃的好玩的有的是，你少给我惹麻烦就行。"

芳澜比了一个十分不标准的敬礼："请大帅放心！"

莫新龙不禁被芳澜逗得哈哈大笑，忍不住捏了捏她的小下巴。

翌日，芳澜便开始了大上海的购物之旅，丫头小红和副手周力一路跟着，既要护卫又要变着花样地夸这位小妾脸蛋娇、身段好。

上海滩手艺最好的裁缝铺中，芳澜一口气挑了十件旗袍。老板一看就知道这是个不心疼钱的主儿，立刻就推销起了法兰西的香水和美利坚的口红，不消片刻，芳澜便把瞧得上眼的都收入了囊中。

这时，身着长衫的贺青舟走进裁缝铺，芳澜一看到贺青舟，瞬间两眼发直。

"劳烦掌柜取一下衣服。"贺青舟从袖中掏出一张单据，交给掌柜。

"我正招呼贵客呢，您先等等。"掌柜随手将单据放在柜台上，仍旧招呼着芳澜。

"我不着急不着急，你先给他取衣服。"芳澜的视线一刻都无法从贺青舟身上移开。

掌柜点头哈腰，转身取来戏服，递给贺青舟："该补的地方都补好了，破的绣花也重新织了图样，您看。"

贺青舟拿出戏服细细看了一番，露出满意的笑容："掌柜手艺果然名不虚传，多谢了。"说完他包起衣服离开。

芳澜情不自禁地向前跟了两步，却被小红拽了回来："少奶奶哪儿去？"

掌柜盯着贺青舟的背影嘀咕道："衣服都破成那样了还要补，臭穷酸唱戏的。"

芳澜回过神来，向掌柜问道："唱戏的……掌柜，刚才那人叫什么？在哪儿搭台子？"

"好像是个流窜班子，叫什么……万重山的班主吧，就在前面的红府戏院摆场子，名气挺响，虽然挣了不少钱，但连件新戏服都不舍得换。"

芳澜听罢就奔着红府戏院而去，可不承想，红府戏院高朋满座，小红塞了十个大洋给小厮，却依然进不了场。

"今儿坐满了，总不能让您在里面站着听吧？"小厮为难地把大洋推回小红手里。

"让他们出来一个不就行了？"芳澜骄纵惯了，并不觉得这是个难题。

"那我们这戏院往后可就坏了名声了，不行不行！"小厮为难地摆摆手。

周力推开小厮："我们是莫大帅的人，不让我们进去，你们担得了这个责任吗？"

"您是谁的人也没有把人轰出去的道理啊。"小厮语气软，态度却坚决。

"发生什么事了？"一身青色长衫的贺青舟从里面走了出来。

小厮急忙欠身："贺老板，跟我没关系，是他们非要进，我说满座了他们不听！"

贺青舟略一打量，识出这是方才在裁缝铺谦让有礼的女子，微微一笑道："是您啊，今天真不好意思，实在没有空座，等明天您来，我提前帮您预备好座位，您看成吗？"

芳澜看着贺青舟帅气的脸庞，立刻缓和了脸色："贺老板，我们是大老远从四川过来的，您能赏个脸吗？"

"是这样……"贺青舟犹豫了一下，看向小厮，"麻烦您把我留的那张桌子空出来给他们吧。"

"您不是说今天有个朋友要来吗？"小厮问道。

"没关系，我给他加个座就行了，毕竟人家远道而来，就这么赶人家走，确实有违待客之道。"

就这样，芳澜成功进了戏院，坐的还是钱白铁的老位置。

钱白铁姗姗来迟，小厮抱歉地将他引向第一排前新加的座，他嘴上十分客气，却悄然注意着本是自己位置上的芳澜。

　　贺青舟的演出水准如常，芳澜被迷得五迷三道，一个劲儿地拍手叫好，完全不像是大帅身边的人。谢幕后，芳澜意犹未尽，不顾工作人员的阻拦，强行闯进后台，求见贺青舟。

　　"姑娘，咱们又见面了，找我有事吗？"贺青舟礼貌微笑道。

　　芳澜瞬间收起面对工作人员时的跋扈模样："没什么事，我就是想说，贺老板你唱得可太好了！"说罢就往贺青舟身上扑。

　　贺青舟连忙闪开，脸上却保持着标志性的笑容："多谢姑娘捧场。"

　　芳澜掏出一个荷包，将里面的几十块大洋，一股脑倒在桌子上，银元在桌上打着转："来，这是给你的。"

　　贺青舟眉头微皱："对不住了，姑娘，这钱我不能要，您要是觉得贺某唱得还算入耳，您多来捧场就是了。"

　　"那不行，我不给你钱，怎么算捧你呢？"

　　"姑娘，这不是钱的问题，这要是传出去了，对您对我都不是件好事！"

　　"我喜欢你，给你钱，怎么就不是好事了？"

　　"姑娘您误会了……"

　　"行了，行了，没关系，你现在不收，早晚会收的，我明天还会来的！"

　　贺青舟将桌上的钱硬塞给芳澜："您明天来，这钱我还是不能要，小姐收好。"

　　"行，送钱太俗了，我听贺老板的，那我就先走了，明天见。"

　　"您慢走。"

　　芳澜转身离去，正好遇上了钱白铁，钱白铁看着她欢喜离去的背影略有警惕，转头却又对着贺青舟挂上了笑容。

　　"贺老板今天唱得妙啊。"钱白铁拱拱手。

　　贺青舟连忙起身："季先生，您今天果真来了。"

　　"答应过的事，我从来都是说到做到，方才的姑娘也是票友？"

　　"我正要为这事向季先生道歉呢，本来今天在正座给您留了位置，可临演前碰见这姑娘，说是从四川来的，态度恳恳切切，我想来您也能体

恤，就将位置转给了她，实在抱歉。"

钱白铁抬抬手："不当紧，巴蜀的姑娘着实泼辣，爱听贺老板的青衣也是难得。"

"季先生大度。"

钱白铁微微一笑："我在燕西楼包了一个包厢，不知道贺老板可否赏光，我有几段戏还想请贺老板指教一番。"

"以季先生的造诣，青舟不敢指教，只能说是相互切磋。"

燕西楼的包厢雅致幽静，一把古琴放在桌上。

"好东西就是不一样，我已经许久没有摸过这么好的琴了。"贺青舟弹了几下便爱不释手。

"这琴，以后就是你的了。"

贺青舟惊讶地站了起来："这可使不得……"

钱白铁摆摆手："我身边没一个人会弹，这琴放着也是浪费，不如送给贺老板。"

"说来不怕季先生笑话，我之前那把琴确为赝品，音色用料都不及季先生这把的万分之一，如此贵重的礼物我实在受之不起。"

"贺老板要是再跟我谈什么贵重不贵重就俗了，世间能配得上贺老板的东西太少，'绿绮'正是因为被长卿所识，才有《凤求凰》这样的名曲传世。"

贺青舟闻言，眼眶一红，拜过钱白铁。

钱白铁连忙扶住他："不必行此大礼。

"青舟感动于季先生所言，感激于您所识，倾心宝琴青舟难以掩饰，但我无以为报，故而万万不能收。"

"若你如此在意这个，我也有一愚见……日后你时常弹与我听，既上仿伯牙子期之古，下令遂你我二人之愿，这样不知贺老板意下如何？"

贺青舟犹豫片刻，开口道："青舟还有一事想请教季先生。"

"贺老板慢慢说。"

"季先生到底是何方神圣，以青舟的地位、身份与您论琴怕是不成体统。"

钱白铁微笑道:"你我以戏相聚,以琴会友,当然是知音了,你不必有任何顾虑,收下吧。"

贺青舟望了望琴,又看看钱白铁真诚的眼神,点点头道:"好,那就谢谢季先生了。"

钱白铁倒上两杯酒,拿起酒杯,坐到了贺青舟身边。二人碰杯,一饮而尽。

此刻的万国酒店中,芳澜正举着贺青舟的海报傻笑。莫新龙见状极为诧异,因为芳澜向来不喜欢听戏呀。莫新龙盯着海报,有些警惕,向周力使了个眼色,示意他看好芳澜。

贺红衣换了一身正装,吴乾看着贺红衣的新造型,顿时直了眼。只见她英姿飒爽中又带着几分少女的稚美灵动,然而纵然心头有万般风云,却找不出一个合适的词来形容,半晌才憋出两个字:"好看"。

难得吴乾嘴里能蹦出一句好话,贺红衣已经很满足地笑了。

"不过,去趟新闸路,至于穿成这样吗? 大姐? "

贺红衣搪塞道:"剧院今晚临时有活动,我去帮个忙,你别急,明天我就去新闸路。"她瞥见吴乾手里正拿着报纸,不禁又问道,"你不认得几个大字,看什么报纸啊,看得懂吗? "

"看照片总可以吧,这个男的好像挺威风的。"

贺红衣瞥了眼报纸,上面正是莫新龙:"这是大魔头莫新龙。"

"大魔头……厉害啊! 他是干吗的? "

"不是什么好人。"贺红衣不愿多说,"我走了,你想吃蝴蝶酥可以,千万别在床上吃,再被我发现,看我不弄死你。"

"哟,这可吓死我了。"吴乾夸张地捂着胸口。

贺红衣一笑,出了门。

贺红衣去剧院与桑介桥会合,二人一同坐上一辆黄包车,正是准备前

去万国酒店见莫新龙。

"红衣,我知道你心里对莫新龙的所作所为耿耿于怀,但是待会儿不管他说什么,你都不要和他计较,切莫耽误了大事。"桑介桥叮嘱道。

"我明白孰轻孰重,老师,您就放心吧。"

桑介桥笑着点了点头,说话间车子便到了酒店门口。她整了整衣襟,跟着桑介桥走了进去。

莫新龙的房间中,桑介桥和贺红衣坐在桌子一角,另外一边坐着莫新龙和芳澜,桌上摆满了美味佳肴。芳澜坐在莫新龙的大腿上,莫新龙夹起一片肉往芳澜嘴里塞,芳澜偏躲闪不肯吃,耍了几个回合花枪之后,又一口咬住。贺红衣看着眼前的一切,紧皱眉头,默默看了看老师,桑介桥也忍无可忍,终于咳嗽了一声。

莫新龙搂着芳澜亲了一口,忽然转头看着二人道:"你们别光看着我俩,吃啊。"

"大帅,我们不是来吃饭的。"桑介桥恳切道。

"那你们是?"莫新龙故意装糊涂。

"我们是为革命而来。"桑介桥眼里的光芒与这个房间里的一切都格格不入。

莫新龙当即抬高音量:"别跟大爷我说这些说不着的,他孙大炮唬得住别人,可唬不住我。"

"当年武昌首义,大帅您也是在贵州响应过革命的,现如今国家动荡,必然要有人站出来扫清奸佞,仗剑维护我中华民国之国法。"

"国法?就那本什么狗不理的《中国民国临时约法》?桑先生,我看你也是个明白人,没钱没枪,靠什么捍卫你的国法?难道靠你们那个什么革命精神吗?"

桑介桥的脸上红一阵白一阵,被噎得说不出话来,贺红衣刚要开口,莫新龙却继续说道:"我当年确实响应过革命,也听说过你们的三民主义,说真的,我听不明白,也不关心,你要我持剑护法,可总得给我把剑吧?"

"我们……需要真正的革命义士!"桑介桥目光灼灼地看着莫新龙。

"就是没有好处呗？"莫新龙干脆挑明了。

贺红衣终于按捺不住，忘记了桑介桥的告诫，站起来怒斥莫新龙："张口好处，闭口好处，你也算革命者？"

"红衣，你别说了，快坐下！"桑介桥低声训斥。

莫新龙不怒反笑："让她说嘛，我不在意。我也不怕告诉你们，我本来就不是啥子革命者，我眼里没有主义，只有生意！这次我来上海，也见到几个好朋友，河北的、关外的、淮上的，要是桑先生没想好，可以先回去考虑几天，我又不着急走，要是孙先生在广东过得拮据，我还可以引荐几个好朋友给他，如何？"

桑介桥拱了拱手："那……我改日再来与大帅一晤，大帅的打算，我会回去报告给上面的，告辞！"说完，桑介桥拽着贺红衣离开了。

两人刚刚一走，莫新龙就一把抱住芳澜亲了起来。

"哎呀，我就听不得你们这些国家大事，成天刀啊剑的，吓死个人。"芳澜嘟起了嘴。

"这些事也跟你没关系，你只要本本分分当好我莫某人的姨太太就好。"

"刚刚有外人在，我没好意思问你，"芳澜凑近莫新龙，"我刚刚擦了法兰西的香水，怎么样，香不香？"

"香，真香！我的小乖乖，我的心头肉，你怎么这么可人疼呢。"莫新龙搂住芳澜又亲了一口，"宝贝儿，你先回房，我处理完公务就去找你。"

"那你快点。"芳澜冲着莫新龙飞了一个吻，转身往里屋走去。

莫新龙招手将周力叫到身侧："明天继续跟着夫人，听的什么戏，见的什么人，一个都别给我漏了。"


桑介桥和贺红衣快步走出酒店，贺红衣的脸上挂着遮掩不住的不悦。

"我不舒服，先回家了。"贺红衣并不看桑介桥。

"有什么事回去再说。"桑介桥压低声音。

"我不回去！"

"现在不是闹别扭的时候！"桑介桥声音低，语气却很重。

贺红衣满脸委屈："您亲耳听见姓莫的说了些什么，还帮他报告上级？"

贺红衣的声音有些大，桑介桥立刻警惕起来，一把拉过她："我知道你无法接受，但现在不是说这些的时候。"说着他顿了顿，看看周围，"这种情形对于你我来说，绝不是最后一次，你要保持冷静，成熟地面对问题。"

"对不起，我只知道，我们的新世界，不是要饭要出来的！"贺红衣转身快步离去。

贺红衣气呼呼地回到家，却发现吴乾赤裸着上身，正在翻她的衣柜。

"你有没有礼貌？干吗随便翻别人的东西！"

"我衣服都臭了，你闻——"吴乾拎着脏衣服伸向贺红衣，贺红衣立刻推开。

这时吴乾恰好翻到一件男装，好奇地问道："你怎么有男人的衣服啊，该不会是相好落下的吧。"

"你不要乱说话，这是戏服，我排戏用的！"

吴乾抢过衣服套在自己身上："那就借我穿穿，你看，大小正正好。"

贺红衣拽起吴乾衣领："给我脱下来，你把我衣服都穿脏了！"

"哪儿那么多臭讲究，想看我脱衣服就直说，来来来，满足你。"吴乾边说边解衣扣。

贺红衣脸一红，气得背过身去："下流！把衣服穿好！"

吴乾坏笑着重新系好扣子："以后咱们也算是穿过同一件衣服的朋友了，这……这用古词儿说叫什么来着？"

贺红不禁接话道："同袍之情。"话音未落，她便自知嘴快失言，更加气闷。

吴乾穿着新衣服满心欢喜。

李鹿带着一队巡捕来到棚户区，二话不说就将其中的店铺全部贴上了封条。卫乘风拼命阻拦，却抵不过众巡捕的力量。

李鹿走到卫乘风面前，露出得意的笑容："别白费力气了，要怪就怪你那好兄弟，从今天开始，一日三查，只要一日没找到吴乾，你们一日就不许开店！"

"你……吴乾的事，和邻居们都没关系！"

"跟他们没关系，那就是跟你有关系喽？"

"跟我……跟我也没关系。"

"卫乘风，我是在执行巡捕房的命令，你只要是巡捕房的一员，就要服从命令，要是觉得不服，你就说服巡长，让他把命令撤了，要么你就退出巡捕房！"李鹿带着众巡捕继续贴封条。

卫乘风怒气冲冲地跑回巡捕房，欲求余德义阻拦李鹿，但余德义却坚决要找到吴乾。卫乘风无计可施，只得恍恍惚惚地从巡捕房走出来，天空阴云密布，看不到太阳，一如他的世界。

与最近阴霾的天气不同，贺青舟可是如日中天的人物，他的演出场场爆满不说，每次开嗓的消息方一传出，只需一炷香的工夫，票便会被抢购一空。纵然如此，贺青舟还是对宣传十分在意，甚至亲自在戏园门口的墙壁上绘制演出海报，还会把"贺青舟"三个大字描得格外醒目。他这样做，正是为了寻找走失多年的妹妹，他相信总有一天会和妹妹重逢。

这日，雨辰路过戏院门外，一边看书一边走，戏院小厮上前塞了一张贺青舟的广告，雨辰正看书看得入迷，看也不看便塞进了包里。

与何致鸿和桑介桥急着与莫新龙会面不同，钱白铁倒是沉得住气。莫新龙已经与各方接触得差不多了，钱白铁方才出手，而且约的地方也与众不同——澡堂。

私人会所的高级汤池里，莫新龙泡舒服了，也不绕弯子，直接开口问钱白铁出什么条件。

"五十条大黄鱼，四千杆日本三八式步枪。"钱白铁保持着一贯的微笑。

"翻倍，不然免谈。"

"莫兄，这……"

"钱兄只管替我说项，若是钱兄拿不出来，自然有人拿得出来，我今晚还要见别的朋友，告辞。"莫新龙露出鄙夷的神色，起身离开。

莫新龙走后，陆横问道："先生，我们是否要把莫新龙的条件上报？"

"不用，眼下他莫新龙初到上海，各方势力均发出邀约，正是漫天要价的时候，我们静观他做戏就好，这一出戏唱下来，没几个金主能捧得起来，等到曲终人散，才是我们出手的时机。"钱白铁说罢起身，"来之前吩咐你的事做得怎么样了？"

"您放心，已经办好了。对了，夫人说今天做了饭，让您回去吃。"

"不了，你回去跟夫人说，今天我有事，让她不用等我了。"

"是。"

# 第十二章

# 阴霾

卫乘风垂头丧气地回到棚户区，不知该如何向大家解释封店一事。许多邻居都在气头上，索性认为卫乘风根本不敢替他们向上司讨公道，都对他失望万分，只有阿蛙和董大锤信任卫乘风，但卫乘风却觉得他们只是在安慰他。三个兄弟默然地坐在一起，心中不禁都想到了吴乾和白毛，曾经五个臭小子坐在一起，天不怕地不怕，不管遇到什么问题都能解决，可如今……

这日，贺青舟在后台化妆完毕，准备上台，却发现外面一点动静都没有，完全不似往常一般人声鼎沸。他内心一阵狐疑，票明明早就卖光了，怎么会没有人呢？贺青舟定了定神，想起早年间到处搭草台唱大戏的时候，台下只有一个观众他也照演。想到此处，他淡然一笑，上了台。

贺青舟站上舞台，却被眼前的景象惊呆了，偌大的戏院空荡荡的，只

有钱白铁一人坐在第一排的中央。

贺青舟从舞台上走下来问："季先生，这是怎么回事？"

钱白铁站起来，走到贺青舟身边："所有的票我都买了，我今天包场支持贺班主。"

"啊？为……为什么？"

"昨天我来没有位置，我看那个人鼓掌都鼓不到点上，我觉得她不配听你的戏。古人讲高山流水，知音难觅，平日里那些人根本不懂戏，也不懂你，他们不看也罢。我就想一个人静静听贺班主唱戏，省得那些外行打扰，而且不只是今天，以后只要贺班主你唱一场，我就包一场。"

贺青舟脸色铁青，重新审视着钱白铁："季先生，我当您是知己朋友，但您应该明白，我们这行吃的是张口饭，您要是每场都包场，我还有什么观众？我还唱什么戏？"

"你放心，我会邀请有足够水准的朋友一起来捧贺老板的场。"

"我贺青舟唱戏不是没有过台下没人的时候，但是像您这样，只许自己看不让别人看，对不起，我不能演。您放心，您的票钱我会想办法全数还您。"

"不用，其实我今天还有一件事要拜托贺老板。"

"什么事？"

"我打算聘请贺班主当我的京戏私人教习，价钱你随便开，我给双倍。"

贺青舟斩钉截铁地拒绝道："不行，坚决不行，这不是钱的问题，我唱戏是为了能让更多的人听到我知道我，我不能也不愿意为了一个人唱戏，况且这么大一个戏班子离了我不行，我不能走！"

"贺班主都这么说了，我也不勉强你，这件事我们以后可以再慢慢商议。今天的事情是季某唐突了，让贺班主觉得不舒服，我保证以后绝不再犯，不过今天我人也来了，钱也花了，这一场戏，贺班主，总不能让我空手而归吧？"

贺青舟犹豫了一下："只此一次，下不为例。"

"多谢，贺班主。"

贺青舟对着台上的高九郎喊道："演吧。"

此刻，芳澜正在红府戏院门口与戏院小厮周旋。小厮说什么也不放芳澜进去，芳澜急得撒起泼来，小厮没辙，只得答应进去通报一声。不远处，陆横正看着这一幕。

戏台上，贺青舟唱得正酣。小厮悄然走到钱白铁身边汇报，钱白铁一听是莫大帅的夫人要看戏，嘴角一弯，点头同意了。

片刻，芳澜带着小红和周力从外面风风火火地走了进来："那个包场的人呢，让我看看是谁呀！"

钱白铁站起身来，伸手示意旁边的空位。

"你这人挺有能耐，这么好的一出戏你要自己独享，那我们这些戏迷怎么办？"芳澜不依不饶。

钱白铁无奈一笑，不理会芳澜，继续陶醉地看戏。

"最好的位置也给你坐了，贺班主的戏你能听懂吗，别以为戴个眼镜就能装文化人。"芳澜白了钱白铁一眼。

钱白铁顿时来了兴致："你懂？贺班主现在唱的是哪出戏？"

芳澜一时哽住，为缓解尴尬而猛然拍掌叫好，吓了台上的贺青舟一跳。钱白铁笑着扫了芳澜一眼，心里想着，莫大帅的品位着实粗糙。

散场后，芳澜仍不罢休，再次追到后台。

"给你送样礼物我就走。"芳澜知道了贺青舟的脾气，一进门就抢先说道。

"我不收礼物……"

芳澜不理会贺青舟，兀自将一个叠好的手帕放在桌上："记住我的名字，我叫芳澜。贺班主，明儿见。"话毕，芳澜果然立即转身离开。

贺青舟拿起手帕准备追芳澜，却摸到手帕中有东西，他打开手帕，只见里面包着一个镯子。

这时，高九郎和小梨花走了进来，调侃贺青舟是万人迷。贺青舟却深知，梨园行需要人捧，但也最怕捧，人们只看见捧上天的，却没看见摔下地

的，他只想让观众高高兴兴地听戏，并不在乎其他。

贺青舟正愁着，钱白铁又进来了，叮嘱他少与芳澜牵扯。贺青舟点头认可，将镯子小心收好，打算择日还给芳澜。

深夜，贺红衣来到棚户区，发现所有店铺都贴着封条，疑惑之际，就看见卫乘风蜷缩在石阶上，她不禁走了过去。

"发生什么事了？这些店怎么都被封了？"贺红衣问道。

卫乘风抬头见是贺红衣，连忙擦擦眼泪："红……红衣，你怎么来了？"

"是谁让封的店，你跟我说，我找他们去。"

"别……是……巡捕房封的。"

贺红衣顿时明白卫乘风落寞的原因了，叹了口气，坐在卫乘风身边："我明白，你也是身不由己。"

"我可以不当这个巡捕。"卫乘风把头埋得低低的。

"你如果意气用事，对自己、对大家都没有好处！我知道这样说劝不动你，但你有没有想过你当上巡捕，阿奶有多高兴，虽然我觉得阿奶有时候有点……神神叨叨的，可我能感觉到她对你不同，也许这就是亲情吧。其实有时候，我特别羡慕你。"

卫乘风被贺红衣的话吸引，抬头看向贺红衣。

贺红衣继续说道："准确地说是我羡慕你有阿奶这样的至亲，我从小无父无母，又跟哥哥失散多年，尝遍了人情冷暖，回了家依旧是冷清清的。"贺红衣叹了一口气，"本来想劝你，怎么我自己开始倒苦水了。"

"红衣，你说的我都懂，如果你不嫌弃，就把我和阿奶当亲人吧。虽然阿奶的病情越来越严重了，她可能会记不住你……"

贺红衣忍不住笑了："你还是那么不会说话。"

卫乘风尴尬地抓了抓头发。

贺红衣继续说道："逗你玩呢，我只是想告诉你，能当上巡捕就不要轻言放弃，你赚得可是阿奶的救命钱，难道你不想让阿奶安享晚年吗？"

"想，做梦都想！"

"这就对了，你要为了阿奶振作起来。"

卫乘风点点头，可一看到被封的店铺又显得有些犹豫："可大锤他们怎么办，店被封了，我说什么都无济于事……"

贺红衣想了想："这事交给我，明天你就回巡捕房好好看戏。"

卫乘风见贺红衣一副胸有成竹的样子，既心动又羡慕，甚至还有点嫉妒，为什么她能和吴乾一样，总是能解决问题，而他自己，却什么都做不到。

贺红衣从棚户区回到家已是深夜，吴乾马上殷切地迎了上去，对众人的关心溢于言表。贺红衣怕吴乾知道了真相会一时冲动闹出乱子，索性编了一套还算流利的谎话，主要就是强调众邻居对吴乾的挂念和赞美。吴乾听了果然受用，对贺红衣的话毫不怀疑。贺红衣看着吴乾傻兮兮的样子，忽然觉得好羡慕，如果她也能像吴乾一样简单就好了，同样是身处险境，他总是能轻易地获得满足与喜悦。

万国酒店里，莫新龙添了新的烦心事。往日里，芳澜最爱的就是逛街购物，可这几日过去了，竟然没添几样东西，这让他不禁狐疑起来，婉转地问了几句。

芳澜的脸上闪过一丝慌张，随后立刻开始跺脚撒娇，索性提出新要求："大帅，您能不能不要再让周力跟着人家了，逛街逛得一点都不舒心，我一个女人家家，难道你要我一套套衣服试给周力看吗，他哪儿能懂这个啊，而且我身后整天跟着个黑脸的大男人，每次一回头看到他，我逛街的心情都没了。"

"有他陪着你，我才放心嘛，我的宝贝这么漂亮，我总要为你的安全考虑啊。"

"不管，我不管不管，我想自己逛嘛，大帅——"芳澜钻进莫新龙的怀里撒娇。

莫新龙轻拍着芳澜哄着她，低头瞥见她的镯子不见了，便道："哦，原来是这么回事，那行。"莫新龙转而对周力意味深长道，"夫人叫你不要跟，那你就别跟着了。"

周力会意，点了点头。

芳澜欣喜不已，拽着莫新龙的衣领，挑逗地看着他："大帅你真好，我先去洗澡，你忙完就快点过来哦。"说完扭着屁股消失在莫新龙的视野中。

莫新龙低声对周力道："我问你，芳澜这几天到底去哪了？"

"禀大帅，少奶奶每天下午都去红府戏院。"

"就光是听戏？"

周力迟疑片刻，小声道："少奶奶好像迷上了那个叫贺青舟的戏子。"

"哼，我看也是！明天上午，你给我做两件事，第一，这娘们儿一出门你立刻通知我，第二件……"莫新龙冷笑一声，招手让周力附耳过来，耳语了一番，"能办好吗？"

"属下一定不让大帅失望。"

"行，下去吧，我等着听你的好消息。"

周力点头离开，莫新龙看着芳澜刚才离去的方向，双拳紧握，青筋暴露。


翌日，芳澜脚步轻快地走进戏院，周力远远跟在她身后，面色阴沉。戏院中，贺青舟正坐在观众席上，看台上彩排。

"贺老板，昨天给你的礼物可还满意？"芳澜悄然出现在贺青舟身边。

贺青舟吓了一跳，顾不得打招呼，立刻掏出手帕："我正想着找您，这礼物太贵重了，我不能收。"

"嘘……我们进去说。"芳澜神秘一笑，不由分说地拉着贺青舟便走向后台。

不远处，周力悄然离开。

芳澜拉着贺青舟进入后台，非要让他带上那镯子给她看看，贺青舟左右不从。芳澜转而使出新招，哄骗他只要戴上，让她看一眼，她就同意收回镯子。贺青舟不得已戴上了镯子。这时，小厮突然冲了进来，慌慌张张地喊着出事了。

贺青舟跟戏班里的人匆忙从后台跑出去，就见莫新龙带着周力闯入。莫新龙看见贺青舟手腕上带着芳澜的镯子，气得青筋暴露。而芳澜则愣在当场，吓得不敢看莫新龙。

"芳澜，你好大的胆子！"莫新龙一巴掌将芳澜打倒在地。

贺青舟下意识欲去拉芳澜，却被莫新龙一脚踢开，贺青舟费力地爬起来看着莫新龙道："你要干什么？为何到我班上来行凶？"

芳澜跟跄着爬起来，拉住莫新龙的手，哽咽着说道："大帅请息怒，请息怒，这是误会。"

"大帅？"贺青舟疑惑道。

莫新龙看了眼芳澜，猛地拉起贺青舟的手腕，冷笑道："这是什么？人赃俱获，这也是误会？臭婆娘，你当我是瓜娃子？"莫新龙说罢，又扇了芳澜一个嘴巴。

"给我全都抓起来，埋了！"莫新龙指着贺青舟和戏班众人暴喝道。

周力应声冲上前，欲抓贺青舟。

贺青舟挣扎大叫道："这位先生……大帅，光天化日，你究竟想干什么？还有没有王法？凭什么要抓我们？"

莫新龙冷冷一笑，猛然拔出枪，在贺青舟面前晃了晃说道："这就是王法！小白脸，你敢做就要敢当，你要是不敢当的话，我帮你！"

贺青舟欲再争辩，莫新龙却猛一挥枪，重重地砸在贺青舟的头上，贺青舟登时意识模糊地垂下了头。

"带走！"莫新龙指着昏迷的贺青舟。

高九郎立刻冲向贺青舟想救他，却被莫新龙一枪打穿了眉心，戏班众人顿时吓得一动不动。

芳澜更是吓得全身颤抖，抱着莫新龙的大腿苦苦哀求。莫新龙却没空理会她，直直地盯着包玉镯的手帕，只见那手帕上写着"波澜泛舟行"五个字，他将这几个字解读为"芳澜要跟青舟私奔"。至此，莫新龙不肯再听芳澜的任何解释，命人将她带回去，至于戏院的其他人，全部带去郊外埋了。

戏院众人顿时哀嚎一片，芳澜流着泪向莫新龙求情，莫新龙见状更加

气愤。周力会意，一挥手护卫们便蜂拥而上，将红府众人的嘴堵住，强行押走了。

莫新龙带着芳澜走出戏院，不远处，逃过浩劫的戏班后生小梨花偷偷看着这一切。

审讯室里，莫新龙对贺青舟严刑拷打，还让芳澜目不转睛地看着全过程。无论施以怎样的酷刑，贺青舟都不肯承认勾引了芳澜。莫新龙没了耐心，终于拿起一把剪刀，伸到贺青舟的面前……

贺青舟惊恐万分，死命地闭紧嘴巴，然而，这张玉面怎么敌得过武夫的粗手，莫新龙稍一发力就捏开了贺青舟的嘴，张开剪刀就要剪掉他的舌头。

"我……我承认！"贺青舟被捏着嘴，含糊地大喊着，满头的汗珠不住地滚落。

莫新龙停下动作："你承认什么？我没听清……"

"我承认……我勾引了她。"贺青舟面如死灰。

莫新龙仰天大笑，转身拉起芳澜："夫人，你看他承认了吧，大丈夫要敢作敢当，这样多好。周力，先送夫人回车里，我去见个人。"

芳澜被周力拉着，死命地挣扎着："青舟，你受苦了青舟……"

莫新龙冷笑道："夫人放心，他勇于承认我自会放他一马，只是，这勾引妇女的罪名自然是逃不掉的，监牢这地方很适合他这种小白脸。"

"监……监狱？"贺青舟不敢置信地看着莫新龙。

芳澜泪流满面，呜咽着说不出完整的话。

"夫人别哭，以后，我允许你每年在这一天去监狱看他一次，就算成是你们的纪念日，如何？当然，如果他能活到那个时候的话。"

贺青舟绝望地闭上了眼。

莫新龙离开审讯室，去见了一个人，狱长江桥。

"大帅，您今日找我，可是有什么吩咐吗？"江桥谄笑道。

莫新龙递上两根金条："我要借贵宝地一用。我手上有个叫贺青舟的，很是可恶，你一会儿就把他带走，我要让他好好享受一下你们的招待。"

"这是要……招待多久？"

"一辈子！"

"这……万一上头来检查，问我怎么多了个人……"

"你自己想办法！"

江桥看着金条，无奈一笑，算是答应了。

当晚，贺青舟就被抓进了监狱。江桥的手下冯彪将贺青舟安排进惩戒室，便匆匆赶到狱长办公室复命。

"这个莫新龙，到底想干什么，给我弄了这么个麻烦事来。"江桥眉头微皱。

冯彪安慰道："狱长，您也别烦，既然来了，就随便塞个号子里就完事了嘛。"

"说得容易，又要合理又要合法，我怎么写？说是搞破鞋进来的？"

"不过，这个人，我们以后该怎么招待得好？"

"我觉得大帅的意思，应该是让他受点罪，但又别弄死他。"江桥揣摩着。

"可我看刚刚大帅的眼神可够凶的，别是直接弄死他吧？"

"这些大人物说话从来都不说明白，非得让人猜，这死也不是，活也不是。这样吧，先关禁闭室里，他这么个细皮嫩肉的戏子要是关到牢房，不用咱们动手，他就得被其他犯人弄死，回头莫新龙要是来问为什么没死，大不了当场杀了他。"

冯彪想了想，赞许道："真是万全之计，先留他的命，省得大帅要人咱们拿不出，再说就是上头来人查也不会查那里。"

江桥拉开了抽屉，将金条放了进去。

吴乾消停了一阵子，整日闷在贺红衣家中想对策。这日，他终于出动了。

高级私人医院中，一个"医生"从洗手间走出来，走向病房，而这个

"医生"，正是吴乾。吴乾故作正经地走到病房前台，只见一个女护士正在埋头记录，没有注意到他。吴乾敲了敲桌面，女护士抬起头来。

"上个月有个叫吴乾的病人来就诊，把他的就诊卡找出来。"吴乾故意将声线压得深沉干练。

女护士打量着吴乾，面露犹疑："您是哪个科室的……"

吴乾面现愠色，质问道："我你都不认识了？外科陈大夫，亏我还记得你，你倒开始认生了。"

女护士皱眉思索："不是……陈大夫，您别生气，我是真的不记得……"

"当年你刚来的时候做事毛手毛脚，那时候我帮过你不少，护士长训你我还劝过，你都忘了？我调离医院才几年，现在回来你倒不记得了！"

"陈大夫，消消气，我正整理病历本呢，都忙晕了。您要找哪个病人的就诊卡？我现在就给您找。"

吴乾故作消气，叹了口气说道："我知道你们工作辛苦，这事我也不计较了，把吴乾的找出来，上个月我给他看过病，现在他找回，说我当时开的药有问题，我看看当时开了什么药。"

女护士频频点头，翻找着就诊卡，递给吴乾。吴乾看了一眼，家属签字上面写着"季先生"。吴乾冷哼一声，将就诊卡收进口袋里。


此刻，"季先生"钱白铁正在红府戏院，看着一片狼藉的景象，眉头紧锁。

陆横从后台跑出来："钱先生，贺班主不在后台，这里一个人都没有。"

钱白铁怒而喝道："是谁干的？查！"这一刻，钱白铁好似心头的肉被剐掉了一般，无论是谁动了贺青舟，他都要与之搏命。

钱白铁回到办公室等待消息，反复踱步，坐立不安。

"查到了！"陆横匆匆赶回来，"今天莫新龙带人去过戏院，砸场子的事就是他们干的，还杀了一个人。"

"谁？！"钱白铁一把抓住陆横。

"不是贺先生。"

钱白铁顿时松了一口气。

陆横继续汇报道："他们把戏班的人开车带走了，其中就有贺先生，根据调查，车子最后进了监狱。"

"监狱？"钱白铁眯着眼睛思忖着，"这个莫新龙手段毒辣，没想到贺班主会得罪他，当初我发现那个莫夫人对贺班主不一般，就该及时解决，贺班主也不至于落得这样的下场。"

"钱先生，难道要去找莫新龙要人？"

"此事不宜莽撞，我现在要跟莫新龙拉近关系，要人肯定不行，但我们可以从监狱入手。"钱白铁有一万个把莫新龙砍了的心，却不得不采取迂回战术。

"把贺班主捞出来？"陆横问道。

"没错，但不能直接带他出来，万一让莫新龙发现是我在背后操作这些，后患无穷，最好是能找一个人把贺班主换出来，我要保证监狱里有一个叫贺青舟的人。"

"对了，钱先生，我们的人调查的时候还发现一个消息，今天医院有人偷了吴乾的就诊卡。"

钱白铁眼神一亮："吴乾……这个人我怎么能忘了呢……"

"先生想找吴乾顶包？"

钱白铁点点头："他是最适合的人选。"

"这个人很难对付，万一进了监狱，容易引发事端。"

"这就看他的造化了，他不愿意给我做事，我就偏要他替我做事，我也想看看他还有多少能耐。"钱白铁神情舒展，笑着说道，"最好的状态就是让他为我做了事，都浑然不觉背后是我在掌控这一切。马上发动所有情报力量，用最快的速度找到吴乾！"

"是。"陆横匆匆欠身离开。


吴乾尚未意识到新的危险正在逼近，此刻他正躺在贺红衣家的沙发上晃着脚丫，一脸得意说道："今天装了一把医生，把那个小护士吓得瑟瑟

发抖，你别说，还挺有成就感。"

"呸，你把人家真正的医生脱个精光绑在厕所里，还有脸说出来？"

"那是他倒霉，他要是憋着不去厕所，不就没这事了吗？"吴乾窃笑。

"看你这没正形的样，小护士为什么怕你？"

"我吓唬了她几句，她就乖乖听话了，她这么年轻，一看就没工作几年，哪个护士刚进医院不是手忙脚乱的，谁能记得几年前有人随手帮过自己。"

"你心真大，万一她记得呢？"

"那我就……"吴乾故意做出要非礼人的动作逗贺红衣。

贺红衣后退半步："流氓……"

"我说什么了，我就流氓。"

"你不是要非礼人家小姑娘？"

"切，我才没那个兴趣，这次骗不成，我就下次再来换个小护士骗呗。"

"你还真有耐心。"

"说对了，这事我还真就有耐心了。"

"哎，说多了你也不爱听，但我还是要劝你，别再查了，那些大人物哪一个是你能扳倒的？你别把自己又搭进去。"

"知道我不爱听，你还说？这事你别管了，我生平最恨被人坑，这都算了还不如直接从楼上跳下去。"

"只许你坑别人，不许别人坑你，这都什么道理。"贺红衣无奈地摇摇头。

突然，一阵敲门声响起。

"红衣，开门啊。"雨辰正在门外。

贺红衣一个激灵，和吴乾面面相觑："坏了坏了，雨辰怎么回来了。"

"怎么办？"吴乾立刻从沙发上弹了起来。

"你赶紧找地方躲起来！"

第十三章

入瓮

雨辰敲了半天门，贺红衣才把门打开。

"红衣，你在家干什么呢？我敲了半天了。"雨辰狐疑地盯着贺红衣。

"你怎么回来了？"贺红衣露出热情但充满尴尬的微笑，"不是这几天在学校排练话剧吗？"

"我把道具落在家里了。"雨辰说着就往里走。

贺红衣赶紧挡在她前面："你落了什么？我帮你拿好了。"

"嗨，我自己丢三落四的，放在哪儿我都忘了，还得找一找呢。"

雨辰穿过贺红衣，朝里面走去，看到沙发上叠好的被褥，疑心四起："好好的，你怎么把被褥拿出来了。"

贺红衣赶紧接口："方才看太阳好，想拿出来晒晒……你说要找什么道具？我帮你一起找吧。"

"一把木剑，你帮我找找看，放哪儿来着……"雨辰四处翻找，若有所

思地说道，"会不会在壁橱里？"

贺红衣装作不经意地拉开壁橱，里面站着正在做鬼脸的吴乾，她瞪了他一眼，将门拉上，对雨辰道："壁橱里没有啊。"

"奇怪了，这边也没有，那在哪里呢？"

"会不会在你房间里啊，你再好好想想？"贺红衣边说边引导雨辰往里走。

"可能吧……"雨辰正在思考，突然瞥到壁橱门缝里卡住了一个穗子，"等下，这不是我那把木剑上挂的穗子吗？原来真的在壁橱里，红衣你还说没看到……"说完就拉开了壁橱的门。

"等一下！"贺红衣失声惊呼。

然而，已经太晚了，雨辰一把拉开了壁橱的门，就看到了一张通缉犯的脸……

"啊——"雨辰的尖叫响彻整个公寓。

贺红衣试图向雨辰解释，雨辰却由惊转怒，无法冷静下来。

"红衣，你疯了！竟然会收留一个通缉犯！"

"对不起……但是吴乾确实不是杀人犯，他是被冤枉的，雨辰你听我说……"

"他说没杀人，你就信？这种棚户区的小混混，什么做不出来！"

吴乾终于听不下去了："喂，你说话也太不客气了吧，谁是小混混，谁是杀人犯？我吴乾行得正坐得直，是我犯的事儿我认，但不是我的罪谁也别想冤枉了我！"

贺红衣急忙拉了拉吴乾："雨辰，他这人虽然平时喜欢使些小手段坑骗，但是确实没有杀人，我们是在比赛里认识的，这点还是信得过。"

雨辰被噎了一下，随即又道："就算他没杀人，你去查证、去给他洗脱冤屈，我没意见，但留他在家干什么，这不是自找麻烦吗？"

"他被通缉了，我也不能眼见他流落街头，饿死冻死吧？"

"他饿死冻死和你有什么关系？你把他带回家，是不是当门房、当左邻右舍都是瞎的？回头要是被人发现你窝藏通缉犯，没救着他，还得把自己填进去！听我的，赶紧把他送走，至于他被冤枉的事儿，我们另想办法！"

贺红衣面容坚定："我既然选择救他，就要力保他不被发现！雨辰，对不起，这件事我不能听你的。"

吴乾惊讶地看着贺红衣，颇受触动。

雨辰瞪了吴乾一眼，无奈地看着贺红衣道："算了，从来都是我说不过你，就让他先在这里待着吧。"

贺红衣开心地抱住雨辰："雨辰你真好！"

雨辰拿着木剑准备离开，走到门口又回头狠狠瞪着吴乾道："你老实点，别给我们红衣惹麻烦。"

吴乾难得没有反驳，只是点了点头。

当晚，吴乾反复回想雨辰的话，越想越觉得确实不该留在这里，他怕连累贺红衣的心丝毫不比雨辰少。此念一出，吴乾便再也待不住了，悄然离开了贺红衣家。


监狱的禁闭室中，贺青舟昏昏沉沉醒来，发现周围漆黑一片，他强撑着身子起来，摸索着走到门口，拍打着大门哀号道："冤枉……冤枉……"

贺青舟的声音越过监狱走廊，传到了牢房中。

一号牢房里，杨然在睡梦中被惊醒，骂骂咧咧地对外面喝道："别没完没了地喊了，还让不让人睡觉了！"

这时，杨然一回头一看，疯豹也醒来了，立刻害怕地说道："大哥，外面那新来的太吵了，影响大哥休息了……"说着他走到疯豹身边，给疯豹捏肩膀捶腿。

六号牢房的角落里，万金隆借着过道微弱的灯光在看《红楼梦》，对外面的喊声充耳不闻。一旁，大壮在练俯卧撑，对林忠岩说道："看来又要进新人了。"

"进了监狱就不能叫新人，应该叫新鬼了。"林忠岩闭着眼捻着佛珠，一脸平静。


这一夜，钱白铁似乎心电感应般失了眠，第二天一大早就命陆横请来

了狱长江桥。

酒楼包厢中，钱白铁准备了各式上海精致的菜肴，面色也格外和善，求人办事的态度跃然脸上。

"这是专门为你点的糖醋小排，不知道合不合胃口？"钱白铁隔着半张桌子为江桥夹菜。

江桥诚惶诚恐地起身接住，心里思忖着这顿饭到底是要办多大的事。

"最近监狱的工作可还正常？"钱白铁淡然开口道。

"托您的福，一切秩序井然。"

"有没有什么人新关入监狱？"

江桥一听，若有所思，随后马上起身向钱白铁鞠躬："钱先生，是我大意了，我不知道贺青舟是您的朋友。"

钱白铁笑着摆摆手："不用那么紧张，坐下说话。"

江桥的额头已冒出虚汗，缓缓坐下。

"贺青舟确实是我的朋友，我想让你……把他放了。"钱白铁和蔼地盯着江桥，施以压力。

江桥面露难色："钱先生有所不知，贺……先生是莫大帅特意吩咐送来的，我也很为难……"

"我不会让你白白放人，我只是想换个人进去替他坐牢。这样，监狱里随时都有一个叫贺青舟的人，就算莫新龙问起来，你也好有个交代。"

江桥有些为难，硬着头皮说道："这……钱先生，这不太好吧，要是被莫大帅知道了，我……"

钱白铁摆摆手："好，我不为难你了，我们说正事，还是老样子，我需要一个人安安静静地死在外头，不想被巡捕房查出什么猫腻。"

江桥一听这个，松了口气："请吩咐。"

钱白铁拿出一张照片，递给江桥："做干净些，我不想再看到这个人。"

江桥一看照片，脸色煞白，只见照片上的人正是江桥自己："钱先生……我……我……"

钱白铁故作不解，看了一眼照片，调笑说道："拿错了。"说完收回江桥的照片，重新递上了一张照片，上面是刘唐彩："明天晚上九点愚园路，把刘唐彩处理掉，他是个买办。"

江桥擦了擦额头的汗："一定办好！钱先生的事就是我的事，我一定处理干净！"

钱白铁目光和蔼地看着江桥："这个事不难办，难办的是那贺青舟……那个忙，你帮，还是不帮？"

江桥硬着头皮说道："既然钱先生开口了，那这事我一定帮忙办到。"

钱白铁满意一笑，举起酒杯悠然饮尽。

熙熙攘攘的大街上，吴乾戴着一顶破帽子，帽檐压得很低，他还是不放心，想亲自去棚户区看看。街角，钱白铁的手下正不远不近地跟着吴乾。

快到棚户区的时候，吴乾心头一阵麻酥酥的感觉，总觉得有人在跟踪他，思忖片刻，他决定还是不回棚户区为妙，免得连累大家。他拐进无人的小巷，心中嘲笑着如今的自己如此胆小，竟然会有种被跟踪的错觉。

这时，一杆枪抵在了吴乾的后腰上，吴乾立刻举起双手，一动不动。这杆枪抵着吴乾，一直将他逼上了巷口的一辆汽车。吴乾坐在副驾驶的位置，被后座的陆横用枪抵着脑袋。车缓缓开动了。

"目视前方，不许动。"陆横低沉道。

"好，好，我绝对不动。大哥，你可拿稳了枪，万一走火，我这脑袋就开花了。"

"吴乾，好久不见。"钱白铁正坐在后座，帽檐压住了脸，悠然地玩弄着手上的扳指。

"……你是谁？你想干什么……"吴乾仍旧一动不动。

"我就是送你进医院的人。"钱白铁停顿片刻，"你可以叫我季先生。"

吴乾试图透过后视镜观察后座，但始终看不清戴着帽子的钱白铁，只看见举着枪的陆横以及钱白铁手上的玉扳指。

"季先生？我在医院见过你旁边那个人。"吴乾知道他们不想要他的命，冷静了几分。

"既然你都看见了，我就直说了吧，你欠我一条命，现在该轮到你还我了。"钱白铁狡黠一笑。

吴乾瞬间明白过来，想借机转身。

陆横立刻虚虚地扣了扣扳机："不许动！"

吴乾老实了下来，拿出那副泼皮无赖的腔调："大哥，我这人真的就贱命一条，我的命不值钱的，你要来有什么用啊。"

"不用着急，你一会儿就知道了。你不用害怕，我不会杀你，我只是需要你帮我一个小忙。"

"大哥，我看您都开这么好的车了，肯定是个有钱人，听您的口音是本地人吧？"吴乾问道。

钱白铁咳嗽一声，不作回应。

"您别不说话啊，我看您的手下有枪，我猜测您应该是打军队里面来的吧？您既然都是扛枪的了，还有什么事情是您办不了的，我能帮您啥啊，您就别拿我这种小人物消遣了，行行好把我给了放了，我吴乾感谢您一辈子！"

"你的话太多了。"钱白铁皱了皱眉。

陆横会意，用枪托重重砸向吴乾后脑勺，吴乾低哼一声晕了过去。

贺红衣一大早就没看到吴乾的身影，起初以为他只是又憋不住出去转一转，但时至正午，还不见他回来，便越想越觉得不对劲。她反复踱步，不禁回忆起昨天雨辰临走前指责他的场景，若是按吴乾以往的厚脸皮样子，不可能不反驳雨辰，但昨晚他却只是点了点头。贺红衣顿时忧心忡忡，匆匆赶往棚户区。

棚户区众居民都坐在被封的店门口，愁容满面。

贺红衣试探地问道："要是吴乾知道你们这个情况，心里肯定不好受，说不定会回来帮你们想办法。"

董大锤立刻摆摆手："还是有钱的安全要紧，幸亏他人在苏州，什么都不知道。"

贺红衣一听，眉头紧皱，暗想着吴乾还可能去什么地方。

董大锤看贺红衣陷入沉思，询问道："红衣，你有文化，你能不能帮我们想想办法？"

贺红衣一愣，忽然想起雨辰曾经说过西方人喜欢走上街头争取权益，于是便帮众人策划了一场游行。

翌日，阿蛙和董大锤举着横幅，带着棚户区众人雄起赳气昂昂地来到巡捕房门外，声讨巡捕房不顾民生的恶行。围观群众顿时聚集过来，纷纷对巡捕房指指点点。

余德义急得像热锅上的蚂蚁："卫乘风，你和新闸路的人都说了什么？我和你说过，吴乾的事我会调查清楚，让你少安毋躁，结果呢，转头新闸路的人就打上门了，我问你，这事到底跟你有没有关系？"

"我……这事真跟我没关系，我也刚刚才知道，这事他们完全是瞒着我干的。"

"既然跟你没关系，你就去让他们从哪儿来，回哪儿去。"

"巡长，您是不知道，因为新闸路封店的事，我已经把街坊邻居都得罪光了，我说的话现在在他们面前一点用都没有，就是个屁，您不一样，您德高望重，只有您说话这帮人才能听得进去。"

余德义看着卫乘风畏畏缩缩的样子，并不怀疑，只得亲自带了卫乘风和李鹿走出巡捕房。

卫乘风走到众人面前，冲着他们使了个眼色道："各位街坊邻居，各位叔叔婶婶，安静一下，大家听我一句话。"

原本嘈杂的现场顿时安静下来。

"我卫乘风从小就是在新闸路长大的，现在我们因为吴乾受到牵连，你们的苦我又何尝不知道呢，但是你们做事也要讲求方式方法嘛，现在这样聚众闹事是不行的，赶快回去吧！"

余德义瞟了卫乘风一眼，心中暗想这小子竟然还知道站在巡捕房的立场顾全大局，看来真是个实心眼的家伙。

"我们不跟你说，我们要找余巡长！"董大锤扯着嗓子喊道。

"对，你这种吃里爬外的东西，我们早就不相信了，我们就相信余巡长！"花蝴蝶故作愤恨地瞪着卫乘风。

"我早就听说巡捕房的余巡长，铁面无私，明辨忠奸，我们只跟余巡长对话！"阿蛙也跳了出来。

"对，我们要见余巡长！"众人纷纷按原定计划高声附和道。

卫乘风故作为难地指着旁边的余德义："这位就是我们巡长，你们要是不信我，有什么话，可以直接跟他说……"

花蝴蝶当即拉着余德义的胳膊哭诉起来："余巡长，我的青天大老爷啊，棚户区可封不得啊，您封了街，我们可就没饭吃了，只能去喝西北风了！"

余德义立刻甩开花蝴蝶的手，看看众人，假意说道："大家先别急，这件事我确实知情不多，主要是我们巡捕房的李鹿在负责，具体情况可以让他来向大家说明。"余德义推了推李鹿。

李鹿只得硬着头皮站到前面："吴乾杀了洋人，我们巡捕房必须要给洋人一个交代。"

贺红衣从众人之后走了出来，面色从容镇定："那我就想请问余巡长和李巡捕了，新闸路的居民杀了人，就封新闸路的街，这是哪一条王法？"

"这……这是我们巡捕房新定的规矩。"李鹿急得红了脸。

贺红衣上前一步，盯着李鹿："那我今天听说，宝山路那边出了好几起抢劫命案，按照规矩，您应该去把整个宝山路封了，是吗？"

众棚户区居民和围观群众顿时响应。

"话不是这么说……"李鹿为难地看向余德义。

阿狼接话："那全上海每天有多少命案，你每天就要封多少条街，是不是？你怎么不把整个上海都给封掉啊？"

"说得好！说得好！"棚户区居民瞬间炸开了锅。

"这是要根据具体情况来定的……"李鹿以祈求的眼神看向余德义，余德义却皱着眉一言不发。

"什么具体情况？巡捕房就应该一视同仁！既然你们没把整个上海封了，那也不能单单封我们一条新闸路是不是？"董大锤高声质问。

"是啊，上海滩又不搞连坐！"阿蛙满脸不忿。

花蝴蝶趁机煽动情绪："我知道余青天一定会体谅我们这些老百姓的

苦, 大家说对不对? "

"对! 对! "人群爆发出一浪接一浪的高呼。

"巡长……这怎么办啊……"卫乘风对余德义耳语。

余德义咳嗽一声, 开了口: "大家静一静, 我余德义也不是一个不懂得体恤民情的人……"

董大锤抓准机会施以压力: "要一视同仁啊巡长, 不然, 我就去工部局讨说法去! "

余德义下不来台, 只能说道: "行了行了, 我宣布解封新闸路。"

棚户区的群众顿时掌声雷动, 欢呼雀跃。

"大家不要太高兴, "余德义眉头仍旧紧锁, "新闸路虽然是解封了, 但是不代表这件事就这么完了, 吴乾我们还是要抓的, 你们如果有线索, 一定要告诉我们巡捕房, 听明白了没有? "

"明白! 余巡长万岁! 余巡长万岁! "众人嘴上喊得有多大声, 心里就有多包庇吴乾。

"你的好邻居们! "余德义瞪了卫乘风一眼, 转身走进巡捕房。

卫乘风悄然看向贺红衣, 贺红衣激励地对他点了点头。

贺红衣匆匆赶回剧院后台, 却见桑介桥脸色阴郁, 贺红衣一猜便知是方才的事被老师知道了。

"红衣, 我希望你搞清楚你的身份, 你可是我们明镜学会的主力成员, 你自己想想看, 你要是闹得满城风雨, 在巡捕房那里上了黑名单, 你以后还怎么为学会做事? "

贺红衣低垂着脑袋: "老师, 是我错了, 我以后会注意的。"

"老师也是为你好, 为学会好, 希望你能理解老师的一片苦心。"

"我明白。"

"还有一件更重要的事, 过几天我可能要去趟广州, 和孙先生见面商讨拉拢莫新龙的筹码, 我不在的这些天, 学会就交给你了, 遇事多和雨辰、博文他们商量。总之就一句话, 我不在的时候, 学会所有的活动都暂时停止, 千万不能出乱子。"

贺红衣点点头。

监狱门口，天色阴沉压抑。

吴乾迷迷糊糊醒来，发现自己被人扛下了车，恍惚中隐约看到前方正是监狱的大门。吴乾头晕目眩，无力挣扎，被抬进监狱大门之际，却瞥见一个清瘦的身影正从监狱里被送出来，而后径直被请上了吴乾方才坐的那辆车。

良久，吴乾在监狱医务室中醒来，揉了揉惺忪的双眼，迷糊中发现自己正躺在病床上，更让他惊讶的是，他的身上竟然穿着囚服！

"我怎么会在这里？对了，我是被那个季先生的人给打晕了……"

此时，穿着白大褂的医生从里屋走了出来："总算醒了，看来这一针没白打，还挺见效。"

"我这是在哪儿啊？"

"哪儿？这里是虹口第一监狱，为了你小子，老子还被叫过来加班给你做例行检查。"

"等一下，这里是监狱？这么说我现在是犯人了，不对吧，我们是不是有什么误会啊？"

医生拿着吴乾的表格填写着："我就是个医生，负责给你检查身体而已，有什么误会你找别人说去，你跟我说不着，你叫贺青舟是吧？"

吴乾被医生问懵了："不是，贺青舟是谁？我叫吴乾。"

"哦，你是谁我根本不关心，我的任务已经完成了，狱警，狱警——"

门外的狱警甲赶到，手持警棍，强行带走了这位"贺青舟"。

钱白铁的那辆车开进了自家门口，陆横下车，走到后座替真正的贺青舟打开了门。

"贺老板，地方到了。"

贺青舟从车内哆哆嗦嗦地迈出腿："这里是？"

"贺老板，您就放心吧，全上海没有比这里更安全的地方了，您暂时在这里安顿一下。"

"多谢你，可是，我想知道，是谁把我放出来的？"

"先生就在里面，您进去便知道了。"

贺青舟满心疑惑，被陆横带进了客厅，正在留声机旁听着音乐的钱白铁回过头来。

"季先生！是你——"贺青舟半是惊讶，半是安心。

"贺老板受委屈了，请放心，监狱我已打点好，贺老板无须再担忧，昨日之事，当作没发生过便可。"

贺青舟几乎要掉下泪来，连忙作揖："谢谢先生！"

"唉，我们之间谈谢就生分了。陆横，你先把车开回办公室去，贺先生今晚就住在我这里了。"

"是！"

贺青舟有些疑惑，支支吾吾道："季先生……把我送进去的人是大帅，能把我放出来的人，应该也不会简单……"

钱白铁看出端倪，主动开口替贺青舟解惑："你是不是想问，我到底是什么身份？为什么门口会有警卫？"

贺青舟点点头。

钱白铁一脸真诚道："贺老板，你我之间就是京戏上的交往，你唱戏我听戏，简简单单的多好，不要把这个关系弄复杂了。我的身份应该你知道的时候，我自然会告诉你。"

"青舟明白了。"

"明白就好。"

这时，吕思蒂恰好回来，看见钱贺二人，立刻迎了过去："这位是？"

"这位是我朋友贺青舟贺老板，他可是现如今上海滩梨园行正当红的角儿。贺老板，这是我夫人。"钱白铁介绍道。

"夫人好。"贺青舟欠身作揖。

"哎呀，您就是那个唱青衣的贺老板！我最近可没少听您的大名，听说您的青衣自成一派，别具一格，报上说是梅老板和程老板之后青衣行当又出的一个新星。"

贺青舟谦逊颔首："夫人谬赞了，青舟愧不敢当，岂敢和梅老板、程

老板比较。"

"贺老板，太谦虚了。"

"别光顾着说话，贺老板今天有点累了，需要马上洗个澡，休息一下，你给安排安排！"钱白铁望着吕思蒂道。

"知道了，人家贺老板都没有催我，你这么着急。刘管家，你领这位先生去左边第一间最好的客房洗个澡，去衣帽间找一件先生的新衣服给贺先生换上，好好伺候，不许怠慢。"

刘管家欠身领命。

"多谢季先生、季夫人，青舟先走了。"贺青舟随管家而去。

吕思蒂听到"季先生"这个称呼，神色一变，转而笑着问道："这个季先生又是谁啊？"

"都叫你季夫人了，你还不知道是谁吗？"钱白铁面无表情。

吕思蒂对于钱白铁在人后对她的态度早已习惯，此刻，引起她关注的只有"季先生"这三个字。


监狱中，狱警甲将吴乾扔进六号牢房："你给老子安分点，不然饶不了你！"说罢便关上了牢房大门。

六号房中，万金隆、大壮和林忠岩分别坐在各自的床上，万金隆瘦弱而白嫩，虽然穿着囚服，却衣装整洁，拿着本有点残破的《红楼梦》上卷；大壮身材魁梧，留着络腮胡，明显疏于打理的样子，牢服上还打着补丁；角落里，林忠岩靠墙坐着，手上拿着一串佛珠，一副事不关己的样子。此三人皆暗自打量着吴乾。

"来人啊，放我出去，你们抓错人了！听到没，我要见你们管事的……"吴乾抓着牢房栅栏，大喊大叫。

万金隆翻了页书，抬头看了一眼吴乾，无奈摇了摇头："每个进来的都这样，就不能安静点。"

吴乾扯着嗓子吼叫："放我出去，我真不是什么贺青舟！听到没，我是被陷害的！有人陷害我！"

"别嚷嚷了，来了。"狱警贾六走到六号牢房外。

"狱警大哥，我想见监狱长，我真的是被冤枉的，我不叫贺青舟，你们抓错人了。"

"狱长那是你想见就能见的吗？我劝你省点力气，不要再闹了。"

"你们这儿还有没有王法了？你们别让我出去，你们要是让我出去，我一定把你们整个监狱给掀个底朝天！"

"你先想想你自己现在怎么办吧，现在的年轻人真是……"贾六叹了口气，转身离开。

"你别走啊，我还没说完呢，喂，你别走啊……"吴乾又用力砸了一拳牢门。

此时，身后传来大壮的声音："闹够了吧？再吵吵我就宰了你，明白了吗？"

吴乾转身看向大壮，顿时被他魁梧的身材吓了一跳，不由得后退几步："明……明白……"

"你今天不许上床，就睡地上吧。"大壮走上床睡觉。

吴乾深呼吸了一口气，缓缓靠着墙坐了下来。


钱白铁家，贺青舟沐浴完毕，恢复了一身清爽，身上钱白铁的衣服，竟意外的合身。钱白铁上下打量着贺青舟，目光中透出的欣赏比初见更甚。

"季先生，那天事发突然，戏院后来怎么样了我也不得而知，我得回戏院看看我那帮伙计，他们可不能没了我。"

"贺老板，我刚把你捞出来，你最好还是在我这里安稳待几天，等风头过了，莫新龙的人也撤了，你再回去也不迟啊。至于你的那些朋友，我会派人把他们转移到安全的地方，你大可以放心。"

"那真是再好不过了，只是经历了这么一遭，不知我们这小戏班子以后该如何在上海滩立足。"

"你先好生休养身体，其余的，我来替你操办，你无须担心。"

贺青舟闻言，冲着钱白铁作揖："青舟替戏班上下谢谢季先生了。"

钱白铁抬手扶起贺青舟："唉，跟你说了多少次了，你我之间的关系就是齐如山和梅兰芳，不必讲这些，显得生分。"

"季先生大度，我不能不讲礼数，可是今天这件事，青舟还有些疑惑，望季先生能够代为解答。"

"贺老板，你问，我能说的都会告诉你。"

"我想知道季先生是怎么知道青舟身陷囹圄的？"

"我昨天去戏院想看你的戏，结果戏院上下都说你被莫新龙带走了，于是，我就动用了一点关系打听到了你的去向，这才发现原来贺班主你惹上了莫新龙这个大麻烦，被扔到了虹口第一监狱，我便花了点心思把贺老板捞了出来。贺老板，还有什么想问的吗？"

"没了。"贺青舟望着钱白铁，知道此人深不可测，不可多问，但一想到此人对自己非但绝无恶意，甚至青眼有加，乃至今日伸出如此援手，便也着实无须多虑。

深夜，一栋别墅门口，许强、张仲林、孙凯阳三名黑衣人蹑手蹑脚地走来，许强拿出钳子，钳断别墅门上的锁链，三人推开门走了进去。

别墅中，买办正坐在沙发上，一边打电话，一边记笔记："后天下午三点，码头到货，红色小船，好我都记下了。放心，码头我都打点好了，你的船只管停，没有人会查你。到时候一手交钱一手交货。你放心，钱我已经备好了。好的，没问题，等你的好消息。"接着他挂断电话，打开抽屉，对着里面的鸦片膏喃喃道："宝贝们，过两天你就能一家团聚了……"

买办拿着鸦片膏放在鼻子底下闻了闻，熟练地拿出烟袋锅点上，还没来得及抽，突然三名黑衣人打开了卧室的门，缓步走了进来。

买办看到他们，一脸惊恐："你……你们是谁？"

黑衣人许强嘴角一歪："刘唐彩是吧？"

此时，别墅门口，一名巡捕提着手电筒路过，看到别墅的门大开着，锁链被剪成两段，巡捕皱了皱眉头，向里面看了看。

别墅内，买办惊慌失措，步步后退："你们想干什么？"

黑衣人张仲林笑了笑："那就是说对了。"

三个黑衣人立即冲上来，轻松地控制住买办，往买办嘴里塞了一块鸦片膏，又将一瓶酒灌了进去。买办挣扎了两下便不再动弹，当场身亡。其中一名黑衣人掏出一份赌债欠条，用买办的手在上面按了个手印，又将买办的手擦拭干净。三人正要走出门，一道光闪在他们脸上，巡捕突然出现在门口，惊恐地看着他们。

"你们……你们不……不许动……"巡捕似乎比黑衣人紧张许多。

许强深呼吸了一下："这位大哥，今天的事就当我们没见过，怎么样？放我们兄弟一条生路。"说着他掏出一块金条，扔在地上，踢了过去，"够吗？"

巡捕瞄了一眼地上的金条："你们不许动，我自己捡。"说完便弯腰捡金条。

许强眼睛一眯，突然发难，冲向巡捕，抓住了他手中的枪。

"许大哥小心！"张仲林大喊道。

突然一声枪响，许强应声倒地。

巡捕瑟瑟发抖地举着枪对准剩下两名黑衣人："我……我说了我自己捡……"

张仲林愣了一下，突然从旁边抓过一件外套，向巡捕扔了过去。巡捕害怕至极，闭着眼打光了枪里的子弹，再睁开眼一看，却发现并没打中张仲林和孙凯阳。

外面的巡捕听到枪声，齐齐地冲进别墅。张仲林恶狠狠地看向这个胆小又贪心的巡捕。


此时，卫乘风等几名巡捕正在值夜班，卫乘风独自坐在一边，其余几个巡捕围在一起聊天，纷纷低声议论卫乘风不肯替邻居站出来说话一事，语气间尽显嫌弃。卫乘风气闷，却无法辩驳。

这时，一名巡捕突然冲了进来，跌跌撞撞冲进余德义的办公室："巡长，出事了！咱们有个弟兄死了，还死了个买办！"

余德义原本已经靠在椅子上睡着了，一听此话，猛然惊醒。


另一边，两名黑衣人匆匆逃离，张仲林开着车一脸决绝，孙凯阳却坐在副驾驶上慌张得不行。

"张哥，现在怎么办？"

"老婆孩子的命在人家手上，你说怎么办？"

"咱自己的命就不是命了？"

"总之先回去再说，毕竟该做的人已经做掉了，也不一定没通融。"

孙凯阳沉默片刻，突然道："我要下车。"

"你敢！"

"我要下车！"孙凯阳坚定地看着张仲林。

"你跑了我也要死！"张仲林大吼道。

"我……我管不了这么多了！"孙凯阳打开车门跳了出去，腿摔了一下，一瘸一拐地拼命逃跑。

张仲林观察四周无人，再看着孙凯阳的背影，索性一脚油门踩到底，直撞向孙凯阳。

"啊——"一声惨叫，孙凯阳倒地不起。

张仲林将受伤的孙凯阳塞进后备厢，盖上盖子，开车扬长而去……

# 第十四章 惩戒

别墅周围拉着警戒线，门口站着两名巡捕，案发以来除了守门的巡捕和去给余德义报信的巡捕之外，还没有人进过现场。

余德义带着李鹿和卫乘风匆匆赶到，只见卧室的地上全是血迹，刘唐彩斜躺在沙发上，靠近门口的位置躺着那个巡捕和黑衣人许强的尸体。

"这个穿黑衣服的就是凶手？"

"应该是的。"巡捕回答道。

"他们都是被枪杀的？"余德义看着黑衣人的尸体。

"不，三个人死法都不太一样……刘唐彩是被灌了大烟膏和酒毒死的；这名巡捕是被勒死的，用的是黑衣人身边那根绳子；黑衣人是被巡捕手里那把枪打死的。"

余德义眉头一紧："这么复杂……李鹿，你认识他吗？"

李鹿看了看巡捕的尸体："这……这是今年来的新人，安排在夜班工

作，我也只见过一两次，不记得他叫什么。"

　　余德义蹲下，拉开许强的面罩，仔细端详，而后缓缓站起来："你们两个，把证据都归拢一下，全都带回巡捕房。在咱们地界出了命案，还是个跟洋人打交道的买办，在英国人追问下来之前，咱们最好有的可说。至于这个巡捕，查一查他叫什么，给他家里赔点钱，让他们不要到处声张。"

　　李鹿和卫乘风点头领命，余德义转身离开。

　　卫乘风和李鹿开始收拾现场，李鹿一边收拾，一边白了卫乘风一眼："大晚上的摊上这种破事，真是丧气，自打你来了，这巡捕房一点好都没有，全是这种破烂事，你回头去找个先生算算，看你命里是不是专克巡捕房啊？"

　　"我……我没有……"

　　"那几个尸体都是你来负责，听见没？"李鹿推了卫乘风一把。

　　卫乘风心中恼怒，却不好发作，只好去收集尸体上的东西，他掀开一具尸体的袖口，却发现尸体手腕上有黑色油漆留下的印记："这是……油漆……"

　　"快点！你打算在这儿过夜啊？愿意看回巡捕房慢慢看！"李鹿不耐烦道。

　　卫乘风把尸体的领口恢复原样，表情充满疑惑。

　　李鹿拿起桌上的赌债欠条，趁卫乘风不注意，悄悄藏进兜里，盘算着回去单独向余德义汇报领功。


　　回到巡捕房，卫乘风一身尸臭，被所有人嫌弃，而李鹿则揣着那张欠条屁颠屁颠跑进了余德义的办公室。

　　"按我的猜测，刘唐彩是因为欠了赌债被人追债上门，还不上钱被人灌了大烟膏，逼他交钱，没想到正巧被这个巡捕撞见，于是巡捕开枪杀了他。"

　　"那巡捕是被谁勒死的？"

　　"也许是被凶手勒死的。传说人死之前有肌肉抽搐，也许是在死后开的枪。"

余德义露出不满的神情："你没看到墙上那么多弹孔吗？都是死后打出来的？行了，你出去吧。"

李鹿讨了没趣，灰头土脸地离开了。

片刻之后，卫乘风又找到余德义。

"巡长，咱们这儿上个月有一起上吊自杀的案子，死的是一个副税务司，不知道当时的证物还在不在，我想去看一眼。"

"这两个案子有关系吗？"余德义问道。

"我现在说不清楚，只是感觉大烟膏就酒这事有点怪，也许没有巡捕意外出现的话，这里看见的就不是谋杀现场，而是自杀现场。不过这只是我的猜测，具体情况我得看过证物以后才能下判断。"

余德义沉吟了一下："自杀……好，你去吧，有人问就说是我说的。"

"是。"卫乘风心下雀跃。

余德义略略思考，又叫住了他："卫乘风，这个案子我就交给你了，不要让我失望，我可是很看好你的。"

"是！我一定不辱使命，尽快破案！"卫乘风对着余德义敬了一个礼，信心满满地离开了。

当晚，卫乘风独自在巡捕房加班，桌上摆着三份卷宗，分别贴着四海帮帮主罗毅、副总税务司英国人邓肯以及买办刘唐彩的照片。另有两件证物，分别是买办刘唐彩的布片，以及邓肯死前上吊的绳子，绳子上也有细微的白色油漆点。

一个买办，一个黑道人士和一个英国海关，这几个人能有什么关系呢？卫乘风百思不得其解，却又隐约觉得其中定有玄机。

雨辰已经从学校回了家，眼见着贺红衣日日魂不守舍，心下明白一定是吴乾牵动着她的心。

"红衣，吴乾这个人没有别的特别，就是鬼主意一大堆，他肯定不会有事的，我看他就是不好意思再赖在这里了，自己走了，他这人没脸没皮的，哪天要是真走投无路了，不用你找他，他自己就找上门了。"雨辰宽慰道。

贺红衣努力地挤出一个笑脸，不想让雨辰担心，但她的心里却一丝都轻松不起来。

　　

监狱中的夜向来格外深。

十三号牢房中，摆着四张被褥，有桌子，有酒，角落里还有黑胶唱机和一叠唱片，唱机里放的是相声名家李德扬的《报菜名》。

胡风南坐在桌前，拿着一瓶酒自斟自饮，很是陶醉；瘸腿的孙凯阳瘫坐在地上，地上还留有血迹；张仲林神色紧张，低着头，不敢看胡风南。

胡风南起身关掉唱机，和风细雨地问话："说吧，是不是任务没能完成？"

张仲林支支吾吾："这事……我们本来办得干净利索，只是可惜，突然杀出一个巡捕，许大哥就栽在里面了。"

胡风南道："许强的尸体呢？你们解决了没有？"

"情况紧急，巡捕很快就过来了，我们实在……"

胡风南摆摆手，示意张仲林不要说了："那你说说，孙凯阳的腿是怎么回事？"

"南哥，我们当时跑出来……"

孙凯阳拖着瘸腿站起来："南哥，您先听我说……"

胡风南看了他一眼："你别说话，让张仲林先说。我这个人一向处事公平公正，我会给你机会说话。"

接着，胡风南看着张仲林道："你接着说。"

"我们从别墅跑出来以后，孙凯阳这家伙觉得任务没能完成，没资格回来见您，打算就这么跑了，我心想这哪行啊，已经死了一个了，这要是再跑了一个，我也没法和南哥您交代啊，于是我开车把这王八蛋给撞了，把人给您带回来了。"

"你胡说八道，血口喷人！"孙凯阳破口大骂。

胡风南眉头一皱："别急嘛，要打要杀，先把话说完。张仲林说你想跑，他才开车撞了你，你有什么想说的？"

"南哥，是这样，我们杀那个该死的买办的时候，就是张仲林露的马脚，我们跑出来以后我说这事我要告诉南哥，张仲林就开车撞了我，他还威胁我不许把这件事告诉南哥您，当时的情况，我为了活命只能暂时答应下来。南哥，您可千万不要相信他啊。"

张仲林愤怒不已："你王八蛋，全扯淡！孙凯阳你说的是人话吗？南哥，孙凯阳嘴里说没有一句实话，您不能相信他啊！"

胡风南笑了："张仲林，你说是孙凯阳要跑，于是你开车撞的他，孙凯阳你说是张仲林威胁你，然后开车撞的你，你们说，我该相信谁呢？我谁也不相信！你们说的话是真是假对我来说根本无所谓，不管你们谁说的真话，许强的尸体被你们扔在外面了，尸体留下了，麻烦就来了，你们这样办事让我很难做啊。"

孙凯阳和张仲林愣住了。

胡风南走到唱机旁，接着放《报菜名》，说道："这样吧，我也不追究到底是谁撒了谎，但是事情既然已经犯下了，总要有人受惩罚，对上对下我也好有个交代，今天你们两个只能活一个。"

张仲林看了看孙凯阳，脱下上衣说："对不起了，兄弟，别怪我无情，怪就怪你自己！"

"别！"孙凯阳拖着残腿往后跑。

胡风南听着《报菜名》，被里面的段子逗得轻笑两声，而他身后则传来持续不断的惨叫。片刻，胡风南转身看去，孙凯阳已经被张仲林勒死了。胡风南关掉留声机，走到张仲林身边，拍了拍他的肩膀。

张仲林惊魂未定："南哥。"

"行了，事情也解决了，孙凯阳的尸体我会处理。"

"好！"张仲林颤颤巍巍地坐回了自己的位置。

胡风南重新回到桌旁，倒了一杯酒，一饮而尽，然后重重地把酒杯放在了桌子上。

翌日，众囚犯在广场上放风。这是吴乾首次来到监狱广场，他看到广场的另一端就是巨大的监狱大门，四周高墙上都有狱警在站岗，要冲出去基本是不可能了。

囚犯们散布在广场各处，三两成群地放松聊天。树荫下，胡风南悠闲乘凉，周围聚拢着疯豹和其他几名囚犯，一个囚犯掏出几个苹果，放在了胡风南面前。

角落里，大壮吹了吹一块石台上的尘土，请林忠岩坐下，万金隆则仍捧着一本破书在一旁聚精会神地观看。

吴乾正观察着这一切，忽然被一个人拍了一下肩膀。

"大哥，面生啊。"此人名叫杨然。

吴乾狐疑地看着杨然。

杨然哈哈一笑："现在是放风时间，闲聊两句没事的，大哥怎么称呼？"

"吴乾。"还没摸透眼前的环境，少说话总错不了，吴乾默默告诉自己。

"原来是吴大哥，久仰久仰！你叫我小杨就行，这里我都熟，有什么事尽管吩咐我就成。"杨然一脸油滑，继续说道，"吴大哥住几号房啊？"

"六号，六号牢房。"

"喔！你就是昨晚上刚来的那个？不对啊，你不是叫贺青舟吗？"

"你怎么知道的？"

"我就住一号牢房，大哥你昨晚上嚎成那样，谁不知道你叫贺青舟啊！"

吴乾盯着杨然上下打量一番，突然压低语气："老子叫吴乾，你可以叫我有钱，也可以叫我钱哥，但不准叫我贺青舟！"因为气愤，他马上就忘了刚才对自己的叮嘱……

杨然一听吴乾似乎动怒了，立刻服软："是是是！吴大哥，您让我叫啥我叫啥！您先忙，我回了……"说着便赶紧掉头开溜。

"回来！"吴乾一把抓住杨然，指了指胡风南所处的阴凉处，"那个人，什么来路？"

杨然定睛一看，顿时有些害怕："您说他啊？那可是个大人物，我跟您说上三天三夜都说不完。"

吴乾眯起眼睛看着胡风南，发现胡风南正在吃苹果，周围的囚犯小弟们一个个都毕恭毕敬。

突然，一名年轻囚犯带着几名手下走到了胡风南身边，一脚踢开了他面前的几个苹果。胡风南不为所动，缓缓放下手中的苹果，抬眼看了看疯豹。疯豹立刻点头，站在年轻囚犯面前。年轻囚犯见状，身边的三个手下立刻围了上来，包围住了疯豹。疯豹左右一看，嗤笑一下，一挥手，顿时十几号囚犯就围了上来，将年轻囚犯和三个手下全都包围了起来。

吴乾看到这一幕顿时一惊，目光看向胡风南，发现他连看都不看眼前的情况，扭头望向别处的风景，静静等着疯豹打出结果。

"开打了，开打了！可怜的家伙，让疯豹撞上了，啧啧，凶多吉少喽……"杨然低声嘟囔着。

年轻囚犯眼看四周围上来的人远比己方多，害怕得后退两步，却发现身后也有人围上来，被身后的囚犯一把推向前，四周传来戏谑的嗤笑声。年轻囚犯知道走投无路，突然掏出磨尖的牙刷刺向疯豹，疯豹躲也不躲，就眼睁睁看着牙刷刺进了自己的肩膀。

疯豹看了看肩膀上简陋的牙刷柄，发出瘆人的低笑："该我了吧？"

年轻囚犯吓得发抖，大喊道："跟他们拼了！"

年轻囚犯和三个手下扑向疯豹，周围的囚犯则扑向年轻囚犯。

忽然，狱警的哨声大作，狱警们纷纷冲了过去，而冯彪却站在监狱门口冷冷看着这一切。

吴乾看到监狱大门只有冯彪和贾六及另一名狱警守着，硕大的门前显得守卫力量十分单薄，而旁边的铁丝网明显可以攀爬翻越。

杨然看了看铁丝网："那边你可别惦记，敢从大门越狱的家伙，可没一个有好下场。"

吴乾猫着腰缓缓挪向大门。

杨然看到吴乾的动作不明所以："你干吗去？"

"闭嘴！"吴乾瞄了一眼自己和监狱门的位置，又看向铁丝网，突然加速冲向大门。

大壮看到吴乾飞速奔向大门，顿时目瞪口呆："林大哥，你看，他要干什么？！"

万金隆瞄了一眼吴乾，又继续低头看书："这年头不怕死的人还真多。"

林忠岩看到吴乾亡命狂奔，默默摇了摇头。

果然，吴乾还没冲到铁丝网就被冯彪和贾六的警棍打得浑身是血。

"带去惩戒室，让他看看逃跑的下场！"冯彪狠狠道。

贾六指了指广场中央的群殴场面问道："那边怎么办？"

"等他们分出个胜负再说。"


惩戒室内，吴乾被绑在柱子上，浑身是血。

"贺青舟，胆子不小啊，进来第一天就敢越狱？"冯彪冷哼一声。

"我再说一遍，我不是贺青舟！"

"那你是谁啊？"

"我叫吴乾，我都跟你说三遍了！我叫吴乾！"

冯彪大笑："你这人说话可真有意思。"

"有什么好笑的？"

冯彪走到吴乾耳边："好笑就好笑在，你知道你不是贺青舟，巧了，我也知道你不是贺青舟。不过你现在只能是贺青舟，你说好笑不好笑？"

吴乾的笑容顿时停止，愣愣地看着冯彪。

"我不知道你是怎么进来的，我也不知道为什么是你，这不归我管，但既然我得到上头的命令，需要你是贺青舟，那你就只能叫贺青舟。现在你得给我保证，不管谁问你，你都说自己叫贺青舟，我就放你回去，往后咱们井水不犯河水，怎么样？"

吴乾眼里冒火："你们串通好了做套害我！姓季的呢？让他出来见我！"

"别太高看自己，你就是个替死鬼而已，害你还用费这么大劲？我不认识什么季先生，你也不要在这儿浪费时间，这是监狱，小混混那一套在我们这不好使。告诉我，你叫什么？"

"我叫吴乾！"

"我再劝你一句，这惩戒室可不是闹着玩的，在这儿死的人，比你走过的桥都多。"

吴乾犹豫了一下："我……我还有一个名字。"

"这就对了嘛，说吧，我听着。"

"我叫……你爹！"

冯彪再次笑了起来："这么倔？"

吴乾也露出笑容："就这么倔！吴乾这名字是我爹给我起的，虽然土，但它是我的！连名字都被人抢了去，我以后可怎么混？"

"你还不清楚吗？你没有以后了，你这辈子都不可能出去的。"

"老子就是烂在监狱里，也叫吴乾！"

"行，我喜欢你这种倔强的人，玩起来有劲。来人呐——"

两名狱警抄起鞭子，往死里抽打着吴乾……


六号牢房，大壮趴在门口听着，外面十分安静，一点声音都没有。

"林大哥，怎么没声音啊？难道这小子没挨打？"

林忠岩坐在床上思索，并未回话，拨珠的频率却变慢了。

万金隆放下书，看向大壮："你听说过进了惩戒室不挨打的吗？"

大壮摇摇头："那就奇怪了，他不会是一直忍着不叫吧？"

林忠岩也抬起头看向牢门外。

"那谁能忍得住。"万金隆诧异道。

"林大哥啊！"大壮看着林忠岩，"当年林大哥进来的时候，传说可是撑了三个小时，一声不吭，哎，咱俩要不要打个赌？"

"赌什么？"万金隆好奇起来。

"赌他能不能超越林大哥，输的给一块大洋。"

"我在监狱攒点钱容易吗，别打我主意。"万金隆欲转身。

"我赌能！"大壮来了兴致。

万金隆一听愣了一下："你是认真的？"

"恩！我看今天他往外冲那个不要命的劲儿，感觉有戏。"大壮笑了笑。

万金隆思索片刻："赌了！"

　　惩戒室内，冯彪猛然起身，走向被打得皮开肉绽的吴乾："小子，你是不是真以为我不敢杀你？"

　　吴乾抬头看着冯彪，气息虚弱："我吴乾别的没有，就是不怕死。"

　　"有种！可我不会让你这么痛快得死，我要让你知道什么是监狱！盐水！"

　　六号牢房，大壮趴在牢房栏杆前，一边用心听，一边窃喜地倒计时："五，四，三，二……"大壮几乎手舞足蹈起来。

　　万金隆垂头丧气，嫌弃地看着大壮："至于吗？"

　　"太至于了！现在他可是撑够了三个小时一声没吭，打破了林大哥的纪录！给钱吧？"

　　万金隆叹了口气，不情不愿地从床铺下掏出一块大洋，抛给大壮。

　　"谢谢。这姓吴的可真硬气，竟然能撑这么长时间……"

　　"大壮，"林忠岩突然开口，"你刚才说，他叫什么？"

　　"昨天他进来的时候，说是叫吴乾。"

　　林忠岩点了点头，喃喃自语："吴乾……"

　　此时，惩戒室内，狱警端进一盆浓盐水，泼在吴乾身上，吴乾吃痛不已，终于叫出声来。

　　叫声传到六号牢房，大壮直乐呵："嘿，这会儿他倒是叫了。"

　　"这时候叫有什么用，我钱都输了！"万金隆懊恼地翻身上床，继续看书。

　　大壮咧嘴坏笑，打算再损万金隆一句，林忠岩瞪了大壮一眼，大壮只好悻悻回到床上。

　　惩戒室中，吴乾仍不肯松口，冯彪又给他灌了一杯"奶茶"，这是专门给屡教不改的犯人准备的。吴乾喝下之后顿时开始疯狂咳嗽，嗓子奇痒无比，视线渐渐朦胧，难受到说不出话，终于昏迷了过去。

　　冯彪将吴乾扔回牢房之后，便来到了狱长办公室。

　　江桥一听冯彪的汇报，顿时来了兴致："这个吴乾倒也算有点本事，我在监狱干了十来年，像他这么能抗的人，不超过五个。"

"是啊，换了别人，别说叫贺青舟，就算叫王八蛋也认了。"

"名字不重要，重要的是身份。他只要承认自己是贺青舟，他这犯人的身份就算坐实了，这辈子也就完了。冯彪，这件事务必办好，不光要他现在承认，而且要他在任何场合，都只能说自己是贺青舟，否则让莫新龙知道了监狱里有个贺青舟是替死鬼，我这个狱长也不用干。你手段不是多吗，好好教他，慢慢教。"

冯彪点了点头。

六号牢房中，吴乾躺在地上拼命咳嗽，翻来覆去地惨叫着。万金隆和大壮围坐在林忠岩床边，林忠岩事不关己地拨着手串。

"这小子真够倒霉的，惩戒室满汉全席，偏偏挑了头发水。"大壮看着吴乾，不禁咋舌。

万金隆也露出艰难的表情："那些头发扎进嗓子，命也长不了。"

吴乾难受地满地打滚，看起来真是随时都能暴毙的样子。大壮看不下去了，赶紧去扶吴乾，却不知该如何是好。

"我们也没受过这种罚，怎么弄出那些头发水？"万金隆也走到吴乾身边。

"把他吊起来。"林忠岩忽然开了口，"不想疼死就给我吊起来！"

大壮立刻点点头，将吴乾倒吊在墙上，林忠岩走到气若游丝的吴乾面前。

"别打了……我不行了……"吴乾气若游丝，好不容易吐出这几个不清不楚的字。

林忠岩一拳打在吴乾的胃上，吴乾顿时吐出一口水来。万金隆看不下去，摇了摇头，用书挡住自己的脸。

"别忍着，使劲吐，知道吗？"林忠岩对吴乾道。

吴乾的确感觉舒服了一点，虚弱地点了点头。林忠岩又是一拳，连续几拳之后，林忠岩停了下来，吴乾也彻底没了动静。

"把他放下来吧，这是疼昏过去了，等醒了就好了。"

　　然后，林忠岩冷笑一声，走到门口对外面的狱警喊了一声："长官，来件新衣服，谢谢。"

　　贾六看到吴乾的惨状，点头答应。

　　自从贺红衣帮棚户区众人解除封店一事之后，卫乘风一直想向她表示一下谢意，思前想后，终于选中了一件礼物。

　　"这是……"贺红衣看着面前的盒子问道。

　　"谢礼……谢谢你帮了我们……"卫乘风还是一见贺红衣就紧张。

　　贺红衣笑了笑，摆摆手。

　　"你别不收，这是我跟棚户区的街坊们凑钱买的，是我们大家的心意。"卫乘风把盒子打开，里面竟然是一个水壶，"能保温的水壶，特别好用，我听说女孩子要多喝热水，多喝热水就少生病。"

　　贺红衣顿时露出尴尬而不失礼貌的一笑："那……替我谢谢大家吧，其实不必这样，都是朋友该做的事情。"

　　卫乘风点了点头，思绪有些飘忽。

　　"怎么了，还有事吗？"贺红衣问道。

　　"没什么，最近有个案子比较棘手，我想……能不能问问你……"

　　"什么案子？也许我可以帮上忙。"

　　卫乘风有些犹豫，最终还是开了口："你知道刘唐彩这个人吗？"

　　"刘唐彩？据我了解，这个人表面是个买办，其实背地里一直在走私。"

　　"走私？"卫乘风一阵惊讶。

　　贺红衣想了想："你等着，我找人问问。"

　　贺红衣立刻找来雨辰和博文，但此二人脸色却并不明媚。

　　雨辰狐疑地打量了下卫乘风："红衣，你都帮过他一次了，他不是巡捕吗，老找你帮忙算怎么回事啊？"

　　贺红衣耐心解释道："都是朋友，我信得过他。"

　　卫乘风有些感动，却只能尴尬地低着头。

　　博文想了想道："这个刘唐彩我倒是真知道一些，表面看起来只是个小买办，其实掌控了南洋向上海的走私航线，有钱得很。"

卫乘风沉思半晌："那么四海帮你有了解吗？"

雨辰顿时惊讶起来："哇，你连四海帮都知道啊？"

"不……不知道才来请教红衣和你们的。"

"我听同学说过，那是个由码头工人组成的黑帮，也是个走私大户，专门负责给走私商人搬运货物。"雨辰说道。

"码头工人？那……他们知道邓肯吗？"卫乘风继续问道。

博文听到邓肯的名字，冷笑一声："邓肯？这个洋鬼子，明明一个英国人，却掌控中国的关税。"

卫乘风疑惑地抓了抓脑袋："两个做走私的，一个管海关的，明明是冤家对头……"

贺红衣思索："我看不见得，刘唐彩和四海帮之所以能做走私做得风生水起，说不定，正是因为有人在他们背后开路……"

雨辰一拍大腿："我看，多半是那个洋鬼子邓肯！"

卫乘风突然醒悟，急切询问："那……你们知不知道有什么渠道，能接触到四海帮？"

博文警惕了起来："我们？我和红衣两个剧院上班的，雨辰一个学生，我们能有什么渠道？红衣，你这朋友问题怎么越问越多啊？"

贺红衣对卫乘风使了一个眼色，卫乘风不好意思地笑了笑。

贺红衣送卫乘风走出剧院，不禁叮嘱道："这几个人牵扯的势力很多，你查案可得小心。"

"我会的，红衣，这次多谢你。"

"还有……"贺红衣试探地问道，"吴乾……吴乾他们到苏州了没？有没有给你们寄过信？"

卫乘风顿时失落："吴叔和我们报过平安了，可吴乾……"

"兴许他还没来得及呢。"贺红衣自我安慰着。

卫乘风苦笑道："也是，这家伙，在哪都能活得好好的，现在指不定在哪快活呢。"

"有他的消息，记得告诉我。"

"一定，我先走了。"

卫乘风转身离开，而贺红衣却皱紧了眉头。

六号牢房，吴乾睡了两天两夜，终于缓缓醒来，他摸摸喉咙，干咳了两声，发现已经不痒了。

"应该吐干净了，要是还痒，就多喝水催吐。"林忠岩说道。

吴乾看向林忠岩，半晌，只说出两个字："谢谢。"

"这是最后一次。"林忠岩面无表情。

"你小子有点本事嘛，能在惩戒室里待这么长时间，是个男人！一般人进去三分钟就哭得跟儿子似的，不枉我押你的宝。"大壮打了吴乾的肩膀一下。

吴乾吃痛咧了咧嘴："押宝？"

"不说这个了，他们为什么折磨你？"大壮问道。

"他们要我承认我叫贺青舟。"

大壮和万金隆相视一眼，又看向林忠岩，林忠岩仍旧一脸淡然。

"那你就认了呗，名字不过是身外之物罢了。"万金隆道。

"我从小什么都没有，无权无势更没钱，唯一有的东西就是名字了，那个死油头，要别的可以，要我叫贺青舟？呸！"

林忠岩幽幽开口："你要想活下来，最好管住你的嘴。"

吴乾压低了声音："这个冯彪就那么大能耐？"

大壮点点头："他是这个监区的监区长，跟狱长走得很近，哪怕他出点错，狱长也会保他，所以做事横行无忌，你最好离他远一点。"

万金隆好奇地问道："所以你最后也没答应叫贺青舟？"

"当然没有，我吴乾能吃这种亏？这种人我在外面也不是没见过，一看就是外强中干，我只要不怕死，他就拿我没办法。"

"识时务者为俊杰，你心里知道自己是谁就行，名字是什么不重要。"林忠岩道。

大壮点点头："就是，你最好不要拿性命去赌，冯彪的办法可不止这么点！在这里的人都想出去，就看有没有命活到那一天，你要是不想死在狱里，以后公众场合，有其他人在的地方，你最好就说自己叫贺青舟，至于听不听就看你自己了。”

“我知道了……”吴乾看向大壮等人，“不知各位怎么称呼？”

“你叫我声壮哥，我们就是朋友了。”大壮指指万金隆，“他是万金隆，万两黄金的万金，生意兴隆的隆，不过这名字在这没啥用。”说着又看向林忠岩，正经介绍道，“这位来头可不小……”

林忠岩打断大壮，主动向吴乾伸出手：“林忠岩。”

吴乾迟疑地伸出手握住林忠岩的手。

林忠岩点头示意：“散了吧。”说完回到自己床上躺下。

大壮冲吴乾笑道：“快睡吧，明天还有你受的呢。”

“明天要做什么？”

“干活！”

众人纷纷睡去，吴乾却直勾勾地看着天花板，毫无睡意。

此刻，贺红衣也躺在床上，看着天花板愣神，心里默默想着：吴乾，你这个家伙不会真的死在外面了吧？不会……不会的……

# 第十五章

# 青舟

翌日，广场角落的洗手池边，吴乾疯狂地往嘴里灌水，最后干脆都把头扭到水龙头底下接水喝。

一旁的贾六斜眼睨着吴乾道："多喝点儿，一会儿开始干活了，就没得喝了。"

吴乾把头从水龙头底下挪出来，抹了抹嘴："够了，够了。"

此时，广场上响起哨声，犯人们缓慢集结起来，吴乾也跑向囚犯的队伍之中，贾六背着手慢悠悠地跟上。

犯人们整齐地站在仓库门口，狱警们吹着哨子开始整队。

"钱哥，还记得我不？"杨然出现在吴乾的身后。

吴乾扭头一看是杨然，点了点头："你是那个……什么都熟的杨然。"

"过奖过奖，早来几天罢了。你昨天可吓坏我了，我进来这么久了，还没见哪个人敢硬闯监狱大门的，硬气啊钱哥，您有事吩咐我就行，怎么跑出去就算了，我真办不了，就算我有心，我也没这个胆子……嘿嘿，其实我连这份心都不敢有……"

吴乾不耐烦地打断道："我们在这里等什么呢？"

"这里面是仓库，都是些监狱用的物资，吃的喝的用的都在这里，我们进去扛包干活。"

吴乾点了点头："物资……"

狱警开始挨个点名，点到名字的出列喊到，然后进入库房大门。

"贺青舟。"狱警点到吴乾的名字。

吴乾没反应过来，杨然拍了拍吴乾的肩膀，于是吴乾看向狱警。

"贺青舟，没听到叫你吗？"狱警不耐烦道。

"嗯，听到了。"吴乾小声嘟囔。

"贺青舟，大声喊'到'。"冯彪忽然出现。

吴乾仇恨地看着冯彪，低声喊道："到。"

"大声喊！"冯彪拿起警棍捅向吴乾的肚子。

吴乾立刻吃痛跪下，忍着疼痛大喊："到——"

冯彪蹲下身子又问："你叫什么？"

吴乾沉默不语，恶狠狠地盯着冯彪。冯彪的脸阴沉下来，扬起警棍准备再打。

此时，林忠岩忽然开口了："长官，再打他就什么都说不出来了。"接着，林忠岩又走到吴乾的身边说："贺青舟，长官在点到，别自讨苦吃。"

吴乾叹了口气，小声说道："贺青舟，我叫贺青舟。"

冯彪看了看林忠岩，算是作罢。林忠岩立刻拉起吴乾，二人重新回到了队伍中。

"每人扛一包，在仓库指定位置卸货。"狱警指着众人身旁的货车道，"卸完这车还有三车，午饭前干完，都麻利点儿！"

虚弱至极的吴乾此刻只想就地躺下，不远处的冯彪适时冲着他微微一笑，吴乾顿时感觉肚子一阵搅动，于是只能识趣地跟着犯人们一起扛起了大包。

万国酒店内，芳澜被困在一个房间中，头发散乱，满面泪痕。

"大帅……大帅我再也不敢了，您放过我吧，放过我吧……"芳澜坐在门边，有气无力地喊着。

周力打开门走了进来，冷冷地看着神经兮兮的芳澜。

芳澜一下抱住了周力的腿："周力，我求求你，让我见见大帅，求你了！"

"大帅说了，他不会见你的。"

"周力，你跟大帅说说情，我跟他怎么说也是夫妻一场，我……我知道错了！"

周力看着芳澜精神崩溃的样子，皱了皱眉头："大帅就是看在夫妻一场的分上，才让你在这里老实生活。大帅说了，要是你再闹下去，就送你去酬军。"

芳澜顿时愣住了，周力端进一盘西餐，放在芳澜身边便转身出了门。

芳澜听到外面锁门的声音，缓缓拿起了餐盘里的西餐刀，却始终下不去手，最终扔掉刀又开始大哭起来……


仓库里，吴乾趁扛包的间隙，默默走到了杨然身边。

"钱哥，有事儿您说！"要说眼力见儿没人比得过杨然。

吴乾朝林忠岩的方向偏了偏头："你知道这个林忠岩什么来路吗？"

"我看林大哥护着你，还以为你跟他很熟呢。你不知道他是谁啊？那他怎么护着你呢？"

"我问你还是你问我？"

"问我，问我，这位林大哥啊，可是监狱里的传奇人物，是这个监狱的大佬，听说前几年整个监狱的犯人都听他的。你想想，呼风唤雨，兄弟万千，势力得有多大？"

吴乾见林忠岩正与其他犯人做着同样的工作，顿觉疑惑："他这模样，不像大哥啊，你说的是真的吗？"

"当然是真的，只是后来，林大哥就不行了，失了权势，好在他也不闹腾，大家都比较敬重他。"

"原来是这样……看来是我遇到宝了啊!"吴乾远远盯着林忠岩,暗自一笑,转身继续扛包去了。

剧院后台,贺红衣收到桑介桥从广州发回来的电报,要求贺红衣亲自把电报交到莫新龙手上,电报中写道:若阁下愿加入我军,阁下凡所提,吾必许之。

"全天下都知道的杀人魔,还吾必许之!"贺红衣气急败坏,"我们身边如果都是这样的货色,还革什么命!"话虽如此,但贺红衣深知这是上面深思熟虑的决定,所以只得照做。

狱长办公室内,江桥面色铁青,焦急地敲着桌子道:"三日之后?不行!你今晚就出去把尸体解决掉!"

胡风南坐在江桥对面,不慌不忙:"今晚不行!那尸体肯定在巡捕房手里,必定有多人把守,江狱长要是有别的人选来解决这事,请自便。"

"那也不能等三日之后,万一被人瞧出端倪,知道他是监狱里的犯人,就全完了!"

胡风南站起身,直视江桥的眼睛:"江狱长,你我现在是一条绳上的蚂蚱,万一被巡捕房的人发现,我们还是要死的。"

"那你说怎么办?"

"我有我的办法!三天后,等风头过去,我会给你一个满意的答复。"接着他走近江桥,凶神恶煞地盯着他,"否则,我不介意一起死。"

"疯子!"江桥咬牙切齿。

胡风南轻笑一声:"要是我不够疯,江狱长哪有今天的地位?"

江桥紧张不安:"好,我答应你,不过你必须把事情处理清楚!"

胡风南笑了笑:"成交。"

监狱仓库中,众人还在忙碌着。

吴乾悄然凑到林忠岩身边,低声道:"林大哥,刚才谢谢你了。"

林忠岩点点头,并未答话,继续扛着包向前走。

吴乾赶紧跟上："听说您以前很照顾监狱里的兄弟们……"

林忠岩侧眼看了看他，却没有答话。

此时，疯豹盯着林忠岩的背影，悄然从袜子中掏出一把自制的玻璃小刀，慢慢逼近林忠岩。吴乾看着疯豹从面前经过，不禁心生疑惑。

杨然连忙扭头，不看疯豹，顺便提醒吴乾道："钱哥，别盯着他看，干活啦。"

"他好像要干什么……"吴乾疑问道。

"跟你没关系，那不是你能惹得起的，干活啦。"杨然拉拉吴乾。

吴乾依然看着疯豹的背影，眉头紧皱。

仓库角落，疯豹突然加快脚步，走到林忠岩身后，猛然掏出匕首，捅向林忠岩。哪知林忠岩早有防备，闪身躲过攻击，顺手掀翻了旁边的箱子，挡在疯豹面前。

"林忠岩，你今天死定了！"疯豹继续冲向林忠岩。

两人打斗起来，林忠岩身手敏捷，疯豹连刺几刀都没刺中，反而被林忠岩将刀夺了下来。

"疯豹，你还太嫩了，要杀我，让胡风南亲自来。"林忠岩依旧淡定。

"我今天就是要拿你的头去献给南哥！"疯豹再次攻向林忠岩。

吴乾听到角落有打斗的声音，放下东西向角落走去，却被杨然一把拉住："那是大人物之间的事，你去了会没命的！"

"你别管！"吴乾甩开杨然，抄起一根扫把，向着仓库深处走去。

杨然无奈地摇了摇头："唉，又是一个找死的，反正我提醒过你啦，跟我没关系，做鬼也不要来找我。"

角落里，疯豹正在与林忠岩搏斗。

"林大哥！"吴乾大喊道。

疯豹听到声音停手，看向吴乾："小子，这里没你的事，滚！"

吴乾眼珠一转，给林忠岩使了个眼色，随即看着疯豹笑了笑，继续高声喊叫："快来人啊，杀人啦，狱警快来啊——"

"你找死！"疯豹看着吴乾的样子，杀气升腾。

狱警们迅速赶来，犯人们也围了上来。万金隆和大壮看到吴乾与疯豹对峙，纷纷皱起眉头，杨然则缩在人群之后。

狱警质问道："疯豹，你做什么？"

疯豹将小刀藏入袖口："我随便逛逛，可不要冤枉人啊，我什么都没做。"

狱警指着一地凌乱的盒子问："那这是怎么回事？"

"是我不小心打翻的。"林忠岩不卑不亢。

狱警思索片刻道："好了好了，都散了都散了，都给我干活去！"接着又看向疯豹，"疯豹，走啦。"

疯豹路过吴乾身边，手在颈部一比画，露出玻璃小刀，狞笑道："小子，我记住你了。"

吴乾强装镇定地对疯豹笑了笑："我等着你。"

疯豹冷哼一声转身离去，吴乾连忙跑到林忠岩身边说："没事了，林大哥。"

林忠岩冷冷看了一眼吴乾，开始收拾旁边的箱子。

"林大哥，这疯豹跟您什么过节？改天找机会修理一下他！"吴乾继续示好。

林忠岩扛着包，仍旧面色冷漠："我的事不需要你操心，还是顾好你自己吧。"

"您帮过我，就是我的大哥了，大哥有事，我这个做小弟的怎么能不出头！"

林忠岩放下包裹，看着吴乾："我不做老大很久了，你要找老大，去找别人吧。"说完转身走向仓库门口。

吴乾看着林忠岩离开，撇了撇嘴。

杨然凑了过来："钱哥，你胆子可是真的大！刚才真是吓死我了！"

"我干什么了？"

"干什么了？那是疯豹啊，你敢惹他！你忘了逃跑那天广场上那帮人被打得有多惨了？就是他干的！"

"这不是有狱警在吗？"

"狱警？你就不想想，我们都看见疯豹手里的刀了，狱警为什么啥都

不说,直接让他走了?"

"不会吧……"

"什么不会!钱哥啊,我劝你一句,不管你有什么目的,不该出头的时候可千万别出了!"杨然恨铁不成钢地摇了摇头,转身离开。

吴乾若有所思地想着什么。

监狱油漆房中,胡风南得知疯豹擅自去招惹林忠岩,顿时火冒三丈,亲自动手把疯豹打了一顿。

"你是不是根本没把我这个大哥放在眼里?我跟你说了多少次,不要到处惹是生非,你看你做了什么!"

疯豹老老实实跪在地上,却一脸不甘:"南哥,那老东西早该死了!我这是帮南哥解决隐患,斩草除根。"

"那我还要谢谢你了?我告诉你,凭你的脑子,他林忠岩就不是你动得了的人!以后这种没有把握的事,不管是林忠岩还是别人,一律不许做,不然你知道后果是什么,听明白了吗?"

疯豹露出不服的神情,却只得低头道:"明白……我一定会做好的。"

万国酒店门外华灯初上,贺红衣深深吸了一口气,走了进去。

房间中,莫新龙将腿搭在桌子上,打量着贺红衣道:"姑娘,今天怎么就你一个人?"

贺红衣一脸冷漠,将电报交到莫新龙手上:"这是我老师让我交给你的电报,广州来的消息,事关重大,请你务必看一眼。"

莫新龙接过电报,看也不看,就放在桌子上:"先把电报的事情放一边,我想请姑娘吃个便饭,不知道你能不能赏光?"

"我还有事要做,没时间吃什么饭。"

"哟,小姑娘脾气还挺爆的,那你走吧,不过……"莫新龙面色一转,"你要是就这么走了,这电报我也就不看了,连坐下来吃饭的诚意你都没有,那我也就没有理由相信我们之间能有很好的合作,你说对不对?"他说着就要将电报扔到垃圾桶里。

贺红衣立刻拦住:"别!"

莫新龙笑了笑,又把电报放到桌子上。贺红衣一脸厌恶,却不得不答应留下来吃饭。

此时,饥肠辘辘的吴乾正站在监狱食堂里排着队,拿着饭碗东张西望。

"别乱看。"大壮低声提醒道。

"看看怎么了?"吴乾不解。

"又想惹事是不是?食堂有食堂的规矩,两分钟打饭,十分钟进食,不许抱怨、不许插队、不许东张西望、不许吃别人盘子里的东西。"

"一个食堂也有这么多规矩?"

大壮点点头:"这是监狱的食堂,监狱是另外一个世界,不守规矩的下场就是生不如死。"

吴乾挠了挠头,看着大壮一脸严肃的样子,点了点头。

一碗发黄的稠汤和一个菜窝头,这就是吴乾领到的餐食。

"这算什么?泔水都不如!"吴乾看着碗里的东西,目瞪口呆。

杨然哈哈一笑,美美地吃了起来:"我刚进来那会儿也这样,没办法,家里阔啊,吃得太好了,一进监狱根本懒得吃这些。"他又看到吴乾碗里的稠汤,打算伸筷子,"钱哥好运气啊,两根菜叶呢,我来一根……"

"不是说食堂的规矩,不准吃别人的吗?"

"小尝一口,没事的。"

吴乾看了看自己的碗,毫无食欲,将碗推给杨然,杨然立刻开始狼吞虎咽。

此时,疯豹进了食堂,手中拿着玻璃小刀,但这次却不是冲着林忠岩而来,而是冲着多管闲事的吴乾。疯豹带着几个囚犯小弟,一瞬间就将吴乾围住了。

"小子,这是你自找的!"疯豹抓起吴乾的头,一刀捅向吴乾的肚子。

吴乾一声惨叫。

食堂中顿时哨声大作,冯彪带着狱警冲了进来,只见吴乾捂着肚子倒

在地上,而疯豹满手是血。

"你这王八蛋又惹麻烦!带去惩戒室!"冯彪一把揪住疯豹的领子,将他推向一边,转而皱着眉头看了看吴乾,"快把他带去医务室!"

两个狱警架起吴乾,匆匆走出食堂,林忠岩满脸担忧。

医务室中,吴乾的肚子不断向外涌出鲜血,医生忙得满头大汗,却依旧止不住血。吴乾的脸色渐渐惨白,气息也弱了下去。

"浑蛋!你干什么吃的?人来没两天就死了,莫新龙若是问责起来,你就进监狱当贺青舟去吧!"江桥厉声呵斥冯彪。

冯彪赶紧弯腰道歉:"属下该死!我保证,他绝对死不了!"

医生也加紧救治,这一刻,保住吴乾的性命成了监狱上下的头号任务。

万国酒店中,芳澜趁护卫前来送餐之际,夺门逃了出去。

另一边,贺红衣正在陪着莫新龙吃饭。

莫新龙给贺红衣倒上酒:"我还没有请教姑娘你姓什么?"

"我姓贺。"

"哈哈,姓贺啊……"莫新龙说得有些意味深长。

"怎么了?"

"也没什么,最近正好有个姓贺的戏子,惹得我有些心烦。"

贺红衣听到"姓贺的戏子",顿时脸色一变,结结巴巴道:"不知道……是……哪个……戏子得罪了你?"

"一个戏子也配让我知道他的名字?我早就忘了,贺姑娘,你怎么对这个戏子这么关心,难不成你也喜欢听戏?"

"我只是随口问问。"

"不知道贺姑娘嫁人了没有?"

"革命儿女,不论婚嫁。"

"贺姑娘,这话就不对了,革命归革命,嫁人归嫁人,这完全不冲突嘛,而且这天底下革命的人那么多,多你一个不多,少你一个不少。"

贺红衣义正词严道:"天下兴亡,匹夫有责,如果人人都像你这么想,这革命就永远也不会成功!"

莫新龙端着酒杯走到贺红衣面前:"贺姑娘,这么严肃干吗?放松点嘛,今天这顿饭,我吃得特别开心,如果不嫌弃的话,今天晚上我请客去愚园路上的大中华舞厅跳个舞,不知道贺姑娘你能否赏脸?"

"我不会跳舞。"

"跳舞有什么难的?我来教你。"莫新龙放下酒杯,欲搂贺红衣的腰。

贺红衣果断闪开:"我不想学!"

"不跳舞就不跳舞吧,那我们来喝一杯吧,我保证喝完这杯酒,我就看你的电报。来,咱们碰一个。"

"就一杯!"贺红衣拿着酒杯想要碰莫新龙的酒杯。

莫新龙却拿着酒杯躲过:"这一杯酒可不是这么喝的,得喝交杯酒……"

贺红衣有些恼怒,一把抢过那一整瓶红酒,"咕噜咕噜"一饮而尽:"不好意思,喝不了交杯酒了,酒没了。"

莫新龙更加来了兴致:"带劲,太带劲了!贺姑娘,我真是越来越欣赏你了。"

这时,芳澜的声音传了进来:"大帅,大帅……"

门口的护卫没能拦住发了疯的芳澜,不待莫新龙反应过来,她已经手持餐刀冲到了莫新龙面前。

贺红衣一脸惊愕,不知道该不该出手相助。

芳澜颤抖着跪在莫新龙面前,用餐刀指向自己的脖子:"大帅,求求你放了我吧,我知道错了。"

莫新龙得意地捏着她的脸:"你错哪了?"

"我就是个贱蹄子,我再也不敢了!以后……以后我只听大帅一个人的话!"

"这就对了,区区一个戏子,有什么好,你竟然要为了他和我过不去!"

芳澜死命点头:"对对对!我发誓,我再也不见姓贺的了,他要死要活

随大帅处置，只求大帅放过我吧……"

"现在知道姓贺的了，昨天还不是叫他贺老板吗？"

贺红衣听到"贺老板"三个字，顿时脸色一变，想起十年前与哥哥分别时的情景——那一天，八岁的小贺红衣与年长四岁的哥哥贺青舟依依惜别，小贺青舟安慰哭泣的妹妹道："红衣别哭，下次你见到我的时候，我就是贺老板啦。"小贺红衣点点头，眼看着哥哥被人带走……

莫新龙突然意识到贺红衣还在旁边："贺姑娘，让你见笑了，我得处理一下家务事，你的电报我会看的，你先走吧。"

贺红衣仿佛没有听见莫新龙的话，询问芳澜道："夫人，请问这位贺姓戏子，他全名叫什么？"

芳澜吓得拼命摇头："我不知道！我不认识他！"

"那他人在哪里？"

莫新龙一脸不爽："周力，送客！"

"夫人，你知道的，你告诉我……"贺红衣不肯罢休，却被周力强行带了出去。


贺红衣魂不守舍地回到剧院，心中一直回想着他们口中的那个"贺老板"。

雨辰看出贺红衣神情不对，关切地问道："红衣，你怎么了，是不是莫新龙欺负你了？"

贺红衣摇摇头："我好像知道我哥哥在哪了……"

"什么？你快说说怎么回事。"

"我今天去找莫新龙，莫新龙说他刚刚收拾了一个姓贺的戏子。"

"姓贺的那么多，有个把唱戏的不是很正常吗？你不要草木皆兵了，红衣。"

"你听我把话说完，我哥哥也姓贺，他也是唱戏的，这天底下还真能有这么凑巧的事？雨辰，我真的好怕莫新龙口中那个唱戏的就是我哥哥……"

"你放心吧，不会的。"雨辰突然想起什么，喃喃自语，"唱戏……

姓贺的……我好像在哪里听过。"

"你快想想，在哪里听到的？"贺红衣露出一脸焦急的神情。

"对了！你等我一下！"雨辰打开手提包，拼命翻找着，"哎呀，怎么找不到了，应该在的啊……找到了，找到了，就是这个！"终于他找出了一张皱巴巴的宣传单。

贺红衣接过传单，仔细地看了起来。

"这是那天路上有人发的，你知道的，我喜欢看文明戏，不爱看京戏，所以我当时也没在意，随手就给塞在包里面了。"

贺红衣看到传单背后写着"红府戏院，万重山剧团"。

雨辰凑过来看了一眼："对，我想起来了，就是这个剧团，据说现在票卖得可火了。"

贺红衣喃喃自语："万重山……万重山……两岸猿声啼不住，轻舟已过……"她突然又愣住，声音变低，"万重山……"

"这戏班子的名字应该就是从这首诗来的。"雨辰应和道。

"轻舟已过万重山……青舟……雨辰，莫新龙说的那个戏子就是我哥！就是我哥！"贺红衣突然激动起来，"我先走了，我要去找我哥哥！"

"红衣，你等等！"雨辰连忙追着贺红衣离开。


贺红衣拼命跑向红府戏院，一路上不断地回想着儿时与哥哥共度的艰难岁月，不禁泪流满面。她气喘吁吁地停在红府戏院门口，看到广告牌上写着：贺老板，桑园会，本月五日开锣，她立刻冲了进去。

然而，戏院里已经是一片狼藉，行头道具散落一地。

"贺老板在吗？贺老板在吗？"贺红衣四下寻找，却一个人都没看见。

"找谁呢？"戏院老板拿着扫帚走了出来。

"不好意思，我找贺老板。"

老板气不打一处来："走啦！他们那个戏班子全走啦！"

"走了？他们去哪了？"

"鬼知道！真是晦气，一夜之间人都跑了，钱也没结，这行头却都扔在这儿，真是奇奇怪怪，你要是认识他们，赶紧让他们回来把东西拿走！"

贺红衣情绪崩溃，眼泪止不住地往下滴，脑海中回想起方才莫新龙和芳澜的话，认准了此事定与莫新龙有关。

巡捕房中，卫乘风仍在苦思冥想着别墅三人死亡案件，雨辰忽然冲了进来。

"不好了，不好了，你快跟我走！"雨辰拉着卫乘风就要走。

"干什么？"卫乘风一时反应不过来。

"你就别管了，先跟我走吧！"

"卫乘风，现在可是上班时间，你要是随便离开这可算旷工。"李鹿阴阳怪气道。

"旷工就旷工，算我头上！走！"

卫乘风还没有回过神，就被雨辰拉着离开了。

"这个卫乘风，真的没救了！"李鹿露出一脸厌烦的表情。

另一边，贺红衣匆匆冲回剧院，翻箱倒柜找出一把枪来，二话不说翻出子弹盒，就开始往枪里装子弹。

博文吓了一跳，上前阻拦道："红衣姐，我不知道发生什么事情了，但是不管发生什么，你先冷静，千万不要冲动啊……"

"没你的事，你让开！"

"不行，我不能让你做傻事！"博文抓住贺红衣上子弹的手。

贺红衣顾不得解释，一把推开博文，提着枪便往外冲。这时，卫乘风和雨辰汗流浃背地跑了回来。

"红……红衣……你……你先把……枪放下……"卫乘风一看贺红衣手中的枪，急得更加结巴了。

# 第十六章 豢养

"我要找莫新龙要一个人。"贺红衣握着枪不肯放手。

卫乘风紧张不已:"莫……那个四川来的莫大帅?"

博文心直口快道:"红衣啊,你别忘了,莫新龙还是老师……"

雨辰咳嗽了一声,暗中扫了卫乘风一眼。

博文连忙改口道:"重要的客人呢,你这么拿着枪去……这不是给我们剧院惹麻烦吗?"

"啊?你们还认识?"卫乘风惊讶不已。

雨辰抢着接话:"谈不上认识,一个老主顾而已。"

"红衣,你到底有什么困难,告诉我。"卫乘风满脸关切。

"你们帮不了我的。"贺红衣一脸笃定。

雨辰拉着贺红衣的胳膊:"你就说说嘛,就当我们是三个臭皮匠,说不定能想出什么法子来呢。"

"我哥可能惹上麻烦了，我也没想到会在这个时候听见他的消息。"

"千真万确是他吗？"雨辰问道。

"不能保证，但我的直觉告诉我，就是他。万重山戏班一夜蒸发，我怀疑是莫新龙搞的鬼。"

"你有证据吗？"卫乘风问道。

贺红衣摇摇头。

"唉，没证据，你这么找上门也是被轰出去啊，更别说是那种大人物了！"博文一脸没把握。

"那我该怎么办？"

卫乘风想了想："你说他的戏班子一夜蒸发？如果真是莫新龙干的，总会留下些线索吧？在哪里？你带我去。"

雨辰怀疑地看向卫乘风："就你？行不行啊？"

"也是……毕竟我只是个小巡捕……"卫乘风泄了气。

贺红衣却笃定地看着卫乘风："我相信你，我带你去。"

此刻，贺青舟仍客居在钱白铁的家中养病，顺便避避风头。日子倏然而过，贺青舟的伤已痊愈，他见窗外阳光正好，便想着出去走走，然而方才行至大门，就被守卫拦下了。

"你们这是做什么？"贺青舟不解。

"对不住，贺老板，季先生吩咐过了，您现在还不能走。"守卫一脸客气。

"为什么？"

"您现在还没有脱离险境，出去会很危险。"

贺青舟一听，有些着急："那我要在这里待到什么时候？季先生呢？我想和他说几句话。"

"季先生有事出门了，几天之后就会回来，请您耐心等待。"

贺青舟神色不悦，还是决定要出门，守卫又一次将他拦住道："贺老板，您这一走，季先生回来肯定要罚我们的，还请您多多体谅。"

贺青舟无奈，只得摇头叹息。

这时，吕思蒂从后院经过，看到贺青舟转身进入了副楼，眉头微皱。

另一边，贺红衣和卫乘风来到了红府戏院。

戏院老板看到贺红衣，皱着眉走了过来："怎么又是你？我都说了，我不知道他们去哪了。"

卫乘风对老板道："我是巡捕房的人，这位小姐来报案，要寻找万重山戏班的老板，我有义务和责任在这里调查。"

"行吧，你们查，真是晦气。"老板不耐烦地摆摆手，转身离开。

贺红衣和卫乘风立刻四处查探，在高九郎被击杀的地方发现了一点没被擦干净的血迹。贺红衣顿时红了眼，立刻攥紧拳头，准备冲出去。

"红衣，你别冲动，这血迹不一定和你哥哥有关。"卫乘风拦住贺红衣。

"别冲动？我哥哥现在生死未卜，你叫我怎么不冲动！"

"那你知道去哪儿找哥哥吗？我们一点线索都没有，还是应该先找周围的人问一问，了解一下当时的情形。"

贺红衣渐渐冷静了下来，点了点头。

贺红衣和卫乘风问遍了戏院附近的店铺，老板小厮们个个都说不清楚当时的情况，只看到一群人把戏班的人都带走了。

贺红衣急不可耐："这些人很可能就是莫新龙派来的，我现在只有一条路，就是找莫新龙！"

"你想怎么找他？他身边可都是荷枪实弹的精锐，就算找到了，他能承认吗？就算承认了，你能要回你哥哥吗？万一救你哥哥不成，你自己也搭进去，那可就满盘皆输了！"卫乘风关切地看着贺红衣。

"可现在晚行动一分钟，我哥哥就更危险一分！我总不能什么也不做，光在这里询街问社吧！"

这时，贺红衣注意到不远处有一个小女孩穿着戏服，正蹲在角落里吃着脏兮兮的包子。二人立刻奔了过去，向小梨花询问戏院里发生的事。小梨花一听，吓得转身就跑。贺红衣与卫乘风一路追到死胡同，小梨花无路

可退，竟然吓得哭了起来。

"小姑娘，你为什么看到我们就跑？你是不是戏院的人？你快告诉我，里面的人去哪儿了？"贺红衣急切地问着。

小梨花仍旧一句话不说，仍旧蹲在地上大哭。

"小姑娘，我是巡捕。"卫乘风指指自己身上的制服，"我们不会伤害你的，你能不能把你知道的告诉我？"

小梨花仍旧一声不吭，哭得浑身发抖。贺红衣和卫乘风无计可施，又担心小姑娘的安危，于是决定将她带回剧院再慢慢询问。


钱宅，贺青舟在房中坐立不安，思忖着钱白铁的用意。

此时，吕思蒂端着一盘甜点走了进来："贺老板，这是我刚做的甜点，您快尝尝。"

"多谢季夫人。"贺青舟点头致谢，却无心看甜点一眼，思忖片刻问道，"我……我什么时候可以离开这里？"

吕思蒂看了贺青舟一眼，眼神复杂，随即宽慰一笑，"我知道您心里乱，可我也没有放行的权力，您先放宽心等一等，先生回来以后，自然会给您一个交代的。"

贺青舟一听，无奈地摇了摇头。

"贺老板，这家里的事我也做不了主，更何况您是先生带回来的，先生对您也有周详的考虑，万一您不告而别，坏了先生的安排是小事，碰到危险可就麻烦了。"

贺青舟沉吟良久，终于点头说："那我再等一等吧，叨扰了。"

吕思蒂笑着摆了摆手："哪有的事，贺老板这样的名角儿，能来寒舍小住，我高兴还来不及呢，也不知贺……老板是怎么认识季先生的？"她终于说出了此番的来意。

贺青舟微笑着叙述道："因戏结缘，当时季先生来看戏，指出了我的几处谬误，现在想来，真的是受益匪浅。"

吕思蒂追问道："季先生指点过贺老板？什么时候？"贺青舟刚想回答，吕思蒂一拍脑袋，"哎哟，您看我，跟审问似的，坐下来吧，咱们边吃边聊，您也尝尝我的手艺。"

贺青舟微笑着坐下，将与钱白铁的相识过程向吕思蒂娓娓道来。

监狱医务室中，吴乾缓缓醒来，他摸了摸肚子上的伤口，冷笑道："我就知道我命大。"

狱警贾六一直守在吴乾床边："你是命大，差一点就被捅死了！我劝你一句，下次别和疯豹这种人硬碰硬。"接着他又压低声音，"被他弄死在牢里的犯人，每年都有好几个，你确实命大！"

"那是他不敢杀老子！"吴乾一脸不屑，说着就要坐起来，却牵动了伤口，"哎哟……疼……"

"行了，打完这瓶点滴就送你回牢房，你再歇会儿。"

剧院后台，贺红衣亲手给小梨花煮了一大碗面。小梨花吃得饱嗝连连，却还是不肯开口说话。

贺红衣极力保持着耐心："你既然不想说话，那这样，我问你，你知道的就点头，不知道就摇头，可以吗？"

小梨花点头。

"你们戏班老板，是不是叫贺青舟？"贺红衣问道。

小梨花顿时红了眼眶，点点头。

贺红衣掏出一个双鱼玉佩："你有没有见过他身上有这样一个玉佩？"

小梨花惊讶不已，立刻开了口："你怎么会有这个？"

"谢天谢地，你总算肯开口了。"卫乘风也替贺红衣高兴。

"因为我是他妹妹，他叫贺青舟，我叫贺红衣，这个玉佩是我娘临死前交给我哥哥和我的。"

小梨花一愣，忍不住又大哭起来："坏人，有坏人抓我们……"

"谁在抓你们？为什么要抓你们？"

"我不知道……他们……他们来了好多人……我真的好害怕啊……"

卫乘风低头思考："听起来，这伙人进戏园子的目的不是杀人，而且从刚才发现的血迹来看，只有一个人受伤了，我判断应该是误伤，你哥哥一

定还活着，你别担心，我肯定能找到你哥哥！"

"你有办法？"

卫乘风点点头："我们巡捕不就是干这个的吗，现在的问题是这个小姑娘怎么办？"

"眼下这个情况，她也去不了别的地方，先留在剧院吧。"贺红衣扭头看着小梨花，"你放心吧，在这里很安全，没人会找到你的，你可以安心待在这里。"

小梨花点点头。


卫乘风回到巡捕房，立刻调查起来，却没发现近来有人口失踪的记录，于是找到了余德义。

"巡长，我想打听些事。"卫乘风战战兢兢地问道。

"说。"余德义眼睛都不抬。

"我有个朋友，她的家人好像被莫新龙扣了……我们巡捕房……能不能去查查这事？"

余德义把手中的报纸往桌上一扔："查谁？我没听错吧？你长了几个脑袋啊？敢查到莫新龙莫大帅身上去？"

"我……我就是去问一下而已……"

"然后呢？问出来，人就是莫新龙扣的，你准备怎么办？依法办事？你不要命我还要命呢！"

卫乘风沮丧地低下了头。

"老虎屁股摸不得，你懂不懂啊？我们都是拿钱做事的，现在时局这么乱，能保住小命已经很不容易了，你还往人家枪口上撞！查莫新龙？你怎么不说去查曹锟呢？"见卫乘风不说话，余德义气不打一处来，"别说这个了，买办的案子，你查得怎么样了？"

卫乘风的头埋得更低了："还……还没……线索……"

"谁和我信誓旦旦说要查案子的？这都几天了，一点进展都没有！这可是我交给你的第一个案子，你放着不管，去查什么莫新龙……你还想不想转正了？还想不想吃饭了？真是看错你了！"

"我……我这就去查……"

小梨花吃饱喝足，已经睡下了，贺红衣却一直没有胃口。

雨辰煮了夜宵给贺红衣送来，满面关切地说道："红衣，你这样不吃不喝怎么能行呢，为了救你哥哥你也要保重身体啊，来，吃点东西。"

贺红衣点了点头，接过饭碗，却一口也吃不下，泪珠滚滚滴落，哽咽道："都十多年了，我一直以为我哥哥可能已经死了……可他不仅活着，还来到了上海，来到了我身边，但我却看着他受苦，什么都做不了……"

雨辰拉住贺红衣的手："这事急不得，对方是莫新龙，如果有个闪失，不光你会有危险，我们学会甚至都……"

"我知道，这是我的事，我不会牵连你们和老师的。"

"我不是这个意思……"

"我明白。"贺红衣苦笑一声，陷入回忆，"你还记不记得我和你说过，小时候家乡闹饥荒，父母都病死了……"

"这事你一直都不愿多说。"

"那时候实在活不下去了，我哥就带着我从家乡逃了出来，我们俩一路讨饭，讨到了上海，每天除了被人欺负，就是饿肚子。我哥哥身子弱，受了欺负挨了打，还不了手，我年纪小，也打不过别人，他还得保护我，每天都是遍体鳞伤，日子真的过不下去了！这时候哥哥被戏班老板看上，想要收为徒弟，哥哥不想抛下我，就没答应，后来老板又来找了几回，他为了让我活下去，就把自己给卖了。分别前，哥哥把这个玉佩给了我，这是母亲唯一留给我们的东西，我们兄妹一人一个……"贺红衣凝视着手中的玉佩。

雨辰听得红了眼眶："你哥哥那么好，吉人自有天相，一定会没事的……要不，等老师回来以后问问他，或许老师会有办法也说不定。"

"也只能这样了……"贺红衣捏紧了玉佩。

监狱中，贾六将吴乾送回六号牢房。万金隆看了吴乾一眼，继续低头看书。

大壮悄悄来到吴乾身边："你怎么这么能惹事？"

　　吴乾瞥了瞥正在转着佛珠的林忠岩，故意大声说："我那是保护大哥，怎么能叫惹事！"

　　"可那是疯豹啊！那人做事和他名字一样，疯，他什么都不怕。"大壮压低声音说。

　　"那又怎样，我们不是有林大哥吗？"吴乾又瞥向林忠岩。

　　林忠岩依旧装作听不见。

　　大壮盯着吴乾，严肃道："我告诉你啊，像你这种一看就不怎么能打的，有三条规矩，你给我记清楚了，第一，事不关己高高挂起，第二，待人谦虚和气生财……"

　　"第三呢？"

　　"第三是一句话，也是最重要的，你一定要在心里默念千遍万遍！"

　　"什么话？"

　　"大哥我错了！"大壮一脸认真。

　　吴乾笑出了声："这规矩当真吗？林大哥？"他顺势看向林忠岩。

　　林忠岩依旧不理不睬。

　　吴乾不悦，低头嘟囔道："喂，我为你挨了一刀，你一句表示都没有……"

　　大壮安慰道："林大哥就是这样，面冷心善，你的事他都记在心里了。"

　　林忠岩终于开口道："大壮，你的话太多了。"

　　"是，是，我接着睡觉。"大壮拍了拍吴乾，心虚地躺下了。

　　吴乾不解地看了看林忠岩，也躺了下来，监狱的规则，他还是不太懂。


　　翌日，监狱广场上，吴乾靠着栏杆晒太阳。

　　"钱哥，恢复得挺快啊。"杨然不动声色地来到吴乾身边。

　　"那当然，我可是你钱哥。捅我的疯豹呢？"

　　"据说在惩戒室关了一天，估计今晚就该放出来了。"

　　"才关一天？"

　　"人家背后有靠山。"

　　吴乾撇撇嘴，观察着四周的环境，低声问道："你说……有人逃出去过吗？"

"当然有啊。"杨然来了精神。

吴乾激动得双眼放光："谁？"

"当然是钱哥你啊！刚进来就直愣愣往大门跑，多能耐啊！"

吴乾又气又笑，作势要打杨然："我那不是失败了嘛，我说的是成功案例。"

杨然凑在吴乾耳边低语，吴乾一听很是惊讶，到处寻找林忠岩的身影，却发现林忠岩也正在看着他……

卫乘风经过多方打听，终于得知贺青舟进了虹口第一监狱。贺红衣一听，立刻飞奔至监狱，要求探监。

"外面有个人要见贺青舟。"值班狱警立刻向狱长江桥汇报道。

"谁要见？"江桥如临大敌。

"一个小姑娘。"

"小姑娘？"江桥思忖片刻，"你跟她说，我们监狱没有这个人。你记住，以后除了莫大帅亲自找贺青舟，谁来都不让见！"

狱警领命离开，欲打发贺红衣离开。

"没人？没人你问什么去了？"贺红衣狐疑万分。

"你瞪我也没用，我这里就是没这个人。"

贺红衣一把抢过狱警手上的名册，看到"贺青舟"的名字被标红了，贺红衣愤然指着"贺青舟"三个红字问道："没这个人？那这是谁？"

"我说没有就是没有，你快走吧。"

"是吗？那我今天还非要见贺青舟不可了！"贺红衣说罢就往里面冲。

一众狱警瞬间围了上来，一齐将她扔出了监狱。贺红衣看着监狱的大门，虽然悲愤交加，但至少确定了哥哥的所在，也算是有了进展。

钱宅后院，贺青舟百无聊赖，忍不住摆起架子哼了几句小曲。忽然，掌声响了起来，他回头一看，只见钱白铁走了进来。

"听贺老板所唱，应是《铁弓缘》吧，说起来，我名字中，也有一个铁字。"

"青舟不才，当不起'老板'二字。"贺青舟面容冷漠，语调疏离。

钱白铁反倒笑了："贺老板，我听说你想走，这门口的守卫有没有为难你？"

"他们只说让我等等，等您回来再说。"

"那就好。"

"可青舟已经打扰季先生太久了，实在有点不好意思，而且我还是担心我班子里那些人，我怕他们也担心我，我露面也算给他们报个平安。"贺青舟试探地看向钱白铁。

钱白铁微微一笑，平静地说道："好，过些天我就送你去南京。"

贺青舟疑惑道："为什么是南京？"

钱白铁假装歉意道："怪我忘了告诉你，原本我把你朋友安排在愚园路附近的一个公馆里，后来有人告诉我，莫新龙的人曾在公馆附近出现，那个老狐狸，肯定是听到了什么风声，于是我马上安排你的朋友们坐火车去了南京，但我千算万算，还是让莫新龙抓到了踪迹，人上午刚送走，中午，莫新龙就把火车站给封了。"

贺青舟顿时着了急："人都已经走了，为什么还要封站？"

"我猜，他们可能知道走的人里没有贺老板。不过没关系，以莫新龙的耐性，最多三五天，他的人就得撤了，只要他的人一撤，我立马送你去南京见你的朋友们。"

贺青州露出疑虑的表情，嘀咕道："真的是这样吗？"

"贺老板，你说什么？"

"没事，我就是想问，高九郎他现在还好吗……就是我的师弟，长得白白净净、瘦瘦高高的，脸上有个痦子的那个……"

"挺好，他当时受了点小伤，我已经让医生给他医治了，没什么大碍，看时间，他们现在应该到南京了。"

"那就劳烦季先生了。"

"不用客气，我们是朋友嘛！我还有事，晚点希望贺老板把没有唱完的

《铁弓缘》继续唱完。"钱白铁转身离去。

贺青舟在院子里踱了几步，暗自疑惑道："不对，这事有问题……"

监狱关卡外，贺红衣蹲守在一片灌木丛之后。半晌，一辆运输物资的卡车进入关卡，贺红衣掏出几枚钉子，扔到了路的中间。车胎突然爆炸，司机连忙下车查看，继而快速跑向关卡处，向狱警汇报情况。

此时，贺红衣趁机爬进卡车的后斗中，但她上车时不小心被刮了一下，一小块衣服上的布料被挂在了车栏杆上面。卡车后斗中有很多木箱，贺红衣躲在木箱的最深处，并用车上的麻布遮住自己。

关卡处的狱警跟着司机走到车边，帮司机更换了新的轮胎。在司机刚要发动卡车时，却突然被冯彪拦住了。

"就这么放进去？知不知道现在是什么时候，不想干了你！"冯彪狠狠抽了狱警一个嘴巴，"滚滚滚。"

冯彪将卡车里里外外检查了一遍，正准备放行之际，忽然看到了贺红衣刚才被刮掉的那块布条，立刻警戒起来，悄悄掏出枪，大喝一声："出来，不出来我开枪了！"

贺红衣突然掀飞麻布，冯彪被蒙住脸，一下子什么都看不见了。于是贺红衣趁机跳下车斗，向树林跑去。冯彪手忙脚乱地扔掉麻布，对着贺红衣的背影连开数枪。贺红衣被打中左臂肘部，捂着伤口冲进了树林。狱警们立即持枪赶来，朝着树林追了过去，却没有发现一个人影。

狱长办公室中，江桥狠狠地拍桌子："这帮人都是干什么吃的？！冯彪，你做得好，不然要出大事了！"

冯彪心有不甘："可惜人没抓住。"

江桥思考道："今天白天，有个小姑娘要见贺青舟，晚上就出了事，我看这次的劫狱和那个小姑娘脱不了干系。冯彪，你吩咐下去，这几天加强巡逻，出来进去的人必须调查清楚身份，车马更要给我仔细搜，绝不能让人混进来！"

"是，我这就去安排。"

翌日，六号牢房被分配到木工房工作。吴乾对木工房十分好奇，东摸摸细看看。

万金隆猛然打了吴乾一下："别乱摸，这些锯子快得很，小心手指被切掉了都不知道！"

吴乾吓得赶紧收手："你们监狱花样还真多，这又是来做什么？"

"做木工，替监狱赚钱。"万金隆说道。

"赚钱？我们能分多少？"

"做得慢不挨打就很好了，还想赚钱？"大壮大笑道。

吴乾撇撇嘴："没意思……"

"别抱怨了，在这里做做椅子、做做木牌，总比去仓库搬货要好。你听好了，六号牢房是一个小组，如果完不成任务，大家都会没饭吃，你可别拖我们的后腿。"万金隆认真道。

吴乾心不在焉地点点头。

林忠岩一声不响地走向机器，开始做起了木工，吴乾细细观察着林忠岩。

"我只教你一遍，你看好了……喂，贺青舟你听进去没？"万金隆拍了吴乾一把。

"听了听了，不就是做木工吗，老子在外头啥没做过……"吴乾嘴上答应着，眼神却一直盯着林忠岩，心中回想着昨天杨然说的话——"林忠岩林大哥，据说只有他越狱成功过，谁都不知道他出去干什么，也没被抓到过……"

吴乾从早到晚一有机会就盯着林忠岩的脸，仿佛要看出什么玄机似的。夜里，回到六号牢房后，林忠岩转着佛珠，终于开了口："你这是要把我脸上看出个洞来吗？"

吴乾知道机会来了，立刻凑上去："大哥，我叫您林大哥，以后吴乾我就是您的小弟了，我的命就交给您了，给你干什么都行。"

林忠岩睁开眼，正视着吴乾，眼神与平日不同，多了一份肃杀之气，不怒自威。

大壮一笑："你这话，我怎么听着不信呢。"

"不不不，平时我是爱吹牛、爱骗人，但这次为了拜林大哥为大哥，我什么都肯干！"吴乾一脸认真。

林忠岩嘴角扬了扬，慢慢吩咐道："你帮我完成三件事，我就接受你。"

"别说三件，就是三十件三百件我也照做不误！大哥请讲，是什么了不得的任务？"

"第一个，帮我偷个东西。"

"小意思。"

"冯彪最心爱的那块金怀表。"

吴乾爽快地答应道："冯彪算老几，区区一个怀表，我信手拈来！"

林忠岩不屑地一笑："我只看结果。"说罢，他又合上眼继续闭目养神。

夜里，吴乾入睡以后，大壮爬到林忠岩身边，低声问道："大哥，你为什么让他去偷冯彪的东西啊？万一被发现了，割了手都是轻的。"

林忠岩闭着眼平静地说道："他和你们不一样，你以为他真心想拜我做大哥？哼，我要是看不出他在想什么，也白活这么大岁数了。"

"可大哥，你这是把他往火坑里推啊。"大壮心疼地看着熟睡中的吴乾。

"这是他自找的。"林忠岩闭上眼睛，不愿再说。

"我只是觉得，吴乾这小子挺不错的……"大壮不敢再问，嘟嘟囔囔也躺下了。

众人全部睡了过去，林忠岩却睁开了眼睛，看着吴乾的方向，想起了一段往事——

多年前，一帮小弟簇拥在意气风发的林忠岩身边，胡风南点头哈腰道："大哥，林大哥，从今往后，我胡风南就是您的小弟了，我的命就交给您了，给您干什么都行！"

如今，苍老的林忠岩叹了口气，也睡了过去。

贺红衣捂着受伤的左臂回到家，在房间中偷偷包扎伤口，不愿让雨辰担心。这时，卫乘风找上门来。

"这么晚，你怎么来了？"贺红衣问道。

"红衣，我……我有件事想告诉你……对不起……我现在有一个杀人案要去办，你哥哥的事我暂时不能帮你查了……不过你放心，只要我这边案子一有眉目，我就立刻帮你找哥哥……"

"没关系，你忙你的，我哥哥的事牵扯到莫新龙，在桑老师回来之前我不会轻举妄动的。"

"那我先走了，你可千万记住，不要自己去监狱，很容易打草惊蛇。"

贺红衣开玩笑地把卫乘风推出门去："啰唆，我记住了，你快走吧。"

然而事实上，贺红衣已经想到了深入监狱的方案——她床头的报纸上写着"即日起本监狱招聘厨师一名，面试时间为于本月十八日下午，地点为本监狱后厨"。

次日，只会煮面的贺红衣直奔棚户区，向董大锤求教如何速成大厨的方法。董大锤耐心教学，无奈贺红衣却全无天分，试了半天，却没有一道能放进嘴里的菜。

董大锤终于放弃了，深深地叹了口气："红衣姑奶奶，你不适合拿锅啊……"

"只有一天时间，我今天必须学会这三道菜！"贺红衣急得几乎落下泪来。

"我能问问你为什么忽然要学做菜吗？"

"做菜还需要为什么吗？"

"你……想嫁人了？"

"嫁人就必须会做菜吗？"

"不然谁敢娶你啊。"

贺红衣作势要打董大锤，却牵动了受伤的左臂，不禁露出痛苦的表情。

董大锤看着贺红衣今天一会儿急得要哭，一会儿又痛苦得眉毛鼻子挤在一起，越发看不懂这个女人到底是怎么了，只得硬着头皮继续教。

终于，桌上摆上了几盘看似成色不错的菜。阿蛙和阿郎赶紧尝了一口，顿时脸色巨变，一股脑儿全部吐了出来。

"我说了嘛，做菜也是要讲天赋的……"董大锤无奈地看着贺红衣。

"那怎么办？我必须学会！你有什么压箱底的秘诀快告诉我！"贺红衣急得面红耳赤。

"唉……眼下只有最后一个办法了！"董大锤在贺红衣耳畔悄声说着什么……

巡捕房中，卫乘风又发现一个新证物，是个空本子，他在别墅卧室的床头找到的。

"放在床头的本子，应该是随手就会用的，怎么会一个字都没有呢？"卫乘风翻来覆去地看，也没看出个所以然来，"奇怪，难道真的是空的？"他挠挠头，将空本子打开，对着光一页页看去。突然，他发现他面前的这一页白纸上有一行浅浅的凹陷痕迹，他拿起铅笔，在上面轻轻涂了起来，痕迹所书正是"三月初九，邓肯已死，勿忘转告四海帮，小心。"

这三个人果然有联系，这个发现卫乘风欣喜万分。

# 第十七章

# 破斧

监狱外，贺红衣打扮成一副居家女孩的可爱模样，提着一个封闭的竹篮筐随着面试厨师的一众大老爷们儿走了进去。然而，监狱厨师长却以不招女厨师之名劝贺红衣离开。

"凭什么不招女厨师？女厨师怎么了？"贺红衣急了，对厨师长喊道，"谁不是吃妈妈做的饭长大的？"

"不是，我们这是男监狱，女厨师恐怕不方便。"厨师长说道。

"男监狱，又不是男厕所！"贺红衣急不可耐。

一众面试的男厨师都笑了。

此时，江桥走了进来，质问厨房为何如此吵闹。

厨师长立刻欠身道："是这样的，我们不是要招个新厨子嘛，说好不要女的，结果来了一个不肯走的。"

江桥色眯眯地看着贺红衣："谁说不要女的了？我没定过这个规

矩，收了!"

"还得考试呢狱长……"厨师长一脸无奈。

"哦，那考吧，就先考这个小姑娘，我也凑凑热闹。"江桥索性留了下来。

身后的男厨师们顿时议论纷纷，厨师长也万分为难，却不得不照做。

厨师长对众人道："考试题目，报上已经写了，三种菜挑一种做，炖豆腐、炒青菜还有炒肉丝。"

"没问题，我就来个炒青菜。"贺红衣走到灶台边，打开箱子，其中摆着一套刀具。

"你看看人家，这就叫专业。"江桥满意地点点头。

"狱长，灶房油烟大，您就在这儿好好休息，一会儿就给您上菜。"贺红衣提着工具箱走进灶台间，有模有样地切菜、倒油、开火……

忽然，趁厨师长和江桥不注意，她取出藏在袖子里的一小包味之素，一股脑撒进了锅里。原来，这就是董大锤做菜的终极秘诀，能让任何菜一瞬间变得鲜美无比。

菜品出锅，贺红衣自信地端给江桥和厨师长品尝。

"不错，我从来没吃过这么好吃的炒青菜! 你是怎么做的?"江桥问道。

"教我做菜的师傅懂药膳，传了我很多中药的用法，所以我的菜不但好吃还可以滋阴补阳。狱长，我看您工作这么辛苦，得多补补。"

"小姑娘嘴真甜，你被录取了，明天来上班吧。"江桥露出猥琐的笑容，"有空的时候帮我做顿夜宵，送到我办公室来，可别忘了啊。"


木工房，冯彪监视着吴乾等人做工。大壮告诉吴乾，傍晚是狱警们轮流洗澡的时间，也许那是趁机偷表的好时机，而他同时已经替吴乾做好了一只木怀表。

吴乾把玩着精致的木怀表，赞叹道："看不出啊，你小子木工活挺好啊，这东西做得真像那么回事，以我行走江湖这么多年的经验，你这手艺在外面还能值个几毛钱。"

万金隆没搭理吴乾，继续做着木雕。

吴乾又凑到万金隆身边："话说这胡风南究竟什么来头？这么猖狂，连狱警都要敬他三分？"

"不知道，我进来时就这样了。"

吴乾瞧着万金隆做木雕的样子，突然心生一计："听说你爱看《红楼梦》？我看你翻来翻去就那半本，想不想要下半本？"

万金隆忽然停下手上的活，抬起头看着他。

"你钱哥我给你把下半本弄来，怎么样？"

"你想干吗？"

"我有一件事，想请你和大壮兄弟帮忙。"吴乾一脸机智。

大壮歪头问道："有我什么事？"

吴乾对万金隆和大壮耳语了几句。

"这……"大壮愣愣地看着万金隆。

万金隆半晌才开口："这不大行吧。"

"你放心，你们就是给我打个掩护，没啥大事。"吴乾对万金隆和大壮眨了眨眼。

万金隆和大壮满为其难地答应了下来。

"多谢两位仗义相助，我吴乾感激不尽！"

傍晚，工作时间即将结束时，狱警巡视众人，发现万金隆、大壮和吴乾做了不少残次品，于是要求三人做完合格品才能收工。

吴乾偷偷给万金隆使了一个眼色，然后猛然大喊："报告，我肚子疼，我要去厕所。"

"滚回去！"狱警毫不通融。

这时，万金隆按计划拿起大壮做的椅子，高声嘲笑道："大壮，你这椅子能坐人吗？你自己试试！"

"臭小子，你敢笑老子，老子打死你！"大壮一拳打在了万金隆的鼻梁上了。

万金隆作势倒地，还欲还手。

"不许打架！都给我松开！"狱警们立刻冲上来制止万金隆和大壮。

吴乾趁机一把抱住狱警："不行了，不行了，我真的得去厕所！"

"松手！给老子滚！"狱警只顾制止眼前的斗殴，根本顾不得吴乾。

"谢谢长官。"吴乾一溜烟逃跑了，直奔厕所旁边的澡堂而去。

更衣间内，冯彪将衣服放进衣柜，慢悠悠地走进澡堂。吴乾悄然走了进去，拉开冯彪的衣柜，从他上衣口袋里摸出他的怀表，狡黠一笑，而后又将万金隆做的木怀表放了进去。突然，吴乾听到浴室间有响动，几个狱警走了出来，吴乾赶紧躲在衣柜后面，等待着狱警们换衣服。半晌，狱警们纷纷换好衣服离开，他伸出头，却发现冯彪从浴室走了出来，只好又缩了回去。

片刻，冯彪换完衣服，隔着衣服摸了摸怀表，而后径直离开。吴乾终于松了一口气，也打算离开，却发现冯彪竟然从外面锁住了更衣室的门！

此刻，监狱厨房中已经结束了晚饭工作，贺红衣磨磨蹭蹭地收拾着餐具，迟迟不肯离开。

"第一天工作，难免手生，回家多练练就好了。"厨师长走过来说。

"我能……在这里练习吗？"贺红衣说道。

"你不回家吗？"

"我想尽快学会，好帮得上忙。"

"记得走的时候锁门。"

"谢谢厨师长！"

贺红衣立刻跑到灶台边，提起早就准备好的篮子，去往狱警办公室。

"站住，干什么的？"狱警拦住了贺红衣问。

"食堂给长官送的夜宵，今晚做的粥，小心烫。"

"长官还没回来。"

"那我放下粥马上就走。要不您也来点儿？"

狱警接下粥，示意贺红衣进去。

"谢谢长官。"贺红衣走进办公室，放下粥，立刻四处翻找起来，终于看到一摞表格，上面写着牢房号、犯人姓名以及行为记录。

贺红衣在六号牢房的表格中看到了贺青舟的名字，顿时激动万分。

突然，门外响起了警棍敲击的声音，是狱警在提醒贺红衣赶快出来，于是她赶紧提着篮子走出办公室。

澡堂更衣室中，吴乾找到一个用铁丝做的衣架，用力弯折几下，然后往锁眼里一钻，门便应声打开了。

木工房中，大壮和万金隆一边干活，一边担心吴乾。正在忧心之际，只见吴乾春风满面地赶了回来，冲着二人眨了眨眼。

"你怎么去了那么久？"狱警问道。

"不好意思，我有点拉肚子……"

"懒驴上磨屎尿多，滚回去，干活！"

"是。"吴乾回到工作台，悄然露出袖口中的怀表，向万金隆和大壮展示着。

此刻，冯彪走到办公室外，下意识掏出怀表看时间，发现掏出来的竟是一个木制的仿制品，顿时火冒三丈："哪个王八蛋偷了老子的表？"说完转身就走。

六号牢房中，吴乾志得意满地将怀表递给林忠岩。

"把这表冲进马桶里。"林忠岩看都不看，直接命令道。

"什么？"吴乾大惊失色。

"现在就冲。"林忠岩压低声音，却透着不容置疑的威严。

"别啊，这玩意看着很值钱呢，为了这块表我可是深入虎穴，你却让我冲了？"吴乾宝贝地看着怀表。

这时，走廊里响起狱警的皮靴声。吴乾意识到是冯彪来找表了，立马想将怀表冲进马桶里。

然而，冯彪已经到了门口："不许动！谁动打死谁，都给我出来！"

吴乾只能硬着头皮，将怀表藏在袖子里，跟着众人走出牢房，在通道里站成一排。

狱警们将各个牢房搜了个底朝天，却什么都没找到。冯彪不甘心，死盯着众人的眼睛，最终走到吴乾面前停了下来。

　　吴乾毫不畏惧地与冯彪对视："大晚上的干什么呀？该让我们回去睡觉了吧，明天还得干活呢。"

　　"就是。"大壮附和道。

　　"都给我闭嘴！搜身！"

　　狱警们立刻将众人按在墙上，开始搜身。吴乾趁狱警搜他时，将怀表放进了狱警的口袋中。冯彪见什么都搜不到，愤怒欲走。

　　"等一下！"吴乾快速跑回六号牢房，拿出了好几包烟。

　　"那是我的！"大壮低声吼道。

　　吴乾连忙给大壮使了个眼色，对冯彪等狱警道："各位大哥，我知道我刚进来不懂事，常给大家添麻烦，这点烟算是我孝敬大家了。"他说着就往众狱警的口袋里塞烟，塞到刚才给他搜身的狱警时，顺手将怀表拿了出来，又藏进了袖口。

　　"长官，以后还请多照顾。"吴乾的手上还剩最后一包烟，庄重地递给冯彪。

　　冯彪接过烟，冷哼一声，转身离开。吴乾得意地看着冯彪离开的背影，将怀表从袖口中滑落到手上。

　　众人回到牢房中，吴乾拿着怀表，嘚瑟不已。

　　"现在我们聊聊第二件任务？"吴乾走到林忠岩面前。

　　"第二个任务跟第一个不一样，现在还不是告诉你的时候，你等着吧。"林忠岩仍旧淡定。

　　"好，我等着林大哥发话。"


　　巡捕房中，卫乘风向老巡捕询问四海帮的事情。

　　"你问四海帮干什么？"老巡捕斜眼看着卫乘风。

　　"我……想去看看。"

　　"我劝你别去，这两天四海帮内斗的厉害，去了再把命丢了……"

　　"内斗？"

　　"是啊，他们老大服毒自杀以后一直没出殡，听说几位堂主为了谁当下一任老大闹了好长时间了，说一日不定，就一日不能出殡，光火拼就好几

次，我们巡逻的时候都绕着走。"

"这样啊……多谢……"

监狱食堂中，犯人们抱怨着这两天的饭食比先前更难吃了，贺红衣的脸上红一阵白一阵，生怕被开除。

打饭窗口处，贺红衣正在给犯人们打饭，吴乾排着队跟了上来。

"多来点肉吧大哥，他们嫌难吃，我不嫌。"吴乾饥肠辘辘。

"没有。"贺红衣下意识道。

下一秒，两人猛然抬头，同时愣住，异口同声道："你怎么在这儿？！"

"贺青舟，你好了没啊？"大壮在吴乾身后催促道。

贺红衣忽然看到了吴乾胸牌上写着"贺青舟"三个字，惊呼道："贺青舟？"

吴乾立刻低下头对贺红衣低声说道："这里不是说话的地方，明天中午，你想办法到仓库送饭，我们在那里见！"

贺红衣愣愣地看着吴乾，点了点头。

四海帮门口挂着白灯笼，两名黑帮成员守在门口。卫乘风在附近走来走去，半晌，终于有一名醉仙楼的小厮提着食盒从里面走了出来，卫乘风立马跟上。

"站住！"

小厮回头看向卫乘风。

卫乘风镇定下来，凶巴巴地说道："我……我是巡捕，有事要问你，把你知道的关于四海帮的一切都说出来，漏了任何一样，我就当你包庇犯人，听……听懂没有？"

小厮惊慌地点了点头。

监狱食堂，厨师长将排班表贴在门上，贺红衣被安排在后天去仓库送饭。

"我能不能申请一下，明天就送饭？"

"我们的排班表都定好了的，你有事吗？"

"我……我后天有个约会，想早点下班……"

"我就说不能招女的吧，狱长非要收你，一上班就开始请假。"

"这个约会对我真的很重要，不骗你……"贺红衣假装诚意地看着厨师长。

"行……明天就明天吧，以后多把心思放在工作上，别老是心不在焉的，知道了吗？"

"我肯定会努力工作的，谢谢厨师长！"

四海帮门前，卫乘风穿了一身醉仙楼小厮的衣服走来。

"站住！干什么的？"门口的守卫立刻拦住卫乘风。

"我是醉仙楼来送夜宵的。"

"醉仙楼的？今天上午来的不是你啊。"

"那位兄弟临时生病了，换我来顶一下。"

"那不好意思了，第一次见要按规矩来，搜身。"

"应该的，应该的。"卫乘风把食盒和扁担放在一边，接受搜身。

守卫蹲下身打开食盒查看："伙计，听说你们醉仙楼今天来了个唱曲儿的姑娘，说是特别好看，叫什么来着？柳叶还是柳什么……"

"啊……"卫乘风愣住。

守卫看着卫乘风的表情，眯了眯眼："你不知道吗？"

"我……我是新来的，师父一直让我们在后厨帮忙，压根就不让我去前面招待客人……别说是唱曲的姑娘，就是说书的老头也见不着啊。"卫乘风吓出一身汗。

守卫笑了笑："那倒也是，进去吧，进门左转是厨房，放那儿就行。"

"谢谢二位大哥。"卫乘风提起食盒匆匆进门。

不一会儿，他潜入四海帮的灵堂，只见四海帮前老大的尸体躺在木板床上，尸体的手腕处有一道紫色的血痕。

"服毒的人怎么会被人绑住手脚，看来他跟刘唐彩一样，是被人灌入毒药，再伪装成自杀的。"卫乘风不禁喃喃自语。

门外突然传来人声，卫乘风只能钻进床底。灵堂的门猛然被打开，一个大汉被另一个大汉推了进来。

"老三，你一直不让老大下葬，你到底要干什么？"老二质问道。

"干什么？你自己心里清楚，你过来！"老三拉着老二来到尸体旁，"苍天在上，今天对着大哥的尸体，咱们打开天窗说亮话，把事情说清楚！大哥临死前一晚，我碰巧看到有人悄悄进了大哥的房间，第二天大哥就死了，那个身影我一直觉得很熟悉，想了好几天我终于想起来，那个人就是你原来的手下——张仲林！"

"胡说！张仲林因为杀人早就被关进虹口第一监狱了，那地方连只苍蝇都飞不出来，我怎么可能让他出来杀人？！"

床底，卫乘风吃惊不已，暗自思忖着这一切或许都与虹口第一监狱有关。

老三继续说道："谁知道你用了什么伎俩，而且就算不是你干的，我如果说出去对你也没什么好处。不过我倒是有个办法，你推举我当新帮主，咱们就一笔勾销，如何？"

老二冷冷一笑："我劝你死心吧，我是不会让你得逞的！我对大哥一直忠心耿耿，大哥还没出殡你就想着在背后动手脚，我今天就擒了你，让你跪在大哥的尸首面前谢罪！"

话音未落，老二直冲向老三，两人打了起来，打斗中撞向木板床。床底，卫乘风吓得不敢出声，用双手紧紧捂住自己的嘴巴。

"老二，你不要欺人太甚！"老三突然开枪，直接将老二打死，然后扭头就跑。

外面，众小弟听到枪声，齐齐向灵堂跑来，卫乘风趁机冲了出去。

卫乘风冲回巡捕房，在档案柜中仔细翻找，果然找到了一份档案——张仲林，四海帮成员，故意杀人罪，判终身监禁，于虹口第一监狱服刑。

监狱十三号牢房中，胡风南和张仲林穿着一身巡捕服。胡风南戴着一顶帽子，遮住半张脸，率先走了出去，张仲林紧随其后。二人坐上一辆黑色轿车，毫无阻拦地驶出了监狱大门，来到巡捕房。

巡捕房中，卫乘风坐在桌前全神贯注地思考案情，嘴里喃喃自语道："犯人出来作案……这怎么可能……不行，这事明天一早就要汇报给巡长，不然会出大乱子。"

此时，胡风南和张仲林大摇大摆走了进来，从卫乘风身边走过，径直前往档案室。

档案室中的巡捕询问道："咦？你们两个新来的？之前没见过嘛。"

张仲林立即捂着巡捕的嘴，连续几刀直接将其捅死。胡风南打开电表，剪断了电表上的电线，又找了两根线对在一起，瞬间迸发出火花，连续试了几次以后，电表烧了起来。两人对视一眼，迅速离开。

仍在思考案情的卫乘风感觉越来越热，抬头四顾，却发现房间外已是一片火海。

"不好！着火了！醒醒！醒醒！"卫乘风脱下外套，捂住口鼻，摇了摇几名昏睡着的值班巡捕，几人立即跑了出去。

翌日，余德义大发雷霆，卫乘风和李鹿等巡捕皆老老实实低着头。

"全是一群饭桶！说，现在都有什么损失？"

"巡长……犯人的档案全都烧光了……还有一个同事被杀了。"李鹿说道。

"可恶，回头英国人追问下来，我看你们怎么交代！愣着干什么，还不去看看还有什么保存下来的，滚！"

"是。"李鹿与众人一起离开。

卫乘风站在原地不动："巡长……我有件事想跟您说……我好像知道是谁放的火……"

余德义眉头一皱："到我办公室来。"

办公室中，卫乘风娓娓道来："四海帮帮主的死是谋杀，邓肯那边我还没去过，不过我猜结果应该也是跟刘唐彩一样，是假扮成自杀的谋杀，行凶的很可能是虹口第一监狱里的犯人张仲林。"

"这么说昨天晚上的火灾……"

"他们看起来就是奔着档案室里面那些犯人的卷宗来的，那个叫张

仲林的案底可能就在其中，不过好在我们还有尸体。"

"犯人的案底都没了，光有具尸体有什么用？"余德义深吸了一口气，"这下难办了，虹口第一监狱跟我们不是一个系统，我们是公共租界，他们隶属北洋政府，真要查起来困难重重。不过这个案子要是办好了，对英国人那边，就不只是有个交代，而且是大功一件了。卫乘风，我再问你一遍，你确定在四海帮听到的是虹口第一监狱吗？"

"是！"

"这事难办啊……"余德义斜眼看了看卫乘风，"你当编外巡捕多久了？"

"有些日子了。"

"我记得你有个阿奶在家，她身体还好吧？"

"最近生病的时候少了，但是这个病毕竟在心上，要想全好恐怕是不可能。"

"你一个月领多少钱？"

"五个银元。"

余德义故意表示出感叹的样子："才五个银元，那你够生活吗？"

"我……我也吃不了多少，勉强能撑得住吧。"

"这可不行啊，就算你撑得住，你阿奶的药钱也是个大麻烦，你想不想当正式巡捕？"

"我做梦都想！"

"我给你个差事，办好了，我升你为正式巡捕，一个月十二个大洋，怎么样？"

"什么差事？"

余德义压低声音："我派你去监狱查案，如何？"

"去监狱查案？好啊！不过您刚才不是说，咱们跟监狱不是一个系统吗？"

"我的意思是，让你以犯人的身份进去，查清楚案子汇报给我，我再找人放你出来。"

"啊？"卫乘风一脸惊慌，"不……不好吧，我是巡捕，要是让那帮犯人知道了，他们不打死我？"

"没关系，我会帮你编造一个身份，就算是我们巡捕房抓的犯人，没人会发现你其实是巡捕的。"

"可我阿奶自己在家……"

"你不用着急拒绝我，好好考虑一下，出去吧。"

卫乘风起身离开，余德义露出一丝狡诈的笑容。

监狱仓库，狱警吹响午饭时间的哨声，贺红衣拖着装满窝头的饭筐走了进来。犯人们看到贺红衣，纷纷吹起口哨。

有个犯人趁着拿窝头的机会，伸手摸向贺红衣。

"滚！"贺红衣一巴掌打飞了犯人的手。

"这么凶干什么，哥哥拿你块窝头怎么了？"

贺红衣手腕一翻，掰住犯人的手指，犯人痛得大叫。其余犯人们眼看贺红衣不好惹，纷纷噤声。贺红衣又瞪了犯人一眼，才继续放饭。

吴乾故意等到筐里没有窝头了才走上前来，对贺红衣使了一个眼色。

贺红衣会意，看向狱警："长官，还有一筐窝头在外边，我一个人搬得慢，能不能让他帮把手？"

狱警点点头。

吴乾假装十分不情愿地拖着步子随贺红衣走了出去。饭筐处正是狱警的监视死角，二人立刻窃窃私语起来。

"你怎么被抓进来了？还穿着贺青舟的号服？贺青舟本人呢？"贺红衣迫不及待道。

"我也不知道，我是被人打晕带进来的，一醒过来，我就在这里了，狱警还逼我承认我就是贺青舟！"

贺红衣十分疑惑："贺青舟不在监狱里？"

"看来我是做了贺青舟的替死鬼，真正的贺青舟应该已经被换出去了，应该就是打晕我的那帮人干的！"

"是什么人？你看清楚了吗？"

"不知道，只听见有人叫一个戴玉扳指的家伙'季先生'。"

"季先生？是什么人？做什么的？"

"我也不知道，这里都是一群疯子，你得帮我逃出去。那个玉扳指很特别，只要我能逃出去，就一定能认得出来！"

"你知道怎么出去？"

此时，狱警出来查看情况。

贺红衣立刻打翻窝头，指责吴乾道："让你小心点，你看撒了一地，赶紧捡起来。"

吴乾佯装捡窝头，压低声音道："暂时还不知道，但我听说有人出去过，等我想到办法再通知你！"

贺红衣点了点头。

"对了，能想办法帮我搞到《红楼梦》的下半本吗？要快！"

"红楼梦？"贺红衣不解其意。

吴乾点点头，抬起筐子走向仓库。

卫乘风回到白事店，见屋内烟雾缭绕，纸钱在盆里就要烧尽，窗户却关得紧紧的。阿奶倒在地上，不省人事，卫乘风立刻冲了上去，将阿奶送去了医院。

董大锤和阿蛙匆匆赶到医院，听说阿奶要住院，纷纷把身上的钱都拿了出来。

卫乘风不肯收大家的钱："是我没用，有钱在的时候，我什么事都找他，天塌了他都能帮我想办法，现在有钱不在了，我却越混越差，照顾不好奶奶，还得连累你们，我真没用！"说完他愤恨地捶打自己的脑袋。

董大锤拉住卫乘风："乘风，说这些没用，当务之急，还是得先让阿奶看病，你千万别急，我一会儿就回去找花蝴蝶他们，大家凑一凑，一定没问题的！"

阿蛙点头："我卖报的还有几个朋友，我也去问问，还有阿狼，他这几年卖内衣，应该藏了不少钱吧？"

卫乘风一句都听不进，满脑子都是余德义说的话——"就算你撑得住，你阿奶的药钱也是个大麻烦……我交给你个差事，你办好了，我升你为正式巡捕，一个月领十二个大洋……我帮你编造一个身份，就算是我们巡捕房抓的犯人，没有人会发现你其实是巡捕的……"

卫乘风捏紧拳头，愣愣地出神。

钱白铁将江桥叫到办公室，江桥紧张地应对着。

"江狱长，最近工作还顺利吗？"

"还好还好。"

"一边公事繁忙，一边还要收拾烂摊子，可要小心累坏了身体。"

江桥一听立刻有些害怕："什……什么烂摊子？"

"你不知道吗？巡捕房那场火不是你叫人去放的吗？"

"啊……原来您是说这件事，您放心，我已经都安排妥当，保证不会留下任何线索。"

"安排妥当？哈哈哈……"钱白铁掐灭雪茄，突然抄起烟灰缸连砸江桥好几下。

江桥不敢躲避，顿时血流满面。

钱白铁狠狠地将烟灰缸扔在地上："火烧巡捕房！你好大的胆子！你当我是傻子吗？你当巡捕房的人都是傻子吗？你一句'安排妥帖'就过去了，要是出了问题呢？你十条命都不够赔！"

"我错了！下次我一定注意，不不不，没有下次，绝对没有下次！"

钱白铁缓缓坐下："江桥，你给我记住，监狱长的位置我随时都可以找一个新人代替，盯着这块肥肉的人可多了去了，你心里有点数。"

"我明白，我明白！"

"滚！"

"是。"江桥匆匆离去。

卫乘风思虑良久，终于敲响了余德义的门。

"巡……巡长……我……"

"不用说了，我知道你会回来的，想清楚了吧，是做，还是不做？"

"我……我……"卫乘风急得更加结巴，索性点了点头，"我做！"

余德义满意地拍了拍手:"开窍了小子,明天我就去安排,你准备准备去监狱。"

"明天? 这么快?"

"不然呢? 早查完早结案啊。"

"但是……我有一个要求。"

余德义略有不快:"说。"

卫乘风小心翼翼道:"我想……先……预支二十大洋,万一……万一我出了什么事,我奶奶一个人……"他低下头,说不下去了。

余德义却笑笑,拍拍他的肩,假情假意道:"我答应你,为了破案,这是应该的。"

卫乘风欣喜不已,流下了感激的泪水:"谢……谢谢巡长!"

"傻孩子哭什么?"

"我……我害怕……"

"别怕,监狱里有我一个老朋友,不过这个人有些古怪,我会劝他帮你的,你放心查你的案,进去以后别瞎打听,免得露出马脚,时候到了,他会主动找你的。"

"好,我明白。"

"回去准备准备吧。"

"是!"卫乘风转身离开。

余德义看着卫乘风的背影轻蔑一笑:"卫乘风啊卫乘风,你可一定要好好破案,我可指望着你去跟洋人邀功呢。哎呀,二十大洋买个升官发财,我可真是个天才。"


卫乘风带着一袋大洋回到医院,董大锤惊讶不已。

"乘风,你哪来的钱?"

"我……我跟巡长预支的工资,这些钱够阿奶住两星期了,之后……之后我再想办法。"

"你们巡长有那么好心?"

"我答应他,给他办一件事。大锤,我可能有一阵子不能回家了。"

"估计不是什么好差事。"董大锤看着大洋，高兴不起来。

"再不好，能有阿奶看不上病来得不好吗？"

"你行不行啊？"

卫乘风无奈道："都这种时候了，我有什么资格说不行，只要能救阿奶，我什么都得做。"

"乘风……"

"是我不好，以前太依赖你们了，现在吴乾不在，我只能靠自己了。大锤，我不在的时候，阿奶就交给你。"

"那你是去哪里做事？要走多久？"

"没……没什么，巡捕房的任务让我出个差。不过你放心，我任务一做完就回来，我……我一定会尽快……"

"行吧，钱我拿好了，阿奶的事就是我的事，能多凑一天的钱，我们就让阿奶多住一天，住不起了，我就把她接回家，我和我妈天天用人参给她吊着，你别担心。"

卫乘风抱住董大锤，郑重地拍了拍他的肩膀："如果我回不来……"

"没有如果，你必须得回来！白毛已经没了，吴乾也走了，少了你，以后我们欺负谁去啊！"

卫乘风破涕为笑，心中暗暗发誓自己不光要回来，还要回来升职加薪，让所有人都瞧得起。


没过几天，余德义就安排好了一切。

卫乘风带着镣铐，被狱警押着，一步步走进了监狱的大门……

第十八章

# 疯豹

　　监狱广场上，许多犯人在闲聊放风。吴乾独自蹲在角落里，悄然在地面上用小石子画下简单的监狱地图。

　　"钱哥早啊。"杨然凑过来。

　　吴乾连忙把画的地图抹掉，假装笑笑："早。"

　　杨然嘴角一斜："钱哥，在做坏事哦！"

　　"没……没有啊。"

　　"少来啦，每个进来的犯人都会观察这里的布置，想着怎么跑出去。你刚才在画地图，对不对？我告诉你，就你脚下这块地，都被无数人画过啦。"

　　吴乾面露尴尬："是……是这样吗……"

　　远处，监狱大门缓缓打开，两名狱警架着卫乘风走了进来。卫乘风抬头看向整个监狱广场，突然不敢迈出这一步，站在原地一动不动。

"看什么看，快走！"狱警猛推卫乘风。

卫乘风踉跄两步，向着监狱牢房走去。

广场角落，杨然盯着打开的大门笑了一下："哟，来新人了。"

吴乾循着杨然的视线望去，竟然看到戴着镣铐的卫乘风，顿时震惊道："卫……乘风？怎么回事？卫乘风——"吴乾撒腿就向卫乘风的方向冲了过去。

卫乘风只顾担忧，没有听到吴乾的喊声，便被狱警带进了牢房大门。

吴乾跑到牢房门口，却被两名守门狱警拦住了："让我进去！"说着他就要硬冲进牢房。

"反了你了！"狱警抽出警棍暴打吴乾。

杨然连忙跑来劝解道："别打别打，他新来的不懂规矩，是我没管教好，我的错我的错！"

"告诉他，这不是他家，让他老实点！"

"是是是！"杨然扶着吴乾起来，"钱哥，别闹了，走吧！"

吴乾这才冷静了一些，被杨然拉走了。


近来，贺红衣一直早出晚归，也没出现在剧院，所以甚少与雨辰见面。这日，雨辰有事找贺红衣谈，推门进入她的卧室，却发现她又不在家，而且房间里乱糟糟的，被子也没铺整齐。雨辰随手帮红衣理了理被子，却看见被子下有一条沾着血的绷带！雨辰顿时神色紧张起来，后知后觉地发现贺红衣这段时间一定有事瞒着自己。


狱长办公室中，江桥眉头紧皱，看着面前的一份档案念道："卫乘风，无业游民……杀人……昨日被捕于公共租界……"他又站起身来，左右踱步，"这个租界巡捕房平时什么案子都破不了，我前脚放完火，后脚就送个人进来，这未免也太巧了吧？"

"狱长，您找我？"冯彪走了进来。

"你来了，我问你，今天从租界巡捕房送来一个犯人？"

"是。"

"给他安排牢房了吗？"

"还没，他现在应该还在接受检查。"

"把他带去一号牢房。"

冯彪一愣："您跟他有仇啊？"

"不该问的别问，你只管吩咐疯豹一声，替我看好他。"

"是！"冯彪转身出门。


监狱广场上，吴乾神情有些紧张。

杨然问道："钱哥，你刚才干什么呢？看见谁了？"

"一个朋友。"

"那是好事啊，在牢里多个朋友总比多个仇人强吧？"

"不，他不可能进监狱的。"

杨然摇摇头："现在这个世道，哪有人一定不会进监狱？只不过是那些该进的人没被发现而已。"

"就算所有人都进监狱，他也不会。"

"为什么啊？"

"因为我了解他，而且他是……"吴乾想说是巡捕，又连忙改口，"是好人。"

"谁都装成是好人啦，我什么没见过，都是骗鬼的！"

吴乾没有回答，只是摇了摇头，暗自担心着卫乘风到底经历了什么。


夜里，贺红衣拿着一本《红楼梦》回到家。

"红衣，你这几天都干什么去了？"雨辰气鼓鼓地问道。

"我……我没干什么，就是出去见个朋友。"

"那这也是朋友的吗？"雨辰将带血的绷带拿了出来。

贺红衣再也瞒不住了，只得把这些天来发生的事一五一十都告诉了雨辰。

雨辰震惊万分："那老师回来了怎么办？你还是天天去监狱吗？学会那边你怎么交代？"

"只能走一步算一步了，还好吴乾也不是坐以待毙的人，我和他一起想办法。雨辰，在我找到线索前，这件事你一定得替我保密！"

雨辰点点头。

"还有，吴乾提到过，把他弄进监狱的人姓季，那人手上戴了一个玉扳指，我觉得这是一条路。雨辰，你可不可以帮我通过玉扳指，查出这位季先生到底是谁？"

"这怎么查啊？"

"可以去古玩店之类的地方打听一下，有哪家卖出了特别的玉扳指给一位姓季的人。"

监狱中，冯彪带着卫乘风来到一号牢房，疯豹和杨然齐齐看着卫乘风。

"卫乘风，这就是你的牢房了，以后老实点，不要闹事知道吗？"冯彪叮嘱卫乘风道。

卫乘风点点头。

冯彪又转头看着疯豹道："疯豹，来新人了，给我好好照顾，明白吗？"他将重音咬在"好好"二字上，显得异常凶狠。

疯豹冷笑道："知道了。"

"那就好！"冯彪锁上门，转身离开，露出诡异的笑容。

卫乘风一脸茫然，不知该说些什么。

疯豹缓缓站了起来，走到卫乘风身前："新鲜啊，好久没送来新玩意儿了，可以，可以！"

卫乘风小心翼翼地开口道："你好，我叫……"

疯豹一脚将卫乘风踹倒在地："王八蛋，小身子骨看着弱不禁风的，还挺结实。"接着又将脚重重踩在卫乘风的肚子上，"为什么进来的？说话！"

杨然躲得远远的，默默看着这一幕，一句话都不敢说。

卫乘风痛得龇牙咧嘴，半晌才缓过气来："我……我杀了人……"

疯豹听了一愣，又往卫乘风肚子上踩了一脚："哟，还是个狠角色，老

子最喜欢收拾狠角色！"

　　拳打脚踢的声音和卫乘风的惨叫声遥遥传入六号牢房。

　　"这……这是乘风的声音！"吴乾扒在栏杆上，努力望向声音传来的方向，表情狰狞，"狱警狱警，有人打人啦，狱警！"

　　"别喊了，没用的。"躺在床上看书的万金隆遗憾地摇了摇头。

　　大壮凑过来问："那人是谁啊，你这么关心他？平时也没见你这么打抱不平。"

　　"他……是我的一个好兄弟。"

　　"有多好？"

　　"我们是从小一起长大的，最好的兄弟。"

　　"唉，你这个兄弟也是惨，疯豹那边好久没给他安排过新人了，估计他都憋坏了。"万金隆道。

　　"这么打人都没人管吗？"吴乾焦躁不已。

　　大壮无奈地摇摇头："一般送到疯豹那边，为的就是挨打，不想他被打根本不会送进去。你这兄弟肯定是属于特别难管教的类型。"

　　"不可能……不可能……林大哥……"吴乾看向林忠岩，发现林忠岩正坐在床上默念佛经，丝毫不为所动，吴乾只好一拳打在了栏杆上。

　　卫乘风的惨叫又远远传来。

　　酒楼包间中，余德义正在给贾六添酒。

　　"老余啊，一看你这个谄媚样就知道没好事，说吧，好几年不找我，今天突然想起来请客，是不是要我做什么？"

　　"你看你这怎么话说的，咱们多少年的交情了，小时候就一块玩……"

　　"行了，要不是当初你把我从巡捕房踹走，我现在没准也是个巡长呢。"

　　"哎呀，多少年前的陈芝麻烂谷子的事了，你提它干什么，那时候不是我年少轻狂嘛。"余德义给贾六夹菜。

　　"少来这一套了，你要是没事我可走了啊。"贾六起身要走。

余德义连忙叫住贾六:"别别别! 有事, 有事! "

"说吧, 什么事?"

"我放了个人到监狱里去, 想找你帮我在监狱里传个信。"

"不干。"

"你听我说完啊! "

"余德义, 我还有一年就告老还乡了, 你别给我惹麻烦, 这种事万一暴露了, 我往后的日子还过不过了? 再说, 就你们巡捕房那帮臭鱼烂虾我还不清楚? 进来就等于是送死的, 这事就当我没听说过, 不送。"说完转身离开, 头也不回。

余德义看着空荡荡的房间, 有些丧气:"唉, 这可怎么办啊……"

翌日, 仓库工作时间, 吴乾四处寻找卫乘风, 终于在角落里看到了卫乘风的身影, 他立刻冲了过去。

"有钱?! 你怎么在这里?"卫乘风惊声大呼。

吴乾立刻比出一个嘘的手势, 压低声音道:"你怎么被打成这样? 疯豹干的? 我这就找他算账去! "

卫乘风也压低声音道:"别别别! 我求你了, 你什么都别做行吗?"

"为什么? 是不是疯豹他们威胁你了?"

"我……我说不清楚, 倒是你, 你不是去苏州了吗? 怎么……"

吴乾叹了口气:"别提了, 我把我爹和潇潇先送走了, 我本来想留下来查到底是谁杀了热曼让我背黑锅, 没想到又被人摆了一道, 给我扔进监狱里成了犯人, 一锅变俩锅, 我现在已经不是吴乾, 改叫贺青舟了。"

"贺青舟? 你知不知道, 红衣她在拼命找贺青舟! "

"我当然知道了, 她……"

"哎哟, 你们认识啊! "杨然远远走过来, 跟在疯豹的身后。

卫乘风一看, 猛然推开吴乾, 怒吼吴乾:"让开, 别挡路! "

吴乾顿时愣住, 不可思议地看向卫乘风:"你干吗?"

"姓卫的, 你认识他?"疯豹瞟着吴乾。

卫乘风使劲摇头:"不认识, 不认识, 是他……突然挡在我面前不让

我干活！"

"你在说什么？"吴乾不解。

疯豹笑了笑，卫乘风连忙走到疯豹身后。

"贺青舟，刚从鬼门关出来就这么嚣张的，还真是少见啊！"疯豹轻蔑地一笑。

"你捅我那刀我还没跟你算账呢，还敢出现在我面前，也是挺少见的，你就不怕我也捅你一刀？"吴乾毫不畏惧。

"好啊，来杀我啊，我就怕你不敢啊……"疯豹挑衅道。

吴乾欲向前冲，卫乘风突然喊道："你要干什么！你再过来我叫狱警了！"

吴乾愣住："你说什么？"

"你……你还不快滚，我真的叫狱警了！"

吴乾看着卫乘风带着祈求的眼神，一时间有些不知所措。

一名狱警远远走过来说："都散了，干活去！"

众人方一散开，疯豹一把就抓住卫乘风的领子，低声吼道："姓卫的，老实说，你们是不是认识？"

"豹哥，我真的不认识他！我要说谎，天打五雷轰碎了我！"

"那就好，要是让我知道你骗我，不用老天爷，我就先撕碎了你。"疯豹转身离开。

杨然也跟着离开，卫乘风吓得靠着墙坐在地上。

不远处，正在干活的林忠岩颇有深意地看了卫乘风一眼。

监狱厨房中，贺红衣出神地看着墙壁上的监狱一楼室内平面图。

"发什么呆呢？"厨师长走来。

贺红衣马上回头装出笑脸："我在看一楼的地图，监狱那么大，好几次我都差点走到别的地方去了。"他指着墙上的地图问，"这个图画得还挺细。"

"那当然了，我们监狱当年可是找洋人设计建造的。"

"可这不是总图吧？牢房和广场的怎么没有呢？"

厨师长顿时警惕起来："你问这个做什么？"

"我是怕给狱长送饭的时候迷路，监狱人多，我总得小心点好。"

"总图那得狱长办公室才有，你别担心，多跟着我走两次就不会迷路了。"

总图在狱长办公室，贺红衣默默记住了这件事。

董大锤、阿蛙和大锤妈把卫奶奶接出院，送回了白事店。卫奶奶一看乘风不在家，说什么也不进屋，好不容易才被大家劝了进去。三人把卫奶奶哄睡之后，不禁唉声叹气起来。

"我觉得阿奶怎么突然……就老了，从前她身子那么好，我们都是她带大的……"阿蛙哽咽道，"乘风也真是的，阿奶住院那么久，他却出门做什么任务。"

"乘风也是为了挣钱，这次住院，他给我的钱也用得差不多了。"董大锤说道。

"只怪我们都没钱，帮不上什么别的。大锤，既然乘风把阿奶托付给了你，你就好好看着，家里的药你随便拿，我们一起照顾好阿奶，让她健健康康等乘风回来。"大锤妈叮嘱道。

董大锤和阿蛙点点头。

夜里，一号牢房中又传出卫乘风被打的惨叫声，吴乾听在耳里，愤恨不已。

"林大哥，您能不能帮我救救他？再这样下去，他会被打死的！"吴乾走到林忠岩面前。

"放心，打不死的。"

"怎么打不死，打死了你替他抵命啊？"

林忠岩这才抬起头来，盯着吴乾的眼睛："你再说一遍？"

"吴乾，算了算了，林大哥肯定有自己的安排。"大壮拽了拽吴乾。

吴乾沉默片刻道："是不是我还不是你的人，所以你不肯出手？你说的三个任务现在还算数吧？我已经做了一个，剩下的你一起给我，我明天就

去全做了，你就会救他了对不对？"

"你是在命令我吗？"

"我……我只是想救我兄弟。"

"任务会给你的，不过不是现在。至于你那个朋友，你要是想让他活得长的话，也最好给我收敛一点。"

"我怎么对兄弟我自己知道。"吴乾不肯让步。

万金隆和大壮对视一眼，无奈地摇摇头。


翌日，贺红衣再次找到董大锤，求他做一道拿手菜给她。

"你要吃哪一类的？本帮菜、淮扬菜、鲁菜、川菜、粤菜……"董大锤一提吃的，就滔滔不绝起来。

贺红衣赶紧打断道："我要一个既简单，又不是所有人都能经常吃到的菜，也不要太高级，不然以后天天找我，也会很麻烦。"

董大锤一脸疑惑。

贺红衣继续说道："最好是当季的，以后再想做也做不了的，这些要求不难吧？"

"这可真是一点也不难。"董大锤喃喃自语道，"马上就要到冬天了，什么东西现在有，马上就没有了呢……"突然他一拍大腿道，"我想到了！"


一号牢房中，疯豹已经熟睡过去，鼻青脸肿的卫乘风还醒着。

杨然侧过身来，看着卫乘风说："风哥，还没睡啊？"

"风哥……你叫我？"

"那还能有谁？"

"不敢当，不敢当。"

"那有什么，你看起来一表人才，相貌堂堂，当你弟弟我也不亏对不对？"

"杨大哥就别拿我别开玩笑了。"

"叫我小杨就行。喂，我问你啊，你真的是杀了人进来的？"

"我……是啊。"

"不像。"

卫乘风顿时有些警惕："怎么不像？"

"杀过人的人，看着就不一样，尤其是眼神，看你的眼神……不像是杀过人的。"

"我……我真的是杀了人进来的。"

"你别紧张，我没别的意思，你和钱哥怎么回事跟我没关系，我也不会说出去，我嘴很严的。"

卫乘风点了点头："杨大哥……你在牢里待了多久了？"

"小杨，小杨。"杨然怯怯道，"算下来怎么也有五六年了。"

卫乘风看了一眼疯豹，确认他还在睡觉，继续问道："那你听没听说过一个叫张仲林的？"

"张仲林？没听说过，你认识他？"

"没……没什么，我就随便问问。"

"要不我帮你打听打听？我在这里消息很灵通的。"

"不用不用，谢谢，我要睡了。"

"好好好，快睡吧，明天还得干活呢。"

卫乘风侧过身去，闭上眼睛，仍迟迟不能入睡。

旁边，一直在睡觉的疯豹却突然睁开了眼睛，轻轻吹起口哨，卫乘风吓了一跳。

狱警听到口哨，走了过来，疯豹给了狱警一个眼神。狱警犹豫了一下，装作命令道："疯豹，跟我出来一下。"

"好。"疯豹笑着起身。

卫乘风不明所以地看着疯豹。

"卫乘风，你也出来。"狱警又说道。

"我？"

"对，出来！"

卫乘风只得起身跟着一起走出牢房。

"你们干吗去？"杨然好奇地询问。

疯豹狠狠瞪了杨然一眼，杨然立刻看向无人处，哼起小调表示跟自己没有关系。

贺红衣提着董大锤做的菜肴来到狱长办公室。

"狱长，我给您送夜宵来了。"贺红衣一边说一边用余光瞥到墙上挂着的监狱总图，"这是专门给您做的蟹黄羹。"他将篮子放在办公桌上，拿出里面的蟹黄羹。

"不错，不错，有心了。"江桥正欲端起蟹黄羹，眼珠一转，"哎呀，这蟹黄羹有讲究啊，蟹黄性凉，需搭配姜丝做成热羹，红衣你很懂嘛。"

贺红衣听得一头雾水，只好假意点头。

江桥拿起调羹舀了一勺："不错，不错，真鲜。"

江桥低头喝汤，贺红衣连忙看了一眼监狱总图，飞快地印在脑海中。

江桥放下勺子，笑了笑："这蟹黄羹，做得好啊，可不是一般人能做得出来的。"

"您觉得好吃，我以后还给您做，今天不早了，我先回去了。"

"等等，我还有件事，想请你忙。"

"您尽管吩咐。"

"我现在胃里是饱了，可是心里还饿得慌，你能不能帮我解决一下？"

贺红衣退后两步："红衣不明白您的意思。"

江桥得意一笑，走到贺红衣面前，一把搂住她的腰。贺红衣反应过来，立刻反抗，却被江桥一把抓住了手臂，这牵动了她的伤口，痛得她一咧嘴。

江桥敏锐捕捉到了她的异样："怎么了？"

"您力气怎么这么大，弄痛我了。"

"不好意思，你……伤哪了？"

"没什么……就是胳膊不小心伤了一下。这蟹黄羹您也吃完了，红衣心意已到，天色已晚，再不回去红衣家里要不放心了。您要是喜欢吃，红衣下次再做给您吃。"

江桥沉吟片刻，似笑非笑："哦？那去吧，别累着。"

贺红衣转身离开。

江桥盯着贺红衣的左臂，眯了眯眼："那个夜闯监狱的，该不是这个娘们儿吧？"

江桥立刻找来冯彪，让他去彻查此事。

贺红衣回到厨房，拿出笔和纸，用最快的速度回忆着刚刚看到的监狱总图，将它画了下来。画完后她放下笔，长长舒了一口气，这才想起方才江桥的举动，顿时恶心不止，于是跑到水池边疯狂地洗手。突然，贺红衣摸着自己伤口的位置，猛地想到了什么，望着灶台愣愣地出神……

另一边，疯豹带着卫乘风和狱警，一路走过广场，来到油漆房门外。

疯豹一把将卫乘风推进油漆房内，狱警则将门关上，卫乘风环顾四周，非常紧张。

此时，一个声音传来："欢迎。"

卫乘风顺着声音看去，阴影中走出一个人，正是胡风南。

"你是……"卫乘风下意识问道。

疯豹立刻打了卫乘风一巴掌："还不叫南哥！"

"南……南哥好……"

胡风南笑着摆摆手，走到卫乘风面前："你就是疯豹的新狱友吧？叫什么名字？"

"南哥，我叫卫乘风。"

"我问你，你犯了什么事进来的？"

卫乘风被胡风南的威严吓住，一时张不开嘴。

疯豹推了一把卫乘风："南哥问你话呢，快说！"

情急之下，卫乘风有些结巴："我杀……人了……"

"杀了谁？"胡风南问道。

"我杀了一个小偷，我不是故意杀的，我是误杀的。他进我家偷东西，正好被我撞见……我……"

胡风南面带笑容，突然一拳打在了卫乘风的肚子上，卫乘风顿时就跪

在地上起不来了。

"我最讨厌别人当着我面撒谎,把他给我拉起来。"胡风南道。

疯豹将卫乘风拉起来,按在桌子上。胡风南抓住卫乘风的一条胳膊,摆在桌上。

"你好好回忆一下,还有什么没说的,别到时候说我没有给你机会。"胡风南看着卫乘风的胳膊说。

"没了,真的没了,我可真没有骗你啊,南哥。"

胡风南冷笑一声,拿起一把锯子,逼近卫乘风:"真没了?那好,现在这条路可是你自己选的!说吧,你是想卸胳膊还是剁手指?"

卫乘风吓得直摇头:"别!别!南哥!我是真的误杀了小偷进来的,我没骗你……"

胡风南眯了眯眼睛,面带笑容:"疯豹,既然他不想说实话,你就动手吧!"

"好,南哥。"疯豹一手抓住卫乘风的手,按在桌上,另一只手则从胡风南手上接过了锯子。

卫乘风闭上双眼,疯豹手上的锯子已经割破了卫乘风手上的皮,渗出了鲜血。

"我说,我什么都说!"卫乘风失声尖叫。

胡风南使了个眼色,疯豹松开手,卫乘风一屁股坐在地上,坐的位置已经湿了一片……

胡风南和疯豹看着卫乘风的窘状,满意地笑了。

"我还以为你多大的胆子呢,这就吓尿了。"疯豹不屑道。

"卫乘风,你要是敢再藏着掖着就不是流点血这么简单了!说,把你知道都说出来。"胡风南恐吓道。

卫乘风吓得魂不附体:"我说,我说,我全说!我是来监狱杀人的!"

"进监狱来杀人,小子你胆子不小啊。"胡风南盯着卫乘风。

"不是,南哥,我真的是被逼到绝路上才答应干的这事,我也是没办法啊。"

胡风南冷哼一声:"哦?那我倒想听听谁逼你的?怎么逼的?"

卫乘风情急之下有点结巴:"我……"

"还不快说,你的手还想不想要了?"疯豹晃了晃手中的锯子。

卫乘风吓得脱口而出:"我是……四……四……海……帮的人。四海帮三当家叫我进监狱杀张仲林,他说他看见张仲林杀了大哥,他要……要替大哥报仇,后来他去到处打听,发现张仲林早就关进了虹口第一监狱,他……他就让我卧底进来,说答应给我十根金条。"

"你小子要钱不要命啊。"

"南哥,我真不是为了钱,是三当家非逼着我办这事,不然就杀我全家!您……您可以去查我的案子,我根本就没杀过人,我真的是他们派进来的!"

胡风南沉吟片刻:"你从来没杀过人,第一次杀人就跑到监狱里来杀一个犯人?小子,有胆量,我很欣赏你,起来吧。"

卫乘风颤颤巍巍地站了起来。

胡风南继续说道:"如果你愿意跟着我,我可以让你活到出狱,只要你答应我替我做一件事。"

疯豹颇为不满:"南哥,这小子说的话未必是实话,万一他是……"

"闭嘴!现在有你说话的分吗?"

疯豹立刻闭嘴不说话。

"南哥,你要我做什么?"卫乘风问道。

"杀一个人。"胡风南面色阴冷。

卫乘风愣住:"杀……谁?"

"随便是谁,在我们道上这叫投名状。"

"不行不行,我……我杀张仲林是因为他背叛了帮派……"

胡风南一把掐住卫乘风的脖子:"你要是再说一个不字,我现在就杀了你。"说着便拿起铁锯,架在卫乘风的脖子上。

卫乘风迟疑了片刻,鼓足勇气道:"好,南哥,我答应你,我做,我做!"

胡风南笑了笑:"这就对了,你放心,安心在我手下做事,我保你能提早出狱。"

卫乘风立刻给胡风南磕头:"谢谢南哥!谢谢南哥!"

"疯豹，投名状的事你来安排。"

"南哥放心，这事就交给我吧。"

疯豹带着卫乘风回牢房的路上，卫乘风结结巴巴地套近乎道："豹哥，以后我……就跟您混了……我这个人干事很麻利的，您……有什么尽管吩咐。"

疯豹一把抓住卫乘风的领子，将他摔在地上："姓卫的，南哥让我收你，我就听南哥的，但不代表我就真的信了你！"

"为……为什么……"

疯豹在卫乘风身上闻了一下："因为你身上没有味。"

"什么味？"

"血腥味，你要是黑帮的人，身上不可能没有血腥味。"

"那……那是因为我刚加入四海帮不久……"

"你不用跟我编故事，我只想看你做了什么。反正现在南哥说话了，要你杀一个人，这倒是正好合了我的意。你给我记住，这既是给南哥的投名状，也是给我的，正好我现在有一个目标要杀，明天你就去杀他吧。"

"谁？"

"别急，明天放风的时候，我会指给你看的。"

十三号牢房中，胡风南拿着一根铁棍，将张仲林打得满头是血。

"下次做事知道要小心了吗？"胡风南愤恨不已。

"知道！知道！"张仲林连连磕头。

"四海帮还有谁知道你的身份？"

"这么多年过去，应该没人知道了……三当家记得我，是因为当年我跟他有仇……"

"要是再有这种事，我就把你的尸体挂在监狱门口示众，听明白了吗？"

"明白！明白！"

翌日，犯人们在广场上放风，吴乾跟林忠岩等人待在一起。不远处，疯豹跟卫乘风并肩走来，吴乾顿时咬牙切齿，冲着疯豹走了过去。

疯豹冷笑一声："卫乘风，你记得我昨天跟你说的事吗？"

"我……记得……"

"现在到时候了。"疯豹从后腰掏出一枚玻璃匕首，"看到那个走过来的人了吗？之前挡你路那个，他就是你的投名状。"

卫乘风顺着疯豹的视线望去，竟然看到吴乾直直走了过来，顿时愣住了。

监狱厨房，贺红衣正在干活，冯彪带着狱警走了进来。

厨师长赶紧迎了上来："长官您怎么来了？"

冯彪不理会厨师长，径直走到贺红衣面前。贺红衣看了冯彪一眼，明显有些紧张。

"你，把那筐窝头搬来，我看看。"冯彪指着角落里的一大筐窝头道。

贺红衣走到筐子旁，一用力却牵动了伤口，没搬起来。

"怎么，受伤了？"冯彪问道。

贺红衣点了点头。

"过来，我看看，撩起袖子来。"冯彪命令道。

厨师长赶紧打圆场："冯爷，她一个女孩子，这么看是不是……"

冯彪反手打了厨师长一个耳光："有你什么事？你来做工的前一天晚上有人夜闯监狱，被我打伤了左臂逃逸……"说着他一把抓住贺红衣的左臂，"需要仔细检查！"

第十九章

# 浴血

冯彪一把拉起贺红衣的袖子, 露出了她受伤的左手臂。

"这是……"冯彪看着贺红衣手臂上的伤口, 惊讶不已。

贺红衣怯怯地收回手臂: "烫伤, 我刚来做工不熟练, 被笼屉的蒸汽烫到了。"

冯彪沉默片刻, 冷哼一声, 转身离去。

原来, 贺红衣在见过江桥之后, 回到厨房, 害怕江桥察觉到她手臂上的伤, 左思右想, 终于想到了一个狠办法——她拿起一根铁筷子, 放在灶台上烧热, 狠狠地对着自己的伤口烙了下去……

监狱广场上, 疯豹还在催促着卫乘风去刺杀吴乾。

"拿着, 这是给你的武器。"疯豹将玻璃制的小刀递给了卫乘风。

卫乘风一时间不敢接刀。

"你要是不接刀，我就当你昨晚说的话都是放屁，你在骗我和南哥。杀了他，不然今天晚上就是你的死期！"

卫乘风颤颤巍巍地接过刀，背对着疯豹，一步步走向吴乾，表情狰狞，用口型不断说着"快走"。

吴乾看着远远走来的卫乘风，疑惑不已："你要说什么？"

卫乘风急得浑身发抖，冲着吴乾一个劲儿眨巴眼睛。

身后，疯豹大喊道："快点，等什么呢，动手！"

卫乘风只好露出藏在袖口中的小刀，一边刺向吴乾，一边大喊道："贺青舟，我要杀了你！"

吴乾愣愣地看着卫乘风，丝毫没有防备，林忠岩却眉头一动，准备起身。

卫乘风一刀捅出，故意扎偏，只是造成了一些皮外伤。

吴乾死死盯着卫乘风，露出难以置信的表情，卫乘风也面露不忍。此时，林忠岩冲了上来，一拳打倒了卫乘风，大壮也立刻护在吴乾身前。

"你……你……为什么……"吴乾还没回过神，愣愣地看着卫乘风。

卫乘风用祈求的眼神看着吴乾，摇了摇头。

"狱警！狱警！杀人了！"大壮高声呼喊。

冯彪带着人冲了过来："怎么回事？闹什么？"

大壮指向卫乘风："他要杀人！"

卫乘风摇了摇头："不是……不是……"

"不是什么，你看看他手上还有凶器！"大壮指指卫乘风手中的玻璃刀。

"来人，把他给我带到禁闭室，没有我的同意，谁都不许放出来！"

疯豹冷眼看着卫乘风被狱警带走。

吴乾仍旧愣愣的，毫不在意还在流血的伤口，喃喃自语道："卫乘风……你到底怎么了……"

钱宅，贺青舟走到大厅，见桌上摆着点心，他却没有胃口，径直向外走去。门口，依旧站着两名守卫，贺青舟犹豫半晌，终究泄了气，无奈地坐在

后院的门槛上，看着这片天地。

"贺老板早。"赵管家捧着一叠戏服从外面回来。

"赵管家！"贺青舟宛如见到了救星，"季先生在不在？麻烦和他说一声，我有事想外出一趟……"

赵管家面露难色："这……老爷吩咐过了，外面危险得很，贺老板还是安心在府上多待一段时间吧。等风头过了，老爷自有安排。"

贺青舟无奈，转而注意到赵管家手中的戏服："这是……"

"这是老爷让我备的，说今晚想听贺老板唱一段《三击掌》。"

贺青舟顿时面露畏惧。

当夜，贺青舟便穿着戏服在后院给钱白铁唱了起来，钱白铁闭着眼睛陶醉其中。

"非是孩儿心太狠，只为不贤留骂名，悲切切我这里三击掌……"贺青舟叹了口气，终究唱不下去了。

钱白铁睁开眼睛，关切道："贺老板，可是身体不适？"

"我成夜担心戏班的伙计们，睡不踏实，所以身体不太爽快，喉咙上了火，实在是坏了季先生的雅兴。"

"我不是说过，会安排你去南京的吗？"

"一日不出发，心里便一日不安稳。"

"恐怕贺老板不是身体抱恙，而是有心病吧。这样，明天我安排大夫过来，既然喉咙不适，那就先养病要紧。"钱白铁有些不快，起身准备离开。

贺青舟着急道："季先生！"

钱白铁驻足，微微回头看向贺青舟。

"季先生这是要把我囚禁到什么时候？"贺青舟终于开了口。

"囚禁？呵……我为贺老板做了那么多，你却觉得，我这是在囚禁你？"

"如果不是的话，那为何不让我出门？又为何不让我见我的戏班伙计们？"

钱白铁平静地看向贺青舟："是我把你从监狱带了出来。"

"不该受的恩惠，我贺某人承受不起。"

"我让你受着，你就得永远受着。"钱白铁忽然露出从未有过的冰冷面容。

贺青舟吓了一跳，不禁后退半步，还没想好再怎么说下去，就被两个守卫强行拉进了宅内。

冯彪向江桥汇报贺红衣的伤口是烫伤所致，而非枪伤，江桥不禁松了一口气。

"那我就放心了！这么可爱的小姑娘，要是咱们的对头，岂不是太可惜了，你说是不是？"

"是，是，狱长说得是。对了，刚才还发生了一件事，那个卫乘风，大庭广众之下要杀人，现在被关在禁闭室里。"

"哦？他要杀谁？"

"贺青舟。"

"贺青舟？"江桥眉头一皱，"赶紧去查清楚这件事的来龙去脉！"

"明白。"

此刻，贺红衣正在家中给自己的伤口上药。雨辰忽然回来了，查了一天玉扳指的消息，她疲惫地倒在沙发上。

"我跑了好多家古玩店，一问玉扳指，个个都说自己家的玉扳指又润又透，都是好货，再问认不认识姓季的顾客，又都在推诿搪塞，估计是看出来我只想打探消息，根本不想和我说实话。"

贺红衣叹气道："也是，上海这么大，有那么多玉扳指，哪里找得过来呢？"

"再说了，这玉扳指长什么样，我们也不知道啊！吴乾也真是的，话也不说明白。"

"吴乾说，这个玉扳指只要他再看到，肯定能认出来。看来，还是只能先把他从监狱弄出来，才能找到这个季先生了。"贺红衣皱着眉，捂住自己隐隐作痛的左臂。

六号牢房中，吴乾的胳膊上缠着纱布，麻木地一拳又一拳打在墙上。

"吴乾，你别再锤墙了，再把自己弄伤就不好了。"大壮道。

"闹也闹了，骂也骂了，差不多行了。"万金隆一副事不关己的表情。

"我就是想不通，乘风怎么会向我动手？"

"正所谓人各有志，不可强求，他肯定是投靠疯豹和胡风南了，这是要给他们纳投名状呢。"万金隆道。

"不可能！我相信乘风这么做，一定是被疯豹胁迫的！"

万金隆轻蔑一笑："怎么不可能？人都是会变的，没有什么是不可能的。送你一句西洋人的话，没有永远的朋友，只有永远的利益。"

"你闭嘴，我不想听你胡说。"

"我就说，良药苦口利于病，忠言逆耳利于行，懂不懂？就是这个卫乘风害了你，在他心中根本没有你这个兄弟，到现在你还护着……"

吴乾狠狠瞪向万金隆："什么狗屁良药忠言！我的兄弟我比谁都了解，不光是现在我要护着他，只要我在这里一天，我就护他一天！"

万金隆不屑道："愚钝莽夫，迟早有一天你会被这个所谓的好兄弟害死。"

大壮挺身而出，挡在两人中间打圆场："好了好了，你们俩都少说两句，别吵到大哥休息。"

林忠岩将佛珠扔在床上，淡淡扫了吴乾一眼。

吴乾偃旗息鼓，心神不宁地坐在地上，暗想着一定要找卫乘风问个清楚。


禁闭室里，卫乘风蜷缩在角落里，仍旧浑身颤抖，心中默默祈祷着吴乾不要误会他。突然，狱警走了进来，用警棍指着卫乘风道："卫乘风，出来，回你的牢房。"

狱警将卫乘风带回一号牢房，他神情依旧恍惚。

杨然屁颠屁颠地迎来上："你出来啦，我就知道关不了太久。"

"你怎么知道的？"卫乘风好奇地问道。

"这还不是明摆着的嘛，我看到你和豹哥一起去的广场，既然我都看见了，冯彪应该也看见了，冯彪知道你是豹哥的人，自然不会拿你怎么样，毕竟豹哥上面还有南哥，就算是冯彪也得卖南哥面子。"

"那……豹哥，他人呢？"

"这个点不在牢房里，还能去哪儿，当然是去南哥那里了。"

卫乘风点点头。

"不过今天在广场，我都被你给吓住了，你胆子真大，拿着刀子就上。我以前还真是有点小看你了，卫乘风，厉害啊你！"杨然竖了一个大拇指。

卫乘风一脸麻木。

杨然继续说道："你是不知道，你当时拿着刀刺人的那一下子，甭提有多帅了。"

卫乘风情绪崩溃，嗓门突然变大："别说了！你别说了！"

杨然被卫乘风吼得一时间有点愣住。

"对不起，我今天有点累了，想休息。"说完瘫倒在床上。

杨然一脸疑惑地看着卫乘风。

如杨然所言，此刻疯豹正在十三号牢房中，向胡风南汇报今天的情况。

"南哥，我一直想不明白，您既然怀疑卫乘风是巡捕房的人，为什么不直接杀了他？"

"你钓过鱼吗？"

疯豹愣了一下："钓过。"

"那你说，这鱼是更怕钓竿的，还是更怕鱼饵呢？"

"那当然是钓竿了，光扔饵下去，那不成喂鱼了吗？"

"没错，我怀疑卫乘风就是个饵，放进来引我们上钩，我们只要对他动手，巡捕房就可以正大光明地进监狱查我们的老底。"

"他们巡捕房……也会干这种事？"

"哼，他们巡捕房现在的巡长余德义我曾经接触过，看着没什么本事，但是干起脏事来，水平高得很，这种愿者上钩的事，他绝对做得出来。况且张仲林人还在监狱里，我后面还用得到他，不能斩草除根，如果他们

真的进来查，我们恐怕很难脱得了干系。"

"南哥想得果然透彻。"

"我之所以让卫乘风去杀人，有两层意思，如果他说的是真的，他确实是四海帮的人，杀了人就算纳了投名状，我们手底下也算多了一个能用的人，可是如果卫乘风是巡捕房的人，一个手上见了血的巡捕，就是他这辈子都甩不掉的黑历史，我们一样可以利用此事控制他。要知道一个听我们话的巡捕要比一个死了的巡捕更有用！"

"您这是一箭双雕啊！可惜，今天这小子还没得手，就被……"

胡风南冷笑道："呵，这件事我计划得相当周全，只可惜败在一个点上！"

"什么点？"

"你这个点！"

疯豹顿时愣住了。

胡风南继续说道："为什么没成功？我有没有告诉过你，不要太招摇，本来可以静悄悄地一石二鸟，可你偏偏要让卫乘风当众出手，什么意思，你想让他被狱警打死？他现在应该已经回到牢房了，你猜是用了谁的面子？"

"南哥你听我解释，不是我有意要惹事，但是那个贺青舟不杀他实在难解我心头之恨！"

"你先别提杀贺青舟的事，你的事办成这样，实在是难看，我今天本来是想要你一只手的。"

疯豹听了扑通一声跪下："南哥，求求你放过我！我以后再也不敢了！我……我真不是故意的，是那个贺青舟太狡猾，还有那个林忠岩……南哥您留我一条命，我一定会赴汤蹈火，在所不辞！"

"疯豹，我念在你跟了我多年的分上，这次暂时饶了你。至于贺青舟，你想做掉他就处理得干净一点，如果还这么拖泥带水，你就给我一边待着去，我对你的耐心已经没有多少了，明白吗？"

"明白！明白！我……我一定处理得干干净净！"

余德义思前想后，在监狱这条线上还是只有贾六这一个熟人，于是又带着礼物找到贾六家里去了。

"你不会是为了监狱卧底来的吧？我告诉你了，我干不了。"贾六欲关门送客。

余德义立刻拉住贾六："你听我说完，这件事对我来说真的非常重要！我们这里连着出了好几起命案，都跟监狱里的人有关系，上面催我跟催命一样，我再不调查出来，我这个巡长都没得当，你总不能让老弟我这么大岁数还要流落街头吧？"

贾六犹豫片刻："好，我就帮你这一次。"

"那就好，那就好，我跟你仔细说一下。"

"别，你什么都不要告诉我，我只说帮你传话而已，我还是那句话，我快退休了，不想惹麻烦，多余的我什么都不知道，我只负责传话，而且你告诉监狱里的那个人，没有重要的事，少来找我，你让我去主动找他，不可能。"

"行！你什么都不知道，我让他找你行了吧？"

"再见。"贾六利落地关了门。

余德义在门外深深叹了口气。


天刚破晓，晨光熹微。贺青舟蹑手蹑脚地来到窗边，只见院门处的两个护卫正在打瞌睡，他立即将系好的窗帘绳索扔出窗外，小心翼翼地抓着窗帘爬了下去。

后院围墙边，贺青舟轻手轻脚地垒起一堆砖块，踩着砖堆爬上了墙头，他坐在墙头上回望寂静的后院，想着这些时日以来对钱白铁的感激与愠怒，不禁红了眼眶，终于纵身跳向墙外，速速逃走了。

一个时辰以后，天光大亮，钱白铁在餐厅中用早餐，吕思蒂坐在一旁为他布菜。

陆横急匆匆走来："先生，贺老板……"

钱白铁闻言脸色一紧，慢慢放下筷子："如何？"

陆横心虚害怕，躬身致歉："属下无能，贺老板……不见了……"

钱白铁拿过餐布拭净嘴角，随后将餐布用力握成一团，手上青筋暴起："什么时候的事？"

"应该是破晓时分，守卫们疏忽了……"

"疏忽了？"钱白铁阴森一笑，随即正色道，"如果找不到人，你也不用回来了！"

"是。"陆横立刻往外走。

"站住！找到贺老板对他客气点，不要伤了他。另外，昨夜执勤的人，简单处理一下。"

"属下明白。"

钱白铁看着满桌的饭菜，再无胃口，大袖往桌上一扫，碗碟叮叮当当碎了一地。

吕思蒂赶紧招来佣人打扫。

"老爷，您莫要动怒，小心伤身呢。"吕思蒂见钱白铁仍怒意翻涌，出言试探，"这样不听话的小戏子，寻回来也惹您恼怒。老爷，出彩的名伶我也结识过几个，您想在府里听戏，我去……"

钱白铁看向吕思蒂，突然向她伸出手，以手掌抚着她的后脑，将她的脸带到眼前，噙着一丝玩味的笑意仔细打量，片刻方才开口："夫人，名伶虽多，可得我心者却独他一个，他的戏我百听不厌，别人的戏我看久了，心中作呕。"

吕思蒂脸色一僵，随后顺势依偎进钱白铁怀中："既如此，便都按老爷的意思来。"


监狱广场上，吴乾失魂落魄，谁都不理。

"唉，这人完全魔怔了。"万金隆远远地看着吴乾，摇了摇头。

大壮点点头："看来昨天那个卫乘风刺他的那一刀，对他打击很大啊。"

"他就是没弄明白，这种兄弟反目的事在咱们这儿天天都是，数都数不过来。有句话说得好，靠山山倒，靠人人跑。"

"什么意思？"

"意思就是别人都是靠不住的,靠自己才是最靠谱的!"

"就你知道得多,我就相信朋友,相信兄弟。"大壮一脸耿直。

"随你的便。"万金隆向吴乾的方向走去,大壮跟在后面。

油漆房中,胡风南正在吃早餐,餐桌上摆着面包、煎蛋,还有一杯牛奶,显得十分丰盛。片刻后,门突然被打开,疯豹大步流星走了进来,后面跟着缩头缩脑的卫乘风。

"南哥,人带来了。"

"来,坐。"胡风南招呼卫乘风坐下。

卫乘风有点不知所措,疯豹推了他一把,他便战战兢兢坐在了椅子上。胡风南把面包推向卫乘风,卫乘风吓得摇摇头。

"南哥让你吃你就吃,别不识好歹!"疯豹敲了卫乘风的脑袋一锤。

卫乘风颤颤巍巍地拿起面包,小心地咬了一口。

胡风南满意地笑道:"做得不错,孤身入狱调查,也算是为四海帮尽忠了。你之前说他们给了你十根金条让你卖命,是吧?我给你二十根。"

卫乘风一惊,顿时被面包噎住,比卫乘风更惊讶的是疯豹。

胡风南斜眼盯着疯豹:"你有意见?"

"没有没有!"疯豹赶紧摆摆手。

胡风南继续看向卫乘风:"你说,四海帮拿你的家人要挟你,是吧?"

卫乘风低着头,身体有些颤抖:"是……"

"你告诉我你的家人在哪里,我替你保护他们,我在外面也算有几个朋友,虽然做不了太多,但保证他们性命无虞还是没问题的。"

卫乘风陷入沉默,放在桌下的双拳越握越紧。

胡风南把玩着手里的餐刀,走到卫乘风身后,俯身在他耳边说道:"有什么问题吗?"

卫乘风咬紧牙关,赶紧摇摇头。

"是你信不过我?还是我看错了你?"胡风南把餐刀的刀尖对准了卫乘风。

"我……我信得过南哥……我只有一个奶奶……她……"卫乘风吓得

连声音都颤抖起来。

"她在哪？"

"在新闸路……新闸路……千古……白事店……"

胡风南狡黠一笑，拍了拍卫乘风的脑袋："从今天起，你就是我胡风南的人了。疯豹，过两天老刘来探监的时候记得提醒我，让他派几个兄弟，去照顾照顾我们乘风的奶奶。"

"好的，南哥。"

胡风南随手将餐刀插入桌中，卫乘风看在眼里，吓得双目失神，似乎什么都听不到了……

时隔多日，桑介桥终于风尘仆仆地回来了，坐在他的办公室里，总算是感受到了久违的踏实。博文和雨辰等学会成员相继前来与老师打招呼，唯独贺红衣迟迟未出现，桑介桥不禁好奇起来，雨辰见状顿时语塞，不知道该如何回答。

贺青舟匆匆赶到红府戏院，见戏院还是一片狼藉，不禁想起当日之事，心有余悸。

"你还敢回来？走走走，我不做你的生意！"戏院老板一见贺青舟，立刻来了气。

"老板，这……这是怎么了？"

"你说怎么了！说都不说一声就走了，桌子椅子给我搞得乱七八糟，唱戏的那些破玩意也都留在这儿，你当我这里是垃圾堆啊，我还做不做生意了？"

贺青舟惊讶道："到底发生什么事了？不是说有人护送他们安全离开吗？"

"把我场子砸得乱七八糟，这叫安全离开？我呸！我告诉你姓贺的，以后我的场子，你永远别想来！"老板一把将贺青舟推倒在地，转身离开。

贺青舟不敢置信地呼喊着："老板，这到底怎么了？"

突然，贺青舟感觉到背后有人拍了拍他的肩膀，于是下意识地转过头，却见陆横毕恭毕敬地站在他身后。

"贺老板,您可让我一顿好找。"

贺青舟一脸惊恐,转身就跑。

陆横把手一横,挡住了贺青舟的去路:"外面很危险,您跟我回去吧。"

"对不起,陆先生,我还有些事要搞清楚,我不能跟你回去!"贺青舟撞开陆横,往街道跑去。

然而,贺青舟还没跑几步,就被钱白铁的几个手下团团围住了。

"贺老板,请吧。"陆横不紧不慢地打开了车门。

监狱的澡堂里,分为一个个隔间,每个隔间之间有一片只能挡住腰部的挡板。此刻,卫乘风在最里面的隔间中颓丧地冲着水,耳畔反复回响着方才胡风南的话,绝望地捶打着墙壁。

这时,吴乾和大壮说笑着进入澡堂。卫乘风听到吴乾的声音,眼神中闪过一丝希望,一把将正在找空位的吴乾拉进了自己的隔间。

"谁?"吴乾正要反击,却见是光着身子的卫乘风。

"有钱,是我啊!"

"你到底是怎么回事?"吴乾总算找到机会单独问他了。

"有钱,我闯祸了,你要帮我,阿奶她有危险,我现在只能靠你了!"

"你冷静一点!你一五一十地告诉我,到底发生什么了?"

"我……我进监狱……其实没有犯事,我是……卧底……"

"啊?"吴乾惊讶得合不拢嘴。

疯豹得知吴乾正在澡堂,带着四个小弟来到澡堂门外,露出恶狠狠的神情。

"豹哥,您今天准备怎么干?"小弟问道。

"不急。"疯豹掏出两个袋子,垫了垫分量,"把这些银元给那两个狱警,让他们按我说的做,说这是南哥的吩咐。"

"明白!"小弟跑过去,将袋子递给了狱警。

两名狱警打开一看,回头看向疯豹,露出满意的笑容,接下来便阻止

了所有打算进入澡堂的犯人。

澡堂中, 洗完澡的犯人陆陆续续离开, 吴乾和卫乘风还在隔间中低
语着。

"有钱, 你真得救我, 我出大事了, 你不帮我, 我就死定了!"

"臭小子, 你昨天还刺杀我, 今天就来找我帮忙?"

"我刺杀你是被胡风南和疯豹胁迫的, 我也是没办法啊。"

"我就知道肯定是疯豹他们搞的鬼。我问你, 你是怎么进来这监
狱的?"

"余德义派我到这里来查案子, 结果刚进来就被胡风南给盯上了, 他
逼我交代, 我一时情急, 只能说我是四海帮派来的, 本来以为这就算混过
去了, 结果胡风南非要我说出我家在哪儿。"

"什么?"

"当时的情况, 我……我真的没有办法, 只好说了。"

"卫乘风, 你是不是疯了, 这种事能随便乱说的吗?"

"我……我……"

"你简直是疯了! 你没这个脑子就别接这个活行不行!"

"我……我只是想让阿奶过上好日子……"

"可现在阿奶要被你害死了! 你……"吴乾恨铁不成钢地挥起拳头,
狠狠砸向墙壁。

"有钱, 现在怎么办……我是一点办法都没有了……你办法最多, 你
得救救我啊。"

吴乾沉吟片刻:"办法倒是有一个, 但你一定要保密。"

"你快说。"

"这事只能找贺红衣帮忙, 她是现在唯一在监狱里能联系到并且还
能出去的人。"

"红衣? 她怎么会在监狱里? 她是来找你的?"

"准确地说是找她的哥哥, 贺青舟。现在只能这样了, 既然你是带着
身份来的, 那从今往后我们少见面, 维持之前的状态就行, 我除非有重要

的事，不会主动见你。阿奶的事我尽快找机会告诉她，反正按你说的，离他们去找阿奶还有个两三天，应该来得及。"

"有钱……对不起……都是我不好……"

"你确实应该说对不起，找我帮忙还刺我一刀。"

大壮洗完了，走到吴乾这边："你怎么又来了？上次没打够是不是？"说着就要打卫乘风。

吴乾连忙挡住大壮："别别别，都是误会！他是来跟我赔礼道歉的，你看，他已经被我制服了！"

卫乘风连忙点头示意："壮哥……我……我服了。"

"我搞不明白你们这些人脑子里想的什么，不过小子，你给我听清楚了，这次就算过去了，下一次，你看我不打断你的腿！"

"不敢不敢。"卫乘风点头哈腰。

大壮看向吴乾："我洗完了，咱们走吧，一会儿狱警要来赶人了。"

"我……我收拾一下东西，马上就走。"吴乾假装收拾东西，悄悄跟卫乘风说道，"你先走，咱们尽量不要一起出现，免得引人误会。"

"有钱，谢谢了……"卫乘风快速离开。

吴乾假装找东西："咦？我毛巾去哪了，你等等，我找一找啊！"

大壮不耐烦地催促道："哎哟，你快点，整个澡堂就剩咱俩了，你非得挨狱警打才舒服！"


澡堂门口，卫乘风匆匆出来，快步离开。不远处，疯豹和小弟们有些耐不住性子。

"豹哥，咱们到底动不动手啊？那个姓卫的也出来了，里面应该就剩贺青舟自己了吧，还等什么呢？"

疯豹也是心中着急，向狱警询问道："怎么还不给我们发信号，里面还有人吗？"

"里面还有个叫大壮的，也是他们牢房的，谁知道在里面磨蹭什么呢，你说这怎么办啊？"

"怎么办？一起办了！抄家伙，走！"疯豹带着小弟们就冲了过去。

澡堂中，大壮不耐烦地问道："吴乾你到底好了没啊？"

"时间应该差不多了……"吴乾喃喃自语着，而后挥着毛巾对大壮笑道，"好了好了，找着毛巾了，走吧。"

两人正要离开，却发现疯豹和小弟们走了进来。

"怎么来这么晚啊？"吴乾一脸戏谑。

"我来得晚没关系，你死得早就行了。"疯豹眉毛竖起。

小弟们将浴室大门关上，打开水龙头，制造出哗哗的水声。

大壮警惕道："你们想干什么？我们叫狱警了！"

"哦？是吗？狱警——狱警——来啊——"疯豹冲着门外肆无忌惮地大喊道。

两名狱警在门外，对视一眼，装作除了流水声什么都没听见的样子。

"怎么样？没人来吧？"疯豹得意不已。

"那你是一定要拼命了？"吴乾问道。

"跟你拼命？你也配！我是来要你的命的！"疯豹掏出玻璃小刀，"上！"

四名小弟也纷纷拿出自制的利器，一股脑冲上来进攻大壮和吴乾。吴乾身上顿时见血，大壮更是被两个拿棍子的小弟围着打。

吴乾打飞疯豹手中的玻璃刀片，跌倒在地。疯豹冲上来，捡起地上的毛巾勒住吴乾的脖子。吴乾几乎要窒息而死，大壮见状，拼命冲了过来，用身体撞开疯豹，救下了吴乾。

"你找死！"疯豹捡起刀片，捅向大壮腹部。

大壮顿时倒地不起。

"大壮！"吴乾红了眼，猛然冲向一个拿棍子的小弟，抢过棍子，冲向疯豹，发了疯一样进攻。不管周围小弟如何攻击吴乾，吴乾始终不为所动，就对着疯豹一个人爆打。疯豹没想到吴乾如此拼命，被吴乾不要命的打法打倒在地，晕了过去。

"豹哥！"小弟们齐齐围到疯豹身边。

吴乾已被刀伤棍伤搞得浑身是血，恶狠狠地环顾四周："来啊，不怕死的就来！"

小弟们围在吴乾身边，可是谁也不敢上。

吴乾双眼通红，瞪着昏迷的疯豹，咬牙切齿道："疯豹，这笔账咱们没完！"

吴乾扶着昏迷的大壮，一步步走到门口，用力推开了门。

天色已经变暗，两名狱警面露喜色地看向门口，却顿时脸色煞白，惊讶得说不出话来。只见浑身浴血的吴乾搀扶着大壮走出来，附近的犯人纷纷围拢过来。

吴乾用最后的力气高喊道："救人啊！"话音未落，便扑通一声栽倒在地上，昏了过去。


江桥正在狱长办公室打瞌睡，突然冯彪冲了进来。

"不好了不好了！疯豹买通狱警，公然在浴室里杀贺青舟，结果让贺青舟给跑了。现在整个监狱都传得沸沸扬扬，说……"

"说什么？！"

"说咱们监狱里，胡风南只手遮天，想杀谁就杀谁，比狱长权利还大。"

江桥拍案而起："胡说八道！这个胡风南，我刚让他管教好疯豹，扭头就给我一个下马威。王八蛋，胡风南知道了吗？"

"知道了，他还托犯人给我传了个消息，说先把疯豹从禁闭室里放出来，他一定会给狱长一个满意的答复。"

"这个胡风南……让他晚上来见我！"

"是！对了，狱长还有一件事……"

"说。"

"上面下来的通知，说是最近派了个巡查长负责巡查各个监狱，已经走了几所，听说还撤了一个狱长的职，估计咱们监狱也跑不了。"

"有这回事……我知道了，你下去吧。"

"是。"

江桥往椅背上一靠，顿时头疼起来，里面有胡风南，外面又来个巡查长，莫新龙把贺青舟往牢里一扔连个消息也没有，这年头赚点儿钱怎么这么难啊！

钱宅,陆横恭敬地汇报道:"属下已派人将贺老板送回房间了,先生现在就要去看贺老板吗?"

钱白铁轻抿了口茶:"不了,让贺老板先稳定一下情绪,我待会儿再去见他。"

"知道了。"

钱白铁放下茶碗:"陆横,我不希望再看到这样的情况出现,怎么做,你应该知道。"

"属下明白,我马上加强戒备,保证贺老板不会再跑出去!"

此刻,贺青舟被关在房内,正愤怒地拍着紧闭的大门:"来人哪,放我出去,放我出去!"

见久久无人回应,贺青舟索性开始疯狂摔砸东西,各种古董花器、名贵家具、名画名字,统统被毁了个精光。

后院中,吕思蒂听到贺青舟摔砸东西的声音,驻足片刻,眉头紧皱。


监狱医务室中,大壮缓缓醒来,发现自己身上的伤口已经被包扎好了。

大壮一把抓住医生问:"贺青舟呢?他情况怎么样?"

医生朝旁边拉着帘子的床位一看:"他?内脏大出血,能不能救回来都难说。"

大壮猛地坐起身,死死揪住医生的领子,刚包扎好的伤口又渗出血来:"你必须把他救回来!听到没有?不然我饶不了你!"

医生惊恐道:"你想干什么?狱警,狱警,快把他带走!"

贾六带着两个狱警,强行将大壮架走。

大壮挣扎着不肯走,差点给医生跪下:"医生,一定要救他回来!我真的求求你了,医生!"

贾六看着嘶吼的大壮,无奈地摇了摇头,命令两个狱警赶紧把他带走了。


不远处的走廊中,疯豹也正被狱警带着往牢房走去。疯豹一脸伤痕,头上包着纱布，走路一瘸一拐的。

狱警嘲笑道："疯豹，你这么能打，我怎么听说你被人打晕了啊？"

疯豹朝着地上吐了一口唾沫："我晕了又怎么样，那个叫贺青舟的肯定已经死了，你等着看吧！"

然而，疯豹一回到牢房就听到杨然带来了最新的消息——吴乾还活着。

"什么？流了这么多血还活着？他是铁打的吗？"疯豹怒发冲冠。

杨然胆怯地点了点头。

"哼，要不是那几个废物不顶用，他贺青舟现在已经是个死人了！"

"豹哥您已经是英明神武了，姓贺的这回不死也得脱层皮，豹哥您绝对是咱们监狱里最能打的，没有之一！"

疯豹一把抓过杨然的头发："五个打两个，还让他跑了，最能打？你嘲笑我？你是不是觉得我杀不了他？"

杨然吃痛大叫："我……我怎么敢嘲笑您呢？贺青舟现在半死不活，您看您一点事儿都没有，这还不是最能打吗？"

"闭嘴！一个个都是废物！废物！回头南哥要是问起来，我让你们跟我一起受罚！你们一个都跑不了！"

"别别别！我闭嘴！我闭嘴！"

疯豹发现卫乘风面色沉重，愤然问道："卫乘风，你这是什么表情？我杀贺青舟你有意见吗？"

"我……我没意见！"

"没意见摆什么苦瓜脸，你也觉得我杀不了他？"

"我……我没这个意思……"

"那你就是担心他？"

"没有！我跟他一点关系都没有，我……我为什么要担心他？您要杀他……我高兴还来不及呢！"

"是吗？高兴还来不及？那你倒是笑啊。"

卫乘风拼命挤出一丝苦笑。

疯豹嘴角抽搐了一下："你这是哭还是笑？"

卫乘风挤出更加扭曲的笑容。

"给我笑! 大笑! 我不说停不许停! 笑! "

卫乘风愣了一会儿, 继而疯狂地大笑, 笑声中却带着悲苦。

"贺——青——舟——! 我不杀你, 誓不为人! "疯豹摇晃着栏杆大吼道。


狱警打开六号牢房的大门, 将大壮扔了进去。

大壮听到卫乘风的笑声从远处传来, 忍不住骂道: "卫乘风, 你这个没良心的, 吴乾都躺医院了, 还笑得这么开心, 我跟你没完。"

林忠岩闭着眼念佛经, 抬眼看了看大壮。

万金隆走到大壮身边: "别骂了, 要是骂人管用的话, 我早就在整个监狱里面当头儿了。怎么就你一个回来? 吴乾人呢? "

"吴乾……受的伤有点重, 他……"

"他不会是死了吧……"

"没有, 只是医生说他要害中了几刀, 只能听天由命了。"

万金隆叹了口气, 喃喃自语: "吴乾你可不能死啊, 你还欠着我半本《红楼梦》呢……"

"都怪我没用, 本来是我救吴乾, 最后反倒变成了吴乾救我了。唉, 我当时要是能打倒疯豹他们就没有这事了。"

"你也没办法啊, 双拳难敌四手啊。"

"不行! 这事不能就这么算了, 我得找疯豹报仇去! "

林忠岩拦住大壮: "不行! 你不能去找疯豹。"

"林大哥, 吴乾都这样了, 说句不好听的话, 我们做兄弟的不能替他去死, 得替他报仇啊! "

"我说不报仇了吗? "

"那林大哥的意思是? "

"吴乾不是还活着嘛, 先等等消息, 现在不是你逞匹夫之勇的时候, 一切都得从长计议! "

"可是……"

"大壮，你就听林大哥的吧。"万金隆劝道。

"好！那我就再等等！"大壮愤然坐在地上。

贺红衣在家中给伤口上药，忽然，敲门声传来，她赶忙收拾好一切，赶去开门。

"老师，您……您什么时候回来的？"贺红衣怎么也没想到门外站的人会是桑介桥。

雨辰随桑介桥一同走进屋内，冲着贺红衣做出一副抱歉的表情。

"我是来看看，我的学生背着我在做什么事！"桑介桥一脸严肃。

"我……我不明白老师的意思……"

"你是装不明白！红衣，你现在翅膀可真硬了，找哥哥都找到监狱去了！难怪学会的事全都顾不上了啊，你知不知道你要坏了先生的大事？"

贺红衣听到桑介桥的话，抬头怒视雨辰。

"红衣……不是我想出卖你，实在是桑老师问我，我……我不得不说……"雨辰不敢看贺红衣。

桑介桥盯着贺红衣道："你还有什么想说的？"

# 第二十章

# 潜龙

　　"对不起老师，这件事是我鲁莽了……但那是我唯一的亲人，现在又生死未卜，我……我怎么能坐视不管？"贺红衣低垂着脑袋。

　　"可关在里面的不是你哥哥贺青舟，而是吴乾！你进去有什么用？"桑介桥眉头紧锁。

　　"只有吴乾知道我哥哥的消息，我只有把他救出来，才有希望找到哥哥。"

　　"胡闹！我们与莫新龙之间的关系你不是不清楚，若因为你救吴乾耽误了大事，你负得起这个责任吗？"

　　"请老师说一个不胡闹的办法！"贺红衣直视桑介桥的眼睛。

　　桑介桥回避贺红衣道："此事还需从长计议。"

　　贺红衣眼圈泛红："我等不了了！在我们想办法的时候，我哥哥可能已经死了！"

桑介桥也拉高了嗓子："红衣，不是我不帮你，但你有没有考虑到后果？你不是一个人，你要记住，你是学会的一分子！你必须马上停止去监狱，这件事交给学会来处理。"

"老师，红衣自从跟随您以来，从来没有忤逆过您的意思，但这一次我必须要找到我哥哥！小时候是哥哥帮我活了下来，现在正是我回报他的时候，难道您就让我见死不救？难道您希望明镜学会，是由一群见死不救之人组成的吗？"

桑介桥愤怒起身："胡说！我明镜学会肩负大义，光明磊落，什么时候让你见死不救了！"

雨辰连忙拉住贺红衣："红衣，你少说两句！"

贺红衣看着桑介桥："那您这是同意了？"

桑介桥看着贺红衣的红眼圈，深深地叹了一口气："红衣，不是我没有感情，你我名为师徒，实则情同父女，我当然知道你救人心切。可你有没有想过，你哥哥只是个唱戏的，有多大仇，才逼得莫新龙将他送监狱？又是谁手眼通天，能把吴乾送进去换你哥出来？救人不在一时，此事需从长计议。"

"莫新龙喜怒无常，若是他万一哪天回监狱，发现我哥哥不在，恐怕不管他逃到哪里都性命难保，我必须在他发现之前……"

桑介桥愤然打断道："我从小就教你要心思缜密，遇事切莫冲动，看来你早就忘得一干二净了！"

"老师，就算学生自私也好，冲动也罢，我的哥哥，我必须找到！您可以不帮我，我自己去！"

"红衣！你太没有觉悟了！你若非要回监狱，那你就退出明镜学会，不要再回来了！"

"我退出！"

贺红衣猛然间的一句话让桑介桥愣住了。

雨辰也懵了："红衣……你别乱说话！"

"不，让她再说一遍！"桑介桥愤然道。

"我说大不了我就退出学会！"贺红衣并不退让。

桑介桥气得手抖，啪的一声将茶杯打落地面，转身离开。

"老师，老师您别生气……"雨辰追出门去，只留下贺红衣一个人。

钱宅客房中，贺青舟坐在一片狼藉之中，疲惫地呢喃着："季先生，放我出去……"

门突然打开，钱白铁走了进来："贺老板怎么要出去也不和我说一声？"

"你不要再和我演戏了，我什么都知道了。"

钱白铁叹了口气："我说了，外面很危险。贺老板这么跑一趟，白白得到一些令人心痛的消息，坏了自己的心情和身体，何必呢？"

"你为什么骗我？"

"不然怎么说，莫新龙杀了你戏班子的所有人，还准备把你在监狱里关到死？谁愿意听那么残忍的事实！我不告诉你，都是为了你好啊贺老板，你为什么就不能听我的，就当作他们都回了南京，安安生生留在这里呢？"

贺青舟苦笑道："你这个疯子……"

"世人皆苦，做个快乐的疯子，有什么不好？贺老板累了，你好好休息，当中的道理就一个人慢慢想吧。"钱白铁转身欲走。

贺青舟拉住钱白铁的衣服："我只不过是一个唱戏的，我什么都不知道，什么都不会，你就放我出去吧！"

钱白铁蹲下来，看着贺青舟说道："我不要你会别的，我就是喜欢你唱戏。"

"上海滩唱得好的多了去，我算什么？"

"我觉得你唱得好，这就够了。贺老板，你还记得吗，我说过要聘你做我的京戏教习，你拒绝了，我还说以后要天天包你的场，你也拒绝了，可以后，你没有办法再拒绝我了。"

贺青舟绝望地低下了头，不再看钱白铁。

"你就老实待在这儿，好好唱戏，其他的什么都别想。"钱白铁拍了拍贺青舟的肩膀，起身欲走，又回头道，"以后你不用叫我季先生，敝人姓钱，名白铁，告辞。"

出门后，钱白铁冷冷地对门口的守卫说道："都给我看好了，再让人跑了，我军法处置。"

自此，贺青舟便坐在窗前，以泪洗面，不时唱出《窦娥冤》的唱词，唱着唱着就哭得更厉害了，整个家宅中仿佛时刻有一个冤魂在哀怨啼哭。

钱宅卧室中，吕思蒂穿着丝绸睡衣，对着镜子梳头，她听到外面的哭声，看看躺在床上的钱白铁问道："老爷，贺老板这是有心事啊，再这样哭下去，整个屋子都不能安宁了。"

"让他哭，哭哑了嗓子最好。"

吕思蒂上床，贴着钱白铁说道："老爷，贺老板那么好的嗓子，坏了多可惜啊，要不，明天我去帮您劝劝他，识时务者为俊杰，让他别和自己的命过不去。"

钱白铁有些烦躁："明天再说吧。"

吕思蒂伸手摸向钱白铁的衣服里……

钱白铁心烦意乱，一把推开了吕思蒂："我去书房待会儿，你先睡。"

钱白铁离开后，剩下吕思蒂一人在床上，她神色阴冷，站起身看向窗外的后院……

夜已深，整个监狱都已陷入寂静，只有狱长办公室中风云暗涌。

"胡风南，你到底能不能管好你的手下？你要是管不好，那只能我替你来管教了！"江桥愤怒万分。

胡风南却淡定如常："江狱长，我的人做什么事，我自有分寸。"

"有分寸？你手底下那个疯豹，买通狱警，公然杀人，弄得整个监狱沸沸扬扬，你让我怎么办？这么出风头，对你能有什么好处！最近我听说上面在对各个监狱进行检查，北京、天津卫都查过了，咱们虹口第一监狱恐怕也躲不掉，万一到时候上面来人，枪打出头鸟，你可别怪我保不住你！"

胡风南沉吟片刻："疯豹的事我自会处理，就不劳江狱长费心了。"

"你最好能处理得漂亮一点，这次我睁一只眼闭只一眼，算是给你面

子，你最好也能让我有点面子！"

"好，这个面子，我给足你。"

翌日，贺红衣来到监狱厨房，还没开始干活就听到两个厨师在议论昨天的澡堂斗殴事件。

"听说有一个叫贺青舟的中了好几刀，当时就快不行了，给送到医务室了，估计活不了了，哎，你说这些亡命徒……"厨师连连撇嘴。

贺红衣顿时一愣，匆匆冲出厨房。

广场上，囚犯们正在三两成群地放风。

几名小弟看着带着伤的疯豹走过来，指指点点道："你看他，平时耀武扬威的，这回让一个贺青舟打得像狗一样，我还以为他有多强呢，不过就那么回事。"

疯豹经过他们身边，停下来道："你们嘀咕什么呢？有本事站到我面前说！"

"没……没什么……"

疯豹想拉扯小弟的领子，却因为受伤，手有点抬不起来："你们给我等着，等我伤好了，我饶不了你们，滚！"

小弟们连忙转身离开。

"可恶！都是废物！"疯豹气哼哼地找了个地方靠住。

不远处，大壮跟在林忠岩身边，二人远远看着疯豹。

"林大哥，吴乾被这群混蛋折磨成那副样子，绝不能饶了他们！"大壮攥紧拳头。

林忠岩摇了摇头："少安毋躁，轮不到咱们动手。"

"轮不到？"

"你看着吧，这疯豹没几天好日子了。"

大壮疑惑地看向林忠岩。

此时，一名小弟快步跑到疯豹身边，报告道："豹哥，南哥让我通知你一声，他在油漆房等你，让你赶紧过去。"

疯豹闻言一愣，露出极其恐惧的眼神。

医务室中，贺红衣以肚子疼之名要求医生开药。趁医生配药之际，她急忙来到吴乾的病床前。

贺红衣看着病床上双眼紧闭的吴乾，直接开口道："睁眼，你再装睡我动手了！"

见吴乾没一点儿反应，她眉头皱了起来，伸手摇晃吴乾："你快点，我没多少时间！"

"别动别动！疼！我醒了还不行吗……"吴乾果然是在装睡。

"你怎么回事？"贺红衣急切地问道。

"我碰到卫乘风了。"

"卫乘风？"

"详细的来不及说，总之他遇到了麻烦，这两天会有人去找阿奶，你一定得告诉大锤，卫乘风是四海帮的人，让他们做好准备，明白吗？"

贺红衣正要再问，医生却拿着药出来了，她只得匆匆离开。


油漆房，疯豹胆怯地推开门，发现胡风南正坐在桌前沉思着。

疯豹赶紧快步走向胡风南说："南哥……"

胡风南冷冷地看着疯豹，一言不发。

疯豹吓得不敢动弹："南哥，我事情办砸了，对不起你！"

"跪下。"

疯豹脸上流下豆大的汗珠，说话有些结巴，立刻跪下："我……我甘愿受罚！只求南哥看在我多年鞍前马后的份上，留我一条性命！"

"我说了不止一次，要做就做干净点，你呢？你是怎么做的！为了一点儿个人恩怨，搞得满城风雨。为了你这点儿破事，连江桥都敢过来教训我，我要你何用？"

"是我没用，是我没用！"

"按规矩我要收了你的命。"

"南哥……别……"

"但是看在你这么多年跟在我身边的份上，我饶你一条性命，不过我要你一只手，不过分吧？"胡风南提出一把刀，放在了桌上。

疯豹看着砍刀，顿时心惊胆战。

"自己把右手伸出来。"

疯豹举起右手看了看，一狠心，按在了桌上。

胡风南拿起砍刀，猛然砍下去，疯豹却在最后时刻躲开了。

"你敢躲？"胡风南眯起眼睛。

"我……我不服！"

"你说什么？"

"我说我不服！南哥，我跟了你这么多年，没有功劳也有苦劳，你要么坐在牢房里得享清闲，要么出去杀人赚大钱，监狱里的事都是我在做！好事没我的份，在监狱里跟人拼命就让我第一个上，你凭什么要我一条手！贺青舟那小子，三番五次故意挑衅，像条疯狗一样，我教训他怎么了？我要杀他有什么问题？我不动手，还怎么立威？以后还怎么混？"

"那你就可以不顾我的脸面？疯豹，我胡风南做事最公平，他们能赚钱是因为他们心性沉稳，不像你一样没脑子！"

"那你为什么不早说？我疯豹要不是为了多赚点钱，出狱以后能有好日子过，你以为我愿意在你这里当狗吗？"

胡风南没有说话，眼神中露出杀意。

疯豹继续说道："你要我一只胳膊是吧？哼，我疯豹可能脑子没你强，但现在就咱们两个人，我就算打不过你，你想留我也不容易！我要出去把你的事全都说出来，你出去杀人赚钱，你在监狱里做的那些脏事我一件件都要说出去！你不让我好过，我也不让你好过！"

胡风南叹了口气："疯豹，我本来是想留你一条命，现在是你自己找死，可就怪不得我了。"

"胡风南，你年纪也不小了，我倒要看看你能不能杀了我！"疯豹大叫一声，抄起旁边的一根棍子就冲向胡风南。

胡风南微微一笑，闪过疯豹的攻击，反手一刀劈在疯豹的身上。疯豹还要继续上，胡风南又是一刀，连续几刀之后，疯豹浑身是血，靠在墙角喘着粗气。

"姓胡的，我做鬼也不会放过你跟贺青舟！我要拉着你们一起下地狱!"

"我本就身在地狱,你能拉我去哪?"胡风南扬起手中的刀,劈了下去。

疯豹倒地咽气,胡风南将刀丢在地上,喃喃自语道:"贺青舟,疯豹这笔账,我记在你头上了。"

六号牢房里,大壮翻来覆去睡不着,终于下定决心不能再坐以待毙,一定要为吴乾做点什么。

万金隆看着一脸壮志豪情的大壮,一时间不知该如何是好:"你想为他做什么呢?总不见得替他去挨打吧?"

大壮苦思冥想一阵,凑到万金隆身边道:"我给吴乾做个护身符怎么样?"

"护身符?什么护身符?"

"改天再去木工房的时候,我给他做一个,保佑他平安无事,不被人欺负。"

万金隆看着大壮一脸认真的样子,苦笑着摇了摇头。

大壮却一脸认真:"你别笑啊,吴乾就需要这个,他自打来了监狱,就没清净过,不是挨打就是挨刀子,铁打的人也受不了啊,我给他做个护身符,让他随身带着,可以保佑他。"

万金隆质疑道:"你想怎么做?一没咒文篆刻,二没道士开光,没法保佑吴乾的。"

"所以我得在上面刻两句吉祥话啊,你说是恭喜发财好,还是大吉大利好?"

万金隆不禁气笑了:"还恭喜发财呢,咱们在蹲大狱,去哪发财去?再说现在这状况,怎么也谈不上大吉大利吧?"

大壮挠了挠头:"你读书多,你说刻个什么吉祥话好?"

万金隆陷入沉思,想了半天也想不出来。

突然,林忠岩发话了:"潜龙勿用。"

"林大哥,潜龙勿用……这也不算吉祥话啊。"万金隆道。

林忠岩沉吟片刻道:"就是这个,这四个字能救他一命。"

大壮完全不明白:"啥龙啥用?你们说的是什么啊?"

万金隆想了想,点点头:"那就刻潜龙勿用,你这护身符可要认真做,字也要刻精细一点,毕竟是给人保命的东西。"

大壮咧嘴傻笑:"我一定好好做,一准能保佑吴乾!谢谢林大哥!"

林忠岩没有答话,闭眼继续盘起了佛珠。

此刻,疯豹自杀的消息传遍了监狱,杨然高兴地欢呼了起来,从此再也不会被欺负了。而卫乘风却愣愣的,反应不过来,身边的一个大活人说没就没了,这……就是监狱。

狱长办公室中,江桥却因疯豹的死而怒发冲冠。

"胡风南!你到底要干什么?你是不是要把监狱拆了才算完?"

"你不是让我给你面子吗?"胡风南依然淡定。

"我让你看着他别惹麻烦!你倒好,直接杀了,疯豹是记录在案的犯人,我告诉过你了,最近不知道什么时候就有人过来检查,到时候要是问起来疯豹这个人去哪了,你让我怎么交代?你教教我!"

"那是你自己的问题。"

"胡风南我告诉你,我倒台了你也没什么好果子吃!"

"江桥,你最好给我搞清楚,你能过上今天的好日子,有一半是我赏给你的,没有我的话,你现在不过是个穷狱长,哪有今天的风光。"

"你!"

胡风南笑了笑,站起身来:"如果江狱长没什么正经事要说,就不要叫我过来了,要是我哪天不高兴,一不小心把某些不该说的事说了出去,江狱长恐怕就不是要给个交代的问题了。"说完他转身离开。

江桥气得咬牙切齿,暗自想着如今是用得着他胡风南,暂且忍了,等将来用不着了,早晚是要斩草除根的。

巡捕房中,余德义将李鹿叫进办公室。

"我们最近是不是有一个要送去虹口第一监狱的犯人?安排我见他一

面。"余德义吩咐道。

"这不太好吧,那都是些重刑犯,这个安全上……"

"让你去你就去,怎么这么多废话。"

"是是是。"李鹿转身离开。

余德义喃喃自语道:"卫乘风,我已经仁至义尽了,你要是没查出个所以然来,你看我怎么收拾你。"

董大锤和阿蛙坐在天台上闲聊,聊着聊着就想起了以前的日子,顿时愁上心头。

"有钱走了,卫乘风也不在,这新闸路现在安静得像个坟场似的,我还真有些不习惯。"董大锤低下了头。

"有钱走了以后,一点消息都没有,估计成天在苏州吃香喝辣,哪想得起我们来。"阿蛙踢着脚下的石子。

"等风头过了,他一定会回来的。"董大锤抬起头,却看见贺红衣远远走来,"不会吧? 又来找我做菜? "

"卫乘风出事了。"贺红衣冷静地说道,"我需要你们帮忙。"

三人看了看四周,决定还是回屋里说比较安全,于是匆匆走进白事店。

董大锤看了看里屋的卫奶奶,压低声音道:"乘风真是吃了熊心豹子胆了,这监狱是他能进的地方吗? "

阿蛙点点头:"就是,早不和我们说,不然肯定拦着他! 这下好了,把阿奶也扯进去了。"

"他肯定有他的理由,不是逼不得已,他也不会选择去监狱。"贺红衣道。

"真能活着出来吗? "阿蛙忧虑道。

"乌鸦嘴说什么呢,呸呸呸! "董大锤赶忙啐了两口唾沫。

"他能不能全身而退我不知道,我只知道,这次我们不帮他,他可真的要死在牢里了! "

董大锤看着贺红衣问:"那你呢? 敢情你前两天找我做菜,就是为了

去监狱应聘厨子啊？"

卫阿奶在里屋神神叨叨地念着什么，看起来病情更加严重了。

董大锤叹息道："阿奶都这样了，他们应该问不出啥来吧？"

"不行，我们不能让阿奶有危险。这几天，我们所有人要做一场戏，保护卫阿奶。"贺红衣神情严肃。

"嗨，演戏嘛，这两年跟着钱哥混，没吃过猪肉也见过猪跑，演啥？交给我们就是了。"董大锤拍拍胸脯。

"这不一样，以前你们行动失败了，顶多少赚点钱，这次如果穿帮了，卫乘风和阿奶的命可能都没了，我们必须万无一失！"

阿蛙顿时紧张起来："那……该怎么办？"

"我们要办一场葬礼。"

"葬礼？谁的葬礼？"阿蛙和大锤同时问道。

"阿奶的葬礼。"

董大锤一脸为难："这不太好吧……"

"没有别的办法了，只有这一条路。"

"要是有钱在就好了，他恐怕能想到更好的办法。红衣，你跟有钱还有联系吗？他现在怎么样了？"董大锤问道。

贺红衣面露尴尬："我……我不知道，他没联系过我。那个……我们还是先准备起来吧，时间紧迫，不能耽误了。"

"也是，行，我们去把大家都叫起来，让大家一起帮忙准备着。"董大锤和阿蛙立刻行动起来。


监狱木工房中，大壮和万金隆一边做护身符，一边议论疯豹的死一定与胡风南有关。事实上，监狱上下，人人都能看得出。

大壮手工粗糙，把护身符做成了一个小木块，实在丑不忍睹。万金隆只好亲自动手，做了一个小木牌，还刻上了"潜龙勿用"四个精致的小字。


棚户区的街道上，胡风南的两个小弟阿呆和阿瓜找到了白事店，却不想白事店中烟雾缭绕，正在举办着一场小而隆重的丧礼，董大锤和阿蛙等人带头号啕大哭。阿呆和阿瓜看了半天，也没察觉出什么异常，索性离开了这个晦气的场合。

而此刻，卫阿奶正在大锤家的药铺中打麻将，花蝴蝶、大锤妈和阿狼三人哄着奶奶，输得不亦乐乎。

白事店中，众人的丧服还没脱掉，纸钱也还在火盆中烧着，一个熟悉的声音忽然进了门。

"卫乘风呢？"竟然是吴潇潇！

董大锤慌了神："潇……潇潇……你怎么……"

吴潇潇一看房间里的布置，误以为阿奶真的走了，顿时腿一软，倒在地上哭了起来。

众人七嘴八舌，半天才把前因后果说明白，吴潇潇方才擦干眼泪站了起来。

"可是……潇潇你怎么突然回来了，吴叔叔呢？"董大锤问道。

吴潇潇泪痕未干，一听这话又湿了眼眶："我爹……我爹死了……他跑到人家家里偷东西，被发现了，我们两个分开逃，我先回去，可我等了一晚上，我爹都没回来。第二天，我跑到我们分开的地方，听说……听说爹被追到了河边，他……他跳了河，被水冲走了……"她说得断断续续，好半天才把这些话说完。

众人怜悯地看着吴潇潇，全都悲伤起来。

"那有没有找到？"贺红衣试探地问。

"找不到，我找了七天了，能用的法子都用了……"

"下落不明，那可能还没到死的地步，说不定吴叔叔已经脱险了呢？"

吴潇潇委屈道："他脱险了为什么不来找我？"

"红衣，对我们这种人来说，下落不明，可能就是死了。"董大锤低下了头。

吴潇潇一听，哭得更厉害了。

阿蛙也低头难受："吴叔叔……他……他还欠着我两个大洋呢。"

贺红衣拿出手帕，想替吴潇潇擦眼泪。

　　吴潇潇一把拿走手帕，擤着鼻涕："我哥呢？我要把爹的事告诉他，爹没了，以后我们兄妹俩该怎么办！"

　　董大锤愣住了："有钱？他……他不是和你们一起去苏州了吗？"

　　吴潇潇一脸莫名："我和爹在苏州一直等他，可是他始终没有出现，我们都以为他一定是不甘心，肯定回来了！"

　　"没回家，也没去苏州，那有钱哥去哪了？"董大锤愁眉不展。

　　贺红衣一脸尴尬，马上摇摇头道："我……我不知道，我没见过……"

　　"我们没人说你见过……"吴潇潇疑惑地盯着贺红衣。

　　"我先走了，你们有需要的话，再来剧院找我……"贺红衣欲开溜。

　　吴潇潇果断挡在她身前，叉着双手道："卫乘风去监狱做卧底你也知道，家里要出事了你也知道，你就那么神通广大？既然如此，我哥的事，你是不是也知道些什么？"

　　"吴乾……我真不知道……"贺红衣的尴尬写在脸上。

　　吴潇潇盯着贺红衣，气势汹汹地逼近两步，却忽然紧紧抱住贺红衣，低声哭诉道："我爹已经没了，我不想连我哥在哪都不知道……我……我不想一个人……"

　　贺红衣看着众人诚恳而关切的模样，终于松了口："好吧，我知道。"

第二十一章 线索

　　白事店里，贺红衣将吴乾入狱的来龙去脉讲给众人听，众人七嘴八舌地提问，但贺红衣所知也有限，并不能一一回答。最终，众人的共识就是——救吴乾出狱。

　　"有钱在监狱里受罪可不行，我们做兄弟的绝不能坐视不管。"董大锤首先说道。

　　吴潇潇点头道："就是，里面都是些亡命之徒，我哥性子又倔，万一起了冲突，吃亏的肯定是他！"

　　"三个臭皮匠还顶一个诸葛亮呢，咱们这么多人，齐心协力肯定行！"阿蛙胸有成竹。

　　贺红衣看着街坊们你一言我一语地互相打气，无奈地问道："那……你们有什么计划吗？"

　　"计划……计划可以想嘛。我们这办法可是多得是，一定能想出一个

把人带出来的好办法! 来来来, 大家一块儿想! "董大锤召集大家围坐在一起。

一时间白事店里开始了热闹的讨论, 却都是一些不着边际的主意。贺红衣别过头, 一个人发着呆。

剧院中, 雨辰和博文十分担心贺红衣, 想去找她, 却担心桑介桥不同意。

"您也是担心红衣的, 对不对? "雨辰试探地问道。

桑介桥叹了口气: "担心有用吗? 她的心情我又何尝不理解, 可现在无论我说什么, 她也都听不进了。"

"不如, 我去劝劝她吧。"雨辰道。

"不要去, 把她惯的。"

雨辰和博文知道有希望, 偷偷一笑。

"我会盯着红衣, 如果她碰上什么危险, 可不可以动员学会的力量帮她? "雨辰期待地看着桑介桥。

"不要让她知道。"说罢, 桑介桥从抽屉里拿出一本《少年中国》月刊, "新的月刊, 帮我交给红衣。"

贺红衣回到监狱厨房, 怯怯地看着厨师长道: "厨师长, 我回来了。"

厨师长一皱眉头: "你还知道回来? 这几天干什么去了? 说走就走, 连个招呼都不打? "

"我……我一个朋友过世了, 这几天在给他办丧事。"

"又是约会又是丧事, 就你事最多! 我们是招人干活, 不是招个祖宗! "

贺红衣脸上赶忙挂上充满歉意的笑容, 上前帮忙洗碗, 厨师长看出这个姑娘是监狱长喜欢的人, 倒也懒得多说。

吴乾的伤势终于恢复得差不多了, 虽然按照普通人的标准来看至少还需静养三五个月, 但在监狱里, 只要没有性命危险, 就都该送回牢房了。贾六来到医务室, 搀扶着一瘸一拐的吴乾回到了六号牢房。

"吴乾,你没死啊? 你可让我担心坏了! "大壮立刻兴奋地迎上去。

"离死也不远了,快来搭把手……"吴乾嬉皮笑脸道。

"幸好幸好,大难不死,必有后福! "万金隆和大壮一起将吴乾扶到床边。

"不要紧了吧? 我在医务室里看见你那副模样,还以为你不行了……"大壮上下打量着吴乾。

"阎王爷看我年轻有才,把我给放回来了。"

吴乾看到林忠岩也在不远处望着他,于是开口道:"林大哥,我回来了。"

林忠岩点点头:"澡堂的事大壮都跟我说了,你做得很好。"

吴乾挠了挠头:"不好,我要是当时机灵一点,大壮也不会受伤了。"

大壮摆摆手:"要不是你把我拖出来,我早就没命了,你为我受了这么重的伤,我也没什么能报答你的……"说着,他从怀里掏出一个护身符,"你在医务室里抢救的时候,我和万金隆给你做了这个……"

吴乾接过护身符左右看了看:"护身符? "

"对,有这个戴在身上,能保你平安无事! "

"挺好看的嘛! 唉,可惜不值什么钱。"吴乾发现护身符上有字,"这……还有字啊? 写的什么呀? "

"这是林大哥给想的,叫作潜龙勿用。"万金隆道。

"潜……龙? 勿用? 什么意思? "吴乾望向林忠岩。

林忠岩停止盘佛珠,看着吴乾:"龙能趁势而起翱翔于九天之上,也能审时度势潜伏于深渊之中,时机未到的时候应该藏锋守拙,待机而动。"

"藏什么守什么? 什么意思啊? "

林忠岩索性直说道:"就是要懂得能屈能伸,不要硬拼。"

"唉,我知道,可澡堂的事一出,我跟疯豹已经是不死不休了……"

"你说疯豹啊,他已经死啦! "大壮眉毛一挑。

"死了? 怎么回事? "

大壮神秘一笑:"他在你出事以后好几天都没露面了,具体的情况我

们也不是很清楚。"

万金隆接话道："听说，很可能是胡风南亲自动的手。"

吴乾震惊得说不出话。

林忠岩看着吴乾："做事一定要审时度势，三思而后行，否则就是疯豹这个下场。"

吴乾缓缓点头："我明白了。这疯豹，死得倒是干脆，这下我可以放心地去做林大哥给我的任务了！"

大壮和万金隆听到这话，顿时都笑了起来。

林忠岩也面露微笑："不需要了，我之前说给你任务，本来是想考验你的智谋胆识和义气，你在澡堂以一对多，可见胆识是有的，拼死援护大壮，也让我见识到你的义气，要是我再费心思考验你，岂不是显得我量小多疑？"

"那以后……"吴乾期待地望着林忠岩。

"以后我们就是自己人了。"万金隆笑道。

"什么以后，以前我们也是。"大壮拍了拍吴乾的肩膀。

吴乾激动不已："我们是自己人了！谢谢林大哥，谢谢大家！"

大壮佯装不满："又谢，以后要是认我们这个兄弟，就别提谢字。"

"哦，不谢，不谢。"

林忠岩看到吴乾语无伦次的样子，不禁一笑，大壮和万金隆也跟吴乾一起大笑起来。

吴乾没休息几天就重新开始工作了，这日，仓库门口响起哨声，犯人们端着饭碗排队出来领饭。吴乾看到贺红衣在放饭，顿时喜上眉梢，赶快上前领饭，才刚走到贺红衣面前，他就看到有狱警监视。

吴乾眼珠一转，说道："我说，你这饭也太难吃了，比我们家那边的饭差太远了，喂，我家住新闸路，你吃过新闸路的饭没？"

贺红衣会意，对吴乾一笑："吃过了，挺好吃的。"

吴乾笑着点点头："吃过就行，吃过我就放心了！"说完他端着饭碗高兴地转身离开。

狱警们看着吴乾的样子，莫名奇妙。

一号牢房中，杨然带回了好消息——吴乾不光还活着，而且已经开始上工了，一顿饭能吃一大碗。卫乘风激动得涕泗横流，难以自持。

杨然看到卫乘风的表情，笑了起来："我就说，你肯定认识钱哥。之前疯豹在，你不好明说，现在疯豹没了，这里就我们两个，你也没必要掩饰了。"

卫乘风心里一惊，赶紧解释："哪有，我不认识他。我就是觉得这小子敢顶撞疯豹，敬他是条汉子罢了。不过他的命可真大，受了这么重的伤都没事……"

杨然不以为然地笑了笑："算了，你既然不想说，我也不问了。不过话说回来，疯豹这事也多亏了钱哥。"

"什么意思？"

"我也是猜测而已，我觉得，疯豹死就死在他动手杀钱哥没杀成，南哥嫌他办事不力，于是清理门户了呗。"

"原来是这样。"

"疯豹这个王八蛋，可算是死了，他这么一死，这么大的牢房就剩下我们俩了，多敞快、多舒坦啊。风哥，你别看疯豹一身肌肉，其实要不是看在南哥的面子上，我一个能打他两个，你相信不相信？"

卫乘风尴尬地笑笑："我信……对了，这胡风南到底是什么来路啊，怎么这么狠？"

"南哥嘛……他起来也就这几年的事，三年前还是跟在林忠岩身后的小弟。"

卫乘风惊讶不已："胡风南以前是林忠岩的人？他们不是势同水火吗？"

"你说的是现在，以前可不是这样的……"杨然回忆起胡风南跟随林忠岩血战的峥嵘往事，不禁露出崇拜的神情。

"可胡风南为什么要自立门户……"卫乘风不解道。

"那我就不知道了，大佬之间的事，谁能说得清。"

"胡风南也不跟其他犯人住在一起,那他住哪啊?"

"他啊,他住在死刑牢房,跟咱们不是一层楼。"

"死刑牢房?"

"就是咱们楼上。监狱为了保护我们这种小犯人,把那些穷凶极恶的亡命徒和我们隔离开,不让我们相互碰到。"

"胡风南是死刑犯?那怎么没听说他要被行刑?"

"这就是奇怪的地方了,我三年前入狱的时候,南哥就是死刑犯,可三年过去了,也没见监狱拿他怎么着,依然活得好好的。"

卫乘风低头沉思,似乎抓到了什么线索:"死刑牢房里还有其他犯人吗?"

"有啊,可我也不认识,那帮人怪怪的,也不太出来放风,就算放风,我们也见不到。哪天要是碰见了,我指给你看。"

卫乘风默默点头,继续沉思。

杨然突然想起什么,转头问道:"对了,上次晚上疯豹带你出去,你应该见过南哥了吧?你们都说什么了?"

"没……什么,他就说让我以后在监狱里面要学会做人,不要惹事。"

"这样啊……你老实跟我说,你打听南哥,想干什么?是不是看疯豹死了,想拜南哥当老大?"

卫乘风被问得有点懵:"这你都看出来了?"

杨然轻蔑一笑,指着自己的眼睛:"那当然,我这一双眼可是火眼金睛,不过我提醒你,南哥可不是什么小弟都愿意收的,尤其是你这种文文弱弱的,更不可能了,人家要的是凶狠能打的那种,你还是死心吧!"

卫乘风撇撇嘴,无奈地点点头。

贺红衣回到家,见桌上放了一本《少年中国》月刊,顿时被触动。

雨辰从房间走出来:"老师记得你在等这本月刊。你呢?还记得老师托付的任务吗?"

"我们能不聊这事吗?"

"上次你说退出学会,是气话吧?"

"学会还好吗? 老师呢? "

"他最近为了那个莫新龙东奔西跑的, 白头发都多了几根。红衣, 学会离不开你。"

"不能为学会尽力, 我心中实在有愧。"

雨辰拉着贺红衣坐下: "对啊红衣, 监狱那么危险的地方, 你去实在不合适, 还是我们学会好, 我陪你去和老师认个错, 再劝劝老师, 让老师帮忙一起把吴乾捞出来, 好吗? "

"不行不行, 我一个人做这事已经够危险了, 不能把学会拉下水。"

"你也知道危险啊? "

贺红衣语塞: "可是……"

雨辰模仿着贺红衣的语气道: "可是我要找哥哥, 那是头等大事! 是不是? 我就知道你会这么说。"见贺红衣不说话, 雨辰叹了口气, 继续说道, "红衣, 不是我啰唆, 但凡你决定的事谁都拦不住, 只是, 如果你真的遇到危险, 千万不要自己扛, 我和学会都在你身后。"

贺红衣颇为感动: "是我不对, 我从来没有真正想过离开学会, 等我救出吴乾, 找到哥哥, 我一定请求老师的原谅。雨辰, 你们也替我保护好老师, 莫新龙, 不好对付! "

雨辰郑重地点点头。


钱宅, 贺青舟成天到晚地坐在窗边, 日渐憔悴。钱白铁悄然走进屋内, 贺青舟闻声回头看了一眼, 见是钱白铁, 立即又转脸看向窗外。

"贺老板有心望着窗外看风景, 却不想看我一眼? "

"你有什么可看的? "

钱白铁礼貌地笑笑: "不看也罢, 我是来听贺先生唱戏的。今日我心情不错, 就请贺先生唱一出《贵妃醉酒》, 怡情、怡景、怡知己……"

贺青舟一怔, 微有愠色地看向钱白铁: "你不觉得自己很无耻吗? "

钱白铁淡定地坐下, 微微一笑: "贺老板, 这世间只有我能欣赏你的艺术风雅, 希望你能学会珍惜, 而现在, 你也知道自己的处境, 唱不唱, 选择权从来都不在你手里。"

贺青舟眼神黯淡下来，默默走到钱白铁面前，唱道："海岛冰轮初转腾，见玉兔，见玉兔又早东升……"

钱白铁一脸满足，闭眼聆听。

"那冰轮离海岛，乾坤分外明，皓月当空，恰便似嫦娥离月宫，奴似嫦娥离月宫……"贺青舟情绪低落，唱腔不稳。

钱白铁面色不悦，睁开双眼，冷冷地看向贺青舟。

贺青舟勉强继续唱着："好一似嫦娥下九重，清清冷落在广寒宫……"

钱白铁的脸色越来越难看，终于抬手示意贺青舟停下："贺老板，你的戏我听过无数次了，今日为何唱成这样？"

贺青舟幽怨地看着钱白铁："戏班伙计们死生不明，我自己又落入奸人之手，不得自由，你还要我和以前一样唱戏？我唱一曲《桃花扇》给钱先生如何？当年真是戏，今日戏如真，两度旁观者，天留冷眼人……"

"我过几日再来听你唱戏，在这之前，我会让厨房备一些湖南菜给你，除此之外，我不会给你准备任何吃食！"

"湖南菜？这不是要毁了我嗓子吗？"

"正是如此。既然贺老板不想给我唱，那这绝好的嗓子，留着也没用了！"

"你——"

"贺老板还是想想清楚，再回答我今日的问题吧。"说完他转身离去。

监狱食堂中，犯人们坐在各自的桌上吃饭，吴乾和林忠岩等人在一张桌上，卫乘风和杨然在一张桌上。吴乾瞥了卫乘风一眼，示意他支开杨然，卫乘风会意照做。吴乾跟林忠岩打了个招呼，便坐到了卫乘风的桌上。

卫乘风看见吴乾，露出久违的笑容："有钱，我就知道你是属猫的，有九条命，没那么容易死。"

"我就算真的有九条命，也不够你麻烦的。"

"有钱，我……"

"不说了，不说了。上次你说的阿奶的事，贺红衣说她已经办好了。"

卫乘风松了口气："有钱，这次的事，我感激你一辈子，要不是有你在，我真不知道该怎么办了，要是阿奶因为我出了事情，我这辈子都不会原谅自己。"

"你当然得谢谢我，你还得谢谢贺红衣。"

"怎么才能见到红衣？我想当面感谢她。"

"别着急，一会儿就能见到了。"

此时，十三号牢房中，胡风南正在吃饭，菜品十分丰盛，与其他犯人吃的截然不同。

张仲林汇报道："南哥，外面回信了，说那个卫乘风身份没问题，确实是四海帮的人，只不过他奶奶已经病死了，正在发丧。"

胡风南点点头："既然不是巡捕房的人，暂且留他一条命，最近死的人够多了，没必要乱杀人。"

"还有件事，江桥说今天下午有拳赛要打，请南哥你务必到场。"

胡风南冷笑一声："江桥？看拳赛？恐怕，是又有事儿要找我吧？"

张仲林点了点头，欲言又止。

"有话就说。"

"南哥，你让我在牢房里待了快十几天了，我心里闷得慌，而且这案子也过去好长时间了，风声应该过去不少……我想……下去放放风。"

胡风南抬眼看了看张仲林："小心谨慎些，出了问题，你知道是什么后果。"

张仲林面露喜色，赶紧点头："绝对没问题，谢谢南哥！"

食堂中，贺红衣拿着垃圾桶从后厨走出来。

卫乘风立刻激动地推了推吴乾的肩膀："是红衣，是红衣！"

"我看见了，这么激动干吗？"

卫乘风、吴乾和贺红衣三人交换了一个眼神，其中夹杂着无限的唏嘘，想不到三人再次站上的同一片战场，竟然是监狱……

此时，狱警吹响了结束吃饭的哨子。

卫乘风紧张不已："怎么办，我们还没和红衣说上话呢。"

"慌什么，她又不会插着翅膀飞了。"吴乾调侃道。

"我……我只是想谢谢她……"卫乘风的眼神一直盯着贺红衣。

吴乾眼珠一转，计上心头，拉着卫乘风快步走向贺红衣，径直撞在她身上，厨余垃圾顿时撒了一地。

贺红衣会意，立即指着吴乾骂道："你眼睛长到天上去了？我这么大个人你没看到吗，你是不是故意的？"

吴乾提高嗓门回击道："我故意撞你？不好意思，别把我说的跟你一样没追求，我看其实就是你贪图我的美色，故意想靠这种下三烂的办法引起我的注意！"

卫乘风看着两人你一言我一语吵了起来，一时没看明白是怎么回事，甚至试图拉吴乾的胳膊让他别再吵了。

狱警立刻赶来："你们几个吵什么吵，怎么搞的？"

贺红衣立刻转向狱警，摆出一副楚楚可怜的模样："大哥，他们两个把我的垃圾撞了一地，还骂我，你可不能让他们就这么走了，必须让他俩帮着我一起把这里收拾干净！"

"我收拾。我收拾！"卫乘风立刻点头。

吴乾一把推开卫乘风，做戏一定要做全套："你收拾什么啊你收拾，分明是她撞了我们，凭什么我们收拾，狱警大哥，你可得明辨是非啊！"

贺红衣立刻委屈地看着狱警撒娇："你看他这是什么态度，这一地的垃圾，又脏又臭，让我一个女孩子怎么收呀？"

狱警见贺红衣这样，只得妥协："好好好，我知道我知道。"

接着，转而指着卫乘风和吴乾道："你俩，去帮着人家小姑娘把垃圾收拾干净，然后倒掉，否则下午不许放风！"

吴乾倒吸一口气，刚要作反驳状。

狱警立刻挥起警棍，指着吴乾的鼻子："闭上嘴，干活！多一句嘴小心我这棍子往你脑袋上招呼。"

吴乾立刻服软："是，是，一定打扫得干干净净！"

　　狱警瞥了瞥贺红衣："我就在门口守着，这两个家伙要是不老实，你喊我一声就行。"

　　狱警刚一出门，卫乘风就立刻悄声喊了一句："红衣！"

　　谁知贺红衣一巴掌打在了卫乘风的头上，严肃斥责道："你为什么要做这么危险的事？"

　　卫乘风沉默片刻，缓缓道："为了给阿奶……还有新闸路的兄弟，更好的生活。"

　　贺红衣气急败坏："那也要看看你自己有几斤几两！监狱是你能来的地方吗？这一次算你侥幸躲过，下次怎么办？下下次怎么办？我们所有人都要跟在你屁股后面吗？"

　　吴乾也愣住了，看着贺红衣："你来真的啊？"

　　卫乘风惭愧地低下头："是我太冲动了，我这笨脑子，干什么什么不行，总给你们添麻烦。"说着，忍不住敲自己的头。

　　吴乾立刻拉住卫乘风的手："别敲了，再敲更笨。乘风，你别听她的，我知道你是什么样的人，不管你做什么，我都不会不管你！"

　　贺红衣瞪了吴乾一眼："你都自身难保了，还想着帮兄弟？"她又转而看着卫乘风，"我不管你是怎么进来的，你马上想办法和你的上司联系，让他撤案，赶紧回家照顾你阿奶去，你不适合做卧底！"

　　"不！我……我已经有线索了，很快就能出狱了，到时候我就是正式巡捕了！"

　　"你有什么线索？"贺红衣问道。

　　"我发现这监狱里有犯人被一个叫胡风南的带出去杀人，他们在监狱里还有个据点。"

　　吴乾顿时来了兴趣："胡风南……不就是疯豹的老大吗？"

　　卫乘风点点头："就是他。"

　　吴乾拍拍卫乘风的肩膀："查得好！但剩下的事你就别管了，你不适合干这些，交给我，我肯定给你查个水落石出，让你成为堂堂正正的巡捕，再也不用顶着一个编外巡捕的名头。"

　　"不行！"贺红衣斩钉截铁道，"吴乾，你还嫌惹的事情不够多吗？自

己还一屁股麻烦，还有心思管别人的事。"

"你的事我要帮，乘风的事我也不能不管。"吴乾寸步不让。

卫乘风赶紧拉了拉吴乾："有钱，这事我自己能行，你就别掺和了！胡风南这人可是杀人不眨眼的魔头，你千万不要招惹他……"

"好吧，我肯定不招惹他行了吧。"

"不行，你得当着我的面发誓不去找胡风南。"贺红衣不依不饶。

"发誓就发誓！太上老君、王母娘娘在上，我吴乾发誓肯定不去找胡风南，如果违反誓言，天打雷劈，不得好死……"

"那也用不着发这么毒的誓啊。"卫乘风心头一颤。

"你自己知道分寸就行了，卫乘风，你也消停点，赶快想办法出去。"贺红衣指了指地上的垃圾，"快把垃圾收拾了吧。"

三人为了见这一面，不得不收拾着这一地又臭又脏的厨余垃圾，但也着实值了。


监狱广场上人潮涌动，犯人们将临时搭建的拳台围得水泄不通。拳台上，两个犯人蓄势待发。拳台下面，一个狱警拿着一个面粉口袋四处收钱，另一个狱警则拿着小本子在记录押注的金额。

"大家不要着急，我们的拳赛马上就要开始了，还没下注的赶快去狱警那里下注，机不可失，时不再来，待会儿开打，你们想要下注都来不及了！"冯彪站在拳台上喊道，"下面我给大家介绍今天拳赛的主角，"说着指向左边的犯人，"左边这个以前是青帮的堂主，人送绰号'鬼见愁'的李威，他要挑战的人就是我们目前拳赛的擂主、斧头帮帮主王亚樵最得意的门生，号称'打遍华北无敌手'的金刚，金刚目前的战绩是七胜零负，如果他今天取胜，他将创造新的连胜纪录，相信金刚能够取胜的，现在还有机会下注，赚钱的机会你们可千万不要错过！"说完，冯彪举起金刚的手。

台下，犯人们的欢呼声一浪高过一浪，齐齐期待着比赛开始。

"大家安静一点，不要着急，好饭不怕晚，今天的拳赛保证精彩刺激。我们的拳赛，马上就会开打。"冯彪喊道。

此刻，江桥又将胡风南叫到了办公室中，将一个档案袋交给了他："上面来了新任务，要杀一个姓裴的民族资本家，这次的事有点急，你必须在三天之内完成，没问题吧？"

胡风南接过档案袋，看都不看就说道："没有。"

"上次许强那种事情，最好不要再发生了，否则我跟上面很难交代啊。"

"这次我亲自去。"

"那就好，有你亲自坐镇，我就放心了。"

"你让张仲林过来找我，我找他商量一下具体行动。"

"好，好！"江桥紧接着将门外的狱警招呼进来，耳语了两句。

狱警转身离开。

"正事说完了，待会儿要不要一起看看拳赛？听说今天的两个人实力相当，应该挺精彩的。"江桥邀请道。

"好啊，我也有兴趣看看。"胡风南冷笑一声。


广场上，吴乾伸着懒腰走来，发现犯人们围在一起高声喊叫，狱警却不管不问，他疑惑地抬头环顾，发现观景台上竟然站着江桥，而二楼的角落里更是站着胡风南和张仲林，吴乾顿时更加不明就里。

"你怎么才来？"大壮从人群之中探出头，一把将吴乾拽了过来。

"大壮，你们这是在看什么啊？"吴乾问道。

"拳赛啊！嗨，我都忘了，你进来还没有一个月，当然不知道拳赛了。这个拳赛是监狱的保留项目，一个月一次，上到狱警，下到犯人，每个月最期待的事就是拳赛了。"大壮兴奋地介绍道。

"还有这种事？"吴乾指着那边正在收钱和记录下注的两个狱警，"那是在干吗？"

"拳赛不是光打拳，还是可以押注的赌局。冯彪负责管理下注，安排赔率，江桥就舒服了，什么事都不用干，就可以在背后抽成收钱。"

"江桥这个吃人不吐骨头的人渣，犯人的这点钱都不放过！"吴乾四下观察，发现拳台四周的警卫很多，而油漆房的警卫已经撤走了，"那边油

漆房站岗的警卫怎么没了?"

"肯定是去下注赌钱了呗,当狱警一个月才赚几块大洋,这拳赛的赌局要是真能赢个大的,没准这辈子就不用当狱警了。"大壮扭头望向拳台,跟着旁边的犯人一起欢呼起来。

吴乾四下张望,果然发现远处的狱警聚集在一起看拳,几个原本重兵把守的通道都疏于看守。他心内暗中盘算着什么,这时,就看到卫乘风和杨然在人群之后的另一个角落,于是挤了过去。

人群中,林忠岩的目光聚焦在吴乾身上。

"刺激!刺激!看来我今天发财了。"杨然看着拳赛,激动不已。

"发财?"卫乘风问道。

"我把我全部的身家都押了金刚赢。"

"你就这么笃定他能赢?"

"他可是已经七连胜了,押他准没错。"杨然激动地看着台上,不再搭理卫乘风。

忽然,吴乾把卫乘风拉出了人群,严肃道:"你不是说想去查胡风南的大本营吗?现在那边正好没人看着。"

"可是,你不是刚跟红衣发过誓,不去查胡风南吗?"

"喂,你忘了我是靠什么吃饭的?我是个骗子啊,趁着现在警卫都在看拳赛,你快跟我走,晚了,就没机会了。"

"好!"

两人一起转身离开。

拳台之上,冯彪站在金刚和李威中间宣布道:"我们虹口第一监狱拳王争霸赛,现在正式开始!"

场下顿时响起了雷鸣般的掌声,冯彪退到拳台之下,台上两人立即开始进攻,场面十分激烈,并没有什么规则可言,各种阴险招式都使了出来。

"揍他!揍他!"围观的犯人们发出山呼海啸般的声音,似乎比台上的拳手还要激动。

大壮喊累了，转身一看，却发现吴乾不知何时已经不见了。

二楼角落里，胡风南和张仲林看着下面拳台上的比赛。

"金刚这拳法可真厉害，难怪能连胜七场。"张仲林感叹道。

"是吗？你想不想上去打一打？"

张仲林连连摆手："大哥你别逗我玩了，打拳我可不行。"

"既然你不想打，咱们就走吧，回去聊聊正事。"

"是，大哥。"

张仲林和胡风南转身要走，胡风南突然停住，看了一眼下面的拳台问："那个瘦子叫什么？"

张仲林愣了片刻："好像叫李威。"

"他赢了。"

"啊？大哥你不是在开玩笑吧？"

胡风南笑了笑，转身离开，张仲林紧跟在他后面。

观景台上，江桥抬头正好看见张仲林和胡风南离开。

另一边，卫乘风和吴乾蹑手蹑脚地来到油漆房，吴乾在门外望风，卫乘风则进去搜寻线索。油漆房的角落里，卫乘风发现一个装满武器的箱子，里面有匕首、老虎钳以及钢丝等各种东西，箱子的旁边，还有一张碎了一半的档案，上面写着"英吉利驻沪副总税务司，邓肯"。卫乘风拿起来一看，发现果然有问题。

油漆房外，吴乾发现胡风南和张仲林远远走来，赶紧拼命敲门："卫乘风，来人了！来人了！"

然而卫乘风还在屋子拿着那张档案发呆，完全没有反应。

眼看胡风南和张仲林就要走到眼前，吴乾用力敲了一下门，转身躲到角落里。胡风南和张仲林已经走到油漆房门口了，吴乾急得满头大汗，心里一沉，想着这下可算是完了……

# 第二十二章

# 往事

油漆房中，卫乘风猛然回过神来，拿着那张写着"英吉利驻沪副总税务司，邓肯"的字条往外走，可他刚要开门就听到外面有两个人的脚步声渐渐逼近。卫乘风惊慌失措，转身逃向油漆房深处。

油漆房门外，胡风南和张仲林环顾四周，见无人跟随，便推门进去了。角落中，吴乾的心提到了嗓子眼，完全不知卫乘风接下来会遇到什么。

胡风南和张仲林进入油漆房，如往常一样放松下来，他们并没发现角落中的柜子开着一条缝，而卫乘风正躲在其中。

胡风南将档案袋交给张仲林："照片上的人是这次的目标，一个资本家，住在独院小楼，三天之内，必须交上人头！"

张仲林看起来不是很乐意："胡大哥，以前我们三个人一起行动，还常常九死一生的，这次就剩我一个，恐怕有点难度啊。"

柜子里的卫乘风顿时震惊了，思忖着此人很可能就是张仲林！

"你放心，这次我陪你一起去。"胡风南说道。

张仲林立即转忧为喜："早说啊胡大哥，您都出马了，我还担心什么。"

背后的柜门忽然微微响动，胡风南转身看去，发现工具箱有被动过的痕迹，立刻警惕起来："等等！"接着走向工具箱。

张仲林也警惕起来："谁来过这儿？"

胡风南扫视四周，从地上捡起那张被卫乘风扔下的纸片。

张仲林凑上去一看，顿时冒出冷汗："胡……胡大哥……"

胡风南怒发冲冠，抓起张仲林的脑袋就往墙上砸，将纸片抵在他眼前，怒吼道："不是让你处理干净吗？这是什么？！"

"我……我的确是都撕了、扔了，可能有点儿碎纸剩下，风一吹……"

"闭嘴！"胡风南狠狠地松开张仲林，环顾四周，忽然从工具箱里拿出一把刀，假装已经发现有人躲在屋子中，平静地说道："别躲了，出来，我可以饶你不死。"

柜子里，卫乘风吓得捂住嘴巴，不敢呼吸，犹豫着是该跳出去送死还是继续在里面等死。


油漆房外，吴乾一直趴在门口偷听，见卫乘风恐有危险，他咬咬牙，猛地推开门，大摇大摆地走了进去。

油漆房中，胡风南一听有人来了，瞬间将刀藏在身后，却不想来人竟是吴乾。

吴乾看到胡风南，假装吃惊道："哟，不知道二位大哥在里面，好巧啊。"

张仲林有些惊慌："谁让你进来的？滚出去！"

"哦。"吴乾点头就走。

"等一下。"胡风南突然开口，"你来做什么？"

"我……我刚才忘了点东西，回来看看在不在……"

胡风南藏在背后的刀已经握紧："你刚才进来过？"

"我……是啊……刚刚外面太阳有点……有点毒，这里正好没人看

着……我……我就想乘乘凉……没……绝对没别的意思，要是影响到了大哥，我这就走。"

胡风南用眼神示意张仲林，张仲林立刻伸手去关油漆房的门。

吴乾见状，惊恐万分地朝着门外跑去，边跑边喊："打扰二位大哥了，我现在就走，你们慢慢休息！"

吴乾夺门而出，张仲林一时没反应过来，愤然欲追。

"别追了，跑到广场上不好动手，追也没意义。"胡风南坐了下来。

"南哥……咱们现在怎么办……要不要……"张仲林做了一个割喉的手势。

"现在不是说这些的时候，这里不宜久留，先走再说。哼，贺青舟，又是你！"说完和张仲林一起匆匆离开。

半晌，卫乘风确认外面确实没人了，方才悄悄从柜子里钻了出来，飞快离去。

广场上，拳赛的局面出乎预料，李威致命一拳抡上去，金刚终于倒地不起，台下顿时响起喝倒彩的呼声。

"获得本届虹口第一监狱拳王称号的是——李威！"冯彪举起李威的手臂高声宣布。

广场内爆发出震耳欲聋的欢呼声，看台上的人纷纷站起来，有的激动地吹口哨，举起身边的人架在肩上；也有的懊恼地怒吼，或者痛揍旁边押对注的人，场面一度混乱不堪。

"比赛结束了，全都给我安静点，该回哪回哪！十分钟后挨个牢房检查，少一个人，全体没饭吃！"狱警用警棍敲击栏杆，引起犯人们的注意。

犯人们顿时安静下来，拖着意犹未尽的步子向牢房挪动。

吴乾悄然回到队伍中，四下张望，终于看到卫乘风也灰溜溜地回到广场上，顿时放下心来。

江桥从观景台走下来，假装不经意地走到胡风南身旁，低声耳语道："研究得怎么样了？"

"放心。"胡风南看都不看江桥。

"那我等你的好消息。"话毕，江桥离去。

胡风南看着广场上的犯人队伍，对张仲林道："你回牢房等我。"

"啊？大哥不是答应让我出来放放风吗？"张仲林见胡风南一脸肃杀，立刻低下头，"我回去，我这就回去……"

张仲林走后，胡风南盯着队伍中的吴乾，面露杀机。

广场上的犯人队伍还在慢悠悠地走着，吴乾快步凑到了林忠岩、大壮和万金隆的身边。

"林大哥你看，我赢了。"万金隆正在炫耀着。

"你赢了多少？"大壮好奇道。

万金隆一脸得意："赢了多少也跟你没关系。"

大壮勾住万金隆的脖子："没听说过见者有份吗，懂不懂规矩啊你，快拿出来和大伙分了。"

"想得美！"万金隆挣脱大壮。

吴乾看着他们，笑了笑。

"吴乾，你刚才干什么去了？"林忠岩问道。

吴乾支支吾吾："我……没干什么啊，一直看拳赛呢，人又多又挤，没看到我很正常嘛，我也没看到大哥你呀。"

林忠岩没再追问下去，回头环顾四周，却发现胡风南正在二楼角落上站着，二人恰好眼神对视。片刻，林忠岩主动收回目光，随众人离去。

二楼角落，胡风南意味深长地看着林忠岩一行人离开的背影，喃喃自语道："林忠岩，原来这个贺青舟是你的人，真是冤家路窄。"

广场上，卫乘风跟在队伍最后。突然，有一名犯人走到他身边，低声说道："余德义让我给你传个话，有事找贾六。"不待卫乘风反应过来，犯人就赶紧溜走了。

林忠岩、吴乾、万金隆和大壮回到六号牢房，顿时放松下来。

"什么打遍华北无敌手，还金刚，我看他趁早改名叫水缸！"吴

乾说道。

"你新来的不知道，这个月的拳赛可真是强强对决了，往年跟金刚对打的那些人，最惨的从胳膊到腿全断了，要是让他们碰见今天这个青帮的李威，啧啧，估计骨头都得碎成渣，今天看得真过瘾！"大壮连连咂舌。

林忠岩看着吴乾，忽然开口道："说吧，刚才去哪了？"

"我在看拳赛……"吴乾故作不解。

"还编！"林忠岩呵斥道。

吴乾喉头一哽，硬着头皮说道："我去了油漆房，不过那是意外……"

吴乾话音未落，林忠岩拍案而起："你是不是嫌命长？！"

"我……我怎么了……一个油漆房还去不得了？"吴乾不服气道。

"不能！你害死自己不要紧，你这是要害死他们所有人！"

"我怎么就要害他们了？"

大壮连忙帮腔："林大哥，吴乾一定不是有意的，你听他解释一下吧。"

"闭嘴！"林忠岩愤然将手中的佛珠摔在地上。

大壮顿时不敢说话了。

林忠岩冷冷说道："吴乾，我最后送你一句忠告，离胡风南还有他身边的人远点，还有你们两个，从今天起跟吴乾保持距离，否则丢了性命不要怪我。"

"林大哥，你是不是怕那个胡风南怕过头了？我就不信，光天化日的，到处都是狱警，他有这么大能耐杀了我？"

林忠岩摇了摇头："吴乾，你就是烂泥糊不上墙！"

吴乾气呼呼地坐在墙角，不再辩解，也不再看林忠岩。

此刻，十三号牢房中，胡风南一脸杀气地对张仲林说道："完成任务之前，我要你先去杀一个人，老规矩，干净利落。"

"谁？"

"今天闯进油漆房的那个人，贺青舟。"胡风南低沉凶狠，一字一顿地说道。

"明白。"张仲林点头应下。

一号牢房中，杨然赌输了拳赛，赔上了全部身家，沮丧地睡不着。

"这都是杀招啊，金刚怎么就输了呢？不可能嘛……"杨然不住地比划各种格斗动作，忽然大声叫起来，"我想明白金刚为什么输了！"

卫乘风敷衍地搭话道："为什么？"

"我觉得吧，今天金刚输的原因，是吃的不合他口味。"杨然一本正经地道。

"这是监狱，有口吃的就不错了，反正你身家也没多少，别再胡思乱想了。"

杨然一脸严肃道："不，这不是胡思乱想，根据我对监狱的了解，最近唯一的变化就是厨子换了。"

"监狱进进出出这么多人，这不算变化？"

"不管进出多少人，这些人都对金刚的生活没有影响，新人来了不敢惹他，老人走了更惹不到他，而厨子的变化，意味着菜品的味道会变，这会影响到监狱里每一个人。下次拳赛我得把这个因素也考虑进去！"

卫乘风一脸莫名："还赌？你不是没身家了吗？拿什么赌？"

"这不还有一个月嘛，再想办法呗。我脑子这么好使，总有办法……"杨然说罢一脸释然，准备躺下睡觉。

"既然你脑子这么好使，帮我分析个事……"卫乘风忽然说道，"我今天看到胡风南身边有个人，看样子像是他朋友……"

"胡风南……朋友？"杨然想了想，"你确定他们是朋友？"

卫乘风点点头。

"还有人能当胡风南的朋友？没听说过也没见过呀，不太可能吧……除非……"

"除非什么？"卫乘风急切万分。

杨然突然停住话头，盯着卫乘风道："你原来一定是个问题少年吧？"

"啊？"

"你进来以后，好像有问不完的问题，你……不会是……卧底吧？"

卫乘风顿时紧张起来："你……你……你是开玩笑的吧？"

杨然嘿嘿一笑："我当然是开玩笑啦，怎么会找你这么笨的人当卧

底,疯啦?"

"我……我只是觉得新来的嘛,总要了解一下情况,现在疯豹是死了,可往后不一定会出个什么疯狗疯狼的,我要是能混得好一点,以后就不用挨这么多揍。你还是继续说吧,到底谁会是胡风南的朋友啊?"

"要这么说的话,除非是死刑牢房那边的人才有可能。"

"死刑牢房……有办法能进去吗?"

杨然开玩笑地说道:"想进死刑牢房,最简单的办法就是杀个人喽,直接关过去,简单直接。"

"不行! 还有别的办法没?"

杨然有点担心地盯着卫乘风:"你真想去那边? 那边都是要死的人,有什么好看的?"

卫乘风故意激杨然:"不杀人你就没办法了? 刚才谁说自己脑子好使来着。"

"有是有,不过难点儿。如果你能像胡风南一样当上大哥,那你想去哪儿就能去哪儿,哈哈哈……"杨然好不容易止住了笑声,"但你又不是这块料,所以就只有最后一种办法了!"

"什么办法?"

"想办法让胡风南带你去。"

翌日,众人在仓库中干活,吴乾故意离大壮和万金隆远远的,大壮却厚脸皮地往吴乾身边凑。

"没听到林大哥说的话吗? 离我远一点,免得被林大哥教训。"吴乾赌气说道。

大壮苦笑着摇摇头:"林大哥也是为你好,担心你再被胡风南他们针对,胡风南在暗处,想要你的小命太容易了,我们又不能随时赶到你身边帮忙。"

吴乾气恼地一拍箱子:"我就想不明白了,林大哥这么畏首畏尾的,到底为什么,哪还有个大哥的样子,他胡风南这么嚣张,咱们跟他对着干不就完了!"

大壮连忙看了看左右，压低声音："你小声点！其实林大哥以前很威风的，就连胡风南也是林大哥的小弟。"

"那现在胡风南怎么这么嚣张？林大哥也不管管？"

"我也不清楚到底为什么，反正我进监狱没两天，就看到胡风南带走了所有手下，彻底跟林大哥决裂了。从那以后，林大哥就告诫我们不要跟胡风南起冲突……"

吴乾不以为然地撇撇嘴："我要是胡风南，我也跟林大哥决裂，就这么当缩头乌龟谁能受得了，我当初要不是……"他话说到一半，又摇了摇头，"唉，算了算了，不说了。"

"你当初是什么？继续说啊。"大壮追问道。

"不提了，八字还没一撇的事……"

"其实我挺羡慕你的，觉得你在林大哥身边，比我们用处都大，你又聪明，胆子又大……"

吴乾骄傲地点了点头："那也是生活所迫，我进来之前，也是新闸路上数一数二的人物，身边的朋友兄弟，没有一百个也有八十个，没点本事怎么镇得住？"

"怪不得……哎，我不如你，以前就是个火车站外面卖苦力的。"

"那为什么会被关到这里来？"

大壮不好意思地挠了挠头："工头克扣工钱呗，工友们没钱吃饭，我就想偷两个馒头给大家，结果被逮住了，工头罚我们所有人一周不能吃饭，我当时一冲动……就把工头捅死了，我也不是故意的，他家还有俩孩子呢……"

吴乾看着大壮，唏嘘不已。

仓库门口，张仲林拿着玻璃小刀，正远远盯着吴乾和大壮。

"大壮，那你想过出去以后做什么吗？"吴乾继续问道。

"那当然，等我出去了，就去拉黄包车，你不知道，我以前做苦力的时候可羡慕那些拉车的了，我这人别的没有，就有一把子力气，这活儿最适合我了。"

"拉车能有什么出息，出去以后你到新闸路上报我的名字，我那些兄

弟们帮你开个小店做买卖不成问题。"

大壮喜笑颜开道："那敢情好，我就等着你带我发财了！"

吴乾忙着自吹自擂，完全没注意到张仲林正在慢慢接近他。突然，张仲林一个箭步上前，玻璃小刀直刺吴乾而去。

"小心！"大壮用余光看到张仲林，一把将吴乾推倒在地上。

张仲林的刀却直直扎入了大壮的心窝，大壮顿时鲜血喷涌。张仲林眼见杀错了人，又想抽刀去杀吴乾，但大壮却瞪圆双眼，死死抓住胸口的刀子不放手。

吴乾瘫在地上，望着弥留之际的大壮，顿时耳鸣起来，身边犯人的尖叫声、狱警的呼喊声都如在天外一般遥远。这是他第一次眼看着兄弟死在自己面前，而且还是为他而死……

"等我刑期满了，就去拉黄包车，你不知道，我以前做苦力的时候可羡慕那些拉车的了……那敢情好，我就等着你带我发财了……"大壮方才的话盘旋在吴乾的耳际，久久不能消失。

林忠岩冲到大壮的尸体面前，愤恨地看着在一旁发愣的吴乾，又抬头搜寻到趁乱逃跑的张仲林，心中顿时有一个念头升腾盘旋……

六号牢房中，床铺空了一个。吴乾坐在角落里，眼眶泛红，指甲掐得掌心渗出血来。林忠岩转动佛珠，默念《心经》替大壮超度。

"大壮啊大壮，好好的人，昨天还活蹦乱跳的，怎么说死就死了呢，平时你老吵着要我给你讲《红楼梦》，我嫌你没文化人又粗鲁，一直不肯给你讲，现在我想给你讲讲《红楼梦》，你怎么就听不到了……"万金隆的泪洒在《红楼梦》的书页上。

吴乾突然起身，走到林忠岩面前："我要替大壮报仇！"

这时，林忠岩突然站起来，抓着吴乾的领口，将他直接扔到墙上："你还有脸替大壮报仇，你还嫌害人害得不够吗？要不是你到处惹是生非，大壮怎么会死？大壮这条命是替你死的，你欠他一条命！"

"林大哥……"

"不要叫我大哥，我没有你这样的小弟！"

吴乾双眼通红："所以我才要为他报仇！"

"报什么仇！一个大壮还不够吗？你还想万金隆也搭进去送死？"林忠岩压着声音怒吼道。

"我不怕送死！"万金隆站起来，走到林忠岩身边，"大哥，我也想替大壮报仇！"

"闭嘴！"林忠岩转头看着吴乾，"我告诉你，你如果真的非报仇不可，你就搬到别的牢房去。只要在这个牢房一天，你就不许报仇！听明白了没有？"

"林忠岩，我也告诉你，我不会连累你们的！这个事情既然因我而起，我吴乾也是街面上混饭吃的，老子一个人扛！"吴乾手中握着大壮给的护身符，暗暗发誓此仇必报。


木工房中，犯人们加班到夜里，终于结束了一天的工作，贾六带着大家依序离开。

卫乘风故意凑到贾六身边，压低声音道："你听说过余德义吗？"

贾六神色一变，嗓门变高了："卫乘风，你留下，我有事要跟你说。"

其他犯人全部离开后，贾六上下打量卫乘风，冷笑道："老余最近挑人的眼光有点差啊。"

卫乘风掩饰着不悦，严肃道："有个事需要你立刻告诉巡捕房，胡风南他们马上又要动手了，这次的目标是杀一个叫裴焕的资本家，时间就在三天之内，你要他务必派人保护好这个裴焕，到时候把胡风南他们一网打尽！"

贾六点点头，带着卫乘风回到一号牢房。

"以后做事认真点，不然罚的还是你！"贾六故意大声说话，说给牢房里面的杨然听。

"我知道了，不会有下次了。"

贾六转身离开。

"你是怎么得罪贾六了，他干吗把你留下来？"杨然赶紧凑上来。

卫乘风略一迟疑："他发现我做的那个椅子有点偷工减料，逼着我重

新做了一把……"

"不合格的多了，凭什么只留下你一个？估计他正因为命案的事焦头烂额，拿你出气呢！"

"命案？谁又死了？"

"你没听说啊，钱哥牢房那个大壮死了，我估摸着是胡风南下的手，可我就搞不懂了，胡风南为什么要杀一个大壮，按道理要杀也应该先杀钱哥……"

卫乘风一听此事是奔着吴乾去的，顿时心头一紧。

江桥一听又死了人，立刻就将胡风南请到了办公室。

"我说祖宗，我求你高抬贵手吧！眼看着巡查长就要来了，你又闹出这种事，能不能给我留条活路？"

"我没想杀他。"胡风南淡定如常。

"你没想杀他？那他怎么死的？"

"我要杀的人是贺青舟！"

江桥顿时更加焦急："那就更杀不得了！那个贺青舟可是莫新龙留在这里的人，你杀了他我怎么交代？"

"我们商议任务的时候被他看到了。"胡风南露出一副无可奈何的样子。

"那他确实留不得了……"江桥左右踱步，思考良久才开口道，"但这两天不行！等巡查长巡阅结束，立刻做掉他，剩下的事我来解决，大不了再换一个人当贺青舟……"

胡风南点点头："看在你的面子上，我就先饶他两天性命。至于那个大壮，你身为监狱长，随便给他一个死刑的罪名，就说已经枪决了吧。"

"也只能这样了。"江桥满面苦恼，一字一句嘱咐道，"老胡，千万不要再惹事了，万一露出马脚，你我都会死无葬身之地！"

贾六下班后，换上便服，匆匆赶往巡捕房，将卫乘风的消息传递给余德义。余德义立刻吩咐李鹿安排人手埋伏在裴焕的住所附近，监视这几天进出他家的人。若是解决了此事，定是大功一件，余德义不禁喜上眉梢。

十三号牢房中，张仲林站在胡风南面前，双腿发抖："南哥……是我的计划出了纰漏……被那个该死的大壮替贺青舟挡了刀，不过我保证，贺青舟活不到明天晚上，我明天一定杀了他！"

胡风南看着张仲林，目光阴森："这两天先不要动手了，等我们出完任务回来再说。不过，下一次我就没这么多耐性了，疯豹是不是自杀，你比谁都清楚吧。"

张仲林把头埋得更低了："我知道……我知道……下次我一定做得干净利落！"

"大壮那边你不用顾忌，我已经让江桥把他改成要处决的犯人了，你只需要不计一切代价，杀了贺青舟！"

"我一定不会辜负南哥的期望！"

"出去吧。"

张仲林离开后，胡风南面露杀意，自言自语道："贺青舟，这是你自找的！"

六号牢房中，吴乾和万金隆都睡下了，唯有林忠岩盘腿坐在床上，盘着佛珠。

突然，沉睡中的吴乾说起了梦话："我一定会为你报仇……为你杀了胡风南……杀……"

林忠岩看着一边说梦话一边乱踢的吴乾，渐渐陷入回忆——

当年，胡风南匆匆跑到广场角落，质问林忠岩："大哥，婉晴死了你知不知道？你之前越狱，就是去找她了，对吗？"

林忠岩沉默地点点头。

"为什么不告诉我？"

"我……我不知道怎么开口……"

"林大哥，婉晴是我妹妹，你老婆！她现在被人害死了，你告诉我不知道怎么开口？是不是那个孩子干的？我说什么来着，斩草要除根，要不是你

拦着，我当场就杀了他！"

"是我的错。"

"那现在怎么办，要不要出去做了他全家？牢里我帮你顶着，反正你为了看婉晴已经越了一次狱，也无所谓再越一次，这个仇你可一定要报啊！"

林忠岩叹了口气："报仇……呵……归根结底是我害死了婉晴，我能找谁报仇？就算我出去杀了那个孩子又能怎么样，我杀你，你杀我，不知道又要死多少人，可婉晴她再也醒不过来了，而且帮规说过，不能虐杀孩童……"

"什么时候了你还在这里提帮规？帮规有没有说过妹妹死了白死，连报仇都不行？"

"我现在只希望有人能杀了我，让我去跟婉晴见面，其他的，我什么都不想做。"林忠岩不再说话。

胡风南盯着林忠岩，缓缓摇了摇头："大哥不是这么当的，我问你最后一次，你真的什么都不做吗？"

林忠岩沉默不语。

"好，林忠岩，你不去报仇，我胡风南自有办法！"说完头也不回地离开了。

当时的狱长还不是江桥，胡风南说服狱长，允许他趁夜出狱。当晚胡风南就给婉晴报了仇，凌晨一回到监狱便将林忠岩叫到了狱长办公室。

"林忠岩，我有个好消息要告诉你。"胡风南狠狠地盯着林忠岩，"婉晴的仇我已经报了，她可以安息了。不过这件事里也有你的功劳，毕竟没你的牺牲，狱长大人不会让我出去报仇。"

"你做了什么？"林忠岩问道。

"没什么，我只是让狱长将你的刑期改成了终身监禁。当然我也改了我的，毕竟为了效忠狱长，我已经决定一辈子都不离开监狱了。"

前狱长眉毛一抬，盯着林忠岩："说好要斩草除根，你事情做得不干净，本来就要接受惩罚，幸好有你兄弟为你善后，你还不谢谢他！"

林忠岩瞪着胡风南："既然你这么恨我，为什么不杀了我？"

胡风南冷笑一声："杀了你? 太便宜你了! 我不许你在黄泉路上和婉晴相聚, 你不配! "

林忠岩看着胡风南愤恨的眼神, 顿时醒悟："原来你对婉晴……"

胡风南愤怒地吼道："没错! 你根本不配拥有婉晴! 你太软弱了, 不仅辜负了她, 也让我失望透顶, 根本不配做一个男人! 你看着我, 看着我! 看看到底什么才叫真正的老大! 真正的男人! 从今往后, 你不配活着, 也不配去死! 听到了吗? 林忠岩, 你就是拴在我胡风南身边的一条狗! "

"你不配活着, 也不配去死……"胡风南的吼声跨越时空漫延至今。

林忠岩时常想起胡风南的这些话, 却也只能盘着佛珠, 深深地叹息。


明镜学会近来忙得不可开交, 众人一直在追莫新龙的消息。这日, 博文愁眉苦脸地回来了, 雨辰一看便知是与莫新龙之事有关。

"莫新龙被何致鸿请去南京了。"博文沮丧道, "我刚去了万国饭店, 那里已经人去楼空了。"

"那计划怎么办? "雨辰急忙追问。

"老师说要请示上级, 恐怕我们和莫新龙无缘了。"

"既然莫新龙走了, 吴乾就暂时安全了, 这件事就可以从长计议了! "

博文摇头道："我倒觉得可以让红衣继续, 莫新龙不在, 少了眼睛盯着监狱, 红衣反而更安全, 况且, 红衣性格倔强, 不是做事半途而废的人。"

雨辰只得点点头。


监狱食堂中, 贺红衣正在给犯人打饭, 她从众人的闲谈间得知六号牢房的大壮死了, 顿时心头一紧。

此时, 胡风南走进食堂, 凡他经过的地方, 犯人们无不起身问安。吴乾看着胡风南, 顿时站起身来, 眼冒火光, 万金隆见状也跟着站了起来, 林忠岩立刻拉住二人。

胡风南端着饭碗, 在吴乾旁边坐下："贺青舟, 你快死了, 你知道吗? "

吴乾的眼神迎上胡风南, 气势完全不输："胡风南, 你也快死了。"

胡风南听了吴乾的回答，顿时笑了笑。

林忠岩放下筷子，开口道："胡风南，话说完了，你可以走了。"

"林忠岩，你现在挑的手下和以前可比不了，你看看这两个，也太不上档次了。"胡风南轻蔑道。

"再差也不会比以前更差。"林忠岩饱含深意地看着胡风南。

"我不和你做口舌之争，没有意义，我们俩谁是赢家，谁是败者一目了然，何况我今天也不是来找你的。"胡风南将饭碗推到吴乾面前，"这饭这么难吃，给狗吃吧！"说完起身离去。

吴乾欲愤然起身，却被林忠岩紧紧抓住……

第二十三章

巡查

　　六号牢房中出奇的安静，万金隆躺在床上熟睡，吴乾则愣愣地望向栅栏外。

　　"还在想大壮的事？"林忠岩忽然开口。

　　"大壮的事你能揭过去，我这里可过不去！"吴乾指指自己的胸口，"今天你要是不拦着我，我早杀了胡风南给大壮报仇了！"

　　"吴乾，你是不是真想替大壮报仇？"

　　"当然，我恨不得立刻杀了胡风南！"

　　"那好，我问你，你还记不记得你是怎么被关进来的？"

　　"我当然记得，我是被人陷害进来的！"

　　"可一旦你杀了胡风南，你就不再是背黑锅了，而是真正的犯人，你想清楚没有？"

　　"我……"吴乾忽然沉默了。

"而且，就算我今天不拦着你，你真的对胡风南出手，死的人，也只有可能是你。"

吴乾半信半疑："你怎么知道？"

林忠岩苦笑一下："因为我太了解胡风南的手段了，十年前我就认识他了……"

"十年前？"

"对，那时候我和他都还没进监狱，我是东山会的大哥，胡风南是我的小弟，当时的他，跟你一模一样，有胆子，也有脑子，不怕死，什么都敢干。我觉得他是块好材料，就将他收入麾下，不仅当他是小弟，还当他是接班人。当时我就把四条帮规告诉了他，第一不许背叛兄弟，第二不许贪没钱财，第三不许淫人妻女，第四不许虐杀孩童……"说到此处，林忠岩忽然停住了。

吴乾急忙问道："那你来监狱，是被胡风南害的吗？"

林忠岩摇摇头："恰恰相反，是我连累了他。那年，东山会跟别的帮派争夺地盘，我们在火拼中杀人。因为这件事胡风南被我连累判了刑，我判了二十年，他判了八年。我们一起被送到这里，可我们一点都不害怕，仿佛还在外头一样，我们觉得我们早晚能杀出去，重新争得一片天地。"说着他陷入沉思，仿佛回到了过去，"唉，现在想起来，这些仿佛都是上辈子的事了。"

"你们之间发生了什么？"

"进监狱之后，我很快就坐稳了老大的位置，之前的狱长找到我，让我给他做事，我答应了，但没有告诉胡风南。"

"做什么事？"

"这个你不需要知道。"

吴乾低声问："你们是不是出去杀人？"

林忠岩有些意外，随即恢复了平静："是。当时为了维持我在监狱的权势，我加入了前任狱长的杀手团，替他出去杀人。有一次做任务的时候，我因为心软，留下了后患，放过了一个十三岁的男孩，但我怎么也想不到，这个男孩后来找到了我在外面的家，放了一把火，烧死了我的妻子婉晴，而她不光是我的妻子，还是……胡风南的妹妹。"说着他眼眶泛红，强忍着悲痛。

吴乾瞪大了眼睛，不敢相信。

林忠岩继续说道："我听说婉晴遇害的消息，悲痛欲绝，当天晚上我就去找狱长，想要出去给婉晴下葬，他没有答应，情急之下我只好越狱。"说着他深深地叹了一口气，"唉，一报还一报，我杀过那么多人，本以为有什么仇冲着我来就行了，没想到最后还是连累了她……从那一刻起，我在外面的牵挂全都没了，我一下子想明白了，这个世界对我来说就是一个大监狱，我这辈子都要在赎罪中度过，那么在外面和在里面，又有什么区别呢，于是我选择回到监狱继续服刑。因为越狱，我在惩戒室被关了七天七夜，出来以后，我知道，以前的那个林忠岩已经死了。"

吴乾心情复杂，沉默不语。

"没想到，胡风南这时候找到了我，要我为婉晴复仇。我理解他的心情，妹妹被人杀害，报仇理所当然，可当时的我，早已心灰意冷，哪有心思去复仇。胡风南认为我软弱，怒斥我根本就是个胆小怕事的鼠辈，后来他跟前狱长达成交易，趁出去做任务的时候，不仅杀了那个孩子给婉晴报了仇，还将我改判为终身监禁。胡风南没了出狱的希望，更加肆无忌惮，他带走了我所有的兄弟，只留下了大壮和万金隆。从此以后，监狱里只有胡风南，没有林忠岩。"

吴乾望向熟睡的万金隆："想不到，你和胡风南之间居然有这么多纠葛。"

林忠岩苦笑："没过多久，胡风南的势力越来越大，仗着有狱长撑腰，他在监狱里大开杀戒，所有人都怕他。我曾经劝过他收敛一点，可是他怎么会听呢……"他转头看向吴乾，"当初我不收你，有一部分原因就是你和以前的胡风南太像了，别看你平时嘻嘻哈哈，但你们骨子里都有一股狠劲。当时我很怕你会成为下一个胡风南，但在大壮这件事上，让我发现了你和他不一样的地方，那就是义气。"

吴乾认真地看向林忠岩："林大哥……"

"而且我知道，你拜我当大哥，不是真的要拜码头，而是要越狱。我也

无心再当什么大哥，从今往后，你也不用把我当成什么老大，就当我是个年长你几岁的朋友吧。"

吴乾隐隐惊讶，随即自嘲地笑了笑："好的……林大哥……不过你是怎么看出我从一开始就想越狱的？"

林忠岩笑了笑："我不光知道这个，还知道你有个帮手，就是厨房新来的那个女孩。"

吴乾一脸惊愕。

"不过我有点儿好奇，她究竟为什么要帮你？"

吴乾沉吟片刻道："她哥哥不见了，跟送我进来的那个人有关，她想让我出去帮他找到那个人。"

"谁送你进来的？"

吴乾摇摇头："不知道，我只知道他叫季先生，带着一个绿色的扳指。"

"那你更要活下来了，不然她怎么办？"

吴乾叹了口气，不知道如何回答。

"吴乾，我可以帮你越狱，但有一个条件，你不能为大壮报仇！"

"那大壮的死……"

"就是因为大壮死了，我才这么说。大壮、万金隆和你，不管时间长短，你们都选择跟了我。大壮已经死了，我不想看到你们任何一个人再死！我和胡风南已经今非昔比了，我现在的实力，根本承受不住胡风南的反扑。"

"如果我说最后死的，不一定是我呢？"

"没有如果，我不想拿你们的命去赌。吴乾，我想你活下去，换个活法，好好活下去。"

吴乾愣住了，有些犹豫。

"这两天你好好想想，如果你想通了，随时告诉我。"说完他转身回到自己的铺位。

吴乾看向门口，陷入了沉思。

冯彪匆匆走进狱长办公室，面色喜悦："狱长，刚刚收到的消息，巡查长明天就到。"

"真的？我让你准备的东西准备好了没有？"江桥问道。

"您放心，都准备好了。"

江桥难掩兴奋，默默叨念着："好啊，这次要是能做好了，没准是个升官发财的好机会。"说着转向冯彪，"我可警告你啊，这次事关重大，监狱里面给我盯紧点，千万别给我出什么纰漏！"

"明白，一切都交给我，您就放心吧。"

江桥点点头，又忽然不安起来："不行，你给我把胡风南叫来。"

一号牢房外，狱警敲了敲栏杆："杨然，三天后是你的探监日，别忘了。"

"忘不了，忘不了，谢谢狱警大哥。"杨然点头哈腰。

狱警转身要走，卫乘风连忙喊道："长官！长官！"

"干什么？"狱警盯着卫乘风。

卫乘风压低声音道："我想问一下，贾六长官……今天晚上怎么没来啊？"

"他晚上休息，你要找他等明天吧。"狱警转身离开。

卫乘风失落地坐回床上。

杨然喜不自胜："太好了，终于能见到我老婆了！我每年就盼这一天，你知道吗，我老婆每年都来看我一次，六年来风雨无阻，幸亏有她，否则我在监狱里面真的熬不下去。"

"你老婆对你真好。"

"那是，而且我老婆可漂亮了，人又贤惠，我在牢里的这些日子，她一个人操持家务，照顾父母，可不容易了。你都不知道我有多想她，不过她这回探监你是见不着了，等回头咱们都出去了，我争取让你见见。"

"好。"卫乘风敷衍道。

"对了风哥，你找贾六干吗呀？"

"没什么，我就是回想起来，之前他虽然把我留下干活，但是没打我

也没骂我，我……我想跟他说声谢谢。"

杨然看着这个傻乎乎的狱友，不禁笑出了声。


冯彪将胡风南带到江桥的办公室，然后欠身离开了。

胡风南毫不客气地坐在沙发上："这么急着叫我来，又有什么事？"

"我叫你来当然有大事，刚刚来的消息，巡查长明天就到，你不能再待在牢里了，被发现了不好交代，明天起来，你得去跟大伙儿一起参加工作。"

胡风南皱眉道："江桥，你在开玩笑吧？"

江桥走到胡风南身边，恳求道："我没开玩笑！你就给我个面子忍两天，那个巡查长听说狠着呢，你可别在这个节骨眼上坏我的事。我要是倒了台，你日子也不好过啊！"

胡风南想了想说："好，我答应你。"

"谢谢！谢谢！胡风南，这回我就全靠你了！"江桥露出感恩戴德的表情。

胡风南看着江桥的样子，冷哼一声。


翌日，监狱中各处的警力都比平时多上一倍，每个狱警的精神状态也都格外饱满。食堂中，贺红衣看着那些警惕异常的狱警，顿感疑惑，装作不经意地向厨师长询问缘由。厨师长则看惯了这样的场面，一望便知是有重要的人物要来。

监狱广场上，放风时间，卫乘风终于找到了跟贾六说话的机会。

"贾大哥，我托您带的消息带到了吗？"

"带到了，他说让你继续查，查到底。"贾六警惕地看着四周。

卫乘风却揪住贾六不放："查到底？那是什么意思？"

"也许就是让你一直查出到底是谁让胡风南出去做事。"

"监狱里能让犯人出门的还有谁，不就是那个江狱长……"

"可江狱长为什么要做这种事？"

卫乘风眉头皱了皱："那……那我应该怎么做？"

"这我上哪知道去，不过俗话说得好，解铃还须系铃人，你恐怕还是要从胡风南下手才行。"

卫乘风想了想："我……知道了。"

贾六点点头："去别的地方吧，我们尽量保持距离。我年龄大了，帮朋友个忙而已，可不想惹麻烦。"

"那个……我还有件事想拜托你。"

"什么？"贾六恨不得赶紧离卫乘风远远的。

"我有个兄弟也在牢里，叫吴乾，您能不能多关照他一下。"

"吴乾？哦……我知道是谁了，行，我会注意的。"贾六立刻转身离开。


正午，巡查长的车停在监狱门口。

江桥匆匆带着冯彪走到车边，点头哈腰地拉开车门："巡查长大人莅临指导，我江桥真是三生有幸啊，哈哈哈……"

车门拉开，巡查长却没有要出来的意思，装模作样地看了一眼手表，叹了口气，方才下了车："你就是江狱长吧，真是姗姗来迟啊，我的车停在这监狱门口已经整整十分钟了，江狱长好大的架子。"

江桥赶紧赔礼道歉："我的错，我的错，我应该在门口迎接巡查长大人才对。"

巡查长冷笑一声："出门迎接这些都是官样文章而已，我其实不太关心。我更关心的是江狱长你的本职工作，堂堂的虹口第一监狱到底是不是像传说的那样纪律严明、戒备森严。"

江桥嘴角微动，立刻弯腰伸手，做了个请的姿势："那是当然！巡查长您请移步来我的办公室，我为您做详细汇报。"

"不必了，责任所在，不敢耽搁，还是麻烦江狱长先带我参观一下吧。"

"好好好，那咱们现在就去。"


午饭时间，贺红衣到仓库放饭。杨然因为快要见到老婆了，激动得多要了一个窝头，吴乾大骂杨然没出息。

　　放饭完毕，贺红衣给不远处的吴乾使了个眼色，示意他借一步说话。下一秒，贺红衣立刻在贾六面前故意摔了一跤，装出很疼的样子。

　　贾六赶紧走上前扶起贺红衣问："没事吧？"

　　吴乾远远走了过来，嘴里不禁嘟囔着："呵，女人。"

　　"没事，好像扭到腰了。"贺红衣故意装作拖不动饭筐的样子，"长官，能找个犯人帮我搬筐子吗？"

　　吴乾听到这话，想要举手上前，没想到身边几个犯人比自己还快，争先恐后要帮贺红衣搬筐子。

　　"老实待着去！"贾六喝退一众犯人，又回头劝告贺红衣，"不是我不帮忙，只是这些犯人太危险了，要不你就在这里休息一会儿再走吧。"

　　"不行……回去慢了，厨师长要骂人的。"贺红衣顿时有些犯难。

　　林忠岩看到这一幕，走到贾六面前："长官，不如让我兄弟帮这位姑娘送回去吧，我的人你放心，不会出问题的。"林忠岩拍了拍吴乾的肩膀。

　　贾六想了想，点点头："那好吧，既然是你林忠岩做过保的人，我放心。"

　　吴乾立刻走到贺红衣身边，将筐子抬起。贺红衣则看着林忠岩，既惊讶又疑惑。

　　吴乾和贺红衣在去往厨房的路上终于有了说话的机会。

　　"刚才那个人好像跟你是同牢的吧，他为什么帮你？你跟他说什么了？"贺红衣立刻发问。

　　吴乾叹了口气，神色复杂："没关系……林大哥是可靠的人。"

　　"他知道我是谁吗？"

　　"不知道，不过他明白我们的关系不一般。"

　　"那他知不知道我们要做什么？"

　　"知道，而且他还会帮我们。"

　　"那就好，我正好也有事要找你。我拿到了监狱的地图，以后越狱一定有用，下次见面我给你，你好好研究一下。《红楼梦》我帮你买到了，下次一并给你，你是要送人吧？一本书的交情在牢里不算大也不算小，你跟那人要搞好关系，也许在越狱的时候，能成为我们的助力。"

　　吴乾不禁打断道："等一下……我……我今天找你，要聊的就是这件事。我越狱出去找季先生之前，想先去做一件别的事。"

　　贺红衣皱起眉头："又有什么事？"

　　"我要杀了胡风南，替大壮报仇。"

　　"什么？"贺红衣震惊万分，"你再说一遍？！"

　　"我要杀了胡风南，替大壮报仇！你放心，我杀完胡风南，就立刻想办法出去帮你找季先生。"

　　"吴乾，你是在耍我吗？胡风南在这里有多大势力连我都知道，你去杀他？你还有命出去替我找季先生吗？你以为我费了半天劲在这里当厨子，是为了看你去送死的吗？"

　　"你听我说……"

　　"我听你说什么？我进监狱以来，帮你做了多少事你知道吗？不是有我在，你都死了好几回了！为了救你出去，我去给江桥送蟹黄羹，我去新闸路办丧礼，我还要帮你找什么该死的《红楼梦》！你呢？你做了什么？你可有一分一毫的心思放在越狱上？说不出口是吗？那我替你说，你进了监狱就开始忘乎所以，跟着你那几个狱友，搞东搞西，没几天你就惹到了疯豹，现在还要去招惹胡风南！你是不是疯了？你就不怕死在牢里？"

　　"红衣，我明白，也许帮大壮报仇，我会死，那样你哥哥的事情我就帮不了你了，但是不杀胡风南我咽不下这口气，也对不起大壮的在天之灵。"

　　"大壮的命是命，我哥哥的命就不是命吗？"

　　"但我是亲眼看见大壮死在我的面前……"

　　"是，大壮死在你面前，你就为他报仇，我哥哥跟你无关，你就可以将此事耽搁下来。吴乾，你可真是菩萨心肠！"

　　"我……"

　　"你不用解释，我知道你想说什么！既然话都说到这个份上了，那我就挑明了，我给你两个选择，如果你一定要杀胡风南，我就离开监狱，从此以后我就当不认识你，你在监狱里是生是死也与我无关，我哥哥的事我自己会想别的办法，我就当一片好心喂了狗，以后你我老死不相往来。如果你选择忘掉那些个人恩怨，与我一起出去找季先生，今天的事我就当没发

生过。"

"我……"吴乾愣住，说不出话来。

"吴乾，人命与人命之间没有高下之分，我不是说贺青舟的命就比大壮的贵，但是你答应我的不能做不到，一诺千金，是你身为一个男人该有的最起码的原则。"

吴乾犹豫片刻，深吸一口气："好，我答应你先出狱去找季先生，其他的事等我出去以后再想办法。"

"说定了？"

"说定了！"

"希望你不要让我失望。"贺红衣转身离开。

吴乾看着贺红衣的背影，叹了口气，摇摇头不说话。


巡查长视察完空荡荡的牢房，又要求前往木工房视察犯人们的做工情况。江桥立即带路前往，一路上忐忑不已，想向冯彪询问胡风南是否在木工房，却没有机会开口。

木工房中，胡风南面前的桌上干干净净，什么都没有，一看就是出现在这里装装样子罢了。江桥见状瞪了冯彪一眼，冯彪心虚地低下了头。

犯人们看见狱长带着巡查长进来，都停下了手上的木工活。

"你们这些犯人真是三生有幸，今天正好碰上巡查长来咱们监狱视察，大家欢迎巡查长。"

"欢迎巡查长！"犯人们齐声道。

江桥带头鼓掌，犯人们也跟着鼓起掌来，只有胡风南纹丝不动。

巡查长摆摆手，示意大家安静下来："别紧张，我就是随便看看，大家该怎么工作还怎么工作，就跟平常一样，继续工作。"

"是！"大家在各自工作台上重新忙碌起来。

巡查长走到犯人中间，挨个桌子看过去。

江桥悄然靠近冯彪，低声呵斥道："你怎么安排胡风南在这里？刚才也不知道提前支走他！"

"属下不知道啊！这是下面的安排，不归我管啊。"

"你! 回去有你好看的!" 江桥紧张地看向胡风南。

巡查长走到一个犯人身边, 敲了敲他做的椅子, 发现很结实, 满意地点点头, 又走到胡风南身边, 发现他面前空空如也, 疑惑道: "你怎么不干活啊?"

胡风南轻蔑地看了巡查长一眼, 没有理会。

江桥吓出一身冷汗, 连忙凑过来, 疯狂地给胡风南使眼色: "胡风南……你……你怎么不干活呀? 快点干!"

胡风南看看江桥, 忍住火气, 拿起面前的工具, 却因实在太久没做过木工活而不知如何下手。

"快点啊!" 江桥呵斥道。

"怎么了? 不会干吗?" 巡查长盯着胡风南。

胡风南没有说话。

巡查长眯起了眼睛: "你叫什么名字?"

"胡风南。"

"你不会干木工活?"

"会。"

"那你做给我看看。"

胡风南犹豫了一下, 轻蔑一笑, 索性放下工具: "长官, 我今天不太舒服, 不想做。"

江桥瞪大眼睛, 呵斥道: "你胡说什么呢!"

"不太舒服? 哪不舒服? 给我说来听听。" 巡查长察觉出异样。

"哪里都不舒服。" 胡风南并不看巡查长。

"小子你是故意的吧? 别说那些没用的, 我想看你做点东西出来。" 巡查长不依不饶。

"我真的不舒服。" 胡风南凶狠地看着江桥。

江桥立刻赔笑看向巡查长: "巡查长, 也许他是真的不太舒服……"

"这儿没你说话的份儿! 像这种犯人我见多了, 觉得自己比谁都牛, 我当巡查长以来, 这种人, 我办了没有一百个也有九十多了, 在我面前嚣张, 你没这个资格。胡风南是吧? 来, 做给我看。"

胡风南仍旧沉默，一动不动。

巡查长敲了敲胡风南的头："我让你做、木、工，你是聋了吗？"

胡风南仍面不改色，慢慢攥紧锯子，一旁的张仲林也握紧了拳头，整个木工房的气氛瞬间紧张到极点。

"江狱长，你解释一下这是什么情况，你们这里的犯人都这么厉害吗？"巡查长扭头看向江桥。

江桥的汗顺着脸颊往下滴。

卫乘风眉头一皱，咬了咬牙，猛地站起身来，大叫一声："你……你们这些王八蛋，凭什么这么欺负人？"

众人惊讶地看向卫乘风，胡风南也看向了卫乘风，眼神中带着些许诧异。

卫乘风作势要冲上前打巡查长，冯彪立刻冲过来按倒卫乘风，一阵痛殴。

巡查长走到卫乘风面前："你说什么？"

"我……我说你王……八蛋……"

"站起来跟我说话！"巡查长呵斥道。

"巡查长，这些犯人都是穷凶极恶的歹徒，您不要和他们一般见识……"冯彪说道。

"是啊，巡查长……"江桥已经快要崩溃了。

"你让他站起来跟我说话！你们这儿的犯人，这点规矩都不懂吗？"巡查长抬高了声音。

"是！"冯彪拽起卫乘风，"巡查长要问你话，你最好给我好好回答！"

"你叫什么名字？"巡查长问道。

"卫乘风。"

"卫乘风……我记住你了！你把你刚才说的话，再说一遍！"

卫乘风深呼吸一口气，鼓足勇气，连珠炮一般地说道："我说你凭什么打人？犯人就不是人吗？犯人就可以随便被欺负吗？做不好木工怎么了，做不好可以学，难道你就天生会干活吗？"

冯彪抽了卫乘风一个大嘴巴："你小子是不是活腻歪了？卫乘风！"

"老子今天就要说,你们这群狗东西,就不知道干干人事,成天欺压我们这些犯人!"卫乘风继续说道。

冯彪立刻按倒卫乘风。

"放开我!"卫乘风挣扎着乱踢,一脚踢到了巡查长身上。

巡查长被踹得退后了两步,眼神中充满杀意:"你找死!"

"巡查长,您千万别动气,我这就替您收拾他。来人!快来人!"江桥喊道,"把卫乘风给我带到到惩戒室去,好好照顾着!"

"我跟你们一起去惩戒室,看看这家伙到底有多硬气。"巡查长整理了一下衣领。

江桥迟疑片刻,朝着巡查长敬礼:"是!"

惩戒室中,卫乘风已经被冯彪打得血肉模糊,疼得神志不清,昏死了过去。巡查长还不罢休,亲自将一盆盐水泼在了卫乘风身上,卫乘风顿时疼得惨叫一声。

"巡查长,您消消气,去我那里坐会儿,休息休息。"江桥一直在帮巡查长扇着扇子。

巡查长哼了一声,转身走出惩戒室。

"巡查长,您等等我。"江桥跟着巡查长往外走。

这时,一名狱警走了进来,对江桥耳语了两句。

江桥脸色立刻沉下来,叹气道:"就照他说的做吧。"

江桥追着巡查长离开之后,狱警走到卫乘风面前,将他拍醒。

卫乘风吓得立刻求饶道:"我……我知道错了,别打我了。"

"跟我走吧,南哥要见你。"狱警利落地将卫乘风松绑。

# 第二十四章

# 幻灭

　　十三号牢房中，胡风南和张仲林正在吃火锅，桌上的菜品异常丰富，完全不像是死囚牢房。

　　"南哥，人带来了。"狱警将卫乘风送进牢房，而后转身离开。

　　卫乘风看着面前的火锅，又回头看了看没上锁的牢门，一时不知所措。

　　"卫乘风，给你介绍一下，这位就是你之前心心念念想要杀的那个张仲林。"胡风南指着一旁的张仲林说。

　　张仲林阴森森地看着卫乘风道："就是我。"

　　卫乘风紧张得张不开嘴，双腿不住地打颤。

　　胡风南倒是笑了出来："不用紧张，今天你在木工房的表现我很满意，以前的事我既往不咎。"

　　胡风南又转头看着张仲林问："你没意见吧？"

张仲林立刻摇摇头："南哥说什么就是什么！"

"那就好，以后就是兄弟了。来，握个手吧。"胡风南看着二人。

张仲林率先伸出手，卫乘风哆哆嗦嗦地抬起手，胆怯地握了一下。

狱长办公室中，巡查长的火气丝毫未减，江桥吓得只敢站在一旁。

"我告诉你江桥，今天的事你别想混过去，我回去肯定要向上面报告，你等着吧！"

"巡查长，您高抬贵手，千万饶我一次，这次是我管教不力，我罪该万死！"江桥抽了自己一巴掌。

"不过嘛，这事说大不大说小不小，也不是没有转圜的余地……"巡查长忽然笑着望向江桥。

"明白，明白！"江桥立刻明白过来，打开抽屉，拿出一个盒子，"您来得急，没给您备什么好东西，一点小意思不成敬意。"

见江桥打开的盒子里面是十根金条，巡查长眼里的怒气明显退了下去："江狱长，你这样让我很难办啊……"

"巡查长，您可得救救我，千万别上报啊！我的仕途可全捏在您手上了，您高抬贵手，放我一马吧。"

"既然江狱长诚意这么足，那么今天的事就权当个误会吧，但是以后你可千万不能再出这种纰漏了。今天你是碰上我，要是碰上别人，你能落着好吗？"

"我懂，我懂！巡查长，我待会儿让人在醉仙楼安排一桌酒席，今天晚上得让我好好宴请您一顿，替您压压惊。"

巡查长摆摆手："我还得去别的地方巡查，不便在你这里久留，司机还在外面等我。"

"好，好，我送您！"

"不用，我这个人一向公事公办，你堂堂一个狱长，跟在我后面迎来送往的让人看见笑话，告辞了。"

"好……那……那您慢走啊，告辞……"

巡查长拿起装金条的盒子，转身离去。

江桥立即模仿巡查长的样子说话："我这个人啊一向公事公办，你一个狱长，迎来送往的，让人看笑话，我呸！"他狠狠地啐了一口，翻了一个大大的白眼。

十三号牢房中，胡风南招呼卫乘风一起吃火锅，卫乘风坐下来，却不敢动筷子，胡风南也并不多劝。

"卫乘风，我叫你来，其一是还你一个人情，今天在木工房，要不是你站出来，恐怕要出大乱子，那么多兄弟，没一个人有你这个胆子，踹巡查长，我喜欢。"

"我只是觉得他……欺负人……"

胡风南摆摆手："我不在乎你怎么想的，我只看你做了什么，这其二，我想安排你做一件事……"

"什么事？"卫乘风小心翼翼地问道。

"你小子就偷着乐吧，南哥想让你接疯豹的班！"张仲林说道。

卫乘风一脸震惊："我？"

胡风南点点头："不瞒你说，疯豹死了之后，我很难做，我有自己的事要忙，监狱里的小打小闹我根本不在乎，可是如果没人管理，我的兄弟们日子就会过得不舒服，本来我是安排了疯豹负责那些事，可他这个人成事不足，败事有余，惹了一大堆麻烦，我索性就把他杀了。我看你不错，不是个会惹事的性子，真到你扛事的时候，又能扛得住，我觉得你很适合接疯豹的班，就是不知道你愿不愿意？"

"这……"卫乘风支支吾吾不知道该如何接话。

胡风南继续说道："你放心，跟我混的兄弟，只要听话，好处有的是，我这个人赏罚分明，从不亏待兄弟，不过要是你做错了事，也别怪我翻脸无情。你好好想想，你是被人派进来杀张仲林的，出去以后任务没完成，帮里是回不去了，那你要怎么生活？如果你帮我做事，我保你出去之后，衣食无忧，如何？"

卫乘风想了想，深吸一口气："我愿意！"

"好，明天放风的时候你在广场等我，毕竟疯豹这个角色也不是好当的,我帮你铺垫一下。"

"谢……谢谢南哥……"

胡风南看着卫乘风笑了起来,张仲林也跟着笑,卫乘风勉强挤出一丝笑容,却还是没有回过神来。

夜里,贺红衣辗转难眠,仍为吴乾产生不想越狱这个念头而担忧。

"雨辰,我是不是被他骗了,他根本就没想过要帮我?"贺红衣忍不住向雨辰诉说,"虽然他最后承诺,会先出来找季先生,但是……"

"但是什么?"雨辰问道。

"我怕他骗我!我看得透所有人,但唯独这个吴乾,我不知道他说的哪句是真哪句是假,我怕他表面答应,背着我却又是另外一套,他在监狱里我又不能天天看着他,要是他真干了什么蠢事,那我还怎么找我哥?"

"红衣,你什么时候变得那么容易慌张了?"

"我不知道,只要一碰到吴乾,我心里就七上八下的,生怕他又出些什么事……"

雨辰笑了:"你最早看中吴乾的是什么?"

贺红衣犹豫了一下:"他正直,讲义气,虽然看起来吊儿郎当的,但做事绝不含糊。"

"你自己都这样说了,那还担心什么?放心睡吧!"雨辰释然地拍了拍贺红衣。

六号牢房中,吴乾确实没有让贺红衣失望,他已经想好了,监狱不宜久留,还是应该先越狱,日后再给大壮报仇。

林忠岩欣慰地点点头,认可吴乾的想法。

万金隆则一脸震惊:"吴乾,你也太不够兄弟了,越狱这么大的事,你告诉林大哥,都不告诉我,太不仗义了!"

"这不是告诉你了吗?"

"这能是一回事吗?你也太不仗义了,我给你一个弥补的机会,你能带我一起出去吗?"

"这个……看情况吧……我也没有准确的计划……"吴乾犯了难。

"万金隆,不准胡闹!"林忠岩严肃地说道。

"林大哥,我不是胡闹,我是真想出去。"

"除了我,哪个关在这里的不想出去?但你才判了五年,还差一年就能刑满释放了,这时候你越狱,要是被抓回来,你想过你会多判多少年吗?"林忠岩语重心长道,"再说了,吴乾是替人背了黑锅进来的,他没有刑期,他要是不越狱就得把牢底坐穿,你可不是,你给我安安稳稳待到刑期结束,不许动这些心思!"

万金隆垂下头:"我知道了。"

"林大哥,我还有一件事想问您,您……是怎么越狱的?"吴乾凑到林忠岩跟前。

"我当初的办法你用不了,越狱不一定是跑出去,也有可能是走出去的,我当时是出去替前任狱长办事,路上顺便拐了个弯……"林忠岩有些不好意思,"我虽然没真的越过狱,但我待的年头长,最了解监狱的人就是我,你需要什么,只要我能做到的,我一定帮你。"

"我也可以帮你!"万金隆附和道。

吴乾一副不相信的样子:"你们……不会是套路我吧……"

翌日,犯人们都在监狱广场上放风,卫乘风忐忑四顾,思忖着胡风南昨日的话。

片刻之后,胡风南带着张仲林和一众小弟气势汹汹地走向卫乘风。犯人们都以为卫乘风惹到了胡风南,都等着看热闹。

"我今天来是要宣布一件事情,疯豹已经死了,但是我胡风南手底下不能没有一个管事的,人选我已经定了,就是你,卫乘风。"胡风南看着卫乘风。

众犯人顿时一脸疑惑,齐刷刷地望向卫乘风。

"听明白了吗?卫乘风就是你们的新老大!"胡风南扫视一众犯人。

"听明白了……"众犯人还没反应过来,只有稀稀落落地回应。

"大声点,听明白了没有?"

"听明白了!"这次的回应声如洪钟。

胡风南这才满意地点点头。

杨然不知所措,低声询问卫乘风:"什么情况?"

卫乘风顾不上理会杨然,对着胡风南欠身道:"多谢……南哥……"

"要谢就谢你自己,这些人就交给你了,管好他们,不要像疯豹一样,闹得不可收场。"

"南哥,你放心吧。"

胡风南带着张仲林转身离去,广场上的犯人们顿时带着挑衅的目光盯着卫乘风。

卫乘风一时间有些慌神,只得冲着大家鞠躬:"初……初次见面,请多指教……"

一众犯人看着卫乘风讪笑起来。

不远处,胡风南和张仲林驻足望向卫乘风的方向。

"南哥,就卫乘风这怂样,能让这些人服他吗?"

"能不能服众,不是看我替他做什么,而是要看他自己做什么,如果这点儿考验都过不去,就是我胡风南看错人了。"

"我明白了,南哥,你这是要历练历练卫乘风。"

胡风南点点头:"走吧,回去听消息,希望这小子能给我们一点惊喜。"

自从吴潇潇回到了棚户区后,就一直住在白事店,日夜照顾着卫奶奶。这日,花蝴蝶、阿狼、董大锤提着大包小包,又给卫奶奶送来了一些日用品。卫奶奶看着这么多人来看她,高兴得不得了,却就是记不起他们是谁,吴潇潇顿时委屈地哭了起来。

卫奶奶不明所以,赶紧给她擦眼泪:"别哭……"

吴潇潇扑进卫奶奶的怀里,索性号啕大哭起来:"阿奶,您怎么就病成这样了……卫乘风不在,我爹死了,我哥又在监狱里,这可怎么办啊……"

"不哭,不哭……"卫奶奶从花圈上拿起一朵玉兰花,慈爱地戴在吴潇潇头上,"今生卖花,来世漂亮。"

吴潇潇摸了摸头上的花,又看看卫奶奶慈祥的面容,不禁破涕为笑。

巡捕房中，余德义将李鹿叫到办公室。

"经过我多方调查，上次刘唐彩一案已经有了眉目。我推测他们今天晚上还要出来作案，你晚上带队，把巡捕房所有人都派出去，装焕家周围全都安排上暗哨，务必把凶手给我捉回来！"

"巡长厉害啊！足不出户便知天下大事，您就是当世诸葛亮啊！"

"马屁就不用拍了，事要是办砸了，我唯你是问！"

李鹿立正敬礼："是！"

狱长办公室中，胡风南和张仲林正准备出动。江桥却神色不安，盯着桌上的照片，照片上是一个穿西装的中年人和别人的合照，中年人头上被人用红笔画了一个圆圈。

"今晚的任务，你们只能谨慎再谨慎，千万不能再出岔子了！"江桥叮嘱道。

"不用你说，我自己清楚。"胡风南一脸不屑。

"真不是我不放心你们，实在是上次许强的事让上面很不开心，这次要是再出差池，不光是你们，我也吃不了兜着走。"

"我亲自出马，你还有什么可担心的？"

江桥满脸堆笑："那如好，你们办完事以后，贺青舟那件事也可以动手了。巡查长那边我已经应付过去了，暂时是不会回来了。"

"杀一个贺青舟，轻而易举的事，还用江狱长特别吩咐？"张仲林说道。

"监狱里，凭你们的手段，想弄死一个人不是什么难事，但这贺青舟身份很特殊，万一传到莫新龙耳朵里，他要认真追查起来，那就难办了。万一莫新龙抓到了你的把柄，要我拿你是问……我就会很为难啊。"

"江狱长看来是有主意了？"胡风南问道。

"和聪明人打交道就是舒服，我早就帮你准备好了。"江桥拿出一小包药，"这本来是要给你做任务用的，省着点的话，还是能余下来一些的，解决贺青舟，就用它吧。"

胡风南仔细看了看："这是什么药？"

"你别小看这小粉末，这玩意儿西洋名叫氰化钠，绝对的好东西，毒过砒霜。我也是好不容易才搞到的，只要撒一点在贺青舟的饭菜里面，他必死无疑。"

胡风南点点头，将药包递给张仲林："江狱长，你说这个毒厉害，但再厉害的毒药也要能喂进人的嘴里才行。"

"这就得看你们的手段了。"江桥嘴角一斜。

胡风南看着张仲林："你觉得谁下毒合适？"

张仲林沉思片刻："要想神不知鬼不觉地给贺青舟下毒，就得找个能在吃饭的时候靠近他的人。卫乘风怎么样？南哥你刚让他顶替了疯豹的位子，不如就让他去？"

胡风南摇摇头："不行，吃饭的时候周围肯定是他们六号牢房的人，就算能瞒过贺青舟，也瞒不过林忠岩的眼睛，卫乘风跟他不熟，让他去下药，非常难，必须得是个亲近的人才行。"

张仲林想了想，又说道："那个杨然似乎和他走得很近，倒是可以利用一下。"

江桥点点头："我看行，这个杨然见谁都是一副笑呵呵的样子，你只要稍微威胁他一下，他肯定就范。"

胡风南没有回应江桥，对张仲林道："明天找个机会，你去找杨然谈谈，就说办好了赏他的钱这辈子都花不完，否则他在这个监狱就别想混了。"

江桥赞叹道："要不说你们专业呢，这么快就有对策了，效率就是高啊。"

"没别的事情，我们就先走了。"

"好说好说，祝你们圆满成功哦。"江桥似乎已经不那么焦虑了。

胡风南和张仲林趁夜行动，来到裴焕家附近，却观察到暗处隐藏着许多严阵以待的巡捕。

胡风南的眉头顿时皱了起来："可恶，怎么这么多巡捕？还好我加了个小心，踩了踩点，不然今天我们就得栽在这里了。"

"南哥，这么多巡捕，我们还要不要执行任务？"

"让这个裴焕多活几天……我要知道，是谁走漏了消息。"

"是，南哥！"张仲林随胡风南悄声离去。

胡风南和张仲林回到监狱，直奔狱长办公室而去，将外面的情况一一说明。

江桥紧张得反复踱步，半晌开口道："你上次说贺青舟碰巧撞到了你开会，你说消息会不会是从这里露出去的？"

胡风南点点头："这个贺青舟，我肯定容不了他了。"

而此刻的巡捕房中，余德义正为这一夜的一无所获而迁怒于卫乘风，认为是他传了假消息。

翌日，张仲林将杨然叫到油漆房，以胡风南的名义让他去给吴乾下毒。

杨然看着手上的毒药，连忙塞回张仲林手里："不行不行，张哥，您找别人吧，这事我真的干不了！我马上要见到我老婆了，在这之前我可不能出事啊，万一查到我头上，我就见不到我老婆了，我俩一年就见一回，您就行行好，高抬贵手，把我当成一个屁给放了吧！"

张仲林推开杨然的手，执意把药包递过去："你先拿上，等你见完你老婆再去做，不急。"

杨然退后一步："张哥，张爷爷，张祖宗！我的刑期还有一年就到头了，我实在不想出乱子，您就换个人吧！要不我给您找个人行吗？"

张仲林一把把杨然扯了过来，威逼道："我看起来像是在跟你商量吗？要么你去把这件事做了，要么我现在把你做了，你自己选！"说完一把推开杨然，将药包扔到他面前。

杨然盯着药包，心如死灰。

钱宅，自从钱白铁命人给贺青舟做湖南菜以来，贺青舟便不再进食，精神与身体状况每况愈下。这日，吕思蒂随赵管家前往查看，却撞见贺青舟拿着一块碎玻璃片，正向自己的腕子割去。

"贺老板！你这是干什么呀？快住手！"吕思蒂惊声尖叫。

赵管家连忙上前，将玻璃片夺了过来。

"你夺下这一次，还能每次都夺走吗？我总会有机会的。"贺青舟有气无力地说道。

"你这又是何苦呢？"吕思蒂感叹道。

"何苦？你们家老爷摆明是要弄死我，我还留着命等他作践吗？"

"老爷闹脾气，你也跟着他闹？你真是犟脾气，和老爷服个软不行吗？"

"我宁愿死！"

"吃饱了再想寻死的事吧。"吕思蒂转头看向管家，"老赵，弄点淡粥配些咸菜，再准备些不起油的点心，这样饿下去，非出人命不可！"

"可是老爷吩咐过……"赵管家不敢擅自做主。

吕思蒂瞪了眼赵管家："老爷问起来就说我说的！贺老板是客人，怎么能让客人饿死在我们家里？"

赵管家领了夫人的命，片刻便端上了许多清淡的吃食。贺青舟并无绝食之心，只是担心吃坏了嗓子，所以才日日坚持着，如今见了这些汤粥点心，便丝毫顾不得风度，顿时狼吞虎咽起来。

"别急，慢点，吃两口粥。"吕思蒂面色欣慰。

贺青舟终于缓了过来，抬头看向吕思蒂，一字一顿地问："你们究竟是什么人？"

"我不知老爷一开始是怎么和你说的，但我不想骗你，我家老爷是皖系第七独立团团长。"

贺青舟苦笑："团长……团长……难怪，不然莫新龙怎么愿意放人……"

"贺老板你错了，莫大帅从没说过愿意放人，是我家老爷去求的监狱长，偷偷把你带了出来，因为你，他也得罪了不少人。"

"当真？那戏班子的事……"

"戏班子的事，老爷也很遗憾，他到的时候，他们已经被莫新龙……唉，这些你还是不知道的好，我只想告诉你，老爷为了救你出来，已经做了够多了，其中有不周之处，我替他向您赔个礼。"

贺青舟转过头说："照此说来，我还得谢谢他了。"

"你还在怨老爷不肯放你出去？这也是实在没办法的事，外面都有莫新龙的眼线，只要你被他们发现，我们这些帮过你的人都会受到牵连。为了我和老爷，我也请你不要出门，这里是全上海最安全的地方，等风头过了，我保证我家老爷一定会让你走的。"

贺青舟一声冷笑："我贺某人何德何能，值得钱先生和夫人为我操心！"

"其实，我很羡慕你……"吕思蒂露出一丝无奈，"老爷是个好人，他向来不喜打打杀杀，平日最爱的就是听听戏文、念诗写字。可是啊，这些我都不会，我也听不懂曲子的好坏，老爷嘴上不说，心里总是失望的，可你……老爷是真心喜欢你的戏，虽然过程可能让贺老板不舒服，可是，老爷从来没有想过要害你。"

"可终究他还是在勉强我做我不想做的事！戏班子已经没了，我在不在上海，唱不唱戏，已经不重要了。夫人，请麻烦替我转告钱先生，先生的好意贺某心领了，以后是死是活，请先生勿念。"

吕思蒂转念一想，劝说道："贺老板可有什么亲人？"

"有一妹妹，失散数年，也不知能不能再相聚。"

"说不定，你的妹妹也在找你呢，如果你放弃了，她就失去你这唯一的亲人了。贺老板，不要再轻易寻死了，眼前的难关都是可以过去的，赵管家我已经叮嘱好，老爷那我也会想办法，今后几日的饭，贺老板可不能不吃了。"

贺青舟看着吕思蒂和善的模样，无奈点了点头。


这几日，莫新龙正收拾行装，欲随何致鸿离开上海，临走前，他吩咐手下将芳澜扔了出去。芳澜苦苦哀求，却再也见不到大帅的面了，只得蓬头垢面地瑟缩在街角。


监狱中，杨然自从怀揣着那一小包毒药后，就日不能食，夜不能寐，每一刻都假想着自己因为投毒杀人而再也见不到老婆了。张仲林见杨然迟迟没有行动，于是趁众人吃饭之际来到食堂给杨然施压，杨然不得不迈出了这一步。

杨然在张仲林的注视下，端着饭碗向吴乾走了过去："怎么一个人啊？林大哥呢？"

"我先干完活了，林大哥和万金隆估计还得一会儿。"吴乾说道。

杨然瞥了一眼不远处的张仲林，硬着头皮对吴乾道："呃……最近食堂的饭是越来越难吃了。"

吴乾摇摇头，狼吞虎咽："今天这菜算不错了，大壮原来最爱吃的，可惜他不在了，只能我替他多吃点了。"

桌子下面，杨然紧紧攥着药包，双手颤抖不已。这时，吴乾的筷子不小心掉在地上，他立马低头去捡。眼看吴乾的饭碗就在面前，杨然的神色愈加紧张。不远处，张仲林急切地给杨然使眼色，杨然紧张地点头回应。

吴乾捡起筷子，杨然紧张地劝慰道："钱哥，别总想这些伤心事，得想点高兴的，要不怎么撑下去啊。"

吴乾吹着筷子上的灰："得了，人都在这儿了，有啥高兴事可想？"

"你看我，我就成天想啊，盼啊，盼我老婆今天来看我。为了见我老婆，再苦再累我都能熬下去。"

"我就从不把希望寄托在别人身上，就说你老婆，假如有一天她给你戴了绿帽子呢？"吴乾说着，夹了一口饭要往嘴里送。

杨然霎时间变了脸色，猛然起身，一巴掌掀翻了吴乾的饭菜。

"你干吗啊？"吴乾万分不解。

杨然气得脸通红，喘着粗气，指着吴乾骂道："我警告你，你别瞎说！平时你们欺负我，哪怕说我是狗，都没问题，就是不许侮辱我老婆，听懂了吗？"说完拂袖而去。

这时，万金隆端着饭碗走了过来，坐在吴乾身边："你是真的把杨然惹恼了，我从来没见过他这个样子。"

吴乾一脸莫名："我没怎么他啊，我说的'假如'，假如有一天她老婆给他戴绿帽子，他较什么真啊？"

万金隆同情地看了吴乾一眼，摇摇头，把餐盘推到他面前："谁知道呢，吃点我的吧。"

不远处，张仲林看见这一幕，脸色阴沉可怖。

木工房中，卫乘风正在做工，忽然，几名囚犯围了过来，将卫乘风团团堵住。

卫乘风冷汗直冒："各……各位大哥，有什么吩咐的？"

几个犯人你看看我，我看看你，谁都没有说话，只是冷笑着，一步步逼近卫乘风。

"有话好说，有话好说。"卫乘风吓得双腿颤抖。

杨然虽然下毒未遂，但他相信在狱警的监视下，张仲林不会对他动手，于是便热切地期待着下午与老婆的会面。好不容易等到了下午，杨然面带喜色，被狱警押着往探监室的方向走去。

忽然，张仲林的声音从背后传来："等等！"

杨然看见张仲林，顿时面色惨白："狱警！他要杀我！他要杀我！"

张仲林阴冷地看了杨然一眼，又看向狱警："这个人，南哥要见。"

杨然一脸惊恐，向狱警哀求道："求求你……别把我交给他……我还要见我老婆，我不能跟他走……"

狱警显得有些犹豫。

"你放心，南哥没说要杀他，就是聊聊。"张仲林说道。

狱警想了想，将杨然交到张仲林手上："悠着点。"

杨然惊恐地摇头，却被张仲林强行拖到了工具房。

张仲林对着杨然狠狠踹了一脚："你小子挺有种啊，敢耍我？"

杨然踉跄跪下，哀求道："我真的不能杀人……放过我吧，今天是我和我老婆约好的探监日，我无论如何都要见她一面！求你了，让我见她一面……"

"小命都要不保了，还跟我提要求？"张仲林对着杨然拳打脚踢，"我都跟南哥保证了，没想到你给我来这一套，还好南哥不知道，不然我现在也要完蛋！敢耍我？"张仲林一拳挥向杨然的脸。

杨然捂着脸，有气无力地哀求着："别打了，求你了，要打也别打脸……

我马上要见我老婆，我不能让她知道我在监狱被打啊……"

"开玩笑，我打你还要挑地方吗? 不让我打脸，我偏要打! "

拳脚声伴随着杨然的呻吟声响彻工具房，良久，张仲林实在打累了，方才把杨然放了出去。

鼻青脸肿的杨然逃出工具房，立刻直奔探监室，却被告知根本无人等他。

"小云——小云——"杨然不愿相信，不断地在探监室外嘶吼，却没有任何人回应。

第二十五章

拳霸

　　杨然垂头丧气地回到牢房，想了一万种老婆没来的原因，每一种都让他悲痛欲绝。

　　"我在监狱里像条狗一样，讨好所有人，叫这个大哥，叫那个大哥，就是为了平平安安出狱，和我老婆团聚，如果她出了什么事，我真的不想活了……"杨然忍不住向卫乘风哭诉道。

　　卫乘风和杨然一样，也是鼻青脸肿："小杨，你不能死，就算为了你的家人也要活下去。你告诉我你老婆的信息，我想办法托朋友帮你问问。"

　　杨然重新燃起了希望，将家的位置告诉了卫乘风。

　　翌日，午饭时间，卫乘风趁机将杨然老婆的地址告诉了贺红衣，贺红衣虽然不愿横生枝节，但听了前因后果也答应了下来。

　　"还有你，又惹到谁了？"贺红衣盯着卫乘风脸上的伤。

"疯豹以前的几个小弟，没事，不严重。"

"我早就说过，你就不适合做卧底。"贺红衣看看周围，小声道，"你打不过的话，就逃，跑快点总会吧？"

卫乘风讪笑着点点头，心底却有点失落，隐隐觉得这样会被贺红衣瞧不起。

下午，卫乘风回到木工房劳作，疯豹的几个小弟又围了上来，再次对卫乘风拳脚相加。卫乘风不想做一个被贺红衣瞧不起的男人，欲奋起反击，却再次被打得毫无还手之力。

胡风南见状，冷冷地看着卫乘风说道："是我看错人了，你确实不适合当疯豹的接班人。"

"等等！"卫乘风忽然叫住胡风南，"都什么年月了，还用拳头解决问题，我还以为南哥的眼界会更长远呢。"

胡风南好奇地看着卫乘风："那你说用什么？"

"用脑子。"卫乘风鼓起勇气说道。

胡风南迟疑片刻，挥手示意众人散开："说说看。"

"南哥，您找我是想让我接疯豹的班，还是让我成为第二个疯豹？"

"疯豹已经死了，你说呢？"

"那就是了。您说的是让我管理监狱，不是让我打遍监狱，在我看来，拳头并不能用来管理，只有脑子才能。"

"卫乘风，你是说我没脑子？"

卫乘风顿时有些紧张："不不不，我不是那个意思。我是想说，管理监狱跟……开一家工厂是一样的，您最终的目标不是让大家都怕您，而是让大家都是您的人，让他们为您所用，对吧？"

"话是不错。"

"我听说您的手下经常内斗，大家都是有脾气的人，平时小打小闹没关系，但有时候还动用武器……就像……他们打我这样，可搞来搞去，最后对您有什么好处呢？大家除了得到一身伤以外，一点好处也没有。"

胡风南陷入了沉思。

"南哥，您要是信我，让我接手，这些问题我都可以一一解决，不需要

见一滴血。"

胡风南思忖片刻，转头看向犯人们："你们几个都给我老实点，没我说话，谁也不许动他！"

犯人们仍有点不情不愿，但还是老实了下来。

胡风南紧接着将卫乘风带回了十三号牢房，想听他的具体方案。

卫乘风深吸了一口气，边思考边说道："我觉得最大的问题是您的手下虽然人数不少，但是没组织、没纪律，内斗不断、杂乱无章，其实大家在监狱里，比抢地盘争地位更重要的是生活，首先，您的小弟什么能人都有，可并没有机会展现他们的才能，这是一种浪费，如果我们能将人员分成小组，每个组有组长，有组员，有能打的，有能动脑的，有能算账的，这样才能更方便行动，也便于管理。"

胡风南点点头，张仲林却听得发蒙。

卫乘风继续说道："其次，所有武器要统一管理，不然你今天捅一刀，他明天捅一刀，到最后，伤的还是自家兄弟。"

胡风南心里咯噔一下，默默点了点头。

"还有就是建立编外制度。不是什么人都能成为南哥的兄弟，但都必须经过编外考验，通过考验才能升级为正式兄弟，正式兄弟如果不听话，那就降级为编外兄弟，赏罚分明，会让兄弟们干活更卖力。"

张仲林愣愣地看着卫乘风，胡风南虽然听不太懂，但也跟着点头。

"当然，有这些制度在，只是让兄弟们更安全，却不能改变大家的生活，说到底，大家在监狱里最愿意看到的，还是赚钱。我听过一些关于拳赛的事，不知道当讲不当讲。"

"赶紧说。"胡风南眉头一皱。

"我听说南哥在拳赛上，利用……外面的势力收取赌资……不知道是不是真的？"

"是。"

"那您有没有想过，把这部分钱拿出来，分给大家？"

张仲林惊讶万分："你胡说什么呢！"

"说下去。"胡风南脸色微变。

"我想说的是，南哥您的肉一分都不会少，只不过我想让大家也都能有点汤喝。"

"有什么办法？"

"扩大拳赛规模，把内部拳赛扩展到外面，您在外面有朋友，可以让他们也参与到拳赛中来，他们的拳手进来跟我们的拳手打，犯人们的投注再怎么搞也是小打小闹，如果有外面的势力参与进来，可就不一样了，到时候这就不只是监狱里的娱乐项目，而是一个赌黑拳的大场子。兄弟们分成多个小组，就可以派到跟拳赛有关的各个岗位上去。能打的负责安保，更厉害的可以给拳手当教练，会记账的负责收钱、发钱、出盘口，再设三个经理，一个负责规划整体拳赛，一个负责账目，第三个负责监察，杜绝有人贪污。如果经营顺畅，往后拳赛不光是赌输赢，还能赌冠亚军，赌击倒时间，不光可以押胜还可以押平押负。比赛时大家各司其职，赛后获得相应的分红，到时候咱们只要躺着就能把钱挣了。"

"好！太好了！"胡风南突然鼓起掌来。

卫乘风不好意思地挠挠头："南哥……我讲完了，大概就是这些。"

"我果然没看错你！不过，你这些东西都是从哪听来的？"

"我……我进黑帮之前也是正经做过工的，当时学了不少……尤其是这个编外制度，让我吃了不少苦……"

"你这套办法我很喜欢。"胡风南看着张仲林，"传话下去，以后监狱事务全权由卫乘风负责，谁敢不服，就让他来找我。"

"是。"张仲林暗暗撇撇嘴。

卫乘风知道过了眼前这一关，如释重负地松了口气。


夜里，贺红衣按卫乘风的托付，找到了杨然的老婆张云、了解了张云因为丈夫入狱，多年来受尽欺侮，终于打算放弃这样的生活，不想再与杨然有任何瓜葛。

贺红衣将张云的处境告诉了卫乘风，卫乘风又将话带给了杨然。杨然全身的力气顿时像被抽空了一样，自此便缩在角落里，再没有了往日的机灵与活力。

这日，张仲林将杨然带到监狱楼顶，胡风南正在此处等着他。

"我再给你一次机会，杀了贺青舟，或者，跳下去。"胡风南冷冷道。

杨然本就心如死灰，此刻也不想再低三下四地求饶，他冲着天空笑了笑，径直跳了下去……

江桥听说杨然跳楼自杀，不用想便知又是胡风南所为，于是传话下去，说杨然是越狱未遂，摔断了腿，送去外面医治了。

监狱上下没有一个人相信杨然会越狱，但也没人敢在明面上提出一点疑问。卫乘风暗自猜测杨然是被胡风南打断了腿，他将这个想法告诉了吴乾，吴乾顿时怒上心头，再次燃起了报仇的念想。

自打贺青舟没了音讯，上海滩又起了新秀，名唤陆寒凝。这日，沈记商行的老板请钱白铁到红府戏院听陆寒凝的戏。钱白铁看着台上物是人非，不禁想起了幽禁家中的贺青舟，于是怎么看都觉得这个陆寒凝不顺眼，索性愤然离席。

"贺老板呢？"钱白铁一回府便向管家问道。

"贺老板一切都好。"

钱白铁皱眉："一切都好？那湖南菜他吃了吗？"

"这……"管家支支吾吾，说不下去。

这时，后院传来贺青舟吊嗓子的声音，钱白铁顿时了然，瞪了赵管家一眼，径直往后院走去。

后院中，陪在贺青舟身边的正是吕思蒂。

"我竟不知钱府轮得上你做主了。"钱白铁黑着脸出现。

贺青舟立刻噤了声，扭过头不看钱白铁。

吕思蒂却依旧笑脸盈盈："老爷，是我让人换了贺老板的湖南菜，惹老爷不高兴了，但是我在老爷身边，耳濡目染，也成了一个爱戏惜才之人。贺老板的嗓子堪称国宝，怎能真毁了呢？所以我就只好擅作主张了，老爷要罚便罚我吧。"

钱白铁冷哼一声："这么说来，我倒是不爱戏惜才之人了？"

"老爷这就是气话了，之前只不过是和贺老板之间有些误会，才生了嫌隙，我已经和贺老板解释过了，老爷做的这些正是在保护贺老板的安全，贺老板是懂老爷的苦心的。"

钱白铁看向贺青舟："是吗？"

贺青舟低头不语。

吕思蒂看两人气氛僵持，连忙开口："怎么都站着说话呢，老爷累了一天了，赵管家早就备好了饭菜，老爷和贺老板边吃边聊吧。"

钱白铁点点头，率先离开。贺青舟看了看吕思蒂，也跟了上去。

钱府餐厅中，早已备好了一桌清淡小菜。

吕思蒂给贺青舟夹菜："贺老板可能有所不知，我家老爷在吃食上一向是最讲究的，如今肯吃得如此清淡，自然是为了照顾贺老板的缘故。"

"钱先生不必为我如此……"贺青舟端起茶杯，"从前不解钱先生欺骗青舟，如今知道钱先生也有苦衷，十分惭愧，青舟以茶代酒，感谢钱先生为我所做的一切。"贺青舟说完将杯中茶一饮而尽，随即话锋一转，"只是我还有更重要的事要做，总不能一直在钱府叨扰，还请钱先生放我自由。"

钱白铁放下筷子问："贺老板有什么事要做？"

"一是莫新龙杀我万重山戏班上下老小，此血海深仇如若不报，我心中不安；二是我和唯一的妹妹年幼时离散，也不知现在她过得如何，我想找到妹妹，一家团聚。"

钱白铁嗤笑一声："报仇？贺老板想怎么报？莫新龙手握兵权，就凭你一个手无缚鸡之力的戏子，除了枉死还能有什么结果？况且，如今莫新龙已经离开上海，你……"钱白铁忽然玩味地看着贺青舟，"你若是真想大仇得报，还不如求求我，说不准还有一丝机会。"

贺青舟愣了一下，咬紧牙关："谢过钱先生美意，君子报仇，十年不晚，就算我现在对他束手无策，但是将来的事谁都难以预料。"

钱白铁叹气道："好，不说莫新龙，你说你要找妹妹，更是天方夜谭，上海滩这么大，又过了这么些年，你怎么找？"

"唱戏。"

"唱戏？"

"没错，我再找个戏班唱戏，打响名头，妹妹若知道了，定会上门找我。"

"贺老板这份打算原是不错，只是出了莫新龙这档子事，怕是整个上海滩都没有戏班子还敢收你了。"

贺青舟脸色瞬间煞白："怎么会……"

吕思蒂开口道："贺老板一心扑在戏上，外面许多事不甚了解，还是多听听我们老爷的吧。"

"偌大的上海滩，竟没有我贺青舟的容身之地……"

"贺老板这么说就见外了，你安心留在钱府，安全得以保障，吃喝用度供应齐全，还有什么可忧心的呢？"吕思蒂聪明地转移话题，"贺老板，再多吃点，这道茭白炒肉不错。"

贺青舟只顾叹气，哪里还吃得下一口饭。


夜里，吴乾翻来覆去睡不着，反复琢磨着有什么办法既能越狱成功，又能打败胡风南。

"打败胡风南可比越狱难多了，更何况你要两件事一起做，除非全监狱的人都来帮你。"万金隆随口道。

"全监狱的人都来帮我？这怎么可能？"

"是有可能的，监狱里出现过犯人暴动，有人打算趁着暴动越狱，可惜失败了……"

吴乾顿时被点醒，思考片刻，忽然问道："我之前听大壮说，每月一次的拳赛是冯彪在管理押注，江桥从中抽成，那胡风南在这里面是什么角色？"

"胡风南可就厉害了，没有他，这个拳赛就是小孩子过家家，哪有现在的气势。你平时看到犯人都是拿烟啊、糖啊一些琐碎玩意在赌，可你有没有想过为什么几根烟在牢里会让大家这么激动？牢里虽然管得紧，但是想弄点烟也不是特别难的事。"

吴乾眉头微皱，陷入思考。

"想不明白吧？我告诉你，你看到的只是拳赛的一部分，还有另一部分，一个更加黑暗的部分。"

"更加……黑暗？"吴乾好奇起来。

"犯人们还有一种下注方法，叫作口头下注，那用的可是真金白银，只不过这个钱不是自己出，而是外面的家人出。胡风南利用他在外面的势力，挨家要账，每收一笔钱，他都要留下一部分，如果犯人的家人不给，轻则挨打挨骂，重的直接……"万金隆做了一个割喉的动作。

"有这种事？"

"当然了！你想，那么多犯人参与，这个押注的量……一次拳赛，胡风南不知道要赚多少钱！"

"我明白该怎么做了！"吴乾突然露出一丝笑容。

翌日，吴乾找到卫乘风，让他搞一个闲杂人等无法靠近的空房间，用来开会。卫乘风想了想，决定找贾六帮忙。当晚，吴乾、林忠岩、贺红衣和卫乘风聚在木工房，贾六则在外面站岗。

吴乾将贺红衣和卫乘风介绍给林忠岩，时常打照面的几个人终于算是认识了。

"你费这么大劲，把我们大家叫过来干吗？"林忠岩问道。

"杀胡风南和越狱，这两件事，我都要做。"

贺红衣顿时怒火中烧："吴乾！你是不是在要我？你把我找过来就是告诉我这个？"

"红衣，这件事我仔细想了很久，有一个可行的计划……"

"我不听！你想找死随便你！"贺红衣转身欲走。

吴乾一把拉住贺红衣："我必须越狱，这是我跟你的约定，但我也不能眼睁睁地看着胡风南在监狱里作威作福。"

贺红衣沉默不语。

吴乾继续说道："胡风南铁了心要杀我，我和他之间，不死不休！如果我不冒这个险，我可能越狱之前就已经死了。"

"那你想怎么做？"卫乘风问道。

"我要在拳赛时公开挑战胡风南！"吴乾目光灼灼。

"不行！"贺红衣和卫乘风异口同声地反对。

"我会利用拳赛，搞一场大暴动，那时候是狱警人手最紧张、守卫最薄弱的时候，也就是我越狱的最佳时机！"

林忠岩点点头："置之死地而后生。"

"我不懂什么死地什么生地，但既然已经上了赌桌，就得赌个大的，这才能够本。红衣，我保证这个计划不会耽误越狱，一天都不会晚！"

卫乘风面露怯色："有钱，你要挑战胡风南……可万一失败，就没有一点回转的余地了！"

"我不挑战他，像其他人那样躲着他，我就躲得过去吗？就算我躲得过去，别人呢？看看大壮，再看看杨然，他们有什么错？他们的死，和我们每个人都逃不了干系！监狱里还有多少老老实实过日子，却死在胡风南手下的人？数都数不清！你们对得起杨然嘴里那一声声哥吗？"

卫乘风想了想："胡风南早晚要除，但杀了他不是办法，还是要将他绳之以法……"

吴乾点点头："我明白你的难处，我可以留他一条命，不过我要让他一败涂地，让他从云端跌到泥地里，再也不能像以前一样在监狱里无法无天！"

卫乘风露出笑意："好，我帮你！"

"够哥们儿！"吴乾勾住卫乘风的脖子。

贺红衣冷哼一声："简直可笑，你怎么能保证胡风南会接受你的挑战？"

"我自有办法，就问你愿不愿意相信我？"

"吴乾，我明白你一腔热血，也希望你能遵守承诺，我只知道胡风南是连狱警听了都害怕的人，你到底明不明白你在跟什么样的人斗？"

"我斗的就是整个监狱。"吴乾丝毫不让。

"你就这么有信心能活下来？"贺红衣的质问中带着一丝关切。

"我自己不行，但如果我们所有人加在一起，我不光能活下来，还能彻底逃出这个地方。"

林忠岩点点头："挑起暴动，营造时机确实是越狱的好办法，甚至可能是唯一办法，我会倾我所有来帮你，不要让我失望。"

吴乾欣喜不已，扭头看向贺红衣："就剩你了，红衣，你是最疾恶如仇的，你一定也看不惯胡风南的所作所为，我知道挑战胡风南，没有百分百活下来的道理，我也知道你找哥哥的心意，但我是吴乾，如果我就这么放过他，我一辈子都会后悔。你还是不是那个敢想敢干的贺红衣了，一句话，帮不帮？"

贺红衣长叹一声，扔给吴乾一本书："《红楼梦》，我给你弄来了，里面还有我给你的东西。"

吴乾翻开《红楼梦》，在夹层里面发现了一张监狱地图。

"这是监狱的地形图，我在狱长办公室发现的，然后凭记忆临摹了一份，吴乾你给我记住，如果你死在监狱里，我永远都不会原谅你！"

吴乾望着贺红衣，眼神中多了几分感激："我不是去送死，我是去打胜仗的。"

"别忘了你今天的话。"

众人终于达成一致，简单地讨论了一下分工便匆匆离去。

回到牢房后，吴乾、万金隆和林忠岩立即开始研究监狱地图。吴乾指着图上标示的守卫情况说："监狱分为南区和北区，我们所在的南区有重兵把守，北区因为有瞭望塔支援，守卫相对而言少得多。拳赛期间，北区本来就很少的狱警都会聚集在拳台附近下注看拳，这样北区的守卫就会更加松懈，我会找机会跑到南区和北区的交界处，找一个角落换好警服。根据我的推测，这个时候暴动应该已经控制不住了，广场肯定乱成一片，剩下的狱警都会跑去控制现场，我就利用这个机会，绕到牢房背后，直奔北区，然后从北区直奔监狱大门口。"说完他打了个响指，一脸兴奋，"怎么样？"

"你这个计划还有一个致命的问题。"林忠岩眉头不展，"你有没有想过，胡风南会不会让你活到计划实施的那一天？他如果一定要杀你，你如何躲得掉？"

"这事我早就想好了，我直接去找胡风南，让他不得不留我一命。"吴

乾狡黠地一笑。

万金隆和林忠岩不明所以，面面相觑。

当晚，胡风南再次出狱，终于找准机会杀掉了裴焕。江桥闻讯大喜，继而又叮嘱胡风南可以动手对付贺青舟了。胡风南早有此意，反倒嫌江桥多管闲事。

裴焕被杀的消息传回巡捕房，余德义大惊失色，对李鹿破口大骂："你们这些饭桶，提前收到消息都能让人给死了？你这个差是不是不想当了？"

"巡长，是您说消息有误，让我们先撤出来的……"李鹿怯怯道。

"蠢货！我让你现在去抓人，就是把整个租界翻个底朝天也得把人给我抓住！"

"是！巡长，我这就去！"李鹿吓得赶紧离开。

余德义气得来回踱步："卫乘风到底在干什么？！坑惨老子了！就算破了案，等这小子从监狱出来，老子照样饶不了他！"

翌日，监狱广场，吴乾径直冲到胡风南面前，面露杀机。

胡风南反倒饶有兴味地盯着吴乾："贺青舟，我没找你，你倒自己送上门了，说吧，你想干什么？"

卫乘风、林忠岩、万金隆等人此刻与胡风南一样，都想知道吴乾到底想干什么。

"胡风南，我要向你挑战！你有没有胆子在下次拳赛上和我来一场男人和男人之间的决斗？擂台之上，生死有命，你敢不敢？"吴乾气势凛然地看着胡风南。

胡风南笑里藏刀地看着吴乾："你在跟我开玩笑吧？贺青舟，我很欣赏你的勇气，可惜跟我挑战，你还不够资格。"

"胡风南，你记不记得婉晴？"吴乾猛然质问道。

"你说什么？"胡风南顿时怒不可遏。

不远处，林忠岩听到婉晴的名字，神色一变。

"胡风南，婉晴在天之灵看着你，一定会嘲笑你的，成天搞些暗杀、偷袭，不过是个胆小如鼠的懦夫，实在是不成器啊。你要是真的尊重婉晴，你就接受我的挑战，光明正大地击败我，让她的在天之灵看看，你胡风南到底是不是懦夫！"

胡风南迟疑片刻，将拳头握得咔咔作响："我是不是懦夫不需要向你证明，不过，我可以答应你，让你活到下次拳赛，给你一个挑战我的机会。"

"那就好，我就怕你不敢应战。"

"哼，你不是跟我打，是跟我的手下打，我这位兄弟几年没见过太阳了，正好这次拿你开刀。"

林忠岩的眉头突然皱了起来，露出紧张的神情。

"几年没见过太阳？"吴乾不明就里。

"好好珍惜你人生最后的时光吧。"胡风南冷笑一声，拍了拍吴乾肩膀。


江桥听说胡风南答应吴乾打拳一事，顿时焦虑起来："你为什么要放这个贺青舟一马，明明泄露裴焕消息的很可能就是这小子，你这是养虎为患，自掘坟墓！"

"反正也就是十来天的事，到时候自然会有人在拳台上当着所有人的面结果了他。"胡风南淡定依旧。

"你明不明白，我要的是万无一失！"

"当然可以万无一失，只要你肯放一个人出来。"

"谁？"

"常年待在禁闭室的那位。"

"你疯了？！那可是个大魔头，放他出来？我宁愿你自己上去跟贺青舟打！"

"你放心，有我在，他翻不了天，你不是要万无一失吗？"

江桥沉默半晌，终于松了口："好，我答应你，不过只能打拳的时候出来，打完立刻关回去。"

胡风南笑了笑："成交。"

六号牢房中，万金隆正在向吴乾介绍着胡风南所说的人选："肯定是阿秉，这个牢里能称得上好几年没见过阳光的，也就只有这一号人了，那家伙很早就被关进禁闭室了，这么多年从来没放出来过，我也是听说的。"

吴乾看着林忠岩问："林大哥，你对他了解多少？"

林忠岩面色阴沉："这世上有很多人杀过人，但他是我认识的，唯一一个因为乐趣而杀人的人。"

"他……很厉害吗？"

"厉害……要说搏击技术，他也许不是最顶尖的，但他一定是最狠的，他被关进监狱以来，跟他交过手的，非死即伤，胡风南打败他以后，才跟江桥商议将他关到了禁闭室。"

吴乾面色微变："我……那我只能跟他拼命了。"

"以你现在的能力，拼命的结果就是没命。不过你并不是没有潜力，之前你凭着一股狠劲能打赢疯豹，说明你心性没问题，但是技术实在是不够看，对上疯豹这种凭蛮力的也许能赢，但对上他，恐怕一分钟都撑不过去。"

"那……那怎么办？"吴乾有点慌了。

林忠岩笑了笑："我教你啊。"

吴乾看了看林忠岩："你……行吗？"

林忠岩头一回被人质疑，像是看傻子一样看着吴乾。

吴乾一脸茫然："我……我说错什么了吗？"

伸手不见五指的禁闭室中，阿秉躺在地上，戴着手铐和脚镣，呼噜打得震天响。

"阿秉，起床了。"胡风南走了进来，敲了敲铁门，"有活干了，下个月我要你帮我打一场拳赛，条件你开，你想怎么杀，就怎么杀！"

阿秉缓缓起身，动了动手指，又舔了舔嘴唇，忍不住笑了起来，看起来无比开心，却也无比恐怖……

第二十六章 生机

　　监狱中，犯人们纷纷议论吴乾挑战胡风南一事，全都认为吴乾是不自量力，张仲林更是将吴乾损得一文不值。

　　吴乾和万金隆并肩走着，故意抬高声音道："万金隆，其实我觉得，在监狱里待着也挺好的。"

　　"好？哪里好？"万金隆不明所以。

　　吴乾瞥了瞥张仲林，嬉皮笑脸地说道："有吃、有住、还能养宠物，多好。"

　　万金隆不解："谁养宠物了？"

　　吴乾故意提高嗓门："当然是胡风南啦，在监狱里养狗，都没人管……"

　　张仲林听出吴乾是在说他，顿时冲到吴乾面前："你再说一遍！"

　　"我说的又不是你，不用那么着急来认的。"

　　"贺青舟！南哥只是说留你一命，可没说别的，你是不是想跟杨然

一个下场？"

吴乾冷哼一声："说到小杨我就来气，他被你们害得现在还躺着，这笔账，我早晚得算！"

距离拳赛还有十五天，林忠岩倾囊相授，一有时间就教吴乾拳法，六号牢房俨然成了一间私人武馆。

"吴乾，你记住，这次拳赛跟你之前打过的所有架都不一样，这是生死之战，你能多学一点，到时候就多一分活命的希望。"林忠岩见到吴乾偷懒，立刻嘱咐道。

"是！"吴乾赶紧爬起来。

"你这次的对手是阿秉，这个人什么来历，谁都不知道，他性格极其古怪，除了杀人，没有任何事能打动他，他一直被关在禁闭室，是因为只要他和其他犯人住在一起，其他人非死即伤。你得把你的机灵全部扔掉，对上这种人，你要是有一丝讨巧的心，最后死的肯定是你！"

"各方面都这么厉害，那我还打个什么劲儿？"

"也不是没有人赢过他。"

"谁？"

"胡风南。"

吴乾愣了一下："胡风南这么厉害？"

"倒也不是厉害，其中也有运气的成分。"林忠岩回想起当时那场比赛，"胡风南是我一手教出来的，我练过西洋拳，所以胡风南也是西洋拳的打法，按道理，西洋拳更适合擂台战斗，可是在跟阿秉的交手中，他丝毫占不到便宜，但最后还是胡风南赢了，因为他发现了阿秉的一个弱点。"

"什么弱点？"

"喉咙。阿秉的喉咙上有一道疤，据说当年被人用刀砍过，胡风南当时一拳打到了他的这道疤上，阿秉忍不住咳嗽起来，胡风南趁机出拳，反败为胜。"

"所以这道疤就是我打赢他的唯一方法？"

"没错，不过对你来说最难的，不是如何打到他的弱点，而是……如何活到他暴露弱点的那一刻。"

"打不过，我跑不就行了？"

"你各方面都吃亏，单纯逃跑没有意义，反而会消耗体力，最好的办法就是你尽可能学到一点西洋拳的皮毛，至少可以保证你存活足够久的时间。至于怎么找到机会，那就看你自己的本事了。"

吴乾郑重地点点头，自此不再偷懒，抓紧每一分每一秒的时间向林忠岩讨教；而林忠岩也越发感受到吴乾是个可教之才，对他的信心一日多过一日。

广场上，胡风南与吴乾偶有相遇。吴乾相信胡风南在拳赛之前绝不会动他，所以在气势上丝毫不输，昂首挺胸地与胡风南擦肩而过。

放风时刻，吴乾拿着那块刻有"潜龙勿用"的护身符，悄然在地上磨尖。万金隆问他为何如此，吴乾只是狡黠一笑，并不回答。

卫乘风近来的日子也还算太平，手下们都对他客客气气，至少在表面上不敢造次。这日，卫乘风在工具间中挥退手下，抓紧时间查看，发现了三个油漆桶。卫乘风顿时想起当时检查尸体时，发现三具尸体的手腕上都有油漆印记，而邓肯上吊的绳子上也有细微的油漆点，他凝视着油漆桶，似乎有了眉目。

转眼便到了拳赛前一日，贺红衣来到棚户区，请阿狼做一件狱警制服。阿狼只会做内衣，没做过穿外面的衣服，可一听说是给吴乾越狱之用，顿时硬着头皮开了工。

吴潇潇在门外听见了贺红衣的话，立刻冲了进来，非要为吴乾越狱出一分力。贺红衣拗不过，只得让吴潇潇负责开车，在监狱外的关卡附近接应吴乾。

"放心吧，到时候我一定威震四方，把我哥风风光光接回家！"吴潇潇摩拳擦掌，生怕没人知道她哥哥要越狱了。

"你不能接吴乾回家。"贺红衣严肃道。

"为什么？他不回家回哪？"

"你哥这么一跑,监狱马上就会有人来找他,还有,你别忘了,他身上还背着官司,到时候不知道有多少双眼睛盯着呢。"

"是哦……杀热曼的凶手还不知道在哪呢……"

"我会给你哥安排好地方的,我再提醒你一句,你哥是越狱,你可千万别闹出太大动静。"

"这事关系到我哥的生死,我肯定会小心的。"

"我真不是在开玩笑,如果你那时候慢了一步,给了狱警反应的时间,他们手上可是有枪的,你们两个谁也跑不掉。"

吴潇潇点点头,发现贺红衣还是有些忐忑不安:"喂,你这么担心我哥,该不会是喜欢他吧?"

贺红衣急了:"瞎说!他整天吊儿郎当的,坑蒙拐骗,自以为是,总想拿自己那点小聪明逞大英雄,他在我眼里根本就是个混蛋,我喜欢他?"

吴潇潇偷笑:"一说到我哥,你的话就多起来了。"

"要不是为了找我哥,我才不会管他呢!我倒希望他能关在里面一辈子,少出来祸害别人。"贺红衣话音刚落,又立刻紧张起来,"呸!我收回!你哥必须活着出来。"

监狱中,狱警将五花大绑的阿秉送到了十三号牢房。

胡风南叮嘱道:"我知道你的手段,我只是想提醒你一句,明天的拳赛事关我的脸面,你只许赢不许输……"

阿秉看了胡风南一眼,又转过头去,像是完全没听见。

张仲林低声问道:"南哥,他这样真的行吗?"

阿秉听到这话,歪头看向张仲林。张仲林浑身打了一个冷战,不敢再说话了。

胡风南笑了笑:"放心,我最了解他的实力,如果他输了,那就没有人能赢了。"

六号牢房中,吴乾翻来覆去睡不着,索性翻身起来,悄悄练习林忠岩教的必杀技。

"你做得已经很好了。"林忠岩开口道。

吴乾回头一看林忠岩和万金隆都坐起来了，问道："你们怎么都醒了，睡不着吗？"

"你明天就和那个阿秉一决生死了，做兄弟的怎么睡得着……"万金隆眼看有点红。

"不用担心我，不就是一个阿秉嘛，我一拳打得他屁滚尿流……"

林忠岩打断吴乾："明天一战，不比平时，你可不能嘻嘻哈哈，千万马虎不得。"

吴乾笑了笑："林大哥，我这些招数可都是你手把手教的，你就对自己的拳法这么没信心吗？"

林忠岩笑起来："你啊你，你这张嘴真得改改了。"

"改不了，天生的。"

三人哈哈大笑起来。

万金隆看着吴乾："你要是真能跑出去，可别忘了回头拉兄弟一把。"

"你就好好待在牢里吧，一共没几天你就能出去了，别再成了逃犯。"吴乾道。

"早一天是一天啊！"

"你少来，不过我倒是可以保证，等你出去了可以来新闸路找我，以后你就跟我混，有我一口饭吃，就有你一口，保证饿不死你！"

"你放心，我出去以后第一个找你，到时候你可不许躲着不见我。"

林忠岩笑了笑："能做的我们都做过了，明天的成败就交给老天爷吧。吴乾，大哥祝你明天平平安安，顺利出狱！"说完他伸出手掌。

"还有我，还有我。"万金隆也伸出手掌。

"谢了，林大哥、万金隆，你们对吴乾的照顾，吴乾记在心里了！"吴乾与二人郑重击掌。


钱宅，贺青舟神情惆怅，不自觉地哼起了《穆桂英挂帅》。

"贺老板怎么唱起了《穆桂英挂帅》？"钱白铁遥遥走来。

贺青舟没有回头，似是自言自语地回应道："依稀记得小时候，我带着

妹妹远远听到唱戏声，我们穿过高高大大的人群，只看那戏台子上，唱的正是《穆桂英挂帅》。"

"看来贺老板是真的想念妹妹了。"

"你不必再称呼我贺老板，我如今孑然一身，只想放下恩怨寻找妹妹。"

"好，青舟，既然你心意已决，我也不再留你，我们虽相识不久，但回想发生的一切，倒是恍若一生，走之前，再教我唱一段吧，只当你我二人是朋友，是京戏之友。"

贺青舟看着钱白铁，百感交集，唱起了《三击掌》："昔日里有个孟姜女，曾与那范郎送寒衣，哭倒了长城有万里，留得美名在那万古题……"

钱白铁接唱道："我的儿本是丞相女，就该配安邦定国的臣。"

两人你一言我一语，十分默契。

钱白铁命人将古琴拿来，递给贺青舟："这把古琴本就是我送给你的礼物，留下做个念想吧。"

"谢过钱先生。"

"我会让手下送你去一个莫新龙找不到的地方，以保你的安全。"

"钱先生，你处处为我着想，即使被我误会也不计前嫌，我……惭愧……"贺青舟顿时愧疚难当。

钱白铁只是和蔼地笑着，并不说话。

贺青舟回到房间收拾行李，看着这古琴，更是思绪万千。

吕思蒂走了进来："贺老板，我听说你还是决定离开，但我想再劝一劝你。"

"钱夫人，我只是一介戏子，实在不值得你们如此关心……唉，我觉得亏欠你们太多。"

"你是老爷的朋友，对我来说那便是贵客，何谈亏不亏欠。请恕我多嘴，贺老板离开钱府，今后如何打算呢？"

"找莫新龙复仇无望，我也不想再给钱先生添麻烦，只是我与妹妹失散这么多年，有了机会当然是找妹妹要紧。"

"此前老爷讲过，通过唱戏找妹妹怕是行不通的，况且贺老板不唱戏，孤身一人如何养活自己？不如留在钱府，老爷自会给你想法子。"

贺青舟犹豫一下，还是推辞道："青舟不愿再麻烦钱先生了，好在我这些年还有些积蓄，唱戏行不通，我就一家一户地问，一家一户地找，总能打探出消息来。"

"是吗？"吕思蒂嘲讽一笑，很快便掩饰过去，"既然贺老板心意已决，我也不好再多说。老爷已为您安排了去处，我便奉上些银票，愿贺老板心愿得偿。"说完她掏出银票放在桌上。

"这怎么好意思……"贺青舟拿着银票，想还给吕思蒂。

"贺老板，您就拿着吧，陆横已经候着了，一会儿就把您送到安全地点，日后，但凡您有需要，钱府的大门永远向您敞开。"

贺青舟感动得不知所措，对着吕思蒂千谢万谢过后，随陆横离开了钱府，仿佛一瞬间呼吸到了自由的空气。

钱府客厅，钱白铁不住地叹着气："唱得虽好，不过戏子就是戏子，性子傲，眼皮子又太浅。"

"好坏话都说了，他听不进去，难道还要老爷屈尊降贵求他不成？况且老爷是真心实意为他打算，他也太不知好歹了。"吕思蒂温柔地附和着。

钱白铁皱着眉："事情都安排好了吗？"

"安排好了，您放心，不出三天，贺老板就心甘情愿地回来了。"说着莞尔一笑。

钱白铁点点头，依旧一脸严肃。

拳赛日终于到来，犯人们翘首期盼，早早做完了工来到广场。卫乘风遥遥看着吴乾，露出担忧的神情，吴乾悄然竖起大拇指，表示自己没问题。

厨房中，贺红衣心不在焉地切着菜，厨师长推开门进来："红衣，你怎么还在切菜啊？出来看热闹呀！"

"我……我不去，一群大老爷们打架有什么好看的。"

"你们小姑娘不爱看，那我走了啊。"厨师长匆匆离去。

贺红衣立即从台子下面拿出阿狼做的警服，喃喃自语道："吴乾……

别忘了你答应我的承诺……"

拳台边，阿秉坐在凳子上等着，神情呆滞，手指在凳子角上扣来扣去。

吴乾看到不远处的阿秉愣了一下，对着林忠岩悄声说道："这就是你说的高手？怎么看着有点……呆啊？"

"还没打就轻敌了？"

吴乾撇撇嘴，不再说话。

胡风南忽然喊道："贺青舟，怎么还不上来？你是怕了吗？"

吴乾走到胡风南面前："胡风南，你害死大壮，欺压杨然，坏事做尽，今天我可不只是为了私怨，是为大家讨个公道！"

胡风南笑了笑："我胡风南行走半生，像你这样的，也是第一次见到。我原本有爱才之心，想饶你一命，可你说了不该说的话，我不得不杀你。"

吴乾"扑哧"一声笑了出来："大叔，拳场上的生死，可不是靠嘴皮子，靠的是拳头！哦对了，你从来靠的不是拳头，而是不要脸。"

胡风南面露杀意："你说什么？"

"不然你怎么不敢跟我打，派这么个怪物出来？"

"很简单，因为你不配。"

"你很快就知道是谁不配了。"吴乾直勾勾地瞪着胡风南。

拳赛时间到，阿秉入场，现场响起雷鸣般的欢呼，而吴乾入场，现场却一片嘘声。在所有犯人眼中，今天是一场没有悬念的比赛，只要押阿秉胜，便能稳赚不赔，所以今天的比赛成了拳赛设立以来下注量最大的一场。

吴乾站在拳台上，看着对面的阿秉："你就是传说中的阿秉啊？"

阿秉没有回应，甚至看都没看吴乾一眼。

"胡风南给了你什么好处，让你替他卖命？"

阿秉还是没有看吴乾。

"你倒是说话啊！"吴乾上前两步，凑近盯着阿秉的眼睛。

两人对视的一瞬间，阿秉手指一用劲，将凳子的一角直接掰了下来，当作武器攻向吴乾。

吴乾连忙躲开："幸亏我有准备，小子你下手可真狠啊！"

阿秉面无表情，突然冲向吴乾。吴乾耳边回响起林忠岩的指导，立即摆开拳架，躲过了攻击。

胡风南一看便知吴乾的招式习自林忠岩，顿时握紧拳头，走到了林忠岩身边："林忠岩，这就是你教出来的好徒弟？只会躲避，不敢面对，别说，跟你还真有点像。"

"你看着就是了。"林忠岩面无表情地回答。

吴乾盯着阿秉的伤疤，故意露出了个破绽。阿秉中计，攻向吴乾，吴乾顺势躲开，趁机打向阿秉的喉咙，然而拳头却被阿秉低头夹住了，接着阿秉挥出一拳，将吴乾打翻在地，回头看了胡风南一眼。

胡风南笑了笑，对林忠岩道："结束了。"

林忠岩愤怒地看着胡风南，手里的佛珠都快被捏碎了。一旁的卫乘风看得两眼冒火，却不敢流露分毫。

阿秉对吴乾疯狂连击，台下响起一阵又一阵的欢呼声。

厨房中，贺红衣听到外面的声浪，顿时脸色大变，提着装制服的篮子冲了出去。

拳台上，吴乾被阿秉逼到防护网上，抱着头只能防守，视线已经有些模糊。阿秉大喝一声，挥出一拳，眼看就要结束战斗。林忠岩、万金隆和卫乘风睁大了眼睛，不忍直视。

"不要——"贺红衣从远处冲过来，不禁喊了出来。

吴乾听到贺红衣的声音，突然清醒过来，反手抓住防护网，翻身跃起，让阿秉的拳头直接打穿了防护网，卡在了里面，整个身子扑在了防护网上，挡住了喉咙的伤口。吴乾从阿秉的头顶跃过，拿出磨尖的护身符，直直打向阿秉的太阳穴。

"小心！"胡风南高声惊呼。

吴乾的护身符打中阿秉的太阳穴，阿秉整个人挂在防护网上，当场昏了过去。

人群中，林忠岩露出欣慰的笑容，万金隆和卫乘风还沉浸在方才的惊

险中没回过神，而贺红衣已经激动得红了眼眶。

犯人们一片沉默，难以置信地看着台上，更重要的是不愿相信自己输掉了那么多钱，毕竟有许多人都以为这是一场毫无悬念的比赛，看起来稳赢不输，就押上了全部身家。

这时，吴乾霸气地走到胡风南面前，笑着高喊道："多谢南哥安排！按照约定，这场拳赛赢的钱，我一分不要，全都送给南哥……"

胡风南震惊地看着吴乾，一时不知作何反应。

吴乾在胡风南耳畔说道："姓胡的，你完蛋了！"

犯人们全都迷茫地看着吴乾和胡风南，还没明白这是什么意思。

此时，万金隆忽然冲了上去，一把抓住吴乾的领口："贺青舟，你骗我！原来你早就跟胡风南商量好了，打假拳骗我们的钱，亏我平时这么信你！"

吴乾偷偷笑了笑，一把推开万金隆："骗你怎么了？愿赌服输！谁说拳赛就非得是真的了？再说南哥让我办事，我能不办吗？让开，有本事找南哥去！"说完径自离开。

贺红衣看着吴乾的背影笑了笑，也转身消失在人群中。

胡风南看向周围，发现愤怒的犯人已经向他围了过来。

广场二楼，江桥和冯彪一直在关注着比赛，此时，江桥看看挂在防护网上的阿秉，再看看被暴动的犯人围住的胡风南，顿时浑身发抖。

"胡风南！我……一枪毙了你！"江桥的声音颤抖不已。

第
二
十
七
章

承
诺

"南哥，那小子说的是真的吗？"

"我们可是自家兄弟啊！"

监狱广场上，犯人们将胡风南围成一团，七嘴八舌地质问着。

张仲林挡在胡风南面前说："都给我让开，你们也配跟南哥说话？"

万金隆站出来说："胡风南，你在监狱里忽悠兄弟赌假拳，自己在外面找兄弟们的家人要账，还让他们跟你鞍前马后，你还算人吗？"

"我撕了你的嘴！"

张仲林欲冲上去，可没等靠近万金隆，就被犯人们团团抓住："干什么？放开我！放开！"

"南哥，你先走，我掩护你。"卫乘风悄声说道。

"我不会退的，这一退以后就再也站不起来了。"胡风南注视着林忠岩，面色阴狠。

林忠岩毫不避让，冷漠地瞪着胡风南。

万金隆继续说道："胡风南，当年你用阴险的手段坑害林大哥，现在又坑害兄弟，这监狱是你家开的吗？"

"你找死！"胡风南看着万金隆，咬牙切齿。

"威胁我？因为我敢说真话吗？我告诉你胡风南，不是每个人在你面前都要跪着，贺青舟能站着离开，我们也能！"

胡风南冲上去欲打万金隆，林忠岩瞬间挡在万金隆面前，抓住胡风南的手腕："胡风南，认输吧。"

"果然是你在后面搞鬼！"胡风南愤怒地瞪着林忠岩。

万金隆顺势对着众人大喊："胡风南要杀人灭口了！今天杀我，明天就杀你们，想想你们的妻儿老小，还要把钱给他，你们就甘心吗？"

犯人们立刻围了上来："南哥，求你把钱还给我，今天的账就这么算了行不行？……南哥，兄弟们都不容易，求你给我们一条活路……"

此时，狱警围了过来。

万金隆隔着人群继续火上浇油："胡风南，你叫狱警来镇压，你不要脸！"

"南哥，你不给我们活路，那就别怪我们不认你这个大哥了！"一个犯人冲上来就打胡风南，身后的犯人们也趁着人多冲了上来。胡风南、卫乘风和张仲林三人顿时被团团殴打，毫无还手之力。

林忠岩看着这一幕叹息道："走吧，胡风南已经完了。"

万金隆坏笑着看了林忠岩一眼，转身退到人群之外。

广场二楼，江桥看着暴动的上百号犯人，顿时吓得腿软，命人立刻护送他离开，而冯彪则带着所有警力前去镇压暴动。

一名小弟突然抽刀冲向胡风南，卫乘风挡在胡风南身前，被刀刺中了肩膀。此时，大批狱警蜂拥而至，挥舞着警棍殴打暴动的犯人。

监狱隐蔽处，吴乾立刻脱了衣服，换上贺红衣拿来的警服。

"你今天做得不错，终于有点像男人了。"贺红衣背过身去。

"哼，我什么时候不男人了，要不是为了给胡风南留一条命，我早就……"

"留他命做什么?"

"这个……以后告诉你。"

"还有件事,你听到了不要太惊讶,潇潇在外面接应你……"

脱到一半的吴乾立刻叫起来:"潇潇?她怎么回来了?"

贺红衣正要回头解释,看到吴乾赤裸着上身,马上转过去:"先穿上衣服! 有时间我再和你解释。"

忽然,贺红衣瞥到远处一个狱警朝着这边走来:"有人来了,你快点!"

"我在穿裤子呢……"

脚步声越来越近,贺红衣焦急地催促:"好了没有?"

吴乾迅速系上裤子扣子:"马上,马上!"

说话间,狱警已经走到了跟前,竟是贾六,只听他道:"你们在干什么?"

吴乾眼珠一转,索性搂住贺红衣,背对着贾六说:"老子找个女人消遣消遣,你也敢来管? 你是谁的手下? 找死啊!"

吴乾一转身,发现来人是贾六,二人面面相觑,都有些震惊。

"是你?"贾六警惕地看着吴乾和贺红衣,"你们这是干什么? ……要越狱?"

贺红衣挡在吴乾面前:"长官,我知道你和他们不一样,是个好人,你能不能装成没有看到?"

"你知道我是怎么进来的,长官,我不能在这里待下去! "吴乾郑重地看着贾六。

"你们是卫乘风的朋友吧?"贾六问道。

吴乾略一迟疑,点点头。

不远处,一个狱警飞也似的跑过来说:"你们怎么还在这儿? 冯队长喊了半天没听到吗?"狱警又看了一眼贺红衣,"你不是厨房的吗? 你在这里干什么?"

"我见那里打架害怕,在这里躲躲。"贺红衣道。

"这里不是小姑娘待的地方，快走吧。"贾六呵斥道。

贺红衣立刻转身离开。

"广场那边出事了，你们赶紧过去和我们抓人！"狱警盯着贾六和同样穿着制服的吴乾。

贾六对吴乾说："你在这里盯着，别让犯人乱跑，我们过去。"说完拉着狱警就跑。

吴乾感激地望着贾六的背影，躲在拐角处的贺红衣也松了口气，和吴乾相视一笑。

监狱外的关卡处，吴潇潇开着偷来的车匆匆赶来，焦急地四处眺望，隐约看见有狱警在巡逻。

吴乾跑到监狱门口，被两名守卫狱警拦住了。

吴乾气喘吁吁道："我叫周青贺，奉江狱长之命，前去调派人手，快让开！"

狱警犹豫了一下："我怎么没见过你……"

吴乾一把抓过狱警："你见不见的有什么重要？里面乱成什么样了你看不见吗？死了人你能负责吗？还不给我让开！"

一名狱警察觉不对，一边点着头，一边摸到腰间的枪。吴乾看到了狱警的小动作，一把抓住他拿枪的胳膊。电光火石间，狱警想朝吴乾开枪，却都打空了，而另一名狱警显然没见过这种场面，一时间吓得不知该怎么办。

吴乾将狱警手上的枪打落在地，朝着大门外撒腿就跑。两个狱警一个拼命追了出去，一个则跑进去汇报。

冯彪听说逃了的人叫"周青贺"，顿时就想到了"贺青舟"，气得咬牙切齿，从镇压暴动的队伍中调出一队人马立即追了出去。

监狱外，吴乾一路狂奔至关卡处，却被关卡处的狱警团团围住。不远处，吴潇潇果断发动汽车，冲破关卡，向着吴乾和他身边的狱警们冲去，狱警们见状匆忙退开。

吴潇潇将车门一把推开:"哥,上车!"

吴乾纵身一跃,跳上了副驾驶的位置。狱警们立即开枪,密集的子弹打在车身上咣咣作响。吴潇潇一边驾车狂奔,一边点燃一个二踢脚,拼命扔向狱警们的方向。

"炸药!小心!"狱警们将二踢脚当成炸弹,猛然退散。

吴潇潇趁势加速逃离。这时,二踢脚引燃,飞升上天,发出一声欢快的巨响,吴乾终于自由了!

身后的狱警们面面相觑,猛然反应过来,车子却早已不见了踪影。

江桥听说吴乾越狱了,顿时勃然大怒。

"狱长,刚才在广场上,和贺青舟一个牢房的万金隆和林忠岩好像也在带头闹事,你说他们会不会是有预谋的?"冯彪说道。

江桥眉头一皱:"把他们都给我带到惩戒室,我要亲自审问!"

六号牢房中,万金隆和林忠岩一直担心着吴乾是否越狱成功,这时,见冯彪气势汹汹冲进了牢房,二人顿时放了心,吴乾一定是逃了。

荒凉的郊外小路上,吴潇潇脚下的油门一直没有松,车子向前飞快奔驰。吴乾禁不住将头探出车窗,放声高呼:"老子自由了!终于自由了!太爽了——停车!给老子停车!"

吴潇潇猛然踩下刹车:"你别太得意啊,小心他们杀个回马枪过来毙了你!"

"我在监狱里总共待了四十六天,四十六天!"吴乾冲下车,面前正是一片旷野,他大口地呼吸着自由的空气,肆意地大声吼叫着,发泄着内心的痛苦,"啊——啊——老子出来了——"

吴潇潇跟在吴乾身后,鼻子一酸:"哥……"一开口,吴潇潇就委屈地哭了起来。

吴乾捏了捏吴潇潇的鼻子:"怎么变丑了呢?"

"还说我?也不看看你自己!黑不溜秋的,还瘦了。"

吴乾走到后视镜边照了照:"哪有?在监狱待了这么些鬼日子,还是

一样的帅。"

"帅个头，哥，你知不知道我有多担心你？真怕你再也出不来了。"

"开玩笑，你哥我那么聪明机智，小小的监狱，怎么难得倒我？你看看，我这不是好好地出来了吗？也没少胳膊少腿！"

吴潇潇不服气："没有我和贺红衣的接应，你能这么顺利出来吗？"

"是是是，潇潇，我不在这段时间有长进啊。"

"姑奶奶我一直那么厉害，赶紧上车吧，万一他们又追来了呢！"吴潇潇拉着吴乾往车上走。

"他们追谁？追的是贺青舟！我是谁？我是吴乾！"吴乾对着天空大喊，"老子是吴乾——"

"行了哥，低调点，等到了安全的地方再说。"

"不是回家吗？"

"红衣说你回不去，现在的吴乾还是个通缉犯，监狱的人会来找你，巡捕房也放不过你，你去她那里躲一躲，以后的事以后再说！"

"潇潇，我等的就是他们来找我。"

"什么意思？"

"知道我住哪里的人只有季先生，他能有办法把我送进监狱，就一定知道我越狱，他要是来找我就只会去一个地方，那就是新闸路，可他们一定想不到，我偏偏就要在家等着他们上钩，过去都是我被这姓季的算计，现在也该轮到我算计他了。"吴乾露出狡黠的笑容。

惩戒室内，万金隆被打得浑身是血，林忠岩虽然没被打，却也被绑在一旁。

"林忠岩、万金隆，你们两个嘴挺硬啊，到现在了还不说吗？"江桥气得青筋暴胀。

林忠岩深吸一口气："我们什么都不知道，你把他放了，打我。"

万金隆虚弱道："林大哥，我没事……"

"林忠岩，你不要以为你还是当年的大哥，我看在过去的面子上没打你，不要以为我是怕了你！"

"江狱长,人跑了跟我们有什么关系,越狱这么大的事,如果是你,你会到处宣扬吗?如果万金隆知道,我也一定知道,拷问我和拷问他又有什么区别,把他放了,我任你处置。"

"你能扛,我知道,我不打你,但我就不信你能看着兄弟受罪,给我打!"

狱警领命,继续抽打万金隆,可不管怎么打,依然问不出半个字。江桥气急败坏之际,更大的坏消息来了,钱白铁要约他见面。

吴潇潇被吴乾说服了,载着他一路回到新闸路的家中。董大锤、阿蛙、阿狼和花蝴蝶等人都在焦急地等待着,一见到吴乾他们立即爆发出一阵尖叫,纷纷围了上来。

"有钱,你终于回来了!"花蝴蝶说着就要抹眼泪。

"来来来,把这身衣服换下来,晦气。我给你做了身新的,赶紧试试。"阿狼立刻扒下了吴乾的衣服。

"钱哥,回来了!"董大锤锤了一下吴乾的肩膀。

"轻点啊,兄弟。"吴乾痛得龇牙咧嘴。

众人笑着,眼中却隐约闪动着泪光。

吴乾清了清嗓子:"这段时间我知道大家都很担心我,但是事儿都平了,我'新闸路小霸王'有钱哥,又回来了!"

阿蛙上前一步,义愤填膺道:"谁在监狱里欺负我有钱哥?告诉我,我杀回去把他的腿打折!"阿蛙发现没人阻止他,立即缩了缩脖子,又退了回去。

众人顿时大笑起来。

"我有一件事要安排。"吴乾忽然严肃起来,"我家现在不安全,随时会有人来抓我……"

"哇,那我们岂不是要跑路?"花蝴蝶问道。

"没那么严重,我需要挪个地方。我记得我家对面那个房间是空着的吧,我要住那里,那个房间能把我家看个一清二楚。这次我要摆开阵势,来一个守株待兔,看看到底是谁敢来抓我!"

江桥如约来到钱白铁指定的酒楼，在包间外迟疑了半天才敢推门进去。

"知道我叫你来是为什么吧？"钱白铁一句废话也不愿多说。

"知……知道……"江桥吓得双腿发抖。

"这件事你应该主动通知我，可我什么消息都没得到，还是陆横告诉我的。江狱长，你不会觉得可以瞒过去吧？"

"不敢不敢，只是现在还在调查之中，没有最后的结果。"

"调查出什么来了？"

"调查……现在还没有什么头绪，不知道吴乾去哪了……"

钱白铁脸色一变："江桥，你怎么永远都改不了这欺上瞒下的毛病，是不是我对你太宽容了？"

江桥面色煞白："不是，不是，我……我真的派人在全力搜查……"

钱白铁挥了挥手，让江桥闭嘴："你把人弄丢了，自然要受到惩罚，你应该明白吧？"

陆横会意，递给江桥一把匕首："江狱长，请吧。"

江桥颤抖着拿起匕首，绝望地看向钱白铁。

钱白铁仍在微笑："江狱长好像有点害怕，陆横你帮帮他吧……"

"是，先生。"陆横从江桥手中夺过匕首。

"钱先生，再给我一次机会，求你了，我一定将功赎罪，把人抓回来……"

钱白铁咳嗽一声，陆横手起刀落。

"啊——"江桥痛得跌落在地。

钱白铁走到江桥身边："吴乾的地址我会告诉你，让你手下那个姓胡的，天亮之前就把这事解决，明白吗？"

"一定……一定……"江桥拼命地点头。

钱白铁不屑地笑了笑，径直离去。


吴乾带着棚户区众人来到他家对面的空房间，将一应安排通通交代完毕，方才疲倦地打了个哈欠："都听明白了吗？"

"明白，明白！不就是替你盯着点嘛，我们几个轮班，这种事我们又不是第一次干。"董大锤道。

"烦劳大家费心了。"

"谢这谢那的，这可不像你，你是不是蹲监狱蹲傻了，让我摸摸是不是发烧了。"阿蛙伸手去摸吴乾的额头。

吴乾躲开："去你的！"

众人哄堂大笑。

"行啦，行啦，我哥真的得休息了。"吴潇潇催促道。

众人又嘱咐了一大堆，方才磨磨蹭蹭地离开了。吴乾见人走了，顿时龇牙咧嘴地坐在地上。吴潇潇拉开他的上衣，只见他身上新旧伤口交叠，触目惊心。

"哥，你可真会演戏，当着那么多人的面跟个没事人一样。"吴潇潇心疼地扶住吴乾的身子，"我给你上药，把衣服脱了。"

药膏敷在吴乾身上，痛感加剧来袭，吴乾忍不住尖叫。

"哥，你可真得照顾好自己，我一回来就听说你坐黑牢，你让我怎么放心得下。"

"我还没问你呢，你不是去苏州了吗，怎么回来了？老不死的呢？"

吴潇潇顿了顿，神色有些异样："我……我从来没这么希望过……有人叫爹老不死的……"说着她又哽咽了。

吴乾大惊："到底怎么回事？你别光哭啊。"

"我们去苏州的路上没钱了，爹偷了东西被人追，跳到水里被冲走了，估计已经……"吴潇潇又哭了起来，"哥，你当时为什么不跟我们一起走？如果你在，这些都不会发生了……"

吴乾愧疚不已："潇潇，我当时真的不想背着杀人犯的名头过一辈子，我得留下洗脱罪名。我本来以为，让你俩去苏州是最好的安排……"

吴潇潇的眼泪簌簌而下："我们是一家人，有什么事不能一起扛，你知不知道没有你在我们有多难过，而且爹又……"她说着便哭得说不下去了。

"那是你爹又不是我爹。"吴乾嘴硬，然而眼泪却流了下来。

两个人正在伤感万分之时，贺红衣推门进来道："听他们说，你转移到了这里，为什么不去我安排的地方？"

吴乾悄然擦干眼泪："红衣，你可能今天晚上就能知道哥哥的下落了。"

贺红衣震惊道："真的？"

十三号牢房中，胡风南照看着受伤的卫乘风："你怎么会想到替我挡那一刀？"

"那时也没想那么多，只是觉得，南哥不应该受伤。"卫乘风咧咧嘴。

胡风南叹了口气："我没有看错人。"

此时，狱警打开大门："南哥，狱长有急事找你，让你马上就去。"

胡风南冷冷地说道："我和我兄弟有话要说。"

狱警只得离开。

胡风南望向卫乘风："你想不想更上一层楼？"

卫乘风没有听明白："啊？"

"你之前提过的管理监狱这个办法很好，我很欣赏，但其实监狱对于我来说只是皮毛而已，我在外面还有大生意，我现在给你一个机会跟着我干，你愿不愿意？"

"我……怕我难以胜任……"

胡风南为了说服卫乘风，讲述起一段往事——当年，胡风南为前狱长做事，前狱长却在金钱上亏待了他，胡风南索性当场杀了前狱长，并动用手段让当时的监区长江桥当上了新狱长。卫乘风听得一脸震惊。

"卫乘风，你记住，这世上的一切都是自己争取来的，没人会施舍给你，你的野心有多大，你就能走多远。我再问你一遍，你想不想更上一层楼？"

卫乘风郑重地看着胡风南："南哥，打从我进监狱那天起，我第一次听到南哥的名号，我就想着有一天跟着你做事。"

"是吗？"

"南哥，我想跟你说点心里话……从小大家都瞧不起我，后来我好不容易找到一份工作，以为苦日子到头了，但不管我怎么努力，人家压根就没把我当回事。我发誓，我一定要出人头地。可后来我就进了监狱，没想到还是被人欺负，就像一条狗一样。直到我跟了南哥，再也没人敢欺负我了，我跟着南哥做事，不是为了钱，是为了剩下的人生不再浑浑噩噩！有的时候我甚至想……"卫乘风突然不说了。

胡风南拍拍卫乘风的肩膀："你说。"

"甚至……甚至……我想……我想成为下一个你。"卫乘风忐忑地望向胡风南。

胡风南笑了："不用紧张，你说得很好！我喜欢有欲望的人，有欲望才有做事的动力。你跟我走吧，我带你去见见江狱长。"说完他带着卫乘风离开。

江桥坐在办公室中，手指已经包扎好了，微微有些血迹渗出。胡风南的脚步声传来，江桥不自觉地将手放在膝盖上，用办公桌挡住。

胡风南带着卫乘风走进来，江桥的脸色顿时沉了下来："谁让你把他带来的？"

"以后他就跟着我做事了，自己人。"

"胡闹！事情都到什么地步了，你还敢收小弟，想做什么就做什么？我早就提醒过你，不要太招摇。你看看你要跟贺青舟打拳赛，把自己害成什么样了！你当自己有几条命可以这么折腾？"

胡风南轻蔑地扫了江桥一眼："我有几条命，就看身边有几个忠心耿耿的兄弟了，卫乘风就是替我挨过刀子的！江桥，我这么做对你也没有坏处。"说完他用眼神示意卫乘风。

卫乘风立刻开口："狱长，我知道在你眼里我只是一个不入流的犯人，能跟在南哥身边是我的福气，南哥愿意提携我，共同为您做事，我定当……"

江桥打断卫乘风："我可没同意让你来做事。"

"江桥，我的话你是听不懂还是装不懂？老子耐心有限，别怪我翻脸不认人，那些你要杀的人，自己动手去吧！"

　　江桥怒意横生，用受伤的手拍桌子呵斥道："胡风南，你信不信我一枪毙了你！"说完他的手顿时吃痛。

　　胡风南注意到江桥受伤的手："别忘了你是怎么上的位，想动我，没那么容易。"

　　江桥强压怒火："过去的事不要再提了，你非要带人我拦不住你，出了事你不要怪我，今天我叫你来是谈正事的。贺青舟逃跑了，得尽快把他抓回来！"

　　卫乘风不动声色地继续听着。

　　胡风南冷笑一下："你们连人都看不住，谁知道他跑去哪了，怎么抓？"

　　"过去不知道，现在知道了。上面吩咐下来，天亮之前就要抓到贺青舟，而且点名让你去做，地址就在新闸路。此人据说在那边混得有模有样，很有一套，你们要小心应对，而且他本名不叫贺青舟，他叫吴乾。"

　　卫乘风顿时腿软，不敢看胡风南，低着头流虚汗。

　　胡风南看了一眼卫乘风道："新闸路？吴乾？连名字都换了，恐怕他来的时候就不清不楚吧？"说着又看向江桥。

　　"这背后的事关联众多，你不需要知道，你只要把人抓回来就是了！"江桥看了一眼受伤的手，继续说道，"天亮前出发，我在工具间给你准备了点好货，别空着手去。"

　　"这地址也是那位大人物给你的？"

　　江桥点点头。

　　胡风南一笑："他就是给我发任务的那位吧，果然是手眼通天。"

　　"问这么多对你没有好处，以你这样的性格，就别想着攀高枝了，跟大人物接触得越多，只会越得罪人，要知道，以他的身份，动动手指就能要你的命。"江桥故作严肃。

　　"我想要什么心里清楚，你就不用多费口舌了。"

　　"胡风南，我的命现在悬在你手上了，可千万不要出问题啊。"

　　"放心，你死了对我也没好处，把张仲林叫来，我和他商量一下行动的事情。"

　　胡风南又看了一眼卫乘风道："你一起过来。"

江桥叫住胡风南："我有话跟你一个人说，很重要。"

卫乘风会意，到门外等候。

江桥低声说道："胡风南，我刚才说新闸路的时候，你那手下反应有点不对劲啊。"

"你倒是看得仔细。"

"我想起来了，这个卫乘风入狱前也是住在新闸路的，他和那个贺青舟可能早就认识了！我实话告诉你，这个贺青舟不是普通人，他叫吴乾，是个替死鬼，他背后牵扯着好几个大人物，咱俩绑在一起也不够人家一根手指头粗！"

"我知道怎么做。"胡风南冷笑一下，径直离开。


胡风南带着卫乘风来到工具间，张仲林已在此等待。胡风南打开柜子，发现了三只手枪，子弹都已装满。

"果然是好东西！"

胡风南将两支枪别在腰间，又拿起另一支枪，突然对准卫乘风道："卫乘风，你有什么想说的吗？"

卫乘风惊慌失措："我……我做什么了？"

"贺青舟住在新闸路，我记得你说过，你也住在新闸路，看在你救了我的份上，我可以让你解释一下，不过就这一次，你可一定要珍惜啊。"

卫乘风闭上眼睛，咽了口吐沫，稳住情绪："南哥，我确实骗了你，我……我不止认识吴乾，而且在进监狱之前，我们还是从小一起长大的好兄弟。"

"那你当初为什么不说？"

"我加入四海帮以后，和吴乾就断了联系，没想到进监狱以后他也在，当初我跟疯豹住一个牢房，我哪敢和吴乾认啊……疯豹说，如果是吴乾的朋友就杀了我，我当时怕死，就瞒了下来，为了不引起别人的怀疑，我就假装不认识他，没想到今天……今天还是被发现了……"

胡风南看着卫乘风，半信半疑："只有这些？如果这事我忘了，那你今天会不会给吴乾通风报信？"

卫乘风急忙解释："不会！他越狱都没告诉我，把我一个人扔在牢里……这兄弟已经没得做了，我会跟随南哥一起杀了他！"

胡风南冷哼一声，突然用枪顶着卫乘风的脑袋："我不信！"

卫乘风强装镇定："南哥，今天我跟你说的那些话都是真心的，我一心想跟着南哥做事，其他的我什么都不考虑。要是不管我说什么你都不信的话……我无话可说，死在南哥的枪下，我这辈子也算是值了。"

胡风南冷笑一声："我能理解你怕死的心情，再说谁没说过假话？就算是我也同样会说假话，比方杨然那件事，明明是我逼他从天台跳下去的，结果还得告诉大家，他是自己越狱，而且只摔断了腿。"

卫乘风心中愤怒不已，却只能继续求饶："南哥，我再也不说假话了，饶了我吧，我……我一定将功赎罪！"

"好，我给你一个戴罪立功的机会，如果做成了，我就当什么都没发生过。"

卫乘风紧咬牙关："南哥尽管吩咐，不管什么事，我都愿意去做！"

"愿意做就好，来吧，说说那个'贺青舟'的情况。记住，从现在开始，你再说一句谎话，我就立刻杀了你。"

卫乘风看见胡风南的手指扣在扳机上，犹豫了下，缓缓说道："'贺青舟'……其实不叫这个名字，他叫……吴乾……"

胡风南露出笑容，松开扣着扳机的手指，带着卫乘风和张仲林出了监狱。


吴乾家对面的空房间中，吴潇潇睡得正香。吴乾和贺红衣则紧盯着窗外，一刻都不敢放松。

"你真的能确定季先生的人今晚会找来？要是不来怎么办？"贺红衣问道。

"不来你就住在这儿等着，今天不来明天也会来，我不相信他们能就这么让我跑了。"

"我怎么可能一直住在你这里？！"

"你别多想，这不是为了找你哥吗？我让你回去，你能放心吗？"

　　贺红衣叹了口气，默认了吴乾的话。

　　吴乾安慰道："别叹气，我特别明白你的心情，人活着，家人和朋友是最重要的，你放心，等解决了季先生，我一定帮你找你哥。"

　　"血浓于水，我和我哥分别数载，却没有一天不在思念他……"

　　"其实和血缘没什么关系，还是要看这个人为你做过什么，你们一起经历过什么。你看我，我亲生父母和我血浓于水，怎么没见他们找我？我也不在乎他们，对我来说重要的是潇潇和老……"吴乾把"老不死"这三个字咽了下去，悲伤顿时涌了上来。

　　"吴乾，吴先生的事，你别太难受了。"

　　"我没难受，我就是……有点后悔，以前干吗叫他'老不死'的，真把人咒没了。"

　　"这不是你的错。"

　　"就是我的错，如果我不安排他们去苏州，根本不会发生这样的事，是我自私，我当时真不想背着杀人犯的名头过一辈子，想留下洗脱罪名。潇潇说得对，如果我当时跟他们一起走……"吴乾说不下去了，极力克制着不许自己哭出来。

　　吴潇潇忽然说起梦话："哥……小心……"

　　吴乾怜惜地看看吴潇潇，又望着贺红衣："我自己后悔，我不会让你也后悔，你放心，我一定帮你找到你哥哥！"

　　贺红衣点点头。


　　棚户区外，胡风南和张仲林带着绑好的卫乘风走入街道。

　　张仲林推了一把卫乘风，悄声威胁："快点，吴乾家在哪边？"

　　卫乘风带着二人继续向前走去……

# 第二十八章

# 绝路

卫乘风被张仲林和胡风南用枪顶着，步履艰难地走到吴乾家门口。

"吴乾……他就是住在这里……"卫乘风为难地开口。

张仲林推了卫乘风一把："你去开门，快！"

卫乘风犹豫片刻，推开房门。张仲林冲入吴乾家，四处巡视，发现家中空无一人，一片漆黑。张仲林回头冲胡风南摇摇头，胡风南眉头一皱，推着卫乘风进入吴乾家。

胡风南看到通往楼上的楼梯："上去看看。"

三人走上楼梯，突然被脚下的绳子绊了一下，铃铛声音随之响起。

"这是什么？"张仲林怒视卫乘风。

"我……我不知道……"

"雕虫小技，不用管，上去。"胡风南冷哼一声，继续往前走去。

铃铛声传到对面的空房间中，吴潇潇顿时惊醒："来人了！"

吴乾和贺红衣相视一笑，对着吴潇潇点点头。

"南哥，二楼三楼都没人。"张仲林检查了一圈，一无所获。

胡风南推开窗户，看到外面的平台问："外面是哪里？"

"天……台……"卫乘风说道。

"你走前面。"张仲林推着卫乘风翻出窗户，胡风南紧随其后。

空房间中，三人密切注视着天台。

"快看快看，有人出来了！"吴潇潇压低声音，"不对，怎么是乘风哥哥？！"

三人看着张仲林和胡风南依次通过窗户出现在天台上，顿时面色紧张起来。

"怎么办？我怕会伤了卫乘风。"贺红衣眉头紧锁。

"大锤他们都准备好了吗？"吴乾问道。

吴潇潇点点头："早就准备好了。"

"那就好，你们去做你们的事，我去会一会这个胡风南。"吴乾信心满满。

"可是他手上有枪！"吴潇潇担心不已。

"没办法，对我来说只有一个选择，那就是相信兄弟们。红衣，你去通知大锤，让他们不用理会上面的情况，一切按计划进行。"

贺红衣点点头："你们一定要小心。"

吴乾笑了笑："放心，在自己的地盘上，我还没输过！"

吴潇潇和贺红衣转身离开。

天台上，胡风南警惕地审视着四周。

张仲林拽住卫乘风的领子问："吴乾人呢？"

"我……我不知道啊！"

胡风南用枪顶了顶卫乘风的腰："卫乘风，你最好老实点！"

"南哥，我是真不知道，你们一直看着我，哪有时间去通风报信？"

"他还有什么别的藏身之处吗？"

"不清楚，我知道的就是新闸路这一个地方。"

"所以，你是在告诉我，你已经毫无用处了，对吗？"

卫乘风一脸惊恐："不……我不是……"

"卫乘风，我有个好主意，你想不想听一听？"

卫乘风机械地点头。

"我如果杀了你，把尸体扔在这儿，以吴乾的性格，就算我身在监狱，他也一定会回来找我报仇。"胡风南说着把枪举起来，对准卫乘风的太阳穴，"你说对吗？"

卫乘风冷汗直流："南哥，我该说的都说过了……您若是非要杀我，我也没有办法……可南哥您想想，我入狱以来，除了因为自保没说出我和吴乾的关系以外，我可有一次害过您？"

此时，突然传来吴乾的声音："卫乘风，这都什么时候了，在这就别装孙子啦。"

"吴乾！快跑！他有枪！"卫乘风脱口而出。

胡风南用枪口指着卫乘风，对吴乾道："跟我回去，不然我就杀了他。"

吴乾举起双手，嬉笑道："不就是投降嘛，我又不是什么英雄好汉，要我回去，你直接跟我说就好了，何必这么兴师动众。"

"你的废话还是这么多。"胡风南不屑道。

"谢谢夸奖。胡风南，放了我兄弟，我想你背后的人更希望你带回去的是吴乾，至于卫乘风，他并不重要，我的价值比他大得多！放了卫乘风，换我过来！"

胡风南犹豫了一下，放开了卫乘风："算你狠，卫乘风你过去吧。"

卫乘风走到吴乾身边，二人对视一眼，吴乾小声地说："不要管我，赶紧跑。"

卫乘风死死地摇了摇头。

"快一点，不然我开枪了！"胡风南催促道。

"不想死就听我的！"吴乾咬牙切齿地对卫乘风说道。

卫乘风点点头，转身跑下天台。

吴乾一步步走到胡风南身边，胡风南将枪顶在吴乾腰上："请吧。"

"我们俩就不用这么客气了，我自己能走。"吴乾瞄了一眼地上的一块木板，突然推了胡风南一把。

胡风南猛然倒退几步，抬枪对准吴乾："吴乾，你找死！"

突然，吴乾刚才瞄过的木板猛地打开，下面伸出一双手，一把抓住了胡风南的脚，将胡风南从天台上拉了下去，而他的枪则掉在了天台上。

"南哥！"张仲林欲冲向胡风南。

"你的对手是我。"吴乾拦住张仲林。

胡风南掉落在房间中，摔在地上怒道："吴乾——"

突然，一个药锅对着胡风南的头砸下来，胡风南猛然躲开，药锅在他的脑袋边砸了个粉碎。

"让你欺负钱哥！"董大锤拿起第二个药锅，又砸向胡风南。

胡风南一拳打碎药锅，同时打翻董大锤，向外跑去。

天台上，张仲林听到下面有东西破碎的声音，愤怒地扑向吴乾："我杀了你！"

吴乾掏出刻着"潜龙勿用"的护身符，对张仲林勾了勾手指。

胡风南在棚户区复杂的二楼走廊上快步奔跑，突然，贺红衣从房间里飞出一根晾衣竿，捅在胡风南的胸口上，直接将胡风南从二楼捅翻，摔了下去。

胡风南摔得头晕，却不得不赶紧爬起来，然而棚户区迷宫一样的小路却让他越发搞不清状况。忽然，胡风南身旁的门猛地打开了，花蝴蝶带着另外几个姑娘，每人手上拿着一个大盆，里面全是香粉，一股脑全泼在了胡风南脸上。胡风南顿时被迷得睁不开眼睛，只得高声大喊："张仲林！还不给我滚下来！"

然而，此时的张仲林已经在天台被吴乾打趴下了。

吴乾笑了笑："张仲林，我师父可是林忠岩啊，你凭什么跟我打？"

张仲林大喝一声，突然起身抱住吴乾，一只手抓住吴乾身上的引线：

"跟我走，不然我就跟你同归于尽！"

吴乾假装惊慌："什么？你放手！"

"怕了吧？"

"你放开我！"吴乾推开张仲林。

张仲林看着手上的引线，居然什么都没有发生，顿时愣住了。

吴乾将张仲林一脚踢开："连炮仗和炸药都分不出来，你说你是不是傻？"

棚户区街道上，胡风南好不容易抹掉了脸上的香粉，回头就看到一堆棚户区的百姓一人拿着一个药锅冲了过来。

"卫乘风！"胡风南气急败坏地盯着卫乘风。

卫乘风憨憨一笑："南哥，你今天就留在这里吧！"

胡风南高喊："张仲林，撤！"说完转身向棚户区外跑去。

天台上，张仲林听到胡风南的呼唤，纵身跳了下去。吴乾捡起地上的枪，顺着楼梯追了过去。

街道上，吴乾与贺红衣、卫乘风等人分头追踪，却终究让那两人跑掉了。

"这个胡风南太狡猾，没想到这都能让他溜了。"贺红衣满脸写着不甘心。

"有钱，你没事吧？"卫乘风关切地看着吴乾。

吴乾笑了笑："我能有什么事，你又不是不知道，我现在可是有功夫的人！"

此时，白事店的门突然打开了，卫奶奶慢慢悠悠地走了出来："是乘风回来了吗？"

卫乘风顿时泪流满面："阿奶，我回来了！"

吴乾驱散众人："好啦好啦，谢谢大家，收工回家。"

贺红衣对吴乾伸出手："给我。"

吴乾紧张道："你……你干吗？"

"胡风南下来的时候，手上没有枪，我看得一清二楚，交出来。"

吴乾尴尬地摸摸头。

卫乘风搀着卫奶奶回屋，卫奶奶反复端详着卫乘风，满眼都是疼爱与关心："瘦了"。

一滴热泪从卫乘风的眼眶滚落，他忍不住哭诉道："阿奶，我以为我回不来了，我在里面待的这些天，每天都生不如死，不过我也学到了一些东西，原来我以为我们穷，我们微不足道，我们不配愤怒。我一直以为只要我足够小心，足够卑微，就不会招惹是非，因为我怕，我怕死，怕自己那点可怜的自尊心被踩成烂泥，但我现在才明白，这世上最没用的字就是怕，越怕越惧，越惧越弱，越弱越贱！我九死一生，今天我还活着，以后的每一天，我都要堂堂正正地活着。阿奶，从今天开始，我真的可以站出来保护你了！"卫乘风站起来，挺直腰板，凝神看了看自己的手掌，渐渐紧握成拳。

卫奶奶看着卫乘风站直的背影，笑了笑："好……好……孙子……饿不饿？"连忙起身去煮饭。

卫乘风看着奶奶忙碌的身影，再次泪流满面。


胡风南回到江桥的办公室，头发上还有些白色的粉末。

江桥怒不可遏："人呢？人呢？人没抓着还搞丢了一个！胡风南，你原来不是挺行的吗？怎么一碰见那个吴乾，就给我这儿接二连三地摔跟头？！"

"他跑不了，我会再去一趟新闸路。"

"我告诉你，给我出去把事情了结了！"

"你放心，就算你不让我去，我也会跟吴乾把账算清楚。"

此时，电话突然铃响起，江桥接起电话，神色立刻变得非常紧张，示意胡风南和张仲林安静："钱先生，是……是……莫新龙？"

江桥放下电话，阴晴不定地看向胡风南："吴乾的事先放到一边，有一个新任务可以让你们将功赎罪，不过此事非同小可，你们要是办砸了，不光是你们两个，连我的命都保不住！我要是倒台了，最后吃亏的还是你们。"

"杀谁？"

"大帅，莫新龙！"

胡风南顿时皱起了眉头。

惩戒室中，受伤的万金隆被绑在刑架上，疲惫呢喃道："也不知道吴乾怎么样了……"

林忠岩坐在地上说："你都伤成这样了，先关心你自己吧！你有没有想过，因为吴乾的事，下个月你就出不了狱了。"

万金隆挤出一丝笑意："为了兄弟，值了！"

此时，贾六推门进来把二人放了。

棚户区众人齐聚在吴乾家中。

"果然跟我想的一样！"吴乾拍了拍卫乘风的肩膀，"可以啊，没想到你卧底进监狱还真查出点东西来。"

"所以给监狱长派任务，让他出来杀人的大人物和把你送进监狱的是同一个人？也就是那个季先生？"吴潇潇看着吴乾。

吴乾点点头："没错。"

吴潇潇不禁咋舌："这得多大的势力啊。"

贺红衣看向卫乘风："你真的能确定？胡风南出来杀了那么多人，甚至包括副总税务司邓肯？"

"邓肯死的时候，我在绳子上发现了一些油漆，监狱的工具间里也有那些油漆。我之前在书上查到，不同工厂生产的油漆原料会有差别，只要能确定这些油漆是同一个工厂出来的，就能作为辅助证据，但……决定性的证据还是在胡风南身上，只可惜我暴露得太早，已经回不了监狱了。"

"其实你做得很不错，我这个做大哥的已经很骄傲了。"吴乾拍了拍卫乘风。

贺红衣思索着："那这样的话，我们三个人岂不是都绑在胡风南一个人身上了。"

董大锤不解道："什么意思啊？怎么就在他一个人身上呢？"

贺红衣解释道："卫乘风的任务没有完成，需要一个证人，那就是胡风南。"

卫乘风点点头。

贺红衣继续说道:"我找哥哥的线索虽然有了眉目,但唯一与季先生有联系的人就是江桥,想抓江桥,胡风南是最关键的一环。"说着她再看向吴乾,"你现在虽然出了狱,可还是通缉犯,总不能一辈子背着这个身份东躲西藏吧?而且只要抓到活的胡风南,你就有机会洗白自己的身份。"

"洗白?怎么洗白?"

"你得罪了法国人,这事中国人不好出面解决,但不代表是个死局。公共租界也不是法国人一家的天下,你把胡风南交给英国人,条件就是让他们帮你解决这个问题,毕竟邓肯是他们的高官,热曼只是一个商人,孰轻孰重他们能掂量清楚的。"

"你觉得英国人会卖法国人的面子放我一马?"吴乾问道。

"一定会。"

"这样的话,我们下一步就是要知道胡风南什么时候出任务,然后来个守株待兔。可是他们分配任务都是在监狱里,我和乘风都不可能回监狱了,总不能从早到晚在监狱门口盯着胡风南出来吧?"

贺红衣笑了笑:"你们确实做不到,但是我可以。"

吴乾和卫乘风惊讶地看着贺红衣。

莫新龙随何致鸿回到上海,再次住进了万国酒店。

"老何,这一次我算开眼界了,不虚此行,不虚此行!"莫新龙容光焕发地笑着。

"莫大帅,我们直系的实力还远远不止这些,这次时间匆忙,我觉得还是不够尽兴。"

"以后有的是机会。"

"莫大帅的意思是?"

"我决定跟你们合作。"

何致鸿顿时喜上眉梢:"还是莫大帅有远见,我这就去跟上级汇报,

把这事痛快地办了!"

"好,我就喜欢老何你这样的爽快人。"

"那是,咱们投缘,以后就是自家兄弟了。"何致鸿终于拿下了莫新龙,心里的一块石头落了地。

翌日,贾六离开家,正要去监狱。

贺红衣喊住了他:"贾长官,您还记得我吗?"

贾六看了贺红衣一眼,认出她是帮吴乾越狱的女厨子,顿时一惊:"你找我干什么?"

"我想请您帮我一个忙。"贺红衣对贾六耳语片刻。

贾六听了立刻摇头:"不行,绝对不行!你找别人去吧,看在你是卫乘风朋友的份上,今天的事我就当没发生过。"说完转身要走。

"等等!"贺红衣追到贾六面前,"贾长官……"

"我就是一个马上要回家养老的小狱警而已,不要叫我长官。"

"我听卫乘风说起过你的事,也知道你在监狱里做了半辈子的狱警,我就想问你一句话,胡风南在监狱作恶的时候,你心里是怎么想的?"

"我……没怎么想,跟我没关系,这种事我见得太多,已经习惯了。"

"习惯?你习惯什么?是习惯了颠倒黑白,还是习惯了草菅人命?那些无辜死去的犯人,就没有一个跟你成为过朋友?还是这一切对你来说不过是工作,不过是为了换取你安度晚年的一个方式?"

"你不懂。"

"是,我在监狱待的时间短,还不太懂监狱的规则,但我明白总有一天,你也会离开这个世间,就如死在这里的那些犯人一样,我听说人在死时会看到自己的一生,你愿意看到自己因为怕麻烦,而让一个又一个人无辜死去的画面吗?贾长官,只要你有心,做善事永远不晚。"

贾六沉默片刻,终于点了点头:"好,我帮你。"

钱白铁坐在办公室中抽着雪茄。

陆横汇报道:"钱先生,莫新龙的事我已经通知过江桥了。"

钱白铁吐了一口烟圈："我知道了，你可以走了。"

陆横想了想，鼓起勇气说道："先生，我觉得您这个计划安排得有点草率，不是很妥当……"

钱白铁掐灭了雪茄："接着说。"

"江桥连吴乾的事都还没解决，您就让他执行这么大的任务，实在有点不妥。莫新龙贵为一方大员，身边的戒备肯定很森严，要杀他肯定需要很多时间，得伺机而动。您现在要胡风南五天以后就行动，是不是有点太着急了？"

"吴乾终归是私事，耽误几天没关系，再说莫新龙已经是要死的人了，监狱里有没有个贺青舟对我来说也不是问题。上面传来消息说，莫新龙这次名义上是跟着何致鸿去游山玩水，实际上是去参观直系的各地据点。莫新龙此行对直系在各地的实力很是满意，何致鸿居然看准这个时机，把自己的全部底牌向莫新龙和盘托出。"

"莫新龙答应了？"

钱白铁点点头："据说，莫新龙已经和何致鸿有了口头约定。这个何致鸿也是胆子大，他也不想想，要是莫新龙没选择投靠直系，他的损失可就大了，他这样的诚意我们皖系确实拿不出来。"

"所以，先生是要先下手为强？"

"不错。五天后的万国饭店，何致鸿要和莫新龙做最后交涉，敲定合作细节，一旦回到四川，莫新龙就是猛虎归山，我们再也奈何不了他了，万国酒店是我们动手的最后机会，所以我只能安排胡风南刺杀莫新龙，让直系和莫新龙的联合彻底泡汤。"

"先生，我还有一个问题，何致鸿这人，给我们不知道添了多少麻烦，这次刺杀莫新龙的机会千载难逢，为什么我们不连何致鸿一起干掉？"

钱白铁摇摇头："何致鸿和莫新龙不一样，莫新龙这人在四川恶名昭著，树敌很多。我已经在四川找了好几个莫新龙的仇家，他们都愿意应下这件事，承认刺杀莫新龙是他们干的，我们就能将杀莫新龙的事撇得一干二净，但要是杀何致鸿，可就没这么简单了……"

"我还是不明白，请先生赐教。"

"一旦动了何致鸿，就等于我们皖系和直系宣战，如今时局风诡云谲，各方势力都在等着对方先露出破绽，我们每一步棋更得想得万无一失才能落子。"

"还是钱先生思考得周全。"

"周全不周还是得看江桥那边，希望这次他不要再让我失望了，否则这个虹口第一监狱的狱长我恐怕就得换个人了。"钱白铁的眼神带着一丝杀气。

十三号牢房中，胡风南正在和张仲林低声商议计划。地板下面，贾六轻手轻脚走过来，侧耳倾听着。

"按江桥说的，五天后的晚上七点半，莫新龙要在万国酒店见一个叫何致鸿的人，酒店里还有他的兵，这个江桥，是当我们有通天的本事吗？"张仲林眉头紧皱。

"着什么急，总会有办法的。我交代你做的事呢？"

"都调查清楚了，万国酒店总共有六十六间客房，离他们最近的客房在……"

地板下面，贾六一直聚精会神地听着。

棚户区中，卫乘风来到天台，敲了敲吴乾家的窗。

吴乾推开窗户，看到卫乘风手中拿着酒，立刻钻入天台："哟，哪来的酒？"

"今天大家带来的东西快把我房间堆满了，他们真以为我出去做任务是赚大钱呢，赚什么钱，小命差点都没保住！"

"你担心什么呀，我们这不都安全回来了吗。"

"是啊，我差点以为我回不来了……"

吴乾喝了口酒："只可惜不能把林大哥和万金隆带出来，还有死了的小杨和大壮，他们再也出不来了……"

"小杨的死都怪我……"

吴乾叹气道："乘风，你身上已经担了太多责任，就不要把这档子事也归到自己身上了, 我只是感觉很可怕……"

"胡风南确实是很可怕的人。"

"真正可怕的不是胡风南, 是监狱。杨然这样的人本该好好活着, 却还是落得这样的下场, 不知道监狱里还有多少个杨然, 还有多少个像他一样, 只想好好服刑, 好好出狱, 但最终都变成了这样……不过这也不是我们能决定的事……"

"就算杀了胡风南也不行?"

"杀了胡风南还有胡风西、胡风北, 那个地方只要存在一天, 就永远都是个地狱。唉……不想那些了, 我们兄弟重逢, 以后是要干大事的, 也许有一天我们能把虹口监狱整锅给他端了呢! 杨然在九泉之下也就彻底瞑目了。乘风, 来——"吴乾端起酒杯, "我们就用手上的酒送杨然和大壮一程, 愿他们来世安安稳稳。"说完他将酒洒向地面, 一脸悲伤。

夜里, 吴乾跪在财神爷面前, 恭敬地上了三炷香: "财神爷, 我知道您不管这个, 不过如今我平安地从监狱出来了, 还是要来您这里拜拜, 求个心安, 这些规矩, 还是那个老不死的教的……"说着他顿了顿, 拧开一坛酒, 给财神爷倒了点, 又给自己满上, "说到我家老不死的, 他在的时候可是真没少麻烦您。唉, 该不会因为这个, 您把他叫天上去了吧?"他又对着财神爷举杯, 随即一饮而尽, "我早就跟他说了, 您忙, 哪能事事都管得上, 不然他在赌场上能输那么多钱? 可他回头就把我揍了, 说我不诚心, 然后就拉着我天天给您上香, 贡品永远都是最新鲜的……"说着说着他便哽咽了, "财神爷, 能不能看在他对您这么诚心的份上, 放他回来啊?"

昏暗的灯光下, 财神爷慈眉善目地笑着。

吴乾哭道说: "放我爹回来吧……"

贾六家楼下, 贺红衣焦急地等着他。不一会儿, 贾六远远走来, 经过贺红衣身边, 偷偷塞给她一张纸条, 什么都没说, 径直走上了楼。

贺红衣打开纸条, 看到上面写着"四天后晚上七点半, 万国酒店"。

贺红衣将这个消息带到了棚户区, 只听她道: "四天以后, 万国酒店,

晚上七点,胡风南他们会在那里杀莫新龙。当胡风南他们完成任务、放松戒备的时候,就是我们动手抓胡风南的最佳时机。"

吴潇潇点点头:"我明白了,你这招叫攻其不备,出其不意。"

吴乾撇撇嘴:"真像你说的这样就好办了,咱们只需要在万国酒店,守株待兔。"

"万国酒店我去过,里面的地形我熟悉。现在我给大家安排任务,大家提前做好准备,成败在此一举。"贺红衣看向吴乾,"你有什么疑问吗?"

"我是在想,莫新龙好歹也是个军阀,护卫肯定不少,胡风南只要一动手杀莫新龙,现场肯定乱成一团,场面不好收拾,到时候还能顺利抓住胡风南吗?"

"所以我们的计划是在胡风南杀完莫新龙逃出酒店之后,对他进行拦截。在酒店内出手,不光场面不好收拾,万一引来莫新龙的人,将我们误认为杀手之一,那就真的麻烦了。"

众人点点头,认真地听贺红衣说起了具体的计划。

贺青舟在外面游荡了几天,终究无处可去,于是硬着头皮回到了红府戏院。

"您行行好,就让我在您这儿找个戏班唱戏吧……就算不能唱,打杂也好呀。"贺青舟恳求道。

戏院老板却没有好脸色:"贺老板,我们这小庙可容不下您这尊大佛,回头一个不小心,被莫大帅发现了,整个戏班人的命可就都丢了,谁愿意收你啊。"

贺青舟急忙辩解道:"可我听说莫新龙已经离开上海了,不打紧的。"

老板嗤笑一声:"莫大帅什么人物,手眼通天!别说上海,全中国有他想知道不知道的事儿吗?您别难为我了,该干吗干吗去吧,要不是敬您唱得确实有两把刷子,我早就捎信给莫大帅领赏钱去了!"说完便不再理会贺青舟,转身离开。

贺青舟绝望地叹了口气,只得离开。角落里,两个打手模样的人注意到贺青舟，悄悄跟了上去。

贺青舟失落地在街上走着，忽然察觉到身后有人，他顿时紧张起来，拔腿狂奔。打手一见此景，连忙去追。

贺青舟拐进一个巷子，躲在角落里。打手追进巷子，瞥见了贺青舟的衣角，却装作并没发现，故意叫嚣道："贺青舟，算你跑得快！你等着，我们迟早有一天逮着你找莫大帅交差！说完便离开了。

贺青舟听到四下没了声音，方才松了口气，瘫在地上，抬眼看着逼仄幽暗的巷子和灰蒙蒙的天，悲从中来："原来偌大的上海，真的没有我贺青舟的容身之地。"

贺青舟失魂落魄地走在街上，见路边张贴着他的画像，上面赫然写着"见到此人提供消息者，赏金五百大洋"，贺青舟连忙低头快走。

街道拐角处，贺青舟猛然被人打晕，正是刚才的两个打手。

"这小子看来是想从上海溜了，幸亏在这儿把他逮住了，要不然真没法向上头交差。"

"别高兴太早，这戏还没演完呢。"两个打手将昏迷的贺青舟拖走了。

贺青舟迷迷糊糊醒来，发现自己身在一个破旧的房屋中，双手被绑着。

两个打手居高临下地看着他："还跑吗？"

贺青舟瑟缩着："你们是……莫新龙的人？"

"我们大帅的名字也是你配叫的？告诉你，小戏子，没了钱白铁护着你，你根本翻不出我们大帅的手掌心！我们大帅马上就回上海了，他要亲手处置你，好好在这儿等死吧！"说完，两人转身离开，将门从外面锁上了。

贺青舟拼命挣扎，却怎么也解不开绳子。忽然，他摸到一个废弃的钉子，赶快捡起来，用钉子磨段了绳索。他四处环望，发现窗户没有上锁，轻轻一推就开了，于是一跃而下，逃了出去。

贺红衣带着枪回到家，正准备放进抽屉，却被雨辰撞见了。

"你怎么会有枪？"雨辰大惊失色，"你枪都用上了，到底想干吗？你

是想靠这个和莫新龙硬抗吗？他有多少枪，你有多少枪啊？"

"我……"

雨辰一把把枪拿过来，藏在背后："这把枪我不能还给你。"

"你想哪去了，我不是拿这枪去杀人。"

"不杀人？拿枪自保吗？就算自保，万一走火了怎么办？"

"不和你开玩笑，枪我得派上用场，你还我。"

"我不给！"

"是有人要杀莫新龙，但不是我，我要抢在他们动手之前抓住他，才能顺藤摸瓜找到我哥哥。"

"你说什么我不信！什么抓人，我听着就危险！我得告诉桑老师……"雨辰拿着枪欲冲出门外。

贺红衣无奈，只得上前制服雨辰，从她手中抢过枪："对不起，这事我不想连累你们。"说完转身就走。

雨辰匆匆追下楼，却已不见贺红衣的踪影。

贺青舟回到暂住的小旅店，发现自己的行李被胡乱地扔在门口："怎么会这样？我的琴——"他立即打开琴箱，见琴完好无损，激动地将它抱在怀里。

旅馆老板走出来，一脸嫌弃："真晦气，今天一早就有人过来找你，找不到人就开始乱翻乱搜，闹得不可开交。你赶紧走吧，我这儿是没法留你了！"

贺青舟抱着琴，喃喃自语："好，我走！"

贺青舟落寞地走在街上，心中回想着那两个打手说的话，知道莫新龙不会放过他，于是不自觉地走到了钱府门外。

吕思蒂恰好外出归来，看到贺青舟，故作惊讶："贺老板，您怎么在这儿，呀，这一身的伤是怎么回事……"

贺青舟嗫嚅道："我……我……"

"别站在门口说话了，快进来吧。"吕思蒂急忙带着贺青舟回了府。

贺青舟回到自己曾经住过的客房，大夫给他悉心包扎好伤口，开了几副安神药便离开了。

吕思蒂推门而入："贺老板，您的玉佩老爷已经派人找回来了，旅店老板也找人惩治了，您可以心安了。"

贺青舟连忙拿过玉佩："谢谢钱先生，谢谢钱夫人……"

"哪里的话，是我们照顾不周，才让贺老板受了这么大的委屈。"

"乱世当道，人心不古，钱先生日理万机，能为我安排住处已经十分难得，哪里会事事察觉，是青舟自己……"说着潸然泪下。

"贺老板说得是，眼下这个情况，我和老爷是万万不敢再让您出去了。至于您妹妹的事，老爷已经派人去查了，还请贺老板安心住下吧。"

贺青舟惊喜道："真的吗? 钱先生和夫人的大恩大德，青舟真的无以为报!"

"贺老板唱戏一绝，闲来若能教老爷两段，那也算是投桃报李了。"

"必不负夫人所托。"

吕思蒂露出一切尽在掌握的微笑。


小巷中，几个妓女正在招揽生意，芳澜站在不起眼的地方，脸色憔悴，身上的旗袍也不再光鲜。两个莫新龙的手下走进小巷，芳澜马上转过身去，不想让他们认出。

"这回跟着莫大帅在上海周边转了一大圈，一路上吃香的喝辣的，可真是享了大福了。"

"是啊，跟着莫大帅混就是有面子，你没见那个姓何的，堂堂正规军的团长，跟咱们莫大帅说话的时候有多客气……"

"我听说用不了多久，咱们就能加入正规军了! 大帅这次回来，就是要跟那个何团长敲定这事。"

芳澜一听说大帅回来了，立刻抓住这两人，求他们带她去见莫新龙。两个手下认出眼前的站街女是昔日的姨太太，顿时来了兴致，强行将她推进了巷子深处……

第二十九章

怅然

万国酒店行动的前一夜，吴乾、卫乘风和贺红衣聚集在天台上。

"这回搞不好，我们可真是同年同月同日死了。"卫乘风有些担心。

"别说不吉利的，只要我们在一起，没有什么事能难倒我们。"吴乾拍拍卫乘风的肩膀。

卫乘风点点头："有你在，我不怕。"

吴乾看着贺红衣："军师，说说明天的安排吧。"

董大锤和吴潇潇端着小菜走上天台，远远听到贺红衣的低语。

"最重要的是阻止胡风南见莫新龙，胡风南若是在刺杀过程中被莫新龙打死了，一切就功亏一篑！你们俩是这次行动的主力，我和莫新龙打过照面，不便出面。"

吴潇潇开心地跳过来："我也没见过他，我去！"

吴乾认真地说："你不许去！大锤，你也不许！"

董大锤把小菜放下："你就让我们去帮忙吧，你看胡风南来的那次，我们不也干得挺漂亮的吗？"

贺红衣摇摇头："这次不一样，进了万国酒店就没有退路了，搞不好会被莫新龙当场杀掉。"

"大锤可以不去，可我一定要去，我只有这一个哥哥，让我看着你们去送死，我做不到。"吴潇潇一脸执拗。

吴乾犹豫片刻："潇潇，你可以去，但有一个条件，你一切行动必须听红衣的。大锤，你给我们找个地方关胡风南，其他人我信不过，我只信你，必须安全、隐蔽。"

"没问题！"吴潇潇和董大锤欣喜地应下来。

贺红衣继续说着计划："吴乾和乘风必须提前带莫新龙离开套房。何致鸿与莫新龙的关系，能说的我全都告诉你们了，你们到时候穿着假军服，拿着伪造信函，假托何致鸿之口，利用刺杀一事改换见面地点，莫新龙有很大概率会跟你们走。成功说服莫新龙后，卫乘风拖住莫新龙，吴乾你留在酒店，等胡风南出现。"

吴乾看看贺红衣带来的假军装和信函，不禁咋舌："几天时间能搞到这么多东西，贺红衣你真的只是在剧院打杂吗？"

"你们的任务都无比危险，不管胡风南还是莫新龙，都是心狠手辣的角色，你们要千万小心！一旦有异样，立刻结束行动，一切以保命为第一前提。这把枪你收好，必要的时候能救你一命！"贺红衣又将枪交给吴乾，"一定要活着回来！"

众人将手叠在一起，眼神中充满了希望。


翌日傍晚，吴乾和卫乘风着直系军装，进入万国酒店，向着莫新龙套房的方向走去。

两名守在门口的便衣立刻拦住了吴乾和卫乘风："干什么的？"

"何长官派我们来的，有急事求见莫大帅。"吴乾说道。

"等着。"

便衣转身进门通报，片刻便走了出来说："抬起手来。"

吴乾和卫乘风抬起手，便衣仔细搜身，搜出了吴乾腰间的枪。

"枪先放在我这儿，大帅有请。"便衣说道。

"多谢。"吴乾深呼吸一下，与卫乘风一起进入套房。

万国酒店外，贺红衣和吴潇潇紧张地观望着。

不远处，芳澜披着一块破布，冷得瑟瑟发抖，不住地向酒店里望去。门童警觉地看向芳澜，芳澜不敢上前，只能躲在街角，时不时望向酒店里。

吴乾和卫乘风进入套房，向莫新龙敬了一个礼："我们奉何长官之命，特来请莫大帅见面一叙。"

"何致鸿怎么不亲自来见我？"

"长官他有事在身，不便离开……而且……这里并不安全。"卫乘风有些结巴。

莫新龙故作疑虑："哦？这里怎么不安全了？"

吴乾压低声音："今天有人会在万国酒店对您行刺，何长官特派我们来接您转移到安全地点，长官有要事与您商议，您若不信，我们有何长官亲笔书信一封。"

周力接过信，打开看了看。

莫新龙直视着吴乾和卫乘风："行刺？老何手下的兵我都认识，怎么没见过你们两个？到底是谁胆子那么大，敢来行刺我？不会是……你们吧……"

周力等人瞬间拔出枪对准吴乾和卫乘风。

吴乾连忙举起双手："莫大帅你搞清楚状况，今天有人要来刺杀你，我们是来救你的。"

"哈哈哈哈哈，胡扯！老子带兵打仗，什么没见过，来了上海以后，也不是没人要来杀我，全被我毙掉了！敢和老子玩这招，贼喊捉贼，想杀我的人就是你！"

"不是，真的不是！"卫乘风急得满脸通红。

"那你到给我说说，是谁要杀我？"

卫乘风壮着胆子，一字一句道："我们的确不是何团长的人，但我们九死一生从虹口第一监狱逃出来，就是为了告诉大帅这件事，要杀你的人是监狱里的人，他们有枪，我们没有开玩笑！"

莫新龙冷哼一声："啰啰唆唆，动手吧。"

周力等人立即拿枪对准了吴乾和卫乘风。

万国酒店门外，胡风南和张仲林已经从车上下来了。

"他们来了！怎么办？"吴潇潇大惊。

"我去应付他们，你去准备车。"

"不行，不能你一个人去，我帮你！"

"潇潇，我知道你担心你哥，我也担心他们，吴乾和卫乘风都是我重要的朋友，我比你能打，脑子也比你转得快，听我的，我不会让他们有事的。"

"红衣，你说什么都有道理，人那么好看，还会打架，难怪我哥那么听你话，我真羡慕你……"

贺红衣轻抚吴潇潇的头发："这有什么，以后我教你，听我的，快去准备车。"

吴潇潇点头离开。

胡风南和张仲林进入酒店，步步逼近莫新龙的套房。

附近的便衣立即上前阻拦："你们是谁？"

胡风南和张仲林没有停下脚步，直接掏枪射击。

套房内，吴乾和卫乘风绝望万分，已经做好了等死的准备，却忽然听到房间外枪声四起。周力的枪口立即转向门口的方向，吴乾和卫乘风一下子松了一口气。

下一秒，胡风南和张仲林就持枪冲了进来，双方激烈火拼。莫新龙急忙躲进旁边的房间中，吴乾和卫乘风则在枪林弹雨中躲闪着。

双方交战中，莫新龙一方的火力显然更强，胡风南只得拿张仲林做肉盾，张仲林中弹身亡。胡风南一枪击毙周力，径直踢开莫新龙房间的门，门

内，莫新龙一枪打落了胡风南手中的枪，胡风南只得愤恨地举起双手。

莫新龙用枪指着胡风南说："那两个小鬼竟然没说错，你是谁？谁派你来杀我的？钱白铁？还是桑介桥？"

吴乾从隐蔽处出来，背对着莫新龙，从地上捡了把枪，瞄准了莫新龙。

胡风南瞥见吴乾，不动声色地引开莫新龙注意力："你得罪了那么多人，谁想要你的命，自己有数。"

吴乾猛然开枪，击中了莫新龙的手臂，他的枪掉落在地上，龇牙咧嘴地倒在沙发上。

胡风南诧异地看向吴乾："你们怎么会在这里？"

吴乾将地上的枪丢给胡风南："想活命就一起杀出去！"

胡风南点点头，和吴乾、卫乘风一起杀出重围。

莫新龙捂着手臂怒吼道："你们一个都别想逃！"

吴乾、卫乘风和胡风南三人背靠背，一路杀至酒店大堂。贺红衣从大堂隐蔽处杀出来，与三人一同打退残兵。突然，胡风南左腿被击中，行动受到了影响，三人急忙扶着他冲出大堂。

吴潇潇驾车而来，稳稳地停在酒店门口。吴乾用枪逼着胡风南上了车，卫乘风和贺红衣也火速入座，吴潇潇飞快驶离。

"你们要带我去哪儿？"胡风南问道。

吴乾的枪口依然抵在胡风南的太阳穴上："莫新龙的事解决了，该轮到算我们的账了。"

酒店门口大乱，芳澜见状偷偷溜了进去，一路踩着尸体走向莫新龙套房的方向。行至门外，芳澜从地上捡起一把枪，径直进入房间，走到受伤的莫新龙面前，将枪顶在了他的头上。

莫新龙顿时一惊："芳……芳澜？"

"莫新龙，你还认得出我！"

"你把枪放下，我们有话好好说……"

"我没什么要和你说的，因为你，我变成了现在这副人不人鬼不鬼的样子，你好狠的心啊！我是一个人！不是一件东西！"

莫新龙看着芳澜拿枪的手越来越颤抖，笑了笑，站起身来，盯着芳澜的眼睛："芳澜啊，你这又是何苦呢？"

"你……你别过来……"

"你杀了我，自己也活不成。我答应你，以后不为难你了，我给你钱，送你离开上海，以后你爱找谁找谁，爱到哪去哪，这样的好事，过了这个村可就没这店了，而且你枪抖得这么厉害，是打不中人的。"

芳澜惊声尖叫："你别过来！"

莫新龙举起手来，离芳澜更近一步："好好好，我不过去，你把枪扔了，咱们这笔买卖就算成了，行吗？"

芳澜面色犹豫，莫新龙却突然冲上去，一把抢过芳澜的枪，又一巴掌将芳澜打倒在地，然后用枪指着芳澜："你不要怪我，这都是你自找的！"

芳澜吓得在地上步步后退，突然，她从旁边尸体的手上拿起一把枪，对着莫新龙连开数枪，莫新龙应声倒地……


吴潇潇开着车一路行至郊外的一间废弃屋子，吴乾将胡风南绑起来，扔在地上。

"胡风南，说吧，江桥的背后是谁，是谁让你们出去杀人的？不然，我不会让你活着走出这个屋子。"贺红衣怒视胡风南。

胡风南哈哈大笑："就你？想威胁我？"

董大锤卷起袖子："少和他废话，往死里打就是了！"

胡风南更加猖狂："我知道他是谁，不过就是不告诉你们！"

贺红衣愤然拿起枪，对准胡风南的头："告诉我，不然就杀了你！"

胡风南镇定道："手别抖啊，握紧枪，再往上抬一点，瞄准我这里来，我的血溅在你身上的时候，你可别怕！"

贺红衣被激怒，颤抖着就要拉开枪的保险。

卫乘风急了："红衣！你别上当，他在骗你呢！"

胡风南笑了："你看，人都一样，只要被逼急了谁都会杀人，不管是吴乾，还是卫乘风，哪怕是你这个小姑娘。我只不过是比你们早杀了几个人而

已,有什么错?"

胡风南又看向卫乘风道:"卫乘风,你真让我失望,你最早告诉我,你是来杀张仲林的,可认了兄弟之后,张仲林也好,我也好,可曾亏待过你?"

"没……"

"你向我提出管理监狱的计划,我是不是赞同,是不是认可了你?"

"是……"

"那你为什么要背叛我?"

卫乘风正视胡风南道:"因为我来监狱就是为了调查你的罪行,你害死过多少人你心里清楚!你还记得被你从天台上逼下去的杨然吗?"

"要不是他在背后搞小动作,坏了我的事,我何苦要杀了他?"

胡风南又看向吴乾:"吴乾,难道你就干净吗?我从江桥那儿听说过你的事,一个在上海滩骗吃骗喝的混混,同样是赚钱,你不干净我也不干净,你有什么资格评价我,你有没有想过你吃喝用的钱里,可能是人家的救命钱,你害死的人就一定比我少吗?"

吴乾愣住了:"我……我真没想过……"

"只要我什么都不说,你们不管是把我扔到巡捕房还是监狱,谁都奈何不了我。"

"是吗,那要是英国人呢?"吴乾问道。

胡风南脸色微变。

"英国人可不管你开不开口,只要有赃物、有人,他们就能交差,你还记得你曾经杀过一个英国人叫邓肯吧?"吴乾直视着胡风南。

胡风南的脸色彻底变得难看。

贺红衣说道:"胡风南,每个人都会走错过路,但有的人知道自己在做什么,有的人却不知道,吴乾的成长环境使他没有什么是非观,他是个浑蛋没错,但总有一天他会明白,他应该做一个什么样的人。可你不一样,你是什么都明白,却还选择这样一条路,那就是该死。不过我不会杀了你,因为你对我们还有用处。"

吴乾默算了下时间:"红衣,别跟他废话,还有后面的事呢。乘风、大锤,这里就交给你了。"说完他和贺红衣迅速离开。

夜已深，江桥还不见胡风南归来，意识到可能是出事了，反复思量终于决定带上一包金条匆匆跑路。吴乾和贺红衣猜测到江桥会有此举动，于是早早赶到监狱关卡外等候，不费吹灰之力便将江桥绑到了郊外的小屋中。

"从胡风南没杀成我的那一刻起，你就该知道有这么一天了。"吴乾愤恨地看着江桥。

江桥装出一副全然不知的模样："胡风南要杀你们？我……我不知道啊。他在监狱呢，怎么杀人啊？再说了，就算他要杀你们，和我也没关系啊，你们抓我干什么？"

吴乾冷笑："戏挺好啊，江狱长！"

"不是，我真的不知道！吴乾，我叫你乾哥，你把我放了，你跑了这事儿，我就当没发生过。红衣姑奶奶，我平时对你不错，咱们今天就当没见着，行不行啊？"

"江桥，你不用白费心机了，说，到底是谁指使你杀人，又是谁把吴乾扔进监狱当贺青舟的？"贺红衣质问道。

"我真的听不懂你们在说什么！"

吴乾笑了笑："你可真是不见棺材不落泪，巧了，我吴乾就是在白事店长大的，肯定能帮你找一副合适的棺材，走！"说着他便拉着江桥站在窗前，"你自己看看，那两位你认识吗？"

江桥透过窗户看到被绑着的胡风南和站在一旁的卫乘风。

江桥脸色煞白："胡风南……"

吴乾对着窗子喊道："乘风，出来看看老熟人！"

卫乘风走了过来："江狱长，好久不见。"

贺红衣问道："审的怎么样了？"

卫乘风说道："该说的都说了，杀刘唐彩、杀邓肯，还有别的那些案子，他全招了，比我们想象得还多，不仅如此，工具间里有我们从杀人现场发现的油漆、武器，甚至未被销毁的谋杀计划。真没想到，胡风南这么硬气的人，竟然为了活命招得这么快。"

江桥愣愣地看着卫乘风："你……你到底是什么人？"

吴乾笑道："忘了跟你介绍，编外巡捕卫乘风，不过这个案子办完，他应该就是正式巡捕，说起来我们还要谢谢你呢。"

"编外……巡捕……可恶，你敢蒙我！"江桥欲冲上去。

贺红衣举枪顶住江桥的额头："江桥，你还不说吗？"

江桥有些泄气："我……"

卫乘风看着江桥："江狱长，胡风南为了自保已经全说了，你堂堂一个狱长替胡风南背锅，值得吗？"

"你再不说我现在就杀了你，你连巡捕房也不用去了！"贺红衣威胁道。

"好好好，我承认，确实是我指使胡风南在监狱外面杀人，但这不是我的主意，我也是受人所托啊！"

"说！是谁？"贺红衣的枪狠狠顶住江桥的头。

"我说！我说！是……独立团团长钱白铁！……"

吴乾、贺红衣和卫乘风顿时露出震惊的表情。

"这么说把我弄进监狱顶替贺青舟的人，也是钱白铁？"吴乾问道。

"钱白铁有没有在你面前提到过贺青舟？"贺红衣瞪着江桥。

"没有没有，我一个小狱长而已，大人物的私事我们哪知道，不过他当时来找我要人的时候，看起来倒是挺关心那个贺青舟的，不像是要害他，更像是真的在救人。"

贺红衣一把甩开江桥："我才不信他有这么好心！"说完转身就要走。

吴乾连忙拦住贺红衣："你去哪？"

"我去找钱白铁！"

"贺红衣你冷静一点！"吴乾呵斥道，"还记得你叮嘱过我的吗，一切必须按计划进行，也是因为你的叮嘱，我们才能活捉胡风南、抓到江桥，现在计划马上就要完成了，你却要去冒险？你平时不是最理智的那个吗？"

"我……"

"我明白你心急，我们都急，你、我，还有乘风，咱们三个一路从监狱走来，无数次死里逃生，为的不是让你去自寻死路，为的是平安救你哥出来！"

贺红衣沉默不语，看起来平静了一些。

"我们现在只有一条路可走，就是完成计划！等所有事都办妥了，我陪你一起去会会那个钱白铁，你别忘了，不光你跟他有仇，我跟他也有旧账要算！"

"没错，到时候我们一起去！"卫乘风附和道。

贺红衣舒了一口气："是我冲动。卫乘风，你把江桥带回巡捕房交差，吴乾、潇潇、大锤，你们三个在这里盯着胡风南，我去见一个人。"

"你又要走？不行不行！你也留下来陪着我们一起看着胡风南。"董大锤不放心。

贺红衣冷静地说道："按之前的计划，明天要去见英国领事罗伯特，英国领事这么大的官，会听我们说话吗？就算听了，他真的会按我们说的做吗？我心里始终觉得不安，正好有个朋友可以帮我这个忙。明天下午，来红宝石咖啡馆找我。"

吴乾点了点头："不见不散。"


卫乘风将江桥带回巡捕房，关在了拘留室中。

余德义怎么也没想到这个案件抓到的竟是这么大的官，顿时乐开了花："我把他交给英国人，不知道我能官升几级啊！干得好！干得好！卫乘风，我现在就宣布，从今天起你就是正式巡捕，明天就去领新警服！"

"谢谢巡长，不过……"卫乘风面露难色。

"不过什么？"

"江桥还不是最后一个人，您知道钱白铁吗？"

余德义愣了愣："独立团团长钱白铁？"

卫乘风点点头。

余德义压低声音："这就不好办了……"

"要不要抓捕钱白铁？如果要的话，我可以带人去，而且钱白铁家里……"

"停，此事还有谁知道？"

卫乘风犹豫片刻："没……没人知道……"

"那就好，江桥这件事你就负责到此，后面关系重大，牵扯太多，我要考虑一下。"

"可是……"

"这件事到此为止！你好好回去休息吧。"

卫乘风点点头，闷闷不乐地离开了。

余德义自言自语道："竟然是钱白铁……没想到啊，我抓住他这么大一个把柄，该跟他要多少好处呢……我得好好考虑考虑……吃他一回够我五年快活了！"说到此处，他按捺不住心中的喜悦。

此时，李鹿敲门进来。

"巡长，那个卫乘风怎么回来了？您不是说他被开除了吗？"

"我让他回来的。"

"为什么呀？"

"我做事还要跟你解释吗？回来就是回来，有什么好问的！"

李鹿露出怨恨的眼神："是。"


贺红衣回到剧院，找到桑介桥，请求他的帮忙。

"老师，吴乾要洗清罪名，我们找到了英国领事罗伯特，想要拿杀死邓肯的凶手跟他换一张特赦令，可我们觉得罗伯特并不会帮我们。老师您知道的，吴乾是被冤枉的，他为了帮我找哥哥九死一生，我也想帮他一次……"

桑介桥没有说话。

"老师，我知道您一直觉得吴乾难成大器，但经历了这么多，我发现他……他其实是个好人，他甚至有资格成为学会的一员，这一次我不仅想帮他脱罪，我还想让他加入学会。"

"你是认真的吗？"

贺红衣表情坚定："是！"

桑介桥微笑中略带深意："我们最近正好与英国人有武器上的合作，那个罗伯特我认识，明天我跟他通个电话，让他能坐下来听你们说话。不过，你能确定凶手就是你们抓到的那个人吗？"

"千真万确。"

"那就好，我会以学会的名义出面，向邓肯保证你说的每句话都是真的，但你也要做好准备，具体成不成还是要看对他们的利益有多少，能不能说动罗伯特，就只能靠你自己了。"

贺红衣郑重地点点头。

钱白铁听说江桥被抓了，倒是并不惊讶，淡定地命令陆横尽快解决了他。陆横领命，打扮成巡捕的样子，悄然潜入巡捕房，将江桥杀死在了拘留室中。

余德义听说江桥被杀了，顿时怒发冲冠，把卫乘风和李鹿骂了个狗血淋头，二人吓得赶紧离开了办公室。

"钱白铁，行，你够狠！我服，我服了还不行吗！"余德义垂头丧气地坐下，"我就不该犹豫一晚上，就该直接把江桥献给英国人，至少升个官是没问题的，唉……我的前途，你怎么就这么多坎呢……"

翌日，吴乾和贺红衣如约在咖啡厅碰面。

吴乾好奇地问道："你昨天到底找谁去了？"

"说了，一个朋友。"

"连英国领事都能搞定，你什么时候认识的这种朋友？也给我介绍介绍呗，我可会给人家当朋友了。"

贺红衣轻轻一笑："我会介绍你们认识的。"

这时，英国驻沪领事罗伯特走了过来。

贺红衣起身迎接："罗伯特先生。"

罗伯特径直坐下："我很忙，只能给你们五分钟时间。"

吴乾和贺红衣被噎了一下。

"没准备好吗？那我告辞了。"罗伯特起身要走。

吴乾连忙开口："杀邓肯的凶手在我们手上！"

罗伯特重新坐下来："说下去。"

贺红衣娓娓道来："我的朋友被栽赃杀了一个法国人，上了通缉令，我们需要你从法国人那里拿一张特赦令，把他的案底消了，作为交换，我会把关押凶手的位置告诉你，这个人杀了你们的副总税务司，案子到现在没破，相信你的压力也不小吧？"

"压力是有的，但这不是我要帮你们的理由。"罗伯特耸耸肩。

"萝卜头先生……"吴乾说道。

"罗伯特。"罗伯特眉头一皱。

吴乾摆摆手："老罗啊，这可是你千载难逢的立功机会，肉我都送到你嘴里了，哪有不吃的道理？不管你是英国人还是什么人，最终不就是为了升官发财吗？人你可以放心，一定是凶手，肯定能交差！我也只是要一张小小的特赦令，你赚了啊！"

"我相信你说的是真的，有人已经替你们的真实性做了担保，但作为英国人，我无论从情感上还是理智上，都不想与法国人有过多接触。时间到了，告辞。"罗伯特起身要走。

"如果再搭一个监狱长呢！"贺红衣说道。

罗伯特回头看向贺红衣。

贺红衣继续说道："凶手是虹口第一监狱的犯人，他受狱长指使做事，狱长也是收人钱财替人消灾。你考虑一下，我们抓到的凶手在租界犯的案子至少还有五六起，死者非富即贵，就算你什么都不查，光这个把柄，你下半辈子的钱都已经有着落了。"

罗伯特沉吟片刻："监狱长也在你们手上？"

"那倒不是，不过我知道他在哪儿，反正不在虹口第一监狱。拿特赦令来，我再一五一十告诉你。"

"我明白了，我会回去请示上级，但你们要发誓，此事不会有第四个人知道。"

"放心，做买卖嘛，规矩我们懂。"吴乾塞了张纸条到罗伯特手里，"地址在上面，等你的好消息。"

"告辞。"罗伯特将纸条揣进兜里，匆匆离开。

吴乾和贺红衣回到郊外，度秒如年地等待着罗伯特。终于，罗伯特的车到了。

"特赦令我带来了，带我去见人吧。"罗伯特掏出来一个信封。

吴乾一把抓住信封，欣喜若狂："走，我带你去！"

"吴乾！出事了……"卫乘风匆匆跑来，"江桥……江桥他……"

吴乾顿时眉头紧皱，连忙捂住卫乘风的嘴，回头看向罗伯特："不好意思啊，我跟我兄弟说几句话。"

吴乾和贺红衣拉着卫乘风走到一旁问："怎么了？"

"江桥被杀了！"

"那怎么办？咱们可是把江桥许给罗伯特了！"吴乾看着贺红衣。

"照常告诉他江桥的地址，反正已经拿到了特赦令，后面的事让余德义去头疼去吧。"贺红衣说道。

卫乘风点点头。

吴乾和贺红衣将罗伯特带到关押胡风南的房间外，吴乾率先进去，单独与胡风南交谈。

"胡风南，英国人就在外面，等着带你走，不过我有几句话想对你说。"

胡风南冷笑："怎么？靠着英国佬，就想要老子认怂？"

吴乾笑了笑："你确实是一个厉害的对手，事到如今居然一点也不害怕。"

"害怕？从婉晴死的那天起，我就不知道什么叫害怕，我这辈子杀了这么多人，早就够本了。"

"也许婉晴的死对你打击很大，但这不是你作恶的理由，你杀的那些人，他们何尝没有兄弟姐妹、父母儿女，你有没有想过他们的亲人？"

"他们挡着老子的路了，该死！"

吴乾一把抓住胡风南："该死？大壮和杨然算得上与世无争了吧，你还不是把他们都杀了？他们本来没几年就能出狱了，是你一手毁掉了他们原本可以重新开始的人生！你问过我，说我和你有什么区别，我当时没回答你，现在我告诉你，有区别，有天大的区别！我虽然会骗点小钱，但从没

想过害人，为的只是一日三餐糊口度日，我不像你，背叛大哥，肆意杀人，简直畜生不如！江桥已经死了，被他上头的大人物干掉了，那个人现在盯上了你，我劝你还是多多保重，不要以为自己很威风，其实在那些大人物眼里，我们都一样，贱命一条！"

胡风南突然有些颓丧："不……老子这条路是自己选的……"

吴乾叹了口气："我想说的就这么多，剩下的让英国人跟你聊吧。"说完转身离开。

胡风南突然放声大喊："吴乾，你给我站住！站住！"

吴乾不理胡风南，径直打开了面前的大门，贺红衣和吴乾一起将胡风南押上了罗伯特的车。

吴乾拿出特赦令，左看右看，喜不自胜："从今天开始，老子又可以正大光明地叫吴乾了！红衣，计划就差最后一步了，你准备好了吗？"

贺红衣点点头。

吴乾看向远方，握紧拳头："钱白铁，你等着，我们来找你算账了！"

吴乾、贺红衣和卫乘风聚集在家中，再一次商量杀入钱府救出贺青舟的具体计划。吴潇潇在一旁听着，不禁心头打战。

三人散会后，吴潇潇悄然找到贺红衣，尴尬开口道："红衣，我……我想跟你商量一下……明天……能不能不让我哥去？"

贺红衣愣了一下。

"哪怕是骗也好，瞒着他也好，能不能别让他去，我怕他死在那边……我知道这样说很自私，每个人去都有危险，但我就是不想让我哥去……我爹已经死了，我不想再失去哥哥……红衣，我替他去好不好？我很能打的，我也不比他笨，有我在一样的！"

贺红衣摸了摸吴潇潇的头："你说错了……"

吴潇潇急得快哭出来了："我没说错！我真的很厉害的！让我替他去好不好？"

"我说不是你不厉害，我是说你这不叫自私。"

吴潇潇愣了愣。

"这是爱！如果是我，我也会做出像你一样的选择。你其实跟我很像，从小被哥哥带大，只不过你比我更幸运，除了哥哥还有乘风和大锤他们，虽然你们在一起总是打嘴架，但我知道吴乾在你心里就像青舟在我心里一样重要。"

吴潇潇点了点头。

"我答应你，不过你不要告诉吴乾，以他的性格，要是知道我们不带他，肯定要冲过去大闹一场。明天你看好他，想办法让他哪都别去，我跟乘风去找我哥。"

"谢谢你……"

"我才要谢谢你们，不然我可能一辈子都救不出我哥哥。吴乾这家伙，可真是有个好妹妹……"

吴潇潇看着露出笑容的红衣，自己也笑了出来。

翌日清晨，吴潇潇把家里的窗户全都用棉被遮住，搞得像天没亮一样。

吴乾迷迷糊糊睁开眼睛问："什么时候了？"

"还……还早呢，哥再睡一会吧……"

吴乾迷糊地翻了个身："红衣来了记得叫我……"

"嗯……我……我会的……"吴潇潇心虚不已。

此时，外面早已天光大亮，贺红衣来棚户区找到卫乘风。

"真的不叫吴乾了吗？"卫乘风望着吴乾家挂满了棉被的窗户。

贺红衣点点头："人越多越复杂，我昨天想了一晚上，我们是去要人的，不是去打架的，和钱白铁硬拼，那才叫一点胜算都没有。"

"你……真的有把握吗？"

"你不信我？你以为吴乾从监狱里跑出来就靠他自己？没有我帮忙，他现在还在监狱待着呢！"

"那倒也是……"

"放心吧！我保护你！"贺红衣大步向前走去。

卫乘风匆匆跟上去："喂，你等等我，我也很厉害的！"

钱宅的客厅中，贺青舟正在教钱白铁唱戏，二人如今已经毫无嫌隙，看起来正是一对令人艳羡的知音。钱白铁对这样宁静安好的日子十分满意，打量着贺青舟，禁不住露出宠溺的笑容。

"哥——"这时，贺红衣的一声呼唤划破了这一份岁月静好。

钱宅门外，贺红衣不断地大喊着，守卫和管家齐齐出动，欲驱逐贺红衣和卫乘风。

"你们敢跑到这里闹事，不想要命了？快滚！这里没有你说的人。"赵管家厉声呵斥。

贺红衣毫不退让，高声叫喊："哥——你们把我哥哥放出来！我知道他就在里面！他叫贺青舟！"

赵管家挥手示意守卫，众守卫同时举枪瞄准了贺红衣和卫乘风。

此时，一个声音传来："住手！"

贺青舟快步走了出来，站在贺红衣面前，上下打量片刻，忽然开口道："你是……红衣？"

贺红衣激动得说不出话来，颤抖着拿出玉佩，贺青舟也连忙拿出玉佩，两块玉佩对到一起，两兄妹顿时抱头痛哭。卫乘风在一旁看着，禁不住红了眼眶。


贺青舟迫不及待地告别了钱府，随贺红衣离开了。钱白铁没有阻拦，只是一个人坐在留声机旁不住地叹着气。

吕思蒂小心翼翼地走过来："老爷……贺老板……走了……"

"他有没有说什么？"

"他说……谢谢钱先生招待之情。"

"招待之情？"钱白铁满面失意。

吕思蒂叹息一声："老爷，费了这么多周章，难道真的就这么放他走？"

"兄妹重逢，感人至深，我再做阻拦只会让他心生怨恨。"钱白铁停顿片刻说道，"不过只要我想，还是可以找他回来唱戏给我听。"


贺红衣带着贺青舟回到家，进入自己的卧室："哥，我们这房子不大，这原本是我的房间，你将就先住着，等我攒够钱了，再帮你找个宽敞的住所。"

贺青舟放下行李："能有这么一个住所，我已经很满意了，只是我住了你的房间，你住哪里呢？"

贺红衣指指旁边的房间："我和朋友挤一挤，有什么需要你就直接喊我。"

"这太麻烦你们了。"

"你是我哥，还说什么麻烦不麻烦的，而且我朋友人特别好，虽说是个女孩，比男孩都讲义气，今天她不在，下次见到了，我好好给你介绍一下。"

贺青舟既欣慰又感伤："红衣，你说有人照顾你、对你好，我心里才稍微舒服一点。当初和你分别，虽说是逼不得已，但我真的好后悔，好多个晚上我都睡不着觉，担心你一个人在外面有没有吃好穿暖，有没有人欺负你，是哥哥没出息……"

贺红衣泪光闪闪："哥，你这说哪里话，你都成贺老板了，还说自己没出息。"

"红衣，你还记得哥哥说的话……"

贺红衣点了点头，想起儿时与哥哥分别时的场景。

贺青舟喃喃说道："哥哥没用，做不了什么贺老板，被奸人所害，还连累了整个戏班，只能留在钱府……"

贺红衣顿时握紧拳头："哥，你告诉我，钱白铁有没有为难你？如果他对你有什么，我管他是谁，绝对饶不了他！"

"钱先生和夫人对我都还好，是我不争气，得罪了莫新龙，偌大的上海，哪都去不了。"

"哥，你放心吧，莫新龙已经死了。"

"他死了？怎么死的？"

"他仇家那么多……总之，哥你安全了，以后不用东躲西藏了。"

"我的万重山班子，我的伙计们……大仇已报，你们安心往生吧……"

"过去的事就让它过去吧，从此以后，我不会再让你受苦了。"

"能重新见到你，之前的日子怎么能算苦呢。"

贺红衣一听此话，眼泪顿时流了下来。

"别哭，我记得我妹妹不爱哭，爱笑。"贺青舟掏出手帕给贺红衣擦眼泪，"妈妈在天上看着我们呢。"

贺红衣点头。

贺青舟打量房间里，转了话题："对了红衣，和我分别之后，你怎么来的上海？"

"我流浪了一段时间，后来遇上了贵人，他带我来到了上海，教我写字和做人的道理。后来，我跟着他在这里……"贺红衣犹豫了一下，"在这里创办了剧院。"

"恩公是哪位？我想亲自去感谢他……"

"你们总会见到的。哥哥，你已经安全了，先好好安定一下，来日方长。"贺红衣轻轻靠在贺青舟的身上。

吴乾睡到日上三竿方才自然醒，得知是吴潇潇在搞鬼，顿时暴跳如雷，匆匆往外冲，一出门却撞上了贺红衣。

"红衣？怎么就你一个人？你哥呢？"

贺红衣笑了笑："我哥已经安顿好了。"

"那就好……今天我没去都是因为……"

"我知道。"贺红衣微微一笑。

"你知道？你们说好了的？"吴乾瞪着吴潇潇，"红衣你这就不对了，有多危险你自己清楚，你还要一头冲进去，那个卫乘风也是，我回头再找他算账！这么大的事也不通知我一声，胳膊肘往外拐！"

"一点危险都没有，我们去了以后，什么都没发生，真的！"

吴乾眉头皱了皱："这里面肯定有古怪，你想，他把我扔到监狱里就为了换你哥出来，现在你去了说放就放了？他安的什么心我不清楚，但你们一定要小心。"

"我明白。"

"如果他找你麻烦的话，你第一时间……"吴乾顿了顿，"你第一时间爱找谁找谁吧，别找我了，找了我又不带我去，坑害我的名声！"

　　贺红衣笑了笑："你以为我是为了你吗？我是为了潇潇，我怕她没了哥哥，这叫作己所不欲勿施于人，听过吗？"

　　"你问着了，我不光没听过，我都听不懂，反正咱们这梁子是结下了，你说怎么办吧？"

　　"你还想吃蝴蝶酥吗？"

　　"蝴蝶酥就想打发我？不吃！"

　　"不吃算了，也省得我打发你，走了。"贺红衣转身要走。

　　吴乾连忙拉住贺红衣："就给个蝴蝶酥？"

　　"对。"

　　"行！算你狠！"吴乾气结。


　　阳光洒满棚户区的街道，人们终于恢复了正常的生活。

　　花蝴蝶将一盆水泼到门外，正好泼到路过的阿狼脚边。

　　阿狼顿时惊声大叫："花、蝴、蝶！"

　　花蝴蝶转身就往房间里跑，阿狼装作凶狠地追了进去。

　　董大锤坐在药店门口的台阶上捣药，卫乘风从白事店走出来，换了一身新警服。

　　"上班去啊乘风？"董大锤欣喜地望着卫乘风。

　　"是啊。"卫乘风不好意思地整了整警帽。

　　吴乾背着手，在棚户区里闲逛，一脸笑意，吴潇潇跟在他身后，也背着手，模仿着哥哥的动作和神态，兄妹俩看到卫乘风，立刻走了过去。

　　"乘风哥，抓坏人去呀？"

　　卫乘风回头看见吴潇潇，露出笑容："嗯。"

　　"多抓几个，有那种有本事的留意着，告诉他们，新闻路欢迎他们。"吴乾吹了一个口哨。

　　卫乘风笑了笑："好。"


　　贺红衣在糕点铺子排了好长的队才买到了蝴蝶酥，匆匆拎着袋子赶

到了吴乾家。

吴乾吃着蝴蝶酥，想起当初掉在贺红衣床上的残渣，禁不住发笑。

"笑什么？"贺红衣问道。

"你管我。"吴乾故作不羁。

"回家的感觉怎么样？"

"哎哟，太没劲了。卫乘风天天早出晚归去巡捕房，潇潇也不务正业，天天东奔西跑，影子也看不到，老不死的也不在了，没人和我斗嘴，我闲得都长蘑菇了。"

"别光说别人，你也去做点正经事。"

"你怎么像个后妈似的，我要想做事早就做了，可我不乐意，现在这样的生活多好。"

"你说的好，就是继续坑蒙拐骗吗？"

吴乾气恼，只顾低着头吃蝴蝶酥。

"你真的要这样过一辈子吗？"贺红衣认真地盯着吴乾。

吴乾有些犹豫，回想起贺红衣曾经对胡风南说的话——"他是个浑蛋没错，但总有一天他会明白，他应该做一个什么样的人。"

吴乾不甘心地看着贺红衣："那你倒说说，我能做什么？"

贺红衣有一丝欣喜："你想不想加入我们明镜学会？"

"学会？你不是在剧院上班的吗？"

"对，经营剧院，顺便进行一些社会活动。"

"听不懂。你们是做大生意的？钱赚得多吗？"

"不算多。"

"那……做的活多不多？"

"自然是多的。"

吴乾大手一摆："亏本生意我不干。"

"但这个生意能惩恶除暴、能安定社会、能稳定国势、能将百姓解救于水火，想想白毛、大壮、杨然这些无辜的枉死者，想想你在万术大赛、在监狱里遭受的不公和委屈，虽然已经发生过的不可挽回，但起码从今天开始，再也不会有类似的情况发生，这样，你还觉得这生意亏吗？"

　　"我就是一个普通的小混混，我就算有这个心，也没那个本事，你找错人了。"吴乾又抓了一个蝴蝶酥吃了起来。

　　"吴乾，来学会吧，它会让你从一个小混混变成一个真正的大英雄！"

　　"大英雄？"吴乾的心怦然一动。

# 第三十章

# 新生

棚户区的孩子们光着屁股欢呼追逐着，大人们则为生计忙碌着。大锤家的药店近来生意颇不景气，董大锤索性把药店完全交给了母亲，他自己则把白毛的车讨了过来，当起了黄包车夫。至于棚户区小霸王吴乾，谁都想不到，他沐浴更衣，剃须梳头，把自己搞成了一副文化人的样子。

"钱哥，你怎么打扮成这样？"董大锤吃惊不已。

"老子加入了一个非常厉害的学会，准备进军文化界，用超凡的脑力为国家、为人民做点贡献，你们就瞧好吧，不出一个月，我就会变成上海滩响当当的大英雄，到时候你们就可以出去跟别人吹牛说认识我了。"吴乾一脸骄傲。

董大锤假笑着鼓掌："精彩精彩，你加油，不过我家里还等着吃饭，我先走了。"说完拉着黄包车就跑开了。

吴乾倒也不在意，意气风发地往剧院走去。

　　剧院后台，学会众人每人手中拿着一本话剧《玩偶之家》的翻译本。

　　"下个月就要印刷成册了，我们这几天得把全剧本校验一遍，看看有没有翻译不当的地方，尽快作调整。"博文说道。

　　这时，贺红衣带着吴乾走了进来。

　　吴乾热情高呼道："各位兄弟姐妹，大家好，哟，都忙着呢？"

　　贺红衣白了吴乾一眼，略显尴尬，向众人介绍道："我给大家介绍一下，这位是……"

　　吴乾抢先道："我叫吴乾，我们以后有肉一起吃、有架一起打、有钱一起赚！对了，你们可以叫我有钱，年纪小的就喊我一声有钱哥，我们互相关照！"

　　学会众人面对吴乾的江湖习气呆愣不已，贺红衣也尴尬万分。

　　吴乾看着贺红衣，低声道："我说错什么了吗？他们都怎么了？"

　　博文急忙打圆场："既然来了，就是自己人了，欢迎你加入学会！"他又将一本《玩偶之家》剧本递给吴乾，"我们刚开始校验剧本，坐下来一起吧。"

　　吴乾接过剧本，疑惑不已："剧本？什么玩意？"

　　吴乾不明就里地坐下来，听着众人一边朗诵剧本，一边校对翻译。众人的话剧腔让吴乾起了一身鸡皮疙瘩，而台词中高尚的、先进的理念更是让他愤然不服。他索性站起来反驳道："什么破台词，这不扯淡吗？什么奉献，什么真诚，我能活到现在，靠的可全是我坑蒙拐骗的本事！"

　　众成员顿时无言以对，纷纷不屑地看着吴乾。不远处，桑介桥严肃地审视着吴乾，也心生不满。

　　贺红衣觉得失了面子，对吴乾耳语道："你这是在干什么？认真一点行不行？"

　　吴乾脾气上来了，索性抬高声音："我还要问你们这是在干什么？什么狗屁学会，完全和我想的不是一回事啊。"

　　贺红衣耐着性子劝道："你第一天来，肯定不适应，慢慢来……"

　　"什么慢慢来，我根本就是来错了地方，我可不想适应这些人！你当初是怎么和我说的？我以为我是来拳打脚踢、除暴安良的，结果就是听你

们一群老先生读课文, 而且还都是胡说八道! "

"你不能这么说, 我们做的都是很有意义的事! 你要的除暴安良可不是靠拳脚就能成的, 你要学着做一个有文化的、会用脑子的人, 这需要时间! "

"你说我没脑子? "

"我不是这个意思……"

众人看着吴乾和贺红衣争执, 面面相觑。

博文忽然走过来: "红衣, 老师叫你去一下。"

"你在这里等我! "贺红衣瞪了吴乾一眼, 匆匆赶往桑介桥的办公室。

桑介桥端着茶杯站在窗前, 神色凝重: "红衣, 最近几日, 你可看到何致鸿和一个洋人来看戏? "

"何致鸿? 他这般粗鲁之人也喜欢看戏? "贺红衣没想到老师竟是问他人之事。

"他不喜欢, 但那个洋人喜欢。"桑介桥将一张马尔斯的照片推到贺红衣面前, "怡和洋行的董事长, 这戏演了几日, 何致鸿便陪着看了几日。"

贺红衣拿过照片看了看, 顿时神色一凛: "是他? 他是万术大赛的幕后押注人之一。"

"万术大赛……你知道他的赌注是什么吗? "

贺红衣摇摇头, 转而又忽然想到些什么: "老师怀疑他和何致鸿在万术大赛里达成了某些见不得光的交易? "

"虽是怀疑, 但上次何致鸿狗皮膏药一样黏了这洋鬼子几日, 南诚信和眠云阁几个烟馆就秘密开张了, 要说与二人无关……"

"若如老师所言, 此番何致鸿又肯舍下颜面谄媚逢迎, 想来怡和洋行的动作已经提上了日程。老师, 我们不能再错过这次机会! "

桑介桥点点头: "准备一下, 明日你和雨辰去怡和洋行探探风声。"

"好。"

"至于吴乾这个人，你觉得有必要留下吗？"

"老师，吴乾他今天是第一次来，还有些不适应……"

"我刚才观察了好一阵子，我想他不是不适应，他和我们实在不像一路人，也没什么过人之处，我看，还是请他离开吧。"

"老师，您再给他一点时间，他一定会改的。"

"人和则聚，没必要将不合适的人硬绑到一起。他这般顽劣，于学会恐怕无益。"

"贺红衣，今天是你让我来的！"吴乾竟然在门口听到了一切，"我来也来了，既然你们瞧不上我，那我也明人不说暗话，我也瞧不上你们，以后别再一大早跑去我家烦我！"

"无礼，为何不敲门？"桑介桥眉头紧皱。

"门没锁啊。"吴乾吊儿郎当地倚在门框上。

"吴乾，唤老师！"贺红衣焦急地使眼色。

桑介桥对贺红衣摆摆手，盯着吴乾："不请自入非君子，出言无状是小人。吴乾，明镜破格纳你入会，乃红衣力荐，我看你有几分聪明，本想着加以管教约束，希望你能摒弃陋习日益精进，假以时日或许能有所建树，可你入会第一天就如此懈怠狂妄，日后可还了得？红衣几次提点，你却冥顽不灵、毫无悔意，勤勉上进尚且不能，更遑论尊师重道、同舟共济。红衣前来替你求情，我本盼你痛改前非，你反而执迷不悟！我竟也有些迷惑，你是何德何能，博取了红衣的青睐？"

贺红衣尴尬地低着头："老师……"

吴乾厌烦地挠挠头："老头，你怎么比贺红衣还啰唆，你想知道她为什么瞧上我了是吧？我告诉你，因为老子长得帅！"说完扭头就走。

桑介桥气得说不出话来，贺红衣连连向老师鞠躬，然后匆匆追了出去。

吴乾走得飞快，贺红衣不得已擒住了他。

吴乾破口大骂："贺红衣！是你死缠烂打求我加入你们这个狗屁学会的，老子现在不愿意了！我吴乾活这么大，就没被人这么瞧不起过，瞧不

起我就算了，老子竟然一句都听不懂！当初你说让老子来当大英雄，结果你们都是一群骗子！给老子放什么不中不洋的屁，老子不干了！老子要退出！"

贺红衣气得面红耳赤，一时间竟不知该说些什么。

"没话说了吧？你是不是也瞧不起我，故意看我笑话？"吴乾一脸愤怒，"你瞧不起我，就离我远一点！"说完转身欲走。

贺红衣忽然开口道："天才并不是自生自长在深林荒野里的怪物，是由可以使天才生长的民众产生、培育出来的，没有这种民众，就没有天才。"

"有完没完，又给我来这套！你就是瞧不起我！"

"吴乾，我怎么可能瞧不起你，我要是瞧不起你，我又何必让你来学会？"

吴乾略有动容，佯装生气："你说这些有什么用，那个老头都说了，我和你们不是一类人！"

"你只是需要时间，相信我，学会需要你，你也会在学会变成更好的自己，变成真正的英雄！"

吴乾将信将疑，但眉头舒展了几分。

夜里，贺红衣回到家，想到吴乾在学会的处境，仍旧心事重重。

贺青舟关切地询问道："有心事？"

贺红衣叹了口气："什么都瞒不过你，工作上的事，不过看见你就都忘了。"

贺青舟犹豫片刻："红衣，是不是因为哥哥住在这儿，你们两个女孩不方便？是我没有考虑周全，我不能一直在你这里打扰下去，过一阵子我就出去找房子。"

"哥，你说什么呢，雨辰是我最好的朋友，她真的不介意，我们好不容易才团聚，你又要离开我？"

"我……"

贺红衣挽住贺青舟的手臂："哥，我最喜欢这个阳台了，你记不记得，我们小时候的家里也有一个小小的阳台？”

贺青舟陷入回忆：“记得，那时候你和我捉迷藏，每次都藏在阳台上，我都找腻了。”

贺红衣一笑：“这附近有个私塾，傍晚的时候会有很多小孩子经过，特别像我们小时候。”

贺青舟望着窗外：“过了私塾，经过一条街市，再往前走，就是你工作的剧院。”

贺红衣惊讶：“你怎么知道？”

“白天我会在这附近转一转，多走一走，就好像陪着你走完了从前那么多一个人走过的路。”

贺红衣忽然严肃道：“哥，最近一段时间不要四处乱走，出门也要谨慎，知道吗？”

“好，都听你的。”贺青舟宠溺地看着贺红衣。


吴乾家中，吴乾、吴潇潇、卫乘风和董大锤围坐在一桌吃饭喝酒。吴潇潇盘腿坐在椅子上，吴乾一掌将吴潇潇的腿拍了下去。

“坐没坐相！我跟你说了多少遍了，你是个女孩，做饭、洗衣、缝补，件件不会，喝酒、骂人、打架，样样齐全，活的比我们几个还爷们，以后谁敢娶你？”

吴潇潇翻了个白眼：“没人敢娶我我就不嫁了，有本事咱俩过一辈子。”

吴乾撇撇嘴：“我还真没这个本事。”

“你！董大锤，以后没人娶我，我就嫁给你。”

“啊？那我得和我娘商量商量……”

“你看你把大锤吓的。”吴乾乐呵呵地喝着酒。

“吴——乾——我真是倒了八辈子的霉，摊上你这个没良心的哥！”吴潇潇夺过吴乾的酒杯，一饮而尽。

“你还摊上了个更没良心的爹呢，这个老不死的，就这么把我们俩给扔下了。”吴乾长叹一口气，“唉，我以前总叫他老不死的，谁知道他还真嫌命长，早知道就叫他死不掉的多好，现在还能多一个人陪我喝酒。”

吴潇潇也垂下了脑袋，眼眶泛红。

卫乘风一把揽住吴乾："不提这些伤心事了，你们也别逗她了。潇潇，高兴点，你笑起来特别漂亮。"

吴潇潇顿时抬起头来："真的？"

卫乘风真诚地点点头："我什么时候骗过你，相信我，你一点都不像假小子。"

吴潇潇瞬间乐开了花，娇羞地看着卫乘风，终于把盘坐在凳子上的腿垂了下来。

"有钱，我感觉你有心事，听说你进了那个什么文化组织，是不是待得不高兴了？"卫乘风问道。

吴乾嘴硬："笑话，我高兴得很，而且人家是个学会，不是什么文化组织。他们每个人都特别崇拜我，老子脑子聪明，才几天工夫就学会了很多英文。"

"那个地方就是学英文吗？有用吗？"董大锤问道。

"我……我们还管工作，出来以后要么直接去银行，要么去学校上班，想饿都饿不死！"吴乾支支吾吾地吹嘘着。

吴潇潇翻了个白眼："呸，你去银行，银行马上破产；你去教书，学生全教成智障，什么学会瞎了眼，还给你安排工作。"

吴乾气得弹了吴潇潇的脑袋一下，吴潇潇捂着脑门喊疼，卫乘风赶紧往手掌心倒了点酒，搓热了手心给吴潇潇热敷额头。吴潇潇顿时心头一热，首次荡漾起了少女心事。

酒足饭饱，吴乾留卫乘风一起睡，兄弟俩揽着肩膀往浴室走去。

吴潇潇则走上天台，托着腮发呆，脑海里不断回想着方才卫乘风给她热敷脑袋的画面，不禁面红耳赤，嘴角上扬。

次日，怡和洋行来了一位买家，这人拿出一个小木箱。洋行大班打开木箱，里面装着满满的银票和契票，大班清点好数目，欲将箱子收好。

买家伸手按住箱面，低声道："做生意讲究钱货两讫，定金已如数奉上，且不说今日之前，上等货非要去南诚信和眠云阁几个大烟馆报提，现在您又要我家老爷等上几番时日,这般道理,鄙人实在难懂,还烦请大班告知,这批货最快什么时候能到,我家老爷等得可有些不耐烦了。"

大班笑道:"也烦请您回去禀明,最近风声紧,各位老爷都在催促,可心急就吃不了热豆腐,您说是不是?"

买家冷笑:"虎门之后,所有意图暗度陈仓之人,只有马尔斯先生的栈道修得最为精妙。"

"此话何意?"

"我们明面上签着洋行的商务合同,暗地里亲自去各个馆子提货,从头到尾,这些货看起来跟怡和洋行就没什么关系,即使上面查下来,也查不到马尔斯先生头上。这个算盘,打得真是精明!"

大班漫不经心道:"虎门之前,滇土、劣土、下等杂膏比比皆是,富户、穷户、男人、女人,都能随便来上一口,岂能显示出各位老爷的尊荣。我们将最好的洋土,献给最有资格享用的人,看起来,各位老爷应该感谢我们才是。您再耐心些,毕竟这有价无市的生意做一天,老爷们就快活一天,都像您这么催促,生意做不下去了,该如何是好呢?"

咖啡厅中,马尔斯正在用早餐,何致鸿坐在了他的面前。

"你们中国人见面喜欢问吃了没,何老板,吃了没?"马尔斯问道。

何致鸿抓起盘子里的煎蛋,塞进嘴里:"吃了,但还是饿,您也知道,我的胃口大得很。"

马尔斯大笑:"我就喜欢和胃口好的人做朋友。"

"董事长心情甚好,看来是有好消息。"

"下个月十八号,十一点钟开始押送,一小时后全部入库,我会让大班将保险柜密码更换,这个密码只有他和我知晓,万无一失。"

何致鸿喜上眉梢:"什么时候运走第一批?"

"到货后的三日。"

"好好好,的确是好消息。"

"何老板,这批货不能有半点闪失,出了问题,我们都要饿肚子!"

"上下关卡我都打点妥当了,只要董事长这里一切顺利,我这边自然

毫无风险。”

马尔斯满意地举起牛奶杯：“那就祝我们吃得愉快、舒心。”

贺红衣烫了卷发，戴着眼镜，左手拎着箱子，右手挽着男装打扮的雨辰，二人从容地走进怡和洋行，看起来与寻常商人无异。

大班领着雨辰和贺红衣进入办公室，恭请二人落座：“陈先生的来意，我已知晓，不过我稍有疑惑，正常商货大可存放在货行仓库，您想存在洋行……”

雨辰微微一笑：“我们这批货，十分贵重，放在普通货行我不放心。”

“十分贵重？”大班扫了扫贺红衣的箱子。

贺红衣将箱子打开一条缝隙，露出里面装着的西药。

大班恍然大悟，似笑非笑：“的确贵重，那您这批货共有多少呢？”

“一百箱！”贺红衣说道。

“一百箱？这……我们洋行的保险柜可装不下这么多。”

“无妨，怡和洋行放不下，我们还可以去太古洋行、礼和洋行。”雨辰和贺红衣起身欲走。

大班立即拦住：“您别急，上海滩最大的保险柜就在我们怡和洋行，我们这儿都装不下，其他洋行更不行。这样，您的货什么时候需要入柜？”

“下月十八日。”贺红衣说道。

大班眉头一紧：“十八日？不能换个日子？”

“不可，十八日的码头不会同往日一般检查，有机可……”贺红衣点到为止。

大班暗自思忖着何致鸿买通了码头十八号的督查岗，下面的人放出风声赚点小财实属正常，看来此二人真是想要存柜来躲避追查，这种钱如若不赚，董事长马尔斯定要怪罪。

“那您想何时入库？”大班问道。

雨辰试探道：“暂时未定。”

“除了上午十一点到十二点间，都可以。”大班如实说道。

“可否临时提取？”贺红衣问道。

"随时。哦，稍等……"大班暗自数了数日子，"目前……二十二号午间不可。"

雨辰与贺红衣对视，相视一笑："好。"

大班稍有难色："还有一个小问题，您这一百箱可否拆分成两份，各五十箱存……"

雨辰立即打断："不可！一百箱就是一百箱，必须整整齐齐，若是大班早告知需要拆分，我们大可不必浪费时间。"雨辰和贺红衣愤然离开。

"喂，另五十箱可分装其他小保险柜啊陈先生，您听我说完啊……"大班匆匆追出去。

桑介桥正在办公室中打电话："新一批月刊被封了，安徽那边还有几个人被抓，我需要一笔钱去疏通关系……是，是胡部长，这事的确不大，可我也……好，我知道了，您交给我的事已经在办了，好，此等意外的小事，就不劳烦组织了。"他挂上电话，神情疲惫。

这时，贺红衣和雨辰敲门进来。

雨辰兴奋道："老师果然料事如神，怡和洋行真的选择在那日行动。"

"是组织的消息可靠，何致鸿不会随便花大价钱买通码头督查岗，下月十八日恰好一个月的时限。"

"如果我们没有猜错，马尔斯和何致鸿就是利用怡和洋行最大的保险柜来存储和分销鸦片。按照今日大班所言，保险柜最大容量约五十箱，下月十八日中午十一点至十二点，鸦片会被押送入库，三日后分行经理将来提取，时间颇为紧张，老师，我们该怎么做？"贺红衣目光灼灼。

桑介桥沉吟良久："偷出保险柜！"

贺红衣顿时惊住。

"实在是……刺激……"雨辰看了看贺红衣。

"此次行动风险极大，棋差一招满盘皆输，需要从长计议。红衣，把他们都叫进来。"桑介桥吩咐道。

桑介桥与学会众人讨论对策，却迟迟想不出一个可行的方案。

贺红衣开口道："老师，我最担心的是学会几乎都是进步学生或是职员，如果行动出现差错，很容易被查到身份底细，到时学会极可能暴露，除了……"

桑介桥抬眼看向贺红衣："不可！"

贺红衣不放弃，继续说道："这次的任务与往日不同，您也看到了，我们盲目讨论，就算再研究几日，也不一定有更好的方案，可是偷骗二项，吴乾最为擅长，或许他能给我们提供不一样的思路，况且吴乾一直混迹市井，加入学会的时间也不长，就算查到吴乾身上，也不会牵扯出学会。"

"红衣，你糊涂了吗，他的心思根本不在学会，如何保证他不会泄密？"

"老师，吴乾任性妄为、不懂规矩，作为引荐人，我有很大的责任，但我了解他，我知道用什么方法能让他守口如瓶，只要您再给他一次机会。"

桑介桥一声长叹，算是默认。贺红衣兴奋不已，急匆匆赶到吴乾家，欲将这次的任务向吴乾说明。

不料，吴乾却摆出一副冷脸："我什么任务都不想知道，贺红衣，那天我已经说明白了，我要退出！"

"明镜学会是你说来就来，想走就走的？我好不容易向老师要来的机会，你不要任性，这个任务非你不可！"

吴乾堵住耳朵，咿咿呀呀哼起靡靡之音。

"你若执意要走，我不拦你，完成最后一个任务，我就放你离开！"贺红衣瞪着吴乾。

吴乾吊儿郎当地穿上鞋子："老子才不要被你们榨干！现在我要去赴我好兄弟的约，女侠，让让路。"

巡捕房中，余德义向来有个习惯，让手下的巡捕替他收油水。李鹿做这份差事已经有一段时间了，然而每个月交上来的数目越来越少。余德义终于忍不住了，打算换掉李鹿，提拔更听话的卫乘风。

余德义走到众巡捕面前，举着季度考核本："这个季度考核第一的是卫乘风。乘风啊,你自从回来以后,勤勉上进、踏实肯干,不错!"

"这都是我应该做的。"卫乘风不好意思地挠挠头。

"以后公共租界那块地就划到你的巡逻区了,好好干,我对你寄予厚望!"说完拍了拍卫乘风的肩膀。

卫乘风几乎不敢相信自己的耳朵,激动地点点头。

巡捕们纷纷祝贺卫乘风,而李鹿却在人群之外妒上心头。


吴潇潇自从那夜春心萌动后,便整个人都变了气质,一边向花蝴蝶讨要胭脂水粉,一边又向阿狼讨要漂亮裙子。此时,吴潇潇打扮得如同时髦名媛一般,迈着小碎步来到巡捕房。

"乘风哥哥——"

"潇潇?你……你怎么突然穿成这样了?"卫乘风摸摸吴潇潇的脑门,"你没事儿吧?"

吴潇潇抿嘴一笑:"我以后会经常穿裙子的,你要习惯。"

卫乘风把脸别过去,不愿直视吴潇潇:"我正要去找有钱……"

"你能不能别总是三句话不离我哥,你看看我呀,看看我,"吴潇潇转了个圈,"好不好看?"

"嗯……好看……"

"和以前比,有没有更好看一点?"

"嗯……有……"

吴潇潇看出卫乘风心不在焉,便伸手戳了戳他的嘴角:"干吗,看见我这样不高兴?"

卫乘风尽力挤出笑容:"高兴,就是有点事,我要去找你哥。"

"我和你一起去。"

"不行,我们要去的地方小女孩不能去。"

吴潇潇双眼放光:"乘风哥哥,你说什么?小女孩?你终于承认我是女孩子了?"

"你不是女孩难道是男孩吗?别说胡话,快回家吧。"

吴潇潇暮地脸颊绯红,乖巧地点点头。

酒馆中，客人来来往往，喧嚣热闹，小桃红捧着琵琶，唱着小曲。

吴乾揽着卫乘风的脖子喝酒："乘风，你破了大案，成了正式巡捕，又得到你们巡长的赏识，多风光啊，你看看……"说着他又扳着卫乘风的脑袋，让卫乘风看向四周，"这么多如花美人，你喜欢哪个，钱哥帮你追。"

卫乘风不好意思地收回目光："你别乱说……"

吴乾突然尿意上涌，放下酒杯起身奔出，却与另一位来客迎头相撞。

"我的眼镜！"那人的眼镜被撞掉，不禁惊呼一声。

吴乾捡起眼镜递给那人，顿时大惊；那人戴上眼镜，也看清了吴乾的样子。

"是你？！"二人同时脱口而出。

吴乾一手搂着卫乘风，一手搂着眼镜，三人喝得烂醉如泥。

"当年我们俩一起干了多少坑蒙拐骗、偷鸡摸狗的事，你看你，摇身一变，从小乞丐变成了洋行大写！兄弟佩服，来，干！"吴乾见昔日的眼镜兄弟变成了今日洋行大写，兴奋不已。

小桃红收了琵琶上楼，大写的眼神直勾勾地盯着她，好不容易才收回目光对吴乾说道："不值一提，我也就是特别受我们大班器重，没几年就成了左膀右臂，也是累得很……"

"你别身在福中不知福，以前穷得半个馒头还得从狗嘴里抢。你记不记得有一条土狗，把我们刚偷来的豆沙包给啃了……"

"怎么可能忘，你和那条狗对着叫了半个时辰，最后人家狗兄狗弟来了一群，你拉着我屁滚尿流地跑了三里，那时候你就是我心里的大英雄。"

"来，我给你介绍真正的英雄，卫乘风，我最好的兄弟，公共租界的巡长。"吴乾指着卫乘风。

卫乘风直摇头："你别听他瞎说，我不是……"

"不是什么不是？你闭嘴！"吴乾捂住卫乘风的嘴，"更巧的是，你们怡和洋行，就归我兄弟管！"

"真的不是，我只是巡逻……"

"给你的就是你的，什么是不是，你就得管！"吴乾喝多了，越发兴奋。

　　大写晕晕乎乎举起酒杯:"那真是缘分,干杯!"

　　"就是,以后大家互相关照,你有什么需要随时跟乘风说,我兄弟就是你兄弟,千万别客气。"

　　卫乘风只得尴尬地与二人干杯。

HOT-BLOODED YOUTH

热血少年 下

汤祈岑　徐晓璐　著

中国广播影视出版社

CONTENTS ▌**目录**

# CONTENTS | 目录

# 第三十一章 合谋

　　吴乾和卫乘风醉醺醺地回到家，吴潇潇愤怒不已，命令吴乾再也不许带卫乘风去喝花酒。

　　"以前我拉着乘风喝花酒，你连屁也不放一个，今天抽什么风？"吴乾顿感疑惑。

　　"我……我是惦记你兜里那几个可怜的银子，再喝下去我跟你喝西北风吗？"

　　"我什么时候让你喝过西北风，别往钱上扯，我发现你最近特别不对劲，你不会是喜欢上乘风了吧？"吴乾顿时狂笑不止，"你神经病啊，真的假的？"

　　"你管我真的假的！我告诉你，你要是不答应我，我就去贺红衣那告你的状，让你当不成什么狗屁大英雄！"

　　吴乾立刻严肃起来："吴潇潇，我通知你，那个贺红衣下次再来找我，

绝不能给她开门！"

吴潇潇不明就里，吴乾却已昏睡了过去。


贺红衣家中，贺青舟拿出钱白铁送的琴，仔细擦拭着。

"哥，你真的很喜欢唱戏，是不是？"贺红衣问道。

贺青舟叹息道："从十二岁唱到二十四岁，整整十二年，唱戏就像吃饭睡觉一般，已经谈不上喜不喜欢。好久没开嗓了，心里头空落落的，闲得无聊就拿出这琴来看看，想起许多以前唱戏的趣事……"

"那……在钱白铁家唱戏，也很有趣吗？"

贺青舟愣了愣，神色变得不自然："钱先生对我挺好的，是他救了我。"

"我知道，我就是担心他这样心思深沉的大人物，究竟是为了什么大费周章，早先你刚回来，我也没问你。"

贺青舟紧张道："红衣，你放心，钱先生是个戏痴，爱戏如命。我和他就像伯牙子期，互为知音。其实我也不了解他，除了为他唱唱戏，我们也没有太多交流。"

"你看你，我就随口问问，你紧张什么？瞧，你这手上都是茧，能走到今天，你一定吃了很多苦。哥，我是心疼你。"

"都过去了，辛苦归辛苦，但只要能被人喜欢，我心里说不出有多高兴。"

"是啊，原来我一直以为你唱戏是为生计不得不唱，现在我才明白，你是真的喜欢。你喜欢的，我也喜欢，但我很担心……担心我们这样的普通百姓和钱白铁那样的人扯上关系……哥，我有点怕，而且我总觉得那个钱白铁不是好人，你要离他远一点。"

"我……"

"哥，你能不能答应我，等钱白铁的兴致消了，不再盯着你了，你再唱戏，到时候你想去哪唱就去哪唱，我一定每场都坐在台下，告诉别人这是我哥哥！"

贺青舟摸摸贺红衣的头："好。"

翌日清晨，贺青舟在从前常去的早餐铺子吃小笼包，不想却遇见了钱白铁。

"钱……钱先生……"贺青舟再次见到钱白铁，一时不知如何是好。

"我本想去探望你，苦于不知你的地址，又怕贸然寻你惹你不快。犹记得你喜欢这里的小笼包，就来坐坐，未料真在这里巧遇。一别数日，我还担心你过得不好，看你这般自在我也就放心了。"

"辜负先生厚爱，青舟自觉无颜再见，就此别过。"

"贺老板稍等！"钱白铁追上贺青舟，奉上两套崭新的戏服，"上次那出戏还没唱完，你可愿意教我唱完？"

贺青舟犹豫道："我已经决定……不唱戏了。"

"唉，可惜了，这戏服是专门按贺老板的身形做的，你若不唱，这衣服就白做了。陆横，拿去烧了吧。"

"先生，这可是上好的素绉缎。"陆横故作不舍。

贺青舟摸了摸衣服，有些犹豫。

"戏服本应送懂戏之人，贺老板不愿唱，这衣服留下也没用处。"钱白铁一脸决绝。

"您想听，新出头的丰园、雁秋，嗓子个顶个的好。"贺青舟说道。

钱白铁惋惜不已："可惜，我只想听你的戏。"

贺青舟有些犹豫，但回想起贺红衣的叮嘱，终究还是拒绝了钱白铁。


吴潇潇穿着新裙子，浓妆艳抹地出现在白事店，手里提着一篮薄荷糕，本是给卫乘风送糕点，但卫乘风已经上班去了，她这身装扮倒是把卫奶奶吓得差点晕厥。吴潇潇备受打击，不知该如何打扮才能成为讨人喜欢的女孩子。恰好董大锤要去公共租界送药，吴潇潇一听是卫乘风的巡逻区，立即吵着要一起去。

街道上，卫乘风带着两个巡捕正在巡逻，忽然瞥见一个熟悉的身影一闪而过，像极了吴法天。卫乘风呆愣片刻，立刻追了过去，一转眼却发现人已经不见了。

不远处，吴潇潇与阿平打了起来，董大锤急得直流汗。潇潇被裙子困

住，施展不开拳脚，摔在地上，腿上受伤流了血。卫乘风听见吵攘声赶过来，发现吴潇潇倒在地上。

吴潇潇眼睛一亮，立刻委屈道："乘风哥哥，他打我！"

"怎么回事？"卫乘风问道。

"我陪大锤送药，没想到这个耍刀的竟然也在大锤妈那买药，还装可怜演没钱，大锤妈被忽悠了，真的少收了他的钱，我要替大锤妈讨回公道！"

阿平盯着卫乘风："这块地已经不算租界了，卫大巡捕就算想立功，也不能抓我。"

"是吗？"卫乘风一步步将阿平逼退至巷口，"刚才不算，现在算了。"

卫乘风身后的两名巡捕得令，迅速压制住阿平，卫乘风则立刻将他身后的刀拿了过来。

阿平挣扎道："你别得意忘形，今天你敢抓我，帮主不会轻饶了你！"

"抓你？我不抓你。"卫乘风摆摆手，两名巡捕松开手，"但这把刀你不能带走，你在租界明目张胆手持凶器，有存心伤人之疑，按规收缴。"

"什么？算你狠！"阿平愤恨不已，只得离开。

小巡捕凑到卫乘风耳边奉承道："风哥果然厉害！有理有据地缴了他的刀，狠狠地灭了这个小流氓的气焰，以后看他还怎么耍横！巡长把公共租界交给你，真是英明之举啊！"

卫乘风谦逊一笑："我不能辜负巡长的栽培，只是努力做好分内之事罢了。"

吴潇潇望着卫乘风，仿佛他的周身都闪着光一般。

卫乘风送吴潇潇回到家，仔细给她包扎腿上的伤口。吴潇潇凝视着卫乘风，不禁琢磨为何以前没发现他如此英俊、如此温柔、如此完美。

卫乘风嫌弃地看着吴潇潇："你这是什么表情？"

"乘风哥哥，今天……谢谢你。"吴潇潇不禁羞红了脸。

"这有什么好谢的。"卫乘风忽然想起来，"哦对了，我今天看见一个人，特别像你爹！"

"怎么可能? 我爹现在估计被江鱼啃得连骨头渣都不剩了,你绝对是眼花了!"

"真的很像, 潇潇, 你确定你爹真的死了吗, 万一他被人救了呢?"

"他要是还活着, 为什么不回来? 你一定是太累了, 也有可能是我爹想托你给我带什么话……不行, 我得让我哥给爹烧点纸钱。"

卫乘风无奈道:"你好好休息, 我还要回巡捕房, 这几天不要乱走, 也不要再招惹阿平。"

"知道了, 你要多来看看我啊!"

卫乘风感到莫名其妙, 好笑地看着吴潇潇:"我怎么觉得你这两天不太对啊, 像被人附体了一样, 你真的是吴潇潇吗?"

"怎么啦乘风哥哥, 你是不是突然发现, 我其实也挺有女性魅力的?"

卫乘风皱起眉头:"是不是谁跟你说了什么? 潇潇, 做自己, 不要迷失自我。"卫乘风转身离开。

吴潇潇立刻上楼, 发现吴乾还在睡觉, 当即对着吴乾的屁股踹了一脚:"别睡啦! 快去烧点纸钱, 爹跟我们哭穷呢。"

吴乾迷迷糊糊:"这个老不死的, 死了也不让我消停。"说完慢吞吞地起身穿好衣服, 和吴潇潇一起往白事店走去。

兄妹俩刚出门, 一个身影就溜了进来, 竟然真的是吴法天!

"还真是金窝银窝, 哪都不如自己的狗窝!"吴法天看见自己的牌位, 拿起来掂了掂, "这是个什么玩意? 这两个兔崽子, 就用这种便宜货糊弄我, 死都不让我体面点儿。"吴法天拿起灵位前的酒杯, 尝了一口, 立刻喷了出来, "馊得比老子的尿还难喝, 多少天没换过了, 不肖子孙! 算了算了, 还知道供个牌位, 算是尽孝心了……"吴法天又跑到财神爷跟前拜了拜, 然后哼着小调上了楼。

天台上, 吴法天从角落里挖出三块银元, 笑得见牙不见眼。他拿着银元正准备离开, 却被吴潇潇撞了个正着。

"爹?"吴潇潇难以置信地看着吴法天。

吴法天只得尴尬地看着吴潇潇:"嘿嘿, 潇潇……"

"真是爹？不是鬼？你不是来给我托话的？"吴潇潇顿时泪流满面，激动地上下打量吴法天，"爹，你还活着！你还活着！"

吴法天见不得吴潇潇哭泣，赶忙安慰："嗯，爹没死，别哭了，别哭了……"

吴潇潇哭够了，忽然回过神来，一把推开吴法天，怒目圆睁："你为什么还活着？你没死为什么要瞒着我？你这个老不死的，你知不知道我有多难过！你活着为什么不告诉我！现在又回来干什么？"

"潇潇，对不起，爹错了。"吴法天一把抱住吴潇潇。

吴潇潇委屈得不行，在吴法天怀中哇哇大哭："我就知道你舍不得丢下我，爹，呜呜呜……"

此时，吴乾正拎着一沓纸钱，一边往天上洒，一边念叨："吴法天，赶紧来收你地下赌场的赌本了，我可不想你半夜给老子托梦哭穷，坏了老子的运，不过你倒是可以把私房钱藏在哪儿这事托梦告诉我，省得我费力气找！"

吴乾垂头丧气地回到家，却见吴法天稳坐家中，顿时震惊："这么灵？还长脚的？"

吴法天气得抄起馒头扔向吴乾："老子没死，没死！看见你爹还活着你就这反应？你个兔崽子！"

吴乾接住馒头，愣了半天，忽然伸手拽掉一根吴法天的胡子，吴法天疼得龇牙咧嘴，嗷嗷直叫。

"我的妈呀，还真是你个老不死的。"吴乾一把搂住吴法天，笑着笑着就抹了一把眼泪，"你个老不死的，老也不死，老子给你办事的份子钱都收了，怎么办？"

吴潇潇痛哭流涕地加入二人的拥抱，吴法天和吴乾将吴潇潇圈在怀里，三人一会儿哭一会儿笑。

"爹，这么长时间你到底去哪了？你知不知道我眼睁睁地看着你沉到水里，什么都不能做，我心里要疼死了，我在苏州找了你那么久，你怎么就能狠得下心，连个消息都不给我！"吴潇潇又哭了起来。

吴法天抹了一把眼泪，掏出三个银元给吴潇潇："爹犯了天大的错，爹不回家，也没去找你，是爹不对，但是爹现在有钱了！你看，你最喜欢的小银元，这三个，给你零花，想吃什么就吃什么，一会儿爹带你去买烧鸡，买几十只，天天吃。"

吴潇潇泪眼朦胧，分了一个银元给吴乾。

"老不死的，你到底去了哪儿，哪儿来的钱？"吴乾问道。

吴法天指指财神爷："我这么长时间没回家，你先替我去给财神爷上炷香。"

吴乾走到财神爷跟前："财神爷，是您显灵，把老不死的给我们送回来了，以后我天天给您上香，呸，以后我再也不叫他老不死的，我叫他死不了的，您答应我，让这个死不了的多活几年，不求他大富大贵，只求这个祸害遗千年，您看行不行？"

入夜，吴潇潇睡熟了之后，吴法天这才将此次回来的目的向吴乾娓娓道来。

吴乾一听，顿时大惊："吴法天，你是不是疯了？"

"怎么跟老子说话呢？谁疯了？这么好的机会，你要不是我儿子，我能告诉你？"

"我呸！你回来敢情不是为了我和潇潇，是为了怡和洋行？！你是被猪油蒙了心还是被大烟裹了肝，你竟然敢打保险库的主意，你要是想早点死就再去跳一回江，我还没活够呢！"

吴法天不停地比着嘘的手势："你小点声，别把潇潇吵醒了！我的好儿子，你不是和你老子我一样最见钱眼开吗，怎么现在变了一个人，钱啊，那可是白银万两！你这两只天下第一巧手就一点都不痒吗，啊？"

"再说一遍，我不干！"吴乾忽然怀疑地看着吴法天，摸了摸他整洁的衣服，"你不是说你有钱了吗？这穿得人模狗样的，装得还挺像回事。怎么，有钱了还不安分啊？"

"老子有钱了，做儿子的不开心吗？再说谁会嫌钱少啊！"

"那你倒是实话实说，跳江以后去了哪儿，怎么赚的钱？不如我离开上海和你混去。"

　　"我不说自然有我的苦衷嘛，你非逼我干什么？现在最重要的就是洋行保险库！"

　　"你想都别想，行了，其他人要是知道你还活着……"

　　吴法天连忙摇头："我回来这个消息得保密，我和以前不一样了，我有钱了！只要我一露面，以前那些债主还不出来剥了我的皮啊！而且，你一定帮我把潇潇那个大嘴巴管好了，除了你们俩，不能让任何人知道我回来了！"

　　"有钱了就拿去把债还了啊，你怕个屁啊？"

　　"笑话，我凭本事赚的钱，为什么要还？"

　　吴乾无奈道："说实话，洋行的消息是谁告诉你的？"

　　"问那么清楚干吗？你就说你干不干？"

　　"不干！你要是再说，我就把街坊邻居全都喊起来！"吴乾转身进屋睡觉。

　　吴法天不得不闭了嘴。

　　翌日，吴乾正在打麻将，贺红衣忽然找上门来。

　　"吴乾，我跟你说的那件事，你想好了吗？"

　　"没看见我马上要输钱了吗，哪壶不开提哪壶。"

　　贺红衣一把拉住吴乾："别玩儿了，跟我走。"

　　"你别急行不行，这事急不得，我知道你焦虑，我比你更焦虑，你能不能让我清静两天，好好琢磨琢磨？"

　　"好好琢磨就是在这儿赌博？"

　　"什么赌博，这叫国粹，你懂什么啊。"

　　贺红衣气不打一处来，索性跑上天台，坐在椅子上生闷气。

　　吴乾见状只好追了上去："我和大伙打麻将玩的都是小钱，够不上赌博。再说，小赌怡情……要不下次你一起……"

　　贺红衣回头正色道："吴乾，我不止一次跟你说过，这次任务事关重大……算了，或许老师说的是对的，你根本什么事都不放在心上！"

　　"反正在你们那些人眼里我就是这也不行，那也不行。我吴乾什么大风大浪没经历过，我不想受你们这份气，行行行，我赶紧帮你干完这一次，然后我就退出学会，我们从此一拍两散！"

贺红衣愣住了："好啊，完成任务一拍两散！一言为定！"

"一言为定！"

"下月十八号，你和我一起，转移怡和洋行最大的保险柜。"

吴乾一愣，猛然想起吴法天的话："钱啊，那可是白银万两啊！你这两只天下第一巧手就一点都不痒吗，啊？"

"给你三秒钟考虑。"贺红衣说道。

吴乾鬼使神差地回答道："好啊，但我要三个条件！"

"说。"

"学会众人随我调遣，我说什么他们就做什么。"

"老师除外。"

"准备期间，你们满足我一切必要的钱财。"

"只要开销合理。"

"事成，保险柜里的宝贝，我也有份。"

"你要多少？"

"看我乐意呗。"

贺红衣咬牙切齿："成交。"

吴乾得意道："贺红衣，你们明镜学会什么时候也打起这种算盘了？桑老头正人君子的形象瞬间坍塌啊！"

贺红衣忍气吞声："五天，五天后给我一个天衣无缝的计划。"


夜里，吴乾在天香酒馆和小桃红跳舞，忽然看见大写闷闷不乐地落了座。

"这么晚了还跑来喝酒，有心事？"吴乾坐到大写身边。

"唉，有点烦心事。"

"你都是怡和洋行的大写了，还有什么烦心事？"吴乾转了转眼珠，"喂，你们洋行到底有多少钱？"

"不清楚，估计是一个数不过来的数目。"

吴乾大笑："那你是烦数钱数不过来吧？"

大写默默摇头。

吴乾点点头："也是，有多少钱都不是我们的钱，看得着吃不着，确实挺难受。来，喝酒！"吴乾故意将大写灌醉。

大写不胜酒力，喝醉后略显张狂："我在洋行干了这么多年，有什么是我不知道的！"

吴乾继续给大写倒酒，顺势引导："你都知道什么？"

"我知道的多了去了，就连地下保险库的密码我都知道，怎么样，厉害吧？"

吴乾故作惊讶状："不会吧，你连密码都知道，那岂不是整个洋行都是你的了？"

大写得意洋洋："也不能这么说……"

吴乾继续给大写倒酒："你刚才说那个密码……"

大写赶紧嘘声，嘿嘿讪笑："忘了忘了，都忘了。喝得差不多了，该回家了。"说完摇摇晃晃欲起身。

吴乾拦住大写："你是大忙人，约你一次不容易，还不能喝个尽兴？"

"真不是我推脱，我已经忙得脚不沾地了，大班还嫌我动作慢呢。"

"这么忙，就没有人帮你分担分担？"

"说起这个我就一肚子气，现在的青年了不得，了不得！工钱少的底层累活不愿意做，上面的职位又没本事做，我能怎么办，我也很苦恼！"

"你别说，我就喜欢给别人解决烦恼，进你们洋行什么标准？"

"跟着我干，必须能吃苦有韧劲，别的还真没什么。你要是能帮我找来合适的人，我请你喝酒！"

吴乾笑了笑："明天我就把人给你送过去，随你差遣。"

第二天，吴乾换上一身干净衣服，早早地来到怡和洋行，站在大写面前，客气一笑："我就是你要找的那个能吃苦有韧劲的人。"他凑近大写的耳朵，压低声音，"我最近正好找工作，你帮个忙呗，我做什么都行。"

大写略显为难，也压低声音："实话告诉你，在这儿工作没你想的那么好，天天受洋人气！"

"那多洋气啊，赶紧带我进去吧！"吴乾不容置疑地向内走去。

大写性子软，不需吴乾软磨硬泡便答应了下来，立即带着吴乾熟悉起了洋行的环境。

吴乾一边四处参观，一边问道："你是大写，还有大班，那除了大写和大班，还有什么职位？"

"大班是大写的领导，大写是小写的领导。你现在是练习生，做得好就可以升为小写了。"

吴乾点点头，继续询问："练习生、小写……那你做了多久才当上大写的？"

"记不清了，好几年吧，你就是个练习生，问这么多干什么？"

"我可是有远大理想的，要想从练习生一路高升，当然得多学多问。"

"看不出来啊。"

"跟你说了我要正经工作你还不信。"吴乾笑笑，指着电梯口，"这不是有电梯吗，为什么还要走楼梯？"

"这是通地下保险库的电梯，不是给职员乘的。"

"哦，就是你跟我说过的，知道密码的保险库？"

大写赶紧嘘了声："低调，低调！"

吴乾一脸艳羡："那你什么时候能带兄弟开开眼，我还从来没见过保险库呢！"

"有机会，有机会。"大写带着吴乾继续往前走。


下班回家后，吴乾将明镜学会的任务告诉了吴法天。

"多么完美的巧合，你惦记上了保险柜，他们也打算对保险柜下手，有意思。"吴乾乐得合不拢嘴。

吴法天指着吴乾，手指头都在颤抖："你你你……"

"你什么你，你不想想，光凭我们两个能把保险柜偷出来吗？明镜学会有很多能人，可以帮上忙。"

吴法天眉头紧皱："可你是什么时候加入这个眼睛学会的，有钱赚吗？"

"那叫明镜学会，没钱赚。"

"给他们白干活？你缺心眼啊！"

"错！这次是他们给我们白干活！"

吴法天不耐烦地一咧嘴："别的我不管，事成以后必须把这个眼睛学会的人甩掉，绝对不能让他们带走保险柜！"

"废话，不过有两个问题，第一，这次行动太危险，不能把潇潇牵扯进来，你别露出马脚；第二，桑介桥那个老鸡贼，肯定不会同意你加入，我们得从贺红衣下手，但是贺红衣跟那个老鸡贼也学坏了，对你这种诈尸行为肯定起疑，必须找个合理的借口，还要让她守口如瓶……而且，最好让她相信你有用，主动提出把你招揽过来……"

吴乾凝眉思索着，吴法天却只顾喝着小酒、吃着鸡。


卫乘风多日不见贺红衣，总是六神无主。董大锤看出了端倪，怂恿卫乘风给喜欢的女孩送礼物表心意。卫乘风思忖再三，终于鼓起勇气，捧着礼盒来到剧院。

"红衣，这是我为你选的礼物，希望你能喜欢。"

贺红衣接过礼物，惊喜道："今天是什么日子，为什么送我礼物？"

"我月银涨了些，除去必要的支出，还有富余，上次你帮我检查了季度报告的文书，我一直想谢谢你……"

"你太客气了，大家都是朋友，互相帮忙是应该的。"贺红衣欲拆礼物。

卫乘风急忙拦住："你回家再拆！"

"那谢谢你了，我先收好，一会儿还有戏，你等我，我请你吃饭。"

卫乘风摆手欲走："不用了，你忙，我刚换了巡逻区，离这儿远，我得赶紧回去巡逻。"

"是吗，换到哪儿去了？"

"公共租界那一片。"

"公共租界？"

"嗯，那一片压力还挺大的，责任也重，不过长官信任我，我一定得好好干。对了，剧院这边我也能说得上话，要是以后有什么困难，你随时来找我。"

卫乘风走后，贺红衣眉心紧皱，顿时想到怡和洋行就在公共租界，一定不能把卫乘风这个榆木脑袋牵扯进来，否则会坏了大事。

卫乘风回到棚户区，董大锤立刻凑了过来："怎么样，贺红衣喜欢吗？"
卫乘风惊讶道："你怎么知道是红衣？"
"你身边的适龄女子不是贺红衣就是吴潇潇，总不至于是潇潇吧？"董大锤大笑起来。
卫乘风捂住大锤的嘴巴："你小点声，给我保密。大锤，送这个能让红衣感觉到我的心意吗？"
"你放心吧，我娘这一剂秘制配方，滋阴润肺、生津补气、调心降火，疗效显著。她不是在剧院上班吗，嗓子上的沉疴宿疾，包她药到病除。我娘说了，一个疗程五包药，感觉好你接着送下一疗程。"
"可别的女孩子都喜欢胭脂水粉、漂亮衣服……"
"贺红衣又不是别的女孩子，再说了，你哪来的闲钱送胭脂水粉、漂亮衣服，这多实惠！"

吴乾在洋行上班的第二日，通过搬运货物的机会终于进入了通往地下保险库的电梯。电梯停在地下，大班拉开栅栏门，眼前是一道挂了双重锁的厚重铁门。所有搬运人员立即转身背对密码锁，吴乾也只得照做。大班立即将锁上的文字密码拨到开锁位置，然后掏出钥匙插进锁孔，咔嗒一声，门打开了。
大班命令道："把东西搬进来。"大班看了吴乾一眼："新来的？不用你了，你上去。"
搬运工们依次将货物搬进地下保险库，只有吴乾一个人被留在电梯中，无计可施。

# 第三十二章

## 招贤

夜里，贺红衣悄然来到棚户区，从天台爬进了吴乾的卧室。

吴乾顿时被吓醒，好不容易才缓过来："大半夜投怀送抱，什么事啊？"

贺红衣警惕地问："最近你看见乘风了吗？"

吴乾装傻："没有啊，我哪有时间见他，天天上班。"

楼下，吴法天探着脑袋，正在偷听吴乾和贺红衣的谈话。

"在洋行附近也没见到？"贺红衣追问。

吴乾急了："你到底想问什么？"

"好，那我就直说，卫乘风被调到了公共租界，怡和洋行就在那里。我不希望有其他人知道我们的计划，即便是乘风也不行！"

楼下，吴法天一听卫乘风这笨小子在租界巡逻，顿时眉头一凛。

吴乾笑道："我以为什么事呢，你听好了，卫乘风是我的兄弟，我不可能让他和我一起冒险，用不着你提醒我。"

"很好，这样最好。"

吴乾突然把手搭在红衣肩膀上："当然，我也不喜欢你去冒险，毕竟……"

贺红衣拿开吴乾的手："毕竟什么？"

"毕竟你还没嫁给我啊！"

贺红衣恼怒道："吴乾——"

楼下，吴法天松了口气，小心翼翼地转身，却碰倒了酱油瓶子，发出了一丝声响。

贺红衣以为有人偷听，立即追到楼梯口，却见是吴法天，顿时愣住了，不敢相信地看着这个"死而复生"的老头。吴法天只好尴尬地对着贺红衣笑笑，叮嘱她千万别告诉别人他活着回来了。

贺红衣很想知道吴法天刚才有没有听到她和吴乾的谈话，但又不便开口问，只得匆匆离去。

吴法天赶忙跑上去问吴乾："你真不把我们的打算告诉卫乘风？"

吴乾点点头："当然。"

吴法天放心了下来："还好你没说，卫乘风那个榆木脑袋，能藏住什么事？你必须瞒着他，他不知道，到时候顶多治他一个巡查不力的罪名，我们多分他点钱，不比什么都强？"

吴乾不耐烦地摆摆手："别废话了，没人告诉他，继续睡吧。"说完他倒头就睡。

贺红衣家的阳台上，贺青舟披着戏服低吟浅唱，忽然，他瞧见贺红衣远远走了回来，赶紧脱下戏服，慌乱地藏进了箱子里。

贺红衣回到家，打开卫乘风白天送的礼物，发现竟是五包药，顿时哭笑不得，只得收到了柜子的最深处。

贺青舟从阳台走过来，坐到贺红衣身边："红衣，最近怎么总是这么晚才回来？"

"最近有点忙。对了，哥，我怕你一个人在家闷坏了，托剧院的朋友帮你找了几份简单轻松的工作，你可以去试试。"

"工作？我不知道除了唱戏还会做些什么。"贺青舟略显失落，"红衣，你之前说，等钱白铁失了兴致，不再盯着我，到时候我想去哪唱，就去哪唱，你还要当我的观众。这几天，我都忍住了没有唱……"

贺红衣支支吾吾："哥……唱戏……当个兴趣爱好不是不行，但这毕竟不是长久之计，你一直拘束在这个圈子里，很多身不由己的事情……哥，我朋友介绍的这些工作都很简单，你这么聪明，一定能很快上手，或许，你会喜欢上这些工作，也喜欢上新的朋友，是不是？"

贺青舟垂下头："好，那我便去试试。"

此时，雨辰从卧室走了出来："红衣，你回来了。"

"你怎么醒了，我吵到你了？"贺红衣问道。

"我没睡，在房里研究京剧剧本呢，刚才听青舟哥吊嗓子，我想问问那个《玉堂春》里的苏三被诬陷定罪……"

贺青舟躲在贺红衣身后，拼命向雨辰摆手。雨辰不明就里，但也赶紧住了嘴，挠挠头回屋去了。

贺青舟像个做错事的孩子似的，默默看着贺红衣。

贺红衣忍俊不禁："哥——"

"我……就今天没忍住，但我很小声地，真的没有吵到邻居！"

"我知道，哥，上次我们不是说好了吗，我只是害怕你出去唱再引起钱白铁的注意。你在这个房子里，想怎么唱就怎么唱。"贺红衣拿出贺青舟的戏服，披到他身上，"哥，你唱，我就是你的观众，雨辰，来听《玉堂春》了！"

"来喽！"雨辰兴高采烈地冲出房间，坐到贺红衣身边。

贺青舟也笑了起来，开口唱道："大人呀！先打金杯和玉盏，又制点花白玉瓶，什锦的花园公子造，玉石栏杆刻的显明……"

月隐鸡鸣，炊烟渐升。棚户区家家户户开门做起了生意，街道渐渐喧嚣起来，董大锤打着哈欠走出家门，拉起黄包车开了工，第一位客人就是一位前往剧院的少妇。

剧院门口，董大锤收了少妇的钱，正准备离开。

"这不是卫乘风的好兄弟吗，怎么就栽到我手里了呢。"李鹿远远看着董大锤，露出阴险的笑容，随即拦住董大锤的去路，"站住！知道自己违章了吧？"

董大锤愣住，指着自己的车牌："长官，我这牌可以进租界呀，您指点小的一二，让我知道哪里违了章？"

李鹿翻开手中的登记册，漫不经心地看了看："嗯，牌是对，可这持有人，在名册上叫白毛。"

董大锤惊慌道："对不起长官，是我的疏忽！我还没来得及去工部局过户，烦请您通融一下，我立刻就去。"

"在我们公共租界，就没有通融这个词！你们这些车夫，在我眼皮底下也敢犯事，还想让我网开一面？车扣下了，人走吧。"李鹿摆摆手，让身后的两个跟班过来拉车。

董大锤恳求道："长官，不行啊长官，求求您，您……"

李鹿凑近一步，用手比画着交钱的动作："车可以带走，可你要是不留下点什么，就显得我不秉公执法了。"

董大锤急忙掏出刚才收到的钱递给李鹿。

李鹿看了一眼，不屑道："行了，车你是别想要了！"

"长官！长官！我就跑了这一趟活，真的没有更多了。"

李鹿不再废话，一脚把董大锤踹了出去。许多路人围了上来，却没有一个人挺身而出。

董大锤抱住李鹿的大腿："长官，长官您不能这样，从前的巡捕都睁一只眼闭一只眼，从来没有真的扣过车……"

李鹿的笑容更加阴险起来："哦？哦——我想起来了，你是说卫乘风吧？"

董大锤急忙点头："没错！我们都是一起长大的兄弟，您看在乘风的面子上，就饶我一次！"

"哈哈哈哈，好你个卫乘风，竟然被我逮到公然收受贿赂，贪赃枉法，你们两个，连人带车，都给我押回巡捕房！"

两个跟班立即扣住董大锤的肩膀，欲押他走。

"住手!"卫乘风飞奔而来。

"啧啧,看看谁来了,这不是卫大巡捕吗,不在新片区巡逻,跑到我们这鸟不拉屎的地界,忆苦思甜?"李鹿不屑地看着卫乘风。

卫乘风看了一眼董大锤,压低声音对李鹿说道:"李哥,他也是混口饭吃,都不容易,而且就算按照条例,交些罚款即可,也不至于扣车。"

"哟,卫大巡捕,你这是亲口承认自己欺公罔法、谋取私利了?"

卫乘风急了,好话歹话说尽,可李鹿就是不松口,非但如此还让两个跟班把黄包车打烂了。

董大锤看着地上孤零零的车轮,顿时红了眼眶:"这可是白毛当时攒了一年的钱才买下来的车,这是他最宝贝的东西,我记得他那天把车拉回来的时候,笑得嘴都合不拢,就好像日子真的会变好似的……"

卫乘风瞪着李鹿的背影,暗暗攥紧了拳头。

怡和洋行中,吴乾跟在大写身后,过往的职员都客客气气地向大写点头致意。

"你去楼上经销部看看,苏门答腊的咖啡豆应该到了,四种,要确认好。"大写吩咐道。

"咖啡豆?"吴乾不太懂。

"就是……反正你去问,会有人交给你。"

洋行门口,大班陪同马尔斯走了进来。大写急忙拉着吴乾退避一侧,拍着他的脑袋让他鞠躬。

马尔斯走过大写身边,突然打了个喷嚏:"谁吃了韭菜?"

吴乾闻声抬头,看到马尔斯的脸,顿时想起他就是万术大赛的押注人之一。

大写点头哈腰,充满歉意:"董事长,对不起,我今早……"

马尔斯又打了一个大喷嚏,大写急忙捂住嘴。大班掏出手帕递给马尔斯,狠狠瞪了大写一眼。

马尔斯揩过鼻涕,将手帕塞进大写的手里:"我实在想不通,你们为什么要吃这种恶心的东西,不吃人类的食物,只有猴子才会饥不择食,你这个黄皮猴子!"

吴乾怒发冲冠,欲冲上去教训这个洋人,大写一把拉住了吴乾,对他摇摇头。马尔斯头也不回地大步离开,大班跟在后面,回头又瞪了大写一眼。

吴乾甩开大写的手问:"你为什么拦着我?"

大写赶紧拉着吴乾跑到角落:"你小点声!"

吴乾不依不饶:"这就是你们的董事长?我认识他,他不是什么好人!上次万术大赛,就是他在里面搞鬼,害死了那么多人,你还帮他干活?"

大写长叹一口气:"你以为我不生气吗?你以为我想被他骂吗?等你爬到我这个职位,你就知道,这都算什么呢?我们中国人在自己的地盘上,还要看别人的脸色行事,不然,我们就活不下去啊!不管有多恨,都得咽下去。"

吴乾拍拍大写的肩,看向马尔斯离开的方向:"我绝对不会让你再过这样的日子,你等着看吧。"

卫乘风失魂落魄地坐在巡捕房,想起董大锤抱着白毛的车轱辘流泪的样子,不禁痛上心头,暗暗骂自己道:"你还说要照应吴乾?真是可笑啊卫乘风,你在自己的辖区抓不到贼,在别人的辖区保护不了兄弟,出了监狱你还是一个废物、懦夫!没了胡风南,你什么都不是!"

好不容易挨到了下班时间,卫乘风垂头丧气地走出巡捕房,在大街上漫无目的地走着,不知不觉竟然走到了贺红衣家的楼下。

贺红衣恰好买了凉糕回来,二人便坐在路边,捧着凉糕边吃边聊天。一群稚童笑闹着跑过,贺红衣笑得格外开心。

"小时候,我就这样跟在哥哥屁股后面,跑不动就哭,哭得哥哥也不知如何是好,便陪着我一起哭。"

卫乘风看了看手里的凉糕:"这应该是你哥哥爱吃的,我……我也很喜欢。"

"你也喜欢?这么难吃的东西,你竟然也喜欢?"贺红衣乐不可支。

卫乘风呆呆地看着贺红衣的笑脸,也跟着一起笑起来:"你应该多笑

一笑，以前见到你，总是板着脸，好像有很多不开心的事。"

"那你是不是很怕我？"

卫乘风急忙摇头："我不怕你，我……"

"你不用安慰我，我知道，我不好相处，脾气臭，没人喜欢我。学会里的人疏远我，学会外面的人也疏远我，比如你，比如吴乾。"

"吴乾从没想过疏远你……我……也没有……"

贺红衣站起身，笑了笑："卫乘风，你真是个好人。"

卫乘风看着贺红衣逆光而立的身影，几乎落下泪来。


夜里，吴乾下班后匆匆赶到剧院，见贺红衣不在，又赶往贺红衣家，一进门就大喊道："红衣，你知不知道怡和洋行的董事长马尔斯就是万术大赛上逼着我们互相开枪的那个浑蛋！"

贺红衣脸色尴尬，敷衍道："是吗？真是冤家路窄。"

"岂止路窄，简直是送到我面前。他这个保险柜，我是不偷不行了，必须好好抢他一笔，也算报了仇！"吴乾拿出一张简易地图，"这是洋行的内部地图。"

贺红衣拿起来看了看："不错啊。"

"那是！这几天我在洋行可不是白干的。"吴乾指着图说道，"保险库在地下，只有一部电梯可以到，电梯钥匙由大班管着。保险库的门是双重锁，密码和钥匙也是大班负责。保险库轻易不开放，需要由大写审核后呈递大班，再由马尔斯亲自批章才能启用。进去以后就是那放着五十个箱子的保险柜了！"

"大写是谁？"

"大班的手下，除了大班唯一一个知道密码的人。"

"这个大写可以一用，可是这么重要的密码他为什么会知道？"

吴乾冷笑一声："这个大班贼得很，担心保险库出了事自己担不起责任，找了个替死鬼。"

"那你打算怎么做？"

吴乾慢悠悠地伸出手指捻了捻："给钱，你不是说任务期间满足我的一切必要开销吗? 有了钱, 才能让大写变成我们的人! ”

　　翌日, 吴乾拿着贺红衣给的钱, 在租界中最高级的西餐厅包了场, 座上客正是大写。

　　“花钱, 是人生最好的解忧良方。这家西餐厅的主厨是洋人, 一道菜大概等于你半个月的工钱, 包场一个时辰可能是一个普通家庭半年的收入, 怎么样? ”吴乾摇了摇手中的红酒杯, “法国的红酒, 尝尝。”

　　大写怯怯地端起酒杯, 看着满桌珍馐, 一脸震惊: “钱哥, 我这不是在做梦吧? ”

　　吴乾像模像样地将餐巾塞进领口, 拿起刀叉: “这个梦是不是特别爽, 想一直做下去吗? ”

　　大写拿起刀叉, 模仿吴乾的样子: “钱哥, 你不会是哪个高门大户遗落市井的公子哥吧? 要不哪来的这么多钱? ”

　　“我倒是想呢。哎, 享受就享受, 打听那么清楚干什么……”

　　“我……我就是想问, 你这么有钱, 跑到洋行累死累活, 图什么啊? ”

　　“我啊, 也不是一直有, 看机会。”

　　大写来了兴趣: “钱哥, 你要是有什么赚大钱的法子, 也让兄弟我沾沾光。你也看见了, 我给洋人干活, 有苦说不出, 都是表面风光, 我要是像你一样潇洒, 才不受这些洋鬼子的罪呢! ”

　　吴乾摇晃酒杯, 故作神秘: “法子还真有, 但是不适合你。”

　　“怎么不适合, 钱哥, 你看我缺什么, 我补! ”

　　“你缺——”

　　“心眼? ”

　　“缺胆子! ”

　　大写瞬间蔫了, 低头默认。

　　“你看你, 就你那小胆, 还想发财? ”吴乾放下酒杯, 跷起二郎腿, “想过好日子就要有大胆子, 敢想敢干, 才能抓住机会。瞧你被洋人欺负的时候那个怂样, 我看着都来气, 想帮你出气, 你还拦着我! ”

　　“我有什么办法, 我就会拨拨算盘管管账, 这辈子也就耗在洋行里了。”

吴乾噌地站起来，指着大写的鼻子："如果现在有个发财的机会摆在你面前，能让你彻底翻身，拿着大笔的银子去过梦一样的日子，从此天高海阔再不看人脸色，你敢吗？你不敢，你就是怂！"

大写被激起了血性，跟着站了起来："我……我不怂！"

"什么都敢？"吴乾趁势追问。

"什么都敢！"

"什么都干？"

"干！杀……杀人不干……"

吴乾坐下，笑着勾勾手指："那你的机会来了。"

吴乾将计划向大写和盘托出，大写起初吓得双腿打颤，后来在吴乾的引导下竟然也热血澎湃起来，一股脑将自己知道的东西全都说了出来。


吴乾匆匆赶去剧院，向贺红衣汇报战果："我问过大写，装五十箱银鱼那个保险柜有那么大……"吴乾比画了一下，"谁搬得动？我不行，你也不行，整个新闸路的人加一起也搬不了，根本没办法整个运走，必须开柜拿走银鱼！"

"不行，我不同意，我要的是整个保险柜！"

"你脑子坏掉了吧贺红衣？这有什么区别，开不开柜不都是为了拿钱？还是你怕开了柜我会偷你的钱？"

"我不是这个意思。"

"那你什么意思？知道五十箱的时候我就奇怪，不算保险柜，光是银元自重就够重了，还非要一起偷出来！偷出来以后呢？谁开锁？你开？"

"总有人可以开。"

"你给我找一个靠得住还能开锁的人？闹了半天原来你是在防我，怕我动手脚是吗？我告诉你，想要整个保险柜，不可能！"

贺红衣急了，却不能对吴乾说实话："反正必须要整个保险柜，这件事没商量！"

"呵，没商量？那我办不到，你另找别人吧！"吴乾头也不回地离开。

贺红衣烦躁地来回踱步。

红府戏院，钱白铁漫不经心地听着戏，忽然瞥见贺青舟站在角落里满目渴望地望着戏台。自此，钱白铁便再也没看过台上的角儿一眼，目光全都集中在贺青舟的身上。谢幕时，贺青舟回头，忽然看到了钱白铁，于是匆匆离开。

钱白铁回到家中，忽然接到江苏齐督军的电话，脸色十分不悦。角落里，吕思蒂暗暗观察着钱白铁，试图将他说的每一个字都听清，无奈钱白铁却只有寥寥几个字的回复。

吕思蒂回到房间，换了一身性感的睡袍，半躺在榻上等待着。钱白铁推开房门走了进来，面色仍然不悦。

吕思蒂立刻迎了上去，为钱白铁脱掉外套："老爷，这么晚才回来，累了吧？"

钱白铁皱眉不语，坐在沙发上，拿出一根雪茄。

吕思蒂立刻为钱白铁点燃雪茄："老爷，是不是有什么不顺心的事，谁又惹您生气了？"

钱白铁抽了一口雪茄，满脸不耐烦。

"老爷要是不想说话，我就先睡了。"吕思蒂楚楚可怜，不动声色地将睡袍的带子解开，露出里面半透明的睡裙。

钱白铁冷冷地盯着吕思蒂婀娜的背影："站住。"

吕思蒂驻足回眸，千娇百媚。

钱白铁看着吕思蒂的脸问："你是谁的人？"

吕思蒂一怔："我当然是老爷的人。"

钱白铁猛然起身，一把将她拉了过来："你到底是谁的人？"

"老爷你说什么，我……听不明白……"

钱白铁将吕思蒂推倒在沙发上，捏着她的下巴，直勾勾地盯着她："你想当我的人，那我就成全了你。"钱白铁泄愤一般地狂吻吕思蒂，然后将她抱起来，愤然扔在床上，"这就是你想要的，是吗？"

吕思蒂惊慌地摇头。

钱白铁威严质问:"是不是,我要你说话!"

吕思蒂眼眶含泪,楚楚可怜地娇嗔道:"是……"

监狱六号牢房中,万金隆终于挨到了出狱的日子,原本是高兴的事,但收拾东西的时候他竟然禁不住抹起了眼泪。林忠岩将角落里的《红楼梦》捡起来,装在万金隆的包里。

"林大哥,谢谢你。"万金隆望着林忠岩。

林忠岩笑着摇摇头:"客气什么,出去的事都办好了?"

"办好了,收拾好东西就能走了。"

"往后的日子,想好怎么过了吗?"

"我……想去投靠吴乾。"

林忠岩点点头:"吴乾重义气,他不会亏待你的。记住,到了外面切莫惹是生非,要是再让我在监狱里看到你,你看我不打死你。"

万金隆挤出一丝笑容:"我记住了。"

"想想你进监狱也有好些年了,那时候你还算是个小孩,现在也长成真正的汉子了。我记得刚见面的时候,你觉得我们都是大老粗,就你一个是文化人,也不说话,也不理人,光因为这个就挨了不少揍。"

万金隆扑哧一笑:"那时候大家放风,他们要撕了我的《红楼梦》,我要跟他们拼命,要不是林大哥出手相助,我早就是个死人了。"

"我当时也没多想,只觉得读书人的命,总比我们这些大字不识的人要金贵些,再怎么说看书也比打打杀杀强,没想到后来你就搬来了我这间牢房。"

万金隆对着林忠岩深深鞠躬:"林大哥,您这些年的教诲,万金隆永世不忘。您放心,等我出去以后,我会想办法把您也弄出去的!"

林忠岩摆摆手:"不用挂念我,我留在这里就是最好的归宿,快收拾东西吧。"

万金隆点点头,将两本翻得破烂的《红楼梦》上下册递给林忠岩:"临走了我没什么好送的,这两本《红楼梦》是我最值钱的东西,我留给您,书看不看无所谓,只要见着它,您能记得原来有个叫万金隆的跟过您就够了。"

林忠岩接过书："好，我收下，既然如此我也送你一句话。"

"您说。"

"现在世道乱得很，出去以后人前少看这种娘们儿书，让别人瞧了容易被欺负，躲被窝里看看得了。"

万金隆扑哧一声笑出来："我听您的！"

林忠岩也笑了笑。


万金隆一离开监狱就兴冲冲地直奔新闸路，可他看着棚户区的景象，顿时害怕了起来——董大锤叉着双手，在路边凶神恶煞地打量着万金隆这个生面孔；再往前走几步，花蝴蝶抽着烟，将烟喷在他脸上；万金隆吓得往后一躲，撞到了阿狼身上，阿狼笑嘻嘻地摸了一下他的屁股；万金隆转身就跑，却被阿蛙撞翻在地，再一摸口袋，钱包竟然不见了；白事店门口，卫奶奶坐在门口，阴森森地看着他……万金隆越看越不对劲，拔腿就跑。

吴乾吹着口哨从家门走出来，棚户区众人立即热情地呼喊道："有钱——"

万金隆一听，驻足回头，恰好迎上了吴乾的目光。

"万金隆？"吴乾大惊。

"吴乾！"万金隆终于放下心来。

吴乾赶紧将万金隆请到家中，二人在天台上喝起酒来。

"我出来了，你们在里面有没有说我坏话啊？"吴乾给万金隆倒酒。

"哪有啊！你简直成了监狱里的传说！每天都有犯人来摸我们六号房的门，我问他们干什么，他们说沾沾喜气，什么喜气？越狱的喜气吗？"

吴乾哈哈大笑。

万金隆继续说道："冯彪成了新狱长，他被巡查长敲打了一遍，这一个月监狱可太平了，没有犯人打架，连拳赛都被取缔了。"

"林大哥怎么样？"

"老样子，胡风南走了，他看起来轻松多了，天天种花念佛，冯彪对他也是毕恭毕敬。我看，他是更铁了心不愿意出来了。"

"下次我们一起去看他，给他送点酒去！"吴乾给万金隆添酒，"你呢，有什么打算？"

"我有前科，出去寻生活是不能了，好歹家里还有老房子在，我准备捡起以前的手艺，开个小五金铺，给附近百姓打打东西、开开锁什么。"

吴乾眼睛一亮："什么？开锁？"

"是啊，其实不值一提，我家以前是开机造厂的，后来厂子落魄了，家人被害我才进的监狱。做做手工对我来说其实是童子功。"

"机造厂？哪家？"

万金隆漫不经心地说道："万氏机造厂，那时的老板是我哥，叫万金良。"

桑介桥收到了新的消息，鸦片是成箱塞进保险柜的，只要不开箱，保险柜开不开倒是关系不大。贺红衣听闻此讯大喜，但转念又沉下脸来，她可不想向吴乾低头。

桑介桥劝说道："跟我说要救吴乾的人是你，要把他带来学会的人也是你，你为他，向我低了那么多次头，现在要向他低头，就不愿意了？"

贺红衣把头埋得更深了："老师，我这是不是自讨苦吃？"

桑介桥似是自言自语："是苦是甜，不到最后谁知道呢……"

虽说是吴乾放话要退出，但他哪里舍得那些钱财，只不过是当时的气话罢了，如今他也犯愁如何向贺红衣低头。

吴法天比吴乾还着急："臭小子，不能这么拖下去了，今天都二十八号了，就剩二十天了！你到底想不想要钱了？"

吴乾烦躁不已："我知道！那我一个大男人，总不至于先去求她吧？"

"真男人，要能屈能伸！"

"不可能！反正我坚决不会去求她！"吴乾一字一顿道。

"谁让你去求她了？我只是让你找个理由带上我。"

"不求她怎么能带上你？"

"笨！你爹我是什么人？地痞、泼皮、无赖，对不对？"

吴乾点点头。

"我要是知道了你们的计划,我是不是肯定非要参与一下?"

吴乾点点头。

"就算你死命拦着我,我也肯定非要参与一下,对不对?"

吴乾继续点头。

"所以呢?"

吴乾一拍大腿:"妙啊,先斩后奏!就跟贺红衣说你已经知道了,她就非带上你不可了!"

"真费劲,这还要我教。"吴法天一脸嫌弃。

"还有一件事,都说你消息灵通,"吴乾问道,"你知道万金良吗,家里开机造厂的那个。"

"当然知道!"

# 第三十三章 突变

午后，吴乾带着万金隆来到茶楼。

"今天带你来，是有个老朋友要给你重新认识认识。"

"谁？"万金隆好奇地四处扫视着。

"一会儿来了就知道了。我想先和你聊聊另一个人——马尔斯，"吴乾顿了顿，看着万金隆的反应，"这个英国人你肯定比我熟。"

万金隆的脸色果然暗沉下来。

吴乾继续说道："五年前，你哥万金良和怡和洋行签了贸易协议，结果马尔斯利用合同漏洞榨干了你们家，你哥一病不起，你也莫名其妙下狱，是不是？"

万金隆苦笑道："说起来，我们家以前也是日进斗金，风头无两。谁能想到满纸荒唐言，合同变陷阱。这个洋鬼子哄骗我哥放弃了原来的生意，又利诱他秘密生产军火零件。我阻止我哥，他就买通别人煽风点火，意指我觊觎家产。我离家后的事……就和你说的一样了。"

吴乾凑近万金隆:"你想不想报仇?"

"报仇? 马尔斯随便打个招呼,我就进了监狱,也许他以为我早就死在里面了。我只是个小市民,惹他不起。"

"如果我有办法,既能帮你报这血海深仇,又能保你赚笔大的,你干不干?"

万金隆犹豫片刻,放下茶杯起身离开。

吴乾立刻拉住他:"走什么呀,我什么时候做过不靠谱的事? 那监狱,我活着逃出来了吧? 那通缉令,轻轻松松就给撤了吧? 区区一个马尔斯,我还搞不定? "见万金隆还在迟疑,吴乾又问道,"想想你哥,想想你的家业,你真要一辈子这样怂下去吗? "

万金隆咬牙又坐了下来:"你有什么法子? "

吴乾在万金隆耳边低语片刻。

"你们玩那么大……"万金隆一脸不可思议,"吴乾,你就这么放心我? 我要是不答应呢? "

吴乾笑眯眯地说:"你不会! "

"你为什么这么肯定? 我可是答应过林大哥不会再入狱了。"

"那得看是因为什么入狱,铁血男儿,我不信你有仇不报。再说了,我们的目标是既搞了马尔斯,又不入狱,不然你以为我还想再进监狱那个鬼地方? "

万金隆被说动了,充满了信念感:"好! "

这时,贺红衣走过来,震惊不已:"万金隆? "

"这么惊讶做什么? 刑满释放,清清白白。"万金隆耸耸肩。

贺红衣看向吴乾:"你说找我谈正事,什么正事? "

"姑奶奶还在闹脾气呢? "吴乾挑眉看着贺红衣,"我给你带了个能帮忙的人。"

贺红衣看了看万金隆,没好气地瞪着吴乾:"你问过我吗? "

"那你找到人了吗? "吴乾反问。

"你——"贺红衣气急败坏。

"好了好了，你们俩怎么一碰头就天雷勾动地火，这好歹也是我出狱后第一次见面，不要吵。红衣不放心我，情有可原。"

贺红衣瞪向吴乾："你把计划都说了？"

万金隆赶忙说道："我不是为了钱，我是冲着马尔斯来的。"

"这事谁都不如万金隆可靠，你坐下吧。"吴乾晃动着二郎腿。

贺红衣白了一眼吴乾，无奈坐下。

万金隆笑笑："我不求和他两败俱伤，只要他不高兴，那我就高兴了。"

"现在你的心能放肚子里了吧。"吴乾问道。

贺红衣不得不接受这样的安排，但仍旧不愿露出笑脸。万金隆见二人又要开战，赶忙借口离开。

贺红衣盯着吴乾说道："没想到你能找到万金隆这号人物。"

"想夸我就直接说呗。"吴乾的嘴角不受控制地上扬。

贺红衣清了清嗓子："还有，我来是想跟你道歉的。"

"为什么跟我道歉啊，女侠？我可不知道你有什么地方做错了。"

"坚持不开柜，是我的错。现在我同意开柜，但是装银元的箱子一个都不能损坏。"贺红衣严肃说道。

"可惜，我现在不同意了。"吴乾露出一脸坏笑。

"吴乾！你适可而止一点！算了，说吧，有什么条件？"

吴乾想了一下："今晚来我家。"

"什么？"

"没听清楚？来我家，今晚！"说完他大摇大摆地离开了。

当晚，贺红衣如约来到吴乾家，想不到吴乾竟然要求她当使唤丫头，给他按摩。贺红衣转念一想，立刻答应下来，趴在吴乾身上就开始了"按摩"。

"啊——"吴乾鬼哭狼嚎的惨叫声顿时响彻云霄。

贺红衣使出浑身的力气，恨不得借机拆了吴乾的骨头："闭嘴！不许叫！让别人听见还以为我把你怎么了呢。"

吴乾愤怒不已："你说你把我怎么了！我是让你给我按摩，不是让你把我大卸八块！"

贺红衣把手一松，索性坐在一边："你别太过分了！你让我来你家我来了，你让我按摩我也按了，你还想怎么样？"

"大姐，你这能叫按摩吗？你根本就是借机泄愤！既然是作为交换条件，那你起码也得让我满意才行吧？"

贺红衣自知理亏，不情愿地继续给吴乾按摩："趴好！"说罢，开始温柔地按摩起来。

吴乾享受不已："这还差不多，啊——舒——服——"这声音令人想入非非。

贺红衣再次不悦，停住手上的动作："想让我给你按摩就闭上你的嘴！"

"好好好，我闭嘴，闭嘴。"

贺红衣继续给吴乾按摩。

吴乾深呼吸了一下，严肃起来："贺红衣，我跟你说件事，就是我们这个行动啊……"

"行动怎么了？"

"行动剩的时间不多了，我觉得应该添个帮手，毕竟人多力量大嘛。"

"什么帮手？不是已经有万金隆了吗？"

吴乾露出神秘莫测的表情，指指楼下。

贺红衣忽然懂了，按摩的动作停了下来："不行！你先斩后奏来个万金隆也就罢了，吴先生那个人……就算我同意，老师也不会同意的，总之绝对不行！"

吴乾露出无奈的表情："晚了，他已经知道了……"

"什么？"

"就上次你来说这个那个的时候，他就听到了，既然被他知道了，他就是一定要参与的。反正我是拦不住他，你要是能拦得住，你可以试试。"吴乾故意耸耸肩。

贺红衣气急败坏："你——谁能拦得住你爹！"

"那你就是同意喽?"

贺红衣气得说不出话来,只得在吴乾刚才按摩的地方重重地按了一下。

吴乾痛得再次惊声尖叫:"啊——"

自从那日出了董大锤的黄包车一事,李鹿和卫乘风就一直没打照面。这日,李鹿带了一众巡捕喝酒,也邀请了卫乘风。席间,李鹿故意将卫乘风灌得酩酊大醉,众人纷纷嘲笑卫乘风。卫乘风虽然大醉,却也听了个大概,心中越发积郁。

卫乘风醉醺醺地走回新闸路,手里还拿着半瓶酒,不时往嘴里灌。

吴潇潇匆匆跑过来,夺下卫乘风的酒瓶:"乘风哥,我到处找你,你怎么喝了这么多啊?"

"潇潇?你别管我,我还能喝……"

"别喝了,跟我走!"吴潇潇搀着卫乘风跟跟跄跄地走到白事店门口,一想到卫奶奶早就睡了,潇潇又搀着他往自己家走去。

吴乾和贺红衣在楼上听见动静,立刻跑下楼去,见到大醉的卫乘风吓了一跳,二人帮潇潇一起将卫乘风放在沙发上。

"这小子怎么喝成这样?"吴乾问道。

吴潇潇焦急不已:"我去巡捕房找他,值班巡捕跟我说他们去了什么什么大酒楼,等我跑到那个大酒楼,发现根本没人,我又一路找回来,就发现他一个人喝成了这样。我怕阿奶担心,等乘风哥哥酒醒了再给他送回去吧。红衣,这么晚了你怎么在这儿?"

贺红衣尴尬地笑笑,赶紧转移话题:"你让卫乘风躺好,我去烧点热水给他。"

卫乘风呻吟着爬起来,模糊间看到了贺红衣:"红衣……红衣……"

吴潇潇和吴乾听见卫乘风的喊声,顿时一愣。

夜已深,贺红衣还没有回家,贺青舟焦急地趴在窗台上张望着。

"青舟哥,红衣还有工作,可能要到很晚,你不用担心。对了,红衣帮你找的那几份工作，你觉得怎么样？"雨辰问道。

"我好像什么都做不好，校对报纸错漏百出，帮买办打下手拿错了清单，就连端茶都弄不清茶的品类……红衣一定很失望。"

"这也不怪你，万事开头难，我刚到剧院工作的时候，也天天被老师训斥。"雨辰指指手上的账本，"就算是现在熟悉了，算起账来我还是小心翼翼，生怕出错。"

"你这是在算什么？"

"账啊，学……剧院的经费有点紧张，我对一对看看。"

"你们很缺钱吗？"

"平时也不这样，今年也许流年不利，事情多，又赶上……虽然有些困难，但我们剧院的人都是迎难而上的真汉子，抗一抗也就过去了。"

"你们的感情真好。"

"当然啦，多少年了，我们剧院就像一家人一样。"

贺青舟的神色黯淡下来，心中想着红衣的生活中突然多出一个哥哥，开销自然多了许多，但他除了唱戏却没有任何能谋生的手艺，不知怎样才能为妹妹分忧。


当晚，贺红衣临走前，吴潇潇突然叫住了她，旁敲侧击地问她对卫乘风的感觉。贺红衣毫无此心，大大方方地表示大家都只是朋友。吴潇潇半信半疑，却也没法再问下去。

吴潇潇守了卫乘风一夜，直到清晨卫乘风才渐渐醒来。

"乘风哥哥，你醒了？"吴潇潇兴奋道。

卫乘风定睛一看，是吴潇潇，顿时吓了一跳："潇潇？我……我怎么在你家？"他立刻起身。

吴潇潇立刻给卫乘风递上一杯水："乘风哥哥，昨晚你喝醉了，现在感觉怎么样，还头痛吗？"

"坏了！几点了？我该去巡捕房了。"卫乘风急忙往门外走。

吴潇潇失落地坐在原地，一整天都六神无主，只因卫乘风昨夜酒后呼唤的那两句"红衣"……

吴乾房间的门紧紧锁着，父子俩压低声音商讨着计划。

吴乾一边在纸上写写画画，一边嘟囔着："要把箱子一个个从下水道运出来……下水道里有水，也就是说我们要把箱子从水里运出来……从水里运出来……"

吴法天边听边思索："从水里运出来……"

吴法天和吴乾同时眼冒金光："有了！"

吴乾立即拿着图纸，兴冲冲地跑去剧院找贺红衣。

剧院后台，吴乾拿着下水道图纸，激情澎湃地讲述计划："我们的行动，就是把箱子一个个从下水道运出来。下水道里常年有水，水里运东西我们都知道用什么——船。唯一不同的是，下水道空间有限，我们只要按照下水管道的尺寸制作竹筏，到时候把箱子放在竹筏上，顺流而出，就大功告成了！好了，可以鼓掌了。"吴乾得意地看着众人。

众人却反应冷淡，对着吴乾客气地笑笑。

贺红衣说道："这个思路倒是可以考虑，不过事情绝没有你说的这么简单，其中应该有很多细节需要测算。"

雨辰拿起下水管道的设计图纸看了看："的确，下水管道的宽度、每个季节不同的水位高低、每种水位的浮力所能承载的重量，等等，这一系列问题，你都有想过吗？"

吴乾被问住了，恼羞不已："我……我一个人都想全了还要你们干什么？我是不想一个人把功劳都抢了，所以才赶紧来让你们沾沾光。"

一直在埋头测算的博文拿着演算稿过来，展示密密麻麻的公式，表情沉重："以这个下水道的尺寸来看，即便是雨季浮力最大的时候，竹筏也撑不住一个箱子的重量。"

吴乾看着密密麻麻的公式，略显惊讶："你这是什么乱七八糟的……你怎么算的？"

博文指着图纸耐心讲解："箱子的重量为五十斤，设竹筏的面积为X，而按照下水道的横截面……"

吴乾完全听不懂，顿时恼火道："算了算了！反正你的意思就是行不通，是不是？"

博文点点头。

"我好不容易想的办法你们一下子就看出不行了，这也不行那也不行，那你们行你们想啊？"说完一屁股坐到椅子上。

贺红衣低声安慰吴乾："你别急，你这个想法的确打开了另一种思路，只是暂时还不通。大家一起想办法，总能成的。"

吴乾气鼓鼓地看了贺红衣一眼。


吴法天独自躺在床上，翻来翻去，烦躁地自言自语："憋死了，憋死了，你们都出去了，让我一个人在家憋着，不行，我得出去透透气！"然后他愤然起身，穿上鞋走到门边，悄然打开一道门缝，向外贼眉鼠眼地观望，便果断走了出去。

吴法天愉快地走在路上，看到董大锤和阿蛙在路口下围棋，忍不住走过去望了望棋局。

大锤执黑子，思索片刻，终于落子："我走这儿。"

吴法天急不可耐地支招："不对，你得走这儿！"

"观棋不语懂不懂啊？"阿蛙边说边回头，一看到吴法天，顿时愣住了。

董大锤歪头也看到了吴法天，与阿蛙同时惊声尖叫："鬼啊——"

吴法天大吼："别叫了，我不是鬼，我没死，不信你们摸摸？"说着伸过手去。

董大锤胆怯地摸了一下："你……你没死……妈——天叔没死！"

突然，大锤妈等棚户区众人皆冲了过来。

大锤妈怒视吴法天："你没死？"

吴法天仍旧乐呵呵的："没死没死，活得好好的……"

吴法天话音未落，大锤妈等人就扑了上来："没死就把吊唁的钱还给我！"

吴法天撒腿就跑，众人紧随其后，在棚户区中边追边喊："还钱——把钱还我——"

钱白铁近来越发怀疑吕思蒂的身份有问题，但陆横查了半天，却并未发现有何不妥。

"先生，能查的我上上下下都查遍了。恕属下多嘴，您当年不也是看中夫人的清白家世，才让她进门的吗，现在为什么突然怀疑起夫人的底细来了？"陆横问道。

钱白铁沉吟道："疑就疑在她这清白的家世，如今看来有些过于清白了。我未娶妻之时，多少人盯着我的夫人之位，想从中大做文章，或笼络或构陷于我，然而从她进门到现在，吕氏竟然越来越没落。以我今时今日之地位，那些巴结我却巴结不到的人，却从未想过瞄着我夫人下手钻空子，你说，如何不令我生疑？"

"先生是怕有人为了掩您耳目，故意为之？可这吕家说得好听是书香门第，说得不好听，就是一落魄氏族，满门穷教书的累赘，而且夫人不受宠，是整个上海滩都知道的事，吕家又不是什么香饽饽，还有哪个不长眼的敢触这个霉头？"

钱白铁看着陆横："还有呢？"

"我从吕家那些老人那打听到，夫人从小就不喜欢出门，也没什么朋友，吕家管教又严，夫人根本就没有长时间接触生人的机会。"

"过门之后呢？"

"除了几个知道底细的官太太，我还查了夫人常去的店面，也没什么问题。先生，您别怪我直言，关于夫人，您可能真的多心了。"

钱白铁意味深长道："这样最好，毕竟找个张思蒂李思蒂容易，可再想找一个上下清白的吕氏，难！"

何致鸿近日烦心的事也不小，一个匪徒打来电话，号称要截这个月十八号的五十箱货。他摸不透此人的来意，不知此人是某方的棋子，还是真的就是一介亡命匪徒。他思来想去，还是决定小心为妙，于是谋划了一整套应对的计划。

"我的这一套计划，也是为了保证货物能万无一失，不知道马尔斯先生意下如何？"何致鸿迫不及待地将计划告诉了马尔斯。

"何先生，我们合作了这么久，已经算是朋友了。"

"当然。"

"坦白说，我觉得你没有必要多此一举，我们怡和洋行是不可能有任何安全问题的，你应该放心！"

何致鸿夸张地点头认同："放心！我当然放心！我的心从来都放在你们洋行的保险库里。不过，我们中国有句古话，木秀于林风必摧之，怡和洋行正于鼎盛之期，我们这盘唐僧肉，不知引得多少魑魅魍魉虎豹豺狼垂涎欲滴啊。"

"我不太明白……"

何致鸿揽住马尔斯的肩膀："我的朋友，只要你相信我，我的计划绝对不让怡和洋行有任何损失！退一万步讲，即使计划失败，所有损失我一力承担，你看……"何致鸿挥挥手，孙海立即将一箱金条打开。

马尔斯看着金条点点头："何先生既然如此诚恳，我恭敬不如从命。"

"好好好！不过何某还要说一句不该说的话，马兄身边的人，最好从头到脚查个干干净净，毕竟知晓全部内情的人，五根手指数得过来。"

马尔斯不悦道："我的人，我信得过，何先生还是回去查查自己的手指头吧。"


告别了马尔斯，何致鸿又匆匆赶往砍刀帮。这个计划中重要的一环就是派人罩着洋行，而何致鸿又不能用自己人，生怕万一露了马脚查到自己的头上，所以如今上海滩响当当的黑帮——砍刀帮就成了最好的帮手。

孙海将一箱金条打开放在砍刀帮帮主乔娜的面前。

乔娜拿起两根金条在手里掂了掂，爽快答应："何先生放心，这件事就包在我们砍刀帮身上。秘密保护一个洋行，日常业务而已，保证万无一失！"

何致鸿爽朗大笑："乔帮主就是爽快，不像那些洋鬼子。"

"怎么，难道何先生也会受洋人的气？"

何致鸿笑着摇摇头："受气倒谈不上，就是瞧不上他们那副明明是吃人的狼，却偏要披上人皮的样子。"

"听起来何先生像是在夸我乔娜不穿人皮？"

"哈哈哈哈，难道不是吗？整个上海滩谁不知道砍刀帮乔大帮主嗜血如命的狼性。事成之后，还有一箱如数奉上！"何致鸿指指面前的那一箱金条。

乔娜抱拳微笑："多谢何先生体恤。"


马尔斯匆匆走进洋行，全体职员纷纷九十度鞠躬问候，待马尔斯走远才敢起身。

"董事长这气场真可怕！"大写感叹道。

"什么气场，这叫煞气，洋人真是可怕！"小职员撇撇嘴，"你还不知道吧？"

"知道什么？"大写好奇道。

"会计小崔，有日子没见了吧？我刚听人说，死了！"

"死了？"

小职员赶紧压低声音："嘘！知道是谁干的吗？煞气！"

"董事长？"大写震惊不已，"董……董事长怎么会……"

"什么董事长，洋鬼子没一个好东西，各个都是心狠手辣的主儿。听说小崔算错了账，耽误了一笔不大不小的买卖，被董事长的人活活打死了！"

大写紧张起来："活活打死……"

"可不是嘛，小崔一看就是个老实人，就出了一次错就被打死了，我怎么也想不明白，洋人怎么能这么丧心病狂……咱们在洋人手里做事，就算是事事小心，都难免招惹上是非，我真怕自己哪一天也出了意外，人呐，真是一步都错不得啊……"

大写胆怯不已，低声嘟囔："没错，一步都错不得，一步都错不得……"


红府戏院门外，贺青舟徘徊良久。

戏院老板正送一位客人出门，看见贺青舟，顿时收起了笑脸："你这个扫把星怎么又来了？"

"我……我想回来唱戏……"

"唱戏？贺大老板，您就高抬贵手饶了我们这个小小的戏园子吧。"戏院老板推搡着贺青舟。

"老板，我可以只要一半赏钱，剩下的另一半，都给您！"

"哎哟，我哪敢要您的钱，您这是要我的命啊！实话跟您说，前些日子我去算了一卦，说我今年有一大劫，避了平安无事，冲了百煞围身。我这躲了又躲防了又防，感情是您在这儿等着我呢。"

贺青舟颓丧地垂下了头，再也开不了口。

大写将吴乾约到租界西餐厅，点了一大桌好酒好菜。

吴乾直直地盯着大写："你小子今天怎么这么阔气，请我来这里吃饭，难道你也忽然找到了发财的门路？"

"没有，我……"大写紧张不已。

"我告诉你啊，我向来是有钱和兄弟一起赚的，这次的任务我都算你一个了，你要是有什么财路不叫上我，我可跟你翻脸！"

"钱哥，你就别开我玩笑了，我算是想明白了，我就不可能有发财的命。"

"怎么了？"

大写真诚地看着吴乾，眼神十分抱歉："钱哥，你一直对我特别好，有什么好事都想着我，我今天就是想感谢你，但是我实在没钱和你一样包场，这顿饭就已经要花掉我半个月的薪水了……"

"你到底想说什么？"

"我……我……我想退出！"

"什么？"

"虽然我特别想变成有钱人，不过你说得对，我就是没胆子，我怕出事，怕洋人，怕死，我……我还是想保命！"

吴乾当即愤怒，站起来抓着大写的衣领："你再说一遍！"

"钱哥，对不起……"

周围的服务生和食客纷纷看了过来，吴乾不得已坐了下来，压低声音，但愤怒更甚："我都把全部计划告诉你了，你跟我说你要退出？

你耍我呢！"

大写内疚不已："对不起钱哥……我真的很害怕，我在洋人手底下做事，本来就事事提心吊胆，这次要做这么大的事，万一被抓到，我想都不敢想。而且我知道自己的本事就那么点，万一做不好，连累了你，连累了大家，我……我就是怕死！你就放了我吧，我保证不会把计划说出去的！"

吴乾愤怒到了极点，咬牙切齿地挤出一个字："滚！"

大写掏出一张银票，放在桌上买单，悻悻离开。

吴乾怒视着大写的背影，低声嘟囔："没了内应，我怎么跟贺红衣交代！不对，这个小子会不会是被什么人给吓住了？那叫什么……危什么言，危言耸听？不行，我一定得查清楚！"

吴乾暗中跟踪大写，发现他常去天香酒馆，喝酒倒在其次，竟然主要目的是为了见歌女小桃红，而小桃红却并不待见大写。吴乾顿时一乐，这下可就太好办了。

这日下班后，吴乾将大写拉到小巷子中，严肃逼问："钱你不要了，是吧？"

大写点点头："钱哥，我都已经说清楚了，我不要钱了，我要命。"

"那么女人呢？"

大写不明就里："女人？钱哥，我不是那种人，我不会随随便便跟什么人在一起，更不可能因为想要一个女人就去做错事，你给我女人也没用的。"

吴乾故意叹息道："好吧，小桃红啊小桃红，他根本就不喜欢你，他不会为了你做错事。男人啊，果然都是只顾自己的臭东西。"

大写心头一颤："小桃红？"

"我没时间和你说废话。你怕死，我已经知道了，那么你怕不怕追不到小桃红？"

"追小桃红……"

"没什么不好意思的，大家都是男人，我用脚指头都能看出你喜欢她。还有，你怕不怕追到了小桃红以后让她跟着你过苦日子？"

大写神情落寞。

吴乾继续说道："只要你继续参与计划，我保证帮你追到小桃红！到时候你抱着小桃红，小桃红抱着你们的大胖娃娃，娃娃抱着金条，你愿不愿意？"

大写满目憧憬，又开始犹豫了。

吴乾故意转身离开："算了，我知道你怕死，我确实没办法保证你能活到那一天，就当我今天没劝过你吧，我走了。"他一转过身，立即满面紧张，期待大写叫住他。

"等等！钱哥！"

吴乾窃喜，但回过头来，故作不耐烦："又怎么了？我很忙的。"

"你说你能帮我追到小桃红，我信。我……我……我愿意为了小桃红冒这个险！"

"这就对了，好兄弟！"

"那你先帮我追到小桃红。"

吴乾耐心劝说道："少年，一看你就没谈过恋爱，不懂女人，对不对？"

大写懂懂地点点头。

"感情的事，最忌讳的是什么？"

大写摇摇头。

"操之过急，笨蛋！追女孩子怎么可能今天说追，明天就能追到呢？世界上最复杂的生物就是女人，最复杂的事情就是追女人，所以要完成这件世上最复杂的事怎么可能比偷洋行还快呢？你是要和小桃红过一辈子的人，难道你不想诚心诚意地慢慢感动她、融化她吗？"

大写渐渐被说动，缓缓点头。

"这就对了。世间万万事，都分个轻重缓急，我们一边做任务，我一边帮你追小桃红，等到任务成功的那天，我保证一定能让你抱得美人归！"吴乾自信地伸出小手指，做拉钩状。

大写兴奋不已，与吴乾拉钩："谢谢钱哥！"

"小意思。"

夜里，吴乾、贺红衣和万金隆聚在天台上。

"你可真行，竟然能想到用帮人家追女孩子作为交换条件。"万金隆

感叹道。

　　吴乾万分得意："那是！每个人都有自己的软肋，摸准了才能事半功倍。"

　　"虽然现在还是毫无头绪，不过有了大写这个内应，胜算总归是多了几成的。"贺红衣说道。

　　这时，大写慌慌张张地跑了进来："钱哥，我刚加完班，保险库的安排有变化，我就赶紧跑过来跟你们说一下。"

　　众人顿时紧张起来："什么变化？"

　　大写继续说道："说来特别奇怪，保险库十八号那天的取消单忽然重新提上日程了，而且还有新的大生意。我不知道这是怎么回事，反正不太正常。"

　　"取消单？"贺红衣问道。

　　"对，这些单原本都是预约的十八号，后来那批货确定了十八号入库，所以这些散单就取消了，但是今天忽然又给恢复了！"

　　"而且还有新的大生意……"万金隆思忖着。

　　"原来为了那批货取消了这些散货，现在又恢复了散货，也就是说……"吴乾低声嘟囔。

　　贺红衣大惊："难道那批货不会运到洋行保险柜了？"

　　大写一脸为难："这个我就真的不敢说了，总之我只负责通知恢复取消单。对了，最近洋行周围好像一直有黑帮的人监视着！"

　　"黑帮？什么黑帮？"

　　"听说是砍刀帮！"

　　万金隆闻言瞬间眉头一凛，神色异样。

　　"这下好了，人家干脆都不放进地下保险库了，再加上砍刀帮，死了死了。兄弟，是哥连累你了。"吴乾揽住大写的肩膀。

　　贺红衣神色凝重："如果那批货确实不入地下保险库了，我们得赶紧想新的办法！"

第三十四章 销魂

贺红衣匆匆赶回剧院，快步走进桑介桥的办公室。

"老师，我们现在该怎么办？那批货不会运到地下保险库了，但我们还不知道新的入库地点。"

桑介桥引导贺红衣道："洋行押送货物，谁是负责人？"

"洋行大班。"

"我们的内应是谁？"

"大写。"

"在其位，谋其政。"

贺红衣猛然会意："老师的意思是，我们可以把大班拉下马，让大写上位，成为押送货物的负责人？那样的话，我们不只能知道新的入库地点，甚至还能获得其他的帮助。"

桑介桥点点头："正是，只是这件事并不容易，而且时间不多了。"

"老师放心，我们一定全力以赴。"

贺红衣立刻回到棚户区，将桑介桥的意思告诉了吴乾和万金隆。

"把大班搞下来，让大写做大班……看不出来啊，桑老头，果然老奸巨猾。"吴乾嘴角一斜。

贺红衣面露不悦："你说话注意点，老师这是策略，是为了提点我们完成任务。"

吴乾不耐烦道："是是是，他说的就是策略，要是我说的就是旁门左道。"

"你——"贺红衣气急败坏，索性转过头去不理吴乾。

"我什么我，难道我说得不对吗？"

万金隆急忙打圆场："你看你们两个，说两句又吵起来了，还是省省力气想想办法吧。"

贺红衣缓和下来："其实要让大写顶替大班，还真不是件容易的事呢……"

"废话，大写顶替大班，他说得容易，办法还不是要我们想！"吴乾白了贺红衣一眼。

万金隆眼珠一转："其实我倒有个办法。人为利而聚，也为利而散，马尔斯信任大班，是因为大班能替他把钱守住。"

吴乾和贺红衣点点头。

万金隆继续说道："如果我们能让马尔斯觉得大班把他的钱守着守着就守进自己的口袋里了……"说着他露出意味深长的表情。

吴乾顺着万金隆的思路继续想："这个钱不能太多，也不能太少，太多了马尔斯不可能发现不了，太少了又不足以开除大班。"

"捞回扣？"贺红衣露出重获信心的笑容。

吴乾打了一个响指："就这么办！不过别高兴得太早，大写你见过吧？人靠衣裳马靠鞍，就他那身打扮，怎么能追到小桃红？再加上现在又想让他当上大班，我们不得帮他改变改变造型？"

万金隆点点头："有道理。"

翌日，吴乾将大写叫到家中。贺红衣、吴潇潇、大锤妈、花蝴蝶等一众女人将大写团团围住，上下打量一通，将他的着装从头批判到尾。大写方才发现自己的模样气质确实堪忧，不仅不像职场精英，更不像能讨得小桃红欢心的样子。

花蝴蝶给大写换上一身正经中透着随性的洋气装扮，又剪了一个利落潇洒的发型，众人纷纷点头认可。

大写打量着镜子中的自己，非常兴奋："我从来没穿过这种衣服，还有这个发型，确实精神多了，就是不知道小桃红喜不喜欢……"大写忽然露出怯懦的神态。

贺红衣盯着大写："听着，衣服头发这些外在的东西，外人可以帮你，不过，里面的东西别人可就帮不上了。"

"里面的东西？"

"自信。那是从心里透到眼里的东西，是一个人最精神的一件'衣裳'。你得先自己相信你比以前更好了，别人才能相信，小桃红才能相信，你说是不是？"

大写略作思考，自信地点了一下头，精气神十足。

贺青舟终日忙着跑各家戏院，却没有一家愿意收他，他只得彷徨地游荡在大街上。

"这样下去不是办法，我闲着一天，红衣的压力就多一点……"贺青舟眼眶微红，猛然回神，发现竟然又走到了红府戏院的大门外，"我赚钱的能力仅限于此，不唱是不行的。无论如何，我要再试一试。"他思量再三，还是走了进去。

戏院中，新晋名角儿丰园正在吊嗓子。贺青舟悄然走进来，环顾着周围的一切。

丰园瞥见贺青舟，却故意装作没看到，捂住鼻子自言自语道："奇怪，哪儿来的这么大一股子晦气呀？"丰园好似忽然看到了贺青舟一般，立刻迎了上去，"哟，这不是贺老板吗？我当是谁呢。"

贺青舟客气地点点头。

"贺老板可是大忙人，怎么有空来这里？"

"我……"贺青舟酝酿片刻，终于继续说道，"我想回来唱戏。"

丰园顿时大笑起来："贺老板说笑吧？您应该知道此一时彼一时，更何况，我怎么记得，之前老板可是把您给拒之门外了呢。还是说，您这次过来是专门来求我的？"

贺青舟极力克制："我求你。"

"哟，最近观众的掌声震得我耳朵不太好使，听不太清。"

"我求你，求你给我一个机会，唱什么都行，我求你，丰园！"

"唱什么都行，唱花脸？唱老生？唱不了吧。那怎么办呢，我想想……"丰园佯装认真思考，忽然夸张地开口，"哦，我想到了！贺老板可以给我做配。"

贺青舟咬紧牙关，却迟迟不能开口。

丰园变本加厉："如果贺老板愿意，我倒是可以向老板提议我想要个配……老板要是还嫌弃你，我可以劝劝老板，一个小小的配角儿，再晦气，我这个如日中天的角儿也能把晦气给他压下去。"

贺青舟万分隐忍，终究开口："好！"

怡和洋行中，大写拿出一黑一红两个账本，吴乾完全看不懂。

大写解释道："你当然看不懂，这本红的是呆账，黑的是坏账，单独看哪一本都看不出猫腻，两本拼在一起比对才能对出问题。这两本是我连夜赶出来的假账本，只能糊弄个样子，只要对一笔数字，就会露馅。"大写看了看挂钟，"十分钟后，我会跟大班去保险库清理一批文件库存，来回预计十五分钟，你们只有这十五分钟时间。大班办公桌下面有一个保险柜，那两本真账就在保险柜里，一定要偷出来。账本到手以后，我会以最快的速度找到几笔最大的账目记下来。"

十分钟后，大班和大写一起进入电梯去往保险库。吴乾则带着万金隆悄然潜入大班的办公室，眨眼之间万金隆便打开了保险柜的锁。

巡捕房中，余德义将卫乘风叫到办公室，旁敲侧击地问他近来公共租界的情况。卫乘风不明就里，只是耿直汇报。气得余德义索性把话挑明了，直言要卫乘风上交油水钱。

余德义拍拍卫乘风的肩膀说："人啊，凭着一身傲骨是活不下去的，这一点你还要多向李鹿学学。从前我教他明辨是非的时候，他可给我交了不少学费啊。"

"我……长官，我确实不是一个多么机灵的人，但我一直以为您提拔我，是因为我守规矩，肯吃苦……"

"这并不矛盾，看来你是曲解了我的一番好意。既然如此，你就回去好好琢磨琢磨，想想以后该怎么做，出去吧。"

卫乘风欠身离开。

余德义的眼神瞬间变冷："蠢材！"

卫乘风怅然若失地回到自己的位置上，愣愣地发着呆。这时，李鹿押着花蝴蝶走进了巡捕房。

卫乘风一下子站了起来："花姐？"

"乘风！你给老娘松开！"花蝴蝶挣开李鹿，跑到卫乘风面前，亮出自己手上的手铐，"乘风，你可要给花姐做主呀，我好好地走在马路上，迎面来了一辆车，差点把我撞了，结果我反倒成了被拘起来的，这是什么狗屁道理？"

"李鹿，到底怎么回事？"卫乘风问道。

"你这个老熟人蹭花了巡长朋友的车，还撒泼打滚拒不赔偿，影响极其恶劣。我奉巡长之命，把她押回来关个几天，让她长长记性。"李鹿晃动着手铐的钥匙。

"放屁！"花蝴蝶喷了李鹿一脸唾沫。

李鹿抹了一把脸，怒视卫乘风："卫乘风，你想帮自己人，我可以理解，但是你也要理解我，我也是按长官的意思办事，你执意放人，不是明摆着拂了长官的脸面吗？"

此时，余德义走出来，瞥了一眼花蝴蝶："李鹿，该怎么处理怎么处理，赶紧把人给我带下去关好。"

"明白！"李鹿押着花蝴蝶欲走。

花蝴蝶惊慌地看着卫乘风："乘风，我没错，凭什么关我……"

卫乘风不忍，走到余德义前面说："巡长，仅凭别人的一面之词，恐怕难以考证孰是孰非，最好能把两位当事人都请过来调查清楚！"

余德义冷哼一下："别人？你的意思是，坐在车上的陈参谋含血喷人，平白无故冤枉一个清白的市井小民？陈参谋日理万机，你还要请他来巡捕房？"他拍拍卫乘风的肩膀，"看来我刚才那一番话，你是全然没放在心上！"

"巡长……"卫乘风急得面目纠结。

余德义凑到卫乘风耳畔道："别说她，就连我都不敢在陈参谋的车前破口大骂半个时辰不让路。如果有一天你坐在我的位置上，你会怎么做？"

卫乘风愣在原地，只得看着花蝴蝶被带走。


怡和洋行中，吴乾找准机会将偷出的两本账本交给大写："怎么样，你看看是这个吗？"

大写兴奋地点点头。

"现在要把这两个真的放回去吗？万金隆还在等着呢。"吴乾催促道。

"走，大班应该还在谈生意，趁现在赶紧去。"

吴乾忽然笑起来："你们这个大班，真是个一本正经的老不正经，你猜他保险柜里除了账本还有什么吗？"

"什么？"

"《金瓶梅》！还是图文典藏版！"吴乾露出一脸坏笑。


大写率先进入大班的办公室探路，却发现大班已经回来了，并且正在查账。

门外，吴乾神色一紧，从怀里掏出真账本："糟了，大班在查账！要露馅了，怎么办？"

"没办法了，你跟我进去，就说拦不住我，趁机把账本调包。"万金隆立刻大步走向大班的办公室。

“怎么回事，何人擅闯？”大班抬头皱眉。

吴乾硬着头皮解释：“这位爷非说要找经理，拦也拦不住……”

万金隆走到大班的办公桌前，两本假账正摊在大班面前，刚被翻开第一页。

“不过五年，大班真是贵人多忘事。”万金隆瞪着大班。

大班恍然忆起：“原来是万家二公子，久别重逢，您还是和从前一样气派。”

“不敢当，我如今不过是从阶下囚变成了流浪汉，什么二公子，您抬举我了。”

大班冷笑一声：“既然知道是抬举，那又何必再做自取其辱的事。想当年万家机造厂在上海也是叫得上名号的，我尊您一声二公子，盼着您识识大体。今日二公子不请自来，我们怡和洋行怕是要破个例，表演一次扫地出门。”

万金隆按住假账本道：“我倒是不知，送上门的大生意，怡和洋行竟有拒之门外的道理！”

“哦？大生意？您也说您现今不过是流浪汉，那我倒是想听听，您的大生意是什么？”大班欲抽回被万金隆压住的账本。

万金隆猛然发力，将大班桌上的东西全部扫落在地，继而掐住大班的脖子。

吴乾顺势蹲下，趁着大班愣怔之际，在一片混乱中找到两本假账。

“取你项上人头的大生意！别人买你的命，你说这个生意我做不做？”万金隆怒发冲冠地瞪着大班。

大班急忙呼喝：“来人！来人！你……你能活着就是命大，谁……谁会花钱找你要我的命？”

大写冲上去阻拦，被万金隆一把推倒在地上，眼镜飞到远处，大写一边摸索眼镜一边弱弱呼喊：“来人啊……”

“阎王要你的命，我不收钱。”万金隆继续拖延时间。

大写捡起眼镜戴上，洋行护卫闯了进来，一拥而上制住了万金隆。一片混乱中，吴乾将地下的假账本收入怀中，又将真账本扔出，装作捡起来

放到了桌上。

大班急促喘息，整理衣襟："你们都是废物吗？什么疯狗都放进来，给我把他撵出去！滚！"

万金隆仰天大笑，被众人压制着带离。吴乾握紧双拳，却不便发作。

怡和洋行外面，砍刀帮众人正在暗中盯着。忽然，乔娜看到一个人被保安扔了出来，她定睛一看那人竟然是万金隆。万金隆也看到了乔娜，却赶紧转移了视线，匆匆离开。乔娜伫立半晌，忽然向万金隆离开的方向追过去。

乔娜追到人群中，却不见万金隆的影子，只得大喊道："我知道你在这里！你给我出来！"

阿平追了上来："帮主，你没事吧？"

乔娜平复情绪："我一定会找到你的！万红楼！"说完带着阿平离开。

角落里，万金隆探出脑袋，看着乔娜的背影，不禁想起了多年前的往事——

那时候，乔娜和万金隆并肩走在街上闲逛，乔娜调侃道："万红楼？你说你一个大男人，为什么会取这样的名字呢？"

万金隆正色道："有什么好笑的，因为我喜欢看《红楼梦》。"

"可名字是父母起的，难道你父母在你出生的时候就猜中你长大以后喜欢《红楼梦》了？"

不待万金隆回答，一个砍刀帮小弟忽然跑到乔娜身边汇报："娜姐，有几个狗东西在咱们地盘上的酒楼里吃霸王餐，要不要去教训教训？"

乔娜收起笑容，淡定道："吃饱了不给钱？去把他们的舌头拔了。"

"是。"小弟立即跑开。

万金隆回头看，原来二人的身后一直不远不近地跟着几个穿黑衣的砍刀帮小弟，他不禁胆寒。

乔娜恢复了逛街的兴致："走吧，去前面那个泥人摊子看看。"

万金隆一脸严肃："乔娜，大多数时候，我都觉得你和其他女孩一样，可你毕竟是个帮派老大，我不求你改变，但是，能不能至少不要在我们一起出门的时候让这么多人跟着？”

乔娜却显得并不在意：“他们跟着我们怎么了？你害羞？”

“不是害羞，就是……”

乔娜盯着万金隆，突然亲了他一下。身后的小弟们被乔娜吓到，自动止住了脚步，低头的低头，看天的看天。

万金隆脸红地看着乔娜，不知说什么才好。

乔娜却不以为意地笑笑：“你看，他们就算跟着也不敢乱看，你就当他们不存在，现在还是我们单独相处的时间。”乔娜拉着万金隆就往前方的泥人摊子走去，“老板，这个多少钱？”

老板一看是乔娜，立即恭敬道：“娜姐来了，这个不要钱，您喜欢就是我的福气！”

“那可不行，钱一定要给。”乔娜边说边挑选，问万金隆道，“这两个哪个好看？”

万金隆本欲敷衍，但看向乔娜亮晶晶的眼睛后，不由得仔细挑了挑：“这个好，这个像你。”

老板立即殷勤赔笑，当即拿起泥人递给她：“这位公子好眼光！娜姐，这个我送给您，您千万别客气！”

乔娜接过泥人，爱意满满地看向万金隆：“我哪有它那么难看。”她拿起旁边另一个丑巴巴的泥人，“我还觉得这个像你呢。”

老板急忙将一对儿泥人打包：“娜姐，泥人就是成双成对才好，这俩我都送了，您拿好！”

乔娜接过泥人，将两个泥人凑在一起，开心得不得了。乔娜对万金隆的喜欢，从来不避讳外人，她甚至还提出让万金隆做砍刀帮的男老板，而万金隆却退却了，并且自此消失得踪影全无。

万金隆消失后，乔娜派人寻遍了上海，却没有一点关于“万红楼”的痕迹。乔娜方才发现她可能是被骗了，她深爱的人竟然连真实姓名都没有告诉她。从那时起，乔娜就将对这个人的恨深深埋在了心底。如今再次见到万金隆，她自然是不肯轻易放过，一回到砍刀帮就将阿平找了过来。

“刚刚从洋行走出来的那个人，你见到他的样子了吗？”乔娜严肃地

看着阿平。

阿平回忆了一番，点点头："出来的时候，打了个照面。"

"找师傅去画像，分给手下的兄弟们，就是翻遍了整个上海滩也要给我把他揪出来！"

"是！"阿平领命离开。

深夜，钱白铁收到两张纸条，其中一张写着："急！行动不顺，保险库位置转移。另！砍刀帮怎么掺和进来了？"

钱白铁将两张小纸条点燃："知道怎么做了吧？"

陆横沉着地点点头，支支吾吾开口道："先生，还有一事……贺老板他……回红府唱戏了。"

"回红府了？"钱白铁眉头紧蹙。

棚户区天台上，贺红衣、吴乾、吴法天和万金隆正在喝酒。

吴法天向屋里看了看："潇潇呢？我们商量计划可不能让她听见。"

"刚才拉着阿狼不知道跑哪去了，反正肯定不在家。"吴乾说道。

万金隆好奇不已："我几次听你们提起潇潇，她是谁？为什么要避着她？"

"嗨，我女儿，嘴上没个把门的，我们的计划一定不能让她知道。"吴法天喝起酒来。

贺红衣点点头："你们今天的行动怎么样，有没有问题？"

吴法天一笑："你这话问得太侮辱人了，他们可都是专业的，有钱，告诉她，你是如何圆满完成任务的。"

"过程中出了个大岔子。"吴乾说道。

贺红衣紧张道："怎么了？"

"怪我。"万金隆低下头。

吴乾拍拍万金隆的肩膀："你是为了掩护我才被大班发现的，是我没考虑周全，我的错我自己担着，你瞎逞什么能！"

"妈呀天塌了！万金隆竟然被大班发现啦——"吴法天忽然一顿，

"有病啊, 被大班发现了又怎么样, 有什么好紧张的? "

"只是这样的话倒还好, 刚好这几天的任务暂时用不到他。"贺红衣点点头, 看着万金隆, "你近期谨慎出行, 先避避风头吧。"

万金隆点了点头: "我就怕耽误到大家后面的计划。"

贺红衣继续说道: "说到后面的计划, 我们已经找到大班收受回扣的证据了, 接下来该怎么让马尔斯发现? 吴乾, 你有思路吗? "

"万事俱备, 下一个任务我带着大写亲自干! "吴乾胸有成竹。

此刻, 吴潇潇正在向阿狼诉说着少女心事, 向她请教如何才能让喜欢的人也喜欢上她。

"唉, 男男女女的情感真是这个世上最复杂的事, 但也可以是最简单的事。"阿狼露出一个自以为风情万种的神情, 掏出一罐催情香, 在鼻子前闻了一下, 顿时面颊绯红, 媚态横生, "这个给你, 阿狼的秘密武器, 抹了它, 保管让你的心上人, 对你神魂颠倒、欲罢不能。"

吴潇潇捧着小罐子, 如获至宝, 当即来到白事店, 然而卫乘风却不在家, 只有卫奶奶在熟睡。

吴潇潇悄然跑到卫乘风的床上, 拿出香瓶, 在自己的脖子和耳后涂了许多, 窃喜道: "乘风哥哥, 今晚我一定要把你拿下! "

巡捕房中只剩卫乘风一个人在挑灯加班, 他正要离开之际, 忽然听见楼梯转角处传来余德义和探长低声说话的声音。

"照你这么说, 卫乘风还真是不上道。"探长感叹道。

"可不是嘛, 他就像这茅坑里的石头, 又臭又硬, 点拨了也没用。要不是李鹿那小子贪得太多, 我怎么可能去调教一个傻子! "余德义叹了一口气。

"他是不是还以为被伯乐发掘了, 真把自己当千里马了? 这年头怎么还有这么蠢的人。"

"没办法, 继续教育吧, 我还惦记着他以后能老老实实上交全部油水呢! 笨得像头猪一样, 也不知道什么时候能开窍! "

卫乘风听着二人渐渐走远的脚步声，愤恨地攥紧了拳头，他怎么也想不到他被提拔的原因竟然是这样。

回家的路上，卫乘风越想越气，索性在路边的铺子里买了最烈的酒，一股脑灌了下去。他跟跟跄跄走进棚户区，恰好被董大锤看见。

"乘风，你怎么了？怎么喝那么多啊！"董大锤急忙扶住卫乘风。

卫乘风借着酒劲疯狂吐露不快："我就是大傻子，我就是个……哈哈哈哈，怎么会有我这么蠢的人！喝！喝！"

"你这是说的什么胡话？你明天还要上班呢，你回家等着，我去给你煮个醒酒汤……"董大锤把卫乘风送到白事店门外，转身离开。

卫乘风试图伸手拉住董大锤，却扑了个空，同时大呼大叫："别走，你别走，陪我喝，我不是个傻子，你们别走啊……"

白事店中，吴潇潇听到外面卫乘风的叫喊声，立刻望向窗外，恰好看到卫乘风跟跟跄跄地倒在地上："乘风哥哥，你怎么醉成这样？"她立刻冲了出去，完全忘记穿外套。

吴潇潇冲到门外，跑到卫乘风身边："你怎么喝了这么多呀？"

"潇潇？你怎么在这儿？"卫乘风朦胧中认出面前的人是潇潇，试图保持清醒，却实在无力。

"我要是不在你就要睡在大街上啦！"吴潇潇拉卫乘风起身，"乘风哥哥，起来，起来呀……"

"你别管我！"

"我怎么可能不管你呢！"吴潇潇拉不动卫乘风，卫乘风又无力起身，吴潇潇只得推着他，"乘风哥哥，抱紧我，我们回家……"

卫乘风靠在吴潇潇肩膀上，闻到她耳后的香味，喃喃自语："好香……你好香……"

吴潇潇面露窃喜，使出全身的力气将卫乘风推进家门，挪到床边。她欲把卫乘风放下来，却重心不稳，被卫乘风扑倒了。

卫乘风用双手按住吴潇潇的双手，将她完全控制在身下："潇潇……"

吴潇潇被卫乘风压着，感受着他的鼻息，面红耳赤："你别这样……"

忽然，卫乘风因为实在太醉了，无力地松了手，睡了过去。

吴潇潇盯着卫乘风泛红的睡颜，轻声询问："乘风哥哥，你喜欢我吗？"

卫乘风醉得不省人事，只发出哼哼唧唧的声音。

吴潇潇羞怯难当："你是说……'嗯'，是吗？我就知道……"她的唇逼近卫乘风的唇，慢慢闭上眼睛，欲吻他。

两片唇就差最后一丝就相触之际，董大锤忽然闯了进来："乘风，醒酒药来了——"董大锤猛然看到卫乘风和吴潇潇在床上即将接吻的画面，顿时目瞪口呆。

吴潇潇也吓得难以自持，二人同时发出惊声尖叫："啊——"

"你……你们……"董大锤吓得目瞪口呆。

"闭上你的眼！"吴潇潇大喊。

董大锤急忙捂住眼往外退："我什么都没看见，什么都没看见……"

房间再次安静下来，只听得到卫乘风的微微鼾声。

吴潇潇坐在床边撅着嘴生闷气："没劲，真没劲，董大锤这个扫兴鬼！"看着熟睡的卫乘风，吴潇潇越想越委屈，眼眶红了一圈，"睡死你算了！"片刻后，她拿起衣服愤然离开。

吴潇潇气鼓鼓地回到家，一屁股坐到吴法天面前。

吴法天一愣："哪个不长眼的小王八蛋又惹我们家姑奶奶不高兴了？讲出来，爹替你出气去！"

吴潇潇指着吴法天："你你你，就是你！"

"我？我招你惹你了？"

"你从小不把我当女孩子养，整天给我穿我哥剩下的衣服，从小带我上房揭瓦，不教点好的，你看看别人家的女孩怎么一个个都跟大家闺秀似的，就只有我从小到大都没人把我当过女孩子！我真的没救了！"说着哇地大哭起来。

吴法天不明就里，只好抱住她："爹就觉得你这样特别好，你长得随你爹，这就相当于说你倾国倾城、闭月羞花、人见人爱。"

吴潇潇猛地踩了吴法天一脚："就因为长得像你，才没人喜欢我，就是因为有你这样的爹，我才会越来越像男人婆！"

吴法天捂着脚，吃痛地跳来跳去："我冤啊，姑奶奶，不过要是对你老爹撒气能让你舒服点，你……你就放手来吧！"

吴潇潇瞪了吴法天一眼，气呼呼地坐到了一边。

吴法天立刻凑到她面前："怎么不打了？是不是下不去手，舍不得打你爹？"

吴潇潇别过脸去不理他，吴法天又凑到吴潇潇面前，挤出一个鬼脸，吴潇潇硬憋着没笑，谁知吴法天接二连三又做了几遍，吴潇潇终于没忍住，扑哧一声笑了出来。

吴法天乐了，捏捏吴潇潇的脸："这就对了嘛，你记不记得，你跟你哥小时候因为溜出去玩，我一个月没让你们出门，后来你俩赌气不理我，结果我一做这个鬼脸，你俩就笑了。"

"你知道你这样有多丑吗，下次你对着镜子做一下，你也会被逗笑！"

"这样吗？"吴法天又做了几遍鬼脸。

吴潇潇被逗得忍俊不禁，忽然意识到什么："咦？我哥最近怎么老不见人影，也不回来睡觉，他是死在外面了吗？"

"你哥都成年了，男人嘛，总该有些自己的小秘密，小孩子家就不要管了。"

"切，谁稀罕管他，不回来才好，清净！"

翌日清晨，吴潇潇早早地冲到大锤家的药铺，双手叉腰："董大锤，出来！"

董大锤从中药柜后面一点点移出来，尴尬一笑。

吴潇潇干咳了一声："那个，你早上看见卫乘风了没？"

"看……看见了。"

"他有没有说什么？"

"谢……谢谢我的醒酒汤。"

"没了？"

"没……没了。"

吴潇潇不耐烦道："你是不是昨天撞到鬼，被吓成磕巴了？"

"我……我昨晚确实受了点惊吓。"

"惊吓！姑奶奶如此曼妙、如此纯洁、如此完美的身体都快被你看光了，你还受到了惊吓？换了别人我早抠了他的眼、挖了他的肾、剪了他的舌头、剁了他的手脚了，我……气死我了！"

董大锤目瞪口呆，一个字都不敢说。

吴潇潇深吸一口气："大锤，我问你，乘风哥哥有没有提起我？"

"潇潇，其实乘风他喜……"董大锤叹了口气，"他好像什么都不记得了。"

"不记得？他明明叫了我的名字！"吴潇潇一拍桌子，"我爹还在等我，大锤，昨天的事一个字都不许说出去，包括我哥！要是让我知道你告诉了别人，我就把你们家药柜里的药全都扔锅里煮了吃！"说完就冲出药铺。

"唉，药不能瞎吃……"董大锤一声长叹，挠了挠头。

# 第三十五章

## 假面

怡和洋行里，吴乾正犯愁如何让马尔斯看到大班吃回扣的证据。

"大班说董事长看上了他珍藏的那本《金瓶梅》，他不舍得给，让我拿去弄个刻印版。我还有事要忙，你拿去印吧。"大写把《金瓶梅》递给吴乾。

吴乾看着《金瓶梅》，顿时有了主意。

下午，大班将印好的《金瓶梅》送给马尔斯，顺便汇报了万金隆前来闹事的情况。

"董事长，您看要不要……"大班做了一个抹脖子的动作。

"一只蝼蚁，无足挂齿。你这么怕，莫不是担心当年你一手策划的事被他知道了？如果你真的害怕，我可以杀了他。"

"董事长英明，斩草不除根，恐成大患。"

"No，No，No，杀他不是为斩草除根，我只是突然想到，他这一闹给我们洋行造成了不少损失，这和明目张胆偷我的钱有什么区别？我这个人，最恨别人偷我的钱……"马尔斯似笑非笑。

大班的冷汗簌簌落下："是，您放心，我绝对做好分内之事。"大班告退。

马尔斯翻开《金瓶梅》，发现其中夹着一张以大班的名义记录的回扣一览表。

马尔斯愤然摇头："胆子真是越来越大，这可不行。"

怡和洋行附近，卫乘风漫无目的地在街上巡逻，忽然看见一个米店老板正在欺诈一个老人家。

卫乘风冷冷一笑，走到米店老板面前："最近很多人来我们巡捕房说，你们把发霉的米混到新米里卖，是不是有这事？"

"这不可能，您这是听谁说的？"老板吓得冷汗直流。

"听谁说的不要紧，要紧的是这块地现在归我管，以后我说你们卖什么，你们卖的就是什么。"

老板立刻明了，也不多争辩，连忙拿出几张银票塞给卫乘风："长官，以后您多多关照！"

卫乘风将银票放进口袋里，匆匆追上那个被骗的老人，将一张银票递给了他，老人感动得涕泗横流。卫乘风看着剩下的银票，耳畔响起余德义与探长的对话，神色十分矛盾。

卫乘风回到巡捕房，将裤兜里成卷的银票拿出来，想了想又抽出几张放回裤兜，将剩下的塞进信封里。这时，余德义和李鹿从身边走过。

卫乘风猛地站起身，递上信封："巡长，我有东西要交给你。"

余德义将信封随手扔给李鹿："拆开看看。"

李鹿刚要动手，卫乘风却一把扯回信封，再次递到余德义眼前："这封信只能您亲自拆。"

余德义看了卫乘风一眼，亲自拆了封口，向里面瞄了一眼："孺子可教。"

"长官，昨天那个押回来的……能不能放了她……"卫乘风开口道。

"交了罚款,已经走了。"余德义意味深长地看着卫乘风,"不过,我可以许你一个别的奖赏。"

"奖赏?"卫乘风忽然转头看向李鹿,"巡长,我这边缺人手,不如您把李鹿调到我这边,给我帮把手。"

李鹿慌张道:"凭什么?算起来我还是你的前辈,比你更早当上正式巡捕,你凭什么让我给你打下手,你要不要脸?"

余德义随意地点点头:"可以,李鹿,以后你就跟着卫乘风吧,好好干。"说完潇洒离开。

"不是……巡长……"李鹿追着余德义走了几步,怒气冲冲地折返到卫乘风面前。

卫乘风瞥了李鹿一眼,露出一个和善的笑容:"以后好好干!"

李鹿倒吸一口凉气,挤了一个笑容:"行,没问题!"

不一会儿,见风使舵的李鹿就给卫乘风送来了一份礼,两张假面舞会的通行票:"乘风啊,不,风哥,以后我也叫您一声风哥!希望您大人不记小人过,忘了那些不愉快的事,以后我们互相扶持,为巡长的丰功伟绩添砖加瓦,再创辉煌!"

卫乘风面无表情地看着通行票:"这是什么?"

"您看,这就是风哥您孤陋寡闻了吧。这个月十二号,上海滩一年一度的假面舞会,我听说现场有很多大户小姐和公子哥会去凑热闹,每人都穿着礼服、戴着面具翩翩起舞……"李鹿说着便陶醉地跳了起来,"想走入上流社会,就要知道上流社会的人是如何下流的,以风哥的英俊偶傥,得到某个官家小姐的垂青,那是板上钉钉的事。这两张票我好不容易搞到的,送您。"

卫乘风笑了笑:"谢谢。"

"风哥您客气!那咱们……这是……和解了?"

卫乘风不答,将票收入怀中。李鹿转身离开,回头就恨恨地白了卫乘风一眼。


贺红衣家的餐桌上,摆了四盘小菜,还有一壶酒。

雨辰惊喜不已："青舟哥，这些都是你做的？"

贺青舟摇摇头："我不太会做，做出来也不一定合你们的口味，来，你们先尝尝。"

雨辰边吃边问："青舟哥，你心情这么好，是不是熟悉了工作，觉得没有那么困难了？"

贺红衣倒了杯酒，和贺青舟碰了一下："你看我，这几天忙得头昏脑涨，把这么重要的事给忘了，哥，怎么样，还顺利吗？"

贺青舟笑了笑："正要和你说呢，我找了一份新工作，在万国酒店当接线员。"

"新工作？接线员？"

"嗯，这几个菜就是今天下班顺便在酒店买的，你们快点吃，别凉了。"

贺红衣着急道："哥，你怎么没和我商量就……是不是有人欺负你……"

"没人欺负我，是我没做好，没能胜任，但是这份工作我很喜欢，接接电话报报菜单，又轻松，工钱又多，许多客人都夸我声音好听。"

贺红衣面色犹豫，欲言又止。

雨辰嚼着东西："青舟哥喜欢你就随他，他开心，你不也就开心了，做什么又有什么区别。"

贺红衣点点头："哥，你的工作时间固定吗？晚上也要接电话吗？万国酒店这样的场所，什么样的人都有，你一定要注意安全！"

"不太固定，有时候是白班，有时是晚班，接线员也不止我一个，大家都要看排班表工作。你放宽心，哥哥向你保证，一定照顾好自己。"

雨辰端起酒杯："来来来，为青舟哥踏上人生新旅途干杯！"


吴潇潇一直好奇卫乘风到底记不记得那一夜的事，于是决定鼓起勇气试探一下。

吴潇潇来到白事店，满面委屈："乘风哥哥，有人欺负我！"

卫乘风笑起来："谁敢欺负你这个小霸王？"

"是你！"

卫乘风愣住，吴潇潇仔细观察他的神色，发现他真的对昨夜的事一无

所知，眼泪忍不住滚了下来："我做了一个梦，梦里我一直喊你的名字，可你回过头，就像不认识我一样……"吴潇潇涕泗横流，抓起桌上的纸就往鼻子下面凑，仔细一看才发现是一把银票和假面舞会的票："乘风哥哥，你哪来的这么多钱？"她放下银票，拿起舞会的票研究起来："这是什么？"

卫乘风急忙夺下两张票，避重就轻："这是舞会的通行票。"

"舞会？两张票，是带我去的吗？"

卫乘风将票收好："这种场合不适合小孩子，我打算请别人参加。"

"贺红衣？"吴潇潇脱口而出。

卫乘风点头，没注意到吴潇潇尴尬的神色："哭也哭了，你饿不饿？我们去吃顿好的，叫上你哥、大锤，我们一起……"

"真是气死我了，卫乘风这个白眼狼，我们平日也没少帮他照顾阿奶，出了事就当没看见似的，我这次把老本都赔在里面了，才被放出来……"花蝴蝶的声音从外面传来。

卫乘风抄起桌上的银票，冲出了大门。

吴潇潇一脸莫名："怎么回事啊？乘风哥哥等我！"

吴乾和万金隆正在家中商议计划，忽然听到外面传来花蝴蝶和卫乘风的声音。

万金隆透过门缝看到外面的卫乘风，一阵激动："这不是卫乘风吗？他怎么也在？"

吴乾立刻捂住万金隆的嘴："小点声！你看清楚了，他穿的是巡捕房的制服！他现在可是个巡捕，我们的计划绝对不能让他知道，他好不容易才在巡捕房有了个位置，我可不想把他掺和进来，一定要保密！"

万金隆拼命点头。

街道上，花蝴蝶不依不饶地指着卫乘风，对街坊喊道："卫乘风，你现在厉害了，翅膀硬了啊，看着花姐我被欺负，屁都不放一个！别说我们有那么多年的交情，就算是其他人被有权有势的人欺负了，你也不能一声不吭吧？"

卫乘风满脸愧疚："花姐，这事是我不对，这里有些银票，我补给你，不够的你等我慢慢还……"

花蝴蝶甩开银票："我不要你们巡捕房的臭钱！都是民脂民膏！"

银票散落，卫乘风的眼神中透着绝望和无奈。

吴法天立刻从家里窜出来，捡走了所有的银票："你不要我要！"

卫乘风看到吴法天，顿时大惊："天……天叔？你……怎么……"

吴法天数着钱："老子命硬，阎王殿门口逛一圈回来了，这不重要……"吴法天看向花蝴蝶，"花妹子，我都听见了，你得罪了不得了的人，卫乘风碍于压力，没站出来帮你。屁大点事，值得你们大动干戈吗？"

"其他人也就算了，我气，那是因为他是我看着长大的卫乘风！"花蝴蝶又白了卫乘风一眼。

吴乾站出来说："花姐，就是因为你看着我们长大，所以你才更不能生他的气。你也知道，乘风吃了多少苦才当上巡捕，如果他还是那么一根筋地帮你说话，他上司一不开心把他开了，你让他和阿奶喝西北风去呀？他还能干什么？"吴乾拍了拍卫乘风的胸："他这小身板，能拉黄包车吗？"

花蝴蝶渐渐平静下来，卫乘风却没那么高兴，闪躲着避开了吴乾的眼神。

吴乾从吴法天手中把钱抢过来。

吴法天急了："喂，这是我的钱！"

"这是乘风的钱！"吴乾把钱塞到花蝴蝶手上，"花姐，能用钱解决的事，就不是事。还差多少，剩下的我帮卫乘风给了，这样你也没亏，乘风也保住了乌纱帽。羊毛出在羊身上，等他升了官，你再好好讹他一笔！"

吴法天推了推卫乘风："赶紧说话呀，愣着干吗？"

"花姐，我不想让吴乾替我还钱，就当我欠你的，我加倍还给你！"卫乘风对花蝴蝶鞠躬，又瞥了吴乾一眼，没理他。

花蝴蝶心软了："姐姐不是真要你的钱，姐姐就是希望你不要变得和巡捕房那些人一样讨厌。我们新闸路出个巡捕不容易，你应该是我们的希望啊。"花蝴蝶说着将钱放进口袋里："这事以后都别提了，回去吧，姐姐

在巡捕房待了一天，想回家洗个澡。"花蝴蝶离开，众人也散了。

吴乾好奇地问卫乘风："乘风，那么多银票，你哪弄来的？你发财了啊？"

卫乘风有些疲惫，轻描淡写道："没什么，巡捕房发了些奖金。"卫乘风看着吴法天，"天叔，您回来是好事，为什么躲着我？"

"我也不想啊还不是……还不是太高兴了，没找到机会。"吴法天尴尬地看看吴乾。

卫乘风有些不信："你们……不会有事瞒着我吧？"

父子俩心虚地连连摆手，异口同声："不可能！怎么会呢……"

此时，阿平带着砍刀帮一众小弟走了过来，手里拿着万金隆的画像，四处打听有没有人见过这个自称"万红楼"的人。

"阿平？他来干什么？"吴乾好奇道。

"我去会会他。"卫乘风走向阿平，"你们来干什么？"卫乘风见到阿平手中万金隆的画像，不禁眉头一皱，"这不是万……"

吴乾急忙上前拉开卫乘风，怒视阿平："你来又想打架吗？"

阿平不屑道："我才没空搭理你呢，我们老大要找这个人，见过没？"

吴乾看了一眼画像："没有，你请回吧！"

阿平冷哼一声，带着小弟继续四处打听。

阿平走远后，卫乘风拉着吴乾小声问："他……他是不是万金隆？万金隆出狱了？"

吴乾将卫乘风带回家，卫乘风一见万金隆，既意外又惊喜："你出来了？"

吴潇潇打量着万金隆："你不就是阿平要找的那个人……砍刀帮为什么要找你？你惹上谁啦？"

万金隆耸耸肩，不在意地说："可能和娜姐有些误会吧。"

卫乘风情绪复杂，叹了口气："有钱，你还有多少事没告诉我？"

吴乾心虚地挠了挠头："没了，绝对没有了。"

钱白铁在书房中作画，陆横推门走了进来："先生，那人来消息了，吴乾的人顶替了大班，得到了新保险库的位置。"

钱白铁放下笔："倒是有点意思。"

"那我们……"陆横请示着。

钱白铁端详着画作，悠然道："去帮他们一下，不过别留痕迹。"

陆横领命离开，一推门，却正撞上端着点心盘的吕思蒂。吕思蒂尴尬地笑笑，调整了一下嘴角的笑容，推门走了进去。

　

这日，一位买家强闯怡和洋行，大班带着几个安保将其拦住。

大班苦口婆心地劝阻："先生，一个地方有一个地方的规矩，您这么硬闯，实在不合适。"

"规矩？我们老爷的规矩就是没货就退钱！每次到货我也没少给你打钱，你们拖了这么久，还想让我们讲规矩，笑话！"之后就破口大骂。

大写远远看着买家，想起吴乾之前跟他说过的："证据也捅给马尔斯了，他也没什么反应，说明收回扣这事不足以让马尔斯废了大班，我们得再搞点事情！"

大写眼珠一转，故作担心地小跑到大班跟前，装作阻拦买家的样子，故意提高音量："你是什么人？这么不讲道理，我们大班怎么可能拖你的货，收你的钱，你们可别想冤枉我们大班！"

大班顿时对大写瞪眼，暗示他小点声："你小点声！这有你什么事！"

"大班，我看这人不像好人！"大写一脸忠诚。

这时，马尔斯叼着雪茄走出办公室，大发脾气："Shit! This morning is really terrible!"

买家看见马尔斯，更加来劲："你们不给钱，好啊，那我自己拿！不就是在那个大保险柜里面吗？"买家拼命往电梯的方向冲。

大班和马尔斯的眼神双双一凛。

大班焦急地大喊："拦住他！都愣着干什么呢！"

马尔斯冷冷地看着眼前的闹剧，对着大班的脑袋比了一个手枪的动作。大写在一旁露出得逞后得意的笑容。

剧院中，学会众人在舞台上彩排话剧，观众席上只坐着桑介桥和贺红衣。

"老师，您觉得大班会彻底失去马尔斯的信任吗？"

"如果你转述的信息没有疏漏，那么一定会。"

"可今天那个人也只是闹事，并没有对怡和洋行造成什么实质性的损失。"

"闹事？我看此人是有备而来，吴乾和大写不知道最大的保险柜里装着什么，可我们知道，那个人一定也知道。如果我没猜错，这个人就是买手之一。怡和洋行拖了这么久不交货，买主烟瘾难耐着急上火，派人上门讨个说法。本来大班也可逃过此劫，奈何他平日嚣张跋扈得罪了人，人家存了报复的心，奔着他的七寸而来。"

贺红衣似懂非懂："这个人是故意当着马尔斯的面，冲着电梯说了那番话？"

"没错。马尔斯最担心什么？"

"鸦片藏在地下保险库的事被人发现。"

"今日这一闹，马尔斯必然知晓大班不光平日收受回扣，竟然胆大包天地在鸦片生意上动手脚，还让别人知道了藏匿地点。"

"所以马尔斯绝不会再留他。大班为虎作伥，得到如此结果也是报应，可我总有些负罪感，如果不是我们，他也许不会失去工作，他也有一家妻儿老小……"

"天道之行也，大道为公，大道之行也，天下为公。是可选贤与能，亦需惩奸除恶，不必觉得亏欠。红衣，老师能教给你的，不多了。"

贺红衣笑了起来："怎么会，老师的文采学识、才智谋略，红衣倾尽全力也只能学到皮毛。莫不是老师终于发现我蠢笨呆傻，开始嫌弃我了？"

桑介桥苦笑着摇了摇头，起身离开了。

大班下马，大写果然被马尔斯看中，晋升为新任大班。上任第一日，大写来到马尔斯办公室，穿着高级定制的洋装，眼镜也换了新款式，头发梳得油光锃亮，皮鞋光可鉴人。

马尔斯上下打量大写："你们中国有句话，人靠衣裳马靠鞍，果然不错。"

大写对马尔斯欠身，恭恭敬敬："全靠董事长提携。"

"从今天起，你就是大班了，试用期三个月，不要像你的前任那样，让我失望。"

"董事长放心，我一定兢兢业业，为您鞍前马后，绝无二心！"

马尔斯点点头："尽快熟悉大班的业务。"

"是，董事长！"大写转身离开，露出得意又期待的表情。

大写请吴乾、贺红衣、万金隆和吴法天在饭店吃饭，表面上是庆祝离任务成功进了一步，实际上是催促大家帮他追小桃红。

"小桃红，我爱你，小桃红，我想你！"大写借着酒劲儿练习表白。

吴乾皱着眉头："俗！你这喊得像路边收废品的吆喝声，你不是读过几年书吗，怎么告白的水准还不如老子？"

"你这么有经验，不如举个例子让我们听听？"贺红衣眉毛一挑。

吴法天一乐："光是举例子这位小兄弟肯定理解不了，有钱，你就拿贺红衣做对象，给人手把手教一教。"

吴乾看了一眼贺红衣，一屁股坐下："不是不想教，我是怕老子今天教完，明天贺红衣就搬到我家待嫁，出版社追到我家逼我出书，然后全上海的女人都会为我疯狂，吃不消吃不消。"

"不要脸。"贺红衣板着脸，却并不真的生气。

"钱哥，我的问题不是告不告白，而是我根本就没机会告白呀。"大写为难万分。

"今晚我们就去找小桃红，你去把她约出来！"吴乾说道。

"我……我约她去哪儿啊？我这个人其实挺闷的，平时也不怎么出去玩。"

"我觉得书店约会就挺好。"贺红衣说道。

吴乾立刻笑出声："去书店干吗？睡觉吗？"

"我看去赌场最合适，心跳加速，紧张又刺激！"吴法天顿时手痒。

万金隆摇摇头:"你们这些人,俗不可耐。过两天有个假面舞会,是上海一年一度最盛大的社交活动,到时候你可以邀请小桃红去那里啊。"

大写兴奋地拍手叫好:"这个好!她肯定会喜欢,可我去哪儿搞舞会的票啊?"

万金隆嘴角一斜:"包在我身上。"

吴乾带着换了造型的大写来到天香酒馆,大写紧张地不断整理衣服和发型。

小桃红注意到了吴乾,笑着走了过来:"哟,还知道要来捧我的场呀,还以为你早把我忘了呢。"

"只要太阳每天照常升起,你说的这事儿就不可能发生。"

大写痴痴地望着小桃红,吴乾用手肘顶了顶他,大写回过神:"小桃红姑娘,你知不知道过两天有个假面舞会?"

小桃红这才注意到大写:"咦,你换新发型啦?不错啊,精神多了,好像变了个人似的。"

大写不好意思地挠挠头:"真的吗,你当真觉得好?"

"我小桃红可不是那种虚伪的人,我说好那就是好,都是真情实意的。"

大写紧张地开口:"我想约你去假面舞会,你……你愿意吗?"

吴乾笑道:"小桃红,你有所不知,假面舞会的票特别难搞,我好不容易才抢了两张,本来准备高价卖掉小赚一笔,结果我这位兄弟说你肯定喜欢,想带你去,你要是不去,他可要伤心死喽。"

小桃红看了大写一眼,爽快地点点头:"好啊,这种热闹怎么能少得了我。"

大写激动万分:"真的吗,你真的答应了?"

小桃红扑哧笑了出来,对着吴乾道:"我怎么觉得你这朋友傻得可爱啊。"

"那是见了你,对别人,他可从来没这样过。"吴乾说道。

小桃红又看了大写一眼,发现他一直目不转睛地看着自己,一时竟有些害羞，这也是她不曾有过的感觉。

万金隆轻轻松松便搞来了五张舞会的票，匆匆来到吴乾家。

吴法天拿起其中一张票翻看着："吴乾带大写挑舞会穿的衣服去了，你怎么搞了五张票？"

"大写跟小桃红一人一张，吴乾跟红衣一人一张……"

"等等，吴乾和红衣怎么也要去，他们终于开窍了？"吴法天一脸八卦的笑容。

"开什么窍，大写怯场，非要让吴乾他们去指导他，不然他就要退出。"

"这人的胆子怎么比绿豆还小，活该追不到女人！那最后一张呢？"

"我的呗。没进监狱前，这个舞会可是我每年的必去项目，真不敢想象，我竟然都五年没参加过假面舞会了，五年啊！"

这时，吴潇潇回来了，看见万金隆，哈哈一笑："刚出狱又被砍刀帮追杀的大傻子，又来找我哥啊？"

吴法天皱皱眉："怎么跟客人说话呢，没大没小的！"

吴潇潇撇嘴，注意到桌上的五张票，眼睛一亮："咦？这不是乘风哥哥要去的舞会吗？我也想去，给我一张，就这么定了！"

万金隆一把把票抢回来："别闹，这舞会可不是让你们这些小孩子去的。"

吴潇潇又把票抢回去，挺了挺胸："你睁大眼睛好好看看，姑奶奶哪里像小孩子了！"

吴法天从潇潇手中抢走票，又收走其余四张，放进口袋里："去去去，大人的事你少掺和！"

吴潇潇气急败坏："你们那么多票，就给我一张能怎么着！"

"说了不给就不给，没跟你开玩笑。"吴法天严肃地瞪着吴潇潇。

深夜，何致鸿将马尔斯约至一家清净的咖啡馆。

马尔斯端起咖啡喝了一口："何先生这么晚叫我出来，应该是要告诉

我仓库已经准备好了吧?"

"正是。这个仓库是我细细挑选的,绝对是最安全妥帖的保管之所。"

马尔斯端着咖啡杯沉吟,也不表态。

何致鸿有些着急:"马尔斯,如果你不放心,可以派人去验仓,验过之后你若觉得还有问题,何某二话不说,绝不坚持。"

"最让我不放心的不是何先生的仓库,而是一个从监狱跑出来的人。"

"什么人?"

"他叫万金隆,刚从虹口第一监狱刑满释放。如果何先生帮我解决了这个祸患,我自然安安心心将这批货送到你的仓库。"

何致鸿笑起来,将两个信封交给马尔斯:"这两个信封里,一个写着仓库地址,一个是我的亲笔手信。十三日午时,请你的人带着这封手信去仓库,以此为验仓通行证。务必收好。"

马尔斯将两个信封拿在手里端详:"何先生想得如此周全,想来那个万金隆也能一并巧妙处理。"

何致鸿压低声音:"那是自然。不过话说在前面,仓库用来装鸦片这件事,我希望天知地知你知我知,除此之外,不要再透漏给任何人知道。"

马尔斯看了看站在何致鸿身后的孙海:"何先生是不信任我的人?"

"最大的秘密,最好只让最少的人知道。"何致鸿客气一笑。

孙海跟着何致鸿走出咖啡馆,停在不远处的轿车缓缓驶来。

"先生,我们连这个万金隆长什么样都不知道,真的要去监狱查?最近的事情如此棘手,多一事不如少一事。"孙海说道。

"如果我不先安抚住他,他会同意换仓吗?我的计划万无一失,那个万金隆随便查一查就算了,不用放在心上,到时候安排个尸体扔在马尔斯眼前,一口咬死,他又能怎么样?"汽车驶到眼前,何致鸿回身看了一眼咖啡馆,冷笑一声上了车。

马尔斯回到洋行,将那封写着仓库地址的信递给大写:"这是一个备选储备仓的地址,这个月十三号,你去验验仓。"

大写打开信封一看:"五十五号仓库,验仓……董事长,我从来没验过,以前都是大班他……"

"以前是以前,现在你是大班,是我最器重的人。没做过没关系,关键是要用心,还有,我不喜欢嘴巴不严的人。"

"是! 我明白! 我一定闭上嘴,把事做好!"

"好。到时候我派司机跟你一起去,他是我的亲信,一个长得和你们差不多的日本人,不过从小在西洋长大,只会说洋文,可能交流起来不太方便。"

"董事长放心,我在洋行工作这么久了,连比画带着表情也能猜个八九不离十。"

马尔斯点点头。

马尔斯拿出何致鸿的手信看了看,自言自语:"这个还是验仓当天再交给他更保险。"他将手信放进抽屉。

大写将新仓库的地址告诉吴乾,吴乾在搬运货物走不开,让大写立刻去剧院告诉贺红衣。贺红衣听闻这个仓库是从来没启用过的新仓库,当即叫上万金隆前去查看。

夜色沉沉,仓库外重兵把守。不远处,贺红衣和万金隆悄然窥视着仓库,压低声音交流着。

"一个还没开始用的新仓库,怎么会有这么多守卫?"万金隆好奇道。

"看来这次他们真的很重视,从一开始就万分小心,不让外人有机可乘。"

万金隆点点头:"这可比偷洋行的地下保险库难多了!"

"可不是吗,和洋行一样没法从地面上偷,走地下又来不及打洞。现在时间这么紧,这才刚刚开头就遇到这么大的问题,后面还有一系列事情等着要做,这该如何是好……"

万金隆也为难地叹了口气。

贺红衣回到剧院，发现卫乘风正在等她，顿觉奇怪。

卫乘风递上一张假面舞会的门票："红衣，我朋友送给我两张舞会的门票，我想请你一起去，听说舞会很有意思，你要是有时间就一起去吧，就当是放松一下了。"卫乘风期待地看着贺红衣。

贺红衣硬着头皮答应，佯装感兴趣。

这时，吴乾风风火火跑进来："贺红衣……"他忽然看到卫乘风："咦？乘风，你也在啊？"

"我还要巡逻，得赶紧走了，你们聊。"卫乘风匆匆离开。

"真是大忙人。"吴乾询问贺红衣，"乘风来干什么？他没发现什么吧？"

"没有，我和万金隆探了一下五十五号仓库，周围守卫森严，几乎无机可乘，不过应该可以确定就是这个仓。"

"那就好，找准目标就是干啊！"

"好什么好，找到是找到了，但我们既没时间也没人手，所以计划一定要足够简单足够精巧！还有这个，你看看。"贺红衣将手中的舞会门票递给吴乾。

"舞会？乘风给你的？"吴乾问道。

贺红衣点点头："他让我也去，我不能说不去，不然到时候遇到了更说不清。"

吴乾看着门票，自顾自地询问："乘风为什么要送你票，就算要送也应该送给我才对？"

"他就这样，上次还给我送了几包中药，奇怪得很。你快想想，我们到时候都去舞会，应该怎么跟他说？"

"这事确实得瞒着乘风，幸亏你没告诉他，不然万一舞会进行得不顺利，大写搞出什么幺蛾子被乘风知道了，我还真不知道该怎么办。"

"所以你自求多福吧！"

"大姐，假面舞会懂吗？假面，都戴着面具呢，到时候都是这样的。"吴乾伸手从正面捂住贺红衣的脸，只露出她的眼睛。

吴乾的手接触到贺红衣脸颊的一瞬间，二人顿时愣住，凝视着对方。

吴乾呆愣片刻，立即移开自己的手："你……你这么看着我干什么？"

"你不是也这么看着我吗？"

"我……我的意思是，到时候大家的脸都挡住了，哪能看得出谁是谁。"

"那你刚才还不是认得出我吗？"

"你什么样子我都认得出！我……我是说到时候现场人那么多，就不一定认得出来了，你就别操心了。"

贺红衣点点头："希望不要影响到我们的计划。"

"红衣，你有没有发现你总是太紧张了，任务固然重要，但舞会就是要玩得开心。有我在，你就放下包袱，开开心心去过正常女孩子的生活。"

"我不正常吗？"

"和我家潇潇比，还真不正常，别瞪我，再瞪就不好看了，笑一个。"吴乾用手在贺红衣的脸上摆出一个笑脸。

贺红衣推开他，忍不住笑了。

# 第三十六章

# 心跳

舞会当天，身着华服的男男女女带着各式面具走进大厅，现场气氛十分暧昧。舞厅门外，人声鼎沸，人们拥挤着排队入场。大写身着西装，梳着油头，跟在吴乾身后。

"小桃红已经在里面了，我们进去之后，你就找头上带桃花的女的。"吴乾叮嘱道。

"那她怎么知道是我啊？"大写焦急道。

吴乾掏出一支派克钢笔，别在大写前胸的口袋上："派克，美国货，我以前搞来的，一直舍不得用，你可千万别给我弄丢了啊！"

大写低头看着钢笔，仔细观赏起来："乾哥，你可太够意思了！可待会儿我找不到你怎么办啊？"

吴乾从衣领里掏出一串大金链子，大写眼睛都看直了，刚准备上手去摸，却被吴乾嫌弃地躲开："摸什么摸，假的，最值钱的玩意儿在你身上呢。"吴乾说着又摸出三张票，塞给大写一张。

"你不跟我一起进吗？"大写问道。

"你看，这么多票贩子，反正多出一张票，有钱不赚王八蛋啊！"吴乾赶紧推着大写进场，"你快进去吧，记住我跟你说的要点，真诚，一定要真诚，小桃红可是什么风浪都见过，千万别装，懂吗？"

大写点点头，排队走了进去。吴乾则百无聊赖地甩着手里两张票，流露出一丝失落的神情，禁不住想着贺红衣。


此刻，贺红衣正穿着一袭小礼服，站在自家楼下等卫乘风。

卫乘风急匆匆地跑来，上气不接下气："不……不好意思，巡捕房忽然有点儿事，耽搁了一阵子……"

贺红衣笑笑："工作重要。"

卫乘风这才注意到红衣的衣服："你今天好像有点儿不一样。"接着又注意到她手上的红色腕带，"你怎么把丝巾系在手上，不是应该系在脖子上吗？"

贺红衣抬起手晃了晃："也可以系在这里做腕带，而且，里面每个人都要戴面具，我觉得这样会比较容易辨认。"

"你是怕我认不出你吗？"

贺红衣客气地笑笑："我们快走吧。"

卫乘风理了理精心打理过的头发，期待地看着贺红衣："那你有没有觉得我今天有哪里不一样？"

贺红衣笃定地摇了下头："没有，哪儿不一样了吗？"

卫乘风失望地笑了笑："也不重要，我们走吧。"


卫乘风和贺红衣来到舞会门口，随着队伍步入会场。

不远处，吴潇潇穿着男式衣服，戴着帽子，鬼头鬼脑地四处打量着："这个万金隆，讲话慢吞吞就算了，怎么走路也慢吞吞，到底来不来了？"

这时，一辆车开了过来，万金隆装扮得体，潇洒地下了车。

穿着男装的吴潇潇立刻冲上去，撞了万金隆一下，然后低声道歉离开。

万金隆并未在意，只是客气地点点头。

吴潇潇走到远处，拿出刚才从万金隆身上偷来的票，窃喜大笑："换衣服去喽！"

舞会大厅中，戴着面具的男男女女或跳舞或谈笑，明显已经有很多人找到了今晚的猎物。

吴乾戴着面具走了进来，径直走到酒桌边，拿起酒杯扫视四周身段婀娜的美女，然而他的目光却一下子就被系着红色腕带的贺红衣吸引了。贺红衣身边戴着面具的男子，便一定是卫乘风了。贺红衣也在四处扫视，忽然对上了吴乾的目光，二人愣了片刻，同时尴尬地移开了眼神。

吴乾遥遥看着小桃红和大写，只见大写笨拙地搂着小桃红跳舞，小桃红明显有些不耐烦。吴乾叹了口气，又转而看向贺红衣，谁知正看到卫乘风伸出手想邀请贺红衣跳舞。贺红衣把手放在卫乘风的手里，吴乾立刻转移视线，表情有些不自然。

这时，大写哭丧着脸走到吴乾身边："乾哥，我可能没戏了，小桃红连话都懒得跟我多讲，我该怎么办啊，你快救救我！"

"慌什么，这才刚开始，你拿两杯酒过去，递给她的时候绅士一点，手拿在底座，不要想着杯子小就能趁机摸人家姑娘的手。"

"我可没有啊！"

"我知道你没有，我这不是在传授要点吗，女人最重视这种小细节了，你不是喜欢她很久了吗，发自内心的关怀，懂吗？"

大写点点头，但还是不放心："钱哥，你……你可别走，你得罩着我，我太紧张了。"

"我就在这里喝酒，哪儿都不去，有问题你就过来。"

大写端着两杯酒走过去，颤抖着把酒杯递给小桃红，谁知手一抖，酒洒到了小桃红的胸前。大写慌了，立刻伸手擦小桃红胸前的酒，小桃红一把将大写的手拍掉，怒目圆睁。

不远处，吴乾捂着脸摇了摇头，不忍再看下去，索性望向贺红衣。

贺红衣和卫乘风在舞池中跳舞，卫乘风的尴尬程度丝毫不亚于大写，好在贺红衣善解人意，没有给卫乘风更多压力。

"其实今天来，我是有话想说……"卫乘风好不容易鼓起勇气，直视着贺红衣。

吴乾正好奇地盯着卫乘风和贺红衣，忽然，大写走了过来："乾哥，我不敢回去了，小桃红好像生气了。"

吴乾心不在焉道："你要迎难而上，这种时候就要诚恳认错，只要处理得当，或许还能让你们的感情有所突破。"

说话间，吴乾看到贺红衣对着卫乘风粲然一笑，吴乾只觉周围的声音和光影渐渐隐去。

"乾哥？乾哥？"大写的手在吴乾面前晃动，"你看上哪个姑娘了？"

吴乾回过神来："瞎说什么呀，那是贺红衣。"

"怪不得……你这么喜欢红衣姑娘就去邀请她跳舞啊，干吗一直在这里偷看人家？"

吴乾立刻喝了口酒，强装镇定："谁偷看她了，我是在想万金隆怎么还不来！"


舞会门外，万金隆找不到门票，入不了场，只能无奈地伸着头向里面张望。而吴潇潇则换上了小礼裙，戴着面具，从万金隆身边略过，对保安晃了晃门票，大摇大摆地进了场。

吴潇潇快步走入舞厅，结果下一秒就傻了眼，现场所有人都戴着面具，根本无法分辨出哪一个是卫乘风。

舞池中，卫乘风羞涩地揽着贺红衣跳舞，支支吾吾半天还是开不了口。

贺红衣看着卫乘风问："你想说什么？"

卫乘风的脸憋得通红，终于鼓足勇气，将自己的面具摘下，认真地看着贺红衣："红衣，我是个平凡的人，我以前从来没想过自己能活成什么样，是你给了我希望，告诉了我生活的另一种可能。从见到你的第一天开始，我就记住了你。我知道自己很渺小，还不能承诺什么，但有一件事，我是认真的，我……"

不远处，吴潇潇发现了摘下面具的卫乘风，惊喜地跑过去："乘风哥哥！"

这时，舞台上突然传出主持人的声音："各位来宾，晚上好。"

众人纷纷望向舞台，卫乘风被打断，只好和贺红衣一同看向舞台。

"现在是晚上八点三十分，又到了我们'心跳游戏'的时间，在这十秒短暂的黑暗里，大家可以自由选择对象，趁机拉近距离，下面就让我们开始吧！"

主持人话音刚落，整个舞厅就陷入一片漆黑，周围的人群混乱骚动，贺红衣想伸手去抓卫乘风，却被人流推远。

黑暗中，吴乾也在担心地寻找贺红衣，忽然，他看见贺红衣的身影正茫然地走着，急忙追上去。贺红衣被绊了一下，吴乾下意识抱住她。贺红衣抓着面前的人，情不自禁流露出一些害怕。

灯光再次亮起，周围有些人抱在一起，有些人则举着香槟彼此亲吻。贺红衣发现吴乾正搂着她，顿时满脸通红。

"我……我是怕你摔了……你别误会。"吴乾的心跳声几乎盖过了乐声。

另一边，卫乘风拉住的人正是吴潇潇："潇潇，你怎么会在这里？"

吴潇潇支吾着不知如何作答，舞曲再次开始，周围的男女纷纷起舞，卫乘风见状不得不拉着吴潇潇跳舞。

吴潇潇见卫乘风的眼神一直不停地寻找着贺红衣，立刻替他戴上了面具："乘风哥哥，你就陪我跳一支舞行不行？"

卫乘风看着潇潇执拗的眼神，于心不忍："那跳完这一曲你就回去，听话，这里不是小孩子该来的地方。"

吴潇潇把头靠在他肩上，赌气噘嘴："我才不是小孩子，我是大人，不对，我是女人！"

此时，贺红衣正不知所措地看着吴乾。吴乾索性做出邀请的动作，贺红衣迟疑片刻，将手交给吴乾，两人在舞池中翩翩起舞。

"你怎么这么快就找到我了？"贺红衣问道。

"我……我只是看到有人摔倒，随手做个好事。"吴乾一脸尴尬。

　　贺红衣忍不住笑了出来："你骗人。"

　　"那就要看你是想被骗，还是不想被骗了。"

　　贺红衣低头没有回答。

　　吴乾忍不住说道："你今天真漂亮，和以前不一样的那种漂亮。红衣，我对你……"

　　贺红衣期待地望着吴乾，吴乾靠近贺红衣，犹豫了下，亲在了贺红衣的脸颊上。贺红衣望着吴乾，心里觉得意外而甜蜜。

　　吴乾慌乱地移开眼神："哎，我被这灯光照得晕头转向，对不起，你别往心里去。"

　　贺红衣强装镇定："你有这个心思，还不如计划一下该怎么办。"

　　吴乾笑了笑："你别说，我还真想到要怎么办了，就在刚刚灭灯的时候。"

　　一曲舞毕，两人致礼，贺红衣开玩笑道："别再被灯光冲昏头，见到姑娘就上去跳舞了。"

　　"脚都快折了，我喝酒去！"吴乾潇洒离开，一转身却面目纠结，自言自语道，"我真是被猪油蒙了心才答应卫乘风追红衣，这下全完了！"

　　卫乘风拉着吴潇潇找到贺红衣："你没事儿吧？刚刚那个人是谁啊，有没有对你怎么样？"

　　贺红衣装傻："应该是陌生人吧，突然过来邀请我跳舞。"

　　吴潇潇打断贺红衣："屁咧，那个明明是我哥，那个大金链子还是我给他买的呢！"

　　三个人交换了一下眼色，气氛一时间有些微妙。

　　舞会散场，卫乘风欲送贺红衣回家，贺红衣却礼貌谢过，独自上了黄包车。

　　此时，吴潇潇追出来："乘风哥哥，你是在等我吗？"

　　卫乘风皱眉："刚才没来得及问你，你跑来这种地方干什么？你老实告诉我，哪来的票？"

　　吴潇潇心虚道："票……票就是在路边偷别人的。"

"你不是跟有钱一起来的？那你怎么确定刚刚和红衣跳舞的就是你哥？"

"我哥我还认不出来吗，而且你没发现吗，红衣看着那个人的眼神充满爱意，不是看我哥是看谁？"见卫乘风沉默不语，吴潇潇更加起劲，"我哥就是嘴笨，明明喜欢人家喜欢得要死，就是不好意思说，我都快急死了。唉，到最后还得我亲自出马撮合他们。"

卫乘风听着潇潇的话，陷入沉思。

"我们走吧！"吴潇潇拉走卫乘风。

大写和小桃红走出舞厅，大写偷偷转身，对着人群中的吴乾比了个大拇指。吴乾如释重负，一眼看到坐在路边的万金隆，便走了过去。

"我刚看到卫乘风送贺红衣出来了，你们在里面没见到吧？你说你们这样瞒着他，到底行不行啊？"万金隆问道。

"你以为我想骗他？幸亏今天大写争气，万一出了什么岔子，他把事都抖落给卫乘风，我和他这朋友还做不做了？你呢？怎么在里面没看到你？"

"我的票被偷了……"

"被偷了？"

万金隆一脸惋惜："对啊，我可是苦等了五年，五年啊。哎，里面好看的姑娘是不是很多啊？"

吴乾眼珠一转："肯定是潇潇这个小王八蛋干的！"

"怎么又跟潇潇扯上关系了？她不是没票吗？"

吴乾看向万金隆："问你啊，走吧！"

大写将小桃红送到楼下，却一直没有勇气开口表白。

小桃红看着大写笑了笑："我知道你经常会来捧我的场，但是你似乎一直很少讲话。"

"你一向是众人的焦点，身边总有人前呼后拥的，我插不上话。"

"那些人不过都是花钱的客人，我看着风光，在他们眼里不过是件货物，还有些，就是多年老友，你跟他们似乎不同。"小桃红笑意盈盈地看着大写。

"难道你就没考虑过自己的终身大事吗?"大写呼吸急促。

"哪会有正经人家看得上我。"

大写看着小桃红,郑重道:"如果你愿意,我想和你一起生活!"

小桃红微微摇头,笑了笑:"你喝多了。"

"不,我很清醒,也很认真。我在洋行有份稳定的工作,虽说不至大富大贵,但养家糊口还是绰绰有余。"

小桃红不回答,看着大写:"今晚谢谢你了,你也早点回去歇着吧。"

大写见小桃红如此,眼里满是失落,轻轻叹了口气。

翌日,吴乾和贺红衣来到仓库区,悄然走进空荡荡的三十五号仓库,这里内部结构与五十五号仓库一模一样,这里正是他们准备用来完成计划的假仓库。

吴法天正在假仓库中等着他们,模仿着孙海的样子说道:"孙海恭候各位多时了,里面请。"

吴乾和贺红衣没有心情搭理吴法天,脑海中挥之不去的全是昨晚的吻。

贺红衣迟疑片刻,低声说道:"吴乾,昨晚潇潇当着我的面把你抖给卫乘风了,如果他问起来,你准备怎么说?"

吴乾挠挠头:"管不了那么多了,行动要紧,如果他问起来我就实话实说。"

贺红衣惊讶地看了吴乾一眼,不禁露出一丝隐隐的喜悦。不远处,吴法天一直留意着二人的对话。

这时,博文和雨辰走了进来,红衣上前迎接。

吴法天趁机推推吴乾:"你准备怎么和卫乘风说?"

"就说……我们是去帮着大写追姑娘呗。"

吴法天恨铁不成钢:"呆子! 人家红衣问的可不是这个!"

"那是什么?"

"自己琢磨去!"吴法天白了吴乾一眼。

吴乾不明就里，索性把众人召集到面前，开始讲述狸猫换太子的计划：

届时，洋行司机载着大写驶入仓库区，司机看着一排仓库，问大写道："They said it's number 55, which one is number 55?"

大写看看窗外，指了一下假仓库那边："顺着这排找找看吧，我也不清楚。"

"Okay."洋行司机打方向盘，将车辆驶向假仓库。

车停在假仓库门外，司机和大写下车，见仓库上写着"五十五号"，周围重兵把守。吴法天扮演的孙海出来迎接，两人随之进入假仓库。

同一时间，另一辆车驶到真五十五号仓库门外，车上下来两个人——乔装成洋行司机的万金隆和乔装成大写的博文。孙海将两人迎入仓库。万金隆掏出怀表，时间恰是十二点零五分。

假仓库中，洋行司机和大写环视四周，频频点头。

吴法天笑着询问："二位对我们的防盗系统可还满意？"

"我看你们这里的锁全是德国进口，还是白铜造的，很坚固。"大写道。

洋行司机跟着点头："Yes, real sturdy."

"您一看就是懂行的，说得没错，我们的锁都是德国进口。"吴法天装模作样。

"而且防盗系数也很高，明锁加暗锁，安全性无须担心。"大写看着洋行司机，"我觉得没什么问题，你看呢？"

吴法天指着墙壁抢先说道："防火性也很重要，既然来了，不如一并检查一下？"

大写点点头："也是，那就看看吧。"

"Alright."洋行司机和大写开始检查墙壁。

吴法天热情地给二人讲解，极力拖延时间，为的是撑够十五分钟，否则撞上万金隆的车就会露馅。

……

"就是这样，完美！"吴乾对自己想出的以上计划非常满意。

贺红衣赞许地看向吴乾，吴乾得意地冲她挤了下眼。

博文露出不可思议的表情："让这个叫万金隆的冒充洋行司机，我冒充大写去真正的仓库，而真正的司机被大写带去假仓库……和你的人……"

吴法天挥了挥手："叫我天叔。"

博文点点头："那红衣你呢？"

吴乾抢先说道："贺红衣主要负责基础检查以及应对突发情况，是我们的军师。"

博文一脸的不可思议："可你们真的可以吗？"

吴法天轻蔑地一笑："有什么不可以，演戏而已，我都演了大半辈子了。"

吴乾理所当然地点点头："对我们这种天才来说，的确不难。"

博文狐疑地看向万金隆："兄弟，你会英文？"

万金隆不乐意了："Lord, what fools these mortals be!"

"人家说得比你还厉害，听到没！"吴乾得意不已。

雨辰小声嘟囔："上帝啊，这些凡人怎么都是十足的傻瓜……这小子竟然看过莎士比亚。"

博文反应了一下："你拐着弯儿骂我呢！"

众人顿时大笑起来。

"你们可以放心了吧，这种办法也只有吴乾能想得到。"贺红衣对着吴乾笑了一下。

"你这是夸我还是损我！"吴乾佯装生气，随即正色道，"明天计划就要开始实施了，只许成功，不许失败！"说完伸出手，欲与众人一起打气。

"先别急，还得报告给老师才行。"贺红衣说道。

吴乾眉头一紧："有什么可报告的，我的计划天衣无缝！再说了，眼看日期就要到了，有本事你让桑老头想个计划出来啊？来，明天的计划……"

吴乾再次伸出手，众人跟着将手背叠起来，一起打气道："只许成功，不许失败！"

红府戏院的后台，贺青舟化好了配角的妆，坐在镜子前静静等待着开场。

丰园笑意盈盈地走过来，对着镜子里的贺青舟道："本以为以你的心气儿肯定不会来了，没想到这几日唱得倒还不错，有不少观众还是为你来的，继续保持啊。"

贺青舟只能露出尴尬的微笑："我们该上台了。"

台上，贺青舟投入地唱着，并不因唱配角而有丝毫怠慢。台下，钱白铁直勾勾地盯着作为配角的贺青舟，不禁皱起了眉头，索性拂袖离去。

散场后，贺青舟从红府戏院走出来，发现钱白铁的车正在等着他。贺青舟不愿在此地引人注目，只得坐进车里。

"你今天唱了什么！"钱白铁劈头盖脸地问道。

"你不是在下面听了吗。"

"我问你唱的什么角儿！"

贺青舟沉默，不愿回答。

钱白铁一把捏住贺青舟的腕子："只要你开口，我可以把整座戏院买下来给你，想唱什么都随你，可你为什么要去给别人做配角？"

贺青舟挣脱开钱白铁的手："钱先生既以知己相称，便该明白青舟只是喜欢唱戏，只要还能唱，只要还有人听，青舟便知足，也就无所谓做不做配。"

"你不该这样作践自己，我去跟戏院的人说。"

"谢谢钱先生的好意，青舟唱了三台戏，渐入佳境，颇得观众认可，也够丰衣足食了，不劳钱先生出手，哪怕唱配，青舟一样能在戏院立足。青舟还有约，先走一步。"话毕，贺青舟下车离去。

钱白铁重重地捶了一下车门，面色铁青。


棚户区天台上，卫乘风拿来许多大闸蟹。

吴乾乐呵呵地吃起来："当官了就是威风，还有人送大闸蟹。"

卫乘风笑笑："我在巡捕房吃过了，这些都是你的，慢点吃。"

"吃人嘴短，我猜你是有话要说，是男人就爽快点，说吧。"吴乾捧着大闸蟹吃得有滋有味。

卫乘风递上酒："有钱，我们认识多少年了，你说，我是个什么样的人？"

"什么人，那看跟谁比。跟富人比，你是穷人；跟聪明人比，你是个笨蛋；跟懒人比，你勤劳得不像话。都是头一次做人，我的经验也不比你多多少，唯独一样你得记住，活着最重要的就是开心，老子愿意什么样就什么样，关他们屁事！"

卫乘风笑笑："跟你比呢？"

"跟我比，那绝对是好人啊！"吴乾哈哈大笑起来。

"好人，她也这么说。"

"谁？"

卫乘风深呼吸一下，终于开口道："有钱，正经问你个问题，你能不能认真回答我？"

吴乾边吃边点头："你问啊。"

"你对红衣……到底是什么感觉？"

吴乾一下子噎住，猛地咳嗽两下："我对她……这什么破问题，能有什么感觉？就跟你对她的感觉差不多呗，女的，凶，爱跟我斗嘴……"

"可我喜欢她。"卫乘风认真地看着吴乾。

吴乾尴尬地咧咧嘴，一时不知该怎么接话。

卫乘风望着远处的天："我是真的很喜欢她，喜欢到看见她我就想笑，想给她最好的一切，喜欢到自卑，觉得我什么都配不上她，喜欢到想和她度过余生，生几个孩子，听着他们叫阿奶太婆。我都不知道为什么会这么喜欢，有钱，我想让红衣做我的妻子。"

吴乾手中的蟹壳应声落地。

卫乘风定定地看着吴乾："你帮帮我，好不好？"

"不好，很不好。乘风，你这是什么眼光，怎么这么认真地喜欢上了一个……一个……"吴乾认真地看向卫乘风，"你不要自卑，也不要害怕，你很好，真的，她也一定会喜欢你，我能帮就一定帮你。"

天台门外，吴潇潇端来一碗面准备给卫乘风吃，却意外听到了两人的

对话。她呆愣片刻，捧着面碗跑到路边，一屁股坐下来，发泄般地吃起来，吃着吃着竟止不住地流出了眼泪，面越吃越咸，她终于放声大哭起来……

天台上，卫乘风走后，吴乾一个人发着呆，脑子里不断回想卫乘风说的话。

"吴乾！"贺红衣兴奋地走上了天台，"老师批准了，明天我们按计划进行，可我心里还是没底，睡不着。"说着贺红衣坐到了吴乾身边。

吴乾不自然地向旁边挪了一点儿："不用担心，我相信大家。"吴乾低声问道："那个……你还记得之前说……做完这个任务，我们就一拍两散吗？"

"哦，那是气话，你怎么还记着呢。"

"那是真的。"

贺红衣惊讶地看向吴乾。

"我是认真的，明天任务结束后，我退出学会。"

贺红衣面色煞白，强装镇定："也是，我应该预料到的。明天的事等明天以后再说吧，现在除了完成任务，我什么都不去想。"

吴乾站起身："我要睡觉了，你请回去吧。"

贺红衣怔怔地看着吴乾，不知道他这是怎么了。

翌日，怡和洋行像往常一样忙碌着。吴乾等人各司其职，准备开始行动。

出发时间将至，马尔斯忽然将大写叫到办公室，将何志鸿的手信交给了大写："这个你拿着，进门的时候要用，别弄丢了。"

大写愣了一下："好的，我一定收好。"接着匆匆离开。

马尔斯拿起电话："喂，何先生，我的人已经出发了。"

电话中传来何致鸿的声音："我的人也在仓库等着接待贵客了，你放宽心，这个仓库绝对让你的人赞不绝口，五十箱货出了码头一进来，我保证神仙都偷不走。接下来的事全都交给我，你什么心都不用操，坐在洋行里收钱就行了！"

马尔斯满意地点头："那就拜托何先生了。"

大写拿着手信心急火燎地走到车边，刻意扬了扬手信，对洋行司机笑道："他们这仓库看来是真的很安全，老板给了我一封信，说没有这个进不去。"大写对不远处的吴乾使了一个眼色。

洋行司机笑着点点头，跟大写一起上了车。

吴乾立刻在心中暗想对策，从洋行到仓库会经过天香酒馆，那可能是唯一的机会。想到这里，吴乾立刻奔向档案室，挑了一个最接近何志鸿那封手信模样的信封，凭借方才的记忆，模仿着何志鸿信封上的字迹画了起来。画完后又随便找了一份档案，仿写了其中的内容。

"这都是什么字，管他呢，照着画吧……"写完后，吴乾把信塞进信封，从桌上随便翻出一个章子，狠狠盖在了信封上，"小桃红啊，祈祷这个傻子能突然开窍吧……"之后他收起信封，箭一般地冲了出去。

吴乾一路狂奔，抄小道赶到天香酒馆门外，目力所及之处并没有洋行汽车的影子。

吴乾抹了一把汗，神情极度紧张："如果他们走了，可怎么办……"

此时，洋行的车正远远开过来，大写下意识地看向天香酒馆，发现吴乾正在门口拼命招手。

大写眼珠一转，马上捂着胸口："Stop，我有点晕车，也许开太快了，有点儿难受。"

洋行司机一脸的紧张，扭过身子看着大写："Are you ok?"司机毫不犹豫地停了车。

大写立刻捂着嘴，推开车门跳下了车，冲到垃圾桶边干呕起来。吴乾则装作扔东西，也走到了垃圾桶边，撞了大写一下，二人神不知鬼不觉地交换了手信。

洋行司机走到大写身边，帮他拍着背。

大写摆摆手："没事，老板交代的事绝对不能耽误。Let's go。"说着，大写又上了车。

仓库附近不远处，万金隆和博文坐在车里，正欲出发。吴乾及时赶到，将手信塞给万金隆。万金隆了然，缓缓驶向真仓库。吴乾跑得上气不接下气，却仍旧紧张而兴奋地笑着。

万金隆和博文顺利抵达五十五号仓库，孙海立刻关闭库门，仓库中顿时一片黑暗。

"Mr. Sun, what do you mean?"万金隆问道。

"少安毋躁。"仓库内灯光骤然亮起，孙海笑道，"孙某也是听老板吩咐办事，实在不好意思。"

博文皱皱眉，将手信交给孙海。

孙海拆信检阅，又仔细打量了万金隆和博文一番，微微一笑："如您所见，此仓库地处租界枢纽，坐拥绝佳运输便利。二位脚下的地基由数十吨水门汀浇筑，全窗锁死后，唯一通向仓库外的只有这一道门。门外绕仓库一周，有众多荷枪实弹的守卫兵力，昼夜不断巡查。这个仓库，用来做怡和洋行的储备仓库，绝对安若泰山，无疏无漏。"

博文和万金隆装模作样四下检阅，从一楼行至二楼观望台，整个仓库一览无余。

"How much longer will it be?"博文问道。

万金隆看看表："Seven minutes, you need to nitpicking detail again."

孙海站在楼下皱着眉，抬头望着两人："有什么问题？"

"我觉得房顶有些不安全。"博文找茬道。

"房顶？"孙海疑惑道。

博文硬着头皮说道："孙先生要知道，有些毛贼上天入地，你把下面堵严实了，他从上面走怎么办？"

万金隆控制不住地翻了个白眼。

孙海一愣："这……如果您不放心，我们可以进行加固，但是需要您提供一些专业的防盗建议，我们以此为参照进行调整。"

博文背过身装作抬头思考的样子，打了一下自己的嘴："Shit! What should I say? I can't say anything."

　　"您意下如何？鄙人学识浅薄，听不懂洋文，您能解释一下吗？"孙海继续问道。

　　万金隆假装掉落了车钥匙，蹲下，用两人能听见的音量提醒："Add a layer of anti-theft net on the roof."

　　孙海怀疑道："司机先生说什么？"

　　"他说董事长稍后还有行程，问我还有多久！"博文转头看着万金隆，装模作样道，"I remember."

　　博文看着屋顶，推了推眼镜："绕着所有横梁走向，在垂直梁骨的方向上包一层铁刺，再接上低压电路，做好保护措施，同时注意防水处理，小心失火。"

　　孙海点点头，吩咐手下记下。

　　博文放下心来，点头微笑道："其余一切，甚好。"

第三十七章

## 调包

五十五号仓库中，万金隆紧张地看着表。

博文凑过来低声询问："How much longer will it be?"

"3 minutes! Hope that's fine!"万金隆说道。

博文心事重重地点点头，二人随即恢复正常，与孙海点头示意。


假仓库中，洋行司机与大写停车抵达。

"你们好，我叫孙海。"吴法天迎上去与大写和洋行司机握手。

吴法天身后站着一群守卫，正是女扮男装的贺红衣和雨辰，以及其他学会成员。

大写拿出手信，递给吴法天："这是验仓的手信，您过目。"

吴法天一愣，心想没有这个步骤啊，但也只能接过来："对对对，手信，我看看。"他打开信一看，只见里面歪歪扭扭地写着——客户档案：刘大冒，酒楼老板，别院小妾李氏可任意支取银元，切记不可透露给其正室。他顿时哭笑不得，悄然掩饰。

洋行司机瞥了一眼手信，又注意到吴法天的表情，疑问道："What's wrong?"

吴法天询问大写："他说什么？"

"他问有什么问题。"大写说道。

吴法天立即摆摆手："不wrong不wrong，来来来，检查仓库。"吴法天引着大写四处观察，司机则跟随在侧。

"真不是我吹，这个仓库简直没得挑，运输便利就不说了，你看这墙这屋顶，简直是铜墙铁壁，把这些窗全锁死，就只有这一道大门能出去。外面全是守卫，不分昼夜地巡逻。你说安全不安全？"吴法天不停地介绍着。

大写低声在司机耳畔翻译，司机连连点头，没有丝毫置疑。

检查过后，吴法天将大写和司机送到门外，殷勤握手："和你们合作真是太愉快了，希望明天交接顺利！"

司机点头微笑，与大写一起离开。大写在背后对吴法天比了一个"OK"的手势。

夜里，吴乾等人聚集在假仓库中，等待着验仓通过的消息。

大写气喘吁吁地跑进来："马尔斯同意用这个仓库了，计划不变！"

众人顿时欢呼起来，信心满满。

大写却很紧张："之前毕竟只是踩点验仓，等到真正移库的时候，会发生什么还不知道呢……"

博文等人顿时情绪低落下来。

吴乾揽着大写的肩膀说："别这么愁眉苦脸的，你钱哥我吉人自有天相，得各路神仙保佑，肯定比上次还顺利！"

贺红衣见状，只得鼓励大家："对呀，明天会成功的！上午十一点，我们按计划行事！"

众人信心满满地点点头。

"我去跟老师汇报一下，大家今晚早点休息。"博文说道。

吴法天摆摆手:"不行不行,我还是得喝点酒壮壮胆。"

红府戏院外,钱白铁的车又停在了路边等待贺青舟。

贺青舟环顾左右,悄然上了车:"钱先生又来找我做什么?"

"上次我把话说重了,贺老板别放在心上。"

"我的感受,钱先生什么时候在意过。"

钱白铁好声好气道:"是我杞人忧天了,原以为你给人做配是委屈了你,可如今看到你在戏台上当真唱得动情动性,戏台下也不觉委屈,我也就放心了。"

贺青舟的脸色和缓下来:"多谢钱先生理解。"

"不过我还是替你可惜,丰园的《三击掌》我看了,他唱的王宝钏太柔弱,而你就不同,多了一股子由内而外的劲儿,他唱的可不如你。"

"我和他各有各的好,背地里不便说旁人的戏。"

钱白铁点点头:"说的是,不知贺老板肯否赏光一起吃个宵夜?"

"不早了,我妹妹不知道我在戏院唱戏,我还是早些回去的好。"

"也好,明天是个好日子,我本想提前庆祝,既然这样就不强求了。"

贺青舟向钱白铁点头示意,下车离开。

吴乾送贺红衣到楼下,夜已深,街上只有他们二人,但却丝毫没有暧昧的气氛,萦绕在他们心头的全是明日的行动。

"吴乾,你老实说,明天我们到底有几分把握?"贺红衣不禁问道。

"你这么问让我怎么回答,我说百分之百,明天万一失败了你又要怪我。"

"你……"

"哎哎哎,一定会顺利的,行不行?不过话说回来,行动哪有能保证百分百成功的,但只要有百分之一成功的概率,就值得我们去拼一拼。"

贺红衣动容道:"你以前也是这样过来的吗?"

吴乾点点头,说:"我从小就在街面上混,常常都是吃了上顿没下顿,做事全凭胆子和运气。如果所有的行动都要把计划想得百分百周全,那可就一顿都没得吃了。你与其担心明天能不能成功，还不如想想拿到银元以后怎么花。等我有了钱，我顿顿吃鸡，早上烤鸡、中午卤鸡、晚上炖鸡！我随便掰一条鸡腿就赏给死不了的吴法天！"

贺红衣看着眉飞色舞的吴乾，心中充满负罪感，她不知道明天该如何向他解释这个任务从一开始就不是偷钱，而是为了阻止马尔斯和何致鸿利用怡和洋行的保险柜存储和分销鸦片，她更不敢想象明天吴乾看到偷出来的箱子里不是银元而是鸦片时会是什么样的反应……

吴乾却依旧滔滔不绝："我从来没见过那么多钱，除了吃吃喝喝还真不知道该怎么花，乘风的阿奶对我特别好，我要花钱请最好的大夫给她看病！还有大锤，他总舍不得花钱，我要挑一套最好的厨具，直接给他送到家门口！唉，有钱真好，我以前要是有钱，白毛也不会死了……"

贺红衣不安地开口道："如果……我是说如果，行动失败了，或者结果不像你想的那样，你会怎么样？"

吴乾一脸无所谓："还能怎么样，换个方法再骗钱呗，只要给我留下这条小命就行！"

贺红衣万分纠结，欲说出真相："吴乾……"

这时，黄包车夫将贺青舟送了过来。

"哥。"贺红衣喊道。

吴乾讨好道："青舟哥。"

贺青舟礼貌地点头道："我记得你，你可是我的恩人，我和妹妹给你添麻烦了。"

"哪里哪里，都是自己人！青舟哥这么晚才回来，这是去哪了？"

贺红衣说道："我哥在酒店谋了一份差事，经常工作到很晚。"

贺青舟略显尴尬："是啊，我们上去吧？"

贺红衣点点头，看了吴乾一眼，欲言又止："明天别迟到。"

"放心！我这么靠谱的人！"

贺红衣回到家中，辗转反侧睡不着，还是想找吴乾谈一谈，索性拿起桌上的点心出了门。

棚户区中，吴潇潇实在受不了暗恋的折磨，终于决定一不做二不休，向卫乘风表白了再说。

"乘风哥哥。"吴潇潇在路边等了好久才把卫乘风等回来。

"有事吗？"

吴潇潇鼓起勇气道："乘风哥哥，你……喜欢我吗？"

"啊？你怎么突然这么问……"

"你回答我，你喜欢我吗？不是那种哥哥对妹妹的喜欢！"

卫乘风不置可否，尴尬不已。

吴潇潇急忙追问："那你讨厌我吗？"

"怎么会呢，我怎么可能讨厌你。"

"那你就是喜欢我！"

卫乘风尴尬无比，急忙转移话题："我没有这么说，潇潇，我……我从来没想过这些，我和吴乾像亲兄弟一样，他的妹妹我也一直只当作妹妹，我们从小一起长大，我真的没想过更多……"

"就因为我们一起长大，你才应该想更多啊！你一直很照顾我，除了爹和我哥以外，你就是我最亲的人！别人都嫌弃我，只有你把我当女孩子看！"

卫乘风尴尬不已："怎么会呢，大锤他们都是看着你长大的，我们都是一样的，都像亲人一样对你好。"

吴潇潇着急道："这不一样！你和他们不一样！至少在我心里不一样，我只会为了你穿裙子。"

"潇潇，我之前就告诉过你，你平时的样子很好，不要为了我，也不要为了别人强行改变自己……"

"不，我知道我不够好，但是哪怕我现在做不到你喜欢的样子，我也会改的。我知道你喜欢长头发的女孩，你看我也能留长头发，你喜欢说话温声细语的，我也可以的，你喜欢有内涵、有文化的，我也会努力读书，我只是希望……希望你知道我喜欢你，希望除了当妹妹以外，你也可以把我当成一个普通的女孩子来看……乘风哥哥，你能不能……给我一个机会？"吴潇潇小心翼翼地凝视着卫乘风。

"对不起潇潇，我对你真的只是哥哥对妹妹的喜欢，不是男女之情，希望你能明白……"

吴潇潇听了很绝望，努力装出坚强的样子："我知道了，你心里有别人……全天下最能理解我的人就是你，你喜欢那个人的心情，和我喜欢你的心情是一样的。我……我只是想让你知道我的心意……"说着她的眼泪汩汩而下。

卫乘风不知所措，抬手为吴潇潇擦眼泪："潇潇，你别哭啊，都是我不好……"

这时，吴乾吹着口哨走来，吓了一跳："潇潇……乘风？你们在干什么？"

卫乘风急忙放下替吴潇潇擦泪的手："有钱……"

吴乾看看卫乘风紧张的神情，又看看满脸泪痕的吴潇潇："你们……这是什么情况？乘风，你把潇潇怎么了？"

"不是，我们……"卫乘风紧张得满脸通红。

吴潇潇急于替卫乘风辩白："我们只是刚好碰到，在这里聊聊天。"

吴乾盯着吴潇潇的泪痕："聊天？聊什么能把你聊成这样？"他又看着卫乘风："喂，你到底怎么回事，竟然敢招惹我们吴家大小姐？"

卫乘风万分为难："我……是我对不起潇潇。"

吴乾震惊不已："你对不起潇潇？你把潇潇怎么了？"

吴潇潇尴尬难当："哥，你就别问了！不关乘风哥哥的事，是我不好……"

吴乾越发困惑，严肃起来："不是，你们给我说清楚。"

"有钱，真不是你想的那样。"卫乘风尴尬万分。

吴潇潇恼羞成怒："让你别问了你还问！是我喜欢乘风哥哥，怎么了？"

"你喜欢乘风？"吴乾一愣，转而笑了，"你喜欢他？别闹了，你从小光着屁股跟他出去抓知了，现在你说喜欢他？"

吴潇潇急了："小时候是小时候！现在是现在！我喜欢卫乘风不可以吗？你喜欢贺红衣还不是一样！至少我喜欢谁我敢说，你敢吗？"

吴乾顿时尴尬不已，看了看卫乘风，羞恼地怒吼吴潇潇："你胡说八

道什么! 谁喜欢贺红衣了! ”

卫乘风不敢置信地瞪着吴乾, 透出异常的愤怒。

吴乾底气不足: “不是, 乘风, 你别听潇潇的, 她小孩子不懂。”

吴潇潇愤怒争辩: “我不是小孩子! 你敢说你不喜欢贺红衣? 舞会那天, 我亲眼看见你去找贺红衣了! 那个大金链子除了你还有谁? ”

卫乘风紧紧盯着吴乾。

吴乾急了: “吴潇潇你胡说八道什么! 你给我回家! ”

吴潇潇注意到卫乘风绝望的神情, 哭着跑开了。

卫乘风瞪着吴乾, 一字一顿道: “潇潇的话, 是不是真的? ”

“我……你把我妹妹搞成这样, 我还没问你, 你倒问起我来了! ”

这时, 贺红衣提着点心走来, 疑惑不已, 在吴乾身后不远处驻足, 恰与卫乘风对视。

卫乘风看着吴乾说: “你先回答我, 你之前答应帮我追红衣的, 还算数吗? ”

“当然算。”

“那你……是不是喜欢红衣? ”

吴乾不知所措, 口是心非: “我……我……我怎么可能呢! ”

贺红衣听了十分震惊, 手里的点心掉落在地。

吴乾应声回头, 看到贺红衣站在他的身后, 顿时只想找个地缝钻进去: “你……你们聊, 我去吹吹风。”说完匆匆离开。

卫乘风看着贺红衣: “红衣, 你都听见了, 他连一句喜欢你都说不出口! 既然这样, 我就问你一句话, 你……愿意接受我吗? ”

“对不起。”贺红衣愧疚地看着卫乘风, 转而去追吴乾。

“红衣! ”卫乘风站在原地, 紧紧握着拳头。


棚户区外的路上, 贺红衣一路追赶着吴乾: “吴乾! 你给我站住! ”她一把抓住了他: “你跑什么呀? ”

“你……你追什么呀? ”

贺红衣瞬间红了脸: “我……”

"不是，你，我，还有乘风，我们三个本来就……然后你又跑出来，就剩乘风一个人……"吴乾语无伦次。

贺红衣冷静下来，望着吴乾："我就是想问个明白。"

"问什么？"

"卫乘风问你喜不喜欢我，你的回答是什么意思？"

"怎么可能……就是怎么可能啊。"

"是怎么可能喜欢我，还是怎么可能不喜欢我？"

吴乾狂抓头发，来回踱步，不敢看贺红衣："贺红衣你饶了我行吗？"

"我不喜欢什么事都不清不楚的。"

"可有些事本来就说不清楚的，我脑子很乱，没法回答你，我们回头再说好吗？"吴乾转身要走。

贺红衣咬咬牙，猛地从背后抱住吴乾。吴乾顿时愣了，一动不动地僵在原地，任由贺红衣抱着。

贺红衣把头倚在吴乾的背上，轻声开口："那天舞会上，你到底只是和我开玩笑，还是……"

卫乘风追赶而来，遥遥看着二人，紧紧握拳。

吴乾颤抖着握上了贺红衣的手，将她拉到身前，两人深情对视，贺红衣的眼中饱含期待，吴乾则充满了挣扎。

卫乘风既不愿直视，又无法移开视线，眼中有泪花闪动。

终于，吴乾下定决心撒开了贺红衣的手："我……我们当作什么都没发生过，你……你别追我了！"说完转身撒腿就跑。

"吴乾——"贺红衣留在原地，黯然落泪。

不远处，卫乘风一拳打在墙壁上，满目不甘。


这一夜，何致鸿也睡得不安宁，左思右想过后，命令孙海去一趟巡捕房，让余德义明天派人守着怡和洋行。

孙海十分疑惑："可是这鸦片……咱们不送到洋行呀？"

"打我主意的人，他们可不知道鸦片会送到仓库。做戏做全套，明天我照样运五十个空箱子去洋行。万一真出了意外，也好让巡捕房顶了

这个雷。"

"先生高明。"

"凡事必得做两手准备，你找完余德义，再把这封信送去砍刀帮。"何致鸿将一封信递给孙海，信封上写着"乔帮主亲启"。

孙海领命离去，很快便将任务传达妥当了。

贺红衣回到家，和雨辰睡在一张床上，一直睁着眼睛睡不着。

"红衣，听青舟哥说你从吴乾那回来，都聊什么了，怎么这么晚才回来？"雨辰问道。

贺红衣面色绯红："没聊什么……"

"我才不信呢，你们最近关系越来越好了，好像总有说不完的话似的，你是不是喜欢他？"

贺红衣试探地问道："你觉得吴乾这个人，怎么样？"

雨辰认真思索道："以前我的确觉得他不太靠谱，没念过书也就算了，做事毛毛躁躁，说话也不讲究，但认识久了，反倒发现他有种奇妙的魅力，能感染到别人，好像所有跟他接触的人都能获得力量似的，再难的事经他一说，好像也都没什么大不了的了。了解一个人啊，果然是需要时间的。就像你刚开始跟他不也是不对付，整天又吵又打的。你和他的关系，简直就是莎士比亚说的——I love you more than yesterday and less than tommorow。"

贺红衣羞红了脸，不禁笑了起来，但一想到吴乾方才的反应，又担心之后他真的会退出学会，与她一刀两断。

此刻，吴乾正躺在天台上看着星空发呆，脑海中挥之不去的全是贺红衣和卫乘风的话。爱情，真是他遇见过的最难解的题。

这一晚，还有一个人不得闲——吴法天。夜半时分，他偷偷溜回假仓库，一个神秘人正在等着他。

吴法天压低声音汇报道："明天上午十一点，鸦片准时入库，请先生放心。"

神秘人满意地点点头："之前你送的信息都收到了，我们先生很满意，事成之后，好处肯定少不了你的。"

吴法天唯唯诺诺："那我就先谢过先生了。"

而这神秘人，正是陆横。

陆横匆匆将消息汇报给钱白铁，钱白铁却微微一笑，一副运筹帷幄的样子，认为鸦片根本就进不了仓库。

砍刀帮中，乔娜也深夜未眠，琢磨着"万红楼"到底人在何处。

这时，何致鸿的密报送到，信中写着"十八日不必守洋行，调全部人马前往码头，护送我方运货车至仓库后，与我手下孙海交接。途中若出现任何异况，直接动手。"

乔娜看着信，略显疑惑，不知何致鸿是何意，但只得依令办事，通知所有兄弟明天一早去码头护送货物。

翌日，余德义将巡捕房全员召集起来，严肃道："今天上午十一点，全部人马便衣去公共租界，盯紧怡和洋行，有任何风吹草动马上向我汇报，听明白了吗？"

"是，长官！"众人齐声喊道。

"卫乘风。"余德义看着卫乘风，"你来负责这次任务，做得好，有赏。"

原本心不在焉的卫乘风马上打起精神："是！"

余德义离开，众人四散。

卫乘风立即带着一队便衣巡捕去往怡和洋行附近，分配各自的把守区域，他心中暗想着一定要把差事办好，总有一天要让所有人知道他不比吴乾差。

码头边，浓雾笼罩，不断传来货船的长鸣声。码头上并排停着三辆货车，工人们将货物从船上卸下，全部装入了中间那一辆货车。

洋行司机走到大写身边："It's ready, all our guys are in the last car."

"箱子数量都清点过了吗？"大写问道。

"Yes. Exactly fifty cases. Are we leaving the first car empty？"

大写低头看表，又望向远处："董事长说过，第一辆车留给何先生派来的人，不过他们还没到。"

这时，乔娜带着人走来："你好，我是乔娜。"

大写顿时有些紧张："您……就是何先生派来押车的人？"

乔娜微微一笑："抱歉，迟了一点，时间来得及吗？"

大写点点头："现在出发刚好十二点能入库。"

"第一辆车是我们的，对吗？"乔娜看着那一辆空着的车。

"Yes."洋行司机点点头。

大写连忙阻拦："乔娜小姐一定很有押车经验，不如我们把出车顺序换一下，我们打头阵，你们殿后，感觉这样更安全一些。"

乔娜眉头一紧："我们还是不要私自变动了，就按何先生和董事长商量好的方案来吧。"

三辆货车驶出码头，缓缓离去。第一辆车内，乔娜警惕地盯着路况，时刻戒备着。

假仓库外，贺红衣、吴乾和万金隆等人装扮成守卫模样，分布在仓库四周，各个心跳不已。

万金隆不禁问道："孙海现在一定在真仓库等着接货呢，若是一直没人运货过去，他们会不会起疑啊？要不要我跟博文先生那边做做样子？"

"起疑也晚了，再说了，真货入库之后你们还得帮忙搬运，五十箱真金白银，我们人手根本不够，到时候卷箱子就跑，谁还有空理什么孙海。"吴乾一想到真金白银就乐开了花。

"但两个仓库离这么近，万一被他们发现了，他们可都带着枪呢……"万金隆看向吴乾和贺红衣。

贺红衣因为昨夜与吴乾和卫乘风的感情纠葛，今天始终一言不发。

吴乾用余光看了看贺红衣，注意到她紧握的拳头已经被捏得有些发白，他轻轻拍了拍她的手："别怕，有我在。"

贺红衣没有说话，脸色却缓和了几分。

这时，远处有三辆货车驶来，众人立刻紧张起来。三辆车依次停在假仓库门外，吴法天上前迎接，没想到第一辆车上下来的人竟然是乔娜。

乔娜看了看吴法天："孙先生是吧，我是何先生派来监督的。"

吴法天立刻装模作样点点头："啊，你就是何先生提过的那个……"

大写见状连忙从第三辆车上跳下，赶来解围："孙先生，你们准备得如何了？时间有些紧，我们得抓紧了。"

吴法天冷汗涟涟："好，好，一切准备就绪，只等入库了，两位请。"

趁此机会，吴乾和贺红衣立刻向仓库后面走去，而万金隆则怔怔地看着乔娜，半晌才悄然向后撤去。

假仓库后侧的窗户外，吴乾和贺红衣密切地观察着仓库里的一举一动。

"砍刀帮来了这么多人。"贺红衣眉头紧蹙。

"多也不怕，反正乔娜没见过我爹，应该不会露馅。"吴乾说道。

这时，万金隆猫着腰走了过来。

吴乾惊讶道："你怎么来了？"

"砍刀帮拿着画像满大街找我，你忘了吗？"万金隆压低声音，"真是怕什么来什么，这个乔娜跟我有仇，我不能让她看见我。"

吴乾调侃道："你到底是偷了人家钱啊，还是砍了人家兄弟？看不出来啊！"

贺红衣连忙比了"嘘"的手势，指指仓库内，吴法天正将大写和乔娜一行人引进去。

假仓库中，吴法天指挥着砍刀帮的人将货箱入库，乔娜打量着吴法天，越看越觉得他散漫的样子不像是何致鸿的人，大写赶忙转移乔娜的注意力。

不多时，五十箱货物便悉数入了库，乔娜与大写便带着人离开了假仓库。

众人抑制着喜悦的心情，目送三辆货车驶出视线之外，方才冲入假仓

库。看着五十个箱子整整齐齐地堆在面前，吴乾忍不住欢呼起来，众人随之附和。

博文与万金隆去把停在仓库后面的货车开过来接货，贺红衣则带着其他人检查箱子，准备搬运。

吴法天趁机拽住吴乾："事儿都办好了，还带着拖油瓶干吗？赶紧撤！"

"现在就甩掉他们吗？那贺红衣……"吴乾看了一眼欣喜的贺红衣，有些犹豫。

吴法天猛敲了一下吴乾的头："喂，你不会因为看上人家，不肯干了吧？"

"说什么呢，学会那么多人，人家也不是吃素的，想撤，哪有那么容易。"

"这有什么不容易的，随便制造点混乱不就行了，实在不行……"吴法天凑到吴乾身边耳语，随即拍了拍吴乾的肩膀，溜了出去。

吴乾咳嗽了几声，走到贺红衣身边："贺红衣，我有话跟你说。"

贺红衣顿了一下："还要说什么？你不是说我们就当什么都没发生过吗？"

"我不是这个意思……"

"有什么话等一切安全了再说。"

吴乾嘟囔道："等出了仓库就晚了……"他坐到一个箱子上，手在箱盖上无意识地摸索敲打。

贺红衣眼神一凛，推了吴乾一把，让他挪开半个屁股，贴着吴乾坐了下去，两人脊背相靠，各怀心事。

"说吧，赶紧说，说完了干活。"贺红衣说道。

假仓库门外，万金隆把车开了过来，正准备将钥匙扔给博文，吴法天却忽然跳出来，抢先一步接住了车钥匙。

"喂，天叔你干吗？"博文急了。

"你干吗？一会儿还得让小万开车把货拉走呢，搬箱子又不少他一人，折腾他干吗？"吴法天推着万金隆坐进驾驶室，迅速将车钥匙塞进自己的左兜，同时从右兜掏出一把准备好的假钥匙，塞到万金隆手里："小万，在车上老实待着。"

博文冲过来，从万金隆手里抢回吴法天掉过包的假钥匙："车钥匙是由我来保管的。"

吴法天装模作样："你这么紧张干什么，我们还能开着一辆空车跑了？"

"万金隆你在车上待着，我进去帮忙搬箱子。"博文进入仓库。

吴法天的脸上则露出一抹坏笑，也跟着走了进去。


假仓库内，吴乾和贺红衣还坐在箱子上，各怀心事。

吴乾实在找不到话题，可为了拖延时间只能强行开口道："贺红衣，你觉得……卫乘风怎么样？"

贺红衣十分不悦："提他干吗？我以为，你要说的是我和你的事。"

"我和你的事……不是都说得差不多了吗……"

贺红衣生气起身："既然如此，那我走了。"

吴乾赶忙拉住贺红衣："别啊，待会儿分完钱，我们就一拍两散了，我还真有点不是滋味。你呢，你就不会舍不得我吗？"

贺红衣仍在气头上："不会。"

"真不会？骗人吧。"

吴乾说者无心，贺红衣却听者有意，愧疚地开口道："吴乾，你有没有被人骗过？"

"有，你刚刚就骗我，说不会舍不得我。"

"我是认真的，如果有一天你被骗了，还是你身边的人，你会恨她吗？"

吴乾坐直了身体："其实骗人只有一个诀窍，就是看对方到底想不想被你骗，能上当的人，都是心甘情愿的。如果我被骗了，说明我技不如人，那我就认了。"

贺红衣顿时更加内疚："吴乾，你怎么总是那么乐观。"

"谈不上乐观悲观，我就是这么想的，毕竟日子还是要过，谁没栽过

跟头摔过跤呢! 你怎么了, 到底想说什么? "

"没什么, 这不是要一拍两散了吗, 想到一些以前的事, 有些感慨。吴乾, 其实我知道你这个人很善良, 对别人都很好……"

吴乾心中有愧, 讪讪地笑着: "我没你说的那么好。"

"从我们第一次见面, 好像就一直被卷在各种事件中, 我们吵过架、动过手、相互骗过……下次见面开始, 我们可以坦诚相待吗? "

吴乾看着贺红衣的眼睛, 一时间不知道该怎么回答。

此时, 博文和吴法天一前一后走了进来。吴法天悄然晃了晃口袋, 吴乾顿时明白吴法天已经调包了车钥匙。

"博文负责带一部分人把五十个箱子搬上车, 我负责带着剩下的人清理仓库内的痕迹, 十五分钟后, 我们离开这里。"贺红衣指挥道。

吴乾看着贺红衣的背影, 眼前浮现出与她相识以来的一幕幕往事, 不禁露出内疚而伤感的笑……

# 旧情

　　怡和洋行中，同样有五十箱货送入地下保险库，一切都按照何致鸿先前的计划进行着。卫乘风带着巡捕们全程护卫，并没有任何异常。

　　乔娜在回程的车上回想起方才吴法天的样子，越想越觉得不对劲，当即决定掉头回仓库。

　　另一辆车上，大写看见乔娜的车掉了头，吓得魂飞魄散，却只能强装镇定随司机回洋行复命。

　　假仓库中，众人陆续将五十个箱子搬上车，累得气喘吁吁。吴乾悄然从博文口袋里偷走了假钥匙，博文发现钥匙丢了，当即招呼众人一同帮忙找钥匙。

　　吴法天趁众人不注意赶紧跳上车，将真钥匙扔给了万金隆："快走，时间不等人！"

"就我们两个?他们呢?"万金隆望了望车外。

"他们还有好多扫尾工作要处理,贺红衣跟我说了,我们兵分两路,一会儿在徐家汇路集合。"

"在租界集合?"万金隆大惊。

"灯下黑懂不懂啊,快走!"吴法天催促万金隆出发。

假仓库内,众人找不到钥匙,心急如焚,忽然听到外面传来汽车发动的声音。吴乾如释重负地长吁一口气,贺红衣看到吴乾的神情,瞬间明白中了吴乾的计。

贺红衣来不及与吴乾费口舌,慌张向外大喊:"站住!"

吴乾拉住贺红衣,装作不知情:"别追了,你两条腿怎么可能跑过四个轮子!看样子他们是想独吞,你放心,我肯定把我家那死不了的给你抓回来!"

贺红衣一把推开吴乾,露出不敢置信的神情:"你别演了!"

博文等人围过来:"红衣,怎么回事?"

"我演什么了,我是真的不知道!"吴乾争辩道。

贺红衣瞪着吴乾怒吼:"你敢说你不知道?钥匙是怎么丢的?又是怎么跑到你爹手里的?"

吴乾心虚硬撑:"都说了不是亲爹,他干什么我怎么会知道?"

贺红衣颤抖着说:"够了!你是不是从一开始就想好了,五十个箱子一到手就远走高飞,逃到我永远也找不到的地方……这么久以来,你对我说的话,到底哪一句是真的,哪一句是假的?还是你从来都没跟我说过实话!"

"……有,我有。"吴乾低下了头。

"我再也不会相信你了!走,你现在马上带我们去把他们俩找回来!如果这五十个箱子出了事,你们谁都负不起这个责任!"贺红衣愤怒地拉着吴乾往外走。

假仓库外不远处,乔娜的车向着万金隆和吴法天的车直冲而来,万金隆只得猛然刹车。

乔娜带着一众小弟立即将吴法天和万金隆的车团团围住,二人灰溜溜地下了车。

乔娜看到万金隆的一瞬间,心头猛然一震,随即举起枪来,一字一顿道:"万红楼? 是你? "

万金隆举起双手,挤出一个笑容:"好久不见。"

乔娜冷笑:"哼,我满上海地找你,没想到得来全不费工夫,新仇旧恨,咱们也是时候一起算算了。"乔娜扣动扳机。

吴法天吓得赶紧开口:"有话好好说,好好说,别激动。"

乔娜瞥了吴法天一眼:"闭嘴蹲下! 敢再有一点动静我就射穿你的脑袋。"

吴法天瞬间腿软,抱着头蹲了下去。

乔娜又对阿平道:"把他们车上的箱子卸了,再把这个老东西押到里面,仓库内的所有人,全部拿下,要活的! "

阿平押着吴法天,带着小弟们领命而去。


假仓库中,吴乾被贺红衣逼至二楼角落,手里抱着最后一个箱子,威胁道:"你别过来,你再过来我就把箱子扔出去,我们谁也别想拿走! "

贺红衣担心箱子里的鸦片掉出来:"吴乾,你给我放下! "

"放下你放我走吗? "

"休想! "

"那你也休想! "

贺红衣气急,上前抢箱子。吴乾手一松,箱子滚落下去,顿时碎裂开来。可谁都想不到,从箱子里撒出来的不是银元,也不是鸦片,竟然是白花花的大米!

贺红衣目瞪口呆:"怎么会? "

吴乾也愣住了,扭头看向贺红衣:"我的钱呢? "

众人震惊之际,小弟们押着吴法天气势汹汹地杀了进来,学会众人顿时慌张起来。

假仓库外，乔娜的枪抵在万金隆的头上，却迟迟下不了手。

货车旁，四十九个箱子被卸在地上，小弟汇报道："帮主，车上只有四十九箱，少了一箱。"

乔娜情急转身，牵动了陈年腰伤，顿时疼痛难忍。

万金隆立即扶住乔娜："你的旧伤又复发了？从前我给你的华美牌药膏还在用吗？"

小弟脸色一变："你怎么知道我们帮主腰上有伤？"

万金隆笑笑："你们不知道的多着呢。"

乔娜又羞又怒，再次举枪对准万金隆："闭嘴，再说一个字我就杀了你！"

万金隆温柔地看着乔娜："你拿枪的样子还是很好看。"

乔娜一听这句话，瞬间想起了五年前，她因为误会拿枪指着万金隆，万金隆却直勾勾地望着她，轻声说道："你拿枪的样子真好看。"在那之前，还从来没有一个人在她的枪下这样淡定从容，甚至还透着一丝迷人的气息。

时隔五年，乔娜再次听见这句话，再次看见这样的万金隆，不禁湿了眼眶，颤抖着放下了枪："告诉我，你到底是谁？"

万金隆伸出手道："重新认识一下，我叫万金隆，刚刚刑满出狱。"

乔娜怔怔地看着万金隆，一把握住他的手，将他拉向自己，接着提膝猛顶了一下万金隆的腹部，万金隆闷哼一声捂着肚子跪了下来。

乔娜发泄似的拳打脚踢，越打越伤心："万金隆？你叫万金隆？刑满出狱？怪不得这五年我找不到你一点踪迹！"

这时，小弟匆匆来报，发现假仓库内还有许多人。

乔娜又继续用枪顶着万金隆："进去吧，从前没机会见见你的朋友，今天倒是能会上一会。"


乔娜押着万金隆走进假仓库，阿平已经带着小弟们将吴乾和贺红衣等人悉数捆绑起来。

乔娜看见碎裂的箱子和撒落一地的大米，冷笑一声："原来少的那一箱在这儿，这下人齐了，箱子也齐了。"

万金隆无奈地对乔娜说道："你非要做得这么绝吗？"

"轮不到你说话。"乔娜瞪了万金隆一眼，随即对众小弟说道，"这个叫万金隆的你们给我看好了，我亲自处理。其余的，你们看着办，只要不弄死，怎样都行。"

被绑住手脚的吴法天见所有人都盯着万金隆，便慢慢挪动屁股，向着大门蠕动。

乔娜冷冰冰地盯着吴乾和贺红衣等人："真是没想到，你们居然搞了一个假仓库来骗我们。"

"老大，不好了！跑了两个人，一个老头子和一个小姑娘！"一个小弟发现人丢了。

阿平立即踢了小弟一脚："你们都是死的吗？眼皮子底下也能让人跑了？"

乔娜眯起眼睛摆摆手："跑得了和尚跑不了庙，无妨。"


五十五号真仓库中，孙海已经等了三十分钟，还不见送货的车队，急得像热锅上的蚂蚁。这时，乔娜押着吴乾和贺红衣等人赶来，说明了前因后果。孙海愤怒不已，立即将吴乾等人押进仓库看管起来。

乔娜走到吴乾面前："给何先生复命之前，我想先和你们聊聊。吴乾，我们是老熟人了。"乔娜转向贺红衣："还有你，万术大赛的冠军是吧？你们怎么打起鸦片的主意了？"

听到"鸦片"二字，吴乾顿时愣住，用质问的眼神看向贺红衣。

贺红衣避开吴乾的视线，看着乔娜："是，我就是想要你这五十箱鸦片，既然落在你们手上，我也无话可说。"

乔娜一笑："你没必要跟我解释，我只是拿钱办事。只怕等何先生来了，他对你们就没那么客气了。"

阿平上前说道："何先生的车来了。"

乔娜看了看吴乾，随阿平离开。

吴乾低声问道："贺红衣，你早就知道了是不是？"

贺红衣内疚地点点头。

吴乾咬牙切齿:"你跟我说偷的是银元,你要我?"

贺红衣低着头,没有回答。

吴乾苦涩一笑:"贺红衣,你还说我一直在骗你,那你呢?你利用我和我爹,帮你偷五十箱鸦片?你到底图什么?你傻啊?"

"你和我有什么区别?你和你爹不也一样想拿走所有的钱,你也骗了我!我们……两清……"

"我从来没想过要瞒你。这五十箱钱,我是想分给我的朋友——卫乘风、阿奶、潇潇、董大锤、你们学会……你!呵呵,反正现在说什么都没用了。"

"我对不起你。"

"这就是学会给你的任务?你们要这五十箱鸦片做什么?"

"毁了它!不能再让它落到心怀不轨的人手中,残害国人。"

"这和你们有什么关系,值得你们费那么大力气赌上性命去做?"

贺红衣眼中含泪,认真地看向吴乾:"苟利国家生死以,岂因祸福避趋之。救国殒身,死而无憾!"

"又说些我听不懂的话……现在我们该怎么办?"

"我会告诉他们,这事和你没关系。"

"然后你一个人扛下来吗?"

贺红衣点点头。

吴乾苦笑道:"看来我答应你的这个任务,暂时是完不了了。对不起,既然任务完成不了,一拍两散我也做不到。"

"你什么意思?"

"说出来竟然还挺高兴的。贺红衣,轮到我做大英雄的时候了。"

这时,仓库门打开了,何致鸿走了进来,细细打量着吴乾和贺红衣,认出他们一个是万术大赛的冠军,一个是被钱白铁开了一枪的浑小子。

吴乾看着何致鸿,嬉皮笑脸道:"我们还真是有缘。"

"呵,亏你还笑得出来,可惜啊,阎王那时没收你,就是为了今天留给我的。既然是老熟人，那我也不绕弯子了。能拿到万术大赛冠军，你们都不是普通人，说吧，是谁指使你们偷我的鸦片？"

仓库中一片安静，没有一个人开口。

何致鸿嗤笑道："你们这些小孩子，正是读书的年纪吧，难怪，看了些所谓进步的三流小报，就觉得自己是中国的救星，其实你们懂个屁！不过我也能理解，毕竟年轻人爱冲动，受人唆使也情有可原。只要你们告诉我背后之人是谁，我就放了你们，绝不食言。"

吴乾冷笑："还真没人指使我们，你听好了，爷爷我想干什么就干什么，之前我想赌钱就去参加万术大赛，今天我又缺钱了，我就要来偷你的箱子，怎么着吧？"

"你想干什么就干什么？我看你现在还想跑呢，不是照样逃不出我的手掌心？你们以为你们搞了个假仓库，偷梁换柱，厉害坏了吧？可是这世道，谁都别以为只有自己是聪明人！我早知道有人要打我这五十箱鸦片的主意，就等着你们钻进来呢！"

贺红衣开口道："我一人做事一人当，就是我想要这五十箱鸦片，你放了他们！"

何致鸿盯着贺红衣："你当我是傻子？你一个姑娘家，要五十箱鸦片做什么？卖钱？开烟馆？我不信。不开口，没关系，我有得是办法。"

孙海会意，立即对着吴乾拳打脚踢，吴乾愣是半个字都没说。

何致鸿玩味地看向贺红衣："我这个手下啊，对付男人只会用拳头，但是对付女人嘛，花样可就多了。"

吴乾立刻挣扎着尖叫起来："是我，是我，我就是主使！"

何致鸿含笑看着吴乾："你？你有什么本事？这一群学生是哪来的？你们是什么关系？"

吴乾立刻开口："大班！是原来那个大班告诉我的，他说你和马尔斯有交易，我就心动了！我要抢你们的鸦片去卖钱，他们都是被我骗来的，我跟他们说箱子里装的是钱，他们这群傻子竟然信了，哈哈……有没有比这更好笑的事？"

贺红衣听着吴乾的话，默默流下了眼泪。

何致鸿根本懒得听吴乾的鬼话，他走到仓库角落的小办公室打起了电话。孙海则继续对着吴乾拳打脚踢起来。

钱白铁在办公室中接起电话，对方正是何致鸿。

"老钱，万术大赛一别，我们也许久未见了，今晚赏个薄面喝一杯？"何致鸿问道。

"何先生？你这个电话来得倒是不巧，我昨日恰好答应夫人，今晚陪她和她的朋友们打几圈麻将，不如你到我这里来，我请你喝一杯，如何？"

"好啊，那我也带上一个女伴，这个人你还很熟悉，叫贺红衣，万术大赛的冠军，你不介意吧？"

钱白铁无声冷笑一下："当然不介意，说起来，我也好久没见过她了。"

何致鸿大笑起来："你当然见不到她，她最近一直在忙着偷我的仓库呢！钱白铁，如果我没记错的话，这个贺红衣是你的人吧？我的仓库被偷，你说，我是不是应该怀疑老钱你呢？"

"她偷了你的仓库？何先生，我还真不知道。万术大赛的时候她的确是我看中的人，但是我刚才也说了，万术大赛之后我和她的交易关系就结束了，再未见过。如果你怀疑仓库被偷与我有关，不如把她带来与我对质，这样无端地怀疑我，何先生怎么还是一如既往地不讲道理呢？"

何致鸿阴阳怪气道："看来我还真是错怪你了，老钱。"

"无妨，那今晚的麻将局，你还来不来？"钱白铁明知故问。

而何致鸿却直接挂断了电话。

钱白铁将电话放回原处，脸色阴晴难辨。

陆横恭敬问道："先生，您当时发现贺红衣也参与到鸦片一事中来，为何不阻止呢？现在何致鸿明显是怀疑您了。"

"怀疑又能怎样，他拿不出证据，因为我和贺红衣确实没有关系。况且这么容易让人联想到我的一个人，以何致鸿的多疑，肯定会怀疑这是他的其他仇家利用我设计的一个圈套，他越想就会越觉得觊觎他鸦片的人越多，我们的嫌疑反而会越少。"钱白铁微微一笑。

五十五号仓库中，何致鸿挂上电话，反复琢磨着方才钱白铁的话。

孙海跑过来问道："先生，您说这个贺红衣真的是钱白铁派来的吗？"

何致鸿摇摇头："他的嫌疑原本最大，可现在我反而有些不确定，他又不是傻子，派人应该也不会派一个这么容易让人认出的女人……这里面的水看来深得很，总之不管是谁派来的，现在人在我手上，我就不信问不出来！"

熙熙攘攘的街道上，吴法天一路狂奔，终于气喘吁吁地停了下来，一屁股坐在地上："累死我了……也不知道有钱他们逃出来没有，估计够呛，不行，我得好好寻思寻思怎么把他们救出来……哎哟，这笔生意真是亏大发了！"

吴法天正要起身，忽然撞上一个人，正是陆横。

陆横押着吴法天来到戏院，钱白铁刚刚落座，正在喝茶听戏。

吴法天吓得畏畏缩缩："大哥，鸦片的事，我全按您的吩咐做了，把吴乾这臭小子骗得那叫一个团团转。您不许我说，我谁都没说，他一直以为抢的是银元呢。"

"那你逃什么？"钱白铁冷冷道。

吴法天满脸委屈："这不出了点意外吗，谁知道何致鸿派来了砍刀帮，那群小子都被逮住了，我好不容易才逃出来！但是大哥，为什么那箱子里装的是大米啊？我当时都懵了！"

"你不需要知道太多。"

"是是是！"吴法天担心吴乾，又旁敲侧击，"那吴乾他们落在姓何的手上……还有没有命活下来啊？"

"你还挺关心他的。"

"不是，随便问问，反正不是亲生的，死了再捡一个就是了。"吴法天一脸的焦虑。

台上，贺青舟登场亮相，钱白铁心情愉悦："老何估计还不知道吧，这五十箱鸦片，他是永远拿不到了。"

吴法天赔笑点点头，不安地思考着。

和吴法天一同逃出来的女孩正是雨辰，她一路狂奔，小心躲避，好不容易才回到了剧院。桑介桥听说行动失败，学生们也被抓了，顿时心急如焚，紧急致电胡部长，然而胡部长一直在开会，迟迟未能联系上。桑介桥脸上的怒意和急躁尽显无遗，完全不复往日的镇定从容。

此时，仓库中，吴乾已经被打得意识模糊，却仍旧没有开口。何致鸿没了耐心，索性让乔娜将人悉数带回砍刀帮看管。

众人被砍刀帮众人押到车上，贺红衣心疼地抱着吴乾的脑袋："你怎么那么傻，你为什么不说是我……"

吴乾挤出一个笑容："毕竟我还没退出学会，我要保护你，保护学会啊……"

贺红衣忍不住流泪："是我错了! 吴乾，我以后再也不骗你了!"

"你发誓吗?"

"我发誓!"

"那你，愿不愿意嫁给我? 不许骗我。"吴乾故作轻松，使出全身力气笑了一下。

贺红衣咬住嘴唇，不知如何回答，吴乾却一歪头失去了意识。


虽然尚不知幕后黑手是谁，但何致鸿的心情仍旧十分愉悦，此时，他的五十箱鸦片按计划应该已经从码头出发抵达怡和洋行了。这时，一个手下慌张来报，说码头上的鸦片不见了! 何致鸿顿时脸色大变。

红府戏院中，钱白铁也收到了鸦片消失的消息。

"什么? 出什么问题了?"钱白铁大惊失色。

吴法天警惕地看着钱白铁，不知他们在说些什么。

陆横慌张道："我早买通了码头管理员，何致鸿的船停靠时间是中午十二点到一点，后来管理员告诉我，孙海要求延长一小时。我刚才派人提前十五分钟到了码头，冒充何致鸿的人想光明正大地把鸦片提出库。可谁知……谁知我们的人到了船上，鸦片竟然已经被提走了!"

钱白铁眯着眼睛琢磨："提走了……"

"会不会是何致鸿猜到有人会对鸦片动手，又提前去运走了货?"陆横问道。

钱白铁看向吴法天，吴法天马上装作看戏，一个劲儿地叫好。

钱白铁沉吟片刻道："派人盯住他。"

剧院中，桑介桥终于拨通了胡部长的电话。

"十分钟后我还有一个会，长话短说。"胡部长语气不善，"这次的任务，我已经安排了其他人。清缴英国人的鸦片，为什么交给你来做，你心里应该清楚。"

"时局动荡，组织不便明面交涉，所以才……"

胡部长打断道："可你非但没能完成重托，更险些引火烧身，将学会暴露出去！你的那些人，如果救不出来，就早做准备，绝不能让英国人知道此事与我党有关！老桑啊，你这次太让人失望了。"

"是我辜负了组织和您的信任，一切责任和后果我来承担，但是那些孩子请您……"

"你有更重要的事要做，这五十箱鸦片将于今日早晨运至上海印刷厂，你去接手，处理干净，立刻。"

桑介桥顿时色变："您安排了人？您早做了准备为何不与我知会一声？您知不知道那些孩子现在生死未卜，命悬一线！不管怎么样，您哪怕提前两小时，不，一小时告诉我，我就不会像现在这样眼睁睁看着他们……"

"老桑，我能理解你的心情，但你要记住，我党的利益高于一切，你要时刻提醒自己，你是国民党人，永远不要忘记你的身份和使命！"胡部长挂断电话。

桑介桥放下电话，苦涩地思忖着，学生们落于江湖帮派之手，只要有足够的钱就能把他们的命买回来，可是钱从哪里来呢……

时间一分一秒过去，桑介桥一夜未睡，一直坐在桌边凝神思考着。黎明时分，他终于下定决心，违背上级的意愿，将鸦片卖给钱白铁以换取救学生的钱。

此时，钱白铁也坐在办公室中一夜未睡，思忖着到底还有谁知道鸦片

的事，鸦片又是如何被带走的。电话铃突然响起，打断了钱白铁的思考。

"钱先生，我有一批鸦片，不知道你感不感兴趣？"听筒中传来一个刻意压低的男声，正是由桑介桥假扮的卖货人。

钱白铁猜测这个卖家就是盗走鸦片之人，玩味道："哦？说来听听。"

"我这批货是今天中午刚靠岸的，一共五十箱，我想，钱先生是最合适的买主。"

钱白铁冷笑一声："果然是你，开个价吧。"

"五十根金条，明天放在闸北的永安里弄堂废墟。"

钱白铁笑着挂掉电话，自言自语道："老何啊，你怎么都想不到，虽然花了点工夫，但这鸦片最终还是落在了我的手上。"

门外，吕思蒂悄然偷听着这一切……


大写回到洋行后，左思右想都觉得不安，索性悄然离开了。马尔斯久久不见他回来复命，担心仓库里的货出了问题。

这时，何致鸿从容到来，面色愉悦："亲爱的马尔斯，我来就是想告诉你，货已经全部入库，请放心。"何致鸿拍拍马尔斯的肩膀，故意稳住他。

"可为什么大班到现在都没回来跟我复命？"马尔斯狐疑道。

何致鸿心下一惊，强装镇定："可能他自己遇上什么事了，跟我们有什么关系？"

"我怎么总觉得哪个环节出了问题。"

"你要是不放心，我这就派人去找他，怎么样？"

"大班在哪不重要，只要我的货安然无恙。"

"货在仓库里呢，万无一失，你就等着数钱吧！"

马尔斯将信将疑地点点头。

何致鸿离开洋行，脸色顿时阴沉了下去。

孙海忍不住询问："先生，我们为什么不告诉马尔斯货丢了？反正也瞒不了多久，要是直接告诉他，大家还能一起想想办法。"

"早知道和晚知道之间，差别是什么？"何致鸿看着孙海。

"时间？"

"对，时间。这是我们唯一能翻盘的机会，如果在这段时间内我们能把货找回来，那皆大欢喜，即使找不回来，我们也可以在其他地方下点功夫，尽力弥补他的损失，总好过现在告诉他货丢了，这等同于告诉他，我办事不力，不适合做合作伙伴。"

"还是先生考虑周全，可是接下来该怎么办？"

"让乔娜继续审那几个小子，你去找大班，哪怕把整个上海滩掀个底朝天，也得把人给我带来！"

"是。"

卫乘风带着一众便衣巡捕在怡和洋行外守了一天一夜，没有发生一点儿意外，于是轻松地回到巡捕房复命。

卫乘风走进办公室，发现何致鸿正坐在余德义的对面。

余德义阴沉着脸向卫乘风介绍："这是何致鸿何先生，今天让你保护洋行的货物，那货就是何先生的。"

卫乘风微微点头："何先生，您好。"

何致鸿冷哼一声："任务完成得怎么样？"

"何先生放心，洋行一切正常，并没有异动。"

何致鸿猛然打了卫乘风一巴掌："什么叫一切正常？我的五十箱货在你的一切正常里全丢了！"

卫乘风既屈辱又震惊，隐忍解释："什么？不可能啊，我亲眼看着五十箱货进了电梯，怎么可能货物失窃？"

何致鸿冷冷地看着余德义："箱子是进去了，可箱子里的货没了！余巡长，我的货丢在了你们巡捕房严加看守的区域，你今天必须给我一个说法！"

余德义略微思索，当即看着卫乘风："卫乘风，何先生的话你听明白了吗，公共租界本来就是你的巡逻区，我还特地安排你严加看守怡和洋行，结果你出了这么大的纰漏，我真是看错你了！"他又看着何致鸿，"何先生，这件事是由卫乘风全权负责的，要怎么发落，您说了算。"

卫乘风略显着急："长官，我……这到底是怎么回事？我真的不知道发

生了什么，一定有什么误会。"

"误会？我的五十箱货光天化日之下被人劫了，这是误会吗？余巡长，想不到你的手下竟是这般推诿之人，看来不用也罢！"

卫乘风顿时明白他们是在拿他当替罪羊，只得委屈认错："我不是这个意思，我没有想推诿责任，和洋行有关的一切出了问题都和我脱不了干系！"

"哼，你知道就好！"何致鸿瞥了卫乘风一眼。

"何先生，您这批货，价值多少钱？"余德义问道。

何致鸿气愤更甚："这要是钱能解决的问题，我还用得着找你？出了这么大的事，你让我怎么跟洋人交代？"

余德义不紧不慢地说道："既然是要一个交代，钱不行，就用命来……"

卫乘风急忙打断余德义："巡长，求您再给我一次机会！我一定查清这件事！"

余德义看了何致鸿一眼。

卫乘风赶忙再说："我自请降职减薪，并且一定查清真相，给何先生一个交代！"

"如果查不清呢？"余德义问道。

"查不清……查不清我便自愿离开巡捕房！"

余德义看了看何致鸿的脸色，对卫乘风道："好！"


砍刀帮中，吴乾和贺红衣等人被捆在一起。贺红衣抱着吴乾的脑袋，用衣服拭去他脸上的血渍，满眼心疼。学会众人看着昏迷不醒的吴乾，又感动又愧疚。

博文叹息道："以前是我有眼无珠，对他持有偏见，没想到关键时刻，他竟一句与学会有关的话都没说。"

万金隆感慨道："仗义多是屠狗辈，读书多是负心人啊。"

这时，阿平走到万金隆身边，用脚踢了踢他："负心人，我们老大让你去还债。"

万金隆苦笑："确实也该还债了。"

阿平将万金隆带到乔娜面前，便识趣地离开了。

乔娜二话不说，一巴掌打在万金隆脸上："当时为什么不告而别？"万金隆没有回答，乔娜反手又是一巴掌："五年！五年一点消息都没有！你当我是什么？"

万金隆哀伤地看向乔娜："你就这么恨我吗？"

乔娜逼视着他的眼睛："你说呢？"

"对不起，我当时家里出了事，我不想连累你，只能离开。后来我就进了监狱，想找你也找不到。是我不好，我没想到你到现在还这么恨我，我以为我们只是……玩玩而已，你不会那么在意我……"

乔娜眼眶泛红，扬起巴掌却下不了手："玩玩？不会那么在意你？原来我在你心里就是这样的女人！"

"我只是不觉得自己会那么重要……说实话，我都不敢想我们还有重逢的一天，离开你以后，我才发现我总是想起你，就算是听别人提起你的名字我都会紧张，我没办法再骗自己了，其实……我早就爱上你了。"

乔娜的手微微颤抖，犹豫片刻，依旧毫不客气地打在他的脸上："如果你真的对我有情，怎么会连真名都不留给我？那天又怎么会在洋行门口对我视而不见？我已经不是以前那个我了，你的这些鬼话，我是断然不会相信的。"

万金隆的嘴角流出血来，他却笑了笑："随便你怎么想我，我对你的确有九分谎话，但剩下那一分，是真心的。看到你这个样子，我就放心了，你还是我爱过的那个乔娜，一点都没变。"

乔娜强迫自己冷静下来："私事聊完了，我们来聊聊公事。说吧，你们是受谁的命来骗这批货的，以那个贺红衣为首的都是什么人？"

万金隆看向乔娜，面带笑容，却一声不吭。

# 第三十九章

# 挚爱

　　砍刀帮中，吴乾终于缓缓醒来，贺红衣情不自禁地抱住他，一句话都说不出，只顾流泪。

　　"醒了就好，你没看到刚才红衣都急死了！"博文的眼眶也红着。

　　吴乾故作轻松："急什么，我这么多年被打惯了，最擅长的就是挨打，看上去伤得很重，其实不痛。"

　　"都什么时候了，你还开玩笑！"贺红衣擦了擦眼泪。

　　博文认真地看着吴乾："吴乾，以前我对你有误会，现在我要和你说声抱歉，学会感谢你。可能你不喜欢我们，但我们这次是真心希望你能留在学会，以后我们就是同志了。"

　　吴乾笑笑："什么是同志，就是兄弟的意思吧，既然你开口了，以前的事一笔勾销，以后你们的事就是我的事！"

　　这时，万金隆被押回来，脸上红红的，身上并没有伤。

"她没把你怎么样吧？"吴乾问道，"你的脸怎么肿了？"

"你和乔娜到底是什么关系？"贺红衣问道。

万金隆避而不谈，担心地看着吴乾："你怎么样了？"

"死不了，乔娜都问你什么了？"吴乾追问。

万金隆只得照实说："放心吧，我什么都没说，而且我的确什么都不知道，也说不出来。"

"我早就看出你和她关系不一般了，说，你怎么招惹上她的？"吴乾的脸上浮现出一丝坏笑。

万金隆叹了口气："这是段孽缘，出事前我也是个不知人间疾苦的少爷，上海滩但凡有趣、有姿色的姑娘，我都认识过。"

吴乾鄙视道："看不出你竟然是这种人。"

"一个偶然的机会，我认识了乔娜，她和我之前认识的姑娘都不一样，我觉得很新鲜，但我知道她背后不简单，一开始就不想和她牵扯太深，于是化名'万红楼'和她接触。她从小就不赞同相夫教子那一套，早早就成了帮派里最能打的，那些男人都打不过她，他们帮主便让她接了班。她的愿望是盗亦有道，除暴安良，把那些欺负中国人的坏人都赶出这片土地。说实话，我很佩服她，也的确心动了，我开始后悔为什么要骗她……"

"那后来呢？"博文问道。

万金隆叹气："后来我家就出事了，我不想连累乔娜，也没和她多说什么。那天突然好多人来我家，把我抓进了监狱，我连一句告别的话都来不及和她说。就这么五年过去了，我以为她已经把我忘了，就和那些所有忘记我的姑娘一样。"

"她可是恨了你足足五年。"贺红衣不禁叹息。

万金隆愧疚不已："她怎么恨我都不为过。"

吴乾笑了笑："她哪是恨你啊。"

万金隆苦笑："不说我了，看看你们，一个个都挂了彩，明天何致鸿又要来，我们还是想想该怎么办吧。"

贺红衣点点头："这一切都太不对劲了，我们原本得到消息，五十箱鸦片要入怡和洋行的地下保险库，当我们想方设法打进保险库时，却获

知入库地点换到了五十五号仓库。到了今天我们才发现，箱子里的货竟然不是鸦片，而是大米……"

"明显是对手骗我们上钩，要来一个瓮中捉鳖。"吴乾说道。

"老师一定会想办法救我们出去的！"博文看着大家。

吴乾满脸不屑："你还想着那个桑老头？雨辰不是跑回去报信了吗，到现在也没动静，我看还是得靠自己！"

贺红衣看着吴乾："老师哪怕孤身犯险，也绝不会丢下我们不管，我们耐心一点儿。"

"他有那么厉害吗？你们能不能告诉我，这个明镜学会到底是干什么的？"吴乾看着众人。

"告诉他吧，反正我已经认定吴乾是自己人了。"博文看着贺红衣。

贺红衣正色道："国富民强，天下为公。吴乾，你看到的，现在这个社会充满欺压和不公正，我们被洋人侵占地盘，剥削使唤，政府却听之任之，无所作为。我们想改变这一切，想实现一个国家富强、人民安乐的社会。为了实现这个理想，我们个人的利益和生命都无所谓。"

吴乾震惊不已："你们疯了？你们都是些文弱书生，放着好日子不过，搞这些东西？"

"覆巢之下，安有完卵。只要这个社会一天不改变，我们永远只能看别人的脸色过活，就永远没有好日子。"贺红衣严肃说道。

吴乾皱皱眉："我不懂你说的，我只想吃饱饭，平平安安过日子！"

"那我问你，白毛是怎么死的，他做错了什么？你入狱，你又做错了什么？万金隆好好过日子，为什么也被牵连？你们想要平静的生活，但时局不允许，外国人对这片土地虎视眈眈。只有站起来改变这一切，我们才能真正过上好日子。"贺红衣目光灼灼。

万金隆点头认可："我同意红衣，我这辈子太憋屈了。"

吴乾仍旧困惑："所以你们搞这些鸦片，是为了国家好？"

"我们要销毁这些鸦片，不能让它们流入烟馆、流入百姓手中，鸦片战争过去八十年了，今天我们绝不能让他们再用鸦片毁了国人！"

吴乾被说服，苦笑道："你总有一堆理由，反正我从头到尾都被你牵着鼻子走，都到了这一步，我退出也来不及了，还是想办法一起逃出去吧，不然到了明天我们真可以同年同月同日死了。"吴乾环视四周，压低声音："那么多人看着，硬的不行，就只能来软的了。"吴乾盯向万金隆。

万金隆不明就里："你看我干什么？"

吴乾打量万金隆："你一根毫毛都没掉就回来了，说明什么，她心里有你！你去求她，让她把我们放了，一定行！"

钱府中，钱白铁将陆横叫来，命他准备五十根金条，陆横一猜便知与鸦片有关。

"有人打电话来，要把何致鸿弄丢的五十箱鸦片卖给我，我何乐而不为呢？"钱白铁笑笑。

"这可不是一笔小数目啊，属下斗胆请您慎重考虑，万一这是个局，我们准备的钱岂不是羊入虎口。"

"羊入虎口？你觉得我们是羊？"钱白铁把玩着扳指，"我们不是羊，我们是虎。何致鸿也是虎，可是自古以来，一山就不容二虎。我与他明争暗斗了这些年，为了什么？"

陆横犹豫片刻："为了更多的金钱、更大的权力、更高的地位、更……"

钱白铁摇摇头："是为了在这个吃人的时代，不被别人分而食之、置于死地。这么久了，我想尽办法让马尔斯对何致鸿失去信任，想借英国人的手给他一记重创，又处处小心以免被何致鸿抓住把柄，到上面告我一状。行错一步，满盘皆输。到了紧要关头，你说我这最后一颗棋，落是不落？哪怕是陷阱，我也要抓着何致鸿，跟我一起掉下去。"

"属下明白了。"

"何致鸿的好日子就要到头了，这次我可要好好想一想，怎么才能把这五十箱鸦片用到刀刃上。走到如今，活着反而成了最难的事，有个意趣寄托，实难割舍……明日去红府看看，不知贺老板唱不唱。"

"好的先生，还有一件不太重要的事，何致鸿把吴乾抓了。"

钱白铁笑了笑："这个吴乾，每次我快要把他忘了的时候，他总能自己送上门来当我的刀。去，把吴法天带过来。"

陆横将吴法天带到，钱白铁高深莫测地盯着他，半天也不说话。

吴法天胆怯地开口问道："钱大哥，我是不是可以回家了？"

陆横踢了吴法天一脚："回家？你收了定金，却连一箱鸦片都没搞回来，让我们先生跟你白折腾一趟，你还想回家？"

"哎哟两位大哥，不，这位弟弟，我解释过了，该做的我都做了，没拿到鸦片我也没办法啊！钱大哥，您就开恩放了我吧，定金我早赌光了，我当牛做马侍奉您来偿还，您吃饭我给您试毒，您半夜出恭我都在门口守着……"

钱白铁幽幽开口："你本就是个死人，我要是不想让你活了，你也就真的死了。"

吴法天哭天抢地："我错了，我真的错了，早知道变成这样我就不应该……"

钱白铁继续说道："好在五十箱鸦片原原本本回到了我手里，你的小命保住了。"

"真的？哎哟钱大哥，我就知道你是个好人！"

"但是难解我心头之恨，留下点什么来弥补我的损失呢？"钱白铁上下打量，将目光定在吴法天的手指上。

吴法天吓得鬼哭狼嚎，以为钱白铁要剁了他的手，然而陆横却只是奉命拔掉了他右手食指的指甲，然后便放他离开了。

"先生，您放了吴法天，万一他告诉吴乾鸦片在我们这儿……"陆横问道。

钱白铁淡定一笑："不怕他知道，就怕他不知道。"

"您故意让他回去送信，那为何还要拔他的指甲？这样一来，吴乾就会想着给吴法天报仇，总是多出来的麻烦。"

"你还不了解吴法天这个老匹夫吗？这个节骨眼上，他肯定不希望吴乾知道，他一直在欺骗吴乾，凭着三寸不烂之舌说不定就把吴乾忽悠住了。拔了他的指甲，吴乾就一定会刨根问底，吴法天只能带着对我们的恨和惧老实交代。吴乾要是想找我报仇，鱼就咬钩了。"

"属下愚钝，您为什么要选择吴乾这样一个市井无赖来替您完成这样重要的计划？"

"我也奇怪,这个无赖偏有一种抓人目光的本事,名字也特别,吴乾,呵,没钱可能命就大吧。从万术大赛开始,我就在观察他,越观察越觉得他有意思,在赌场他像上蹿下跳却很聪明的猴子;被我送进监狱,又像怎么都踩不死的虫子……如果这次他还能活下来,我倒真要对他刮目相看了。"

"可是他现在还被关在砍刀帮里。"

钱白铁漫不经心道:"那就让他出来。"

"这……恐怕有些难度,何致鸿那个老狐狸,不会这么轻易……"陆横一脸为难。

"这不是你该操心的事情。"钱白铁挥挥手让陆横退下了。

砍刀帮中,乔娜收到钱白铁派人送来的信,命她放了吴乾。

这时,阿平进来说:"老大,那个姓万的小子非要再见您一面,您看我是让他进来,还是收拾他一顿?"

"让他进来。"

"是!"阿平立刻把万金隆押进来,"你小子说话小心点,再惹我们老大不高兴,我打死你!"阿平欠身离去。

乔娜看着万金隆:"还没被打够吗?"

"乔娜,我……我想了半天,怎么都睡不着。"

"哼,明天是死是活都不知道,你们谁能睡得着?"

"不是的,我不怕死,监狱我都住过,抢洋行这种事我都能干,我还真不怕死。可是我……我怕的是,到死都有遗憾……"万金隆深情地望着乔娜,"我不想留遗憾,唯一的办法就是在死之前把我的心意告诉你,只有这样我才觉得我这一生没有白活。你知道吗,我跟你在一起的每一天都很快乐,就算是争执吵闹都觉得很满足,不过一开始我并不懂得珍惜,后来才慢慢发现,你对我有多么重要。我为我以前做的错事向你道歉,如果我有命活着出去,我希望还能和你像以前一样……"

万金隆把这一段吴乾教的词一股脑背了出来,配上深情的表情,乔娜果然被感动得眼眶泛红。

"我愿意再信你一次。"乔娜望着万金隆,心中却想着方才钱白铁派

人送来的信。

万金隆指指外面："那他们……"

"既然我答应了你，那么你的朋友就是我的朋友，但你得留下。"

阿平一众小弟给吴乾等人松了绑，吴乾悄然给站在乔娜身边的万金隆竖了一个大拇指。

乔娜威严道："我放了你们，并不等于你们能'活'着走出去。"

"你不是答应我……"万金隆大惊。

乔娜看了万金隆一眼，继续说："我跟你们无冤无仇，说到底只是拿人钱财替人办事，既然如此我就必须对何致鸿有个交代，否则我砍刀帮在江湖上还如何立足？所以，阿平，今夜你晚些时候去仓库放一把火，记住，一定要烧得干净，再弄些动物骨头来，伪装成他们几个被烧死的样子。"

"是。"阿平领命。

乔娜看着众人："你们能干出动静这么大的事，想必都是聪明人，你们应该明白，既然我能放你们一命，也能把你们的命随时抓在手里。所以，出去以后你们必须隐姓埋名，就像死了一样，若是敢透露半句我放了你们的事，我保证不过一炷香的时间你们就会身首异处！"

吴乾连连点头："乔帮主，这你就不用担心了，你放我们一命简直就是我们的再生父母，世上哪有出卖自己爹娘的事，你们说是吧？"吴乾嬉皮笑脸地看着贺红衣等人。

贺红衣严肃道："请娜姐放心，我们一定遵守承诺。"

"那我们就抓紧时间撤吧？"吴乾见万金隆一动不动，好奇地问道，"万金隆，还不走？"

"我暂时留在乔娜身边。"万金隆低着头。

"你要做人质？"吴乾大惊。

"不，我答应了乔娜一些事，我必须帮她完成。再说我留在砍刀帮做人质，他们也对你们更放心，不用担心我，我没事的。"万金隆郑重地对着吴乾点点头。

寂静无人的弄堂，大写和小桃红躲在角落里。

"真想不到你们竟然出了这么大的事！"小桃红叹息道。

"我满脑子想的都是被洋人抓住了之后的事，不知道是被乱棍打死还是被一枪崩了，早知道这样我真不该做这件事……小桃红……"大写一把抓住小桃红的手，将一沓银票塞给她。

"你这是做什么？"

"这是我这么多年攒的钱，你留着，我现在没办法替你赎身了，我是个骗子，但是我对你说过的那些话，没有一句是假的，你对我来说是最重要的。等我走了，你用这些钱买回卖身契，好好过日子！"

小桃红百感交集，泪盈于睫。

"小桃红，我真的害怕，我怕死，更怕再也见不到你……"大写几乎要哭出来。

"事到如今害怕也不是办法，还是找人帮帮忙吧，我们得趁早离开上海。"

"我们？"大写难以置信。

"傻子，你这么舍不得我，还想把我一个人留在这里吗？"

"可是现在的情况你也知道，我会连累你的，我绝不能把你拖下水。"

"你怎么那么多废话，我说了跟你一起走就是一起走！咦？也许可以找卫乘风试试看，他是巡捕，说不定能帮我们。"

小桃红拉着大写来到棚户区，将前因后果一股脑告诉了卫乘风。卫乘风怎么都不敢相信吴乾和贺红衣背着他干了这么大的事，而且还是导致他降职减薪背黑锅的罪魁祸首，他压抑着愤怒和疑惑，趁夜将大写和小桃红送上了离开上海的私船。

夜半，卫乘风身心俱疲地回到棚户区，和满身伤痕的吴乾相遇。

"有钱，你的脸怎么回事，谁把你弄成这样的？"卫乘风明知故问。

吴乾遮遮掩掩："小伤，骗人的时候被拆穿了呗，给我一顿猛揍。"

卫乘风继续试探："你昨天一天，都去哪了？"

吴乾不耐烦道："怎么那么多问题，我挨打不是很正常嘛，大惊小怪干什么。"

卫乘风眼里有些失落："那……红衣呢，她最近怎么样？"

"她？很好啊，每天在学会里念外国经。"

卫乘风苦笑道："我刚才见了大写和小桃红。"

吴乾神色慌张："啊？他们……他们有没有和你说什么？"

"向我借了笔钱，说要离开上海，现在人已经走了。"

吴乾松了口气，假意称赞："有骨气，竟然私奔了，大写是个男人。他俩借了多少钱，我给你。"吴乾说着满身找钱。

卫乘风拉住吴乾的手腕："有钱，你的朋友就是我的朋友，不必分彼此，你跟我越来越见外了。"

吴乾尴尬一笑："你也没赚几个钱，还要给阿奶花……"

"不是钱的问题，算了，你肯定也累了，早点歇着吧。"说着，卫乘风走向白事店，背对吴乾挥了挥手。这一挥手，好似也是挥别了这么多年来胜似亲情的友情，他不能理解为什么吴乾要欺骗他。


吴乾匆匆跑回家，看到吴法天已经到家了，顿时松了口气。

"哥，你怎么也受伤了？"吴潇潇焦急地抓住吴乾，"你和爹到底瞒着我干了什么？爹的手指甲被人拔了！"

"什么？"吴乾看到吴法天那只包扎着的手，"死不了的，怎么回事，你不是先跑……"

吴法天立刻摇了摇头："嘘！"

吴潇潇急得哭着说："嘘什么嘘，都这样了还想瞒着我，你们到底出什么事了？"

吴乾也愤怒了起来，怒吼道："吴法天，你给我老实交代，你的手到底是谁弄的，洋行保险柜的事到底是谁告诉你的，你跑了之后到底发生了什么，给我说清楚，就当着潇潇的面说！"

吴法天掩面哭泣起来："有钱啊，爹对不起你！爹早就知道箱子里不是银元，但我也没想到会是大米啊！"

"你也早就知道里面是鸦片是不是？你和贺红衣都知道，你们都在骗我！"

"我也是一时糊涂，爹千不该万不该，就是不该把你搅进这摊浑水，爹知道错了! 都是这个钱白铁，当时我掉进水里被他救下，他让我用死人的身份帮他偷鸦片，还给了我一大笔定金，我鬼迷心窍答应了，很快就花完了那些钱，又不知从何下手，就想到了你……"

"钱白铁! 又是这个钱白铁! "吴乾恨恨地握紧拳头，"你的手也是他弄的? "

吴法天点点头："我逃出来就被他抓了，他本想要我的老命，后来又说何致鸿那五十箱鸦片在他手上，就只要了我的手指甲。"

"你说什么? 五十个箱子在钱白铁手里? 我们折腾这么一大圈，连个影子都没见着，就这么到了他手上? "

吴潇潇一头雾水："你们到底在说什么，什么箱子啊鸦片啊铁啊，这都什么跟什么? "

"潇潇，我们今天说的这些，你一定不能跟别人说，尤其是乘风! 如果让乘风知道，我们就会有很多麻烦。"

"可是他又不会害我们! "吴潇潇更加不解。

"你不懂，记住我的话就行，谁也别说。"吴乾叮嘱道。

吴法天打量着吴乾身上的伤："你能逃出来就是命大，我们爷仨赶紧跑吧，他们不会放过我们的。"

"跑? 我们哪也不去。"吴乾咬牙切齿道，"钱——白——铁——你把我弄进监狱，我听贺红衣的没找你算账，现在你又伤了我爹! 新仇旧恨一起算，你等着! "


贺红衣和博文等人回到剧院，桑介桥激动得几乎垂泪。

"人没事就好，人没事就好! "桑介桥打量着学生们，感慨不已，"鸦片的事我已经知道了，你们暂时不要管，好不容易回来了，先歇息吧。"

贺红衣犹豫半晌开口道："老师，我有个不情之请，我想把吴乾留下来。我知道老师不喜欢他，可这次行动要是没有他，我们根本逃不出来。况且，他拼死都没有出卖学会，我希望……老师能够接受他，就像接受我一样。"

博文等人纷纷点头赞同，与往日的态度大不相同。见众人如此坚定，桑介桥终于松口答应。

翌日，贺红衣赶到吴乾家，注意到了吴法天手上的纱布："吴叔叔的手怎么了？"

吴乾叹息道："老头子被钱白铁拔了指甲。"

"钱白铁？吴叔叔和钱白铁有什么关系？"贺红衣惊讶不已。

吴法天只得一五一十对贺红衣说了个明白。

贺红衣陷入沉思："这么说，我们都被钱白铁利用了，怪不得他的筹谋算无遗策，那个硬闯洋行电梯的买家来得那么及时……原来是吴叔你一直在向他通风报信！"

吴法天轻轻扇了自己一个嘴巴："怪我，怪我！"

贺红衣继续说道："钱白铁一边利用我们绊住何致鸿，一边又暗地里偷了何致鸿的鸦片……原本我还以为，这五十箱鸦片是在何致鸿手里。钱白铁这一招，我们的确想不到！"

"桑老头知道了吗？他怎么说？"吴乾问道。

贺红衣低下头说："老师希望我不要再盯着鸦片了，让这件事告一段落。"

"哟，这不像桑老头说出来的话啊。"

"老师一定是有苦衷的，我相信这不是老师的本意。"贺红衣争辩道。

此时，卫乘风正躲在天台上，将他们说的话全部听进了耳朵里，他怎么也想不到他最好的兄弟和他喜欢的女孩子瞒着他做着这样惊天动地的事情，虽然只一墙之隔，但他与他们之间却好像隔了一整个宇宙。

吴乾家中，贺红衣拿出药膏递给吴乾："对不起，害你受了这么重的伤。"

吴乾用手沾了药膏，却碰不到后背，索性将膏药扔给贺红衣："别说这些没用的，真对不起我就帮帮忙。"

贺红衣看到吴乾满是伤痕的上身，既羞涩又心疼："你这一身伤，我的确应该负责。"她边涂抹边说道，"吴乾，我应该对你负责，对博文、雨辰、对学会每一个人负责，对大写、对吴叔叔、对四万万同胞负责。所以，即使我明白老师的顾虑，我也不能放弃！"

吴乾看着贺红衣认真的样子，一时不知该说些什么。

贺红衣面色痛苦，继续说道："我亲眼见过吸食大烟的人，形销骨立，状若骷髅，为了这一口，千金散尽，倾家荡产，卖妻子、卖儿女、卖自己，卑贱得连狗都不如！"

"你哭了？"吴乾望着贺红衣。

贺红衣擦掉眼泪："我只是哀其不幸，怒其不争。吴乾，你在仓库说的话，我都记在心里了，你真的成了一个大英雄。或许有一天，你会明白捐躯赴国难，视死忽如归的情感，在这之前，你愿意和我一起，为了这个伤痕累累、硝烟遍地的中国，继续奋斗下去吗？"

"就我们两个人？"

"就我们两个人。"贺红衣深深地望着吴乾。

"如果我因为这件事死了呢？"

"我会陪着你。"

吴乾再也忍不住，倾身吻住贺红衣的唇，以额头抵着额头："我愿意，但是除了那些家国大义，第一，钱白铁伤了我爹，我要让他费尽心思得到的鸦片再次消失；第二，我不想做全中国的大英雄，贺红衣，我只要做你的大英雄。"

贺红衣的眼泪泪汩汩而下，吴乾捧住她的脸，为她抹去眼泪，正欲再亲下去，却被吴法天"哎哟"一声打断了。

吴法天捂住眼睛，漏着一条缝："你们继续，继续，我就是路过……"

吴乾和贺红衣尴尬万分，立刻放开了彼此。

吴法天刚要走，又转身回来："再打断一下啊，红衣丫头，你认不认识一个叫贺青舟的，唱戏的？"

"他是我哥哥。"

"我就说嘛，这两个名字这么像，你哥哥唱得真不错，那个钱白铁好像还挺喜欢你哥的，把我押到红府戏园里，听了一晚上他唱戏……"

贺红衣的神色瞬间凝重起来。

　　吴乾送走贺红衣，发现卫乘风一个人坐在天台边发呆。

　　"乘风？"吴乾走到卫乘风身边，"你怎么一声不吭，不知道的以为谁新打的雕像呢。"

　　"我刚看到红衣了，在你家门口。"卫乘风看着吴乾，"你准备什么时候告诉我？"

　　"我对不起你，我……"吴乾垂下眼帘，"我喜欢上了贺红衣。"

　　"当时我告诉你，我喜欢她，你为什么不告诉我实情？表面上说帮我，私下却单独和她约会，你真的拿我当兄弟吗？"

　　吴乾急了："你什么都不知道就别乱说！我承认我是王八蛋，不该喜欢上兄弟喜欢的女人，可我当时答应帮你的时候绝对是真心的，那时候我根本没意识到我对她……我当时只是觉得失落，但为什么失落，我也是想了很久才明白……"

　　"我很早就感觉到你对她不一样，所以我才一再问你，只是希望你能坦白地告诉我，然后我们可以堂堂正正地竞争，而不是用我们多年的感情作掩护，践踏我对你的信任。"

　　"卫乘风，我是什么样的人，你不可能不知道！"

　　"从前知道，最近……确实有些不知道了。"

　　两人沉默片刻，吴乾忽然抓起卫乘风的拳头："我不想解释什么，你打我吧，这件事是我对不起你。你也知道，我们一家都是这种臭德行，不会表达感情，所以我完全不知道该怎样喜欢别人，尤其是贺红衣这样的女人，我只能不断地逃……"

　　卫乘风一拳将吴乾打倒在地："你不配得到红衣的喜欢，更不配做我的朋友！"

　　卫乘风再次挥拳，吴乾一把接住："卫乘风，如果因为这件事，你把我打死在这里我都不会躲一下，可你说我不配做你的朋友……"吴乾冷笑一声，眼眶泛红："我们风风雨雨一路经历了这么多，不管以前做对了多少，只要有一件做错了，之前的过往全部都不算了，你是这个意思，是吗？"

　　卫乘风定定地看着吴乾："你确定只有这一件吗？你没有隐瞒其他什么事吗？"

吴乾瞬间愣住了，一时有些犹豫。

卫乘风苦笑了一下："这就是你所谓的经历了风风雨雨的友情？"卫乘风悲伤地看着吴乾，转身离去。

吴乾仍愣在原地，这一刻他心头的伤痛远远大过满身血淋淋的伤痕。

贺红衣回到家，枯坐在客厅中，一直等到深夜贺青舟方才回来。

"哥，又上夜班啊？"贺红衣忍着愤怒，故作微笑。

"嗯，今天晚了一点。"贺青舟注意到贺红衣不自然的脸色，"怎么……不高兴了？"

贺红衣的眼眶开始泛红："哥，你还在骗我！"

"红衣，你这是怎么了……"贺青舟紧张了起来。

"你在万国酒店工作，为什么手上还留着油彩的味道？你明明是刚刚下了戏，连手都来不及洗干净就急匆匆跑回来骗我的！我给万国酒店打过电话，接线员告诉我，根本就没有一个叫贺青舟的人！"

贺青舟顿时垂下眼皮。

贺红衣继续说道："你知不知道现在回去唱戏有多危险？我说了好多遍，不是不同意你唱戏，你为什么连这点时间都等不了呢？哥，你到底是怎么想的？为什么要骗我？"

"红衣，你自尊心强，我一直不敢告诉你，我出去唱戏是想多赚些钱，帮你减轻些负担……"

贺红衣瞪大了双眼："你为了赚钱去唱戏？我……你是不是厌倦了我这里的苦日子……我确实给不了你钱白铁能给你的吃穿用度，是我没有照顾好你……"贺红衣微微颤抖。

"红衣，不是这样的，不是这样的！"

"哥，你不应该和钱白铁走得那么近，你根本不知道他是一个什么样的人！"

# 第四十章

## 交易

贺红衣一大早就到剧院拿了各种药水和药膏，匆匆送到吴乾家。

"这些都是我从学会拿来的，你给吴叔叔按时上药，以免他的伤口再感染。"说完把瓶瓶罐罐递给吴乾。

吴乾莞尔一笑："哟，知道心疼你爹了？"

贺红衣愣了片刻，随即反应过来："你占我便宜！"

"没想到你这么沉不住气，我替你爹谢谢你！"

贺红衣忍住笑意，正色道："既然如此，我的老师也是你的老师，下次再见老师的时候，你不能再顶撞他了！"

"你饶了我吧，真不是我故意跟桑老头对着干，实在是他说的话我一句都听不懂！不过要是你愿意教我，不管是之乎者也，还是英格丽是，我都愿意学！"

"我还不愿意教呢！"

"诶，你哥不是认识钱白铁吗，让他去套套话，问问他把鸦片放哪了？"

贺红衣瞬间不悦："他们不熟。"

"他不是在钱白铁家住过吗？"

贺红衣瞪了吴乾一眼："给我坐好，脱衣服。"

"啊？脱……脱什么？"吴乾大惊。

"给你上药啊！"贺红衣从桌上的药瓶中挑出一瓶，"之前让我给你按摩的时候也没见你害羞！"她怜惜地看着吴乾伤痕累累的身体。

"现在能一样吗？"吴乾笑了一下。

"照顾好自己，我不想在你身上看到新的伤了，就当是为了我，好不好？"

吴乾听话地点了点头："红衣，你遇见我以后，是不是觉得生活特别刺激？"

贺红衣困惑地看着吴乾。

吴乾继续说道："反正我是。自从遇见你，我简直一天都闲不住，比赛也玩了，监狱也进了，就连鸦片都搞了，最后差点死了，竟然还想办法把黑帮给骗了。"

贺红衣佯装不悦："你的意思，怪我是扫把星？"

吴乾着急否认："当然不是！我是说……"

"你就是这个意思！你亲口说的，自从遇见我就接二连三遇上倒霉事。"

"倒也没错。"

"你……"

"但是我从没后悔过，就算一开始就知道我们两个会经历这么多事，我还是愿意，受再多伤我都不怕，只要能在你身边，哪怕把命丢了……"

贺红衣立即捂住吴乾的嘴："不许乱说话！"

吴乾拉住贺红衣的手，郑重地点头："只要我们在一起，一切都会好起来的，只是希望你不要嫌弃我，你喜欢什么样子，我都愿意为你改变。"

"你不用改变，吴乾就是吴乾。"贺红衣深情地望着吴乾。

吴乾将贺红衣拉到身前，正要亲吻时，贺红衣的手不小心触痛了吴乾背后的伤口，他吃痛大叫："啊——谋杀亲夫啊！"

巡捕房中，余德义将一叠悬赏令扔到卫乘风面前。

卫乘风拿起悬赏令看着："鸦片屡禁不止，势渐积重，有蔓延卷土之势。兹事体大，今命上海公共租界内各区捕房，倾力彻查走私鸦片一事，破获此案、缉出源头者，重赏。"他诧异道："工部局要彻查鸦片？可是公共租界不是归英国人管吗，英国人为什么会出台这样的悬赏令？"

"我们和法租界不一样，他们要受法国驻印度支那总督的支配，我们并不接受任何外国领事，甚至是英国领事的支配管理。现在工部局又多了三位华董，中国人心里自然还是向着中国的。"

卫乘风盯着悬赏令上的"鸦片"二字，立刻想起那天在天台上偷听到的吴乾和贺红衣的对话。如今，他是唯一知道怡和洋行就是鸦片走私源头的巡捕，只要他能找出证据破案，就一定能获得奖赏，哪怕得不到奖赏，至少也能保住他在巡捕房的位置。

砍刀帮的小弟们按乔娜的吩咐悄然制造了仓库火灾，何致鸿知道后怒发冲冠。

乔娜满面惭愧："何先生，昨夜我审问了那些学生，一个叫博文的受不住招。他们本来计划偷鸦片后，其背后之人于深夜两点来假仓库与他们会合。为了验证他所言真假，我押着他们去了假仓库埋伏，未料等到三点，还是没人出现。"

"那为什么我的仓库出了事？"

"为防有诈，我安排手下守在假仓库外面，将他们带回真仓库继续审，审至一半，仓库开始起火，库内都是易燃物品，很快火势蔓延，那几个人大骂老板忘恩负义，我才明白其背后之人是想杀人灭口。兄弟们护着我好不容易才逃出来，吴乾他们全都葬身火海，我的兄弟也有几个死在了里面……事已至此，都怪我大意中计，是我的过失，全凭何先生处置！"

何致鸿审视着乔娜："仓库烧得如何？"

"一片废墟。"

何致鸿突然大笑起来："烧得好！乔帮主，我不怪你，你倒是点醒了我，真是天赐良机，之前我怎么就没想到呢？"

乔娜不明所以地离开，何致鸿将孙海叫到跟前。

"我记得一年前，有一车烟叶子送到库里，后来梅雨季发了潮，怎么处理的？"

孙海略作思考："好像是堆到大统路那边的荒宅了。"

"翻出来，用尿泡过之后烘干，绕着仓库周围，给我大范围地烧。"

"是！"

不多时，马尔斯便得知仓库被烧的消息，并找到了何致鸿："何先生，我需要你给我一个解释！到底怎么回事，仓库为什么会被烧，我的货呢，我的五十箱鸦片呢？"

何致鸿佯装不知情："不可能，验仓的时候我们仔细查过，仓库没有危险隐患，怎么可能失火？"

"我刚从你的仓库过来！我亲眼看那里被烧成了一片废墟！仓库附近都是鸦片烧掉的味道，现在查得那么紧，如果被人发现，你能承担这个责任吗？"

这时，孙海满面乌黑跑了进来："先生，我们的仓库被人设计了！昨夜说有电工来检修外部电路……结果……结果……"

何致鸿假装震惊："你给我说清楚！"

孙海继续说道："电路起火，仓库被烧毁，连带着那五十箱货都没了。那个电工，是假的！我一心想着将他抓回来，可没想到，他……他跳江死了！"

马尔斯气急败坏，掏出枪顶着何致鸿的脑袋："你当初跟我保证，这五十箱货放到你的仓库万无一失，现在我的鸦片没了，你怎么解释？！"

何致鸿恳切地看着马尔斯："马尔斯先生，这世上只有你和我两个人不希望这批货出事，你杀了我，货也回不来，但只要我活着，就一定会查清楚，我一定要让算计我们的人死无葬身之地！"何致鸿握住枪，慢慢移下

去："五十箱鸦片的损失，我何某人全权负责，绝不让您有半分亏损，还请马尔斯先生宽限些时日，待我奔走筹措几日，一定全数奉上！"

马尔斯恶狠狠地盯着何致鸿，冷哼一声，算是默认。

回到洋行后，马尔斯越想越不对劲，于是命人立刻寻找一直没有露面的大写和吴乾。

砍刀帮中，乔娜与众人例行开会，万金隆也站在一旁。

阿平愤然汇报："老大，我们与林家帮素来井水不犯河水，这次他们分舵的小弟和我们抢地盘，还说我们砍刀帮都是没种的男人！"

乔娜眉头一皱："你可看清楚了？确实是林家帮的，不是其他帮派有意冒充挑事？"

阿平点点头："千真万确！老大，让我带几个兄弟去剁了他们！"

万金隆急忙阻拦："大家别急，听我说一句，如今局势甚乱，你们更不该打打杀杀徒增戾气，凡事应当先讲道理。"

众人厌恶地看着万金隆，阿平开口道："你少跟我说这些听不懂的，自从你来了我们砍刀帮，外面就出现这些风言风语！老大，我今天必须带着兄弟们扬眉吐气，给有些人看看，什么叫有种！"

众小弟纷纷赞同地点头："是啊……老大，让我们去吧，让我们去吧……"

乔娜略微抬手："都闭嘴！万金隆说得没错，但现在这个情况，我们也不能再让。阿平，你带上钱，先找借口向对方赔罪，等他们收下钱以后再动手。挑一个最出头的小子，砍了手即可，不用和老林家搞得太僵。"

"是！"阿平等人抄家伙匆匆离开。

万金隆看着乔娜："可那个人莫名被砍了手，他何罪之有呢？"

"我何尝不知道，可我们做事就是这样，牺牲一个人，维持好我们和对方的关系，对大家都好。"

"我不这样认为，你曾经跟我说过，你想除暴安良，难道就是用这样的办法吗？"

乔娜冷面皱眉："我让你来是帮我做事的，不是来教我做事的。"

万金隆叹道："如今固守着老一套规矩做事是不行的，我们要转型，不应该只顾着帮派之间争夺高下，中国人的内部消耗是没有意义的，反而让外人渔翁得利。"万金隆拿出一个本子，封面写着"浅谈帮派转型"，"这是我整理的一些心得，可以帮助砍刀帮变得更好。你说过，盗亦有道，希望把坏人赶出中国。我想把砍刀帮变成一个除恶扬善、帮助国人的帮派。"

"冰冻三尺，非一日之寒，想改变哪有那么容易。我一个女人，做到这个位置要平衡和考虑的太多，不是我说变就能变的。"

"那你找我来做什么？你如果需要一个能帮你打打杀杀的人，上海滩遍地都是。"

"我不需要你和他们一样，只要你在我身边我就安心了，你做个男老板难道不好吗？"

"男老板？你的兄弟是怎么看我的，你不是不知道！"

"他们听我的。"

"那外面的人呢？"

"外面的人你更不必在意。"

万金隆叹了一口气："乔娜，就算我不在意别人说什么，可是我在意自己的想法。我希望可以帮你做些正事，无需动刀动枪，亦可除暴安良。"

乔娜一下子冷了脸："我说得很明白了，我和兄弟们都是粗人，你说的那些我们做不来，我只知道，乱世当道，想要除暴安良，比的是谁的拳头硬。既然你做不来老板，那就老老实实待在这里，别的事你别插手。"乔娜愤然离开。

万金隆跑去找吴乾诉苦，将与乔娜的矛盾一股脑说了出来。

吴乾安慰道："人家做了那么多年的老大，你和她刚和好就命令她做这做那，你让她的脸往哪搁？别说乔娜了，我和红衣都那么熟了，要是我和她说你们剧院别开了，转行做买卖吧，你看她不打死我。"

万金隆点点头："可我是真心想帮她……"

"讨女孩子欢心你肯定比我厉害，怎么一碰到乔娜就不灵了？谁都不喜欢自以为是的关心，你与其和她说那么多，不如默默替她做了。"

万金隆点点头："你说得对，让我一点点来，总有一天她会知道我是对的。"

"快回去吧，别让乔大帮主等急了。"吴乾笑道。

万金隆告别了吴乾，匆匆跑去药店买了两盒华美牌药膏，准备回去向乔娜道歉，再给她用药膏按摩一下腰上的旧伤。万金隆正想着，一辆黑色轿车忽然迎面开了过来，差点撞到他。

司机立刻摇下车窗玻璃对万金隆破口大骂，万金隆也万分不爽。

忽然，后排车窗慢慢摇下，马尔斯阴沉沉的脸露了出来："是你? 大闹我怡和洋行的万家人?"

"原来是你的车。"万金隆一声冷笑，"很高兴你还记得我，你害死我哥，害我入狱，害万氏身背卖国骂名! 你等着瞧，总有一天我会让你们滚出上海，这是中国人的地盘，我们不欢迎你。"说完转身就走。

马尔斯忽然将枪口搭在车窗上，随意道："我改变主意了，本来我今天不想杀人的。"接着便猛然开了一枪，击中了万金隆。

万金隆闷哼倒地，两瓶药膏脱手滚远。

"鸦片没了，我心情不好，不然我也是会放你一马的。"马尔斯升起车窗玻璃，汽车扬长而去。

子弹打穿了万金隆的腹部，他捂着伤口匍匐着往前爬，血迹拖了一地，药膏就在他指尖前方不远处，他用尽最后一丝力气仍然没能碰得到，只得慢慢闭上了眼睛……


棚户区众人全都感觉到卫乘风对吴乾的疏远，吴潇潇见状找到卫乘风，低声下气地想要缓和他们两个的关系。

卫乘风本不想理会吴潇潇，但他想到了什么似的，思考片刻，忽然温柔地看着她："潇潇，有钱最近心情不好，我找不到机会见他，你能不能帮我留意一下他的去向，他去了哪儿，见了什么人，你都告诉我，我好找个时间跟他把话说开。"

吴潇潇高兴地抓住卫乘风的手："没问题乘风哥哥，包在我身上!"

卫乘风看着吴潇潇，冷漠地笑了笑。

　　砍刀帮中，乔娜捧着万金隆写的那本《浅谈帮派转型》怅然出神，暗暗想着也许他说的是对的。这时，阿平匆匆跑来，带回了万金隆的死讯。

　　乔娜双眼通红，拼命克制着自己："谁干的？！"

　　"听人说是挡了马尔斯的路，被马尔斯一枪打死了。"阿平将两瓶药膏递给乔娜，"这个是在他身边找到的。"

　　乔娜颤抖着接过药膏，忍不住红了眼眶，悲伤中透着无法言说的愤恨。


　　剧院中，先前被封的月刊已经解封了，桑介桥给学会新添置了东洋进口的印刷机，月刊的印刷质量也比先前提升了不少。面对这些新气象，贺红衣却疑云丛生。

　　桑介桥看出了贺红衣的心思，索性问道："你想问我，学会早就入不敷出，哪来的钱添置机器、出新月刊？"

　　贺红衣点点头："我们没有完成任务，又闯了那么大的祸，您再想向胡部长申请款项，恐怕没那么容易。"

　　"这些钱不是胡部长批的，老师这么多年也算结交了些雪中送炭的朋友，我开了口，他们总愿意帮我的。"桑介桥笑起来。

　　贺红衣却红了眼眶："是我没用！"

　　桑介桥摆摆手："为了学会，这算什么呢。"

　　"老师，我们没拿到的五十箱鸦片在钱白铁手上！"

　　"你怎么知道的？"

　　"是吴乾打探来的消息。我这两天一直在想，哪怕这批鸦片没有了，只要马尔斯还在，就还会有源源不断的鸦片流入中国。老师，我们既然知道了鸦片的去向，是不是可以继续行动？"

　　"你想做什么？想盯上钱白铁，还是……马尔斯？"

　　"如果能杀了马尔斯，自然是最好。"

　　"红衣，一个何致鸿就差点让你们丢了性命，我不想让你们再以身犯险！"

　　"即使再难，为了党，为了国，我都想试一试！"

"为了党，为了国？"桑介桥的脸上满是怒意，"现在的党国不需要你去送死，红衣，知进退才能明得失，我需要服从上级命令，你需要服从我的命令！这件事到此为止，你不要再动任何念头，你出去吧。"

贺红衣只得低头离开。

桑介桥看着贺红衣的背影，十分不忍，他拉开抽屉，看着里面的几块金条惆怅地笑了笑。

乔娜独自来到棚户区，直奔吴乾家而去。吴乾一看乔娜满脸肃杀的模样，还以为她是来杀人的，可他怎么也没想到乔娜竟然带来了万金隆的死讯。吴乾顿时悲愤交加，抄起菜刀就要去找马尔斯偿命，乔娜拼尽全力才拦住了他。吴潇潇见状害怕，赶紧跑到剧院把贺红衣找了过来。

"万金隆做错了什么，为什么他要死？"吴乾看见贺红衣来了，终于能坐下来说话，"红衣，你之前和我说的那些大道理，什么被欺负、什么不公平、什么无处讲理……这些我都不信，但现在我信了。马尔斯、何致鸿、钱白铁、热曼、他们从万术大赛开始坏事做尽，把我关进监狱、杀了我兄弟，我却一点办法都没有！就算我再能打，也斗不过他们的枪杆子，打不过他们的势力，我保护不了朋友，保护不了任何人，我是个没用的人……"说着他绝望地流泪。

贺红衣抱住吴乾："吴乾，你已经为大家做了很多了……"

"红衣，我一定要找马尔斯报仇！如果我回不来，麻烦你帮我照顾吴法天和潇潇，也要照顾好你自己。"

"你冷静点！我不许你说这种话！仇可以报，但冲动成不了事。我答应过你，无论发生什么事，我都和你站在一起，你还有我、有大家，我们一起想办法！"

乔娜周身充满杀气，但却异常冷静："贺红衣说得没错，我也要让马尔斯偿命，但我不想让任何人白白送死。经过这么多事，我知道你们几个是有主意的，所以我来找你们，大家一起想个万全之策。"

吴乾握紧双拳："你们说得对，我不能再冲动了，我不能死在马尔斯前面，我一定要看着他血债血偿，然后去万金隆的坟上祭奠！"

"刺杀、炸药埋伏的方式我都想过了，以马尔斯的情况，根本无法实现。就算我们在怡和洋行这种公共场合有可能伏击成功，也难免会伤及同胞，所以不可行。"乔娜冷静地说道。

"马尔斯就没有什么弱点？"吴乾皱眉。

乔娜看着吴乾："我来找你正是为了这个，既然我们联手了，就把各自知道的关于马尔斯和何致鸿的消息都说出来，没有必要互相隐瞒了。"

吴乾点点头："我信你。何致鸿丢的那五十箱鸦片，现在在钱白铁手里！"

乔娜眼神一凛："难怪何致鸿听说仓库被烧，一点都没生气，因为他刚好借此机会逃脱责任，告诉马尔斯这批鸦片被火烧没了。"

贺红衣眼珠一转："若真如此，我们便可以利用这五十箱鸦片，让何致鸿和马尔斯自相残杀……"

三人皆认为此计可行，接下来的几天便时常凑在一起研究具体对策。


白事店中，吴潇潇闷闷不乐地帮阿奶扎着纸人。卫乘风下班回来，看到吴潇潇在，故意摆出一副亲切的样子，询问她为何不开心。

吴潇潇立刻向卫乘风诉苦："我哥最近总是神神秘秘地和娜姐见面，好像在商量什么大事，每次我想凑上去听一听，他就把我赶出去。刚才娜姐和红衣一来，他又把我赶出来了，你说他们到底在干什么啊？"

卫乘风有些疑惑："乔娜怎么会跟吴乾有联系？"

"还不是因为那个万金隆，他和娜姐好像有点什么，自从他死了以后……"

卫乘风一愣："谁死了？万金隆？"

吴潇潇点点头："你不知道？"

卫乘风不禁惨笑："出了这么大的事，我却不知道，吴乾真是什么都不和我说了。"

吴潇潇意识到自己说错了话，连忙摆手："不不不，不是这样的，我哥跟谁都没说，你别多想，等过几天他肯定会来找你的！"

卫乘风笑了笑，立刻借口有事出了门，悄然溜到了天台上……

吴乾家中关门闭窗，三人正在悄声商议着计划。

"西郊有一个教堂，原本是钱白铁的秘密处刑场，五十箱鸦片就藏在那里。我派人勘查过，为了不引人注意，他没有安排看守。"乔娜说道。

贺红衣注视着乔娜："这个教堂里藏着几十箱鸦片，你难道从来没动过心思吗？"

"如果是以前，可能会，可现在……"乔娜叹了口气，"如果万金隆在的话，他肯定不会让我碰这种不义之财。"

"马尔斯不可能就这样放过何致鸿，要是我们能知道何致鸿接下来会怎么填补这个大窟窿，就能引他上钩。"贺红衣说道。

"除了用钱，还能有什么办法？"吴乾看看二人。

乔娜思忖着："对何致鸿来说，最不亏本的法子就是把鸦片找回来，可我们总不能把钱白铁手里的鸦片偷出来，还给何致鸿吧？"

吴乾摇摇头："我们去妓馆，找一些次等鸦片，想办法告诉何致鸿，我们有货，便宜货！"

"妓馆能有五十箱鸦片吗？"贺红衣问道。

"数目太多或刚好，都引人怀疑，最多二十箱。我们再向马尔斯报信，说大后天晚上十一点，何致鸿在西郊教堂附近卖那五十箱洋行的鸦片。"吴乾嘴角一斜。

"这样我们安排的人，就可以从卖给何致鸿次等鸦片的卖家，摇身一变，成为买怡和洋行五十箱上等鸦片的买家，一口咬死何致鸿就是在卖怡和洋行的那五十箱鸦片！"贺红衣眼中发光。

吴乾拍手叫好："就和我之前骗三叔的法子一样！不过，得让他们互相看见对方才行。这个时间一定要掐得非常准，跟何致鸿约定的时间要比马尔斯早十五分钟，在这十五分钟内我们要拿到定金，再告诉马尔斯这是我们付给何致鸿的钱。我要让他们狗咬狗，自相残杀！"

"可是，让谁去呢？何致鸿和马尔斯都见过我们。"贺红衣问道。

吴乾思索片刻，忽然想到一个人，仗义又靠谱的董大锤！

天台上，卫乘风偷听着这一切，不禁愤恨地握紧了拳头。吴乾非但什么事都瞒着他，遇到如此棘手的场面，想到的帮手也不是他卫乘风，看来这么多年的兄弟情果然已经走到了尽头……

　　次日，乔娜找到何致鸿，谎称在一个偏僻的烟花巷子中发现了失踪的大写，而他如今已经改行卖鸦片了。乔娜离开后，何致鸿立刻命孙海前去那个烟花巷子查探。

　　孙海来到烟花巷，没找到大写，却遇见了假扮成鸦片卖家的董大锤。

　　"老板，大烟要不要？"董大锤将大烟膏举到孙海面前，"您品品。"

　　孙海尝了尝，嫌弃地皱眉："你这货不行，滇土吧，有点次。"

　　董大锤按照吴乾的交代，幽幽说道："老板，现在风声这么紧，能搞到这样的货就不错了，看您这样子应该是大手，不然咋能一下就尝出来，一般没抽过或抽得不多的人绝对尝不出来。"

　　孙海眼珠一转："你还有多少货？我要的多。"

　　"就剩二十箱了，看您要多少，我去给您提货。"

　　"行，我都要了。你什么时候能把货给我？"

　　"后天吧，不过您得现在把钱都付了。"

　　"现在付？我看你是想发财想疯了！"

　　"谁让您要那么多，反正您今天不给钱，我就不去搞货。"董大锤装出不在乎的样子。

　　孙海压着怒气："我现在给不了你那么多钱，今天见到你是个意外，我得回去跟我老板禀报，不过你放心，我们老板绝不会赖你这点银子。"

　　"原来您也做不了主，那我不和您做生意，等货到了您得让您家老板亲自过来，不然我不放心。"董大锤按照吴乾的吩咐继续引导着。

　　孙海咬牙道："行！那就后天晚上，一手交钱一手交货！"

　　董大锤喜笑颜开："没问题！后天晚上十点四十五，西郊仓库区接头！"

　　孙海匆匆赶回办公室，将偶遇鸦片卖家一事如实汇报。

　　何致鸿一听便喜笑颜开："我们先用这二十箱次等货稳住马尔斯，至于其他的，我们再想办法凑。"

"先生英明。"

何志鸿冷哼一声："想从我手里套出钱来，可没那么容易。孙海，后天晚上你要是真能把这二十箱货给我押回来，我重重有赏！"

孙海愁眉苦脸："先生，这小烟贩子可精明着呢，知道我说了不算话，非要您亲自去。"

"要我亲自出马？他以为他是谁？"

"属下跟了您这么多年，连您十面威风的一面都没学会，不然怎么还用得着劳您大驾呢……"

"行了，别拍马屁了，我就亲自走一趟，会会这个小烟贩子。"


红府戏院后台，贺青舟穿着配角的服饰，仔细地化着装。

戏院老板一改往日神色，喜气洋洋地跑过来说："贺老板，别化了，来来来，脱了这身衣服，换上这个。"说着将主角的华丽服饰递给贺青舟。

"您这是……"贺青舟一愣。

"从今儿起，咱再也不唱配了！那些忠实戏迷看不得贺老板受委屈，强烈要求贺老板唱回角儿，说贺老板要是不唱回去，他们就再也不来听戏了！角儿，赶紧的吧！"老板连忙亲自伺候贺青舟更衣。

贺青舟重新作为主角站上台，心头颇为震动，一台戏唱罢，不只收获了掌声，还收获了丰厚的赏钱。当晚，贺青舟与戏班众人宴饮庆祝，夜深了才回到家。

微醺的贺青舟拿出一沓钱，激动地递给贺红衣："红衣，我今天唱角了！你放心，以后我不会再让你一个人这么辛苦了，哥哥现在和以前一样，能赚很多很多钱！"

贺红衣惊怒异常："哥哥，你在说什么？"

"红衣，你不知道，戏院里坐满了人，所有人的眼睛都看着我，所有的人都为我陶醉、为我叫好，因为只有我才能给他们带来那种感觉……"贺青舟仿佛置身戏台而非自家客厅一般，闭着眼睛，手上起了范儿，嘴里也哼唱起来。

贺红衣拉住贺青舟："哥，你喝多了，我扶你去休息。"

"红衣，你让我唱吧，你不懂我……真正懂我的人，都在戏院里……钱老板，他是真的懂戏，也真的懂我……他不像你说的那样坏，是你误会他了！"

"哥，你可真是糊涂了！竟然为钱白铁说话！"

"不，我从未这么清醒过。我从小到大，唯一真心喜欢的，也是我唯一一身有所长的，就是唱戏。你不让我唱，我就是是个废人！我不单要唱，我还要唱角儿！钱先生说得对，我这股资质，给人做配才是不爱惜自己。红衣，你要真的心疼我，就别再管我了，好不好？"贺青舟说着便掩面哭了起来。

"你现在说的都是醉话，我就当没听见，先去睡一觉吧。"贺红衣拽着贺青舟回到房间。

此时，雨辰回来了，听到贺青舟卧室内的吵闹声，撇了撇嘴，兀自回了房间。

贺青舟终于安静下来，沉沉睡去。

贺红衣擦了一把汗，看着贺青舟，喃喃自语道："哥，你实在是太单纯了，人首先要活着，才能去谈自己是谁。你只念着空中楼阁、风花雪月，却不知现实暗藏杀机。我必须保护你，因为我不能再失去你了。哥，不要怪我。"

贺红衣回到雨辰的房间，发现雨辰正拿着她的信。

"红衣，你到底在干什么？"雨辰抖了抖手中的信，不敢置信地问道。

信上正是贺红衣娟秀的字迹，写着："亲爱的马尔斯先生，后天，西郊教堂附近，何致鸿会将那五十箱'烧毁'的鸦片卖给别人。"

# 第四十一章

# 断念

"所以你们想引何致鸿和马尔斯自相残杀？"雨辰震惊地望着贺红衣。

贺红衣点点头："这次恐怕我要辜负老师了，于情于理，我都没法对鸦片这件事弃之不理，你千万要替我保密。"

"答应你可以，我有一个条件，我要和你一起去。"

"不行，我不能让你有危险！"

"我也不能看着你做那么危险的事，何致鸿帮洋人贩卖鸦片，实在可恶至极，我也不想坐视不理，让我加入你们吧！"雨辰见贺红衣态度松动，接着道，"红衣，你有没有想过换一种方式写这封信，比如……用大写的口吻来写！"

贺红衣略作思考："对，如果我冒充被何致鸿追杀的大写来报信，远比一个陌生人更可信！不过，如果明天才送给马尔斯，我就不能写成后天，要写……明晚……"

深夜，吴乾正在家中皱着眉头思考整个计划。

吴法天兴奋地坐到吴乾面前："儿子，你们的计划里我能干点什么，咱爷俩一起谋划谋划。"

吴乾瞥了眼吴法天包扎着的手指："你还是在家待着吧，省得我分心照顾你。"

"反了反了，小子命令老子了！"

"行啊，那你给我表演个掏耳朵看看。"吴乾转身睡去。

吴法天失落地看着自己的手："我只要有张这嘴和能跑的腿就行！哼，不让我去算了，我在家养老开心得很呢！"

翌日，阿蛙穿着一身破破烂烂的衣服跑到怡和洋行，将贺红衣写的信交给了马尔斯。

信中，贺红衣用大写的口吻写道："董事长，鸦片运抵仓库之后，我发现何致鸿起了贪心，欲独占那五十箱鸦片，您若不信，可于明晚十一时抵达西郊教堂，他会在那里与买家进行交易！那时我正欲回来告诉您，谁知何致鸿发现了我，想置我于死地，幸亏我命大逃了出来，却再也不敢回洋行了，这周围遍布着他的眼线，我冒着生命危险给您报信，您一定要把握机会，亲自抓到他的作案证据！"

马尔斯走到窗边，盯着楼下巡逻的巡捕和门口的守卫，愤怒地攥紧信件，咬牙切齿道："何致鸿，你招惹错人了！"

砍刀帮中，吴乾、贺红衣、乔娜、雨辰和董大锤齐聚。众人再次将明日的行动演练了一遍——届时，董大锤打扮成卖货人的样子与何致鸿见面，孙海验货过后，董大锤立即要求付定金，从见面到收定金的时间务必控制在十五分钟之内，十五分钟后马尔斯就带着人马赶到了，马尔斯一看这个场面八成要直接拿出枪扣扳机，董大锤立刻害怕求饶，一口咬定自己只是个"买"鸦片的。何致鸿肯定一时反应不过来，而马尔斯已经气急了，此

时董大锤立即将刚才从孙海手里拿到的定金给马尔斯看，说刚验过何先生的货，就在那边的教堂里，一共有五十箱。最后，董大锤带着众人进入教堂，让他们看到钱白铁藏的五十箱鸦片。

董大锤问道："那么，鸦片最后要怎么办？"

"炸了！"贺红衣神色淡然，仿佛这不是什么了不起的事。

吴乾内疚地看着董大锤："大锤，这次行动的确很危险，但是我们会一直在暗处盯着，绝不会让你出事的。"

董大锤憨憨地笑笑："我知道，有你们在，我什么都不怕！而且，你能想到我，我也很开心。以前这种事你肯定会找乘风，他做事比我靠谱，你俩最近到底是怎么回事？"

吴乾看了看贺红衣，叹了一口气："总之他还是我的兄弟，过一阵子我会找他说明白的。"


棚户区中，卫奶奶又犯了病，昏倒在地，不省人事。卫乘风立即将阿奶送往医院，急救过后，医生叮嘱道："病人的情况不太乐观，暂时还没脱离危险期，这一天一夜必须好好看护，一刻都不能离开。"

卫乘风守在病床边，低声哭诉："阿奶，都怪我最近太忙，没好好照顾您……您一定要醒过来，您也舍不得把我一个人丢下，是不是？"

吴潇潇一直陪在卫乘风身旁："乘风哥哥，你别太自责了，医生说阿奶这是老毛病，要慢慢调理，你要是垮了，阿奶怎么办？"

卫乘风凝视着阿奶苍白的面庞，顾不得理会吴潇潇。

吴潇潇叹了一口气："乘风哥哥，我回家收拾些阿奶住院用的东西送过来，你要听我的话，别太难过。"她一步三回头地走了。

卫乘风喃喃低语："只要明天一切顺利，我就能将功折罪，到时候，我就能给您用最好的药、最好的医生……阿奶，您一定要保佑我……"卫乘风握住阿奶的手。

此时，吴乾匆匆推开病房的门："阿奶怎么样？醒过吗？"

卫乘风看到吴乾，面色不太自然："还没脱离危险期，要住院观察，这几天我都得陪着阿奶。"

"你一个人怎么撑得住,我和你轮流值班。"

卫乘风略作思考,忽然说道:"那你……明天可以替我一下吗?"

吴乾一愣:"明天……"

卫乘风立即抢话道:"明天巡捕房有个任务,我实在推脱不了,但阿奶这一天一夜的危险观察期尤其重要,医生说了一刻也离不开人。吴乾,我们还是不是兄弟?"

"我们是从小到大的兄弟,而且只要你愿意,你一直都是。"

卫乘风有些触动,但很快继续施压道:"我知道,我们之前发生了一些事……但是现在这些不重要,重要的是阿奶的病。我真的走不开,你是兄弟的话,明天能不能代替我照看阿奶一天?"

吴乾犹豫道:"还有花蝴蝶和阿蛙他们,明天我真的……"

"别人我都信不过,我只信你。"卫乘风盯着吴乾,半恳求半威胁,"阿奶从小一直照顾你,我知道你一直把她当亲阿奶看,而我只有这么一个亲人,只要你留在这里,以前的事我都可以不计较。"

吴乾心头一软:"好,我答应你,也不用明天了,我今天就在这儿守着,你安心工作,我等你明天执行完任务回来。"

卫乘风如释重负:"我去补办一下住院手续。"

吴乾坐在阿奶的病床边,满目忧虑:"怎么事都撞在一起了……"

董大锤和贺红衣赶来看望卫奶奶,得知吴乾被困在了医院,纷纷表示理解。

"你就放心交给我们吧,阿奶病这么重,你留下来也是应该的,正好趁这个时候和乘风把话说开,都是自家兄弟嘛。"董大锤宽慰吴乾。

吴乾歉疚而担忧地望着贺红衣和董大锤:"你们一定要小心,保护好自己!哎,我这是怎么了,骗人的事我以前又不是没做过,可今天总觉得不对劲,红衣,我有点害怕。"

"你可是吴乾啊,你会怕?"贺红衣故意露出笑脸。

吴乾却笑不出来:"总之明天你们千万不能出事,不然我这辈子都不会原谅自己的。"

"有事我就跑呗,没吃过猪肉还没见过猪跑啊?"董大锤嘿嘿一笑。

贺红衣点点头："就是，我们经历过那么多危险的事，每次都能逢凶化吉，明天也是一样。吴乾，你是我们的福星，有你念着，做什么我都不怕。"

病房外，卫乘风看着三人欢声笑语，眉头紧蹙。

翌日，行动终于要开始了，贺红衣心跳加速地离开家，却看见卫乘风正在楼下等待着。

"我出任务的时间推迟了，去医院又来不及，干脆一个人走走，没想到走着走着就走到这里了，对不起……"卫乘风虽然是有备而来，但一看到贺红衣还是有点紧张。

"乘风，该说对不起的人是我，我和吴乾的事，我一直没找到合适的机会跟你说清楚。"

"你不用道歉的，喜欢一个人没有错，别担心我，你要是真的觉得对我有亏欠，不如陪我走走吧。"卫乘风盯着贺红衣，眼神中施加了几分压力。

贺红衣略显惊讶，想了想离任务开始还有很久，便点了点头。

"红衣，我有句话想问你，过了今天，你就当我什么都没说过，可以吗？"卫乘风顿了顿，"我比吴乾差在哪里？"

贺红衣愣了片刻，认真回答道："就像你刚才说的，喜欢一个人没有对错，我选择了吴乾……并不是因为他好在哪，或者你差在哪。乘风，你是个很好的人，我相信你一定会遇到另一个与你心意相通的姑娘。"

卫乘风停下脚步："如果是这样，为什么从小到大，所有人都喜欢吴乾，都不喜欢我？"

贺红衣实在没有心思再说下去了："对不起，我先走了。"

"如果我求你不要去呢？"卫乘风面无表情。

贺红衣看向卫乘风，有些慌乱："你说什么？"

"我求你，不要去。"

贺红衣没想到卫乘风竟然知道了他们的计划，但此时已经没有必要多费口舌了："来不及了，我一定要去。"说完转身离开。

卫乘风顿时换了神色，掏出一块手帕追了上去，猛然捂住了她的口鼻。贺红衣挣扎了两下，软软地倒了在卫乘风的怀中。

卫乘风将昏迷不醒的贺红衣抱进酒店客房中，把她的两只手绑在床上，又给她盖上了被子。

"对不起，哪怕你会恨我，我也要这样做。我是在保护你，有一天你会明白的。"卫乘风不舍地望着贺红衣的睡颜，悄然离开。

贺红衣从蒙眬中醒来时，已经是晚上九点五十分，她浑身乏力，头晕目眩，绞尽脑汁打翻了床边的一只杯子，用玻璃碎片一点点割开绳子逃了出去。赶去西郊或许已经来不及了，于是她立即向医院狂奔而去，打算与吴乾商量对策。一路上，贺红衣的脑海中反复回忆着卫乘风的话，不知他是如何获知他们的计划的，更不知他为何要阻止他们。


西郊，冷月如霜，野草丛生。

烟贩装扮的董大锤掏出怀表，指针指向十点四十。雨辰和乔娜躲在暗处的草丛中，砍刀帮众小弟埋伏在侧。

"吴乾不来，怎么红衣也没来……"雨辰焦急低语。

"或许被什么事绊住了，别怕，有我在。"乔娜镇定自若，犀利地观察着周围的动静。

一辆卡车远远驶来，何致鸿、孙海和一众持枪的卫兵从车上下来。

董大锤故作镇定，上前招呼道："来……来啦，这个地方不好找吧？"

何致鸿打量着董大锤："听说你一定要我亲自来，我人到了，货呢？"

"钱呢？"董大锤问道。

孙海拿出银元晃了晃："货呢？"

"还在路上呢。"董大锤说道，"我跟那边约的十一点，还没到。"

何致鸿眉头一紧："为什么不约在同一时间，你打的什么主意？"

董大锤双腿打颤，却憨憨地笑笑："我能打什么主意，怕你们不熟悉路，来得晚，就让你们提前了一会儿。"

孙海立即掏出枪，顶着董大锤的脑袋："老实交代，否则我让你人财两空，曝尸荒野！"

"爷爷爷，我说我说！"董大锤颤巍巍地伸出食指抵住枪口，"这不都

是为了赚钱吗，我从当地人手里买货，谈好的是一个价格，卖给您自然是另一个价格。让您提前来一会儿，钱先进了我的口袋，省得他们过来送货看见我在中间赚得太多，下次就不卖给我了……"

何致鸿冷哼一声："倒是个会做生意的。可你收了我们的钱，我们又没见到货，你跑了怎么办？货对不上怎么办？"

"这荒郊野岭，我跑得再快也跑不过枪子啊！"董大锤拿出一个小口袋，双手递给何致鸿，"这里装的就是我卖的货，您随便验，等十一点二十箱货到了，要是不一样，我把这些鸦片全吞了。"

孙海收起枪，验了验小口袋里的鸦片，走到一旁对何致鸿耳语道："是那天的货。"

何致鸿压低声音："问问是哪里来的货，我们搭上那条线，哪怕不卖给那些老爷公子哥，卖给平常人家也有得赚，还用得着在马尔斯跟前低声下气，求他带我们一起？"

时间一分一秒地过去，董大锤看着二人嘀嘀咕咕，急出一头冷汗，试探着问道："二位爷商量好没有啊，送货的就要到了！"

孙海扔给董大锤两卷银元，董大锤顿时松了一口气。

这时，何致鸿看到五辆小汽车远远驶来，不禁皱起眉头："为什么来的不是货车？"

"最近查得严，货车容易被逮住，都是被逼的，被逼的。"董大锤笑笑。

何致鸿和孙海紧紧盯着五辆小汽车，但车灯明晃晃地打过来，完全看不清车内之人的面目，待到汽车停到面前，副驾驶的门打开，何致鸿才发现来的人竟是怒火冲天的马尔斯。

"马尔斯？！"孙海大惊。

何致鸿压低声音："来者不善，随机应变。"

五辆汽车上顿时跑下来十几个配枪大兵，紧紧跟在马尔斯身旁，齐齐举枪对准何致鸿一方。

"马尔斯……"何致鸿笑意盈盈刚要开口。

董大锤一声哀嚎，抱头跪在马尔斯面前："不要杀我！不要杀我！我只是被派来买鸦片的，我什么都不知道！"

马尔斯看看董大锤，怒吼道："何致鸿，你还有什么话好说！"

孙海立刻举枪指着董大锤："胡说八道，你不是卖鸦片的吗，怎么变成买鸦片的了？"

马尔斯的枪口对准何致鸿，却对董大锤说道："你说实话，我保证你死不了。"

董大锤看着周身环绕着无数的枪口，扔出手里的两卷银元："他们说有五十箱上等鸦片，让我来验货，这是准备好的定金。看样子货我是带不走了，钱您也拿走，求求两边的大爷，放我一条生路！"

何致鸿目瞪口呆："你胡说什么！"

"你验过货了？"马尔斯问道。

"验了，就在那边！"董大锤伸手指向教堂的位置。

"你放屁！"何致鸿大怒，无奈被枪指着，不敢轻举妄动。

马尔斯的愤怒程度丝毫不亚于何致鸿，立即带人跟着董大锤走向了教堂。


医院中，吴乾守在阿奶的病床边，焦虑地看着时钟："十一点十分，不知道红衣和大锤那边怎么样了……"他望着阿奶，"阿奶，乘风和我搞成了这样，您说万一他知道了这件事，以后还会拿我当兄弟吗？我知道是我做得不对，瞒着乘风搞这些行动，又瞒着乘风喜欢红衣，如果我是乘风，我也懒得理我了，可我真怕乘风一直这样跟我生分下去，我不想失去这个好兄弟。阿奶，求您快点醒过来，帮我说说好话，好不好？"

阿奶的手指略微动了动。

"阿奶手指动了，动了就是同意了，是吗？"吴乾大喜。

这时，吴潇潇推门进来："哥，爹刚睡着，我想过来看看阿奶。"

吴乾看了看两手空空的吴潇潇，嫌弃道："过来都不给我带吃的，饿死哥了，我去楼下买碗馄饨。"

吴乾走出医院，恰好看见贺红衣匆匆跑过来。

贺红衣气喘吁吁地抓住吴乾："坏了！卫乘风可能发现了什么，我出发去西郊之前，他把我关了起来，我好不容易才逃出来！"

"乘风？怎么会这样？"吴乾一脸不敢置信。

"现在想起来，从他今天见我的时候起，一切反应都怪怪的，我觉得他一定知道了我们的计划！"

"可是知道行动计划的人只有我们几个，谁都不可能告诉乘风。"

贺红衣和吴乾对视一眼，心下一惊，同时想到一个人，吴潇潇！

吴乾匆匆赶回病房，盯着吴潇潇："你有没有跟乘风说过什么？"

吴潇潇一头雾水："我什么都不知道，还能和他说什么？哦，我只说了万金隆的事。"

"你记得是哪天吗？"吴乾问道。

"就是你们一堆人关门讨论，把我撵出去的那天。"

吴乾眉头一皱："坏了！他一定是听到了什么！潇潇，你好好看着阿奶，一刻都不能离开，一直到我回来！"说完立即冲了出去。

"哥……"吴潇潇低声嘟囔着，"这人到底是怎么回事……"

床上，阿奶微微抖动眼皮，缓缓睁眼醒来："水……水……"

"阿奶您醒了！您说什么？"吴潇潇惊喜不已。

"水……"

"水？水！"吴潇潇慌张环视四周，"阿奶您等着，我这就去找水！太好了，阿奶醒了，阿奶要喝水……"吴潇潇兴奋地跑出去接水。

阿奶欲起身，忽然心口一痛，用手捂住胸口，欲叫人却喊不出声音，挣扎着滚下床，一口气上不来，便猛然咽了气……

"阿奶，水来啦！"吴潇潇端着一杯水，兴高采烈地推门进来，却看到阿奶倒在地上一动不动，吓得惊声尖叫，"阿奶——"

西郊教堂中，堆着五十箱鸦片，箱子上还贴着"英国怡和洋行"的封条。马尔斯扯下封条，打开箱子，里面正是完好无损的鸦片。

马尔斯对着何致鸿大骂："你说鸦片烧了！这是什么？你偷了我的鸦片卖给别人，还想骗我！"

何致鸿看看马尔斯，再看看被押进来的董大锤，马上掏出枪："放屁！你们合起伙来耍我！给我打，这五十箱鸦片老子不要了，他英国鬼佬也别想要!"

两边顿时开枪混战,鸦片箱子被子弹打得砰砰作响。

教堂门外,砍刀帮众人躲在暗处,乔娜持枪瞄准着教堂内的马尔斯,猛然开了一枪。马尔斯被击中腿部,却不知是来自门外的子弹,只顾让手下们加大火力。孙海为掩护何致鸿,中枪身亡。乔娜见教堂内混战一片,立即飞身进去,在枪林弹雨中将董大锤救了出来。

吴乾和贺红衣匆匆赶到教堂外,见董大锤安全退了出来,顿时放了心。二人正打算潜入教堂,去炸毁那五十箱鸦片,卫乘风却忽然出现在众人面前。

"乘……乘风?"吴乾大惊。

卫乘风看着吴乾,咬牙切齿:"你答应要照顾阿奶的!"

贺红衣愤怒更甚:"卫乘风!你为什么给我下药?你用阿奶牵绊住吴乾,自己却跑到这里,你到底想干什么?"

卫乘风苦涩地看向红衣:"红衣,我不想让你参与这件事,你怎么就不明白?你为什么就要帮他?"

吴乾望着卫乘风:"你都知道了?"

卫乘风满目怨恨:"对!你瞒着我做的事,我都知道!吴乾,我不是个傻子!要不是你瞒着我去偷鸦片,我就不会被冤枉,更不会被余德义逼着立下军令状!这五十箱鸦片,只要我得到它抓住马尔斯,我就不用离开巡捕房!"卫乘风坚定地看向教堂内:"你们谁都别打这些鸦片的主意,这鸦片,我要定了!"

"不行!这些鸦片一定要销毁!"贺红衣寸步不让。

卫乘风不解:"销毁?销毁了对你们有好处?只要我把鸦片交上去,我就能戴罪立功,扬眉吐气!"他拿出枪,径直走进教堂。

吴乾等人立即跟了进去。

教堂乱战中,何致鸿开枪打死了马尔斯,顿时松了口气:"鸦片最后还是到了我的手上,哈哈哈……"

笑声未落,何致鸿忽然中弹倒地,开枪的人正是卫乘风。

卫乘风颤抖着双手,半晌放不下枪:"我是巡捕……卫乘风。"

乔娜跨越一地的尸体,面无表情地来到马尔斯的尸体旁,对着尸体疯狂补枪:"万金隆,我给你报仇了!"

吴乾和贺红衣来到五十箱鸦片旁,将炸药摆了一地。

"你们疯了?鸦片是我的!都给我住手!"卫乘风疯狂冲了过来。

死人堆里,何致鸿挣扎着爬起来,跟跟跄跄地离开了,却没有一个人发现。

卫乘风与吴乾扭打在一起,疯狂地咆哮着:"吴乾,你拦着我就是在要我的命!马尔斯已经死了,你知不知道这五十箱鸦片对我有多重要?你是不是以为我让你帮我照看阿奶,不让你过来,是我的私心?你根本不明白我为了你、为了红衣付出了什么,你这样骗我、瞒我,我还想着保护你,吴乾你对得起我吗?"

"你也根本不了解我,不了解红衣!红衣为什么要销毁这些鸦片,你就没想过吗?"吴乾控制住卫乘风,转身看向贺红衣,"快点,把炸药都给点了!"

贺红衣将炸药摆放完毕,立即点燃引线:"快走!"

"不——"卫乘风怒吼着推开吴乾,冲过去将引线踩灭。

"卫乘风你让开!"贺红衣怒发冲冠。

"我不让!"卫乘风掏出枪,对准吴乾和贺红衣,"谁敢往前一步,就别怪我开枪!"

吴乾一脸凛然:"对不起,兄弟,这事不能依你了。"吴乾猛然蹲下身子点燃引线,同时大吼道,"快跑!"

顷刻间,引线燃尽,鸦片箱轰然爆炸,一片火光。卫乘风下意识地拉着贺红衣冲了出去,而离鸦片箱最近的吴乾却瞬间被烟雾吞没了……

教堂外,卫乘风跪在地上,愣愣地看着爆炸的余烬。

"吴乾,吴乾你在哪儿?!"贺红衣对着滚滚浓烟声嘶力竭地大吼,"吴乾你出来啊!"

不远处,李鹿带着余德义和十余名巡捕跑来:"巡长,就是这里,错不了,我看卫乘风鬼鬼祟祟拿了把枪,果然有事!"

余德义愤怒至极,立即下令:"给我上!"

一众巡捕立即冲了过来，将教堂团团围住。董大锤见状赶紧拉着泣不成声的贺红衣躲了起来。

"鸦片！我的鸦片！怎么都烧了啊！我还怎么回去立功啊！"余德义看着浓烟滚滚的教堂，愤然扇了卫乘风一巴掌，"你这个成事不足败事有余的家伙！你知道了鸦片的线索为什么不告诉我？你想一个人独吞？没门！"

李鹿咧嘴笑笑："不好意思风哥，今天你拿着枪从办公室出来我都看见了，事关重大，只能向上禀报。"

余德义不屑地看了卫乘风一眼："剩下的我来处理，李鹿，把卫乘风给我带回去，好好问问清楚。"

李鹿得意道："是，风哥，请吧。"

余德义被浓烟呛得咳嗽不止："哎，全都烧没了……等烟灭了再来清点吧，估计烧得尸体都不剩了。"余德义摇摇头，带人离开。

教堂外顿时安静下来，贺红衣立即冲进废墟中，董大锤和雨辰紧随其后，三人崩溃地寻找着吴乾的踪影。

"吴乾……吴乾你别吓我，你出来啊！"贺红衣翻动着被烧焦的尸体，浑身颤抖，"吴乾！你出来！"

这时，一只手从废墟中伸了出来……


翌日清晨，钱白铁悠然地听着小曲。

陆横立在一旁，却略有愁容："先生，就算事成，这些鸦片也已白白损失掉了。"

"如果用五十箱鸦片能买来何致鸿的一条命，实在不亏，他当初决定在洋行和仓库分别排兵布阵，打算瓮中捉鳖，却没想到我们黄雀在后。"

"还是先生技高一筹，在他身后布下暗子，提前知悉他的全部行动，又派我跟踪孙海，发现装有鸦片的船只停船延迟。只是不知怎么蹦出了一个莫名其妙的人，比我们动作还快，不然我们也不会损失五十根金条。"

"只要达到了目的，过程有多难，无甚所谓。"

敲门声响起，陆横开门一看，回头道："先生，她来了。"

钱白铁抬头，来人正是乔娜。

"久未见你，清减了不少。"钱白铁把玩着手上的扳指，"说说吧，结果如何？"

"何致鸿死了，被一个巡捕开枪打死的。"乔娜汇报道。

"死了。"钱白铁面无表情，"盼了这么久，我以为我会很激动，没想到亲耳听你说出这个消息，倒是没什么感觉，我们斗了这么多年，他却死在一个巡捕手上。"

乔娜低头道："我没完成先生的命令，亲手杀了何致鸿。这个巡捕是吴乾的兄弟，叫卫乘风，许是无意间知道了我们的计划，带着巡捕房的人加入了混战。"

"罢了，死在谁手上，我都是赢家。你且回吧。"钱白铁摆摆手。

乔娜继续说道："先生，马尔斯也死了。"

钱白铁凌厉地抬起眼皮："也死了？你的任务可不是杀马尔斯。"

"是，我的任务是趁乱杀了何致鸿，保护马尔斯，可在何致鸿对马尔斯开枪的时候，我看见了，但我没有阻止。"乔娜笑了笑，"我甚至还去他的尸体上补了几枪，先生，这是我第一次没有听您的话。"

"跪下！"钱白铁暴喝一声。

乔娜扑通一声跪在钱白铁面前，低垂着脑袋。

"就为了那个万金隆？"钱白铁愤怒地指着乔娜。

"对不起先生……我小时候就该死了，我的命是您救回来的，所以我半辈子都听您的命令。我进入砍刀帮，豁出命来夺了帮主之位；我隐藏在何致鸿身边，为您刺探传递消息，让您对何致鸿的每个动作了如指掌；我用万金隆的死欺骗吴乾，让他相信我所来之意只为给万金隆报仇，又诱导他利用您到手的五十箱鸦片，去让何致鸿和马尔斯鹬蚌相争……"

钱白铁不屑地看了乔娜一眼："但你的确为万金隆报了仇。"

乔娜苦笑一下："我也只能为他做这一件事了……先生，这些年我没有一刻是为自己活的，我想，我对您的报答应该也够了。他死了，我也倦了。"

乔娜举枪对准自己的脑袋。

"砰——"枪声响起,乔娜的枪被击中脱手落地。

开枪的人正是陆横:"先生,功过相抵,您看在乔娜忠心耿耿这么多年的份上,留她一命吧!"

钱白铁气极反笑,拂了拂袖口,绕开两人走向门外:"备车,我要去红府听贺青舟唱《霸王别姬》。"

陆横低头对乔娜说道:"从此天高海阔,你多保重。"

巡捕房中,余德义一刻不休地训斥着卫乘风。

"巡长,私自行动的确是我的错,但我也破了这个走私鸦片案,发现了马尔斯就是罪魁祸首,多少也算将功补过,希望您能网开一面。"

"案子是你破的没错,但功劳只能是我的,你永远都是替我办事的一条狗!"余德义悠哉地看着卫乘风,像是真的在看一条落水狗,"我向来赏罚分明,查清那批货的真相,本来就是你答应何致鸿的事,如今破了案,你只是完成了分内的事,没什么好说的。至于你私自行动的过当行为,必须重罚。从今天开始,原本分给你的辖区不归你了,李鹿举报有功,我赏给他。你就当个小巡捕吧,跟你刚来的时候一样。"

卫乘风瞬间双耳轰鸣,怒气冲冲地回到办公区,一拳捶在李鹿的眼眶上,两人顿时厮打起来,场面混乱不堪。这时,吴潇潇冲了进来,带来了阿奶过世的噩耗……

红府戏院中座无虚席,钱白铁看着台上的贺青舟,满面笑意。贺青舟遥遥凝视着钱白铁,却眼底含怨。

曲终人散,钱白铁来到后台:"青舟,今日所唱真是绝妙非凡,甚至算得上是我听过你唱得最妙的一次!"

贺青舟面若冰霜,看了看梳妆台角落里的一个小瓶子:"可惜这是最后一次,以后不会再有了。"

钱白铁不解其意:"你总是这么悲观,唱得出神入化,却要担心盛景难再,实是没有必要。你看今日观众的反应,可都是盼着你日日登台,天天唱

角儿的!"

贺青舟愤然起身:"钱白铁,我都知道了。那些捧我唱回角儿的戏迷,都是你找来的,我还像傻子一样,以为是凭我自己的本事赢了丰园。"

钱白铁尴尬皱眉道:"你听谁说的?"

"谁说的不重要,重要的是我不能接受。我妹妹因为我唱戏,因为你喜欢听我唱戏,因为你我莫须有的关系,误会我,和我生了嫌隙。我最亲的妹妹,我让她失望伤心,我心中羞愧。这戏,不唱也罢!"说完他拿起那个药瓶,向口中倾倒。

钱白铁立刻打掉药瓶:"这是什么东西?"

"嗓子是我的,唱与不唱,都是我自己的主意,你断不能做了我的主。"

"你误会我了!高山流水觅知音,此生能听你唱戏,当真是一大幸事,我以为我可以替你做些什么,如今看来却用错了法门。你不想唱,我以后再也不逼你唱就是了。"

贺青舟动容,对着钱白铁拱手:"伯牙子期固然动人,但青舟不做一个人的伯牙,我只愿为天下人而唱,感谢先生体谅!"

卫乘风赶到医院,愣愣地看着盖着白布的阿奶。

"是我的错,是我没有看好阿奶,我就出去接了杯水,阿奶就掉下了床……乘风哥哥,我没照顾好阿奶,你骂我吧!"吴潇潇哭诉道。

"我把我阿奶交给的是吴乾,不是你,跟你没关系。"卫乘风抬起头,不让眼泪掉下来。

"乘风哥哥,你不要这样,你这样我好害怕……"

"你出去,让我一个人待会儿。"

吴潇潇看着卫乘风面无表情的样子,畏惧地退了出去。

病房里没有了别人,卫乘风终于控制不住号啕大哭起来:"阿奶!我是不是再也见不到您了……我做错了什么,为什么老天爷那么不公平!为什么最后我连您都留不住!我恨,我好恨!阿奶,您走了,这个世上再也没人在意我了,一个都没有了,只剩下那些人面兽心的东西。我再也不要像以前那样了，我要拿回属于我的一切！阿奶，您看着吧，伤我、欺我、骗我、害我，这些人，我要他们拿命来偿！"卫乘风的眼中透出从未有过的狠毒，似乎完全变了一个人。

郊外，面无血色的何致鸿躺在草丛中，几个手下小心翼翼将他抬上车，悄然驶离……

# 第四十二章 楚歌

深夜，伸手不见五指的荒野之中，三辆被油布严实包裹的军车缓慢行进着，沉重的车轮半陷入泥土里。

路边的草丛中，二十多个穆尚锋的手下屏息凝气，持枪瞄准着军车。带头的阿钟和斌子警惕地盯着不远处的一堆巨石。

"穆爷呢？"阿钟悄声问道。

斌子皱皱眉："穆爷去找乔娜那个女贼了，这边咱们自己搞定。"

三声巨大的刹车声接连响起，军车停在了那一堆巨石前。

"上！"斌子猛地从草丛中跃起，冲向军车的方向，斌子和二十多个弟兄们紧随其后。

这时，天空中电闪雷鸣，下起了瓢泼大雨，漆黑的雨幕中只见拖着火线的子弹不停地来回穿梭。

雨歇月出，三辆军车的车头上布满弹孔，车身却没有一处伤痕。车门大开，被砸烂的电报机散落在车门附近，车边横七竖八地倒着军车押送人员的尸体。斌子和阿钟带着手下们从军车中将装满军火的箱子搬了出来。

清晨，这些箱子已经被运送至赌场大厅，每个箱子都被白布包裹着。

"这些宝贝不轻啊！"黄先生盯着箱子，露出羡慕的表情，转而看着一旁的穆尚峰，"穆爷，您怎么才想起回上海，这么多年都在哪儿发财呢？"

穆尚峰冷冷说道："老黄，我丑话说在前头，我借你的地方是给钱的，在你这里放的东西，不许任何人接近，包括你，明白吗？你应该知道我'穆上坟'的为人……"

黄先生点头赔笑："穆爷，您就是爱开玩笑，我最近心脏可不好，您要是吓死了我，我孤儿寡母一大家子可就赖上您了。"

穆尚峰掏出鼻烟壶，悠悠说道："没问题，要是你老婆长得够俏的话……"

"穆爷您又说笑了，您这么重感情的人，对了，听说您已经见过乔帮主了？"

穆尚峰恶狠狠地看了黄先生一眼，转身就走。

黄先生看着穆尚峰的背影，有些不解："穆爷这情绪，不太稳定啊。"

"黄先生，穆爷没找到乔娜，心情不好，您最好别惹他。"阿钟拍拍黄先生的肩膀，快步去追穆尚峰。

秦麒麟的办公室中，他的心腹替身周董坐在办公桌后，眯着眼听取手下的报告。

"我部从德国秘密所购军火，今日凌晨三点左右，于上海郊外三十里处被抢，护卫人员全数被杀。护卫人员在被杀前，用车载发报机发报称，匪徒有二十人以上，武器精良，枪法精准，皆是亡命之徒。匪徒得手后，迅速将军火转移至自备车辆运走，因刚下过雨，现场勘察人员无法断定逃离方向的具体线索。"手下垂着头。

"稳、准、狠，这是有预谋的嘛。"周董想了想，问道，"车载发报机

还在？"

手下翻看记录，回答道："据现场勘察人员回报，发报机已经被砸坏。"

"砸坏了？"周董想了想，"你已经下令封锁上海通往各地的交通路线、严查过往车辆了？"

"是。"

周董无奈地说道："这根本没什么用。"

"没用？"

"他们发现了发报机，就意味着他们知道我们会来这一招，也就是说他们进了上海……出事的地方是谁的防区？"

手下翻看记录本，回答道："是何致鸿团长。"

"不是冤家不聚头啊！"周董突然正色道，"命令下去，马上给北京处里发报，第一，让所有情报人员出动，调查可以接触到军火运送情报的人员；第二，马上通过北京军部下令各系驻防军，对上海实施戒严，各级路卡严查枪械；第三，派一队人专门查……"周董突然停顿下来，"何致鸿能不能接触到军火信息？"

"这个……应该不能吧。"

周董露出一丝诡异的笑，果决说道："那就让他能！"

"是，秦先生！"


吴乾浑身裹着纱布躺在床上，状态极其虚弱。贺红衣替他擦拭着额间的虚汗，眼眶禁不住泛红。

"没事，就是炸了一下，死不了，别哭丧着脸，不好看。"吴乾努力挤出一个微笑。

贺红衣想了想，说道："阿奶去世了……"

"阿奶……不会的……阿奶在医院，带我去见她……"吴乾震惊万分，强撑着要坐起来，疼得龇牙咧嘴。

贺红衣心疼地扶住吴乾："你伤口会撕裂的！"

"带我去见阿奶……她不能走……她走了卫乘风怎么办……"吴乾终究无力地瘫倒在床上，昏厥了过去。

"吴乾,吴乾——"贺红衣泪眼婆娑地轻声唤着。

何致鸿被手下救走之后,一直在圣保罗医院医治,虽然昏迷了几天,但并没有生命危险。陆横将这个消息带给了钱白铁,然而,钱白铁还没来得及反应,就接到了另一个电话——秦麒麟来了。

"秦麒麟就是那个……秦先生?"陆横问道。

钱白铁点点头:"北京的眼线得到消息,直系从德国秘密购入了一批军火,在何致鸿防区内通过时被人设伏,而接货人就是秦麒麟。"

"之前总听人说秦先生如何了得,恕属下无知,这秦麒麟到底什么来头?"

"秦麒麟是北京那边来的,曹小鬼最重要的心腹,少将军衔。听说曹小鬼发了他一张委任状,基本就是尚方宝剑,有先斩后奏之权,所以辖下的特务处权力极大。而据北京那边的人说,姓秦的好像和何致鸿有过节……"钱白铁思忖片刻,"这么有本事的人可不能让他白来,在何致鸿的防区出事,何致鸿本来就脱不了干系……"

"先生的意思是?"

"你先把何致鸿没死这事偷偷告诉吴乾,也通知一下乔娜。"

陆横略显意外:"乔娜?"

"她以后可能还会派上用场。同时,你通知北京的人,放消息说军火被抢这事跟何致鸿有关。"

"先生的意思是,给秦麒麟一个杀何致鸿的借口?"

"我花了那么多力气,何致鸿不死,我不甘心。吴乾听到消息一定会跑,自然会引何致鸿出来,姓秦的就方便动手了。"钱白铁擦了擦扳指,自语道,"何致鸿,我看你以后还能不能跟我叫板!"

自从吴乾被炸伤,棚户区的街坊邻居每天开工前和收工后一定都会前来探望他。董大锤开发了适合烧伤的药膳食谱,大锤妈专门配制了烧伤修复膏,阿蛙抽空就去打野味,阿狼做了伤病患者专用的开裆短裤……所有人都盼着小霸王早日恢复战斗力。

和吴乾家的门庭若市不同，自从阿奶走后，卫乘风整个人就冷若冰霜，对人爱答不理。大家虽然心疼乘风，但也渐渐有些疏远，只有吴潇潇一人坚持每天陪伴卫乘风。

这日，吴潇潇回到家中，看到贺红衣还守在吴乾的床边，故意甩出冷脸。

"潇潇，你这是怎么了？"吴法天问道。

"看有些人不顺眼！"吴潇潇瞥了贺红衣一眼，"要不是她，我哥能出事吗？乘风哥哥能跟我哥关系闹得这么僵吗？还有阿奶……也不会孤苦伶仃在医院里……"吴潇潇的眼泪簌簌流下。

贺红衣愧疚地低下头："潇潇，吴乾伤成这样我负全部责任，对不起。我看到你和天叔担心成这样，我很自责，我真的希望受伤的人是我……"

"你说这些有用吗？现在昏迷不醒的是我哥！不是你！"吴潇潇激动地跑开了。

"这孩子，说话没轻没重的，红衣丫头，你别在意，她是小孩，你们做的事她理解不了。"吴法天笑笑。

贺红衣垂着眼皮说："没事，潇潇心里难受，说出来总能好受一点。天叔，您不用安慰我，我知道您也担心吴乾。"

吴法天叹道："有些话我一直憋在心里，有钱虽然不是我亲生的，但跟亲儿子没差别。他这性子总惹事，但都是小打小闹，从没受过这么重的伤。我看他这样，确实捏了一把汗。红衣丫头，我一点也没有怪你的意思，好和坏都是他自己选的，我也知道你在做大事。有钱是不是想做大事我不清楚，但我感觉他是真的看中你了，他从来没对一个人这样过。如果你愿意，有钱的命，以后我就交给你了。"吴法天郑重地看着贺红衣："如果你不愿意，我护着自己儿子，以后你也别来找他了。"

贺红衣哽住，一时百感交集。

此时，一个小女孩跑进来："我要找吴乾。"

"小妹妹，你找吴乾做什么？"贺红衣疑惑问道。

"把这个给他。"小女孩递上一张纸条。

贺红衣打开一看，纸条上写着"何致鸿没死，速逃"，她神色突变，将纸条递给吴法天，吴法天看后也是一惊。

"小妹妹，这是谁给你的？"贺红衣问道。

"不知道，他还给了我一包糖呢。"小女孩跑着离开了。

突然，吴乾在屋内发出一声哀号，吴法天和贺红衣急忙冲进屋，吴潇潇正守在他的床边。

"疼死我了……"吴乾虚弱地喊着，看到贺红衣和吴法天脸色不对，疑惑地问道，"你们怎么了？"

"刚才有人来送信……何致鸿没死。"贺红衣说道。

吴乾严肃地看着贺红衣："你觉得呢？"

"应该没人会开这种玩笑。"贺红衣一脸凝重。

吴乾点点头："可帮我们的这个人……他又是哪一路的？"

"他找了个小孩来送信，看来根本不想亮明身份。"贺红衣说道。

"这个人没那么简单，我担心他还有其他目的……"吴乾看看贺红衣，又看看吴法天。

吴法天焦急道："你担心他，还不如先担心何致鸿。你得罪的那些人排队来杀你，姓何的绝对排头一个！依我看这消息不管真假，我们只有一条路，撤！"吴法天拿出一个包裹："我前两天就理好行李了，没白忙活。"

"又要逃命？有那么严重吗？"吴潇潇瞪大双眼。

吴法天捏捏吴潇潇的脸蛋："小姑奶奶，留下就是死！"

"天叔说得没错，我们必须抓紧走了，何致鸿可能很快就会找到这里。"贺红衣看着吴乾。

"有钱，你倒是说话呀！"吴法天焦急万分。

"我做的事我自己扛，你们走吧，把乘风和大锤带上。我留在这里拖着何致鸿，还能给你们争取点时间，逃到上海以外的地方你们就安全了。"吴乾一脸大义凛然。

吴法天赌气道："都什么时候了还逞强！我跑路是没问题的，大不了沿途再收养个儿子，可你看这俩丫头能像我一样没心没肺吗？"

"哥，要走一起走，不然我哪儿也不去！"吴潇潇赌气地坐在吴乾旁边。

"对，我跟潇潇一样。"贺红衣也坐在床边。

吴法天见状，挤着坐了过去。

吴乾无奈地左右看看："好好好，服了你们了，一起走。"

吴潇潇松了一口气："我这就去告诉乘风哥哥！"

"我去找大锤！"吴法天也起身离开。

"红衣，你要不要跟桑……老师交代一下？"吴乾问道。

"我自己惹的事，不想连累学会。"贺红衣握住了吴乾的手。


医院病房中，何致鸿苏醒不久，虚弱地骂道："吴乾、贺红衣、卫乘风、乔娜，还有那个胖子……给我派人去棚户区抓人！我倒是要看看到底是谁指使他们坏老子的好事！要真是钱白铁，老子就跟他拼了！大不了一块儿死！"何致鸿怒火中烧，牵动了腹部的伤口，疼得他龇牙咧嘴。

"团长，北京那边来了消息，说昨晚在咱们的防区丢了一大批军火。"手下小心翼翼地禀报。

"什么军火？"

"据说是咱们曹老爷子秘密购入的，您看应该怎么办？"

何致鸿冷笑道："这事跟我何干，老子差点连命都丢了！你马上去抓人，别让他们跑了！"

"团长，上海周边已经封城了，可能就是因为军火丢了的事。"

"看来这事还帮了我，愣着干吗，快去！给我放出消息，抓住他们一个，就赏一百大洋！给老子备车！"

"团长，您这是要去哪儿？"

"回去！"

"您才刚醒，这……"

"少废话，老子死不了！"


白事店中，卫乘风穿着孝服坐在阿奶的遗像前。

吴潇潇急得直跺脚："乘风哥哥，你为什么不肯走？何致鸿没死！要是被他抓到是什么后果，你肯定比我清楚！你就别生气了，我们一起逃吧！"

卫乘风突然笑了："这是你哥让你说的？"

"我哥？对啊，就是我哥来也会这么说的！"

卫乘风收起了笑容："原来不是你哥说的。"

吴潇潇想了想，欲拿阿奶的灵牌："你要是不舍得阿奶，我们带上阿奶的灵牌……"

卫乘风拦住吴潇潇。"你……你们的好意我心领了，有件事我还没告诉你，"卫乘风转了一下眼珠，"因为鸦片的事，我已经升职了，何致鸿不敢轻易动我。"

"升职了？"

"现在我在巡捕房是二号人物，何致鸿再野蛮，也不会去巡捕房里抓人吧。"

吴潇潇还是有些不放心："真的吗？升职就能保你平安？"

"我什么时候骗过你？放心吧，我在巡捕房没准还能继续帮你们。你快回去吧，你们要走有好多事要准备，你哥还需要你照顾。"卫乘风边说边将吴潇潇推了出去。

卫乘风关上门，给阿奶的灵位上了三炷香，咬牙切齿地说道："吴乾，我也要让你尝尝背叛的滋味！何致鸿，你想抓我是吧，那我就去会会你！"上完香，他脱掉孝服，推门而出。


吴潇潇闷闷不乐地回到家中，吴乾、贺红衣、吴法天、董大锤还在讨论着逃出城的路线。

"不能出城。"乔娜忽然提着皮箱走了进来。

"娜姐？"众人震惊不已。

乔娜继续说道："我听说今早上海周边已经戒严了，你们不能出城。"

吴法天指着自己的鼻子说道："就为了抓我们几个，这动静有点太大了吧？"

"我也不是很清楚到底发生了什么，不过现在万分危险是肯定的，所以我给你们安排了藏身之处。事不宜迟，必须马上走。"乔娜说道。

"你安排的哪里？"吴乾捂着伤口问道。

　　"徐记饭庄。"

　　众人一听，顿时乐了，逃命竟然逃到了有酒喝、有肉吃的地方，真是快哉。

　　"红衣，你回家接人，我们在那里会合，路上一定小心！"吴乾望着贺红衣道。

　　贺红衣点点头，没有再说什么，径直离开。

　　"乘风呢？"吴乾问吴潇潇。

　　吴潇潇犹豫了一下："他……哥，你们先走，我和乘风哥哥随后就到。"

　　乔娜立刻送众人前往徐记饭庄，吴潇潇则再次来到白事店外，却发现店门已经上了锁，卫乘风并不在家。


　　贺红衣匆匆赶回家，让贺青舟立刻收拾东西随她走。

　　贺青舟大为慌张："何致鸿找你做什么？你怎么会惹到他？"

　　"哥，我没时间细说了。你相信我，伤天害理的事我绝不会做，只是现在情况紧急，我们不得不逃，你跟我一起走，我心里才能踏实。"贺红衣说道。

　　"好，哥听你的。"

　　雨辰拉着贺红衣的胳膊："我送你们去学会，那里肯定是安全的。至于我嘛，何致鸿都不知道我是谁，他查不到我的，你别担心。"

　　"雨辰，我不能连累你们，学会不能暴露，你也出去避避风头。相信我，我会回来的。"贺红衣郑重地望着雨辰。

　　雨辰犹豫片刻，不舍地拥抱贺红衣："红衣，万事小心，我一直在，有需要就回来找我。"

　　贺红衣动容地点点头。


　　何致鸿回到办公室后，便开始联络各方，准备报仇。此时，手下带着卫乘风走了进来。

　　"卫乘风，你竟然还敢来见我？没想到吧，老子还活着……"何致鸿又牵动了伤口，疼得坐了下来。

"何长官，我根本没打算对你下死手，不然我也不敢主动送上门。我跟你没有私人恩怨，我开那一枪也是受人蒙骗。"

"什么人？"

"吴乾。"卫乘风面无表情道。

何致鸿听到吴乾的名字，恨得牙痒痒："哼，你们不是好兄弟吗？"

"自从他开始利用我，我和他就没有情义一说了。不过我不是来跟你倒苦水的，我是来告诉你，吴乾他们已经知道你还活着了。"

"他人在哪儿？"

"他躲起来了，但我能找到他。"

何致鸿冷哼一声："难道你是想用吴乾的命换你的命？"

"当然，而且我还有两个要求，第一，保贺红衣平安。"

"贺红衣？没想到你这么护着她，难道你不知道我第一个想抓的就是她？"

"我知道，你肯定想抓她，不过她抓不得。"

"老子就没有抓不得的人！"

"你不是想称霸上海吗？"

何致鸿一愣："是又怎样？"

"那我先说第二个要求，然后你再决定要不要抓贺红衣。"卫乘风顿了顿，"我要坐上余德义的位置。"

何致鸿冷笑道："好小子，有胆量。就你现在的情况，你居然敢跟我要这个？"

"死我都不怕，还有什么不敢的？况且我坐到那个位置，能帮你的忙。"

"帮我的忙？"何致鸿哈哈大笑，"谁在那个位置，敢不帮我的忙，巡长不过是我的一条狗。"

"如果这条狗能帮你钓上大鱼，新仇旧恨一块儿报了呢？贺红衣抢了你的烟土，你觉得她背后没人指使吗？"

何致鸿面露疑色："你知道？"

"你只要放过贺红衣，我就有办法挖出她背后的人。"

"好！反正我既然把你抬上去，就能把你打下来，谅你小子也逃不出

我的五指山!"

"那你答应我的条件了?"

何致鸿冷笑着说道:"我答应你容易,你骗你的兄弟,有点难吧!"

"你说得对,所以你得帮我准备一个东西,巡捕房队长的肩章。"

何致鸿无所谓地点点头。

徐记饭庄的菜窖里,吴乾和贺红衣等人齐聚,唯独不见吴潇潇。

吴法天环视着四周,咂咂嘴:"酒是没有了,咸菜估计能吃个饱了。"

乔娜对众人说道:"这几天委屈大家在这里避避风头,我只能送你们到这里了。"

"娜姐,你提着箱子是要去哪?外面这么危险,你不跟我们一起躲躲吗?"吴乾问道。

乔娜凄然一笑:"我有仇家找上门了,比何致鸿更心狠手辣,我不能跟你们在一起。我走了,你们保重。"乔娜不顾众人的挽留,提着皮箱离开了。

片刻过后,吴潇潇走了进来,一屁股坐在咸菜坛子旁边:"乘风哥哥说他升职了,何致鸿不敢动他,没准他还能找机会帮咱们。"

"升职了?"吴乾疑惑地看向董大锤。

董大锤摇摇头:"没听说呀。"

"他不肯来,是不是还在跟我赌气?我去找他!"吴乾艰难起身,却踉跄着跌了下去。

贺红衣急忙扶住吴乾,才发现他眼神涣散,全身发烫。方才逃得匆忙,众人都没带退烧药,此刻又不能回中药铺取药,只得让吴乾忍到天亮再想办法。半夜里,董大锤还是不放心吴乾的状况,待众人入睡之后轻手轻脚地离开了菜窖。

天色微亮,棚户区街口站着许多何致鸿的手下。董大锤抄小道走到中药铺后门,悄然溜了进去。

大锤妈看到儿子回来,激动不已:"大锤,你可回来了,有人来抓吴乾，你知道吗？"

"抓吴乾，那……您没事吧？"

"我能有什么事，他们又没找你。"

董大锤一听有点懵："没找我？"

"只是说，要找个胖子……"

"妈，我胖吗？"

大锤妈认真地说："不胖啊，跟我比苗条着呢。他们把吴乾家翻了个底朝天，到处打听，问我的时候我把他们糊弄走了。我看你没啥事，还是老实在家待着吧。"

"那不行，兄弟有难我不能不管，我是回来拿药给吴乾救命的。"说着开始翻找药箱。


卫乘风穿着巡捕制服，肩上挂着巡捕房队长的肩章，瞥了一眼中药铺，淡定地走到街口，对何致鸿的一个手下说道："你们要找的胖子叫董大锤，他刚才回来了，你去中药铺的后门找他。"

众手下一听顿时眼前一亮，匆匆赶往中药铺的后门。

董大锤拿着药包推开后门，正撞上了枪口："不……不是说没我的事吗？"

"你个死胖子！你的事儿大了，你手里拿的什么？"何致鸿的手下边说边伸手抢董大锤的药包。

董大锤见状急了，欲拼死抢夺药包。这时，何致鸿的手下忽然被人从身后猛击后脑勺，顿时倒地不起。

董大锤抬起头，只见那人是卫乘风，顿时大喜："乘风！他们都来这儿抓人了，你怎么还敢回来？"

卫乘风假装担忧："我听说到处都是何致鸿的人，我不放心有钱还有你们，又不知道到哪里找，所以我就想回来碰碰运气……"

"还是乘风够义气，要不是你来了，我可就惨喽。"董大锤拍拍卫乘风的肩膀。

"怪我之前太莽撞，和你们在一起就好了。"

"说什么呢,大家都是好兄弟,再说就客套了。走吧,我带你去找有钱!"

饭馆菜窖中,吴乾烧得越来越厉害,以致说起了胡话,贺红衣被惊醒,立刻为他擦汗。

吴乾感受到贺红衣的触碰,双眼迷离地看着她:"红衣,我怕我万一……烧糊涂了,有些话就忘记对你说了。"

"什么话你这么急着说?"

"你一直忙着照顾我、照顾大家,还要担心什么国家、学会、民众……你太累了,你要学会心疼自己……当然,等我病好了,就让我来心疼你。记住了吗……"

贺红衣深情地看着吴乾:"记住了,但我从来不觉得辛苦,因为那是我的使命。"

"那我的使命就是……永远保护你。我说过……要做你的大英雄。"

贺红衣摸吴乾的额头:"好烫……我去给你拿湿毛巾。"

吴乾用尽力气拉住贺红衣:"陪着我,别走。"吴乾昏昏沉沉地拥着贺红衣睡去。

此时,董大锤带着卫乘风回到菜窖,正看到贺红衣靠在吴乾怀里。董大锤立刻捂住眼睛,卫乘风则咬紧了牙关。

贺红衣看到卫乘风,急忙起身,听说是卫乘风救了大锤,更是连连道谢。卫乘风点点头,却并不多言,气氛尴尬至极。

董大锤见状将药递给贺红衣:"红衣,我们快给有钱用药吧。"董大锤拉着贺红衣给吴乾服退烧药。

此时,吴潇潇迷迷糊糊醒来:"乘风哥哥,你终于来了!"吴潇潇看到卫乘风肩上的巡捕房队长肩章,顿时兴奋起来,"哇,你真的升职啦!"

卫乘风淡定地点点头,显得很客气。

吴乾服过药,体温却迟迟降不下来,贺红衣满脸焦虑,琢磨着是不是该换一个适合吴乾养伤的地方。

"可我哥这样,方便走吗?"吴潇潇望着吴乾昏迷的样子。

　　"我还是可以拉着黄包车带上有钱。"董大锤说道。

　　"那我们怎么办呀? 你拉车跑得那么快,我肯定跟不上。"吴潇潇忧虑道。

　　"这个……有自行车就好了,我再出去一趟!"董大锤说着就要往外走。

　　贺红衣立刻拦住董大锤:"不行,你这是在赌运气,刚才不就差点被抓住吗? 取药的事你也太冒险了,还好你平安回来了。"

　　吴潇潇点点头:"是啊大锤,要是你出了什么事,你妈不得活剥了我们!"

　　董大锤一脸为难:"那怎么办……"

　　"还是我去吧。"卫乘风开口道。

　　贺红衣摇摇头:"何致鸿也在抓你,我们再想想别的办法。"

　　"大家总不能眼睁睁看着有钱死吧! 没事,我来想办法。"卫乘风一脸笃定,仿佛完全不是原来那个没主意的榆木脑袋了。

　　"乘风哥,外面真的很危险,要不……"吴潇潇不舍地拽着卫乘风。

　　卫乘风看了一眼吴潇潇,把目光转向贺红衣:"我现在是巡捕队长,他们不敢轻易动我,你们照顾好有钱。"

　　贺红衣看着卫乘风,眼中流露出一丝感激。卫乘风转身离去,顿时目光变得阴冷无比……

# 第四十三章

# 决裂

卫乘风离开菜窖，立刻将吴乾的位置通报给了何致鸿。何致鸿火速召集手下，亲自带着队伍就往徐记饭庄杀了过去。

菜窖中，吴乾面色惨白，浑身冒虚汗，呼吸也越来越弱，眼看就要不行了。

贺红衣急得哭了起来："不行，无论如何都得送吴乾去医院，现在就去！再晚就来不及了！"贺红衣紧紧抱着吴乾的脑袋，仿佛一松手他就不见了似的。

众人见状只得答应。

这时，卫乘风走了进来，见众人要走，顿时急了："怎么这么突然就要走？"

"有钱快撑不住了！大锤知道有个小医院能去，我们抓紧出发！"吴法天说道。

卫乘风思索片刻："要不……大家分头走，目标小一点更安全，到时候在医院会合。红衣，等会儿你跟着我。"

"不，吴乾需要人照顾，我还是跟他一起。"贺红衣的眼神一刻都没有从吴乾的脸上离开过。

卫乘风脸一沉："好吧，那我先回巡捕房打探消息，然后去医院找你们。"

"乘风哥，你跟我们一起吧！"吴潇潇拉住卫乘风的手。

卫乘风不耐烦地说道："我不是说过吗，我是巡捕队长，他们不敢对我怎么样！"

众人带着吴乾匆匆离去，卫乘风看着他们的背影，一脸不甘。

片刻过后，何致鸿带着一群手下冲到了徐记饭庄后门，准备杀进去。不远处的小巷里，一个黑洞洞的枪口正瞄着何致鸿，持枪人正是周董。

何致鸿带人杀进菜窖，却发现空无一人，对手下怒吼："油灯还亮着，应该走不远，给我追！"

何致鸿和手下们从饭庄冲出来，向着巷口跑去。小巷中，周董的枪也收了回去。

董大锤用黄包车拉着吴乾和贺红衣，其他人骑着自行车紧跟在后，众人一路狂奔，并没有被追兵发现。

过了一会儿，卫乘风找到了何致鸿并给其指路，众手下沿着卫乘风指的方向瞬间涌向吴乾等人，枪子一颗接一颗地打在黄包车和自行车的轮胎上。奔至荒野小路，黄包车终于撑不住侧翻了下去，吴乾头部撞伤，顿时血流不止，几近昏迷。

吴乾迷离地看着众人，艰难地说道："分……分散跑，快……不然来不及了……"

贺红衣和吴潇潇扶着吴乾，跑进不远处的树林中，贺青舟、吴法天和董大锤则分三个方向跑开。

树林中，贺红衣和吴潇潇迅速将昏迷的吴乾用枯草和落叶盖住。

"吴乾，这次换我保护你……"贺红衣最后看了吴乾一眼，用枯草盖住了他的脸。

追兵的声音渐渐逼近，仿佛下一秒就会看到他们三人似的。

贺红衣压低声音："潇潇，我们分头跑，他们不会猜到我们把吴乾藏在这儿，你出去以后马上通知你爹，尽快回来救吴乾！他的命就在你手上了！"

"那你呢？"

贺红衣不说话，看向追兵的方向。

吴潇潇眼圈一红拼命地摇头："不……"

贺红衣的眼眶中泛起一汪不舍而决绝的泪："我们都要活下去！"说着，她冲吴潇潇微微一笑，快速冲了过去。

片刻后，远处传来追兵的声音："在那边，追！"随即枪声连珠炮一般响了起来。

吴潇潇害怕地捂住耳朵，枪声远离后，她看着被掩盖妥当的吴乾，咬紧牙关道："哥，坚持到我回来！"吴潇潇匆匆跑了出去。

树林深处，贺红衣拼命奔跑，一颗颗子弹在她身边擦过。突然，她惨叫一声跌倒在地，手捂在左胳膊上，指缝里不断涌出鲜血。

"停止射击，抓活的！"何致鸿的手下在不远处听到了贺红衣的声音，端着枪一步步逼近。

此时，烂草堆中，昏迷的吴乾睁开双眼，虚弱地扒掉身上的草堆，挣扎着站了起来，捡了一根树枝支撑着身体，走了没多远顿觉眼前一黑，又一头栽倒了，顺着斜坡一直滚进了小河里。

树林深处，何致鸿的手下用枪指着受伤的贺红衣，贺红衣却宁死都不说出吴乾的下落。

何致鸿被几个手下簇拥着，饶有兴趣地看着这一切。远处的角落里，周董的枪口再次瞄准了何致鸿所在的方向，无奈何致鸿始终被手下们遮挡着。

何致鸿看了贺红衣一眼，终于没了耐心，轻描淡写地说道："她是不会说的，杀了吧。"

手下正要对贺红衣开枪，枪声却率先从背后响起，何致鸿应声倒地！手下们顿时大惊，举枪向四周察看。一瞬间连续的点射袭来，手下们一个个也接连倒地身亡。

贺红衣向枪响的方向看去，只见一个身影握着枪转身离去，枪口还冒着青烟。

贺红衣赶忙追上前去："请问先生尊姓大名？红衣也当记住先生恩情。"

周董并未停下，背对着贺红衣说道："我姓秦。"

危机解除，众人会合，一起跟随贺红衣找到掩藏吴乾的草堆处，却发现没了人影。贺红衣绝望地坐在地上，止不住地痛哭起来。

吴潇潇从衣服上扯下一块布条，将贺红衣手臂的伤口包住："你这样不行，必须得去医院！"

贺红衣掩面痛哭："潇潇，对不起，是我没考虑周全……害得你哥浑身是伤，还把他弄丢了……"

"我爹他们已经去找了，没准我哥就在附近。红衣……我以前跟你说的都是气话。你为了救我哥，连命都不顾了，我要是还生你的气，我就太不知好歹了！"

董大锤赶过来说："附近都找了，连个人影都没有，吴叔和青舟哥去更远的地方找了。红衣，吴叔让我们先送你去医院。何致鸿死了，他的手下已经全撤了，至少我们现在都是安全的，有钱还不知道这事儿，说不定躲在哪儿呢。"董大锤扶着贺红衣起身："吴叔说，有钱福大命大，怎么都死不了，他一定会想办法回来找我们的。"

涓涓流水，烈日当头。吴乾仰面躺在一处浅滩上，不省人事，浑身是伤。葡萄牙传教士利福中路过发现了吴乾，将他送进了医院。

吴潇潇、吴法天和董大锤回到了棚户区，邻居们听说吴乾不见了，立刻成立了寻人小分队，发动所有关系打听吴乾的下落。

"我哥不会是死了吧？"吴潇潇一想到这里就大哭起来。

"呸呸呸，我托人去何致鸿的手下那边打听了，说追了一晚上，他们自己死了不少人，但根本没抓到咱们的人！"吴法天宽慰道。

此时，卫乘风走了过来："吴叔，我去医院没找到你们，就想着回来看看。听说何致鸿死了，是真的吗？"

吴法天兴奋地点头："红衣丫头亲眼看见的，这回假不了，死得透透的！"

卫乘风打量众人，蹙眉问道："红衣和有钱呢……"

"红衣受了伤，吴叔让青舟哥带她回家了。可有钱他……不见了！我们已经发动大伙儿去找了。"董大锤低垂着脑袋。

"不见了？"卫乘风犹疑片刻，"我去巡捕房问问，或许能有线索。"说完匆匆离开。

卫乘风离开棚户区，并没有去巡捕房，而是径直赶到了贺红衣家。

贺红衣的伤口已经包扎好，正打算出门打探吴乾的下落，见到卫乘风到来，显得有些不耐烦："你来也不提前说一下。"

"我听吴叔说你受伤了，就过来看看你。"

"谢谢你，我的伤不要紧。只是吴乾他……"

"我会去找他的，就算是为了让你能安心养伤。"卫乘风深情地望着贺红衣，"我和他之间虽然有误会，但我不会忘记，他是我最好的……兄弟。"

"阿奶的事，他也很痛苦、很难过，现在说这些都太晚了，但我希望你能知道。"

卫乘风违心说道："人死不能复生，过几天我去给阿奶扫墓，希望她的在天之灵能保佑吴乾。"

"我陪你一起去。"

卫乘风点点头："对了，吴叔说你亲眼看到何致鸿被杀了？"

"嗯，一枪毙命。"

"谁杀的？"

"我只知道，他姓秦。"

卫乘风若有所思，低声嘟囔道："姓秦？"

"嗯，是一个挺可怕的人，我想谢他，他却说我再跟着他，就要杀了我。我感觉这人大有来头。"

卫乘风垂下眼帘，暗自思忖着什么。


星辰隐去，太阳升起。肃穆的天主教堂高高矗立着，教堂的尖顶仿佛直刺云霄。

教堂卧房中，吴乾渐渐醒来，浑身的伤口剧烈地疼痛着，他强忍着坐了起来，只见房中摆放着简洁雅致的西式家具，墙上挂着木制十字架，桌上摆着鲜花和圣母像。此时，唱经班动听的*Ave Maria*合唱遥遥传来。他起身，朝乐声的方向跌跌撞撞走去。

教堂大厅中，唱经班悠扬而庄严的咏唱恰好结束。吴乾穿过望弥撒的天主教徒，看到了洁白的圣母像。

传教士利福中身穿黑色长衫，看到吴乾，面容和蔼道："因父及子及圣神之名。"他画了一个十字圣号。

"阿门。"教徒们入座。

吴乾只觉得腿一软便跪了下去。

利福中上前扶住吴乾："你的伤还没有好。"

"这是哪儿？"吴乾迷茫地问道。

"迷途的人把这里叫作归宿。"

"我是谁？"

"你是天主的子民。"

"天主是谁？"

"天主是我们共同的信仰。有所信仰就会有所敬畏，有所敬畏就会知何事可为与何事不可为，也就不会犯下背离天意人伦的逆天大错，遵从了天意人伦的法则就会一生安宁幸福。这就是大道之法则，也就是

爱的法则。"

吴乾懵懂地点头:"你是谁?"

"我是传教士利福中,葡萄牙人。"利福中将吴乾引到旁边的座位坐下,"愿天父的慈爱,基督的圣宠,圣神的恩赐与你们同在。"

"也与你的心灵同在。"众教徒齐声道。

吴乾小心翼翼地抚摸着面前的《圣经》,一脸懵懂。

"各位弟兄姐妹,现在请大家认罪,虔诚地举行圣祭。愿全能的天主垂怜我们,赦免我们的罪。"利福中说道。

吴乾认真地听着,也学着别人的样子沉思静默。

忽然,吴乾的脑海中浮现出许多破碎的画面——监狱广场的拳台上,他一拳将对手击倒;一堆装满鸦片的箱子面前,他将炸药点燃,顿时火光四起……

他努力回忆着,却感到头痛欲裂,大脑一片空白,只能委屈地嘟囔道:"我也犯过罪吗?我到底是谁……"

利福中带着吴乾在教堂外漫步:"我的孩子,你叫什么名字?家住在哪里?"

吴乾无助地看向利福中:"我什么都想不起来了,我……是怎么来到这里的?"

利福中看似淡定地打量着吴乾,实则内心惊喜:"我外出传教的时候路过河边,看到一摊血迹,便顺着血水找到了你。那时候,你的伤很重,昏了过去,我看你有生命危险,就把你带回来了,医生说好险哪,再晚你可能就没命了。"

"利神父,谢谢您……我都不知道自己为什么会伤成这样……好疼……我……到底发生了什么……"

"孩子,不论过去发生了什么,天主把你送到我的身边,一定是希望你放下过去,向前看。我会照料你直到痊愈的,放心吧。"

"那……之后呢?"

"去你想去的地方。"

"我……我害怕,我总有种感觉,好像我做过错事,我不知道该去哪里……"吴乾越说越委屈。

利福中安慰般地说道:"那就留下来。"

吴乾扑闪着无辜的眼睛:"真的可以吗?"

"当然,从第一眼看到你,我就觉得你是与天主有缘的人。现在的你像一张白纸,是最接近天主的子民。你忘记了过去,也就等于忘记了苦难,忘记了苦难,你便可以获得新生。我的孩子,让我给予你重生的勇气。"利福中慈爱地张开怀抱。

吴乾条件反射般后退,突然止不住地头疼起来,脑海中闪过一个画面——吴法天满身酒气地发酒疯,非要抱抱吴乾,他厌烦地躲开了。

利福中不解道:"你怎么了?"

"刚才脑子犯晕……"吴乾捂着太阳穴。

利福中仍然张开着怀抱,吴乾木然地接受了拥抱。


赌场中,穆尚峰坐在卡座里,桌上放着一把手枪,训斌子道:"我最后警告你一次,不许再随便把东西拿出来。"

斌子嬉笑着说道:"穆爷,您别生气,斌子再也不敢了。您不是答应过我,事成之后我能拿一把玩吗?"

"我说的是事成之后,现在事成了吗?"

"成了呀,东西都在咱们手上了,好几天了,也没啥事,所以我手一痒就……"

"成个屁!你难道不明白计划有变,要更加小心行事吗?"

角落里,黄先生无意路过,听到了穆尚峰的话,琢磨着这个"穆上坟"的计划到底是什么,若是什么伤天害理的事,会不会牵连到赌场。

黄先生来到存放着穆尚峰那些箱子的房间门外,设计引开穆尚峰的手下,拿出备用钥匙打开了门。房间内摆满了被包裹起来的箱子,其中一个箱子上的白布已经被拉开,露出了绿漆和半掩的盖子。黄先生将盖子轻轻推开,眼珠差点掉出来,里面居然整齐地摆满了手枪。

黄先生左右看看满屋的箱子,喃喃道:"难道这全是枪?这是想干什么呀?难不成……是要造反?"他将箱盖复归原位,"穆上坟你个狗东西,

你这是想害我抄家灭门啊！"

贺红衣在家养伤，贺青舟替她来到棚户区询问吴乾的消息。

"找到了，找到了！"董大锤兴冲冲地跑回来，上气不接下气，"在……在八仙桥！"

众人顿时激动起来，急匆匆地出门，顺路把贺红衣也接上一起去。

此时，吴乾正在利福中的房间中。

"这几天吃住还习惯吗？感觉好一些了吗？"利福中询问道。

"利神父，我好多了，就是没事做，有点闷……"书桌上有火漆、钢笔、墨水等物件，吴乾好奇地东摸摸西摸摸，"这个戳子挺好看。"

利福中边看《圣经》边跟吴乾说道："这是火漆章，用来封信封的。"

吴乾点点头，好奇地看向《圣经》："利神父，您在看什么？"

"这是一个有关神的故事，以后我慢慢讲给你听。"

吴乾看到床头柜上摆着的基督摆件，天真地说道："神仙我见过不少，就是没见过不穿衣服的。"他东看看西看看，不经意拉开一个布帘，露出博古架及上面摆放的古董，他立刻被吸引："咦，这些东西有意思……"

利福中看到吴乾在看博古架，有点紧张，正准备制止吴乾。

"臭死了！"吴乾拿着一个古董小茶杯闻了闻，一脸嫌弃。

利福中搪塞道："我也没什么其他娱乐，只喜欢收集一些有年代的小物件。"

"是有年代！我都闻出来了，最多有五十年呢！"

利福中拿着小茶杯仔细看了看，不可置信地看向吴乾："这怎么可能只有五十年？明明是宋朝的……"

吴乾小孩子似的一晃头，说道："不信我拉倒。"他又拿起一件玉珏，在阳光下看了看，又闻了闻。

利福中担心地提醒道："你小心点，这可是汉代玉……"

"假货。"

"假货？"利福中一把从吴乾手中拿过玉珏，翻来覆去打量，"你凭什么说这是假的？"

吴乾翻着眼睛想了想，不好意思地挠挠头："我……我说不出……反正不是真的。"

利福中再次看了看玉珏，笑道："你是不是看着这些东西好，想说成假的，拿去玩呀？"

"都是假的，我才不稀罕呢！"吴乾忽然注意到博古架最不起眼的位置放着一件竹丝编的仙鹤，嘴里含了一个被污垢包裹的珠子，他将竹鹤拿出来，用手拨弄着珠子玩，突然，他一愣，一把抠出竹鹤嘴中的珠子，仔细观看，"这是……夜明珠……"

吴乾一阵眩晕，脑海中顿时闪现出与三叔交易夜明珠时的画面。

利福中疑惑地打量着吴乾："你怎么了？你刚才说什么……夜明珠？"

"我头好晕……我想回去休息。"吴乾将珠子交给利福中离开。

利福中仍然念叨着："夜明珠？难道真是夜明珠？这竹鹤没花多少钱买的呀……"利福中看向博古架上的小茶杯和玉珏，自语道："不会吧？他这么厉害？看来得找行家鉴定一下……"

钱白铁的办公室中，陆横拿着请柬走了进来："先生，市政府派人送请柬，邀请您和夫人参加代议长刘凤年的欢迎宴会。"

"来得还真快，北京传来的消息不是说刚任命没几天吗？"

"嗯，他这人也很奇怪，坚持不要大家去车站迎接，说什么要节约开支，不劳民伤财，还说了个什么词来着……哦，黜奢崇俭。"

钱白铁想了想，微微笑道："词用得倒是很生僻，像是读过些书……不过文官说这话，大多是叮死人不眨眼的虎皮虱子。"

陆横点头会意，继续说道："所以，送请柬的人特别嘱咐，今晚要穿便装。"

"事情办得怎么样了？"

"我们暗中收编了一些何致鸿的旧部，有三百多人。另外，投到咱们这里的人还带了个情报，何致鸿藏了一批古董，我已经带人秘密取了出

来，正在整理造册……"

钱白铁微笑点头，随即眼神变得阴冷。

卫乘风来到贺红衣家中，却听雨辰说红衣刚被潇潇他们带着去找吴乾了。他默然离开，独自来到阿奶的墓碑前烧纸："阿奶，是不是在他们所有人眼里，永远都是吴乾最重要……吴乾……你到底是死是活？"

桑介桥办公室里，一扇书柜的门歪倒在一旁。雨辰匆匆找来一个修理师傅，却不知这师傅正是周董假扮的。

"师傅怎么看着面生呀？"雨辰带着周董走进了办公室。

"老陈忙不过来，叫我帮他顶一顶。"周董检查门框，修理起来，"你说门坏了，我还以为是大门呢。这种书柜门，等会儿还得用小螺丝刀。唉，走得急……忘带了……"

"我们这儿好像有，你等等。"雨辰匆匆离开。

周董立刻起身检查办公桌，其中一个抽屉上着锁。他拿出铁丝，娴熟地开了锁，只见抽屉里摆着四十根金条。

周董带着四十根金条回到秦麒麟的办公室，悠然落座。

"秦先生，属下佩服！桑介桥估计现在都还没发现金条丢了。"手下奉承道。

"乱党已经不打算留着他，现在金条也没了，我看他桑介桥还有什么咒念！钱嘛，老规矩，一半充公，一半放小金库，咱们也得发笔小财。"

"姓桑的也算是幸运，不过既然来了，为什么不连着他们学会一锅端？"

"有军火的事拖着，不宜节外生枝，否则，我对乱党绝不会手下留情！"

"军火的事我查了几天，也没有什么进展。"

"做事不能急，这么一大批军火出不了城，留着就是个雷，只要他们还放在城里，就一定得想办法脱手。我正准备物色一个熟悉这里的人，要是好用，也好补上这个缺口。这年头想要军火的人多着呢，找军火不难，难的是，那个内鬼到底是谁！"

手下点点头："此人果然狡猾，北京那边居然一点痕迹也没找出来。"

"狡猾……就说明那是条大鱼，我就喜欢钓大鱼。"周董笑容深沉，"你刚才要汇报什么？"

手下将小匣子递给周董，只见里面装着一只玉龙挂坠。

酒店房间内，留声机放着流行歌曲《妹妹我爱你》，半透明的屏风后，秦麒麟一边随着音乐的节奏吹着口哨，一边整理着衣装，身影在屏风后时隐时现。周董走了进来，将玉龙挂坠递给屏风后的秦麒麟。

"事办得怎么样了？"秦麒麟问道。

"如您所料，何致鸿死后，各方人员都在打他家产的主意，他的兵也被瓜分了。"周董恭敬回复。

"这叫树倒猢狲散，正常。玉龙挂坠成色不错，应该还有一个吧？"

"只找到一个。何致鸿藏的古董，我派手下循线索去找，却被人先下手了，这个是在角落里找到的……"

"知道是谁下的手吗？"

"下手的人很谨慎，不过我怀疑是钱白铁。"

"钱白铁？他可是条老狐狸，向来喜欢渔翁得利。你觉得丢军火这事跟他有关吗？"

"还得再观察观察。"

"今晚有大人物的欢迎宴，你把丢军火的消息放出去，知道的人越多越好，我要引蛇出洞，然后好好看场戏。"秦麒麟换好了衣服，在屏风后吩咐道。

古玩店门口，利福中拿着一个盒子心满意足地从店内走出。

古玩店杜老板一手拿着茶杯，一手拿着玉珏跟在利福中身后："利神父，这颗夜明珠要是您愿意出手，我会出高价收购，比市面价再高两成！"

"好说好说，再次感谢您送的盒子，再见。"

杜老板想要拱手告别，这时才意识到自己拿着茶杯、玉珏，忙问道：

"利神父,您看这两个物件?"

利福中想了想,小心翼翼地将盒子收好,抓过小茶杯和玉珏,狠狠地往街边一摔。

杜老板吓了一跳:"利神父,您这是?"

"毁了它们,省得别人再受骗!"

杜老板脸上顿时浮出敬仰之色:"利神父果然思虑甚远,佩服佩服!"

利福中矜持一笑,点头离开,杜老板转身回店。此时,奥斯顿出现在街口,看着利福中的背影,若有所思。

教堂房间中,吴乾坐在床上发呆。

利福中抱着《圣经》和几本古董鉴赏的书籍走了进来:"你每天不出门,也不跟我们一起望弥撒,这样下去会很闷的。之前我看你对《圣经》有些兴趣,拿来给你看看。"

"我……不太认字。"吴乾随意翻开一页,指着上面说道,"我就认识这个……这个……还有这个!"吴乾尴尬地看着利福中。

利福中和蔼地安慰道:"没事孩子,我可以教你。"

"利神父,您对我真好。"

"不是我好,是天主好。我做的这一切,不过是传达天主的福音而已。"

"福音,什么是福音?"

"你还没有受洗,听不到天主的福音也很正常。"

吴乾不禁搓了搓手:"啊……手洗?我可以……利神父,您教教我……我该怎么手洗……"

"是受洗,做洗礼,我可以给你安排。接受了洗礼,就证明你是天主的子民了,天主会保护你,我也会更多地帮助你。对了,你想不起自己的名字,称呼起来很不方便,我给你起个名字怎么样?"

吴乾点点头,有些期待。

"我叫利福中,是福佑中华的意思,你嘛,叫稳得福怎么样?我希望你安稳得福。小名就叫阿福。"

"稳得福——"吴乾开心地拍拍手,却牵动了伤口,头又开始眩晕,脑海中浮现出吴法天笑嘻嘻地呼唤着"有钱"的样子。

吴乾拼命摇摇头,让自己清醒。

"你不喜欢这个名字?"利福中问道。

"喜欢,喜欢,稳得福,我叫稳得福!"吴乾说道。

此时,门外传来告解室铃铛的声响,利福中向外看了一眼:"有人来告解,我去去就来。"

利福中坐在告解室一侧,习惯性地开口说道:"愿天主保佑你,你有什么……"

告解室另一侧的奥斯顿笑了起来,打断道:"行了,收起那一套骗人的把戏吧,还真当自己是传教士?别人不知道,你当我也不知道?"

利福中的脸色顿时变得阴冷,打开告解室中间的挡板,透过栅栏网格看到了奥斯顿。利福中不屑地一笑:"你来干什么?"

"听说你最近发财了?"

"没有的事。"

"你跟这些黄种劣等人学坏了,一点都不诚实。"

"你再胡说八道,请你离开这里。"利福中起身欲走。

"别走别走,你那颗夜明珠才能赚多少钱,我可是有个发大财的机会。"

利福中重又坐下:"就凭你?在自己国家骗不下去了才来的中国,你还想骗我?你别打我的主意,小心我不客气!"

"行行行,我知道你杀过人,就是这个圣善理教堂原来的……"

利福中厉声制止道:"不要乱说!你到底有什么事?"

"我有一批军火在找买家,你结交广,要是能介绍可靠买家的话,好处少不了你的。"

"就凭你?军火?天主面前你还是不要说假话了。"

"信不信由你,不过我还是奉劝你,你这个假传教士早晚会露馅,不如早早捞票大的,离开这个鬼地方,去过快活日子。想想吧,我还会来找你

的。"奥斯顿起身，笑着离开。

　　卫乘风升职一事传遍了棚户区，众人都埋怨他身为"官老爷"却不帮忙找吴乾。

　　深夜，卫乘风回想着邻居们冷嘲热讽的样子，愤怒地抓着自己的头发："都要找吴乾是吧，我去给你们找……"他握紧拳头，咬牙切齿道，"吴乾，你如果真的没死……我就让你死透！"

# 第四十四章

# 迷雾

　　董大锤带着众人跑了十里地，果然见到了吴乾，此人却不是棚户区小霸王吴乾，而是一个老实巴交的书生，原来只是一场同名同姓的误会。

　　吴法天气得追着董大锤满街跑，埋怨他谎报军情。贺红衣失望得一句话都说不出来，险些晕了过去。吴潇潇搀扶着贺红衣，想安慰却找不到合适的语言，自己反倒哭了起来……

　　卫乘风找到余德义，想借巡捕房的力量找到吴乾的下落，然而余德义根本不愿花力气去寻找一个无名小卒，更懒得帮助仅仅是编外人员的卫乘风。

　　此时，李鹿对余德义汇报道："巡长，上面来电话问何致鸿被杀的事……"

　　余德义神色有些紧张："态度怎么样，有没有给我规定时限？"

"巡长,您别担心,我感觉这个电话更像例行公事,根本不急。"

"上头的人就是这样说话的,别看听起来不急,要是真查不出来麻烦就大了,你小子还是太嫩。"

"您说的是。还有,夫人刚来电话,晚上刘代议长欢迎宴的事,让您陪她去买首饰……"

卫乘风看着李鹿和余德义亲近对话的样子,不禁握起了拳头,暗暗发誓一定要将功折罪再次升职,而破获何致鸿被杀这个案子似乎是余德义目前最在意的事。

卫乘风回想起贺红衣曾经说过,杀何致鸿的那个人姓秦……

卫乘风悄然找到李鹿,低声下气地问道:"李哥,我跟您打听个事,我似乎听过北京有个什么姓秦的,是曹老爷子的心腹,很厉害。"

李鹿一听,紧张地压低声音:"怎么,你见到秦麒麟了?"

卫乘风摇摇头。

"这人可不简单,他在哪儿,哪儿就一片一片地死人!咦,你问这个干什么?"李鹿狐疑地看向卫乘风,"难道你的意思,何致鸿是被……"

卫乘风马上解释道:"怎么可能,我就是突然想起来问问。"

"你还跟老子玩灵光一现?说,你到底知道什么?"

"没有,我真的不知道,我先走了。"卫乘风匆匆向外走去。


酒店宴会厅中,乐声悠扬,布置优雅。黄先生夫妇和余德义夫妇等客人纷纷到场,众人皆穿便服。

黄先生一脸谄媚地跟余德义攀谈着:"余长官,没想到我也能受邀出席刘代议长的欢迎宴,看来他很重视我们商人呀,不过……听说那边不让赌,我的赌场会不会受影响?"

"上面说的话多了,真正落实的能有几句?你把心放肚子里,这里是上海!租界!北方的那套总会水土不服的。"余德义笑笑。

钱白铁带着吕思蒂走进宴会厅,吕思蒂走到女眷身边攀谈,钱白铁则走向余德义等人。

黄先生立刻拿了一杯餐前酒,殷勤奉上:"钱先生,您也来了。"

钱白铁接过酒："代议长大人来了，怎么能不欢迎一下呢，我正想听听他的施政纲领。"

余德义笑笑："施政纲领……钱先生对政界的那套词儿很熟嘛，难道您有心从政？"

钱白铁笑而不语。

"钱先生，有一事我不知该不该问……"黄先生望着钱白铁。

"什么事？"钱白铁问道。

黄先生压低声音："我听说老何被杀了？"

钱白铁故意皱皱眉："我也有所耳闻，很是错愕。"

"我们巡捕房正在调查这个案子……"余德义倒是真的有点发愁。

黄先生略显胆怯："这事总觉得怪怪的，从万术大赛结束，邓肯、马尔斯、老何就一个接一个死了，钱先生，您说咱俩……"

余德义瞥了黄先生一眼："就你也能跟钱先生相提并论？"

黄先生讪笑道："口误口误，我纯粹是担心这种事会不会落到我头上。"

钱白铁看着余德义："你看，你再不把案子办了，会引起恐慌哦。"

余德义点点头："放心放心，我会抓紧的。"

此时，秦麒麟走进了宴会厅，他身穿名贵西装，披着风衣，头戴礼帽，皮鞋锃亮，身后跟着一个侍者。吕思蒂等女眷看向秦麒麟，都眼前一亮，议论纷纷，其中一个年轻女宾对秦麒麟颇为关注。

秦麒麟看到吧台上摆放的红酒，略显遗憾："这酒上不了台面，去把我带的champagne取来，拿冰水备着。"

钱白铁等人注意到秦麒麟，略显不悦。

黄先生察言观色，立刻说了一句："这是谁家不知天高地厚的小开？"

"你在说我吗？"秦麒麟颇有气势地走来，谦虚一笑，对黄先生等人自我介绍道，"徽州七善全商号，夏奕，几位也可以叫我Tony。"

黄先生笑笑："看来还是个留洋归来的小少爷。"

"不敢当，我爹让我接管家里的买卖，但他那套生意经太落伍了，我就想着来上海寻点商机，这是我的名片，以后还仰仗各位前辈指点一二。"秦麒麟给钱白铁等人一一递上名片。

黄先生见钱白铁和余德义收下了名片，便殷勤介绍道："这是钱团长、余长官，在上海都是数一数二的人物。鄙人姓黄，开了一家赌场，有空常来玩。"

此时，桑介桥也走了进来。

钱白铁与余德义等人分开，走向桑介桥："老桑，听说你最近办了不少大事，怎么？想通了？是想升官，还是想发财呢？"

桑介桥笑笑："我一不投机，二不豪取，谈何升官发财？钱先生，无中生有不像是你的作风。"

"不要曲解我的意思，我不过是以为你在寻些新的门路。"

"新的门路？"

"我听到风声，胡部长有意撤销上海这边的据点。我也当你是老朋友了，看你一手管理着剧院不容易，听到对你不利的消息，自然是想早点告诉你。"

桑介桥一愣，转而恢复神态，故作镇定道："这种玩笑开不得。"

钱白铁笑道："是啊，这玩笑可开大了，我的消息也未必可靠。老桑，你大可不必放在心上。"

桑介桥冷冷一笑。


酒店门口，两名警卫荷枪实弹地守卫着。卫乘风在门口徘徊着，一直盯着酒店，满面警惕。

一身记者打扮的周董注意到卫乘风，走了过去："喂，你怎么不进去？"

"我没请柬，不让我进。"卫乘风说道。

"我也没请柬，想拍到一手情报，只能在这儿等着。你呢？看你这样子，不是记者啊，你在等谁？有什么要紧事吗？"

"是啊，我的将来都跟这事有关。"

周董装出为卫乘风着急的样子："那你还客气什么？上去跟他们理论，要是他们不讲理，我帮你。"

卫乘风此时才正式打量了周董一眼，问道："你帮我？"

"你先跟他们理论，他们还是不让你进的话……嗯……你就跟他们来硬的，他们要是动手最好。"周董拍拍相机，"我就拍下来，然后他们准害怕，一定能放你进去。"

卫乘风依旧有些狐疑。

周董拍了拍卫乘风的肩膀，鼓励道："不是决定你的将来嘛！"

卫乘风想了想还是鼓起勇气走向酒店大门，警卫果然拦下了卫乘风，在卫乘风与警卫拉扯之际，周董则趁乱进了酒店。卫乘风看着周董的背影，目瞪口呆。


周董走进宴会厅，看到了利福中，客气地跟他攀谈："没想到刘代议长还请了传教士来，这是多元文化大发展的思路，我一定要好好报道一下。忘了自我介绍了，我是申报的记者向天涯。"

"天主保佑。"利福中点点头，打量着在场的宾客。

一个身穿制服的职员走进宴会厅，对着众人说道："刘代议长到——"

所有人起身看向门口，只见刘凤年大步流星走进来，笑着说道："哎呀，我都说不用讲排场了，要黜奢崇俭，怎么还是这么兴师动众。"

余德义笑道："刘代议长，我们可都是听了您的吩咐，穿便装来的，连薄礼都不敢准备呀。"

"这么做就对了，各位赏光出席我的欢迎宴，刘某不胜感谢，今天我们只交朋友，不分级别，大家不必拘束。"

"刘代议长初到上海，能想着跟我们小聚，亲民作风可见一斑，钱某佩服！"钱白铁拱拱手。

刘凤年看着钱白铁："想必这位就是钱团长吧？果然一派儒将风度。来，上酒！"

侍者立刻为刘凤年等人端酒。

"这酒看着就不错。"刘凤年喝了一口，很满意。

"Tony小兄弟带来的。"黄先生恭敬道。

刘凤年顺着黄先生的示意，看到了秦麒麟，秦麒麟潇洒地抬手示意。

刘凤年举着酒杯向众人示意："此次鄙人受政府委派，来到贵地担当代议长一职，深感能力促狭，甚是诚惶诚恐，如履薄冰，所以还望诸位年兄

年弟多加帮衬……"刘凤年说着，微微鞠躬，"兄弟此次前来，主要是有几个方面的工作要做：第一，促进民主建设……"

秦麒麟一听笑了，低声嘟囔道："议长都能指派，还说要建设民主……"

黄先生看了一眼秦麒麟，笑而不语。

刘凤年继续说道："第二，大力发展经济，提高市民生活水平。我听说上海这边还有很多的贫民区，生活条件很差，我很痛心啊……"

"嗯？房地产？这个我倒是有兴趣。"秦麒麟笑笑。

刘凤年继续说道："第三，稳定社会秩序，斩断乱党同类。这也是我工作的重中之重，现在有好多人，特别是学生，受广州乱党蛊惑，放着好好的日子不过，非要折腾进这些乱七八糟的事里去……"刘凤年略一停顿，望了望余德义。

余德义马上绷紧了身体，桑介桥则微微皱眉看向刘凤年。

刘凤年絮絮叨叨又说了许多废话，终于举起杯来："感谢大家听了我这么多的啰唆话，为了更美好的生活，大家共同举杯……"

刘凤年与众人举杯之时，记者们纷纷拿着相机拍照。

这时周董问道："刘代议长，听说有一批军火在上海丢了，市民的安全可有保障？"

宴会厅内顿时鸦雀无声，众人都举着酒杯僵在当场——余德义满面惊讶，秦麒麟满脸好奇地看向众人，钱白铁神色淡然，桑介桥则认真关注着周董和刘凤年的交锋。

黄先生面色大惊，酒杯打翻洒到了秦麒麟身上。年轻女宾立刻拿出一方手帕，示意离秦麒麟更近的吕思蒂递给他擦拭。

刘凤年坦然一笑："大家放心，如果真有这样的事，我一定会督促各方尽快破案，保证上海民众的正常生活秩序不受影响！不过，这纯属空穴来风。"

黄夫人拿出便携酒壶，递给黄先生："你的苏合香酒。"

黄先生慌忙喝了一口，胸口颤抖着。

刘凤年似是不经意地看了黄先生一眼，又望着余德义。

余德义急忙打圆场说道："刘代议长，这酒再不喝，我可就馋死了！"

　　刘凤年举起杯来与众人同饮之际，周董悄然离开，看到卫乘风还坐在路边，愤愤地按着方才被打伤的脸。

　　此时宴会厅内气氛看似松弛，可众人的心却都提了起来。

　　钱白铁对陆横轻声交代："打听打听这批军火在谁手里。"

　　刘凤年对职员低声嘱咐道："那个记者，查一下他怎么回事。"

　　手下们领了命，均悄悄离开现场，宾客们则恢复了闲谈。

　　"老爷，我去补个妆。"吕思蒂拿着手包也离开了。

　　桑介桥拿着一杯酒凑向钱白铁："我看钱先生如此淡然，莫非军火的事你早就知道了？"

　　"没听说。"钱白铁笑笑。

　　"看来钱先生的小饭桌只聊广州的事，不聊上海的事嘛。"

　　"老桑，你调侃我。"

　　"我哪敢，只是想问问，如果这批军火在你手上，钱先生，你会做什么？"

　　钱白铁笑着说道："上头对我们的人员装备管得很严的，要是我敢乱来，说不定我早就人头落地了。"

　　利福中似是无意路过，侧耳倾听着钱白铁和桑介桥的只言片语。

　　桑介桥还欲再说，钱白铁扫了一眼利福中，便不再多说，只顾喝酒。

　　吕思蒂在休息间补完妆，正准备回到宴会厅，秦麒麟却忽然出现，拿着手帕挡在吕思蒂面前。

　　"谢谢你的方巾。"他帅气一笑。

　　"你误会了，这是万家大小姐的。"吕思蒂礼貌地一笑，就准备离开。

　　秦麒麟再次拦住了吕思蒂："我不管是谁的，我只知道这是你给我的，余香犹存呢……"说着他闻了一下手帕，很是享受。

　　吕思蒂冷笑道："你知道我是谁吗？再缠着我，恐怕你今天没法活着出去。"

　　"知道，钱大团长的夫人嘛，但我看着你好像很心善啊，杀了我，你真的忍心？"

　　吕思蒂面无表情。

"在场的女宾，只有你在我眼里特别与众不同。"秦麒麟盯着吕思蒂。

"无聊！幼稚！"

"我就喜欢你这种高冷贵妇，成熟又有韵味，跟那些黄毛丫头不一样。我这个人很罗曼蒂克的，喜欢就说出口，不喜欢我连看都不会看一眼。"秦麒麟拿出一张名片，塞到吕思蒂手中，"这是我的名片，对你，我很认真的。"秦麒麟又靠近吕思蒂，压低声音，"何致鸿的古董可能被钱白铁拿去了，查一下。"

"是，秦先生。"此刻吕思蒂露出了一副干练而恭敬的神情。

"万事小心，保护自己。"

此时，侍者的脚步声传来，秦麒麟立刻恢复了玩世不恭的样子，向吕思蒂抛了个飞吻离开。侍者闯入，吕思蒂情急之下将秦麒麟的名片收进手包中，匆匆回到宴会厅。

钱白铁打量着吕思蒂问道："怎么去了这么久？"

"老爷，林家太太拉着我聊了几句。"

宾客与刘凤年道别，陆续离开，钱白铁也带着吕思蒂向门口走去。

酒店门外，余德义夫妇坐上汽车，正要关门，卫乘风却突然一把拉住了车门。

"你怎么在这儿？"余德义看到卫乘风脸上的伤，"跑这儿来打架？"

卫乘风面色平静："我想谈一下恢复我职位的事……"

"卫乘风，你不要得寸进尺，要不是我心好，你早该卷铺盖滚蛋了！"

"我之前确实做得不好，不过……我觉得你可能要有杀身大祸了。"

余德义一听，立即从车上下来，戳着卫乘风的鼻子说道："我真不知道你小子还有未卜先知的能耐，你是不是想我直接开了你？"

"你查的是何致鸿的案子吧？李鹿说过，上面来电话时的态度根本不急，何致鸿再不济，也是个团长对不对？"

"你少卖关子，有话快说。"

卫乘风见余德义急了，微微一笑说道："上面让我们查却不加时限，这是不是说明动手的人来头不小，他们根本就不想查？"

余德义眉头一皱："你的意思是你知道是谁？"

卫乘风点点头："巡长，那我恢复职位的事？"

余德义冷笑道："卫乘风，你长进了，跟我谈条件！好，要是你说的有用，我就恢复你的职位！"

"杀何致鸿的是……秦——麒——麟——"

"他？他为什么要杀何致鸿？"余德义低头想了想，"你这么一说，我倒是想起来……听说他俩有过节。"

"巡长还是不要惹祸上身比较好。"

余德义点点头："明天找李鹿领你的肩章。"说完他上车离开了。

角落里，周董看着卫乘风的身影，深沉一笑。

此时，桑介桥回到办公室，发现抽屉中的四十根金条不见了，顿时心头一沉，却无法声张。


赌场中，阿钟将一封信递给穆尚峰。

穆尚峰接过信，问道："理发店盘下了吗？还是不肯卖？"

"斌子已经把那老板沉江了，店面正在收拾。"

穆尚峰点点头，示意阿钟离开后，展信观看，信上写着：事情已扩散，须更加小心。他将信焚化，冷笑道："不怕我穆上坟的就来试试！"

穆尚峰来到理发店，舒服地坐在椅子上。

理发师正在给穆尚峰打肥皂水："穆爷，这么多年没见您，您还是这么精神！我们以后就指望您罩着了！老板不听您的，那是他活该！"

穆尚峰扫了一眼理发师，理发师立即噤声专心工作。

斌子走进来说："穆爷，乔娜那个臭婊子实在找不到，不过砍刀帮已经是咱们的了。按您的意思，不听话的全都沉江了。"

"嗯，沉了几个？"

"五个，其实砍刀帮也没几个是真心跟着乔娜的，全是墙头草，谁狠听谁的。要不说还得是穆爷您出手如电，雷厉风行。现在上海滩又是您的地头了，我们也能跟着您抖抖威风。"

"事还没办完，你小子还是少张狂，要是给我惹了麻烦，小心我把你也沉了江。"

"哪能呢，我一定小心办事，不过咱们这事啥时候能办完，我一天天的真是闲得难受。"

穆尚峰思索着方才收到的那封信，猛然对斌子喝道："我想到办法了，走! 回去! "

穆尚峰带着斌子回到赌场包厢，一屁股坐了下来："军火这事已经传开了。"

阿钟为穆尚峰倒茶："这样的话……咱们可就成了别人眼里的唐僧肉。"

斌子不屑地说道："你瞎担心个啥，想吃唐僧肉的人多了，还不都被孙猴子给整死了。咱俩就是穆爷的斗战圣佛，神来杀神，魔挡杀魔。"

穆尚峰皱皱眉："少扯淡，要是全都一块儿上门，咱们就是如来佛祖也顾不过来。"

斌子低着头："那您的意思是? "

"与其等着人打上门来，不如把他们都引出来，这样咱们更主动。"穆尚峰眯着眼睛。

阿钟点点头："对，穆爷的办法好，引蛇出洞，有多少收拾多少。"

穆尚峰示意阿钟和斌子附耳过来，低语了几句，二人频频点头。

"穆爷，您看地方? "斌子问道。

穆尚峰瞪了斌子一眼："你就不能改改你这大嗓门? 地方嘛，容我再想想，你们先准备起来。"

包厢外，黄先生一直听着屋内的谈话，听到此处不禁擦擦汗，然后悄然离开。

回到办公室，黄先生摸着胸口，喝了口苏合香酒，叨念道："引蛇出洞? 妈呀，不是要把这些蛇都引到我这里吧? 我的买卖还做不做了! 我怎么这么倒霉，热曼那些狗东西弄了个破比赛，生生给我吓出心脏病，休养了这么久，怎么一回来又摊上这堆破事! "

此时，门一响，穆尚峰走了进来，随意地往沙发上一坐："我想问你借个地方，谈点生意。"

黄先生眼珠转了转，笑着说道："谈生意的话，场面还是要的，我有一个外地朋友在万国酒店长年包着一个房间，钥匙在我这儿，他最近都不在，您可以先用着。"

穆尚峰点点头。

剧院中，雨辰为桑介桥送来报纸。

桑介桥招呼雨辰坐下："你来得正好，我有些事要跟你说。广州那边正在筹备北伐……"

雨辰听了激动地说道："太好了，终于要来了，这次一定要把那些狗军阀打趴下，让他们再也不能欺负老百姓，践踏民主！"

桑介桥微微一笑："所以我在想，咱们应该为北伐做些什么。"

"发动群众，做好接应，多给咱们的人提供情报。"

"这些都是应该做的，不过我想做一些更实际的事。打仗，最需要的是钱，所以我们应该想办法筹钱支援北伐，比如说演讲募捐……"

"对啊，老师您说得对，我去跟大家说，让大家准备起来。"

桑介桥点点头："红衣最近在忙什么？还在养伤？"

"嗯，不过吴乾失踪了，她也在帮忙找吴乾。"

"唉，她为了吴乾劳心劳力的……你让她尽快过来一下，我有事跟她说。"

巡捕房中，卫乘风向李鹿要肩章。

李鹿递上肩章，冷笑着说道："你是不是知道何致鸿怎么死的？所以巡长才……"

卫乘风犹豫一瞬道："李哥，你看你说的，我真不知道，知道的话，一定先跟你说。"

"你小子，我不知道你用了什么法子得了巡长的欢心，不过，你要是再有什么好事不带着我的话，小心我对你不客气！"

卫乘风搪塞道："我能有什么好事，巡长是可怜我，才恢复了我的职位。"

李鹿不耐烦道："之前你求巡长找吴乾的事，巡长让我警告你，不准耽误大家的时间去干这破事。卫乘风，我可一直盯着你呢！"

钱宅书房中，钱白铁小心地擦拭着一架古琴。

陆横拿着一张名册报告道："先生，何致鸿的古董已经理出来了，请您过目。"

钱白铁扫了一眼："还真有不少好东西！这个名册很重要，你要收藏好。"

陆横将名册收入口袋，掏出玉龙挂坠："这些东西应该值不少钱，您看这个东西，好像有些年头了，看这水头。"

钱白铁看看玉龙挂坠，频频点头："岫玉的……玉龙挂坠，这东西应该是一对吧？"接着，他将玉龙挂坠放入抽屉中。

"另一只估计是被人偷了。先生，有一件事我不太明白，您既然说这个刘凤年是叮死人都不眨眼的虎皮虮子，怎么又要主动宴请他？您就不怕他打您主意？"

"你以为我不去找他，他就不会打我主意吗？找他，我是想商量一下我做议员的事。现在不是要选新议员了嘛，只要能让我拿到议员身份，这个刘代议长不管叮得有多狠，也得让他叮。不过，战乱年代，军火就是立命之本。你查一下我们账面上有多少可以周转的钱。"钱白铁起身。

陆横边开门边说道："先生，时间还早，您现在出门，还有什么别的事要办？"

"既然宴请人家，咱们态度就要谦逊，先去他办公室。"

钱白铁和陆横离开后不久，吕思蒂悄然来到书房，拉开抽屉，拿走了玉龙挂坠。

钱白铁来到刘凤年的办公室。

刘凤年压抑着心中的不屑，佯装热情道："钱兄，晚餐时再见就可，何必亲自来迎接，这让刘某很是惭愧。"

"刘代议长太客气了，您刚来上海，在下冒昧相邀，也不过是想略尽地主之谊。"

"那刘某就愧领了。"刘凤年看了看表，"现在还没到下班时间，烦请钱兄略微等候，我还要斟酌一下评选议员的事。"

钱白铁略思索道："刘兄，不知这新议员参选有什么要求？"

"这个嘛，说难也难，说不难其实也不难，主要是有选民支持，有政府批准，还有一个嘛……我这个代议长的提名。"刘凤年微微一笑，"看来我已经猜到钱兄宴请我的意思了，对吗？"

钱白铁坦然一笑："还望兄台多多提携，钱某定不忘兄台的好处。"

刘凤年边写字边敷衍地说道："好说好说，好事多磨，你不要急……"


吕思蒂拿着玉龙挂坠独自离开家，与秦麒麟秘密会面。

秦麒麟端详着玉龙挂坠，点点头："我那儿还有一只，正好配上对了。看来他果然私吞了何致鸿的古董！"

吕思蒂告别了秦麒麟，匆匆赶回家，又将玉龙挂坠放回了书房的抽屉中。


教堂告解室中，利福中看着奥斯顿，压低声音道："我听到一些风声，看来你之前说的话是真的。"

"你得改改多疑的毛病了，险些错过这么一大笔买卖。"

利福中淡定一笑："这笔生意我来牵线，你就等好消息吧，不过我要问一下，这批军火是丢失的那批吗？"

奥斯顿故作不解："你在说什么？我不知道。"

"风险和佣金成正比，你应该清楚这个道理！"

"你放心，佣金绝对不会少了你的，其他的别多问，小心惹祸上身。"

"好，说说这批军火的具体情况吧。"

奥斯顿凑到利福中跟前，耳语了半晌："我知道的已经全告诉你了，但还有一件事……我主动上门给你介绍这么大的生意，你是不是应该

有所表示？"

利福中咬咬牙："事成之后，我会给你提半成的好处。"

奥斯顿做了一个要钱的姿势："定金，你做了这么多年的生意，难道还不懂这个规矩？"

"我现在哪有钱！"

"你没有钱，可你有东西呀，你不是弄到一颗夜明珠吗？"

"这种宝贝给你也是浪费。"

"没错，我不要夜明珠，我要钱，听说古玩店老板愿意高价买……"奥斯顿的眼中满是贪婪。

利福中拿着夜明珠来到古玩店，杜老板二话不说就送上了银票。

"利神父，我言而有信，高出市价两成，银票您收好。"杜老板小心翼翼地接过夜明珠，"您要是还有此等上乘货色，一定还请照顾小店的生意。"

"杜老板您客气了，这次也只是运气好。"

"利神父有这样的识宝慧眼，能在破烂的竹鹤之中辨得此珠，这不是运气，是实力。"

利福中听闻此言，略一迟疑："识宝慧眼？"

"识宝慧眼的意思，就是有一双……"

"我明白您的意思，我是想问，如果有这么一个人，他失忆了，之前的事都不记得，却还是能辨认出各种古玩之类的东西，您觉得可能吗？"

杜老板思忖着："按理说，鉴宝这种能力是和人的阅历、知识有关，失忆的话，一般来讲是不可能还有这个本事的，不过……除非他和盗墓北帅——'入地无声'有瓜葛，听说他教出来的徒弟，只要还有口气，哪怕眼瞎了，都能认出值钱的东西，跟狗的本能一样……"

"还有这种事？"

杜老板点点头："北帅高深莫测，不是他的弟子谁也不知原理何故。难道……你身边有这样的人？"

利福中脸上一喜，忙掩饰道："没……没有，我就是随便问问。那个……

您柜台陈设的那些假货可不可以送我几件玩？另外，有没有便宜点的真货？"

杜老板拿出一盒假货和一枚真而破的旧印章。利福中带着这些物件匆匆离开，打算找时间再试试吴乾。

吴乾的伤势已经恢复得差不多，此时他拆掉了满身的纱布，正在教堂后面的小花园里边晒太阳边看《圣经》，时不时对照着一本字典查看。

利福中走来，慈爱地看着吴乾："阿福，这些书好看吗？"

"好看好看，就是还有好多字看不懂。尤其是这本，我很喜欢看，但太难了。"吴乾指了指石桌上的一本古董鉴赏。

"不急，我会慢慢教你的。"

吴乾翻着《圣经》说道："这本看起来倒是容易些。利神父，耶稣当年受的伤可比我严重多了，那些不信他的人，把他的双手双脚钉在十字架上，太可怕了……"吴乾后怕地抖抖身子。

"那些人残忍地折磨他，想摧毁他的信念，直到他死去。"

"但三天后，他重生了，就像我一样！"

"阿福有悟性，果然是神选中的孩子。"利福中笑得意味深长，"你的洗礼仪式我已经准备好了。你去换件干净的衣服，我们这就开始。"

吴乾兴奋地点点头离开。

剧院舞台上，演员正在排练《罗密欧与朱丽叶》。贺红衣坐在观众席的前排，听着熟悉的台词不禁泪流满面，她与吴乾初次相见时，演员们也是在演这部话剧。

桑介桥走来说："又为了吴乾在伤心？说说吧，心里会好受些。"

"我不敢说，不说出来，好像还有一些希望，说出来，就怕真的会一语成谶。"

"以后你打算怎么办？难道要一直找下去吗？学会的事也不管了？"

"不是……学会对我来说很重要。"

"你已经知道学会现在的处境了吧。"

贺红衣点点头："老师，胡部长真的决定放弃我们了吗？"

"有这样的风声，但尚未成定局。我叫你来，正是有一个重要的任务想交给你，只要能办成，这事也许还能挽回。"

"老师是说筹款的事？"

"不，是军火。我在代议长刘凤年的欢迎宴上听到消息，有一批军火在上海丢失了，相比筹款，我觉得党国更需要的是军火。这件事，你要多多出力。"

"老师，我明白了，一切听您的安排！"贺红衣再次望向舞台，神情哀伤。

# 第四十五章

# 棋局

　　贺红衣伤势初愈就往剧院跑，担心贺青舟看出她的真实身份，雨辰却觉得没什么不能说的，毕竟明镜学会做的都是利国利民的好事。

　　"尤其是你，那么优秀，万术大赛多惨烈啊！可你还是拿了头筹，保住了棚户区那些穷苦人的家，也保住了学会，而且你还冒着生命危险销毁了鸦片！"雨辰拉着贺红衣的手说。

　　"听你这么夸我，我都不好意思了。"贺红衣笑了笑。

　　"我说的都是事实嘛！青舟哥是你唯一的家人，他一定会理解你的！"

　　忽然，贺青舟推门进来了，刚才的这些话他全部听进了耳朵里。

　　"哥……"贺红衣为难地望着贺青舟。

　　贺青舟神色激动而骄傲："红衣，你应该早告诉我，不……是我太想当然了，总以为你还是以前那个爱哭的小丫头，但你远比我想象中要能干，和你比起来，我这个哥哥真是自愧不如……"

雨辰问道:"青舟哥,你是说……你不会反对红衣加入学会?"

"你们说呢?"贺青舟欣慰一笑。

卫乘风落寞地走在街头,忽然,一辆车停在他身边,车门打开,里面的人竟然是周董。

卫乘风没好气地看着周董:"你又哪里进不去,需要我挨打?"

"为了工作,没办法,还请你见谅。"周董招呼卫乘风上了车,"去哪儿,我送你一程,就当赔罪了。"

卫乘风坐上车,依旧没有好脸色:"工作,你真的是记者?"

"我的工作呢,现在还不能告诉你,不过只要你答应为我做事,你就能知道了。"

"为你做事?帮你拿照相机?我都不知道你是谁。"

周董抽出一个档案夹,上面写着"卫乘风个人档案":"你不知道我,我可知道你。"

"你调查我?你到底想干什么?"卫乘风一惊,看着疾驰的车子,"你要带我去哪里?"

"想做大事要有耐心,少安毋躁,一会儿你就知道了。"周董神秘一笑。

片刻后,车子停在巡捕房门口,周董掏出一张委任状:"你帮了我的忙,这个人情我要还。把这个拿给余德义看,你想要什么他都会答应!"

卫乘风不可置信地看向委任状,上面写着:"兹委派陆军少将秦麒麟赴你处治公,万事由其指示行事,如有不从及违抗者,严惩不贷!"

"你是秦先生?"卫乘风大惊。

"去吧,余德义等你一晚上了,记住,做事要拿出气势来。"周董笑了笑。

巡捕房中,余德义正在办公室里踱着步:"到底是什么大人物找我?北京那边会直接下命令让我等?"

敲门声响起,余德义开门一看,竟是卫乘风,顿时脸色一沉:"你来干什么？我忙着呢。"

卫乘风将委任状举起来："我也忙着呢。"

余德义吓了一跳，不敢置信地问道："你……你在为秦先生做事？"

"你不相信委任状？"

余德义眼睛转了转，笑容绽开道："不敢不敢，乘风兄弟快里面坐。"

"乘风兄弟？我是你的兄弟了？"

"当然当然，乘风老弟，你别计较之前的事了，我都是有口无心，快请进！"

卫乘风微微一笑，首次挺直了腰杆走进了余德义的办公室。五分钟后，余德义躬身送卫乘风出门的时候，卫乘风已经升职为巡捕队长了。

卫乘风尝了甜头，赶紧走出巡捕房，上了周董的车，毕恭毕敬地把委任状还给周董："秦先生，我愿意为您工作。"

"很好。"周董并不意外，"有一批军火前阵子在上海市郊被劫了，你去查一下。"

卫乘风点点头："只有这么多？"

周董微微一笑："对，就这么多，你可以当这是个任务，也可以当是个测试。如果你通过了，你的后半生就不用再看余德义的脸色了，反倒是他，还有很多人，都要看你的脸色。"

卫乘风犹豫地问道："那我去哪里找您汇报，秦先生？"

"需要的时候我自然会来找你。另外，要秘密调查，不许声张！"


贺红衣家中，雨辰站在客厅的桌子上练习演讲，整个人慷慨激昂，声情并茂。贺青舟得知这是为广州革命军义演筹款，顿时热血沸腾就和雨辰一起练了起来，准备到时也为筹款出一份力。

贺红衣回来，看到贺青舟斯斯文文的演讲，顿时笑了起来："哥，演讲得把状态放开，雨辰大大咧咧的，她比较适合做这个。"

"你……是不是也觉得哥帮不上什么忙？哎，我听雨辰说什么匹夫有责，我也是匹夫，我和你们一样，你们可以做，为什么我做不得？我这么多年除了唱戏什么都不会，连好人坏人都分不清，我确实有很多事要请教

啊！"贺青舟开玩笑地向贺红衣作揖，又用唱戏腔说道，"向红衣老师请教。"

贺红衣忍着笑，突然想到了什么："你不会演讲，但你会唱戏！"

贺青舟了然道："对呀！"

教堂中，利福中将吴乾叫到了自己的房间，地上凌乱地放着那天从古董铺收来的假玩意儿，而那枚真印章也混在其中。

"阿福，这些都是我不要的废品，你帮我扔出去。"利福中随口说道。

吴乾点点头开始收拾，将老烛台、玉佩等假古董依次丢进箱子。忽然，他从废品堆里拿起那枚印章，递给利福中："利神父，给你，这个值些钱，不过也不是什么太好的东西。"

利福中顿时大喜，自语道："天主保佑！"

卫乘风穿着队长制服来到巡捕房，精神抖擞，与往日大不相同。

李鹿急忙迎上来："卫队长好！晚上兄弟请客，醉香楼，恭贺您升迁之喜。"

卫乘风冷笑一声："吃饭就不必了，不过有件事，我想让你帮忙想想办法。"

"卫队长您太客气了，有事您吩咐。"

"我想查一件事……"卫乘风欲言又止。

李鹿立刻会意："我明白了，您不方便说……我想起来了，昨天刚抓了一个人，号称百事通，好像耳目非常灵，说不定他能知道您想调查的事，不过这个人嘴很硬，我们审了他一天一夜，他什么也不肯吐，我怕您……"

卫乘风想了想，严肃地说道："少废话，把他带到审讯室里，把其他人都清走！"

卫乘风走进审讯室，百事通已经遍体伤痕，匍匐于地。

"我想打听个事，你知道有批军火在市郊被抢了吗？"卫乘风直接问道。

百事通艰难地笑了一下："知道，爷我什么都知道。"

"谁干的? 现在军火在哪儿? "

百事通向卫乘风啐了一口, 骂道: "想把老子的嘴撬开, 你还嫩了点, 滚回家找你妈先吃口奶吧! "

卫乘风擦了一把脸上的口水, 弯腰去拾地上的鞭子。

"老子阎王殿上滚了几个来回了, 你这破鞭子顶个屁用。"百事通并不害怕。

卫乘风停下了弯腰的动作, 抓起一把匕首, 抵在百事通的脖子上, 顿时血就流了出来, 卫乘风却丝毫没有停手的意思, 继续发力。

"我说, 我说! "百事通吓得惊声尖叫, "明天下午三点……万国酒店202……"

卫乘风笑容狰狞地听着。


桑介桥也打探到了军火的消息, 立刻告诉了贺红衣: "明天下午三点你去万国酒店202, 住在那里的人知道军火的具体下落。"

"202……好的。"

"穿男装去吧, 更方便些。先探一下对方的意思, 等你回来后咱们再做下一步计划。切记, 如果情况有变, 先保证自己的安全! "

贺红衣点点头。


钱宅书房内, 钱白铁淡定地呷了一口茶, 看向陆横: "这么容易就能得到军火的消息? 我觉得其中有诈。"

"先生, 您的意思是? "陆横问道。

钱白铁意味深长地笑了一下, 对陆横耳语了几句: "去盯紧那个房间。"

钱宅门外, 一辆黄包车停下, 利福中和吴乾从车上下来, 两人都穿着传教士的服装。吴乾目不转睛地看着颇有气势的钱宅大门。

"阿福, 这是我第一次带你出来传教, 好好表现。"利福中又轻声嘱咐道, "要是看到他家有什么值钱的老物件, 你偷偷告诉我。"

吴乾点点头, 和利福中一起随管家来到钱宅客厅。

钱白铁来到客厅, 看到吴乾, 顿时眉头微微一皱, 却不动声色: "利神

父，一向可好？快快请坐。"

钱白铁和利福中坐下，吴乾立在利福中身边。

"不知光临寒舍，有何贵干？"钱白铁问道。

"先生真是贵人多忘事，之前在宴会上我与钱先生聊过，有关入教的事。"利福中说道。

钱白铁一怔："入教的事……我说过吗……"

此时，吕思蒂带着下人端着茶水走入，微笑着说道："利神父请喝茶。"

利福中客气道："让夫人费心了，实在不好意思。"

"利神父请不要客气，我家先生一直很敬重你们这些外国经学之士……"吕思蒂看到吴乾，有些好奇。

"哦，我忘记介绍了，这是我的助手，他叫稳得福。"利福中看着吴乾道。

吴乾害羞地点点头。

钱白铁盯着吴乾，顺势说道："夫人，你带这位阿福去吃点点心，我和利神父有事要谈。"

"是，老爷。"吕思蒂对吴乾招招手，带着他离开了。

"利神父，我可从来没说过想入你们的教门，你来到底是为了什么？"钱白铁问道。

"为了你。"

"为了我？什么意思？"

"最近一段时间，上海这边一直出事，何致鸿也死了，似乎您在后面做了不少事嘛。"

"利神父说笑了，他是他我是我，他死了又于我何干。"

"您说得对，与您无关，但现在是扩充您实力的最好时机，这与您有关吧？"

"利神父，有话请直说。"

"现在有一批军火，不知您有没有兴趣……"

钱白铁正在喝茶，听闻此言略一停顿："你说的是被抢的那批军火？"

"不不不，我可没说过这话。我不过是牵线的人。"

"你说笑了，我要军火有什么用？"

"如今中国的局势，枪才是立命之本。"

钱白铁抬眼看向利福中，不经意地点点头却没有说话。

"如果您没兴趣，我就告辞了。"利福中作势要走。

"利神父，不要急嘛，坐下慢慢聊。上面确实对我们的人员、装备甚至资金调配都管控得很严，所以事关重大，钱某不得不慎重。"

"我们外国人做生意不像你们中国人，有诚意就谈，没有的话，互相也不耽误时间。"

"你先说说这批军火的情况。"

利福中一听笑了："这批军火价值八十万大洋，数目的话，我想您估算得出来吧。"

"这么大一笔钱，不太好筹措呀。"钱白铁想起何致鸿的那一批古董，"以物易物如何？"

"您的意思是？"

"用等价的东西来交换，比如古董什么的……这样我也比较安全。"

利福中想了想，脸上一喜："这个嘛，我可能要问一下卖家那边，不过我觉得问题不会很大。"

"还有一个问题，你带来的那个小传教士，不叫稳得福吧？"

"哦？您认识他？他是我捡来的，头部受过重伤，已经不记得之前的事了。"

"不记得了？"

"我不太清楚你们之前有什么过往，不过如果您想用古董来交换的话，他对我来说是必不可少的人，他可以帮我辨别古董。"

"我要是一定不想让他参与呢？"

"那我只能说抱歉了，如果最后拿到手的是一批假古董，我就不好交代了。您不放心没关系，如果您愿意，我会让他常来，就说是给贵夫人传教，到时您可以试试他是不是真的失忆了。"利福中盯着钱白铁道。

钱白铁和利福中走到偏厅，看到吕思蒂正在与吴乾攀谈。

吕思蒂故作淡定："老爷，这个小神父挺有意思，还给我讲了一个《圣

经》的故事。"

吴乾傻傻一笑。

钱白铁示意吕思蒂离开，对利福中说道："这样吧，我公务繁忙实在抽不出时间，以后让这位小神父……阿福来给我夫人传教。"

"好，阿福就像我的孩子一样，只要先生信得过他，一切都好说。"

钱白铁目光深沉地看着吴乾："阿福，准备好来传教了吗？"

"钱先生，我会好好努力的，我现在认得不少字了。"

钱白铁笑着点点头。

巡捕房中，黄先生擦着头上的虚汗，对余德义说道："军火丢失这事有那么严重？"

"老黄，我都跟你说得这么清楚了，你这脑壳怎么还转不过来？秦先生都来上海了，肯定是查军火的事，老何的死只是开端，往后呀，说不定会出什么事！"

"余长官，您怎么知道得这么清楚？不会是谣传吧……"

"你懂个屁，卫乘风现在跟着秦先生混，但他不得事事跟我汇报吗？"余德义掩饰自己的心虚，"老黄，你怎么出了这么多汗？"

"哎呀，你也知道我的心脏不好。我就是担心欢迎宴上咱们都听到了这事，会不会惹祸上身。"

"听到的人那么多，你别瞎担心了！"

黄先生点点头，匆匆离开了巡捕房。

万国酒店门外，人群熙熙攘攘，一派繁华气息。卫乘风匆匆走进酒店大门，片刻过后，乔装成男人样貌的贺红衣也走了进去。二人前后脚进入穆尚峰的套房，却被斌子和阿钟先后擒住，绑起来扔进了卧室里，而卧室的床上已经躺着一具尸体了。

斌子将贺红衣和卫乘风的嘴堵上，回到客厅里："真是便宜了那对狗男女，让他们多活了一会儿……穆爷，一不做二不休送他们上路吧，反正我已经送走了一个！"

"你也发现他俩不对劲了?"穆尚峰问道。

斌子点点头:"那小眼神交流得都快发电了。不过估计和死掉的那个一样,就是来打探军火消息,想从里面蹭点小钱。"

阿钟笑笑:"那个女扮男装的姑娘,看起来不一般。"

穆尚峰冷哼一声:"这才钓到三条小鱼,实在没劲!再等等,还有人来就把他们一锅烩了!阿钟,你带个兄弟继续去外面盯着!"

阿钟点点头,带着一个手下离开。

卧室中,卫乘风费力地凑到了贺红衣手边,贺红衣将他嘴上的布条取了下来。卫乘风又凑近贺红衣的嘴,将她的布条也咬了下来,两人轻声交流着。

"红衣,你怎么来了?这是个圈套,他们只想杀人,不过我一定会带你逃出去的!"卫乘风又俯身去咬贺红衣身上绳子的打结处。


黄先生在酒店盯着,看到卫乘风和贺红衣进了穆尚峰的房间。在黄先生眼中,此二人一个是秦先生的人,一个是钱先生的人,他顿时紧张起来,决定去报案。

"可万一他们去202直接把穆上坟抓了,巡捕房那边打点一下也许好说,穆上坟那帮人还不得把我沉江啊……"黄先生又纠结着停了步,忽然他灵机一动,"有了!我就说201,把穆上坟惊走了事!"


余德义办公室中,电话响起,余德义接了起来。

电话中传出黄先生伪装后的声音:"卫乘风在万国酒店201被仙人跳了,快去救人!"

"你说什么?你是谁?喂——"电话已挂断,余德义愤愤挂掉电话,嘟囔着,"卫乘风你小子牛啊,才当上队长就风流成性,那以后可还了得?万一我不处理这事,他要是找机会在秦先生那告我一状……秦先生……哎呀呀惹不得!不行,我不仅得救卫乘风,还得把这事处理好,不能让他丢了面子……"

李鹿忽然敲门进来:"巡长,刘代议长的秘书来电说,听到风声有学生

带头为乱党筹款，让我们查一下。"

"这事先放放，我们先去万国酒店。"余德义说道。

万国酒店门外的角落里，黄先生看到余德义带着李鹿及两个巡捕前来，顿时松了一口气，匆匆离开。

另一个方向，陆横悄然看着余德义等人走进万国酒店。钱白铁曾有盼咐："要是没出事，你就让他出事，要是出事了，你就走。"陆横想了想，便转身离开了。

酒店大堂里，阿钟看到余德义等人到来，神色微变，匆匆上楼。

套房卧室中，卫乘风终于咬开了贺红衣身上绳子的打结处。贺红衣卸去绳子，又开始帮卫乘风解绳。

此时，传来斌子的声音："怎么还没人来？要不我把那对狗男女直接做了吧！"

贺红衣紧张地看向门把手，卫乘风注意到了贺红衣的紧张。

这时阿钟匆匆走进套房，对穆尚峰耳语了几句，穆尚峰一听巡捕房的人来了，匆匆离开了。

卧室中，卫乘风安抚贺红衣道："等他进来，我会制服他要挟那些人，到时候你趁乱逃出去。"

"不行，你这是在玩命！我们得另外想个办法。"贺红衣靠在门边附耳倾听，"怎么没动静了？"

卫乘风神情怪异："你不信我能保护你？"

贺红衣一怔："我们是朋友，我也会担心你的安危！"

"如果吴乾这么说，你会选择相信他吧？"

"现在根本不是说这种事的时候！"

"本来我不想说的，但现在我特别想问你，如果没有吴乾，你会接受我吗？"

"卫乘风，你疯了！"

"我是疯了，因为你们所有人都只看得见吴乾！看不到他身边的我！"

贺红衣蹙眉打量着卫乘风："你真的变了好多，变得我都要不认识你了！"

卫乘风情绪激动道："如果没有吴乾，你会接受我吗？回答我！吴乾就是个骗子，为什么你只在乎他？我到底哪里不如他？他骗我说他不喜欢你，他说会帮我追求你，他还骗我他会照顾好阿奶……你还没有看清他的真面目吗？"

贺红衣愤然甩了卫乘风一巴掌，须臾后愕然看着自己的手，卫乘风也愣在原地。

余德义带人来到201房间，却发现空无一人，正准备离开之际，却听到隔壁202房间传来砸门的声音，余德义立刻命令服务员打开了202的门。

202卧室的门被打开，里面正是神色怪异的贺红衣和卫乘风。

李鹿打量着二人："卫队长，您怎么在这儿？这位姑娘……有点眼熟，你们挺有情趣，在里面玩游戏？"

贺红衣瞪了李鹿一眼，径自向外走去。

"乘风，这到底怎么回事……"余德义问道。

卫乘风看着贺红衣，急忙追了上去："红衣！"

李鹿好奇地嘀咕道："红衣……"

此时，巡捕急匆匆地从卧室里出来："长官，里面有一具尸体！"

万国酒店门口，卫乘风追上了贺红衣，贺红衣却不理会他，搭了一辆黄包车迅速离开了。角落里，阿钟正在监视，示意斌子坐上黄包车跟着贺红衣而去。

余德义从酒店出来，压着怒气走过来："乘风，我们回巡捕房谈谈吧。"

"没什么好谈的，房间里有一具尸体，只是个小混混，死了也不会有人关心，拉到乱葬岗埋了吧。别多打听，你知道是谁的吩咐。"卫乘风不等余德义回答，便转身离开了。

余德义顿时脸色铁青。

李鹿跑过来说："长官，卫乘风也太过分了！我们放着刘代议长安排的事不做，过来跟他耽误工夫……"

"闭嘴！你去把那尸体处理了！还有，明天把那些乱党全给我抓了！"说完匆匆离开。

阿钟回到赌场，对穆尚峰汇报道："穆爷，巡捕果然又进了202。我听到那个男的叫卫乘风，应该也是巡捕。那个女的，好像叫红衣，斌子去跟着了。我怀疑，这两个人不是一伙的。"

半晌，斌子也回来了："查到那个女的住哪儿了！"

"抓紧查他们的底细，找时间去会会他们。"穆尚峰说道。

阿钟和斌子点点头。

夜里，周董敲响了白事店的门，卫乘风开门一看，顿时大惊，随后便将万国酒店里的情形如实汇报了一遍。

"秦先生，事情就是这样，对方设圈套故意引人过去……不过，也是我太大意了。"

"抢劫政府军火这么大的事，怎么可能随便套出情报，这么明显的局你都看不出来！"

卫乘风羞愧地点点头："我辜负了您的信任。"

周董不说话，只是看着卫乘风。

卫乘风犹豫后问道："秦先生，我能问个问题吗？您说选中我还有另一个原因……"

"你被打的那天晚上，我在你的眼中看到了一些似曾相识的……"周董顿了顿，"你让我想到了一个亦师亦友的兄弟，所以我决定试试你。另外我还想让你明白，不要以为我跟那些莽夫一样只会杀人，想办大事要多动脑子！"

"我清楚您的意思了，那下一步？"

"这个你不要问我，别忘了，你还没通过测试。"周董停顿片刻，"不过，现在你的身份不一样了，会有很多人想害你，你好自为之！"

另一边，贺红衣也将万国酒店的圈套对桑介桥汇报了一遍。桑介桥一听巡捕突然查房，怀疑余德义也对军火有想法。

翌日,烈日当头的正午,终于到了明镜学会演讲募款的时间。博文和雨辰穿着学生装,站在木箱上演讲,引得不少路人围观。

"现在是我们民族存亡的危急之秋,外有列强欺凌,内有军阀混战,无辜百姓每天在生与死的边缘挣扎,为了能吃一顿饱饭,我们付出的不仅是汗水,还有我们血和泪,甚至生命。难道我们生来就是为了受这种磨难的吗?"雨辰慷慨激昂。

"不,绝对不,我们是为了阳光下看着孩子的笑脸,我们是为了挺起胸膛做人,我们是为了再也不被人瞧不起! 同胞们,让我们团结起来……"博文振臂高呼。

这时,李鹿带着一众巡捕气势汹汹地走来并驱散了路人,还抓捕了雨辰和博文等人。尖叫声、叫骂声不绝于耳,筹款箱被巡捕踢翻在地。


李鹿将学生们带回巡捕房审了半天,还是没审出幕后主使是谁。

余德义瞪着李鹿冷哼一声:"之前你说抓了个什么百事通,大刑上了一天一夜也不肯招,后面他怎么就招了?"

"那是卫队长的功劳,也不知道他怎么把那家伙弄得吓破了胆。"

余德义眼睛转了转:"那你还不去请卫队长出马? 真是饭桶!"

李鹿恍然大悟,余德义的意思是让卫乘风去审,即使是用极刑弄死了人,也不是巡捕房的责任。

离开余德义的办公室,李鹿立即找到了卫乘风,说明了意图,又献上了一连串的谄媚之词。卫乘风很是受用,立即来到拘留室外,透过玻璃向内看了一眼,只见一群人里有几个穿着学生装的人被铐在墙边,身上全是伤。

卫乘风皱眉问道:"怎么还有学生?"

"什么学生不学生的,都是乱党!"李鹿说道。

卫乘风正要进去,忽然想起周董的话:"现在你的身份不一样了,会有很多人想害你,你要好自为之。"他略微思考后说道:"我还要办别的事,没空,你自己解决!"

李鹿看着卫乘风的背影,嘟囔道:"聪明了啊,没上套。哎,还是得我亲自上。"

　　李鹿走进审讯室，抄起狼牙棒，准备对博文用大刑。博文实在经不住，终于开了口，说出他们是在剧院演出的学生，此次募捐还有一场义演，由贺青舟在红府戏院进行，至于幕后主使是谁，博文宁死也不肯再说了，一口咬定是他们自发的。

　　李鹿将这些讯息汇报上去，余德义一番联想过后，顿时明白了。贺青舟是贺红衣的哥哥，而贺红衣和那帮学生天天在剧院厮混，剧院则是桑介桥的，而桑介桥又与钱团长有交情。

　　"不能再审了！"余德义果断决定。

　　"您是怕得罪钱团长？"李鹿问道。

　　"不只是这些，看样子卫乘风对那个贺红衣有意思，贺青舟还是贺红衣他哥，这种更不能往下查了，万一他让秦先生……"

　　李鹿眼珠一转，问道："秦先生……秦麒麟？怎么又扯上他了？"

　　"要不是秦先生来了，我能平白地让卫乘风当队长吗？他现在是秦先生的人，我惹不起了……"

　　李鹿听后一脸羡慕："还得是抱对大腿呀，这官升得跟窜天猴一样……"

　　"你羡慕？"

　　李鹿慌忙摇摇头："博文那小子身子骨快挺不住了，您看怎么办？"

　　"学生就审到这里，都收监，关于贺青舟的事，你再派人打听打听，晚点我去跟刘代议长请示一下。"


　　刘凤年正在办公室中接电话，整个人立正站好，半欠着身，恭敬有加。"请您放心，我一定全力镇压乱党一事。"接着他听着电话，又点点头，"您说得对，一定要把握好分寸，我会尽全力处理，给您和上面一个满意的结果……另外我想问一下，我这个议长的任命，您看什么时候能下来？……是，我不急，主要有个'代'字很多时候会不方便……好，我一定努力，等您的消息，再见。"刘凤年挂断电话，坐在椅子上开始思索："这些学生一天天就知道胡闹，看来……得想个法子把他们震住！"

　　这时，余德义到来，将博文和雨辰一事如实汇报了一番："事情就是这样，唉，现在的学生也不知道都吃错了什么药，不好好读书，弄这些乱事却特别起劲。"

刘凤年点点头，思索道："贺青舟……没什么名气的戏子，出身贫寒，没什么后台……这个人倒是可以一用。"他脸上出现狠辣的笑容。

"他也不是完全没有后台，我打听了一下，据说钱团长跟他关系很好……"

"钱团长？怎么个好法？"

"钱团长很喜欢听戏，估计是觉得他的戏好吧。您也知道有很多有钱人喜欢捧戏子，一旦出了名自己脸上也有光。"

"他倒还有这等雅兴……"

"您看学生的事，还要不要再审下去？我这边报社什么的压力很大，搞大了恐怕不好收场吧。我这个巡长不算什么，主要是代议长您在这个时期如果不小心得罪了什么人，对您有影响……"

刘凤年点点头："这件事你处理得不错，抓的人嘛，以扰乱社会秩序的名义关上几天就放了。记住，要好好关押，不许任何人虐待他们！"

"就按您的意思办。那贺青舟？"

"贺青舟嘛，我要学一下曹孟德打袁公路时的典故了……"刘凤年目露凶光，心中暗想着，既然钱白铁想做议员，正好可以谈谈了。

# 第四十六章

# 冥冥

自从何致鸿出事之后，上面就开始严查，在这种情况下，钱白铁的账面上能动的数额只有十来万。钱白铁一时筹措不到足够的钱，再次将心思放在了何致鸿的那一批古董上。

此时，刘代议长忽然召见钱白铁。钱白铁一猜便知他是直接开口要好处费了，于是带着一张两千银元的银票赶到了刘凤年的办公室，这个数额不大也不小，算是一个试探。

刘凤年亲自为钱白铁端上一杯茶："钱团长，劳您大驾过来，实在不好意思。"

"军政不分家，您太客气了。不知您有何事？"

刘凤年微微一笑："你先前提过想参选议员，经我多方努力，已经有了一些眉目，不过……"

钱白铁一听，马上掏出银票递上去。

刘凤年一边摆手,一边瞟了一眼银票上的数字:"钱兄,你误会了,我不是这个意思。"

钱白铁坦然笑笑,不动声色将银票放在茶几上。

"我是想请钱兄帮个忙,其实也是帮你自己的忙。我说过你想当议员需要我给你提名,可你也知道,我这头上一直顶着个'代'字,我要是官帽不保,也就帮不了你了……"

"刘兄,还望您明示。"

"那我就直说了,我想请你帮我处理一个乱党余孽,只要你帮了我这个忙让上面满意了,就会提拔我做正式议长,你的事情自然也就水到渠成。"

"您尽管吩咐!"

刘凤年拍拍钱白铁的肩头:"好!大丈夫敢作敢为!"

"请问要杀的人是?"

"红府戏院,贺青舟。"

钱白铁脸色一变。

贺红衣听说雨辰等学会成员被巡捕抓了,焦急得寝食难安。桑介桥经多方打听,得知雨辰他们关上几天就能放出来,但目前的局势对学会不利,贺青舟义演一事需要暂缓。贺红衣了然点头,没有什么比亲人和朋友的安危更重要。

贺红衣将此事告诉贺青舟,但贺青舟却毫无退意,想坚持义演。

"这是我头一次感觉唱戏好像多了一层意义,不为赚钱,也不为讨好客人,而是为了国家为了人民。以前总觉得这是一句空话,现在机会来了,我应该用行动去证明自己。"贺青舟望着贺红衣继续说道,"我知道,如果是你,也不会愿意就此停下来,那是示弱的表现,只会让那些当权者更嚣张。"

贺红衣听得热血涌动,决定支持哥哥的选择。

钱白铁见过刘代议长之后,始终一言不发,脸上的神情时而痛苦,时

而愤怒，全家上下没有一个人敢靠近他，吕思蒂碰了钉子之后也不敢再多说一句。

钱白铁将自己关在书房里，面对一大摞请柬，奋笔疾书，眼中满是凄凉。

陆横犹豫了半天，终于忍不住问道："先生，您真想让我杀贺老板？"

钱白铁仍旧不语，只是点了点头。

"可，贺老板……他……您……"

钱白铁缓了片刻，用极度疲乏且沙哑的声音说道："齐桓公好服紫，举国皆紫袍。虽然讲的是'上行下效'，我却觉得就是因为齐桓公知道私好的害处，他才成了一代霸主。我欣赏贺青舟的，不过是他的才华，从他的身上我看到的是自己，身怀锦绣却无处施展，之前所做的一切……唉，不说也罢。"钱白铁思索片刻后，说道，"记住，一枪毙命，别让他受罪。"

"可是真要在大庭广众下杀了他？那个姓刘的到底安的什么心？"

"他，是想手不沾血地染红顶戴，我和他们不是一伙的，真出了事，也查不到他们。他看出了议员于我的重要性，这就抓到了我的七寸，他敢提这个要求，就是料定我不会拒绝，如果我不答应，不仅无法得到我想要的东西，还会成为他的心头大患，而北京那边各种关系盘根错节，稍有不慎一切就会前功尽弃……说了这么多，你记住一句话，有所取就必有失。把这些请柬发出去，我要请全上海的名流、名角儿都来看，我要让他们知道贺青舟也是个角儿……"钱白铁郑重地盯着陆横，"一定要让他唱完了再动手！"

陆横默默拿起请柬，点点头。

此时，偏厅中传出吴乾给吕思蒂讲圣经的声音。钱白铁冷哼一声，悄然走到了偏厅门外。

偏厅中，吕思蒂笑着说道："阿福，其实我挺好奇的，你们怎么想到来这里传教了？"

"我们要借助你和钱先生的力量去帮助更多的人。利神父说，事成了还要送你们一幅模范夫妻的锦旗呢。钱先生和钱夫人看着就很恩爱，如果能多做善事，那再好不过啦！"吴乾一脸纯真。

吕思蒂听到"模范夫妻"，又想到她与钱白铁的真实关系，不觉心头一凉，却只得微笑道："我觉得你的提议很好。要不我跟老爷说说，给你支点银元，去帮助你想帮助的人吧。"

吴乾哽住，认真思索道："不行。"

"这不是你想要的吗？"

"我没有……我不想让你们认为这是施舍。钱夫人，如果我答应了你，天主一定会对我失望的，因为我没有克服自己的软弱，没有向你们证明我的诚心，我要将天主的真善美传播到中国的每一寸土地……"

偏厅外，钱白铁听着吴乾纯真的声音，冷冷说道："一派胡言……"

半日过后，吴乾讲经结束欲离开，钱白铁亲自将他送出大门，并送上一张今晚在红府戏院听戏的请柬。


巡捕房中，余德义正在看《三国演义》第十七回"袁公路大起七军，曹孟德会合三军"，不禁自语道："贺青舟要死了……"

"要死了？"李鹿问道。

"让你多读点书，你就是不肯，这里讲的是，曹操打袁绍时没粮了，他借粮官王垕的人头以安军心……现在，借到贺青舟头上了。"

"要是贺青舟死了……卫乘风会不会怪到咱们头上？他身后可是秦先生……"

"关我什么事，我又没动手。现在这时局，当官难呀！"余德义疲倦地闭目养神。

"他们什么时候会动手呢？"

"事情不是明摆着吗？贺青舟要义演，刘凤年想杀一儆百，当然是义演当场了。"

"那不就是今晚……"李鹿若有所思，悄悄溜出去将消息告诉了卫乘风。

卫乘风脸色一变："你听谁说的？"

"您就别问了，这事肯定千真万确。我是觉得这事一定得告诉您，您

以后可千万别忘了小弟我呀……"李鹿谄媚一笑。

卫乘风急匆匆转身离开。

红府戏院门外的宣传栏上贴着巨大的海报，画着贺青舟的虞姬扮相。汽车和黄包车络绎不绝，衣着光鲜的各式人物互相打着招呼走入戏院。卫乘风气喘吁吁赶来，立刻冲了进去。

戏院后台人来人往，贺红衣正在帮上了妆的贺青舟戴行头。吴法天拿着相机给贺红衣和贺青舟拍了一张照片。

吴潇潇冲了进来："青舟哥、红衣姐，你们猜我看到谁了？"

"谁呀？我们忙着呢，你快点说吧。"贺红衣说道。

"红遍中国的旦角儿申屠宣德！还有震破天，全中国最厉害的老生！还有呢，我都叫不上名字，好像上海滩的名角儿都来了。"

贺青舟紧张地说道："他们怎么会来这里？"

"哥，你别紧张，按你的本事早就应该和他们平起平坐了。"贺红衣说道。

吴法天将相机交给一小厮，请他帮大家拍一张合影。

吴潇潇看了看众人，不禁感叹："唉，要是我哥在就好了。"

此时，卫乘风刚走到后台入口，听到吴潇潇的话，停下了脚步。

"那给吴乾留个位置吧。"贺红衣说道。

吴潇潇一听，往旁边动了动，留出了一个空位。

"哎，乘风呢？忙糊涂了，忘跟他说这事了。"董大锤挠挠头。

贺红衣一怔："以后还有机会。"

"快拍吧，不然青舟要登台了！"吴法天催促道。

闪光灯一闪，相片定格。

后台入口处，卫乘风阴冷着脸，犹豫片刻决然离开。

戏院观众席上，钱白铁引着吴乾落座。吴乾好奇地打量着周围的一切，钱白铁则仔细观察着吴乾。

此时锣鼓点响起，舞台上西楚霸王披挂上台。观众席二楼的角落里，陆横拿着一把步枪，紧紧盯着扮成虞姬的贺青舟。

舞台上，贺青舟一开嗓便引起了震动，待到唱罢更是博得了所有人的认可，台下传出震耳欲聋的叫好声，就连申屠宣德和震破天也由衷地拼命鼓掌叫好。

吴乾也跟着一块儿鼓掌："好！好！这要拍到什么时候？我手有点疼……"

钱白铁敷衍地鼓着掌，打量着吴乾。

台侧，贺红衣激动得泪流满面，吴潇潇等人也兴奋地跟着鼓掌叫好，吴法天则忙着给正在谢幕的贺青舟拍舞台照。

观众席二楼，陆横将子弹上膛，盯着舞台的方向，手指一扣扳机，子弹飞射而出。霎时，舞台之上，贺青舟胸口血光四溅，直挺挺地向后倒去。

全场顿时一阵惊呼，尖叫声不绝于耳，观众纷纷退场。吴乾正在鼓掌的双手停在空中，有些不解地看向舞台，钱白铁则仔细观察着吴乾的表现。

舞台上的配角逃命般向后台跑去，贺红衣率先冲到贺青舟身旁，惊慌地按着他流血的前胸，哽咽着喊道："哥！哥——"

贺青舟吃力地睁开眼，张嘴欲说话，却是先吐了一口血，强撑着说道："红……红衣，你……"

贺红衣努力想止住贺青舟胸口的血，眼泪簌簌滴下来："好多血……救救我哥，谁来救救我哥……"

观众席上，吴乾看到贺红衣冲向舞台的身影，突然头晕目眩，脑海中闪过与贺红衣在后台追逐的画面。

钱白铁见状忙问道："阿福，你怎么了？"

吴乾顺口回道："头晕……"

钱白铁疑惑地点点头。

舞台上，吴法天和吴潇潇等人也冲到了贺青舟身边。

贺红衣已经泣不成声："哥，你没事的，潇潇、大锤快去找医生！"

贺青舟努力想抬手制止："别走……来不及了，请帮我……照顾好红衣。"

众人流着泪郑重点头。

"盛极而衰，自古常理。死在今晚，我也无憾了……"贺青舟喘了口气继续说道，"红衣，别难过，哥希望你能多笑笑……"贺青舟言罢，双眼一闭溘然而去。

"哥!"贺红衣声嘶力竭，紧紧抱着贺青舟不放。

观众席上，吴乾听着舞台上发出的悲号，呆呆地看着这一切："这都怎么了?"

"快走吧，这里很危险。"钱白铁拉着吴乾快速离开。

舞台上，贺红衣站起身，眼中充满仇恨，欲向开枪的方向追去，却被吴法天和吴潇潇拉住。贺红衣身子一软，跪倒在戏台上，望着哥哥的尸体，泪水涌出……


董大锤匆匆赶到巡捕房报案，叫嚷着要找卫乘风。

李鹿见状冲到余德义办公桌前，崇拜地说道："巡长，真让您说中了，贺青舟死了。他们来报案了……"

余德义一撇嘴："这点小事还难得住我? 唉，死了也好，早死早托生。"

"他们还说要找卫乘风，在下面正吵着呢。"

"这就是我担心的事，要是卫乘风不依不饶，可能也会很麻烦。秦先生和刘代议长，我这两头可都惹不起。"

"要不我去探探他口风，我感觉他应该不会管这事。"

"你感觉? 你不是提前告诉他了吧?"

"没有没有，我怎么敢呢!"

余德义想了想："吩咐下去，让弟兄们过去敷衍一下。卫乘风要是想追究这事，就让他自己办，不想追究的话，就拖到底了事。"


红府戏院的舞台上，贺青舟的尸体已盖上白布，贺红衣呆坐在一旁。舞台下，吴潇潇、董大锤和吴法天悲愤万分地向两名巡捕述说着案发时的情形。

巡捕敷衍道："行了，我们知道了，既然你们和卫队长是朋友，这事我们会上心的。"

"那你们什么时候能抓到罪犯？"吴潇潇追问道。

"这个嘛，就不好说了。你们也说了，没人看到凶手的样子，这种打冷枪的案子真不好办。"

"那接下来我们该怎么做？"吴法天问道。

"先把尸体送到殡仪馆办后事，然后等巡捕房的消息。"巡捕打了个哈欠。

"白毛死的时候你们也这么说，结果什么也没做。乘风哥哥呢？他怎么不过来！"吴潇潇气急，欲与巡捕争执。

贺红衣起身走来，声音低沉地说道："先给我哥办后事。"

熙熙攘攘的饭店里，卫乘风坐在角落喝着闷酒，桌上摆着几样小菜。秦麒麟笑着走过来，要求拼桌。卫乘风见四周都坐满了人，便点了点头。

"夏少爷！"服务员立刻殷勤地迎上来为秦麒麟点菜。

卫乘风看着秦麒麟的派头，不禁发问："您是？"

秦麒麟递上名片："在下徽州七善全商号，夏奕，你叫我Tony就行。"

"我还是叫你夏大哥吧。"

"都行都行，您是？"

"我是卫乘风，巡捕房的……巡捕队长。"

"卫队长，幸会幸会。我就喜欢交朋友，咱们好好聊聊！"秦麒麟絮絮叨叨说了好多话，顺便又给卫乘风灌了几杯酒，"你看我说了这么多，你怎么一直喝闷酒也不怎么说话？你有心事？"

卫乘风想了想拿起一杯酒，缓缓问道："我认识的一个人，她哥死了……我不知道该怎么安慰她。"

"这事有什么不知道的，你就陪着她，多说些宽心的话呗。"

卫乘风痛苦地说："但如果她哥本可以不死，我却……"

秦麒麟想了想，神秘兮兮地问道："难道她哥的死和你有关？"

卫乘风摇摇头："和我没关系。"

秦麒麟笑着拍拍卫乘风的肩膀："那就好喽，听你的语气，她是位姑娘吧……"

此时，李鹿走进来，跑上来谄媚地打着招呼："卫队长，可把您好找。"

"找我什么事？"卫乘风见李鹿不说话，便告别了秦麒麟，随李鹿离开了。

饭店外，卫乘风冷冷地问道："说吧，什么事？"

"卫队，那个贺青舟死了……您没去告诉红衣姑娘？"李鹿问道。

卫乘风面色阴沉，点头不语。

"巡长想问问您，您朋友来报案了，怎么办好？"

卫乘风一听很不耐烦，借着酒劲呵斥道："这事跟我有什么关系？"

"明白，明白。打搅您的酒局了，您先忙。"李鹿欲走。

卫乘风回头看了一眼饭店，叫住李鹿："你帮我查个人……"卫乘风将秦麒麟的名片递给李鹿。

李鹿回到巡捕房，向余德义汇报道："卫队长说这事跟他没关系，一点想管的意思都没有。"

余德义想了想，叹了口气说道："唉，我本来想送他个顺水人情，让他去查，反正查到最后就是姓秦的和姓刘的斗，没想到这小子现在心这么狠了，真要成了气候，唉，不知道哪天我得成他手下喽……"

"您的意思是……他要是成了气候，您怕他会爬到您头上？"

余德义瞪了李鹿一眼："算了，不想这事了，爱怎么着怎么着吧，这一天天提心吊胆的，真不是人过的日子。对了，明天把那些学生放了吧！"

吕思蒂趁钱白铁去红府戏院之际，悄悄与秦麒麟会面，汇报了钱白铁请圣善理教堂的传教士来家里讲《圣经》一事，顺便说出钱白铁正在红府戏院看贺老板的演出。接头完毕，吕思蒂匆匆回到钱宅，顺手给门口的守卫塞了几枚大洋。

半晌，钱白铁也回来了，神情凝重地走进贺青舟曾经住过的客房。吕思蒂穿着睡衣走过来，试图与钱白铁搭话，却被钱白铁呵斥了出去。

"有没有人发现你？"钱白铁问身边的陆横。

"没有。"

钱白铁点点头："你是不是觉得我特别狠。"

陆横思索片刻，转而感慨道："我只是没想到贺老板戏唱得这么好。"

"我的眼光从来都不会错，看人看事都是如此。就像那批军火，我不惜一切代价也要拿到。"钱白铁神情阴冷，起身向外走去。

陆横跟上："先生，吴乾通过您的考验了吗？"

"他反应还算正常，但他看到贺红衣的时候，似乎想到了什么。"

"我听说洋人有种审犯人的药，只要吃下去，想让犯人说什么都行，不如用这药试一试吴乾？"

"好，你去安排吧。"


贺红衣从殡仪馆出来后，不哭也不说话，眼神发直。吴潇潇将贺红衣送回家，想留下来陪陪她，却被她拒绝了。

吴潇潇回到棚户区，与吴法天和董大锤坐在一起发愁。

"唉，你们觉得到底是谁下的手？那个莫新龙死了以后，青舟哥也没什么仇家了。"董大锤问道。

吴法天思索片刻："听戏院老板说，今天不少人是钱白铁请去的，你们说会不会是他？"

"他不是很欣赏青舟哥吗？做这种事也太残忍了吧？"吴潇潇皱起眉。

吴法天晃了晃自己的手，惨兮兮地说道："那个畜生什么事干不出来。对了，红衣听说这事没？"

"戏院老板说这事时，红衣姐也在旁边，不知道她听进去没有。"吴潇潇一脸担心。

"希望她别去惹钱白铁，姓钱的人面兽心，一肚子坏水！"吴法天摇头叹气。

董大锤往白事店望了望："乘风也不知道去哪儿了，怎么也找不到他。"

"他……肯定是在忙别的事，这事乘风哥哥不会袖手旁观的。"吴潇潇说道。

吴法天摇摇头："我感觉吧，自从何致鸿死后，乘风的眼神总让我觉得……哪里不太对……难道是官升架子涨？"

"乘风不是那种人，可能是阿奶去世对他刺激太大了吧。"董大锤一脸笃定。

吴潇潇叹了口气："要是哥在就好了，现在连个拿主意的人也没有……"

吴法天和董大锤纷纷悲伤叹息。

吴乾回到教堂，失魂落魄地对利福中说道："本来戏唱得好好的，突然就开始杀人了！好可怕……利神父，你不是总说天主保佑天主保佑，怎么天主不显灵了？"

利福中搪塞道："天主用苦难管教坏人让他悔改，离开恶行。苦难临到好人，也可以磨炼好人的耐力……"

吴乾喃喃说道："可他都死了，什么机会都没有了……"

利福中打断吴乾问道："阿福，钱先生还有跟你说什么吗？"

"没有，整个戏院一乱，我头晕得不得了，钱先生就急着送我回来了。"

利福中遗憾地摇摇头："今天你也累了，快休息吧。下次继续努力。"

吴乾懵懂地点点头，脑海中不禁浮现方才贺红衣冲到中弹的贺青舟身旁的一幕，暗自想着那姑娘一定很难过吧……想着想着，吴乾不禁心情低落起来，扭头看向窗外的月亮。

此时，贺红衣也在家中痴痴地看着窗外的月亮，喃喃自语："哥……都是我害了你，是我让你义演……该死的人是我……你不在了，吴乾也不在了……"贺红衣的泪水簌簌流下。

# 第四十七章 纯真

贺青舟的死讯传到刘凤年耳朵里，刘凤年一边感叹钱白铁够狠，一边盘算着该向钱白铁要多少钱作为议员提名费。

此时，钱白铁正在应付着找上门来的贺红衣。

"你为什么会那么好心请人来看我哥的戏？"贺红衣直接问道。

钱白铁一脸坦然："欣赏。贺老板虽是草台班子出身，却灵性天出，自成一派，我看得出他才华过人。虽然他对我有过一些误解，但我一直想助其成功，所以这次我好心帮他成名，你觉得我这样做错了吗？"

"你想帮他，以前有得是机会，怎么这次会突然发善心？"

"之前我也提过，贺老板不肯接受，所以这次我根本就没和他说过这事。你觉得我这么做有问题吗？"

贺红衣想了想不再说话。

巡捕房中，卫乘风回想着贺红衣对他冷淡决绝的态度，不禁神情凄然，心头暗暗发狠。

此时，李鹿走来："卫队长，您让我调查的那个夏奕，我打听过了。他家四世经商，是徽州当地有名的大户，他十二岁就留洋海外，刚回来没多久，听说人很豪爽，爱交朋友，就是很花心。"

"知道了。"

李鹿见卫乘风面色冷峻，只得悻悻离开。

恰时，贺红衣走进巡捕房大门，恰好听见李鹿与巡捕在角落里议论卫乘风。

"那个卫乘风，鼻孔快翘到天上了！昨天我好心告诉他，他那相好的哥哥要死，他不管。然后又让我跑前跑后打听人，完事了连句好话都没……"李鹿低声抱怨。

贺红衣冲上去抓住李鹿的衣襟，歇斯底里地问道："你说什么？"

李鹿看着贺红衣的脸，一脸惊恐。

贺红衣放开李鹿，愤然冲进去，找到卫乘风，颤抖着质问道："到底是谁杀了我哥？你知道我哥会出事，为什么不告诉我？！卫乘风，你居然忍心看着我哥死！"

卫乘风火气上涌，冷冷地看着贺红衣："你真想知道？知道了又怎样，杀了他？"

贺红衣咬牙点点头。

卫乘风哈哈大笑："我想你是做不到的。"

"你什么意思？"

"我的意思是，杀你哥的人，不是别人，就是你！要不是你，他能折腾这个义演？要不是你昨晚只想着吴乾，他能死？"

"昨晚？"贺红衣不解。

"昨晚开演前我去后台想找你，就是想阻止这一切，可你满脑子只有吴乾，如果不是你如此对我，我会袖手旁观吗？"

贺红衣愣愣地看着卫乘风，一句话都说不出，转身离开了。

赌场中，斌子对穆尚峰说道："穆爷，卫乘风的身份摸清楚了，他一直是个不得志的小巡捕，最近才升官当了队长，听说是因为他抱上了秦麒麟的粗腿！"

"秦麒麟？看来卫乘风去万国酒店，是在为姓秦的办事。"

"要我看，干脆一不做二不休，兄弟们去把卫乘风做了。"

"没脑子的东西，秦麒麟能看上的人，绝不是一般货色，要是我们能把他拉拢过来就有意思了。那个女的呢？什么来头？"

"她叫贺红衣，只打听到她曾经是万术大赛的冠军，而且这比赛，就在赌场开的！"

穆尚峰吸了一下鼻烟："把姓黄的叫来。"

斌子点点头离开，片刻便将黄先生带了过来。

"比赛的时候我听说她是钱先生的人，比赛完她拿了奖金就走人了，我知道的就这么多。"黄先生颤颤巍巍地说道。


吴乾在教堂里日日读书识字，帮忙打扫卫生，日子过得简单平静。

这日，杜老板鬼鬼祟祟地走进教堂的花园，悄悄来到正在浇花的吴乾身边："小兄弟，你是不是认识'入地无声'？"

吴乾放下水壶，摇摇头："什么入地无声有声的，只有人死了才入地呢。"

"小兄弟，你真的不认识？你再想想？"

吴乾努力回想，突然有些头晕，脑海中浮现出一个模糊的画面——吴乾跪在一个三十岁左右的女人面前，对着一盏烛台发誓"此生再不用鉴宝绝学"，而那个女人正是"入地无声"。

杜老板看到吴乾头晕的样子，问道："小兄弟，你没事吧。"

吴乾摆摆手说道："没事……没事。"

杜老板眼珠一转："小兄弟，你是不是想不起来以前的事了？要不你跟我走，我有法子帮你治。"

"你真的有法子？"

杜老板用力点点头："我认识一个老中医，专治失忆……"

吴乾一听信以为真："那我和利神父说一下。"

杜老板一把拉住吴乾："不用了，你先跟我走，等治好以后，你给利神父一个惊喜多好。"

此时，利福中的声音响起："杜老板，恐怕不是惊喜，是惊吓吧！"

杜老板尴尬地解释道："利神父，我就是好心想帮个忙……"

"您的好心我接受了，不过阿福的病，您就不必操心了，我已经安排人帮他去找最好的医生了，你们中医是治不了这种病的。杜老板，以后请您不要来这里，我们不欢迎异教徒！"

杜老板无奈，点点头转身离开。

吴乾看了看走出门口的杜老板，问道："利神父，您怎么对他那么凶？看他也不像坏人。"

"阿福，他看着不像坏人，难道就不是坏人吗？他是想拐走你，你还没明白？"

"拐走我？拐我有什么用？"

利福中想了想说道："总而言之，以后再有人说能帮你治病，或者说认识你，你千万不要相信，也不要跟他们走，能记住吗？"

吴乾不解地点点头。

剧院中，贺红衣为卫乘风没有阻拦贺青舟义演一事而痛苦。此时，雨辰和博文等人被释放归来，浑身是伤的博文向贺红衣道歉，是他经不住严刑拷打，交代了贺青舟义演之事。

贺红衣愕然看向博文，眼眶霎时泛红，短时间内第二次被亲近的朋友伤害，她不知该如何面对，或许卫乘风说得对，害死贺青舟的不是别人，是她自己。

贺红衣浑浑噩噩回到家，窝在沙发里回忆着与哥哥从小到大的一幕幕往事，不禁呢喃道："哥……又剩我一个人了……"

此时，敲门声响起，贺红衣许久才回过神，打开门一看，正是吴潇潇。

吴潇潇担心地看着贺红衣，扶着她回到沙发上坐下："红衣姐，你要想哭就哭出来，这么憋着会生病的。"

"潇潇，都是我的错，我这辈子都无法原谅自己！"

"你别这么逼自己，青舟哥天上有灵，也不想看到你痛苦成这样。"

"可我真的做了错事……我做错了……我本来可以挽回的，该死的是我！是我！"贺红衣情绪崩溃痛哭不止。

吴潇潇也流下眼泪，紧紧握住贺红衣的手："红衣姐，你告诉我到底发生什么了？"

贺红衣痛苦万分，终于将卫乘风一事告诉了潇潇。

吴潇潇失魂落魄回到棚户区，吴法天和董大锤见状赶紧询问状况，吴潇潇只得把贺红衣的话原封不动地告诉了他们。

董大锤愕然道："乘风……怎么会变成这样……"

吴法天气得咬牙切齿："卫乘风这小子安的什么心！人命关天的事他拍拍屁股就走人了！"

"乘风哥哥……他一定不是故意这么做的……一定有什么误会。"吴潇潇不死心，哭得泪流满面。

"哭也解决不了啥事！傻丫头，这时候就别添乱了，好吗？"吴法天安慰道。

吴潇潇擦擦泪水，按捺着情绪说道："爹，红衣姐说她想要你拍的照片。"

"这……睹物思人啊。"吴法天担忧道。

"吴叔，别管那么多了，这个节骨眼红衣想要什么，我们就尽量去做吧。"董大锤说道。

吴法天点点头："我们去把照片洗出来！"

傍晚，卫乘风从巡捕房走出来，一辆车在他身边停下，车内的人正是周董。卫乘风向四周望了望，见没人注意便上了车。

周董看了一眼卫乘风的神情："贺青舟的死让你很难过？"

"秦先生，您都知道了……毕竟他……他是……"

"他是贺红衣的哥哥？"

"不，毕竟他是一个人，说死就死了。"

周董点点头，欣慰地说道："你终于可以抛开贺红衣的影响来思考了。其实原因很简单，因为他们只是一些下等人。"

"下等人？"

周董一笑："人是分三六九等的，比如说你，如果你只是一个在棚户区的小混混，你的命就不值钱，杀了你又能怎样？"

卫乘风一怔，想起余德义曾经这样评价过吴乾："您说得对，这话我听别人也说过。"

"看来在我之前也有人点拨过你，不过似乎你没听进心里去嘛。从我知道的情况来看，你所谓的那些兄弟好像很多时候并没给你提供帮助，反倒还会碍你事。我希望你这次能记住，如果你真想出人头地，就该换个圈子，你真的以为鸡窝能飞出金凤凰？大人物只和大人物交往，这样才能做大事。'鸟随鸾凤飞腾远，人伴贤良品自高'说的就是这个道理。"

"秦先生，我明白您的意思，您放心，军火的事，我会继续想办法查。"

"希望你真明白我的意思了。"

"我现在就去找贺红衣，问她为什么也在查军火。"

周董微笑点头。

卫乘风告别周董，立刻来到贺红衣家，二话不说，直接问她为什么也出现在万国酒店里。

"跟你有关吗？"贺红衣面无表情，说着就要关门。

卫乘风一把挡住门："当然有关系。你到底是为什么去的？"

贺红衣冷冷一笑："我不说，你会杀了我？"

卫乘风看到贺红衣漠然的神情，警告道："从现在开始，你我就是陌路人。我警告你，不管你出于什么目的，不要再掺和找军火的事，否则休怪我无情！"

卫乘风回到棚户区，所有人看见他都闪身躲开。

阿蛙一见卫乘风就叫嚷道："卫乘风，没想到你还有脸回来！"

"我……"卫乘风不知该说什么。

阿蛙不依不饶："你什么你！真没想到我们这出了你这么一个败类。当了几天队长，就把义气二字忘了。我说卫队长，我们新闸路庙小，住不下您这尊大神，您还是早点走吧！"

董大锤匆匆跑过来："阿蛙，你别说话那么难听，乘风可能也是有苦衷的……"

阿蛙推开董大锤："有什么苦衷能抵得上一条人命？要是有钱哥，就是天上下刀子，他也为弟兄们扛下来！"

卫乘风终于忍不住了，怒喝道："吴乾吴乾，他要是真够义气能害死阿奶？他要是真够义气，能抢我喜欢的人？你们说他够义气，是因为他没什么要和你们争！你们说我不义气，那吴乾他义气吗？！"

"乘风你……"董大锤诧异地看着卫乘风。

"大锤、阿蛙，走，回家吃饭。"董大锤妈看了一眼卫乘风，客气地说道，"乘风……卫队长，我这两个孩子不懂事，您千万别跟他们一般见识。"董大锤妈说罢，拉着董大锤和阿蛙走回家，"砰"的一声将门关上。

紧接着，街道上传来一连串的关门声，没有一个人愿意接近卫乘风。

卫乘风看着空无一人的棚户区街道，心中暗暗怒吼着："我卫乘风会走到今天，都是你们的错！"

卫乘风凶神恶煞回到巡捕房，严刑拷打百事通，逼问出了他的消息来源，紧接着抓了一批人，而百事通则在审讯房中咽了气。巡捕房众人见卫乘风凶神附体，纷纷躲得远远的，就连余德义都绕着他走。


刘凤年与穆尚峰在理发店中敷脸。

穆尚峰看了一眼刘凤年，问道："怎么样，还是当年的感觉吧？我特意让人做旧的。"

刘凤年不语，微微点头。

穆尚峰转头看着阿钟："说说你得到的消息。"

"帮忙传假消息的人都被卫乘风抓了……"阿钟说道。

穆尚峰点点头："被抓的人知道是你们传出的消息吗？"

"不知道，我和斌子是第一次来上海，根本没人认识我们。而且我们

是按您的吩咐，扮成了外地嫖客，在窑子里把消息放出去的……"

"也就是说，卫乘风抓再多的人，也根本查不到咱们？"

阿钟点点头："我和斌子很注意行踪，绝对没人跟踪。"

"为保险起见，你盯着点卫乘风。去吧，我们哥儿俩聊会儿。"穆尚峰看着阿钟离开。

此时的巡捕房审讯室中，卫乘风擦着手上的血迹，盯着妓女香月冷冷问道："你还敢说你不知道？是不是想像他们几个被打个半死才肯说？"

香月瑟瑟发抖："长官，我不是不想说，是怕……是怕他们知道了，我也活不了。那两人长得跟大猴子似的，一个一说话就挤眉弄眼的，另一个肚子上有一条那么大的刀疤。听他们说话，杀人跟玩似的……"

"你怕他们，难道不怕我？他们是以后杀你，我可是现在就能杀了你！把他们来的经过再仔细说一遍！"卫乘风威胁道。

香月颤抖着说起了青楼往事，哭哭唧唧半天说不到重点。

卫乘风不耐烦地喝道："没人想听你们三个的下贱事，他们还说什么了？"

"他们好像说起，说有个理发店老板的老婆肉皮比我还嫩，沉江太可惜了。"香月说道，"还说……还说，不明白他们老大为啥一定要去那家理发店……"

卫乘风低头思索起来。

理发店中，刘凤年眉头一紧，问道："也就是说卫乘风背后是秦麒麟？"

"对，这事在巡捕房已经传开了，连余德义都怕他三分。"

"嗯……秦麒麟来上海有一段时间，但总不见他有什么动作，原来他是在玩'投石问路'的把戏。"

穆尚峰一笑，很是不屑："都说秦麒麟喜欢躲在后面戳傻狗上墙，看来他这次找的狗不怎么样。"

"估计卫乘风早晚能找到你，狗这东西都爱吃肉，你拿块肉试试他。"

"何必浪费肉呢，咱们吃狗肉多好，正好下酒。"

　　刘凤年一笑："你呀，虽然这几年稳重了不少，怎么还是总想一招赢？他秦麒麟喜欢绕着来，咱们就跟他绕着来，你直来直去这戏就没意思了。再说，狗这东西喂饱了，其实挺可爱的。"

　　"大刘，你别学秦麒麟跟我绕，这么多年我还不明白你，你的意思是想通过卫乘风找到秦麒麟，把他给……"穆尚峰比划了一个丢石头的动作。

　　刘凤年点头一笑。

　　穆尚峰继续说道："那个贺红衣的底细还不清楚，不过斌子说她哥刚被人打死，我还在想这事跟她哥是不是有关系。"

　　"贺红衣的哥是贺青舟，是我让人做掉的。她找军火和这事没关系。"

　　"那她到底为什么掺和进来？这有些麻烦。"

　　刘凤年想了想说道："她肯定跟秦麒麟没关系，不然她哥要是死了，早就搞得满城风雨了。反正是钱白铁杀了他哥……你接触一下，看看她到底想干什么。这个钱白铁一直缠着我想弄个议员当，看得出来野心很大，只要事情做得够机密，他一定想拿到这批军火。借着他的野心，咱们把这批烫手的山芋卖给他，肯定万无一失。下一步嘛，如果我能在这里坐稳，咱们就好好用用这个钱白铁，把他的势力收编到咱们哥们儿名下，独霸上海滩。如果上头一直不给我扶正，咱们就拿钱走人。"

　　"你说得很对，但钱白铁不一定非要从咱们这里买吧？"

　　刘凤年自信地说道："现在的情况是他有钱也没地方买，秦麒麟来了，那些地下军火商早都吓跑了。"

　　"看来咱们还得谢谢姓秦的呢。对了，你找的那个洋鬼子事办得怎么样了？"

　　刘凤年打了一个响指，奥斯顿应声走进理发店，刘凤年问道："利福中那边找买家，找得怎么样了？"

　　奥斯顿毕恭毕敬："他还没有传来消息。"

　　"去告诉他不要和其他人接触了，我们指定买家钱白铁，让他在钱白铁那下功夫。"刘凤年吩咐道。

　　奥斯顿点头离开，穆尚峰看着奥斯顿的背影，面露疑色。

刘凤年说道："你别瞎担心，这个人已经完全被我控制了，那个利福中嘛，根本就是假洋和尚，手上也有人命……"

巡捕房中，卫乘风边解着沾满血的外衣，边对李鹿说道："去把所有的理发店情况都收集上来。"

"理发店？查这个干什么？"李鹿不解。

"你少废话，马上去办。别以为我不知道你跟贺红衣说了什么，这事如果你要办不好，看我怎么收拾你。"

李鹿不敢再说什么，快步离去。

贺红衣连续数日滴水未进，桑介桥来到贺红衣家探望。

"你哥的情况我已经和广州汇报过了，等革命成功以后，我一定想办法给你哥一个追认烈士的名号。他是为了革命才献身的，这是事实，我保证会全力争取。"

贺红衣不语，点点头，眼神中依然充满自责和愤怒。

"红衣，你再这样下去会垮掉的……"桑介桥满眼心疼。

贺红衣嘶哑着开口道："我只是想找到杀我哥的凶手。"

"你就是找到那个凶手有什么用呢？以眼还眼，以牙还牙？那个凶手不过是腐败机制下的傀儡，你杀了这一个人，他们还有更多的人派出来，你杀得完吗？"

贺红衣想了想，摇摇头。

"红衣，你能理解这个就好。你是有信仰的人，那你就应该有大局观，你要恨就应该恨这个让百姓倒悬的乱世，恨这些大小军阀贪官污吏，你应该把你的恨化为动力，帮助组织尽快推翻现今这个政府，还人民一个青天白日。"

贺红衣不语，低头深思。

"我听说，你哥在辞世前说过，他死而无憾。可能我说的话有些残酷，但你哥在生命的最后一刻证明了自己，完成了心愿，他的人生是圆满的。死亡这事，对死去的人并不残酷，能感受到残酷的唯有活下来的人。如果你因为他的死从此一蹶不振，那他的离去是不是会变得没有意义？"

贺红衣咬了咬牙，点点头："老师，我哥的后事就麻烦雨辰他们了，我要尽快查到军火的情报。"

"你打算怎么办？"

贺红衣想了想说道："线索断了，我只能从头开始。不过您放心，我会尽快查清。"

"之前对方会设计圈套，说明他很狡猾。你一定要处处留心。"

教堂告解室中，利福中递给奥斯顿银票："买家，我已经物色好了一个。"

奥斯顿没有拿银票："我正要和你说这事，卖家让我来通知你，他们想指定买家。"

利福中一听警惕起来："指定买家？你们已经有买家了还用得着我吗？"

"你别紧张，卖家之所以绕这么多弯子，完全是出于安全考虑，所以你我是必不可少的环节……"

利福中满意地点点头："你说的买家是？"

"钱白铁。"

利福中喜上眉梢："我说的就是他，我基本已经说妥，不过因为军火金额过大，他提出想用古董换。"

奥斯顿立刻将银票抽了过来："古董？这个……和我想的有点不一样呀。"

利福中解释道："你不是也知道交易得秘密进行吗？钱白铁那边有诚意，你们也觉得他合适，用古董交换不过是多了一道手续而已，拿着古董总比军火放在手上安全吧？而且你我的酬劳换作古董，可以再多要点东西，你说是不是？"

奥斯顿点点头："你说得对，我去和卖家说这事。我觉得他们也会同意的。"

贺红衣家中，敲门声响起。贺红衣打开门，看到穆尚峰一脸狠戾的笑容，贺红衣下意识想关门。

穆尚峰挡住门，迈步走进去："贺红衣，说说吧，你想做什么？"

贺红衣强作镇定："看来你已经打听过我的身份了。你没一枪把我毙掉，挺看得起我。"

穆尚峰拿出枪，轻松地转着："老子不喜欢废话。兄弟们都在外面等着收尸呢，你掂量好轻重。"

"上次我确实是为军火去的。"贺红衣直视穆尚峰诓骗道，"你们弄军火不就是为了钱吗？我要出钱买你们的军火。"

穆尚峰嗤笑："小丫头，你再有能耐，能拿出那么多钱吗？告诉我你背后的人是谁？"

"时机到了我自然会告诉你，我现在的背景牵扯了太多大人物，说出来对你我都没有好处。我只能告诉你，钱不是问题，大家开开心心做一笔买卖不好吗？"

穆尚峰想了想收起枪："等我消息。"

穆尚峰离开，贺红衣松了一口气。


这日，吴乾又来到钱宅为吕思蒂讲《圣经》，钱白铁忽然将他叫到书房："阿福，谢谢你为我的夫人传福音，我也想帮你做一些事。"

"什么事？"

"听利神父说，你曾经受过伤，我请了上海最好的洋大夫，专门给你做做检查。"

"谢谢先生这么关心我，我的伤已经痊愈了。"

"利神父也担心你的伤会有后遗症，希望我能帮帮你。洋大夫可是最权威的。你不要让利神父失望。"

吴乾一听，信服地点点头。

洋大夫走进来，在吴乾的手臂上注射药水，片刻过后，吴乾渐渐晕眩，眼神开始迷离。

"吴乾？"钱白铁试探地呼唤道。

吴乾像没听到一样，晕晕乎乎开始傻笑，眼前出现重影。

陆横立刻拉住吴乾："吴乾！"

吴乾懵懵地问道："谁是吴乾？"

"当然是你。"陆横说道。

"我是稳得福……阿福。"

陆横继续问道："你为什么来钱宅？"

"我要感化先生和夫人……我要让世界充满爱！"吴乾比出嘘声手势，"嘘——圣母跟我说话呢。"

"说什么？"

吴乾不回答，起身四处乱转，认真听着，随后跟跄着走到一个盆栽前虔诚跪下："万福玛利亚，你充满圣宠，主与你同在……"吴乾起身，拿起桌上的茶杯，手指沾着茶水四处洒着，"求圣母赐福大地，子民共享喜乐……圣母降福了！"吴乾像是追逐着什么在房间内乱转，随后突然在钱白铁身边停下，温柔地抚摸着钱白铁的脸："你看起来好像……好像……"

钱白铁不断推开吴乾的手："像什么？"

"圣母……身边的那只羊……"吴乾好似抚摸着一只羔羊。

钱白铁不耐烦地推开吴乾，对陆横说道："够了，让他清醒清醒！"


剧院中，贺红衣将穆尚峰找上门来一事汇报给桑介桥。

"买军火？这倒也是一条路。"桑介桥点点头。

"可我担心钱的事，这绝对不会是一笔小数目。再看他有恃无恐的样子，说不定还会狮子大开口。"

"至少我们掌握住了这条线索。钱的事，我来想办法。不过那人的身份尚且摸不清楚，尤其是军火在不在他手上，我们无法确定……这样，如果他再来找你，先探探他的口风，最好能试着交易一批样品，互换诚意。我也好有时间筹措买军火的钱。"

"明白了。"

另一边，穆尚峰也将贺红衣想买军火一事告诉了刘凤年。

刘凤年问道："贺红衣也想买军火？她什么来路？"

　　"反正不是钱白铁的人。我们就是求财，只要钱给到位了，跟谁都能做生意。我觉得可以先留着她，万一钱白铁那边出了问题，我们也有退路。"穆尚峰狡猾一笑。

　　刘凤年点点头。


　　钱宅，吴乾恍惚了半日才恢复正常，呆坐在椅子上看着钱白铁："我这是怎么了？"

　　"你的伤果然很严重，不过洋大夫已经帮你全看好了。"钱白铁心情不错，拍拍吴乾的肩膀，"阿福不错，有潜力。"

　　吴乾懵懂地点点头。

　　钱白铁递上一份精致的礼盒："这是送给利神父的礼物，你帮我带给他。"

　　吴乾孩子气地不小心摇晃了一下礼盒，礼盒里发出碰撞声。

　　"别淘气，要轻拿轻放哦。"钱白铁叮嘱道。

　　吴乾乖乖地点点头："好，我记住了。"

第四十八章 重逢

证明了吴乾果真失忆，钱白铁顿觉轻松，解决了一个心头大患，军火交易的事可以正式开始了。

"先生，我们的人传回消息，胡部长那边要撤销上海据点的事八九不离十了。"陆横说道。

"看来明镜学会真是要被抛弃了。秦麒麟也一定会得到这个消息……"

"先生是觉得，秦麒麟会趁机对明镜学会动手？"

"他们本身就是水火不容的两个阵营，秦麒麟又正好在上海，说不定会顺手把桑介桥这些乱党处理了。这事我得尽快撇清干系。"

"万术大赛之后，先生已经很少跟桑介桥接触了。"

"可他们学会那块地是我的。万一被姓秦的盯上了，容易节外生枝。"钱白铁陷入思索。

剧院中，桑介桥独自在办公室打电话："胡部长，我有一条重要情报向您汇报，我现在掌握了一批军火的线索，需要申请一笔费用购置军火，军火的具体种类还在打探中……胡部长，您要相信我们……学会为了党国没有功劳也有苦劳……我们尽力牵住对方，一定会掌握更多消息的……胡部长！"桑介桥话音未落，电话已挂断，桑介桥深深叹息。

吴潇潇拿着几张洗好的照片来到贺红衣家，贺红衣看着哥哥生前最后一场演出的照片，不禁黯然流泪。忽然，贺红衣盯着一张有观众席的照片愣住了，观众席前排站着的那个人俨然就是吴乾，并且穿着传教士的衣服。

贺红衣急忙赶到戏院，向戏院老板索要当天演出的观众名单。戏院老板拿出一摞请柬，贺红衣急忙翻找起来，终于找到一封写着"圣善理教堂稳得福传教士"的请柬。

巡捕房中，卫乘风生气地说道："查了半天就查到这么几家理发店？"

李鹿一脸为难："卫队，上海这么大，咱们兄弟就这么几个人，也不能全都去办这事吧？再说，您让我带兄弟们查理发店，又不说具体要查什么，我们实在不好下手呀。"

"我没说让你吃饭，你怎么知道自己去吃？你就查老板是谁，最近有没有换过老板！现在再去查，把所有兄弟都派出去！"

"都派出去？这个是不是得请示一下巡长？"

"巡长是我的上级，你的上级是我。再有任何问题，找我说。"

李鹿点点头，对着其他巡捕说道："都听到没？卫队让咱们去办案，都把手头的事放下，两个人一组，分片儿包干！"

众人一听，都收拾东西向外走去。

办公区远处，余德义叹了口气，向卫乘风走来："乘风啊，我知道你升了队长，工作异常辛苦，但你总不能当巡捕房是家，就住这儿了吧。"

"知道了。"卫乘风面无表情。

余德义撇撇嘴离开。

吴乾拿着礼盒兴冲冲回到教堂："利神父，钱先生送给你的礼物……"

利福中接过礼盒，发现吴乾脚步飘忽："阿福，你又头晕了吗？"

"没有，钱先生找了洋大夫给我打针看病，之后就总觉得脚底发软。"

"看来钱先生很关心你，这是你的福气。"利福中心急想看礼盒，打发吴乾离开，"阿福，你现在需要多运动运动，才能让药力过去。你去把墓地打理一下，活动活动筋骨。"

"是教堂后面那块荒地吗？我从来不敢去。"

"那里都是被天主召唤的子民，生前跟你我一样也是虔诚的信徒。阿福，快去吧，天主与你同在。"

吴乾点点头离开。

利福中贪婪地打开礼盒，上面一层是糕点，下面一层摆着用丝绸裹好的玉龙挂坠以及一张字条，上面写着"转交玉龙挂坠一枚，以作我方诚意之证明，望提供样品一件，以兹取信"。

利福中仔细打量着玉龙挂坠："这么贵重的宝贝换把样品枪，太便宜我们了吧……这东西会不会有假？"


贺红衣快步走进教堂，见里面空无一人，又向教堂更深处走去。

此时，吴乾正在西式墓碑前拂尘，又将一朵野花放在碑前，虔诚地画了一个十字圣号。"慈悲的天主，你接了……"吴乾看了一眼墓碑上的名字，"吉娜姊妹的灵魂到你那里，进入永恒、光明、快乐的所在，列于天上众圣徒的团契之中。求主，使我们仍活在世上的人，信仰坚固，常常竭力多做主工。奉主圣名，阿门。"吴乾拿起打扫工具，走向下一个墓碑。

偌大的墓地里，贺红衣无头绪地走着，忽然看到吴乾正在祈祷的身影，顿时百感交集。

"我终于找到你了……"贺红衣快步跑过来，紧紧抱住吴乾。

吴乾一怔，大叫道："鬼呀——"吴乾推开贺红衣，认真打量了一下贺红衣才松了一口气："天主保佑。"

贺红衣和吴乾都不解地看着对方。

"你……为什么要抱我……"吴乾问道。

"你不认识我？"贺红衣大惊。

"好像有点眼熟……我在戏院见过你！"

"你真的去过红府戏院……你为什么没有找我？！吴乾，你到底怎么了？"

吴乾委屈地说道："你认错人了，我叫稳得福。"

"稳得福？这也能叫名字？我先带你回家，有什么事回去再说。"

吴乾一怔，想起利神父曾叮嘱过，千万不要相信那些带你走的人，也千万不要跟他们走。

"这里就是我家，我哪儿也不去。"吴乾戒备地看着贺红衣。

贺红衣不理会吴乾，作势要拉他走。吴乾突然头晕起来，脑海中浮现出二人在剧院后台奔跑的碎片画面。

眩晕的吴乾反手一推贺红衣，贺红衣跟跄倒地，吴乾震惊地看着自己的行为："我……怎么了……姑娘……对不起……"

贺红衣失魂落魄地坐在墓碑边，哽咽道："你真的不认识我了？……"

吴乾不知所措地说道："你别哭，有话我们好好说。要是利神父听到了，要误会我欺负你了……"

"利神父……他就是收留你的人？"

吴乾点点头。

"也是他带你去听戏的吗？"

"不是，是钱先生。"

贺红衣惊讶："是钱白铁吗？"

"对呀，怎么啦？"

贺红衣一脸狐疑，连忙问道："利神父知道这事吗？"

吴乾点点头。

贺红衣想了想，神情严肃地说道："我带你回家吧，你的名字叫……"

此时，脚步声传来，贺红衣止住话头，轻声对吴乾嘱咐道："不要跟任何人说我来过，我还会找你的！"贺红衣立刻闪身藏到角落。

利福中走来："阿福，来我房间一下。"

吴乾连连点头，跟着利福中离开。

　　贺红衣看着利福中的背影略一皱眉，悄然离开，匆匆跑到棚户区，却发现众人都在外面找吴乾，不到天黑根本不着家。贺红衣想了半天，跑到中药铺，将消息告诉了大锤妈，并叮嘱她不要声张，只能把消息告诉吴法天和吴潇潇。

　　吴乾随利福中回到房间，接过利福中递来的玉龙挂坠，来回翻动打量，又放到鼻子前闻了闻："这个嘛，应该是西汉时的东西，不过……"吴乾又仔细看了玉龙的尾部片刻，伸出舌头舔了舔，最后在玉龙挂坠的尾部来回摸了数遍，点了点头："对，是西汉时的东西，可惜后来有个蠢人动过尾巴……"吴乾把挂坠还给利福中。

　　利福中学着吴乾的样子也闻了闻，舔了舔，最后摸了摸，却是一脸茫然，问道："阿福，你怎么知道……"

　　吴乾忽然眩晕，耳畔回响起"入地无声"的叮嘱："鉴宝玄机切不可泄与他人，否则休怪为师手下无情……"

　　利福中连忙扶住吴乾："阿福，你又头晕了？先回房休息吧。"

　　吴乾默默回到自己的房间，躺在床上暗暗想着也许自己真的有一个师父，至于方才在墓地见的姑娘也很让他困惑，虽然不认识，但不知为何总觉得很亲切。

　　李鹿带着一众巡捕巡查了全上海167家理发店，气喘吁吁地跑回来。

　　"有没有什么值得注意的地方？"卫乘风问道。

　　"也没什么特别的，都是小本生意，讲究的是水热刀快。不过好像有一家的老板酗酒总打老板娘，把老板娘给打跑了，现在生意做得也不上心了。"

　　卫乘风一皱眉："还有什么？"

　　"好像……好像，噢，还有一家，据说老板一家前一阵子突然都走了，盘下店的人马上就进行了装修，不过这装修有点怪，不往新了修，像是越弄越破，也不知道他们是咋想的。"

　　"越弄越破？"卫乘风突然眼睛一亮，认准了就是这一家。

卫乘风匆匆赶往那家理发店，阿钟一路悄悄跟踪。

理发店中，理发师蹲在墙角，不住地哀求道："卫队长，求求您放过我吧，我真不知道是谁买了这家店。"

"不知道，还是不想说？信不信我以通匪罪毙了你？"卫乘风掏出手枪，在两人面前晃了晃。

理发师吓得全身颤抖："卫队长，我真不能说，求求你放过我吧。"

"看来你是知道不说嘛，那和死了有什么区别。"卫乘风将枪指在理发师头上。

理发师马上跪了下来，流着泪说道："卫队长，求求您放过我，我要是死了，我阿奶就没人照顾了。"

卫乘风一愣。

理发师继续说道："我阿奶快一百岁了，我要是死了，她也活不了了。求求你放过我吧，我要是告诉你是谁，他们会把我沉江的……"

卫乘风有些走神，拿枪的手放了下来："但你们得告诉我怎么能找到他。"

理发师想了想："他今天下午应该还会过来……"

店外，阿钟听到此处，立刻赶回去向穆尚峰汇报。

赌场中，穆尚峰一阵狂笑："卫乘风还真有点本事，居然找到了那里。"

"穆爷，虽然理发师没说您是谁，可他告诉卫乘风说您下午要过去，要是您不出现，卫乘风再一逼，他肯定会说的。"阿钟说道。

穆尚峰略一思索："那我就出现嘛。"

下午，穆尚峰如约来到理发店，躺在椅子上闭目凝神。

此时，后门被轻轻推开，卫乘风拿着剃刀走了过来，剃刀一点点向穆尚峰的脖子靠近，就在要挨上的一刹那，穆尚峰猛然出手将剃刀夺了下来。卫乘风欲拔枪，斌子冲入用枪顶住卫乘风的后腰，伸手将其的枪拿下。

"给我下套，你太嫩了吧。"穆尚峰冷笑道，"就你这三脚猫功夫，是不是太有点不自量力？我听说秦麒麟的手下，个个都功夫了得，你这样的，怕是混不长久吧？"

"你要杀便杀，何必废话。"

穆尚峰点点头："还成，嘴还挺硬。不过我今天心情好，不想杀你，还想和你交个朋友。"

斌子将一张三百大洋的银票递给卫乘风。

穆尚峰继续说道："你我交个朋友，以后井水不犯河水，要是有好处，老哥我也不忘了你。"

"要是我不答应呢？"

穆尚峰拍了下手，阿钟押着理发师走了进来，手起刀落，理发师气管被割断，尸身倒地。

卫乘风看着这一切，一言不发。

"不错，有点胆量。"穆尚峰从斌子手里拿过卫乘风的枪，利落地将子弹退出，反手还给卫乘风，边向外走边说道，"把钱给他，我喜欢交朋友，但不识相的人，我一个也不会留。"

卫乘风看着手里的枪和银票，想了想笑了："正好我没地方住……"

卫乘风走在街头，看到一个服装店，故作不经意地向后瞥了一眼，嘴角挂着微笑走了进去，片刻便提着一些包装袋走出来，看向角落的方向。角落里，斌子一躲，避开卫乘风的视线。

街边的汽车里，秦麒麟和周董正默默注视着卫乘风。

"你还说他像当年的我，我有那么贪小财吗？"秦麒麟不屑。

周董看着卫乘风走进酒店，有点气恼地说道："难道我看错人了？"

"知道颜回偷食的典故吗？"

"请先生明示。"

"让你多看看书，懒得教你。卫乘风这么做，也许有他的道理，你暂时不要接触他。"

卫乘风来到万国酒店，前台问卫乘风需要什么档次的房间。

"当然是最高档的。"

　　卫乘风闻声转头，发现是秦麒麟，有些意外："夏大哥，你怎么在这里？"

　　秦麒麟一脸不爽地说道："之前住的破酒店居然用的不是真丝枕套，我睡了几天才发现，头发一点光泽都没有了。我把他们经理骂了一顿，就来这里喽。"秦麒麟刻意上下打量卫乘风，赞叹道，"卫队长这是发财了？几天不见风貌大有改观嘛。"

　　"发什么财，对了，你之前请我吃饭，今天该我请你了。"

　　秦麒麟将一张银票往前台上一拍，豪气地说道："给我们安排相邻的房间，行李放上去。走，卫队长，咱哥儿俩吃饭去。"


　　吴法天、吴潇潇和董大锤垂头丧气地回到棚户区，又是没有吴乾消息的一天。大锤妈将贺红衣找到吴乾的消息告诉他们，三人立刻欣喜若狂地奔向红衣家。

　　此刻，贺红衣家敲门声传来，她开门一看，门外空无一人，只见地上有张字条，写着"先准备二十根金条 别要花招"。

　　贺红衣凝神思索着，吴法天、吴潇潇和董大锤兴冲冲赶来。

　　"有钱呢？"吴法天惊喜不已。

　　贺红衣不动声色地将字条收起："吴叔，我有重要的事情要办，我们长话短说。吴乾现在的处境很复杂，还有最重要的一点，他不记得自己是谁了。我觉得，可能是何致鸿追杀我们的时候，吴乾的头受过伤，所以他……"

　　"我去找他！他总不能连他老子是谁都忘了吧！"吴法天说着就要走。

　　吴潇潇拉住吴法天："爹，红衣姐都说了，哥连自己是谁都不记得，怎么还能记得……"吴潇潇意识到什么，看向贺红衣："红衣姐，我哥连你都忘了吗？"

　　贺红衣失落地点点头。

　　"我知道了，有钱得了失忆症！"董大锤说道。

　　"那我们就给他治病。大不了我就当重新养他一回！红衣丫头，有钱在哪？我们自己去找他！"吴法天毫不气馁。

吴潇潇也是一脸期待:"是啊,红衣姐,让我们先去看看我哥吧。"

贺红衣思索片刻:"我就是担心你们急着去找他,才不能说他在哪……你们放心,吴乾现在是安全的,过得也很好。"

"我们去找他,他就有危险了?什么意思?"董大锤不解。

吴法天也急了:"是啊,我去找我儿子,理所应当啊!能有什么事?"

贺红衣眉头紧锁:"我有一种感觉,我们但凡走错一步,都会给吴乾带来危险。你们相信我,我做的一切都是为了吴乾的安全。我等会儿办完事就去新闻路找你们,再跟你们说他的详细情况。"贺红衣边说边拉着吴潇潇等人离开。


秦麒麟带着卫乘风来到高级西餐厅,优雅点单:"头盘焗蜗牛,汤嘛,来焗洋葱汤,副菜面包加熏三文鱼配鞑靼汁,主菜上最好的牛T骨,七分熟,配上等法国干白,其他的你看着上。"

侍者点头离开。

秦麒麟看着卫乘风有些羡慕的眼神,调侃道:"怎么,心疼钱了?"

"那倒没有,我就是想我什么时候也能像你一样。"卫乘风有些拘谨。

"这外国的玩意儿,中国人哪有天生就会的,你常来自然就明白了。以后我教你用英文点菜,保证把这些人唬得一愣一愣的。"秦麒麟说罢,和卫乘风一块儿笑了。

秦麒麟取得了卫乘风的信任,席间引导着他一步步聊出了对吴乾的不满。

秦麒麟了然地点点头:"我明白了,他不仅拿你当枪使,还抢你看上的女人。你这个兄弟不义气呀!"

"所以我就没兄弟了。"卫乘风苦笑道。

"不过呢,在我看来女人都一样,为了个女人就弄出仇,犯不着。"

"也许吧,不过事情已经这样了,说实话,我现在连个说话的人都没有……"

"我不就是你兄弟嘛,以后你有烦心的事尽可以跟我说。"

卫乘风点点头，想了想说道："我确实碰到了个事……我拿了一笔钱，一笔不应该拿的钱，但是这钱不拿我会死……"

"拿了钱还能活，这是好事呀！"

"可我这么做辜负了一个信任我的人，但我现在没法跟他解释，我见他的话，他可能会有危险。"

秦麒麟宽慰道："如果他真的信任你，你会有机会说的。有些解释，不用急于一时。"

卫乘风点点头。


贺红衣带着字条赶到剧院，交给桑介桥。

"看来想继续跟他们谈下去，这二十根金条必须得拿出来。"桑介桥拿着字条皱皱眉。

"我也觉得要让他们见到钱，我才有筹码提要求。可二十根金条，对我们来说毕竟不是小数目。"

桑介桥思索片刻，笃定地说道："钱的事你不用担心，胡部长会全力支持我们的行动，也准备给我们拨一笔经费。"

贺红衣惊喜："太好了！费用什么时候能下来？我担心他们随时会登门。"

桑介桥故作淡定："明天。"

贺红衣点点头："老师，那我就先走了。"

贺红衣离开后，桑介桥颓然地将桌上的东西扫到了地上。


贺红衣来到棚户区，将那张拍到了吴乾的照片拿出来，吴法天、吴潇潇和董大锤围着照片，完全不敢相信吴乾已经成了一个洋和尚。

贺红衣说道："现在我唯一知道的是，我哥义演的时候，钱白铁带吴乾来看戏了，利神父也知道这件事。我怀疑钱白铁又要利用吴乾做什么事……"

吴法天大惊："钱白铁？还带着有钱看戏？这人真是阴魂不散，咱们都得小心着点！"

众人点点头。

"我觉得那个姓利的洋和尚也不是好人。"吴潇潇嘟着嘴。

贺红衣点点头:"这也是我担心你们急着过去会出事的原因。"

"所以我们想见有钱,必须避开那个姓利的?"董大锤问道。

"没错。明天一早我就带你们去找吴乾。听我的,千万别轻举妄动。"贺红衣又郑重地叮嘱了半天方才离开。


翌日一大早,贺红衣带着吴法天、吴潇潇和董大锤来到教堂外。

"妈呀,这怎么像做梦一样,我还是不敢相信有钱也能传教……"董大锤打量着肃穆的教堂。

贺红衣压低声音:"他现在叫稳得福,应该是利神父给他起的名字。"

吴法天一笑:"稳得福?哪有我们吴乾洋气!"

贺红衣吩咐道:"我们现在人多扎眼,你们先去教堂后面的墓地等着,我找机会把吴乾带过去跟你们会合。"

吴法天等人点点头离开。

角落里,贺红衣时刻关注着教堂,半晌,利福中拿着一个小匣子离开教堂,贺红衣便悄然走了进去。

教堂内,吴乾正坐在长椅上忏悔祷告:"我们的天父,愿你的名受显扬,愿你的国来临,愿你的旨意奉行在人间,如同在天上。"

贺红衣走进来,看到吴乾专心祷告的侧脸,一阵失神,缓了片刻才在吴乾的身旁坐下:"你没有跟利神父说我的事吧?"

吴乾一脸无助:"没有……我刚向天主忏悔,我没有告诉利神父这件事,心里总感觉不是滋味。"

"他有问过吗?"

吴乾摇摇头。

"他都没有问过,你就别自责了。你放心,我会避开他来见你的。"贺红衣说道。

"可是……你为什么还要来找我?我真的不认识你。"

"因为我想见你。"贺红衣笃定望向吴乾。

吴乾看着贺红衣的眼神，有些害羞："我还不知道你的名字。"

"贺红衣。"

吴乾呢喃道："红衣……真好听。"

贺红衣试探着说道："上次我的话还没有来得及说完，你的名字叫吴乾，不叫稳得福。你有养父和妹妹，还有一帮新闻路的兄弟，他们正在墓地等你。"

吴乾吓了一跳："他们是活人还是死人……"

此时，董大锤等不及了，鬼鬼祟祟来到教堂的后门偷听。

贺红衣哭笑不得："我是说，他们来看你了，怕教堂不方便，所以在墓地等你。"

"我真的不是什么吴乾，我是阿福，我已经受洗成为天主教徒了，教堂就是我的家。我觉得现在过得挺好的，外面的世界总感觉很可怕……你说的那些人，对我来说也只是陌生人而已，你让他们走吧。"

董大锤听得一阵担心，想了想转身离开。

贺红衣有些失落，按捺情绪说道："他们赶来不容易，要不你去见见他们，有什么话当面告诉他们也好。你放心，他们都是好人，为了找你寝食难安，你去劝劝他们，也算是做了一件善事。"

吴乾想了想，点点头。


董大锤回到墓地，将吴乾说的话转述给吴法天和吴潇潇。

吴法天气得跳起来："臭小子还不想来见我们？这个稳得福，架子够大的啊！等我见到他了，不把他揍老实我就不姓吴！"

此时，吴乾和贺红衣来到墓地。

吴法天看到吴乾，表情立刻转变，颤抖着说道："有钱……儿子！"

吴乾看到吴法天，脑海中闪过吴法天满身酒气发酒疯的画面，不禁一凛。

"哥——"吴潇潇百感交集，泪水涌出。

董大锤也红了眼眶，三人向吴乾拥了上去，将他紧紧抱住，哭得说不出话来。

吴乾一脸陌生地看着他们，眼神停留在吴法天脸上："你是……"

"臭小子，我是你爹啊！"吴法天猛敲吴乾的脑袋。

吴乾顿感晕眩，耳边凌乱地响起一些往日时光里的模糊声音，混杂着销毁鸦片的爆炸声。

吴乾推开吴法天等人，有些惊慌地后退："不是……你不是……我不想再做错事，你们走，你们走！"

贺红衣急忙上前："你怎么了？你想起什么了吗？"

吴乾抬手阻止贺红衣靠近，踉踉跄跄离开。

吴法天、吴潇潇和董大锤准备跟上去，贺红衣却拦下了他们，不想让吴乾再受刺激。

"别冲动，他看来是想起了什么，我们要有耐心帮助他一步步恢复记忆，这种事急不得。"贺红衣说道。

利福中拿着两张银票归来，一张二百大洋，一张一千大洋，心中暗想着：那个宝贝可真值钱……样品嘛，弄把小枪就够了。

此时，告解室方向传来铃铛声。

利福中匆匆来到告解室，将二百大洋的银票递给奥斯顿："钱白铁希望能看一下样品。"

奥斯顿看了一眼银票，不屑地说道："就这么点钱？那顶天能拿把小枪来看。"

正中利福中下怀："可以可以，小枪传递起来最方便，这样也安全。"

奥斯顿狐疑地说道："我怎么感觉这事你做了手脚？"

"你怀疑我？我敢以天主的名义发誓。"

"得了吧，你再这么说，小心天主真生气，让大天使麦克下来惩罚你。"

利福中一脸无所谓，转移话题道："看过样品，不出问题的话，很快就能正式交易了。你有什么想法？"

"想法？什么想法？一手交钱一手交货喽。"

"要是这么简单，要你我干什么？"

"你的意思是？"

"你想想，古董在什么地方出现最不会招人生疑？"

奥斯顿想了想，摇摇头。

利福中不屑地看了一眼奥斯顿："拍卖会。"

奥斯顿想了想："你说得对，确实这个法子最安全。"

"对嘛，咱们提出这个法子有几个好处，一方面让双方都知道，咱们确实为了他们的安全在考虑，这样他们也放心交易，咱们也能早点拿到佣金；另一方面用这种法子，咱们也拿古董当佣金，随便拿几件值钱的东西，咱们就发了！"

"你的想法很精明，不过你有没有想过，要是别人出更高的价来买古董，钱白铁直接卖掉不是更好？"

"这个你不用担心，我会让钱白铁乖乖交出他的古董的。你别忘了，他现在就是有钱，也买不到军火。我和你们是一条船上的，要是让你们吃了亏，我还能拿到好处吗？"

奥斯顿笑了："你是真的狡猾呀。"

"生意人嘛，就是要把自己的利益最大化。"

"不过，我也不是怎么懂那些东西……"

"我这里有个懂行的人，非常懂，他看一眼就知道古董值不值钱。非常可靠，而且他失忆了，我会安排他出面做这些事，万一出事了他正好帮咱们背锅。"

"好，就按你说的来。"奥斯顿满意地露出微笑。


茶馆中，穆尚峰与刘凤年秘密会面。

刘凤年故作不悦："峰子，你说你，自作主张去见那个巡捕，理发店去不了了吧？"

穆尚峰无所谓地一笑："我不去见，那地方也不能再去了。"

"你说得也对。"

"他们想弄个拍卖会来交换。你觉得怎么样？"

刘凤年点点头："倒也不错，装装样子把古董拿走，神不知鬼不觉。"

"嗯，我也是这么想的。"

"你准备好样品，咱们尽快交易。我这边要是实在不行，就带着东西远走高飞。"

"远走高飞？怎么，你那个'代'字还真拿不掉了？"

"我一直在催北京那边，可他们各种搪塞，我总觉得事情不太对……"

"大刘，你也别想太多，当官的就这样，等咱们手头有大把的银子了，塞上重金，我就不信不好使，这么多年咱们不是一直这么做的嘛。"

"都怪我站错了队，那个该死的孙大辫子坏了事，不然也不会像现在这样被人压着。"

"算了，之前的事别想了，我又没怪你。等有了钱，咱们一样抖起来，当务之急是把钱白铁的古董搞到手。"

刘凤年笑了："钱白铁人看着聪明，这次可要被咱们哥儿俩耍得团团转了。以后只要我能坐稳上海，一定要好好用这个自命不凡的家伙。他要当议员这事，我吊着他一段时间了，现在应该给他吃个定心丸了……"


钱白铁忽然收到一个电话，一听是刘凤年的声音，顿时兴奋起来："刘代议长，您说……我明白了，您的安排很好，非常感谢，我一定尽快开始准备。"钱白铁放下电话，面现微笑。

陆横问道："先生，议员的事有眉目了？"

钱白铁点点头："他告诉我，参选的事基本定下来了，不过形式还是要走一下，要有选民支持。"

"选民嘛，这个好办。出钱的话，平头老百姓要多少有多少。"

"你说得不完全对，刘代议长说，最好找一些头面人物来站个台子。"

陆横担心地说："头面人物，得花不少钱吧，咱们一方面要买军火，新收编的人还得想办法开饷，上面监管又严，钱不能轻易动……"

"在这种情况下，咱们只能以最小的代价获得最大的收获。"

陆横不解："先生的意思是？"

"从这些头面人物的夫人那里下手。你没听说，有不少闲得无聊的夫人都信了洋教吗？"

"您是说，让洋鬼子帮你拉票？"

钱白铁点点头，起身说道："走，去找利福中。"

此时，桑介桥忽然来访，目的正是借二十根金条。钱白铁略一思考，以手头不宽裕为由将剧院的地契给了桑介桥。

桑介桥走后，陆横对钱白铁说道："先生高明！您之前就说要把和桑介桥的关系彻底撇清，这张地契只要桑介桥拿走，别人再说什么咱们也不怕了。"

"嗯，我就是这个意思。桑介桥最好把戏院直接卖给老黄，这样别人就更搞不清楚了。走吧，去见那个洋和尚。"

# 第四十九章 隐忧

钱白铁来到教堂，与利福中在后花园散步。

"没想到钱先生对政治拉票也这么有心得，您放心，这些夫人的事包在我身上。"利福中笑笑。

"那就拜托利神父了。"

利福中看了看四下无人，低声说道："样品的事卖家正在准备，拿到了我会让阿福给您送过去。关于古董换军火的事，我提议以拍卖会的方式来做。"

"拍卖？何必要搞得那么麻烦？直接私下交易不是更方便？"

"钱先生，这样当然最方便。不过您有您的打算，我们也有我们的考量。您在上海经营多年，手下还掌握着军队，卖方很担心您会"黑吃黑"，当然我肯定相信您不会这么做的。同时，这个方法也能让卖家确认一下古董。"

"你是说，卖家也会到拍卖现场？"

"这个您就不要多问了，卖家不希望与您有直接接触，这样对你们双方都是最好的保护。在外人看来，这只是一场普通的古董拍卖，绝不会引人注意。"

"我诚心想做成这笔生意，你们的提议……我可以考虑。"

"我们还有一个要求，不管拍卖时叫价多少，你只能按我们的估价算。如果我们选中的古董不值军火总价，你还需要把差价补给我们。"

"那不是我有多少古董，你们就可以拍多少吗？这样我太吃亏了。"

"就是怕你乱想，所以我才提议举行拍卖会。如果全被我们拿走，那还能叫拍卖吗？"利福中见钱白铁有些犹豫，直言说道，"如果你不愿意，可以找别家。不过，我想你应该暂时找不到吧？"

钱白铁想了想："好，就按照你们说的做。不过这个地点，我得考虑一下，可别我一亮货就被人来个'黑吃黑'。你们怕，我也怕。"

"这个可以理解，地点您来选不就行了。"

"好，就这么定了，其他的事我来安排，要真像那么回事才行。"

此时，不远处吴乾正倒退着扫地，钱白铁看着吴乾的身影："这小子还真有点像个修道的人了……"

利福中笑了，大声对吴乾说道："阿福，要是你不觉得累，吃晚饭前把大厅也打扫下。"

吴乾头也没抬地答道："我不累，我一会儿就去。"

钱白铁看了一眼利福中："你这不要工钱的劳力找得真不错。"

"当然，到时候拍卖会阿福还要帮我出力呢！"

钱白铁看着利福中淡然一笑，再次看向吴乾："也算是帮我出力，希望合作愉快。"

赌场包厢中，穆尚峰指指熙熙攘攘的人群，不客气地说道："老黄，你这日进斗金呀，让我看着都眼红了。"

黄先生一笑："穆爷看您说的，我这也就是小本买卖，哪能跟您这做大事的比，您不知道，这开赌场要打点的地方太多了，看着钱赚了不少，其实都进了人家当官的腰包，这不，明天就又要交钱了，唉……"

穆尚峰吸了一下鼻烟，摆摆手："你少跟我喊冤，我又没跟你借钱……"

此时，桑介桥走来："黄老板，我找你有点事。"

黄老板向穆尚峰点头致意，带着桑介桥前往办公室。

黄先生一听桑介桥要借二十根金条，低着头眼珠转着："这么多钱的话，我还真有点吃力，而且你也知道我这里每天的开销非常大，全借了你，我这边就又得出去想办法……可您能想起我，也是把我当朋友……"

桑介桥看着黄先生的表演，不动声色地说道："黄先生，我说的借，可以算利息的。你也是生意人，无利不起早嘛，可以理解。"

黄先生不再假装："那我就给您算八分利，这可是行市里最低的利息了。"

"好，黄先生够朋友，就这么定了。"

黄先生突然又犹豫道："这么多钱，您看是不是得有个东西抵押一下？"

桑介桥掏出剧院地契递给黄先生。黄先生接过一看，"签发年份：中华民国十一年，所属人：桑介桥"，脸上顿时笑开了花。

赌场包厢里，穆尚峰看到黄先生送拿着盒子的桑介桥向外走，并未在意。


教堂大厅的角落里，吴乾正在擦桌子，忽然发现一个看上去固定在地上的桌子好像可以被推动。

利福中见状立刻凑上来，装作若无其事："这桌子好好的怎么会动？估计是你头疼病又犯了，走吧，干了一下午的活，去吃饭吧。"利福中带着吴乾离开了。

待到无人时，利福中悄然溜回来，用力猛推桌子，桌面被推得合了起来。利福中拿起手电照去，一个通道入口的盖板赫然在目。利福中脸上露出贪婪之色，打开盖板，走了进去。

秘密通道内黑暗一片，利福中打着手电一路向前，走上一个台阶后，竟然从一个棺材中进入了一个墓室。

万国酒店客房中，卫乘风刚洗完澡，正穿着浴袍擦头发。忽然，敲门声响起，秦麒麟将两个性感美女推了进来，其中一个像极了贺红衣。卫乘风愣了片刻，便木然接受了。

翌日，卫乘风出门前回头看了看还在熟睡的两个女人，之后面无表情地关门离开了。

卫乘风走出房间几步，发现周董站在不远处微笑着。"秦先生？"卫乘风快步上前，"秦先生，我想跟您汇报一下，我拿了别人的钱……"

周董打断卫乘风："不用说了，我明白你为什么收他的钱，也知道你是怕我出事。"

"秦先生，谢谢您对我的信任。"

"看来我真没看走眼，你小子现在精明得我都有点不敢相信了。"

卫乘风有些不好意思地说道："我也只是随机应变。"

"好，要的就是你的随机应变，干我们这行的，要明白重点所在，为了完成任务，其他的事都可以放下。任务继续，随机应变。"周董转身离开。

贺红衣家，穆尚峰带着阿钟找上门来："钱准备好了？"

贺红衣故作生气："这么短的时间，你让我准备那么多钱，不觉得有些过分？"

穆尚峰不屑地反问道："你不是说你背后的人来头大吗？这点钱对大来头的人来说，还不够喝次茶吧？怎么，你没弄到钱？"

贺红衣转身拿出盒子，里面整齐地放着二十根金条："军火呢？"

穆尚峰上下打量了一下贺红衣："小丫头，你不是以为这点钱就能买我的军火吧？"

"那你为什么让我准备二十根金条？至少你应该拿点样品来。"

"样品？你想买军火，就得按我的规矩来，再准备八十万大洋，军火就是你们的了。"穆尚峰示意阿钟拿金条盒子。

贺红衣没有拦阿钟："你的意思是说军火总价值是八十万大洋，再加上这二十根金条？"

"你还是挺聪明，不过……军火价值八十万，这二十根金条是额外收费。"穆尚峰边走边说道,"耐心等几天,我安排好之后会通知你。"

赌场还未营业,里面一片静悄悄。穆尚峰带着阿钟走了进来,大大咧咧往卡座上一坐。

阿钟将金条盒子往桌子上一放:"穆爷,这钱来得也太容易了吧,那小丫头做没做过生意呀,她也不怕黑吃黑。"

"这小丫头可不简单,她敢让我就这么拿走二十根金条,连个条子都没留,就说明她是真的想要咱们的货。她身后到底是谁呢?"穆尚峰思索着。

此时,黄先生捧着一个盒子从大厅走过。

穆尚峰看着黄先生的盒子,顿时一怔,把桌子上的盒子拉近,看了过去:"黄先生,请留步!"

黄先生停下脚步说道:"穆爷,等下我回来再陪您聊天,我急着给当官的送这个月的分红呢。"

阿钟箭步冲到黄先生面前,一把抓住黄先生的衣领。

黄先生一惊,看向穆尚峰的方向,高声叫道:"穆爷,您这是什么意思?"

阿钟扬手给了黄先生一个耳光。

黄先生连连求饶道:"穆爷,穆爷,有话好好说……"

穆尚峰看看桌子上的盒子,又看看黄先生手中的盒子:"你是不是想找人给我下套?"

"穆爷,我没有呀,就算别人敢打您主意,借我个豹子胆,我也不敢打您枪的主意呀……"

穆尚峰一听"枪"字,眼睛立马瞪了起来:"原来你知道我的货是什么,说,你还知道什么!"

黄先生发觉说错了话,呼吸立刻不顺畅起来,"穆爷,穆爷,您别多心,我之前就是好奇,偷偷看了一眼。"

"偷偷看了一眼?姓黄的,你以为我不知道你,满嘴没一句真话,说,你到底在我背后都干了什么?"穆尚峰怒发冲冠。

阿钟掏出枪指在黄先生头上。

黄先生大汗淋漓，手捂在胸口上："穆爷，我真的什么也没做。我就是偷偷看了一下您的货，我发誓……我真的跟谁也没说过这事，别人不知道，我黄某人可是知道您的厉害呀。"

穆尚峰冷笑道："你就是靠这张好嘴才有的今天，让我信你，做梦！为什么贺红衣的二十根金条，在你们赌场的盒子里？"

黄先生想了想，艰难地说道："二十根……金条？难道是……难道是桑介桥？"

"桑介桥？桑介桥是谁？"

黄先生表情痛苦，手伸向口袋想掏苏合香酒。阿钟误以为黄先生要掏枪，抬脚就踢向黄先生。黄先生被踢得飞起，掉到地上，挣扎着想爬起来，突然捂住胸口大叫一声，倒地抽搐几下，咽气而亡。

阿钟探了一下黄先生的鼻息，有点紧张："穆爷，他死了……"

穆尚峰皱了一下眉头："刚问出点东西就死了，这也太不禁揍了。"

"穆爷，我没下死手……"

"没事，容我想想。"穆尚峰起身，边向包厢外走边说道，"先搜一下他的办公室。"

剧院中，桑介桥将贺红衣叫到办公室，神情舒展道："你提供的情报上级非常重视，这么多的军火对北伐绝对是最有力的帮助，红衣，是你扭转了上级对我们学会的态度，我们需要的资金已经批准了。"

贺红衣一听，激动地点点头。

"组织告诉了我取钱的地点，我现在就去取给你。你这两天就等在家里，随时准备交易。"桑介桥正要走。

贺红衣犹豫片刻说道："老师，有件事我跟你说一下，我找到吴乾了……"

桑介桥皱了下眉头，语重心长地说道："他人还好吗？"

"人还好，就是他……"

桑介桥打断贺红衣的话，边准备出门边说道："红衣，你要记住，你是有大目标的人，在大目标面前，儿女情长要暂时放一放，等到胜利的那一天，你们再继续一切，不是更好？"

贺红衣犹豫了一下不再说什么。

桑介桥面带笑容走出剧院，匆匆赶去万国赌场，打算把地契拿回来。

黄先生的办公室中，阿钟翻出了剧院的地契。

"桑介桥……"穆尚峰仔细看看地契，问阿钟道，"你看这地契哪里不对？"

阿钟想了想说道："这地契好像是新的。"

"对，这个桑介桥找黄老板借了二十根金条，用的是这张新地契……而我们从贺红衣那里拿走二十根金条，她也没说什么，现在想想，确实豪气得有点过了头……这说明……说明贺红衣说背后有大人物，就是胡扯，他们根本没钱。这一切可能只是个圈套，如果不是我明察秋毫，这次差点真着了贺红衣他们的道儿。"

"穆爷高明，他们不自量力，居然想算计穆爷。"

穆尚峰看了一眼地契："把贺红衣和桑介桥都抓来，注意别声张，动静闹得太大，对咱们不利。还有，叫人把黄夫人请来，要客气点！"

"穆爷，我看把黄先生一家连窝端了得了。"

"真把黄家人都做了，咱们也待不久了！这道理你不懂？"

阿钟有些不解，却还是点点头离开。

桑介桥的黄包车停在赌场门外，正在给车夫付钱。

此时，几个穆尚峰的手下从赌场出来。一个手下低声问道："那个罗什么莫剧院人多不？是不是再多带几个兄弟？"

桑介桥隐隐听到这话，停下付钱的动作，侧耳细听。

另一个手下笑道："不用，钟哥说就是一群女学生和那个姓桑的，到时候让哥儿几个开开心，怎么……你想让给别人？"

桑介桥脸色大变，看了一眼已经走远的穆尚峰的手下，马上重新上了黄包车："快走！去罗斯莫剧院，从小路走，越快越好，我加倍给钱！"

黄包车飞奔而去，没走多远却被一辆轿车拦住，车上的人正是周董。桑介桥来不及多说，欲跑向剧院。周董用枪顶住了桑介桥的脑袋，将他一路带到一个小黑屋，锁了起来。

此时，另外几个穆尚峰的手下赶到了贺红衣家，却发现家中没人，于是议论着另一边去剧院抓人一事。贺红衣正在上楼，听到家门口的对话，顿时神情大变，匆忙冲向剧院。

剧场中，雨辰和几个学会成员正在收拾舞台，贺红衣匆匆将她们带了出去。片刻过后，穆尚峰的手下们就赶到了，却扑了个空。

贺红衣带着雨辰等人一路逃到安全的小巷中，气喘吁吁地解释道："我执行的任务很可能出了差错，现在有人要抓我和老师。"

"谁？"雨辰问道。

"来不及细说了，你们负责通知所有人，最近剧院不安全，不要再来了，我去找老师。"

"你找老师太危险了，这事我来吧。"雨辰说道。

"好，那就拜托你了。"

"要不你躲到我们学校吧，上次何致鸿抓咱们，他也没敢去学校。"

"这次不一样，他们都是亡命徒，什么事都干得出来。我自己想办法，你不用担心。大家分头行动，一定要注意安全。"贺红衣与众人各自离开。

贺红衣赶到棚户区，通知吴法天和吴潇潇最近不要去她家找她，父女俩一听红衣有危险，说什么都不许她离开，留她住了下来。

吴潇潇立刻去吴乾的房间收拾起来，董大锤也过去帮忙。

"潇潇，我看你最近一直闷闷不乐的，还在担心有钱呢？"董大锤问道，"有钱失忆了，不认得大家很正常，你别担心了，咱们跟着有钱什么世面没见过，什么困难那都不叫困难！我昨晚还做了个美梦呢，梦到有钱回来了，还和以前一样，咱们新闻路的老老少少又聚在一起了！"

吴潇潇神情落寞，突然问道："你的梦里……有乘风哥哥吗？"

董大锤一怔："当然有，不管发生了什么，在我心里，还是放不下他这个兄弟。”

吴潇潇眼眶泛红，哽咽问道：“大锤，你觉得乘风哥哥真的变了吗？”

“大家都这么说……我……我就是觉得阿奶走了之后，乘风跟我们越来越疏远了。”

“他确实做了错事，无论如何他都不能眼睁睁看着青舟哥要死，却见死不救。但我觉得他也很痛苦，他就像在跟我们赌气，也在跟自己置气。”

“唉，不管怎么说，阿奶和青舟哥都回不来了……”

“大锤，我怕乘风哥哥也回不来了……我真的不忍心！”

“那怎么办啊，有钱现在穿个黑袍子不认我们了，不然他肯定会拉乘风一把，把这些误会都解决了。不过最麻烦的是青舟哥的事，街坊邻居因为这事也不待见乘风了。尤其是红衣，更不会原谅他的。”

吴潇潇一听，眼泪吧嗒吧嗒落下。

“你别急，我想想办法……诶，你说红衣现在被人盯上了，乘风不是巡捕队长吗？要是乘风出手帮了红衣，他俩的关系能不能缓和点？”董大锤问道。

吴潇潇想了想，抓住救命稻草一般点点头：“我去劝他！大锤，这事咱俩得先保密，红衣姐肯定不会同意的。”

董大锤点点头。


吴潇潇匆匆跑到巡捕房，将贺红衣的危险情形告诉了卫乘风。

卫乘风厉声道：“吴潇潇，你什么意思？你明知道我跟贺红衣不会再有瓜葛了，为什么还拿她的事来烦我？我告诉你，她是死是活跟我没关系。”

吴潇潇吓得一怔，语无伦次地说道：“我……我就是想让你们解开误会，让你回家……像以前一样……然后等我哥回来，大家又能高高兴兴聚在一起……”

卫乘风语气冷漠：“我回不去了，你哥，恐怕已经……”

吴潇潇打断道：“我们找到我哥了！”

卫乘风神情微动，语气忽然缓和下来，套话问道：“刚才我心情不好，

你别介意。有钱他人呢？"

"在圣善理教堂当传教士，他失忆了，我们去找他，可他根本不认识我们……"

卫乘风若有所思，嘴角浮现一抹笑意转瞬即逝，故作安慰地说道："潇潇，情况我知道了，可我现在还有工作要忙，实在走不开。你先回家，好好劝劝吴叔他们，有钱失忆这事急不得，我们得慢慢来。"

吴潇潇点点头："乘风哥哥，那红衣姐的事……"

"我会查的。对了，大家对我确实有不少误会，我还来不及解释。今天你跟我说的这些话别告诉任何人，好吗？"卫乘风故作亲昵地擦了一下吴潇潇眼角的泪痕。

吴潇潇懵懂地看着卫乘风，点点头。


卫乘风回到万国酒店，不知该如何应对吴乾还活着的这件事，于是来到隔壁秦麒麟的房间。

秦麒麟听了卫乘风的烦心事，笑了笑："如果还能做兄弟那就喝酒，如果不能的话……"秦麒麟忽然从怀里掏出一把手枪拍在桌上，"那就一枪崩了他。男人嘛，做事情要干脆，用不着纠结。"

"你说得对……夏大哥，我还真不知道，你随身带着这个。你不是生意人吗？"

"出门在外，防身还是需要的。"秦麒麟将枪递给卫乘风。

卫乘风仔细看了看赞道："这枪真不错。我都没见过……"

"这是德国毛瑟兵工厂出的最新款，"秦麒麟故作神秘地低声说道，"听说在市郊丢的那批军火就有这种枪，而且不少呐！"

卫乘风一听警觉了起来："夏大哥，你怎么知道得这么详细？"

"你不是怀疑我了吧，我可是个良民呀，这枪是我家老爷子花重金从德国给我买的，苍天可证呀，卫队长！丢枪这事全上海都知道，你可别冤枉好人哪。"

"夏大哥，我就是随便问问，要真跟你有关系，你就不敢拿出来了。"

"吓死我了，吓死我了，喝酒喝酒。"秦麒麟打开一瓶好酒。

赌场中，阿钟站在包厢门口守着，斌子走了过来。

"不是让你盯着卫乘风吗？你怎么回来了？"阿钟问道。

"我刚知道这边出事了，就回来看看。"

"那个卫乘风还是天天花天酒地的？"

"穆爷太多心了，他那种小瘪三，根本犯不着这么防着，刚拿了那么点钱，就已经不知道自己姓什么了。我得跟穆爷说一下，我可不想再这么跟他耗着了，哎，穆爷呢？"

阿钟笑着冲里面晃了一下头："穆爷正在处理黄先生的后事。"

斌子点点头，不再说话。

半晌，穆尚峰和黄夫人从包厢中走出来，穆尚峰面色沉痛："黄夫人，赌场这边有我打理，您每月的花销用度可以随时过来取，家里有任何事让人吩咐一声我马上就到。"

黄夫人点点头："穆爷，那我们家以后就要仰仗您了。"

"唉，这个您绝对放心，在江湖上混讲的就是一个义字，黄兄待我不薄，我一定不会负他。不过……黄兄的死讯，还请缓一缓再发，我听说新任代议长正要清理赌场，要是让他知道了这事，借着黄兄去世这个由头把赌场关了，咱们可就什么也不剩下了。"

"穆爷考虑得周全，就按您说的来。"

穆尚峰亲自将黄夫人送出门外："黄夫人您慢走，改日一定登门看望。"

黄夫人点点头，默默离开。

斌子看着黄夫人的背影，低声说道："穆爷，您真想以后就养着她？"

"你懂什么，交易近在眼前，不宜再生变故，等完事以后……"穆尚峰停下了话头，露出阴险的笑容，"回办公室说。"

"办公室？"斌子问道。

"姓黄的死了，他的办公室不就是我的了嘛！"

办公室中，穆尚峰坐在办公桌后，丢出一个账本给阿钟："按这上面的记录，把钱给那些当官的送去，就说黄先生有事去不了，不能让外人知道黄先生死的事，如果有需要，我会让那个小寡妇出面挡一下。"

阿钟点点头："好。那贺红衣和桑介桥那边？"

"继续找，我一定得知道他们想干什么。斌子，你去问问卫乘风，在哪儿能找到贺红衣，不能让他只拿钱不办事。另外……"穆尚峰掏出鼻烟壶，吸了一下，对阿钟说道："后半夜把军火转移，这里可能不安全了。"

卫乘风走出万国酒店，被斌子拦下："卫队长，钱花得可还开心？"

"托您老大的福，我过得不错。"卫乘风说道。

"那你也该为我们办事了。"

"不是说交朋友吗？这么快就现原形了？"

"少废话，我们在抓贺红衣，你知道她在哪吧！"

卫乘风一猜便知贺红衣一定还在查军火之事，终于打算不再对她客气，故作随意地说道："新闸路去过了吗？"

"新闸路？"斌子琢磨着。

卫乘风点点头，匆匆前往教堂。

教堂告解室中，利福中摸着一把德国手枪，对奥斯顿赞叹道："你拿来的样品真不错，买家一定会满意的。"利福中拿着枪试了试，发出上膛声。

卫乘风走进教堂大厅，突然听到轻微的手枪上膛声，立刻止住脚步。这时，奥斯顿从告解室出来，与卫乘风擦肩而过，卫乘风注意到他耳朵后侧有一块胎记。

利福中也从告解室走出，看到卫乘风："年轻人，你有什么事吗？"

卫乘风试探地说道："我最近心情不是很好，别人跟我说来教堂能有人开导我……"

"这是天主在指引你，你稍等片刻，我让我的助手来接待你。"利福中离开。

卫乘风看着教堂内的雕像，回想方才听到的手枪上膛声，觉得不对劲，正要转身离开，吴乾却带着亲切而平和的笑容走了过来。

"你好，我是传教士稳得福，你叫我阿福就可以。你有什么烦恼吗？"

吴乾望着卫乘风。

"稳得福？"卫乘风盯着吴乾一时语塞，在长凳上坐下。

吴乾丝毫不见外地坐在卫乘风旁边。

卫乘风往边上挪了挪，吴乾又凑近卫乘风坐过去，卫乘风怒道："你干什么离我这么近！"

吴乾有些委屈地说道："利神父说，要打破人与人之间的距离与隔阂，才能让别人敞开心扉。"

"你不觉得你说这种话很可笑吗？"

"不觉得，因为我是诚心想帮助你。"

卫乘风一把揪住吴乾的衣领："你现在看起来就像个废物！你知道我现在是什么身份吗？还想帮我的忙？笑话！"

"我不知道你的身份，也不知道你为什么这么生气，但你一定有自己的苦衷。天主仁慈，把你带来这里，就是希望化解你的愤怒。"

"化解……你觉得化解得了吗？"

"这样，我给你讲一个《圣经》故事，来启发启发你的思路。"

卫乘风不屑地松开吴乾，苦笑道："讲故事？我确实有一个故事想分享给你。"

吴乾拍拍小手，憧憬地点点头。

卫乘风想了想，苦涩地说道："曾经有一对好兄弟，一个叫钉子，一个叫木头。木头被人欺负了，钉子第一个冲上去保护木头，钉子挨打了，木头豁出性命也要帮钉子挡刀。木头以为他们是过命的交情，有福同享有难同当。可后来，木头渐渐发现，钉子变了，但钉子去哪还是带着木头，就像带着一条狗，因为出事了，可以让木头去背锅。"卫乘风发狠地握了一下拳头，"木头将人生中最重要的两个人托付给钉子，一个是他的至亲，一个是他的心上人。"卫乘风看向吴乾。

吴乾不自觉地流泪："后来呢？"

卫乘风也红了眼眶："木头的至亲孤苦伶仃死在医院，木头连最后一面都没见上。木头的心上人，成了钉子的老婆，变成了另一根钉子，扎在木头心上，千疮百孔。"卫乘风看向吴乾，颤抖着质问道，"你为什么会哭？为

什么要这样？……为什么会连兄弟都做不成？……我要杀了你！"卫乘风拿出枪指着吴乾。

吴乾发蒙地看着卫乘风，露出一丝惊恐，但又由心底里相信人应该是善良的。

卫乘风看着枪，耳畔再次回响起刚进大厅时听到的手枪上膛声，与秦麒麟的那把手枪上膛声一模一样，也就是说方才的那把枪也与丢失的军火是同样的款式。

卫乘风在心中权衡了一下轻重缓急，匆匆收起枪向外走去。

吴乾擦擦眼泪，后怕地看着卫乘风的背影。

第五十章

# 寂然

卫乘风匆匆赶回万国酒店，来到秦麒麟的房间："夏大哥，把你的枪借我一下！"

秦麒麟看着卫乘风焦急的样子，不禁一愣，随即将枪递了上去："怎么？决定杀他了？"

卫乘风接过枪，举在耳边不住地拉栓上膛，仔细地听着，脸上不觉露出喜色，将枪还给秦麒麟："夏大哥，谢谢。改天我请你吃牛排。"

卫乘风匆匆离开酒店，周董的车忽然停在他面前。

棚户区的天台上，吴法天正在修理一个很旧的手摇发电机，打算用电刺激吴乾恢复记忆。而棚户区街道上，斌子和阿钟正在贼眉鼠眼地闲逛着，引起了棚户区众人的注意。

阿蛙匆匆跑上天台："天叔，我看见两个生人在东边来回转悠，一个

长得跟大猴子似的，另一个总挤眉弄眼的，感觉鬼鬼祟祟的！"

"生面孔，来回转？是不是跟红衣有关？"吴法天警觉起来。

吴法天立即将董大锤、阿蛙和阿狼召集起来，低声说着什么，阿蛙和阿狼听得时而紧张，时而偷笑。

棚户区街道上，斌子低声说道："钟哥，咱们这么闲逛，太显眼了吧。"

"穆爷吩咐的，这叫虚张声势，只要贺红衣知道咱们来这儿找她了，估计她就得逃到别的地方去，外面已经布了兄弟，只要她出来就跑不了。"阿钟说道。

"穆爷也真是的，费这劲，直接带兄弟们进来搜不就得了？"

"万一贺红衣和这些穷鬼是一伙的，你能猜出他们有多少人，这地方这么大？咱们兄弟再狠，也惹不起这么多……"

忽然，阿蛙和阿狼手拿菜刀气势汹汹地走来，身后跟着一帮棚户区的男女老少。

"什么情况？"斌子一愣。

"这里治安确实不好啊……"阿钟拉着斌子转身要走。

另一个方向，董大锤和吴法天手拿菜刀走过来，身后也跟着一帮男女老少。阿钟和斌子进也不是退也不是，两边的人马逐渐逼近。

"难道是卫乘风这小子耍我们？"阿钟低声道。

"钟哥，怎么办？！"

"跑啊！"阿钟拉着斌子从侧方窄道抱头鼠窜。

"我就说嘛！我吼一嗓子，大家都会来的！"吴法天得意地看着大伙。


周董将卫乘风带回办公室，卫乘风如实汇报了在教堂听到的手枪上膛声。

周董满意地笑道："你只从上膛声就分析出这么多事，果然是士别三日，要刮目相看了。"

"秦先生，您看下一步？"

"你说的那个洋人，在耳后有个胎记？"

卫乘风点点头。

"教堂情况不明，这个我来盯，你明天开始通过巡捕房的力量调查这个洋人。至于你之前去过的郁金香理发店，我调查过了，一点痕迹也没留下。这条线索彻底断了，现在只能相信你的耳朵了。"周董说罢笑了，"好好干，有大人物看好你。"

"大人物？比你还大？"

周董摆摆手："以后你自然就知道了。去吧，再有事就来这里找我。"

赌场办公室中，穆尚峰问斌子："怎么还有人在查郁金香？"

斌子点点头："不过您放心，咱们兄弟做事干净利落，他打听不出啥。"

"难不成我中了卫乘风韬光养晦的计了？这个卫乘风看来是条好狗嘛。"

"要不我直接去做了他？"

穆尚峰想了想："先不必，事情快要大功告成了，不能再节外生枝。要是卫乘风再惹着咱们，就直接把他沉江，现在先不管他。"

周董来到教堂外，乔装成宗教物品小贩，与其他小贩混在一起。

教堂房间中，吴乾正在做噩梦。梦中吴法天、吴潇潇和董大锤冲上来抓住他，卫乘风则用枪指着他，吴乾惊慌失措，利福中及时出现救了他。

敲门声传来，吴乾从噩梦中惊醒，匆匆打开门，是利福中送来了一套西服。吴乾立刻穿上西装，爱不释手地东摸摸西摸摸。

利福中打量着赞叹道："Wonderful! 果然是帅气的男孩子! 有没有哪里不合身？"

"没有，特别合适，利神父，我今天就想穿它。"吴乾孩子气地看着利福中。

利福中慈爱地点点头："这是我要带你去参加古董拍卖会的新衣服，到时候我需要你帮我看一些古董，这不是你的强项嘛。"

"什么时候去？那里也很热闹吗？有没有我认识的人？"

"下周就去，那一定是场古董的盛会。钱先生也会去，你要好好表现。"

吴乾点点头。

"你该去钱宅传教了。我有一份礼物要回赠给钱先生，你帮我带给他。"利福中带着吴乾走出去。

吴乾带着一本包装好的《圣经》来到钱宅，交给钱白铁："钱先生，这是利神父回赠给您的礼物。"

"利神父太客气了。"钱白铁收下礼物，看看吕思蒂，"你们开始吧。"

"是，老爷。"吕思蒂注意到钱白铁拿着礼盒离开，打量着吴乾，笑道："阿福，今天看着真精神，我还以为你们传教士只能穿那身黑袍子呢。"

"这是利神父给我买的新衣服，我实在喜欢，就穿上了。"

"这身西装看着挺正式的，你们是要去参加宴会？"

吴乾摇摇头："是古董拍卖会，钱先生也会去，夫人应该也一起吧？"

吕思蒂敷衍道："我不爱去这种人多的地方。在家听你讲讲《圣经》就很好了。"

钱白铁回到书房，翻开《圣经》，从书页抠出的空间里拿出一把手枪。

"果然是好东西。"钱白铁把玩了半天，命令陆横去查枪号，随即给利神父写信，说明古董拍卖的流程。

"那地方呢？"陆横问道。

"不急，过早透露地点容易被暗算。他们只需要牢牢记住这个字就可以了。"钱白铁在纸上写下一个"戊"字，"等吴乾走的时候你把信交给他。"

陆横点点头。

半夜，吕思蒂偷偷潜入书房，在抽屉里发现了那本《圣经》，一脸狐疑地翻开，看到里面枪形状的空间，谨慎地从中间完整撕下一页，悄悄离开。

此时，教堂房间中，利福中看完钱白铁写的信，正在烧掉，桌上留下了写着"戊"字的纸，利福中狡黠一笑。

　　翌日，乔装成小贩的周董正在教堂外理着货，奥斯顿从货摊边走向教堂。周董盯着奥斯顿的耳后看，突然脸上一喜，跟着奥斯顿走向教堂，来到告解室附近，侧耳偷听。

　　告解室中，利福中将写着"戊"字的纸片递给奥斯顿。

　　"这个念什么？"奥斯顿问道。

　　"WU。"

　　"中国人真是麻烦，写个数字多方便。"

　　"所以他们发展不起来，得被咱们欺负。等拍卖会时我会让阿福拿着这个号牌，把与军火价值相抵的东西都拍下来。只要他举牌，拍卖官会马上落槌的。这个方案万无一失。"

　　奥斯顿还是有些担心："这世上没有万无一失的事，出状况还是有可能的，我们最好准备一个备用方案，这样更能显出我们的重要。"

　　利福中想了一下说道："你跟我来。"

　　周董明白了他们是想通过拍卖会来卖军火，不禁猜测军火难道就藏在教堂里。

　　利福中和奥斯顿走出告解室，周董悄悄跟了过去，发现他们推开桌子，进了秘密通道。

　　通道中，利福中用手电指着路，对奥斯顿说道："这是一条秘密通道，万一出状况的话，可以利用这里，你看这设计特别巧妙……"

　　周董远远跟在后方，脚下不小心踩了碎石子，发出动静，被利福中和奥斯顿发现了。

　　利福中用手电照了一下周董的脸，大声说道："不是阿福，抓住他！"

　　奥斯顿猛然冲上去，从腰间抽出一把匕首，跃至周董近前，用力地插入周董的胸膛，周董晃了晃颓然倒下。

　　利福中搜查周董的尸体上下，在怀中找到一封委任状。奥斯顿脸上一喜。

　　黎明初现，街上陆续出现行人。刹车声响起，飞驶而来的小货车停在十字路口，抛下周董的尸体，车子迅速驶离。行人看到尸体，顿时惨叫起来，只见周董的尸体躺在地上，匕首透过委任状深深插入他的胸中。

巡捕房中，李鹿递上一摞翻拍的洋人照片，谄媚道："卫队，我跑了一趟海关署，把样貌特征差不多的洋人照片都翻拍好了。"

卫乘风质问道："怎么不拿档案来？"

"海关署怕得罪洋人，还怕牵扯到什么大人物啦机密啦，档案没那么容易拿。队长，为了办这事，我腿都跑细了！"

卫乘风翻看一摞洋人照片："这次办得还凑合。"

"谢谢队长，以后有事您吩咐，为了您，属下我赴汤蹈火，在所不辞。"

"这个我可当不起，你效忠的是队长这个位置，未必是我吧？"

李鹿一噎，依旧面带微笑地说道："您忙。我先出去了。"李鹿欠身离开，一出门就站直了身子，笑容即刻消失，对着门的方向做了一个吐痰的动作。

"李哥，巡长让你马上过去一下。"小巡捕说道。

李鹿快步来到余德义的办公室。

"秦麒麟死了。"余德义拿起茶杯喝了一口，悠悠地说道。

李鹿大惊："秦麒麟死了？能是真的吗？不是说他除了斗不过如来佛之外，就没有能动得了他的人吗？"

余德义瞪了李鹿一眼："你真以为秦麒麟是孙猴子？别被《西游记》蒙了，要不是观音保着他们，孙猴子早被灭了。"

"这秦麒麟死了，您下一步怎么办？"

"找你来就是商量一下这事。"

"秦麒麟死了，卫乘风的靠山就没了，先撸了他的队长？"

余德义奸笑："没了秦麒麟，撸他不是小菜一碟。你看他最近张狂成什么样了，完全不把我放在眼里！"

李鹿眼珠一转，附在余德义耳边低语几句。

余德义满意地看向李鹿："就按你说的办。"

李鹿立刻来到卫乘风的办公室，一脸谄媚："队长，有个案子巡长说请你去看一下。"

"说我没空。"卫乘风忙着辨认外国人的照片，正看到奥斯顿的模糊照片。

此时，余德义走了进来："卫队长，有个案子劳驾你看一下，我作陪怎么样？"

卫乘风想了想，只得放下照片向外走去。李鹿和余德义互相看了一眼，奸笑浮现。

路口，周董的尸体周围挤满了人，穆尚峰的手下也混于其中。李鹿引着卫乘风和余德义走来，拨开人群，来到盖着白布的尸体旁边。

李鹿笑着对卫乘风说道："队长，还得麻烦您看下。"

卫乘风不耐烦地蹲下，一把拉开白布，一看是周董的脸，顿时大惊失色。

李鹿故意凑近卫乘风的脸仔细看了看，然后点点头对余德义道："看卫队长这表情，确实是秦麒麟没错。对不对呀，卫队长？"

卫乘风将白布全部拉开，看到匕首上扎着的委任状，眼睛一闭。

"卫队长，到底是不是？你不说话，这可就成无名尸了。"余德义问道。

卫乘风猛地攥紧拳头，却只能颓然点点头，推开人群，疲惫地走了出去。余德义和李鹿同时大笑起来，人群中穆尚峰的手下则捂嘴闷笑了一下。

赌场办公室中，穆尚峰手里把玩着鼻烟壶。

阿钟推门走了进来："穆爷，您甭说，黄夫人还真有一套，把陆横唬得一愣一愣的。"

"陆横没看出破绽？"

"没有，已经走了，黄夫人也派人送回去了。"

穆尚峰点点头。

阿钟继续说道："这钱白铁聪明一世糊涂一时，他竟然把拍卖会定在这，我看不如……"

"不如什么？直接吃掉？"

"穆爷您觉得怎么样？这可是他钱白铁自找的。"

"钱白铁也不是好惹的，何致鸿死了以后，他私底下没少折腾，现在他兵力很盛，咱们兄弟才几个人。"

"咱们兄弟，那是以一当十的好手，他人多也怕进窄胡同吧？"

穆尚峰想了想，摇摇头："不行，咱们抢了东西可以一走了之，大刘怎么办？要是事情闹大，他就被动了。咱们这帮兄弟这么多年顺风顺水，全靠大刘托着，而且要是他在上海坐稳了，咱们还差古董这点小钱？"

阿钟点点头，不再说话。

"秦麒麟死这事，卫乘风知道了？"穆尚峰问道。

"正想跟您说这事呢，卫乘风看到尸体都傻了。"

穆尚峰赞叹道："大刘这手高明呀。这下让钱白铁也能放心交易了。"


陆横回到办公室，将秦麒麟的死讯告诉钱白铁。

钱白铁激动地站起："天助我也！他死之后北京即便派其他人来，也需要时间，等人来了咱们事情已然大功告成。赌场那边谈好了吗？"

"都谈好了，黄夫人同意借给咱们场地了。"

"黄夫人？"

"黄先生病了，现在是黄夫人主持赌场。"

"病了？噢，确实听说他心脏不好，之前还去国外治过病，定下来就好。等交易完了，找时间我去看看他。"

"先生，我有一事不明，您为什么要选'戊'字？"

钱白铁得意一笑："戊字是天干第五位，位属中央戊己土，意为茂盛发达之意。"


卫乘风回到队长办公室，看着奥斯顿的翻拍照片，低头不语。

李鹿猛然推门进来，将手一伸："拿来！"

卫乘风猛地抬起头："你想干什么？"

李鹿用手一指肩章："秦麒麟死了，你还当得成队长？这么不识相，你刚才就该主动把肩章给巡长送过去。人家都说你长进了，我怎么觉得你还是个编外的呢？"

卫乘风扯下肩章,将奥斯顿的相片举到李鹿眼前:"到哪里能找到这个人?"

李鹿一阵冷笑:"哎,卫乘风,你敢这么对我说话?搞清楚你的状况,嘴巴甜点,也许你李哥我就会告诉你了。"

"李……李哥,求你告诉我。"

"这还差不多,去海关署管资料的老周那儿问吧。还有,你不是队长了,把枪交出来!"

卫乘风只得将枪交给李鹿,快步走出。


卫乘风回到万国酒店,将这一肚子苦水告诉了秦麒麟。

秦麒麟叹了口气:"我们还真是难兄难弟,都赶一起了。我老家做买卖的兄弟也出意外死了……"秦麒麟见卫乘风毫无反应,"你只是死了个上级,我死的可是好兄弟!你怎么也不安慰安慰我?"

卫乘风苦笑一下:"我的一切都死了。"

秦麒麟有些嘲讽地说:"难道……在你眼里,他只是你飞黄腾达的工具?"

"夏大哥,你觉得我是这么想的?"

"不然呢?"

卫乘风激动地说道:"我之前什么都没有,但我有一群朋友,有一个好兄弟,为了他我甘愿做任何事,到最后我得到了什么?他只知道利用我,我的一切他都跟我抢,抢了我的为什么没人说他?现在街坊邻居都说我害死了贺青舟,可他不是我杀的,我知道消息就赶去救他,可结果呢,贺红衣她看不起我……是她自己害死了她哥哥。"

"说这些,和你上级的死有关系吗?"

"当然有!所有人都看不起我,所有人都觉得我窝囊,只有他看得起我,他信任我,也理解我!他虽是我的上级,可我却已经把他当兄弟了。他死了,我说我的一切也都死了,我说得有错吗?"

秦麒麟一愣,随即面现悲戚。

卫乘风冷静了下来:"你兄弟是怎么死的?"

"他……唉，算了，你知道他三次救过我命就够了，我欠他的太多了。"

吴乾家中，吴法天终于倒腾好了手摇发电机，打算明天就去让吴乾试试，但电击疗法之事只能瞒着贺红衣，只说去看看吴乾。

吴乾卧房中，吴潇潇和贺红衣正坐着谈心。

"红衣姐，其实明天我特别想让你跟我们一起去，把你一个人留这里，我心里总觉得过意不去。你一定比我们还想我哥吧！"

贺红衣有点脸红："我……我就是担心他又出什么事。你哥太不让人省心了，失忆都能被钱白铁惦记上，一定是他的气质有问题！"

"红衣姐，你别转移话题呀。到底想不想我哥？诶……怎么还脸红了？"

贺红衣点点头："我……确实很想他。但我如果跟你们一起去看他，可能也会把那些人引过去……放心吧，新闸路这么多邻居都在，我不会有事的。"贺红衣看向窗外："你哥那边也不知道是什么情况，确实该去看看。你们一定要谨慎，千万别刺激他。吴叔之前说的让你哥恢复记忆的法子，我觉得时机未到，等我们跟他关系缓和一些，得到了他的信任，再试也不迟。"

"我爹……"吴潇潇欲言又止，"我爹他说我们跟大锤就远远看看我哥，确认他安全就好。"

贺红衣点头："唉，才找到吴乾，老师又不知道去哪了。雨辰他们也没来报个信。"

"你别担心，他们一有消息肯定就来告诉你的。"

小黑屋中，桑介桥神情恍惚，隐约听到屋外传来脚步声。

门外，秦麒麟问道："姓桑的怎么样了？"

手下恭敬地回答："折腾不动，老实了！"

秦麒麟点点头："过两天给他那些学生送封信，就说他去广州了。"秦麒麟潇洒离开。

屋中，桑介桥踉跄起身，用尽最后的力气敲门喊道："你是谁？放我出去！"

陆横查验了那把利福中夹在《圣经》中送来的枪，确实是直系买的那批德国毛瑟枪。

钱白铁点点头，将枪放到桌子上："等军火到手时，把所有枪号磨掉，打上咱们自己的标志。"

"明白。"陆横将手里的报纸递给钱白铁，"拍卖会的消息已经登报了。"

报上写着：民国九年一月十日午后三点，顺意商行于万国赌场举行古董拍卖，珍奇古董尽数展示，请勿错良机。另一版则是天主教协会的告示内容：民国九年一月十五日，天主教协会各级人员将正式办公，将对沪地所辖各天主教堂进行梳理、清查工作，望各部主事速与协会联系，开展登记注册等相关事宜。

钱白铁接过报纸看了一眼，放在一边："人多些好，省得他们想黑吃黑。"

"您放心，我组织了一个特别小队，负责保护古董，应该万无一失。"

钱白铁点点头："古董的总价算过了吗？"

"按市价算大概值120万大洋。除去他们要的，咱们还能剩40万。"

钱白铁笑了："你觉得咱们还能有余？利福中要求古董的价格按他说的来，这摆明了是要坐地起价。我估计能剩下一二十万就不错了，这也是我为什么要登报的原因，不值钱的东西一并处理了事，直接充作军费。"

"他们真是贪呀。"

"无所谓，这些东西本来也不是我的。只要能达成目的，吃点亏不算什么。一开始我提出古董换军火，不过是权宜之计，没想到利福中他们借机给我下套。"

"下套？"

"现在是乱世，古董不值钱，利福中是外国人，他拿这些东西去国外，赚得会更多。"

"这个洋人可真狡猾。"

钱白铁一脸无所谓："事情已然如此，就将计就计喽。只要能拿到军火，我做的一切都是值得的。"

刘凤年来到赌场，秘密会见穆尚峰。

"明天拍卖会你来不来？"穆尚峰问道。

"当然要来。"

"你不怕钱白铁生疑？"

"他都登报了，我凑个热闹有什么可怕的？"

"钱白铁也真有他的，还真不怕来的人多。"

"演戏演全套嘛，他这样做一方面是多拉些人来，以防咱们来个黑吃黑，毕竟能玩得起古董的人不是一般人；另一方面，好的都被咱们拿了，那些破烂再拿出去也就没人在乎了，他正好借这个机会处理掉，我感觉他的古董来路肯定也不正，估计利福中也是猜到了这一点，才敢逼钱白铁就范。"

穆尚峰点点头："利福中这主意够狠，还好现在全上海只有咱们有军火，不然钱白铁肯定不会同意。不过嘛，古董这东西，咱们也不懂，可别让他们骗了。"

"你有什么打算？"

"我在道上混了这么多年，人还是认识点的。他估计快到了。"

"可靠吗？"

穆尚峰拍了拍刘凤年："放心，而且我根本就没提咱们的事，只是说拍卖的时候让他帮忙看看古董，到时候他认为值钱的东西，第一次叫价时他也会举牌，你注意着点就行。"

穆尚峰阴笑道："要是稳得福跟他看中的古董不一样，咱们就直接把利福中这些人都除掉。如果没问题，咱们躲在后面收东西不是更安全？"

"嗯，你想得周到。至于利福中，他应该不会放过这个机会。他不是通过奥斯顿传过话来了嘛，他的酬劳也用古董算。只要他拿一件值钱的古董，就比咱们许诺的佣金高多了。"

此时，穆尚峰找的人到了，正是"入地无声"的大弟子晖哥。

教堂中，利福中看着报纸上拍卖会的启事，露出笑容，不禁想着终于要大功告成了。忽然，他又看到另一版上天主教协会的告示："糟糕，我最近还是少出风头，躲着点吧……"利福中面色阴沉下来，起身出门。

利福中在花园中找到吴乾，糊弄道："阿福，这次拍卖是一位教徒委托我们帮忙的，事成之后，他会以我们教堂的名义捐一大笔钱，帮助贫民窟的人改善生活。我已经为你祷告过了，明天一定会万事顺利的。"

吴乾跃跃欲试道："好，我会努力的。"

利福中嘱咐道："遇到值钱的古董无论拍到多高价钱，你都要拿下来。"

吴乾认真思索："这……会不会让那位教徒花冤枉钱？"

"别担心，这些钱对他来说不算什么，他更看重的是古董。而你能帮他去鉴别古董，他已经很感激了。阿福，不要想太多，你这是在为贫民窟的百姓做善事，天主与你同在。"

吴乾想了想，高兴地点点头。

"对了，我明天临时有事，不能陪你去了，你自己可以吗？"利福中问道。

"放心吧，我能行。"

"我去找点古董市价给你参考，等会儿你来我房间。"

角落里，吴潇潇和董大锤见利福中离开，正准备上前，教堂大厅忽然传来轻微的铃铛声，吴乾进入大厅，吴潇潇和董大锤只得隐去身形向墓地走去。

吴乾走进大厅，看到吕思蒂正触碰着铃铛："钱夫人，您怎么来了？"

"我看《圣经》有些地方不太懂，就想来问问你。"

"我就喜欢解答问题，快请坐。"吴乾引着吕思蒂坐下来。

"我看到上面说有人打你的右脸，连左脸也转过来由他打。这些字我都认识，可连在一起……我就有点糊涂，这么做是不是太懦弱了？"吕思蒂看着吴乾。

# 第五十一章

## 秘密

　　教堂大厅中，吴乾熟练地翻到马太福音。"这里写到了世界上的法则是以眼还眼，以牙还牙，讲的是公平之理。而天主对我们的要求是，要无条件地爱人，无条件地饶恕人，爱才是引人向善的法则。之前我还遇到一个很凶的人，他又是扯我领子，又是讲故事……最后还……"吴乾后怕地说不下去，转而说道，"但我还是想用爱感化他。"

　　"阿福，就凭你的善良，只要是接触过你的人都会被感化的。对了，没准你去古董拍卖会就能传福音过去呢。到时候你们跟我家老爷坐在一起吗？也可以多给他讲讲。"

　　"不是呢，我坐在戊字座。"

　　"座位还有讲究？"吕思蒂问道。

　　此时，利福中走来，故意支开吴乾："阿福，你今天还没打扫过墓地，快去吧！"

吴乾向吕思蒂示意，离开教堂。

利福中打量着吕思蒂，客气地说道："钱夫人，是钱先生让您来的吗？"

吕思蒂搪塞道："不是，我翻看《圣经》有些不理解的地方，就来找阿福了。正好也来看看你们的教堂，总是听阿福说洗礼、弥撒，从来没见过，没准我也需要洗礼呢。"

"钱夫人，洗礼是人生大事，一定要慎重考虑。以后还有什么问题，传个话过来，我让阿福去找您就行。"

吕思蒂点点头。

教堂墓地中，吴法天、吴潇潇和董大锤布置好电击装置，焦急地等待着。吴乾远远走来，三人立即噤声。

吴乾注意到一个墓碑上立着一只铁鸟，下意识伸手去抓。角落里，吴法天立即猛转发电机。吴乾抓住铁鸟，一阵颤抖。原来，吴法天将铁鸟与发电机以电线相连，早早布置好了一切。

吴乾被电的瞬间，脑海中浮现出与贺红衣接吻的画面，同时呢喃着："我保护不了其他人……我只想保护你。"

角落里，吴法天侧耳倾听，顿时一惊："不是把他电傻了吧？！"吴法天立刻停下来。

吴乾惊慌倒地，看着铁鸟，再看着夜幕低垂的墓地，顿感阴森，尖叫着跑回了教堂大厅。三人只得停下脚步。

吴乾跪在大厅的雕塑前，比划着十字圣号，努力让自己冷静下来。

利福中送走吕思蒂，走了回来："阿福，怎么了？"

"没事……天黑了，墓地有点吓人……"

利福中看着吴乾的样子，慈爱地笑笑："古董市价我都找好了，来我房间吧。"

吕思蒂离开教堂，悄然与秦麒麟接头，将那一页手枪形状的《圣经》给了他，低声说道："利福中送给钱白铁的，枪已经不见了。他们还要去参加古董拍卖会，注意戊字座。"

秦麒麟点点头，收起《圣经》书页。

翌日，秦麒麟打扮光鲜来到赌场，看到座位已摆好，每个座位上放着拍卖牌。秦麒麟潇洒地走到"戊"字牌的座位上坐下。

一个侍者走来说道："先生，不好意思，这个位置已经有买家预订了。"

"这样呀，可这位置是最好的……"秦麒麟注意到戊字牌后面座位上的戌字牌，"我退而求其次，就坐这里，这个位置也差不多。"

其他买家纷纷到来，侍者开始为大家登记。

赌场外，钱白铁和刘凤年同时抵达，一同往赌场中走去。

钱白铁攀谈道："刘代议长，听说这里要展出不少稀世古董，您也感兴趣？"

"我对古董只是一知半解，来凑凑热闹，要是有不懂的，还要向钱兄请教。"刘凤年笑道。

"您言重了，我们共同探讨。对了，选民的事我已经着手操办了……"

刘凤年摆摆手："钱兄，今日不谈公事，你也不必拘束。"

此时，吴乾穿着西装走来。钱白铁不经意扫了吴乾一眼，刘凤年露出一丝狡黠。

吴乾主动向钱白铁打招呼："钱先生！"

钱白铁向刘凤年示意后，向吴乾走来："阿福，你来了。利神父呢？"

"他有事不能过来了。钱先生放心，我也一定会拍最好最贵的宝贝，为慈善献出我的一份力！"吴乾一脸纯真。

钱白铁摆摆手示意吴乾入座，吴乾找到戌字牌座位，坦然坐下。秦麒麟看着吴乾很是不屑，于是拿着自己的戊字牌不住地摩擦，反复拿起来观察。

陆续有竞拍者进来落座，晖哥也走进来坐下，刘凤年不经意扫了一眼晖哥。晖哥看到吴乾，面现惊讶，随即不动声色地观察吴乾。

拍卖官走上舞台道："各位贵宾，拍卖会正式开始，下面展出第一件拍品，北宋汝窑青瓷无纹水仙盆。"拍卖官拿起拍卖槌，"现在开始竞拍！起拍价大洋八万！每次加价五千。"

晖哥和吴乾先后举了牌。

拍卖官叫着价："八万五——九万——还有没有人——"

秦麒麟及其他两个竞拍者也前后举牌，吴乾继续举牌，举牌的人陆续减少，吴乾却没有停止。

最终拍卖官敲槌："北宋汝窑青瓷无纹水仙盆，十九万，一次! 两次! 成交! 恭喜戊字牌开门红!"

吴乾得意一笑。秦麒麟无奈地撇撇嘴，手不住地抠着拍卖牌。不少竞拍者啧啧称奇，看着吴乾。

秦麒麟与身旁的竞拍者交头接耳："诶，戊字牌什么来头? 可真有钱哪!"

"谁知道呢? 不过一看就不是老手，这东西哪值十九万? !"竞拍者撇撇嘴，"有钱的傻货多了去了，有什么稀奇的。"

钱白铁看向吴乾皮笑肉不笑："果然有眼光。"

刘凤年问道："这个水仙盆有什么说辞?"

钱白铁解释道："这是北宋宫廷御用瓷器，据说是汝窑无纹片的唯一传世杰作。"

刘凤年不经意地笑了一下："看来那个小伙子有双慧眼，你朋友?"

"偶然结识罢了，不足挂齿。"钱白铁笑笑。

接下来，汝窑三足双耳熏香炉、九龙玉玺、花鸟纹粉彩棒槌瓶、官窑开片金丝铁线双耳扁瓶等古董接连登场。晖哥、吴乾及其他竞拍者纷纷举牌，拍卖官不断落槌成交，现场气氛热烈非常。

刘凤年一边和钱白铁热络交谈着，一边关注着晖哥和吴乾的动向。晖哥则有意无意地看向吴乾，眼角偶尔上挑。

竞拍的同时，竞拍者纷纷看着吴乾轻声议论着。

"这小子出的价也太高了吧!"秦麒麟一边感叹，一边用手指抠着拍卖牌。

"他到底什么来路? 高价拍一两个古董就算了，他好像拍了五件了，个个放市面上都是快翻倍的价格。"竞拍者说道。

第九件拍卖品是定窑婴儿枕，竞拍者们纷纷瞪大了双眼，对这件宫里出来的宝贝势在必得，只要一倒手就能赚得盆满钵满。秦麒麟这次胸有成

竹，打算与吴乾杠到底。

开拍后，晖哥、吴乾、秦麒麟及其他竞拍者相继举牌，竞争异常激烈。到最后，只剩下秦麒麟赌气似的跟着吴乾举拍卖牌。现场一片寂静，竞拍者皆惊讶地看着秦麒麟和吴乾。

刘凤年和钱白铁盯着秦麒麟，觉得此人有点眼熟。

最终，吴乾以三十一万的天价拍得宝贝，竞拍者一片哗然，对吴乾的大手笔感到惊诧。秦麒麟抚了抚自己的拍卖牌，只见戌字已经被抠成了戊字。

"这要倒手，不得赔死啊！"秦麒麟身边的竞拍者说道。

秦麒麟哼了一声："我看这拍卖会有问题，分明就是好东西不想给我们拍。你们看看那个戊字牌，他真能拿出那么多钱？看着就像个穷鬼穿了身西装，出来骗人。"

"你说这是个局？"竞拍者瞪大了眼睛。

秦麒麟点点头："反正我觉得有问题，那个婴儿枕最多也就值十几万，我都拍到二十万了，那个戊字牌还一个劲儿地跟我争！"

下一件拍品是花藤枝纹青花蒜头瓶一对。秦麒麟身边的竞拍者很感兴趣，秦麒麟趁人不注意，偷偷将自己的拍卖牌与那个竞拍者的拍卖牌换掉，然后前往卡座喝茶去了。

开拍后，晖哥和吴乾举牌，方才秦麒麟身边的竞拍者也跟着举牌。

拍卖官顿时傻眼："诶——怎么有两个戊牌？"

竞拍者们本就对拍不到拍品感到气愤，一下子出现两个相同的牌子，众人顿时炸了锅，认为主办方在耍人。眼见场面控制不住，拍卖被迫中止，竞拍者纷纷生气地丢下牌子向外走去。

吴乾有些发蒙，不明白为什么停止拍卖，只得跟着众人离开赌场。晖哥看着吴乾的背影，若有所思。

钱白铁走出赌场，沉着脸坐在车上："谁在搅局？"

"查过了，那人拿的是戊字牌，被动过手脚了。而且戊字牌不是他的，是他旁边位置……"陆横说道。

钱白铁眯起眼睛略略回忆，想起来方才那个位子上有点眼熟的人：

"我想起来了，他叫夏奕，把他抓来，我要问问清楚。"

此刻，穆尚峰也命令阿钟和斌子去找那个捣乱的人，他怀疑是钱白铁安排的。

秦麒麟回到万国酒店，匆匆收拾好行李，来到隔壁向卫乘风告别，"我要回去把兄弟的后事操持一下，马上就走。"

卫乘风犹豫了一下："这样啊……能把你的枪借给我吗？我要去找个人算账。"

"算什么账？"

"我找到了一个人，我上级就是去调查他之后才死的。我怀疑是他杀了我的上级，但当时我没枪没帮手，远远看着他我却什么都做不了……"

"那你有枪了又能做什么？"

"我……我要抓住他，给我的上级报仇，给我自己报仇！"

"他不过是杀了你的上级，你和他有什么仇？"

卫乘风愤恨地握拳："那个人杀了我的上级，就等于毁了我的前程！"

秦麒麟点点头："你这句倒是真心话。男人就应该有血性，不能太懦弱。有仇就直接杀了他，少跟他废话。"

"我之前被人欺负，就是因为太懦弱，从这往后不会了！"

秦麒麟掏出枪递给卫乘风："记住，一枪毙命。"

卫乘风紧紧握住枪，重重地点点头，随即离开万国酒店。

秦麒麟刚刚离开，陆横就带着两个手下找了过来，却发现人已经不见了。不久，阿钟和斌子也查到了万国酒店，更是一无所获。

卫乘风拿着枪找到奥斯顿，对着他的眉心果断开枪，奥斯顿登时毙命。不远处，秦麒麟一直默默跟着卫乘风，看到这一幕吁了一口气，戴上礼帽拎着皮箱，悄然离开了。

吴乾回到教堂，沮丧地坐在长凳上。

利福中则一改常态，焦灼地踱步，心中暗暗念叨着："宗教协会早晚会查到我的头上，我本来可以尽快交易完走人，拍卖会怎么会失败呢？！

该死的钱白铁，他是不是变卦了想要我……不可能啊，他都走到这一步了，没必要这么做吧！"

吴乾见利福中迟迟没有说话，忐忑地说道："利神父，我是不是办砸了……我也不明白为什么会出现两个戊字牌，大家就都很生气地走了。还有钱先生，他脸色阴沉沉的，看起来很吓人，我本来想找他问问，结果他也走了……"

利福中心中窝火，对吴乾撒气道："你看他害怕，就不敢去问他？"

吴乾被吓到，惊恐地点点头："要不我现在去问钱先生……可这拍卖会又不是他举办的……我该问什么呢……我能问出什么呢……"

利福中不耐烦地叫住吴乾："不用了！事情已经出了，问谁都没用！"

"利神父，你这么生气，是不是因为拍卖不顺利，那位教徒就不肯给贫民窟捐款了？"

利福中看着吴乾，气急败坏地用英文吼道："你这个中看不中用的东西！"随即转换为中文，"回房去！"

"我到底做错什么了……"吴乾不知所措，垂头丧气地离开了。

吴乾走到教堂后院，一屁股坐下来，不争气地流下委屈的眼泪。

此时，晖哥走来："没想到你也会哭。"

"我？我怎么不能哭？你被人骂了不想哭？……诶，你是谁啊？"

晖哥仔细看着吴乾，"你不认识我了？"

吴乾擦了一把眼泪："不认识，你要是有事就去找利神父，有罪就去圣母像那儿跪着去！"

晖哥依旧疑云重重，突然他叫道："吴乾！"

吴乾没好气地看了晖哥一眼："什么有钱没钱的？你吼什么吼。"

晖哥突然抓起吴乾的手腕，掐住他的脉门按了一会儿，又摸摸吴乾的头。

吴乾用力甩开晖哥："你干什么？"

"你的头是不是受过伤？"

"是又怎么样？跟你有关系吗？"吴乾转身离开。

"难道……失忆了？"晖哥匆匆离去。

陆横回到办公室，向钱白铁汇报道："先生，夏奕跑了。万国酒店的经理说，夏奕回去过，但马上就退房走了。他的身份我们查过了，没有问题。"

钱白铁琢磨道："一个徽商少东家，他这么做是出于什么目的？抓不到他，我的疑惑就解不开。"

"您的疑惑是？"

"利福中他们如此大费周章，一步步逼我就范，可等拍卖会开始了，利福中突然不来，拍卖到一半，又出了一个夏奕来搅局，闹得拍卖不得不停止。如果这一切不是偶然，那是不是说明他们临时改了主意，不想把军火卖给我们了？"

"先生，您说得对。如果是这样，那咱们真的被他们耍了。"

"如果只是被他们耍也许还好说。你有没有想过另一种可能，他们会反咬一口？"

"反咬一口？"陆横担心地问道，"先生，如果真是这样，那下一步？"

"换军火这事，从一开始我就被动了。现在只能将计就计，看他们下一步怎么办，到时见招拆招。"

"您的意思是这事还有戏？"

"对，我能想到的，他们肯定也能想到，除非他们敢和我正面火拼。"

"他们不至于这么做吧？硬碰硬对我们双方都没有任何好处。"

钱白铁笃定笑了一下："所以他们现在一定在商量怎么办，我们要做的就是等待。"

赌场中，穆尚峰一脸怒气："地方是他钱白铁选的，流程也是按他说的来，这么巧就冒出个程咬金，把事给搅黄了？我看是他临时搞鬼，不想交易了！"

刘凤年慢悠悠地喝着茶："峰子，你别激动。依我看钱白铁的野心很大，不至于玩这手。主要是那个搅局的人跑了，不然一问就清楚了。"

"你是觉得，跟钱白铁还能继续交易？"

刘凤年点点头："明天让奥斯顿找利福中，问清楚他为什么没来，让

他从中周旋，一定把这事促成。我再侧面给钱白铁施个压，就说选议员的事出了些麻烦，先绝了他当议员的想头，让他更加想得到军火。"

穆尚峰点点头："哎，不是派人去找奥斯顿了吗？怎么还没来？"

"再等等吧。对了，你找的那个晖哥怎么突然就没了？"

"我也不清楚，不过他们门派就是那样，喜欢搞来无影去无踪的把戏，不过咱们的目的达到了，那个小洋和尚一件也没认错，确实有两下子。"

此时，穆尚峰的手下慌张跑来："穆爷、刘爷，不好了，奥斯顿死了，一枪正中眉心。"

"惊动巡捕没有？"刘凤年问道。

"没有，他就在家附近被打死的，我们到的时候他刚死，应该没有人看见。"手下说道。

穆尚峰眉头紧蹙："把尸体销毁，他家里人全都沉江。"

手下点点头离开。

刘凤年边思索边说道："正中眉心，这明显是报仇嘛。这个奥斯顿平时做人就不怎么样，得罪了不少人。不过，他的死和咱们的事有没有关系呢？这个时间点很奇怪。"

"除非他的死和秦麒麟的死有关。"

"难道是秦麒麟的手下干的？"

穆尚峰若有所思："卫乘风会不会知道些什么？"

"你明天派人调查一下，还有，和利福中接头的事，得你亲自出马了。"

穆尚峰点点头。


教堂中，利福中在房间里看着教堂及附近的地图，回想起秘密通道中复杂的布局，认为通道尽头的名人墓还算安全。

利福中拿着手电走进名人墓，来到棺材附近看了看，一丝微笑挂在脸上，心想这个办法肯定可行，到时候拿了东西就溜。

利福中兴奋地重重拍了一下棺材，向门外走去。而棺材掩盖的出入口露出了一条小缝，附近地面的灰土则留下了脚印。利福中随手带上门，匆匆离去，可门并没关紧……

　　万国酒店门外，太阳渐渐升起。

　　大堂经理将卫乘风的箱子丢到外面，指着卫乘风的鼻子，大声呵斥道："我打听过了，你队长的职位已经被撸了，还能不能在巡捕房混都不知道呢，还想在我们这里骗吃骗喝，没门！"

　　卫乘风已经很久没交房费了，一直以巡捕队长之名挂账，如今只得弯腰拿起箱子走人。

　　"欠我们的钱一分也不许少！你不赶快送过来，我就去巡捕房要，你要是不要脸的话，就等着！"经理追在后面大喊着。

　　卫乘风神情阴冷，快步往巡捕房走去。

　　巡捕房门口，斌子拦住卫乘风："卫队长，一向可好呀？"

　　"我已经不是队长，你又来干什么？"

　　"这个我倒是知道，不过还是有两件事，要问问你，昨天有个洋鬼子死了，跟你有关系吗？"

　　"我不认识什么洋鬼子？要是有证据是我杀的，你让人抓我，问我干什么？"

　　"好小子，几天不见骨头硬朗起来了嘛。你是说跟你没关系？"

　　卫乘风不屑地冷哼一声。

　　"还有，我们在找夏奕，他就住你隔壁，听人说你俩关系不错，他去哪儿了？"

　　"他去哪儿了我怎么知道，我又不是他爹。"

　　"你真不知道？"

　　"不信你就杀了我。我要真和他关系不错，还至于被人把行李丢出来吗？"

　　斌子看了一眼卫乘风手里的皮箱："说得倒也对。卫队长，秦麒麟死了，你以后要好自为之了。"斌子说罢，哼着小曲离开。

　　教堂中，吴乾正在房间里整理衣服，脸上满是疲惫。

　　利福中拿着豆浆和油条满脸笑容地走了进来："阿福，吃点早餐吧，这是我专门为你买的。"

吴乾有点发蒙，并没有伸手去接。

"阿福，昨晚的事情我很抱歉。因为我觉得辜负了别人的委托，也打乱了我的慈善计划。但我仔细想了一下，这件事情跟你没关系，我不应该对你发脾气。我的孩子，对不起，你能原谅我吗？"利福中说道。

吴乾眼圈泛红，默默接过早餐："那捐款的事就真没指望了？"

"你别担心，我已经想到了新的办法。你先吃早餐，等我计划好了，会告诉你的。"

"好，这次我一定把事情做好。"

利福中笑着点头离开，向教堂大厅走去。

大厅中，穆尚峰正在等待利福中："利神父？"

"您是？"利福中问道。

穆尚峰轻声道："你一直在帮我卖东西……"

利福中谨慎地说道："先生，我不太明白你的意思。"

穆尚峰左右看了一下无人，掏出一把手枪："利神父，昨天拍卖会的事儿坏了，我想和你谈一下之后怎么办？"

利福中紧张起来，压低声音："昨天的事和你们无关？"

"当然和我们无关。东西马上要到手了，我们怎么会乱来？"

"我想也是，你跟我来吧，我有计划。"利福中带穆尚峰进入了秘密通道。


此时，吴乾正在打扫墓地，忽然发现名人墓的门开着，便拿着扫把好奇地走了进去。名人墓中落满灰尘，定是许久没人打扫过了，吴乾勤快地扫了起来，忽然发现地上的脚印。

"有人来过？"吴乾顺着脚印看去，只见脚印延伸到棺材边，而棺材下面有一条缝隙，他想把棺材推回原位，却发现棺材能移动，用力一推棺材移到一边，露出秘密通道入口。

吴乾吓了一跳，想取下十字架项链壮胆，却把它不小心掉进了棺材中，发出坠落的声音。吴乾一脸懊丧地用力推开棺材，露出地下通道出入口："天主保佑……这是什么地方？不管了，先找到十字架再说吧。"吴乾走了进去。

此时，秘密通道中，利福中带着穆尚峰来到周董死的地方，用手电指着血迹，表示秦麒麟就死在这里。

另一边，吴乾发现棺材里面是一个秘密通道，摸黑找到十字架，正准备赶紧回到地面，忽然隐约听到有说话的声音。

"弄死他就对了，早该死。"穆尚峰的声音从通道中远远传来。

吴乾愣了一下，一点点向前凑去。

通道中，穆尚峰随着利福中向前走着："棺材里放古董？"

利福中点点头："对，这样非常安全，只要你们偷偷在这里将古董取走，就神不知鬼不觉了。你觉得如何？"

"我无所谓，反正我卖的是军火，不管用什么方式，保证我安全拿到东西就行。不过，棺材是装死人的吧？你是想让钱白铁随便杀个人装棺材里？"

"随便杀个人可不行，这是教堂墓地，只能安葬信徒……你放心，我已经有了个合适的人选。"

"谁？"

利福中诡异一笑，低语道："他的夫人。"

穆尚峰笑了："钱白铁能同意？还真亏你想得出。"

"这个你不用担心，我有办法说服他。"

不远处，吴乾听着脚步声越来越靠近，边退边想道："棺材？古董？军火？这都是些什么乱七八糟的？钱先生怎么也掺合起来了？"吴乾突然撞到一块石头，发出声响，无声地快速向后退去。

"谁？"穆尚峰听到声响，马上掏出手枪上膛。

利福中发现角落里跑出一只老鼠："这里年代久，老鼠、掉石头很正常。再往前走不远就是出口了。"

吴乾从秘密通道内快速走出，想了想把棺材推回原位，拿起扫把迅速离开。

不久，棺材被推开，利福中引着穆尚峰走了出来。

利福中回身将棺材推回原处："只要放在这里，没人会想到还有个秘密通道的。"利福中引着穆尚峰向外走。

穆尚峰注意到墓室地面被打扫过："你们这里打扫得不错嘛……"

利福中看了看地面："应该是阿福。"

"他不会听到咱们说话了吧？"

"应该不会，你放心。"

穆尚峰还是有些担心："如果他有问题，直接把他沉了江。"

"这可不行，他对我还有用，对你们也有用，你难道不用鉴定就敢拿钱白铁的古董吗？"

穆尚峰笑笑："你说得对，一切你来安排就好。"


钱白铁收到刘凤年打来的电话，说是今年名额有限，有些人不同意钱白铁当议员，怕变成军政府。

"北京不也是军政府吗？我觉得他这是收了钱不办事。"陆横说道。

钱白铁面无表情："他倒没说肯定不成，只是说还在想办法。"

"这些文官说话从来都是绕着来，等您做了上海滩的老大，要狠狠收拾他。"

钱白铁凶狠地说："所以，一定要拿到军火，不惜一切代价！"

"要不，我去问问利神父？"

"出了昨天的事，咱们不能太主动，现在只有等他们。"


吴乾回到房间，出神地想着："利神父在跟谁说话，他们到底在计划什么？为什么这几天所有的事情都变得怪怪的……连利神父都要变得不认识了……我该怎么办……"

此时，利福中走进来，见吴乾面无表情，问道："阿福，难道你还在生我的气？我和你一样牵挂着贫民窟的百姓，古董拍卖的事没成，捐款也就没指望了，我的心情你应该能理解。"

吴乾敷衍地点点头。

"你去传话给钱先生，说钱夫人明天可以来洗礼了。"利福中说道。

# 第五十二章 苏醒

　　吴乾来到钱宅，一进门就遇上了钱白铁："钱先生，利神父说明天可以让钱夫人去洗礼了。"

　　钱白铁神情犹疑："之前提过这事吗？"

　　"利神父说，前几天夫人来教堂提出洗礼的事，利神父就着手安排了。"

　　钱白铁不动声色，客气道："利神父费心了。明天我带夫人去找你们。"

　　吴乾犹豫半天，问道："钱先生……我想问问昨天的拍卖会到底发生了什么？"

　　"是你想问，还是利神父想问？"钱白铁试探地问道。

　　"是我……昨晚我回到教堂，利神父知道拍卖会中途停止，对我发了一通脾气，我从没见他那么生气过。"吴乾无助地看向钱白铁，"虽然利神

父今天安慰了我，可我还是想弄清楚……"

钱白铁故作宽慰道："阿福，你不要想太多，这种场面有人想搅局很正常，估计是有私怨想让主办方难堪。快回去吧，代我向利神父问好。"

钱白铁看着吴乾离开的背影，若有所思道："利福中知道拍卖出事大发脾气？难道他确实没参与搅局？看来明天所谓的洗礼，他有不少话要对我说……"

钱白铁回到房间，打量着吕思蒂，故作平静地问道："你去过教堂了？"

"我闲着没事，正好看《圣经》有些不懂的地方，就去问问阿福，也跟利神父聊聊天。"吕思蒂笑笑。

"利神父让阿福传话过来，你的洗礼仪式明天就可以办。"

"这么快？"吕思蒂目光闪烁，故作惊喜。

"明天我陪你一起去。"钱白铁说罢便起身离开了。


翌日，钱白铁和吕思蒂如约来到教堂。

利福中殷勤迎上去："夫人上次来主动提到希望洗礼入教，我深受感动，非常想达成夫人的愿望。"

"谢谢利神父，就怕太麻烦您了。"吕思蒂客气地笑道。

"不麻烦，这都是我们应该做的。阿福，你先带着夫人进行告解。"利福中吩咐道。

吴乾有些犹疑："我？可以吗？"

利福中点点头："当然可以，你一直给夫人传福音，带着夫人告解最合适不过了。"

"是要进这小屋子吗？就我和阿福？不太适合吧？"吕思蒂看向钱白铁。

"教堂是神圣的地方，没事的，去吧。"钱白铁示意陆横打开告解室的门，看着吴乾和吕思蒂走了进去。

利福中的神情顿时变得凶狠，低声对钱白铁说道："跟我来。"

陆横守在告解室附近来回走动，监视着周围的环境。利福中则急急地带着钱白铁离开教堂大厅，向墓地走去。

钱白铁站在墓地一侧，冷眼问道："你带我来这里干什么？"

"继续咱们的交易。"利福中说道。

钱白铁冷笑："拍卖会上出的事不是你们搞的吗？咱们还有交易吗？"

利福中自信一笑："钱先生，今天你能来，就说明还是想继续交易，也说明你明白拍卖会上出的事与我们无关，时间紧迫，还是言归正传吧。请跟我来！"利福中带着钱白铁走进名人墓。

钱白铁打量着名人墓中间的棺材："你是说，在这里交易？"

"不完全对，之前的办法太曲折，这次我们要用最直接的方式。"利福中指着棺材，提出以吕思蒂入棺的想法。

钱白铁冷笑道："所以你让阿福叫她来洗礼？原来你早有预谋，整个交易从开始到现在，你一直在引我入瓮。"

"钱先生，不要说得这么难听，我一直在帮你促成交易，如果你不愿意，我怎么引得动你？现在到你选择的时候了，你是想要军火还是想要这个你不喜欢的女人？"

"洗礼几点开始？"

利福中咧嘴一笑："马上开始。"

利福中带着钱白铁回到教堂大厅，吕思蒂已经告解完毕。

"圣礼是用看得见的恩典，来领受那看不见的恩典。钱夫人将在神的面前，教会众兄弟姊妹面前借着受洗做出信心的宣告，公开地见证自己受洗归入主的名里。"利福中对吕思蒂说道，"你愿意接受耶稣基督做你个人的救主吗？"

吕思蒂看看钱白铁，点点头："我愿意。"

"现在我奉圣父、圣子、圣灵之名给你施洗。"利福中手指蘸清水，在吕思蒂额前划下十字。

巡捕房中，李鹿穿上了队长制服，嬉笑着走进余德义的办公室："巡长，万国酒店来人了，找卫乘风要房钱，话说得那个难听呀，就差骂祖宗八

辈了，估计忌惮他是巡捕，要不就直接把他抓回酒店刷碗了。"

"想抓就抓嘛，不用客气。"

李鹿一脸惋惜："怪我没跟酒店的人说清楚，他们还不知道，咱们留下卫乘风就是为了整他。"

余德义阴险一乐："对了，让卫乘风去查秦麒麟死这件事，他办得怎么样了？"

"他这几天什么动静也没有。"

余德义拍了拍李鹿的肩章："升你当队长就是为了整他，还不快去！"

李鹿乐呵呵地离开办公室，找到卫乘风："秦麒麟的案子查得怎么样了？"

卫乘风眼神暗淡了下来："还在查……"

"要抓紧！都几天了还一点动静也没有？再给你五天，破不了案你就滚蛋！别再惹得酒店的人来这里闹。"

卫乘风低头不语。

"还有，没地儿住就睡大街去，别总在巡捕房蹭地方，这里不是宿舍，别在这丢人现眼！"李鹿转身离去。

卫乘风气不过，欲冲上去打李鹿，却看到吴潇潇不知何时站在办公区的铁栅栏外。

卫乘风将吴潇潇带到角落里，冷漠地看着她："你来做什么？"

"我本来是想问问，还有人想抓红衣姐……"

"你也看到了，我帮不上忙了。"

吴潇潇心疼地说道："乘风哥，跟我回家吧。他们那么说你，我真的看不下去！别干了！"

卫乘风冷笑："我不干这个干什么？"

"能做的事多了，帮大锤妈卖药，帮阿狼卖衣服……"

卫乘风摇摇头："我是不会回新闸……棚户区的。"

吴潇潇听到"棚户区"有些难过，按捺着情绪说道："乘风哥，过去的事就过去吧，你的家永远在新闸路，你跟我回去，大家在一块儿就像从前一样，多好……"

"不要再说了，我这样很好，你以后少来烦我。"卫乘风转身离开。

吴潇潇闷闷不乐地回到家，发现贺红衣正看着角落里的发电机和铁鸟。

"家里怎么会有这个东西？"贺红衣忽然紧张起来，"吴叔真的找来了发电机？你们去给吴乾试过了？潇潇，你跟我说实话。"

吴潇潇愧疚地点点头："你别担心，我保证我哥没事，除了被我们吓了一小跳……"

"真的？"

"还有含含糊糊地说了一句话……就再没别的了！"

"他说了什么话？"

"好像是……我只想保护你？"

贺红衣一怔，猛然想起吴乾曾对她说过这句话，顿时百感交集："你哥……他对我说过这句话。"

"所以电击有用？"吴潇潇激动得眼中含泪，禁不住与贺红衣抱在了一起。

恰时，吴法天回来了："红衣丫头，我就说了有用吧！我就等你一句话，能不能直接把有钱弄回来？咱们就在家电他，总好过在教堂还要防着姓利的洋和尚！"吴法天期待地看着贺红衣。

贺红衣笃定地点点头。

"太好了！你跟潇潇在家等着，我叫上大锤这就去！接儿子喽！"吴法天兴高采烈地离开。

下班后，卫乘风不能待在巡捕房过夜，于是漫无目的地走到棚户区外。远远看到阿蛙和董大锤等人在嬉笑玩闹，卫乘风立刻避开，面色阴沉地离开了。

小餐馆中，卫乘风独自买醉。

秦麒麟忽然出现，看了看桌上的小菜："吃这些怎么能行？跟我走。"

卫乘风又惊又喜："夏大哥，回来了？"

秦麒麟将五块大洋拍在桌上，拉起卫乘风就走，然而去的地方竟然是先前周董带他去过的办公室。

卫乘风疑惑地看着秦麒麟："夏大哥，你怎么知道这里？这里是秦……"

秦麒麟往办公桌后一坐，笑道："秦先生的办公室，对吗？"

"对，难道你是秦先生的……"

秦麒麟一挺身站起，摆了一个标准军姿自我介绍道："我是秦麒麟，特务处处长，少将军衔。"

卫乘风看着眼前这个真的秦麒麟，顿时目瞪口呆，一句话都说不出来。

秦麒麟继续说道："之前你见过的那个'秦麒麟'，本名叫周董，是我的替身，也是你我出生入死的兄弟。你已经帮他报了一半的仇，剩下的咱们一块儿做。"

卫乘风重重地点点头："奥斯顿死了，线索断了，我太冒失了。"

"据我分析，奥斯顿不过是个傀儡，真正的大鱼还没浮出水面。"

"当时您是故意激我？"

秦麒麟点点头："这次军火丢失，很明显有预谋有计划，没有内鬼他们做不到。所以找军火事小，抓内鬼事大。没了傀儡，操线的人就要出来了。外面都以为我死了，现在是他们最松懈的时候，一旦露出马脚就能被咱们一举拿下。"

"内鬼您有头绪？"

"我现在怀疑上一个人，上海市代议长，刘凤年。"

"他？"

"刘凤年虽然不得志，但他在北京经营多年，也有些势力仰仗，只有在人赃俱获的情况下才能动他。不过，我回北京已经给他下了个套，只要他钻进去，自然会现原形。"

"那下一步？"

"教堂肯定很重要，你现在开始就去教堂看着，有情况马上联系我。"

卫乘风犹豫了一下："秦先生，您的委任状没了，可千万小心点。"

"委任状不过是张纸嘛，看。"秦麒麟拿出一张新的委任状。

吴法天带着董大锤来到教堂，蹑手蹑脚地走进吴乾的房间，将吴乾打晕后扛了出去。

教堂外，卫乘风正在角落中监视着，忽然看到吴法天和董大锤将一动不动的吴乾放上黄包车拉走，卫乘风犹疑片刻，悄然跟了上去。

吴乾被吴法天和董大锤拖进家门，绑在椅子上，脚踝上缠着电线。片刻过后，吴乾昏昏沉沉醒过来，看到贺红衣和吴潇潇，又看到桌上的发电机和铁鸟，顿时惊恐地挣扎起来。

贺红衣扶住吴乾的肩膀，心疼地说道："我知道你现在很害怕，相信我，一会儿就好了。"

董大锤摇动发电机，吴乾剧烈地颤抖起来，顿时头痛欲裂，以往发生的事在脑海中轮番流转。

"啊——"吴乾撕心裂肺地叫喊着。

贺红衣担心极了，命令董大锤停手，然而发电机却随着惯性猛烈转动，停不下来。吴法天急得满头冒汗，却不知机器出了什么故障。贺红衣冲上去，欲将吴乾和电线分开，却被电流冲击开。发电机猛烈转动，"砰"的一声坏掉了，吴乾随即昏厥了过去。

发电机冒着烟，众人一脸焦急地围着吴乾。

半晌，吴乾虚弱地睁开眼，不耐烦地说道："死不了的，快给老子松绑！"

众人一喜，手忙脚乱地给吴乾松绑。

"臭小子，你想起来了！你想起来了！"吴法天激动地猛打吴乾。

"哥，你要吓死我了……"吴潇潇抹着眼泪。

"有钱，我们的有钱哥回来了！"董大锤兴奋得手舞足蹈。

贺红衣更是百感交集，激动得一句话都说不出来，悄然擦着眼泪。

"终于回家了！"吴乾伸了个懒腰站起身，虚弱地抱了抱吴法天等人，最后走到贺红衣面前，紧紧地将她拥在怀中，"你刚才抱住我……难道不怕死吗？"

贺红衣摇摇头，任泪水洒落，禁不住在吴乾的怀里哭出了声。

"放心，我回来了，我们都会好好活着。"吴乾摸着贺红衣的头发。

董大锤做了一桌好菜，所有人都将大鱼大肉往吴乾的碗里夹，吴乾眼眶泛红，再一次感叹回家真好。众人边吃边聊，方才知道吴乾这段时间发生的一切，不觉便聊了一夜，窗外的天色已发亮。

吴乾对贺红衣嘱咐道："这里就是你的家，以后你就在这儿住下。至于我，该回教堂了。"

众人顿时惊讶不已，不明白他为什么还要回到那个地方。

吴乾愤愤说道："那个利福中和钱白铁把我当傻子一样利用，我非要教训教训他们不可，尤其是钱白铁，新仇旧恨一块儿算！"

"你已经搅进这个局里了，如果现在回去，再想脱身，就没那么容易了……"贺红衣不舍地握着吴乾的手。

"别想太多，不把他们的事搅黄，我还不舍得收手呢！"吴乾拍了拍贺红衣的手。

"算了算了，你决定做的事，十头牛都拉不回来！"吴法天又给吴乾夹了一只鸡腿。

吴乾大口啃着鸡腿："放心，我骗利福中就像耍猴一样，不会有事的。"

吴乾悄然溜回教堂里的房间，刚躺到床上，就听到利福中的敲门声。

吴乾故作呆萌，微笑道："利神父早！"

"好孩子，明天我带你去拜访钱先生。"

"钱先生？他也想入教吗？"

"明天你就知道了。"利福中转身离开。

吴乾看利福中走远了，便悄然出门，从名人墓的棺材进入了秘密通道。

教堂外，卫乘风悄然盯着这一切，不禁回忆起昨夜在吴乾家窗外偷听到的一切：

董大锤激动地说道："阿蛙他们要是知道了，说不定有多高兴呢！"

吴乾摇摇头："我回来的事，先不要告诉他们。我现在的处境非常复杂。要是我恢复记忆的事传出去，我们就有大麻烦了。"

"跟钱白铁和利福中有关？"贺红衣问道。

"对，我唯一知道的是，钱白铁在用古董跟利福中交易军火。"

贺红衣一愣："军火？是在上海丢失的那批军火吗？"

"不清楚……但他们这么藏着掖着，军火的来路肯定有问题。红衣，你怎么也知道军火的事？"

贺红衣无奈地叹气："反正我因为这事也被人盯上了，不过我在你家很安全。"

董大锤不解："这事倒是怪了，他们想买军火就买军火呗，为啥一定要把有钱扯进来？"

"我……"吴乾犹豫了一下，"总之我对他们的交易有用，你们相信我就是了。"

"真是冤家路窄呀，怎么转来转去总少不了这个姓钱的！"吴法天愤愤然。

"还有，青舟哥出事的那天晚上，钱白铁让我去就是想试试我，是不是真失忆了。我猜，钱白铁早就知道青舟哥要死，搞不好还是他派人动的手！"吴乾握紧拳头。

众人惊讶地看向吴乾，贺红衣满面悲痛。

"他不是很欣赏青舟吗？怎么会干这事？"吴法天不解。

"总有一天我会弄清楚，给青舟哥报仇！"吴乾坚定地望着贺红衣。

"乘风也早知道这事，赌气没告诉大家，青舟还是被……唉！"吴法天气得说不下去。

董大锤也低下头："乘风因为这事也已经搬出新闸路了……"

吴乾愕然地看向贺红衣，贺红衣悲痛地点点头。

吴乾呢喃道："我不相信乘风会做出这种事……"

卫乘风收起思绪，叫了一辆黄包车，前往秦麒麟的办公室。

"吴乾恢复记忆了。"卫乘风汇报道。

"吴乾？"秦麒麟不解。

"他就是教堂的小传教士稳得福，也是我之前提过的……兄弟。"

秦麒麟笑道:"这么巧?"

卫乘风点点头:"钱白铁用古董从利福中那交易军火,而吴乾似乎对他们很重要。但军火在谁手上,我还不清楚。"

"还记得之前放出军火假消息的那帮人吗?"

"难道军火真的在他们手上?"

"很有可能。那帮人领头的叫穆尚峰,人称穆上坟,身上背着不少案子,但总是能侥幸逃脱。"

"为什么?"

"因为有内鬼给他通风报信。他们的联系很严密,我一直找不到证据抓他们。周董让你秘密调查,目的就是为了打乱他们的计划,逼他们露出破绽。"

"您之前怀疑刘凤年是内鬼……"

"对,但刘凤年非常狡猾,很难抓住证据。而且他在官场经营多年,轻易动不得,想抓他,就必须人赃俱获。我一直不动穆尚峰,也是怕打草惊蛇。"秦麒麟拿起报纸指了一下,"天主教宗教协会要开始清查了,如果我估计没错的话,利福中这个假传教士很快就要逃了,所以他会更急于把交易做完,把他们一网打尽的时机马上就要到了。"

"秦先生,那下一步我怎么做?"

"猎人下套最重要的是,把周围布置得跟没下套一样。所以你要让吴乾继续帮利福中做事,而且要让他暗中帮咱们。"

卫乘风低头思考。

"怎么?你做不到放下个人恩怨?"秦麒麟问道。

卫乘风抬起头,坚决地说道:"我能!"


教堂中,吴乾在秘密通道中一路摸索前行,最终从大厅中的出口钻了出来,方才明白这个通道连接的是墓地和教堂。

"他们如果用棺材把古董运过来,那军火又放在哪?"吴乾不禁思索着。

此时,卫乘风走了进来。

"乘风……"吴乾下意识地呼唤道。

卫乘风故作不解,苦笑地说道:"你终于想起来了。"

"这里不方便说话,跟我来。"吴乾带着卫乘风走出大厅,心中想着昨夜从吴法天等人口中得知的卫乘风近况,不禁心头郁结。

僻静的角落里,吴乾看着卫乘风百感交集:"乘风,我听说你搬出了新闸路,在巡捕房也受委屈了,这段时间你……"

卫乘风冷冷地打断道:"我过得怎么样你不用打听,应该猜都能猜到吧!我在巡捕房的地位一落千丈,还不是你的功劳?你从小就喜欢出去骗人骗钱,但我从来没想过,你会用这招来对付我。"

"我知道你心里恨我,埋怨我,觉得我不讲义气。我不想找借口,你说的我都认!我真的在乎你这个兄弟,我只希望你能再给我一次机会!"

"都已经到这个地步了,你觉得我们还能像从前一样吗?如果你真把我当兄弟,我被你们害到在巡捕房抬不起头的时候,你在哪里?我把阿奶托付给你的时候,你在哪里?我一个人给阿奶送葬的时候,你又在哪里?兄弟……这个词说多了,真像个笑话。"

"阿奶的事,是我的错,我这辈子都对你有愧。"

"别,让有钱哥认错,我受用不起。"

"乘风,我们从小一起长大,我是什么人你不清楚?到底发生了什么会让你这样看我?你告诉我,就算出了天大的事,我都跟你一起扛。"

卫乘风苦笑:"现在大家把青舟死的事都怨在了我头上,你想一起扛?"

吴乾一时语塞。

卫乘风继续说道:"反正我为什么会这么做,根本不会有人关心,他们只想找一个人发泄罢了。那我只能恶人做到底,来陪衬你这个好人。"

"你有苦衷,赌气没告诉红衣,我也猜到跟我有关。我愿意跟你一起扛!但你必须跟我一起回新闸路,向红衣认错,我们还是像以前一样,有福同享有难同当!"

"贺红衣住在新闸路了?"

"对,这事我不想瞒你。"

卫乘风冷笑道："最近我很忙，没空回去。"

"你是不是在查军火的事？"吴乾诚恳地看着卫乘风，"我帮你，就像当初在监狱里一样，我帮你完成任务。我知道这么做弥补不了什么，但至少证明我诚心想挽回你这个兄弟！"

卫乘风故作不解："你知道些什么？"

吴乾看看四周，对卫乘风耳语片刻。

卫乘风点点头："他们交易为什么会带着你？"

吴乾面色为难："我不能说，但我只能告诉你，我对他们有用。"

卫乘风点点头："等任务结束，我跟你回新闸路。我还会再来找你的。"

"好，我等你。"吴乾松了一口气。

卫乘风一转身却露出了阴冷的笑，心中暗想着既然吴乾这么热心肠，就再多留他几天。


夜里，吴乾刚准备睡觉，忽然听见有人敲窗户。

吴乾起身，吃惊地看到晖哥站在窗外："大师兄？"

晖哥闻言眉头一皱，挥手示意吴乾跟他走："你想起我了？"

"之前你来的时候，我失忆了。"吴乾推窗跳出房间，跟着晖哥一路摸黑前行，"大师兄，你这是带我去哪呀？"

晖哥指指墓地的方向："师父在等你。"

吴乾顿时高兴起来："师父她老人家也来了？这几年我一直也没你们的消息。"

"等下你就能见到，不过，你还记得你立下的誓言吗？"

吴乾一怔，想起曾经立下毒誓，此生再不用鉴宝绝学，只得犹豫地说道："我是被人利用了……"吴乾低着头，跟着晖哥走进墓地。

墓地一角，"入地无声"面无表情地等候着。

吴乾走到"入地无声"的面前，"扑通"一下跪倒施礼："师父在上，受弟子一拜。"

"别叫我师父，你已经不是我徒弟了！""入地无声"抽出峨眉刺，对着吴乾就要刺下去。

晖哥一把拉住"入地无声",哀求道:"师父,求你手下留情,饶了小师弟吧。"

"入地无声"将晖哥推到一边,怒斥道:"之前就是你求的情,这次你再帮他,我就连你一块儿门规处置。"

晖哥跪在地上不敢再动,"入地无声"转身举峨眉刺再次扎向吴乾。

吴乾没有躲,眼看着峨眉刺扎过来,突然说道:"师父,如果那些古董都归您,您还要杀我吗?"

峨眉刺猛然停在吴乾面前,"入地无声"意外地看着吴乾:"你什么意思?"

"我确实违背了誓言,可当时我是失忆了,我连自己是谁都不记得,怎么可能记得之前说过的话?"吴乾如实道。

"你别找借口。"

吴乾点点头:"好,不找借口,这次我确实错了。所以我想将功折罪,把这批古董献给您。而且我还保证,以后决不再用此绝技。"

晖哥见"入地无声"有些犹豫,赶紧说道:"师父,如果吴乾把这批古董献给您,那他应该不算违背誓言。"

"入地无声"点点头。

吴乾当即叩头道:"谢师父不杀之恩。"

"古董你想怎么办?""入地无声"问道。

吴乾看了眼晖哥,笑道:"大师兄,这事得你帮忙。"

# 第五十三章

# 伪装

雨辰收到一封"桑介桥"寄来的信，他在信中说自己去了广州。雨辰拿着信匆匆赶到吴乾家，告诉贺红衣。

"这么突然去广州？"贺红衣诧异道。

"可能胡部长对学会有新的安排吧。"雨辰见贺红衣有些疑虑，宽慰道，"至少知道了老师的下落，我们也能安心点。"

贺红衣拿着信，依旧愁眉不展。

钱宅中，钱白铁悄然命人将一口棺材抬进了客房中。

待四周无人时，吕思蒂来到客房外，看到门上竟然挂着锁，于是从头发上取下一枚发夹，动作娴熟地开了锁。

吕思蒂走进客房，发现房间内竟然摆着一个刻有十字架的棺材和三个带锁的大箱子。吕思蒂心头一惊，摸了一下自己胸前挂的十字架。

外面传来汽车声，吕思蒂匆匆离开，并将门锁复位。

钱白铁走到大堂，正撞见吕思蒂从客房方向过来，严肃地问道："你去那里做什么？"

吕思蒂故作镇定："老爷，那是贺老板住过的房间，之前您吩咐过谁都不能动，刚才我听到动静，以为是哪个不开眼的下人闯进去了，不过还好上了锁。"

钱白铁点点头："我有客人要来，你先回房。"

"是，老爷。"吕思蒂上楼。

片刻后，陆横带着利福中和吴乾走进来。吴乾看到钱白铁忍不住暗暗握了下拳头，表情依旧平静。钱白铁示意陆横打开客房门锁，带着利福中和吴乾走了进去。

客房中，钱白铁打开棺材旁的三只箱子，里面整齐码放着各式古董："这里面是之前在拍卖会上你们看上的东西，一件不少。"

"阿福，你帮忙再看下。"利福中说道。

吴乾顺从地点点头，拿起一件件古董仔细查看，心中暗想道：这些东西如果都是老子的，老子这辈子可就吃穿不愁了。到时候带着红衣、死不了的、潇潇，还有大锤他们周游全世界。换什么鬼军火！吴乾将古董放好，微笑道："利神父，是上次的古董，没有问题。"

利福中指了指其他两只箱子："阿福，这两只箱子里应该还有一些需要的东西，你也帮忙看看。"

吴乾从其他的两个箱子内拿东西出来，仔细查看，心中暗想道：这都是哪儿来的？我师父干一辈子也没见过这么多好东西吧。她还盗什么墓，不如来抢！

钱白铁面现厌恶："利神父，要是挑太多，小心放不下吧。"

"钱先生不用担心，我们会适可而止。"利福中笑笑。

此时，陆横走进来，附在钱白铁的耳边低语了几句。

钱白铁眉头一皱："利神父，你们先挑，我出去一下。"

门外，钱白铁低声问陆横道："夫人出去了？你怎么没拦着她？"

"等我发现时，夫人已经走了，不过我派人跟上去了。"

钱白铁想了想:"你亲自去盯着她,不能这个时候再出纰漏。"

陆横点点头,快步离开。

钱白铁回到客房,利福中指指两只箱子,满意地说道:"钱先生,有这两只箱子就足够了。阿福,你出去等我一下,我和钱先生说点事。"

"好的,那我去找夫人聊天。"吴乾一脸纯真。

"夫人有事出去了,你去大厅等利神父。"钱白铁说道。

吴乾点点头,开门出去,却并未走远,关上门后便悄然偷听着。

钱白铁走到棺材边,伸手一拉,棺材下方是一个大抽屉,内里为丝绸衬垫。

"还是钱先生考虑周到。"利福中将一件件古董放入抽屉,最后又在不显眼的地方贴了一个小封条。

"利神父,想得还真周到呀。你的东西封好了,那我的东西怎么办呢?"

"等你把东西送过去,我会给你地址,你直接去取就可以。"

"这可不算一手交钱一手交货吧。万一我拿不到东西,你们却把东西拿走怎么办?"

"如果您不放心,可以派人在教堂外守着,我们就是拿了古董,也走不了。"

"好,就按你说的。"

"我还想知道的是,棺材里面是否真的有您夫人的……"

"这个我自有安排。"

利福中点点头:"钱先生,什么时候把东西给我们送过去?"

"两天后。"

"你们中国人不是要停灵七天才发丧吗?"

"你们外国人不是效率高吗?"钱白铁引着利福中欲往外走。

客房门外,吴乾立刻大步撤离,坐在大厅台阶上装出等待的模样。

利福中走了过来:"阿福,我们回去吧。"

吴乾对钱白铁挥挥手,笑着离开了,心里却盘算着怎么弄死钱白铁。

刘凤年感觉到北京那边有人在查他，匆匆找到穆尚峰商量对策。

"你怎么这么肯定？"穆尚峰问道。

"所有与我有关的人似乎都被询问过，虽说是上级安排的一般谈话，却转着圈在套跟我交往的情况。另外，我转正的任命突然被取消了，说还要再考察一下。"

"看来确实不太对。这次交易成了之后，咱们只要把古董带到海外，钱还不是大把地花。何必受这窝囊气！"

"你说得容易，我们苦心经营这么多年，赚的钱几乎都铺在我身上了，到头来是这样一个结果，我真是不甘！"

"没什么甘不甘的，当年你这个想法我也是同意的，你当官，我暗中助你，说实在的，我帮你的不过是钱，没有你做内应，说不定我死多少回了。我们是兄弟，不要再说见外的话了。听我的，做完这票，咱们带着兄弟们走！"

刘凤年点点头。

吕思蒂离开钱府后，匆匆来到一家酒店，进了秦麒麟的房间。

陆横远远跟着，给一位侍者塞了两枚大洋，指着那个房间问道："那个房间什么人进去过？"

"爷，我只知道是一个男人开的房间，什么人进去过还真不知道。"

陆横点点头，示意侍者离开。片刻后，房门打开，角落里的陆横看到吕思蒂行色匆匆地走了出来。

傍晚，教堂后的墓地被一片晚霞笼罩着，竟然透出几许温暖。

"你这么出来安全吗？"吴乾望着贺红衣。

"大锤、潇潇他们都帮我打探好了，我才出来的。"

"还记不记得，你在这冲过来抱住我，我把你当成鬼了。"

贺红衣羞涩一笑。

吴乾拥住贺红衣深情地说道："红衣，我没说过什么正经话，但这一次，给我点时间，除掉利福中和钱白铁，我想堂堂正正地回新闸路，给你

一个家。"

"我已经跟你爹他们商量过了，需要做什么我们帮你。"

吴乾故作扫兴："你怎么一点情调都不懂，没听出我的意思吗？"

"什么意思？"

"我——吴乾，要给你一个家，我想跟你在一起，天王老子来了，都别想把我们分开……"

贺红衣忍不住吻上吴乾，脸颊绯红。

吴乾的额头抵着贺红衣的额头："我们在墓地接吻，传出去也是一段响当当的经历了！"

"你要是敢告诉别人，你就死定了！"

"好好好，不告诉别人，以后什么我都听你的。"

贺红衣看着吴乾笑了："对了，你白天出去了吗？我偷偷过来没有找到你。"

"洋和尚带我去找钱白铁了，这事最多两三天就解决了。你先回去，告诉我爹他们，做好准备等我消息。"

贺红衣点点头："你千万小心。"


吕思蒂回府后径直上了二楼，陆横紧跟着回来了，将方才所见汇报给钱白铁。

晚餐时，吕思蒂走进餐厅，有些惊讶，只见桌上摆满各式鲜花、糕点。

钱白铁一脸笑容："夫人，请坐。"

吕思蒂疑惑地坐下："老爷，今天怎么这么正式？"

"最近太忙，一直冷落你，现在我的事情马上就要有眉目了，所以提前庆祝下，以示我的歉意。"

"老爷，您太客气了。"

钱白铁举起白葡萄酒："为了将来，干杯！"

吕思蒂举杯，面带微笑将酒喝下。

此时，两名士兵送上牛排。

吕思蒂看了一眼士兵，有些不解："老爷，赵管家他们呢？"

钱白铁吃下一小块牛排，用餐巾慢慢擦了一下嘴角："我有些事要和你商量，他们在不方便。"

"您……有什么事？"

"刚才我说过，我的事情马上就要有眉目了，但还没有完全办好，我需要你帮我个忙。"

"我，我一个妇道人家能做些什么？"

"你能做的事很多，就是怕你舍不得呀。"

"老爷说的哪里话，您一直待我不薄，只要我能做到的，您尽管吩咐。"

钱白铁很高兴，再次举杯道："那我先谢谢夫人了，干杯。"

吕思蒂一脸不解地喝了口酒："老爷，您需要我做什么？"

"先不急着说这些，今天我兴致好，想给你讲个故事。明朝有个人叫孙贞，他娶了一位很漂亮的妻子柴氏，孙贞出外游学不在家，因婆婆生病柴氏外出寻药，一群山匪见她貌美，将她掳走意图轻薄，一个山匪拉了柴氏手一下，柴氏把自己手上的肉咬下来一块，另一个山匪拉了柴氏胳膊一下，柴氏又把胳膊上被碰触的肉咬了下来，山匪被柴氏的行为激怒，一拥而上，将其打死。"

吕思蒂面现惋惜："柴氏夫人好可怜。"

"你觉得她可怜吗？柴氏死后被列入了《明史》《烈女传》，青史留名，就是因为她把贞洁看得比性命更重。"

"这……"

钱白铁看了一眼吕思蒂："你今天出去了？"

"我定做的旗袍去试穿了一下，尺寸不合适让店家去改了……"

钱白铁脸色阴冷下来："之后你去见了什么人？"

吕思蒂故作不解："老爷，我不明白您的意思……"

钱白铁冷笑道："如果你不想说，我也不会勉强，只要你帮了我的忙，成就了我的大事，你做的错事我也当没有发生过。"

吕思蒂依旧故作疑惑。

钱白铁微笑着向吕思蒂举起酒杯："夫人，你的后事我已经着手安排

了，你应该已经明白我的意思了吧。"

吕思蒂的笑容僵住。

餐后，吕思蒂被几名荷枪实弹的士兵送回卧房。床头柜上放着一个托盘，托盘里放着两枚白色药片和一杯水。

吕思蒂看着药片，凄楚一笑，想起这么久以来潜伏在钱白铁身边的一幕幕，想起为秦麒麟传递的情报，想起秦麒麟答应过的这次任务完成之后就送她回家……

吕思蒂吞下药片，闭着眼睛躺在床上，一滴泪水悄然滑落。

夜里，吕思蒂的尸体被放进客房中的棺材里。

陆横盖上棺材盖，对钱白铁说道："先生，夫人的后事都安排好了。"

钱白铁点点头，与陆横离开房间。


深夜，吴乾引着晖哥来到名人墓秘密通道的入口，掏出古董清单递给晖哥。

晖哥看了看，有点失落："也就是拍卖会上我看到的那几件还不错，剩下的都不怎么样，根本入不了师父的法眼。我拿了这几个给师父就够了。"

"拿几件都行，不过你得保证师父不再来杀我。"

晖哥点点头："这个你放心，具体怎么做？"

吴乾指了指天花板上的通风口："你准备好假的，葬礼前藏到这里。"

"藏这里？这么小的地方？"晖哥看了一眼通风口。

吴乾点点头。


翌日，上海滩各大报纸全部发了吕思蒂的讣告。

"先生，报纸马上就送到。"陆横说道。

"消息发了就行，报纸送不送不重要，不过是掩人耳目用罢了。"

"估计会有一些人来吊唁，您看怎么安排？"

"就说我伤心过度，今天不接受吊唁。明天在教堂举行葬礼，请各位直接去圣善理教堂凭吊。部队集结了吗？"

"部队所有人员已集结完毕，正在等待命令。"

"让所有人备好便装，明天偷偷将教堂包围，葬礼结束后你我带小队去取军火。如果拿不到军火，我就……"钱白铁摸着手枪，恶狠狠地说道，"血洗圣善理！"

穆尚峰谋划着逃往海外的路线，刘凤年却仍旧不甘心，想回北京看下情况。

"不行，你绝不能回去！"穆尚峰断然拒绝，"凡事怕连起来想，之前有人秘密调查你，现在突然要求你回京述职，你一个代议长，来了才多久，述什么职，有什么好说的？这明明就是请君入瓮的把戏。"

"话虽如此，但你我行事极机密，我想他们根本没有证据，我在北京多年，估计他们也不敢轻易动我。"

"不敢动你？如果是秦麒麟旧部所为，他们想杀你报仇，根本就不需要走正常程序。想当年，宋钝初可是做过农林总长的人，不也是被人打了黑枪？大刘，听我劝，不要冒这个险，不值得。"

"你真觉得北京去不得？"

"对。明天交易一完你就跟我走，飞机票我已经准备好了，你我第一批带古董去香港，阿钟他们坐船随后过来。"

"那我明天在哪里等你？"

"北京那边不是让你五日内回去述职嘛，时间上你还来得及。在走之前你最好再在外面露个脸，明天钱夫人的葬礼就是个好机会，你还是以代议长的身份去，等葬礼快结束的时候，你下地道跟我会合。咱们拿了东西，直接去机场。"穆尚峰压低声音，"教堂大厅里有地道入口，在……"

刘凤年点点头。

教堂中，利福中看到报纸上吕思蒂的死讯，故作悲痛。吴乾顿时一怔，想起钱宅客房中那个棺材可能就是给吕思蒂准备的，而他却没有早早想到。

吴乾按捺着情绪，故作单纯："唉，钱先生和钱夫人对我都很好，天主为什么这么急着叫钱夫人走，我实在是不明白……"

"讣告上说钱夫人是突发疾病去世的，天主自有他的用意。钱夫人已经洗礼成为教徒，我相信，主会永远与她同在。明天我们就在教堂举行钱夫人的葬礼。"

此时，穆尚峰前来，在最后一排长凳上坐下。

利福中见状对吴乾说道："阿福，我知道你听到这事会很难过，回房间看看《圣经》吧，天主会告诉你如何化解悲伤的。"

吴乾注意到穆尚峰，胡诌道："利神父，我想给钱夫人准备一份礼物，送她一程。钱夫人跟我说过，她最喜欢城西的点心……"

利福中见状大方地给吴乾两枚大洋："去吧。"

吴乾扫了一眼穆尚峰，离开大厅。

利福中谨慎地看看四周，带穆尚峰走向秘密通道入口，关上门板。此时，吴乾谨慎地走回大厅，隔着门板侧耳倾听。

秘密通道出入口旁，利福中嘱咐道："明天葬礼之前，你就带人进这个秘密通道，等着收货。"

穆尚峰点头："好！军火我已经准备好了，明天我把写着军火地点的纸条给你，你想办法给钱白铁。"

利福中笑着说道："看来我只能再送钱先生一本《圣经》了。"

"对了，棺材里的古董有没有可能被钱白铁换掉？"

利福中微微一笑："放心，我在水仙盆那里做了标记，夹了丝线，你注意着点就行。"

通道外，吴乾听着两人的话，愤然离开，打算去找卫乘风，一出教堂正好遇见卫乘风。

"乘风，我正要去找你。他们要开始交易了。"吴乾将卫乘风拉到角落里。

卫乘风点点头："有人想见你。"

吴乾好奇地随卫乘风离开，没想到去见的竟是秦麒麟。

秦麒麟看向吴乾："戊字牌，我们又见面了。"

"是你？"吴乾眉头一紧。

"你们……认识？"卫乘风不解。

秦麒麟笑道："我搅黄了他们的古董拍卖会。所以，他们才换了棺材运古董这个法子。"

吴乾打量着秦麒麟："看来你知道得很多。"

"我不仅知道得多，能做的事情更多。比如……你想扳倒钱白铁，必须借助我的力量。"秦麒麟对卫乘风说道，"乘风，你先出去，我跟吴乾小兄弟好好聊聊。"

"他说话没轻没重，我在这看着他比较好。"卫乘风没有走的意思。

秦麒麟瞪了他一眼，示意卫乘风离开。

卫乘风淡然走出办公室，关上门的瞬间，脸色立刻阴沉下来。

办公室中，秦麒麟看着吴乾，轻松地说道："说说你又得到了什么消息？"

"还是你先讲讲，你怎么帮我扳倒钱白铁吧，你到底什么来头？"

"我觉得你已经猜出来了。"

"乘风的任务还在继续，说明他还有上级……难道你才是秦先生？"

"你能在这么短的时间想清楚这些事，果然聪明。其实对付钱白铁、利福中，对我来说都是小事，论武力，钱白铁不能跟我相提并论，至于利福中——"秦麒麟扔过一份报纸给吴乾。

吴乾看到天主教协会告示的内容，顿时一笑："有人来收他了！你这种大人物，不会白白帮我的忙吧？"

"我也有要抓的人，需要人赃俱获。"

"我想想……你要抓的就是那些拿着军火的人吧？"

秦麒麟点点头。

吴乾继续说道："你应该已经得到消息了吧，钱夫人突然去世了，明天就是葬礼。"

"葬礼后他们就要进行交易，对不对？"秦麒麟问道。

吴乾点点头："你想抓的那些人，明天会在秘密通道里等着拿古董。而钱白铁怕人财两空，没拿到军火前，他会派人在教堂外面看着。"

"两边都挺鬼啊！难道你比他们还鬼？"

"那当然，只要让钱白铁找不到军火，他肯定回来大杀四方，到时候就有好戏看了！"

"原来你想设局，让他们黑吃黑，这样我动手倒是更方便。"

半晌，吴乾走出办公室，撞见卫乘风一脸阴沉地站在办公室边上："乘风，怎么脸色这么差？"

卫乘风搪塞道："在想明天抓人的事，怕有什么闪失。"

"我知道这份差事对你很重要，我一定全力帮你。明天很危险，你要小心。"

卫乘风不屑地扫了吴乾一眼，故作关心地说道："你跟利福中在一起，应该更危险吧？"

"没事，我会随机应变的。这次我说什么都要解决钱白铁、利福中这些人，不仅帮你完成任务，也让我出一口恶气。"

"那我真要谢谢你了。"

"谢什么，我们是兄弟！我不能出来太久，先走了。"

卫乘风看着吴乾离开，脸色又沉了下来，想了想走进办公室。

卫乘风按捺着情绪说道："秦先生，吴乾走了。"

"你这个小兄弟有点意思，人很聪明。"

"他不过是小聪明罢了。"

"你别小看他，如果这次他能帮我找到军火抓了刘凤年，他这个人才我要定了。放心吧，你们兄弟二人只要在我手下做事，一定前途无量。"

卫乘风没有答话，有些失落。

秦麒麟问道："怎么啦？大丈夫要有肚量，把私人恩怨放下才能成大事。"

卫乘风搪塞道："秦先生说的是，我现在一心只想抓到刘凤年，给周董报仇。"

"对，要给周董报仇，我还要给另一个手下报仇。吕思蒂……"

卫乘风有些不解。

"就是钱夫人。"秦麒麟略显哀伤。

卫乘风大感意外："钱夫人也是您的手下？"

"干我们这行的，当然要耳目众多。我本来想，这次任务完成之后，让吕思蒂回家，但现在没机会了……"

卫乘风恍然点点头："我明白了，明天我一定要抓到刘凤年，给他们报仇！"

秦麒麟凝重地点点头。

吴乾赶回家，将一张纸铺在桌子上："红衣，你来帮我写字。就写'北栈码头，左起第五根桥桩下'。"

"你是要骗钱白铁，军火藏在码头？"贺红衣问道。

"没错，我要让他以为军火藏在水下面，够他捞一阵子的！"

贺红衣点点头，在纸上写字。

吴潇潇问道："哥，他们什么时候交易啊？"

"钱夫人葬礼的时候，就是……"吴乾略一犹豫，"后天早上。"

"有钱，你千万小心，要是让钱白铁把你抓了，也拔你指甲怎么办？"吴法天面带担忧。

"看不出来，你也会心疼我了？"吴乾故作轻松地调侃道。

"你听听你这话，酸不酸，主要是拔指甲太疼了，十指连心呐！我实在是不想我儿子也受那罪！"吴法天五官紧紧皱在一起。

吴乾顿感心酸，搪塞道："放心，放心，我福大命大，全靠你这口仙气帮我吊着！"吴乾又对吴法天嘱咐道，"还有一件事，明天你去宗教协会举报，就说圣善理教堂有一个假传教士，叫利福中！"

"他们要是明天就去抓姓利的洋和尚，会不会耽误后天的葬礼，影响你的计划？"吴法天问道。

吴乾故作轻松，骗吴法天说道："不会，别忘了我也是传教士，大不了我来主持葬礼。"

董大锤提着一盒点心跑进来："有钱，你要的点心买回来了！"

吴乾接过点心，收好贺红衣写的纸条，看着吴法天等人充满不舍："有件事我觉得还是得告诉你们……我找了乘风一起来帮忙。"

众人有些惊讶，贺红衣脸色一沉。

吴乾看着贺红衣："红衣，我知道乘风做了错事，但想解决军火的事，必须得有他帮忙。等收拾了钱白铁和利福中，我一定让他跟你认错。"

贺红衣沉默片刻："我只希望你能平安无事，其他的等你回来再说吧。"

吴乾点点头："我也希望你们能平安无事，明天我还有些事要办，你们先别来教堂找我。"吴乾按捺着情绪匆匆离去。

半夜，贺红衣满是心事地坐在床边。

吴潇潇走过来："红衣姐，你再考虑一下我哥说的话。过去的事就放下吧，再给乘风哥一次机会……"

贺红衣苦涩地说道："我这样……是不是让你们很为难。"

"红衣姐，你别乱想。我哥……他真的放不下乘风哥，他一直当乘风哥是最好的兄弟。"

"我明白，我也理解。我知道你哥最看重义气，放不下卫乘风。可我总觉得，卫乘风变了，不是从前的他了。"

"你是说……乘风哥可能不是真心想帮我哥？"

"我不知道，我只是觉得这个时间点，他又出现了，很奇怪。潇潇，你更了解卫乘风，你觉得呢？"

吴潇潇想了想："其实我不信乘风哥会做出那种事，乘风哥又老实又善良……他是有点变了，但我觉得，他现在很痛苦，可能需要一个认错的机会……"

贺红衣听着吴潇潇的话，若有所思。


翌日，教堂宣讲台周围放置着鲜花等悼念用品，吴乾将吕思蒂的遗像摆在相架上。

利福中拿着一本新《圣经》，站在吕思蒂的遗像前，比划了个十字："夫人，过一会儿您就能永远安息了。"

吴乾瞄了一眼利福中手中的《圣经》，把点心放在桌上："夫人，这是我给您买的点心，您慢慢享用吧。"

　　利福中看了一下准备摆放棺材的托架："阿福，这个托架不太稳，你换一个结实些的。"

　　"好的，我现在就去搬。"吴乾走出大厅去取棺材托架。

　　利福上快步走到教堂侧门处，将穆尚峰放了进来，引着他向秘密通道口走去，阿钟和斌子等手下搬着装古董用的箱子紧随其后。

# 第五十四章

# 深渊

教堂秘密通道中，穆尚峰将一张折好的纸递向利福中："利神父，成败在此一举，你可别出卖我。我放了兄弟在外面，要是我们这边出事，他第一个杀的就是你。"

利福中将纸夹入《圣经》中："我们是一条船上的，如果你出事，我也好不了。"

"你明白就好，祝你我大功告成后，各奔前程。"

利福中微笑点头。

片刻，利福中回到大厅，吴乾正在吃力地搬着棺材托架，利福中上前帮忙，顺手将《圣经》放在宣讲台上。

"谢谢利神父。"吴乾边说边瞄了一眼《圣经》，发现合得不实，有一些缝隙。

"时间快到了，咱们赶快准备好。"利福中帮着吴乾摆放棺材托架。

吴乾故意装作抬不稳，影响着利福中的姿势，导致利福中将宣讲台上的《圣经》碰翻在地。《圣经》中飘出一张纸条，吴乾急忙踩在脚下，迅速抽出自己准备的纸条扔在一旁。利福中急忙拿起《圣经》，翻找着什么，没有注意到吴乾的动作。

"利神父，怎么了？"吴乾故意问道。

利福中看到地上的纸条，匆忙夹回《圣经》中："没什么，我写的悼词掉出来了。"

吴乾蹲下身，看似检查棺材托架，实则将脚底的纸条偷偷收了起来。

此刻，名人墓中，摆放棺材的地方空着。阿钟从秘密通道出入口处探出头，左右看看，又缩了回去，通道出入口再次关闭。片刻后，晖哥悄悄从通风口探头张望，左右看了看将头又收了回去。

教堂大厅中，钱白铁站在打开的棺材前，看着吕思蒂，故作沉痛。前来参加葬礼的人陆续落座。

陆横走到钱白铁的身边，低声道："先生，便衣已经就位。"

钱白铁不语，点了点头。

门口，刘凤年迈步走入教堂，走上前握着钱白铁的手："昨日在报纸上看到讣告，心下十分震惊，本想当时就登门吊唁，无奈公务繁忙脱不开身，钱兄不要怪罪。"

"刘兄说的哪里话，内人突发重病故去，还要让您屈尊前来，钱某在此谢过了。"

此时，哀乐声响起，利福中走上宣讲台主持葬礼。众人默哀，钱白铁望着棺材故作不舍。

教堂附近的咖啡馆里，秦麒麟悠闲地喝着咖啡。

卫乘风走进来："秦先生，布控的人来汇报，穆尚峰一早带人进了教堂，没再出来。吕思蒂的葬礼马上开始，刘凤年也来了。"

秦麒麟点点头："很好，看来给刘凤年的压力恰到好处，我还怕他连教堂也不敢来呢。"

"另外，钱白铁在教堂周围布下了很多便衣，都带着家伙。"

"防着被人黑吃黑？"秦麒麟呷了一口咖啡，悠悠地说道，"吴乾就是想让他们黑吃黑，我得帮帮他……"

卫乘风一愣："他们那么鬼，能上这个当吗？我看不如直接进去抓人，反正所有人都在。"

"你还说你能放下个人恩怨，我怎么觉得并没有。"

"我只是担心迟则生变。"

"我看你是怕风头被人抢。放心，我不会用人如积薪——后来者居上的。"秦麒麟掏出一把钥匙，"圣母院路6号，小独栋，送你了。"

卫乘风拿起钥匙面现喜色："谢谢秦先生。"

"还有，这次任务让你吃了不少苦头，等大功告成，你就是巡长了。"

卫乘风不可置信地看着秦麒麟。

秦麒麟微笑道："怎么？不信我？"

"我信，您放心，我一定好好干，把他们一网打尽。"

秦麒麟点点头："好，这次任务由你带队，先去把钱白铁所有的便衣下了！"

卫乘风二话不说，立即前往教堂外，逐一将钱白铁的便衣悄然击晕。


吴乾家中，吴潇潇和董大锤心神不宁，坐立难安。

贺红衣若有所思地问道："你们是不是也觉得吴乾昨晚有些奇怪？"

吴潇潇和董大锤想了想，点点头。

恰时，吴法天匆匆冲进来："我听到有人在说什么钱夫人的讣告，说葬礼是在今天！这小子骗我们！"

贺红衣脸色一变："不好，我们马上去教堂。吴乾一定是怕我们有危险，才故意说是明天。我早该意识到的！"

众人焦急离开。


教堂大厅中，吕思蒂的棺材已经盖好。

利福中将《圣经》递给钱白铁："钱先生，这是夫人生前嘱咐我送给你的礼物，天主与你同在。"

钱白铁翻开《圣经》，看到纸条，放心地将《圣经》合上。吴乾则在一旁咧了一下嘴角。

"现在送钱夫人去安息之地。"利福中说道。

众人起立欲同行，钱白铁拦道："今日我想把时间留给夫人，还望诸位海涵。感谢各位前来送我夫人一程，改日钱某定会一一登门道谢。"

众人闻听此言，纷纷点头表示理解。

"阿福，你去送送大家。"利福中吩咐道。

吴乾点点头。

四个钱白铁的手下抬起棺材，在利福中的引导下向教堂外的墓地走去，钱白铁和陆横紧随其后。

钱白铁将《圣经》递给陆横，低声嘱咐道："北栈码头，就在附近，速去速回。"

陆横点头离开。

参加葬礼的人行注目礼默送，随后在吴乾的指引下离开。刘凤年趁机向秘密通道出入口走去。


名人墓中，四个手下将棺材摆放好，在门口等候钱白铁。

利福中讪笑道："钱先生，我还以为您会亲自去拿军火。"

"这种事让手下去办就好了，我在这里等消息即可。"

"看来钱先生还是很谨慎嘛，您放心，卖家很有诚意，不然也不会这么痛快就给出军火地址。"

钱白铁客气地笑笑："只有东西到手了，我才能真正放下心。"

"我明白我明白……"利福中扫了一眼棺材，"钱先生，不如我们去大厅等候吧，反正教堂周围也有您的手下盯着。"

钱白铁想了想，点点头，与利福中走出名人墓。

晖哥立刻拿着一个小箱子从通风口中悄无声息地跳落地面，上前打开棺材，看到吕思蒂安详的遗体，不禁感叹道："这么新的墓，还真是头一回。东西在……在这儿。"晖哥麻利地拿出真古董，又将假古董放进去，随

后快速钻入通风口。

棺材旁边，利福中夹在水仙盆边的丝线封条掉落在地……

陆横来到码头，看了一眼《圣经》内的纸条，带着手下走到第五根桥桩，示意手下开始打捞，然而手下几次打捞都空无一物。陆横神情犹疑，忽然吩咐道："立刻回教堂！"

名人墓中，棺材滑动，阿钟率先走出，接着穆尚峰、刘凤年、斌子及众手下鱼贯而出。斌子打开棺材盖，正要伸手取古董，阿钟突然发现水仙盆那里没有丝线。

刘凤年仔细看了看："好像真没有，难道这些古董被人动过？"

穆尚峰拿起水仙盆："我也不懂这东西。"

斌子从地上捡起一点丝线："是不是这个？"

穆尚峰接过丝线："这个……难道是有人动过？"

刘凤年想了想："先把古董都拿出来，再去找利福中！"

教堂外，贺红衣、吴潇潇、吴法天和董大锤气喘吁吁地赶到。

卫乘风有些意外："你们怎么来了？"

贺红衣焦急地询问："葬礼是不是已经开始了？"

卫乘风犹豫了一下："葬礼结束了，吴乾没事，他一会儿就会出来。"

众人不放心，还是打算往里冲。

"你们听我说！"卫乘风拦住众人，"你们要相信吴乾，现在贸然进去，反倒会让他遇到危险，等下时机到了，我自然会带人进去。"

贺红衣等人一听，安静了下来，焦急地看向教堂。

教堂中，吴乾正在收拾葬礼用过的陈设物品。

利福中注意到钱白铁一直在看怀表，笑了笑低声说道："钱先生着急了？"

钱白铁微微一笑，对吴乾说道："阿福，内人的葬礼辛苦你了。"

"钱先生您太客气了,夫人一直待我很好,别说是她的葬礼……"吴乾停下动作,慢慢抬起头看向钱白铁,"就是您的葬礼,我也会很上心的。"

钱白铁盯着吴乾的眼睛,正欲开口,忽然,教堂侧门猛地打开,穆尚峰、刘凤年带着人和古董冲了进来。

钱白铁看到刘凤年,又看看穆尚峰手下抬着的箱子,对刘凤年说道:"看来是刘代议长在跟我交易,我真没想到你还喜欢做些黑市买卖。"

刘凤年微笑着点点头:"生逢乱世,但凡可以安身立命的我都会做。"

穆尚峰一指古董箱子怒问道:"钱白铁,古董上你是不是做了手脚?"

钱白铁不解:"不管是刘代议长还是别人和我做生意,我都是童叟无欺,怎么可能做手脚?古董是你们指定的,也是利神父亲自装到棺材里的,你何出此言?"

利福中急了,上前问道:"古董有问题?有什么问题?"

"你做的标记被人动过。"穆尚峰说道。

钱白铁一脸坦然:"不可能,我一直派人守着古董。"

"这都是你一面之词。"穆尚峰一指吴乾,"你过来,看看这些东西到底是不是真的!"

吴乾看向利福中,利福中慌乱点点头,阿钟将两个箱子打开,吴乾看了片刻,拿起无纹水仙盆。

此时,陆横带着人冲了进来。穆尚峰的手下一惊,全都掏出了枪。陆横一见穆尚峰等人掏枪出来,马上停下脚步看向钱白铁,钱白铁会意地走向陆横。

刘凤年走到吴乾身边,客气地说道:"小兄弟,你仔细看看到底有没有问题。"

吴乾拿着无纹水仙盆,偷瞄着钱白铁,见钱白铁走到陆横身边,陆横低语几句,钱白铁脸色一变,目露凶光。

看准了这个时机,吴乾猛地将无纹水仙盆向地上一摔,大声地叫道:"假的,全是假的!"

吴乾话音刚落,穆尚峰抬手向着钱白铁的方向就是一枪:"黑吃黑?杀了他们!"

陆横拉了一把钱白铁蹲到椅子后，钱白铁一众手下开始反击。利福中趁乱藏入告解室内，吴乾见状跟上。

告解室中，利福中蜷缩在一角。

吴乾阴森森地看着利福中："利神父，你有什么罪要跟你的天主说吗？"吴乾拿着一本厚厚的《圣经》猛地砸向利福中。

利福中瞪大双眼，昏厥过去。

教堂外，贺红衣、吴潇潇、吴法天和董大锤听到枪声大作，立刻向教堂冲去。卫乘风却命令几十个手下把教堂包围住，一个人也不许放出来。贺红衣等人跑到教堂正门，正好被两个卫乘风的手下拦住。

卫乘风走来，暴喝道："谁也不许进去，这是命令！把门都顶死，不许放出任何一个人！看住他们几个，没停火前不许他们乱动！"

卫乘风的手下们立即持枪将贺红衣等人包围，四人不可置信地看向卫乘风。

教堂内枪声大作，陆横的胳膊被击中，钱白铁一方渐处劣势。

吴乾悄然打开告解室的门，经过一具尸体时顺手捡起一把手枪，趁人不注意钻进了秘密通道。

陆横浑身是血，冲到钱白铁身边："先生，他们太凶了，咱们的人支撑不住了，你先撤，我掩护。"

钱白铁看了一眼步步逼迫的穆尚峰一方，又看向陆横："你还撑得住？我想办法出去调人过来。"

陆横点点头，猛地站起来，开着枪边向前冲去："兄弟们，上！"

穆尚峰一方被陆横的突然冲锋打得一下子蒙了，钱白铁趁机俯身向宣讲台附近的门跑去。

"兄弟们，上，他们快打光了！"阿钟带人与陆横一方展开近身枪战，双方死伤无数。

陆横带着手下且战且退，退到正门前，伸手去拉门。正门突然打开，卫乘风持枪而入，一枪正中陆横的眉心。

卫乘风的手下们蜂拥而入，将教堂内双方的手下全部击毙，穆尚峰和刘凤年也身中数弹，倒地不起。

钱白铁看到宣讲台后通往秘密通道口的木门，伸手拉开门，却正好被吴乾的枪顶在了眉心上。钱白铁向后退，吴乾步步紧逼。

卫乘风走到受重伤的穆尚峰身边，一枪将其打死，随后一把抓住倒在地上的刘凤年，面目狰狞地问道："军火在哪里？"

刘凤年惨笑着看了一眼穆尚峰的尸体，勉强地说道："知道军火地点的人，都死了……"

卫乘风眉头一皱，看了一眼宣讲台的方向，对手下说道："把他抓了，你们在这里待命！"

教堂内枪声停止，贺红衣马上对围着他们的卫乘风的手下说道："枪声停了，还围着我干什么！"

卫乘风的手下互相看了一眼，将枪收起，贺红衣等人迅速冲向教堂。

教堂宣讲台的附近，钱白铁故作和气地问道："阿福，你这是干什么？"

"把你的枪丢掉！"吴乾大喝一声。

钱白铁只得放下枪："原来你真的恢复记忆了，看来是你在设计我？"

"你是坏事做得太多，自然会有报应，我不过是代天来收拾你。"吴乾依旧用枪指着钱白铁。

此时，卫乘风、贺红衣、吴潇潇、吴法天和董大锤来到宣讲台的附近，看到吴乾用枪顶着钱白铁，皆是一愣。

吴乾并不看众人，只是盯着钱白铁："钱白铁，这一切真的值得吗？"

钱白铁轻蔑道："值不值得，与你何干？吴乾，不要以为我中了你的局，就能高看你一眼。想杀就杀，何必废话！"

"你还有罪没有认，想死没那么容易。你是不是杀了吕思蒂，还有贺青舟？"

"是又如何？他们不过是我为达成目的走的一步棋罢了，我能做的就是让他们死得其所，总好过碌碌无为过一生。"

贺红衣愤怒万分："钱白铁，人命在你眼中就这么卑贱吗？你太无耻了！"

钱白铁神情坦然："无耻？我看是你们没有认清自己的位置，像你们这些出身棚户区的草芥，没有资格对我做评判。"

"钱白铁，看来死了这么多人你真没感觉。现在应该轮到你了吧？！"吴乾握紧了枪。

钱白铁嗤笑道："吴乾，我见过很多像你一样的懦夫，不过是嘴上硬气而已！"

"怎么？你以为我不敢开枪？"吴乾问道。

"我觉得你没这个胆量。"钱白铁盯着吴乾。

吴乾愤恨地将手指搭在扳机上，却迟迟没有扣动扳机。

钱白铁狰狞一笑："你做不到又何必逼英雄？这样只会让自己看起来像个跳梁小丑，可笑又可悲……"

吴乾还在犹豫是否要开枪，卫乘风猛然举枪射击。钱白铁中枪后看向卫乘风，惊愕着倒了下去。

卫乘风波澜不惊："有钱，你嘴上说开枪，却不真动手，人家能怕你吗？"

吴乾愣愣地收起枪，有些陌生地打量着卫乘风。

"怎么这么看着我？"卫乘风问道。

"没什么，我只是没想到你会开枪。"吴乾仍旧一脸愕然。

卫乘风的脸平静而冰冷："我也是为了完成任务，而且你再犹豫不决，万一被钱白铁钻了空子怎么办？军火地址拿到了吗？"

"拿到了。"吴乾将纸条交给卫乘风，转而看向惊魂未定的贺红衣等人。

"哥，你太厉害了，竟然能除了钱白铁这个大害虫！"吴潇潇兴奋地扑向吴乾。

董大锤点头如捣蒜："是啊，我刚才看着，紧张得不得了，心脏扑通扑通都要跳出来了！"

"有钱，你没受伤吧？"吴法天绕着吴乾打量了一圈。

"放心吧，我没事，这次幸好有乘风帮忙。"吴乾说道。

吴法天看了一眼卫乘风，说道："要我说还得是我儿子，一出手就解决这么大的事，什么工夫都没耽误，能干，聪明！"

卫乘风神情阴沉下去。

吴乾走向贺红衣，柔声说道："让你担心了。"

贺红衣先是摇头，又点头："为什么要瞒着我们……"

"红衣，我发誓，以后不会了。我带你回家，我们再也不分开了。"吴乾拉了拉贺红衣的手。

贺红衣动容地点点头。

"乘风，我先带他们回去，等你忙完了回新闸路……"吴乾话未说完，只见卫乘风对着他举起枪，吴乾顿时错愕不已，"乘风，你在做什么？"

贺红衣等人回头看向卫乘风，一脸惊愕。

"乘风哥，你干什么！"吴潇潇吓得浑身发抖。

卫乘风冷漠地说道："吴乾，大家都说你聪明，可我在你面前演了这么久的好兄弟，你好像一点也没看出破绽。"

吴乾看着冰冷的枪口，低落地说道："乘风，你觉得杀了我才能让你出气？"

"没错，虽然我知道这样做，换不回阿奶，也换不回……"卫乘风看了一眼贺红衣，转口说道，"吴乾，我在心里已经杀了你千百遍了！我一直等着这一天，该跟你算算总账了。"

吴乾凝重地看着卫乘风，说不出话。贺红衣盯着卫乘风，一点点向吴乾靠近。

卫乘风用枪一指贺红衣："别动，小心我连你一块儿杀了。"

"乘风，你疯了！"董大锤试图拉卫乘风，却又不敢上前。

"我是疯了，我是被吴乾逼疯的！"卫乘风满目杀意。

吴法天不知如何是好："乘风，你和吴乾打小一块儿长大，你真忍心动手吗？"

"我知道，你们都怪我，觉得什么事都是我的错，我也不必向你们解释。今天，我只要吴乾一条命就够了！如果你们再拦着，别怪我翻脸不认人！"卫乘风愤恨地看着吴乾，手指扣动扳机。

　　吴法天猛地扑向卫乘风，卫乘风手中枪响，吴法天中枪倒向吴乾，吴乾愣愣地抱住吴法天。

　　众人不可置信地看了一眼卫乘风，顿时冲到吴法天身边。

　　"爹！"吴潇潇声嘶力竭地喊着。

　　"吴叔！"贺红衣和董大锤悲痛万分。

　　吴乾抱着奄奄一息的吴法天，悲痛欲绝："死不了的……你不能死，你不能死！"

　　"该死了，早该死了……"吴法天虚弱地笑笑。

　　"你是我爹，你不能死！我带你去医院，找最好的医生，这点小伤不算什么，你要长命百岁，你要跟我和潇潇回新闸路，回我们的家……"吴乾抱着吴法天，泣不成声。

　　吴法天无力地笑着："潇潇，听你哥的话，兄妹俩好好活着……红衣丫头，我把儿子交给你了……"

　　吴潇潇和贺红衣流着泪拼命地点头。

　　吴法天用尽最后一丝力气握住吴乾的手："有钱，下辈子我希望做你的……亲爹……"说罢，吴法天咽气而亡。

　　"爹——"吴乾死命地抱着吴法天，声嘶力竭地哭喊着。

　　卫乘风冷眼看着这一切。

　　忽然，吴乾将吴法天尸身放下，一把捡起地上的枪，指向了卫乘风。


　　教堂门外，卫乘风的手下见吴乾枪指卫乘风，正要向前冲。

　　秦麒麟忽然走了过来："都原地待命！"秦麒麟走进大厅，看了一眼被手铐铐上的刘凤年，"看来你还是不配和我斗。"

　　刘凤年不语，被人带走。秦麒麟饶有兴致地看向宣讲台，慢慢走了过去。

　　卫乘风作势要举枪。

　　吴乾大喝道："别动，不然我就杀了你。"

　　卫乘风冷笑一下，边举起枪边说道："想开枪就开，别废话！"

　　吴乾和卫乘风二人枪口对枪口。

"卫乘风！你想杀就杀我，我爹从小看着你长大，你怎么下得去手？"吴乾悲愤交加。

卫乘风哈哈大笑："看着我长大，你爹他……"卫乘风又看了一眼吴潇潇和董大锤，"她，还有他，他们眼中只有你，怎么会看到我？你现在知道亲人死的滋味了？我就是要让你好好品尝一下，也好让你知道我有多恨你！还有你们！还有棚户区的所有人！我要毁掉你们，也要毁掉那里的一切！我要让你们都后悔！"

秦麒麟在卫乘风身后，静静地看着这一切。

吴乾难以置信地说道："棚户区？儿不嫌母丑，狗不嫌家贫，那是生你养你的地方，你竟然说出这样的话！你看看你自己，现在是什么样子！"

"今天人死得够多了，你们，把枪放下！"秦麒麟说道。

卫乘风听到秦麒麟的声音，犹豫了一下，按捺着情绪将枪放下。

吴乾依旧举着枪，看着卫乘风，眼中喷火。

秦麒麟见状，一挥手，一众手下持枪冲过来："我劝你还是住手，不然你们都得死！"

贺红衣、吴潇潇和董大锤郑重地站到吴乾的身边，丝毫不示弱。

"吴乾，我们同生共死。"贺红衣坚定道。

"有钱，大不了十八年后我们再做兄弟！"董大锤向前迈了一步。

吴潇潇冷冷地看着卫乘风："卫乘风，你杀了我爹，我一定要让你血债血偿！"

吴乾看着贺红衣等人，又看看对方冰冷的枪口，突然松开了手中的枪，枪直直地落在地上。

贺红衣等人惊讶地看向吴乾。

吴乾怒视着卫乘风，按捺着恨意，一字一顿地说道："带上我爹，咱们回家。"吴乾抱起吴法天，大步向教堂外走去，贺红衣等人紧紧跟上。

秦麒麟并没有阻拦，卫乘风不甘地看着他们离开。

半晌，卫乘风对秦麒麟说道："刘凤年已经押走了，那个利福中怎么办？"

"直接送宗教协会去，他应该活不成了。"秦麒麟看了一眼卫乘风，笑

着说道，"吴乾那么聪明，我猜他也想到这一点了，你觉得呢？"

卫乘风面无表情："不知道……"

小黑屋中，桑介桥形容枯槁，一旁饭碗翻倒。

秦麒麟走进来："桑先生，你不好好吃饭，这样让我很为难呀。"

桑介桥虚弱地问道："你是什么人？为什么抓我？"

"当然是因为你对我有用，不然像你这样的乱党，到我手上只有一死。"

"你到底是谁？"

"北京特务处处长，秦麒麟。"

桑介桥震惊地看向秦麒麟："你想干什么？"

"我想让你为我做事。"

桑介桥冷笑："我是乱党，既然被你抓住，你要杀就杀，我是不会给你做事的。"

秦麒麟点点头："风骨不错，不过呢，你不怕死，你的学生们怕不怕？"

桑介桥怒道："他们可都是学生，你不怕被社会舆论骂死？"

"你别忘记我是做什么的，我杀人呢，可能是一场车祸，也可能是抢劫未遂，总之方法很多，绝不会有人知道是我做的。怎么样，你再考虑一下？"秦麒麟淡然一笑。

吴乾将吴法天抱回家，吴潇潇不住地痛哭，董大锤站在墙边不停地捶着墙。

吴乾呆呆地坐在尸体边，只是低头不语，脑海中翻腾着往日的一幕幕。

贺红衣拉住吴乾的手："吴乾，想哭就哭出来吧……"

吴乾眼角凝结着泪花："如果没有我，是不是你哥和我爹都不会死？"

"你……不要这样说，你总把我们大家的命看得比自己还重，今天你没有杀卫乘风，不就是为了保护我们吗？你不要多想，我哥还有吴叔，他们的死跟你……"

"怎么会跟我没关系? 如果没有我, 就不会带着大家胡闹, 白毛不会死、万金隆不会死、你哥不会死、我爹更不会死, 还有杨然、大壮, 他们都是因为我才死的! 我就是个丧门星! "吴乾站起身向外走去。

贺红衣拉住吴乾, 冷静地说道: "我不许你干傻事, 等安葬好吴叔, 咱们一块儿找卫乘风报仇。"

"好, 等安葬好我爹再说, 我只是想一个人待会儿。"吴乾推门走出去。

贺红衣犹豫了一下, 没有跟出去。

吴乾浑浑噩噩地走到棚户区的百佛墙前, "扑通"一声跪了下来, 对着佛像痛哭起来: "都是我的错……爹……"

# 第五十五章

# 燃眉

秦麒麟将卫乘风带回办公室，别有深意地看着他。"刘凤年的事办得不错，明天你的委任状就会送到总巡捕房。这次上海的障碍扫除得干净，抓了内鬼刘凤年，军火也找回来了，连带着钱白铁这个军阀头子的命也搭上了，我心情特别好，你的功劳最大，尤其是给我找来吴乾这条野路子。"秦麒麟看了看卫乘风的脸色，笑道，"吴乾这两个字还真提不得，行，聊点别的，新房子住得习惯吗？"

"就是太好了。"

"说了别见外，改天你也请吴乾几个兄弟去家里坐坐，叫上我。"秦麒麟坏笑起来，"权当给我个面子，跟吴乾的仇先放下，你把人家爹都杀了，这跟你对奥斯顿下手可区别大了，这条人命，唉，有点冤枉。"

"这事怪不了我，我要杀的是吴乾，是吴法天自己冲上来的。"

"乘风，咱们认识也挺长时间了，应该清楚我喜欢聪明人。你和吴乾在我看来都是不错的人选，你可不要让我失望。我这个人喜欢交朋友，做事情嘛规矩也不多，只不过谈到杀人——"秦麒麟盯住卫乘风，"哪怕杀一只虫子，没有我的应允，你千万不要自作主张。"

卫乘风强装镇定："我明白了。"

"乘风，有实力的人不是仗着有靠山耀武扬威，要别人怕你。今天你想杀吴乾，一枪了事，你痛快了，将来越来越多个吴乾你都想除掉，那你就成了杀人的工具。眼界放宽一点，心胸开阔了，先做一个不怒自威的人，报仇嘛，方法很多的。"

"谢谢秦先生愿意教我，我不会把跟吴乾的私人恩怨带到公事里来了。"

秦麒麟会心一笑："你能放下是最好的，吴乾这个人我非常感兴趣。当然了，你跟吴乾的事我是清楚的，万一到了我想动他的时候，这个机会我还是会留给你。"

卫乘风起身："谢谢秦先生，没什么事的话我先回去了。"

秦麒麟点头："这两天倒是还发生了一件有意思的事，钱白铁死了，他的遗物在拍卖会里，凑热闹的人还真不少，我也拍中了一件好东西。"

"是什么？"

秦麒麟笑道："很快你就会知道了。"

卫乘风走后，秦麒麟收到看管桑介桥的手下打来的电话："还不服软？这姓桑的够犟的，一个乱党真是自视过高了，那就按我说的办，也好让他长长记性，他这副清高的风骨是怎么害人害己的。"秦麒麟挂断电话。

卫乘风回到新宅，疲倦地和衣而睡，不一会儿就梦见吴法天吐着血向他走来，而阿奶更是因为他杀了吴法天而不认他。卫乘风猛然惊醒，看见周围崭新的家具和昂贵的摆饰，终于松了口气，自言自语道："我不想杀你的，是你自找的，不，是吴乾害你。"

卫乘风起身，来到阿奶灵位前，颤抖着说道："阿奶，你为什么不原谅我？你看，我现在住着大房子，有大人物赏识我，我好不容易走到今天，可吴乾还是阴魂不散，连这条路都要跟我抢，我没办法了，只能杀了他，我真

后悔，为什么那枪没有打中他？"卫乘风神色凶狠，"吴乾，我现在不能动你，不代表永远拿你没办法，我不会放过你！"

吴法天的头七，棚户区众人全都来到街道上，围着火盆烧纸钱。

吴乾痛苦地看着火盆："死不了的到头来还是死了，我就替你看着潇潇，看她嫁人生孩子。"吴乾又望了望红衣和众邻居："还有你们，我也要顾着大家，都好好活下去。"

阿蛙握紧拳头："可是有卫乘风那个混蛋在，今天他拿枪指着你，明天说不定就轮到我们了。"

董大锤抹了把眼泪："别提那个家伙，吴叔待他多好，白养一条狼。"

"前阵子我卖报的时候看见他了，一直不敢跟你们说，他现在过得可气派了，一整栋房子都是他的，进进出出的全是有钱人。"阿蛙说道。

吴潇潇再也忍不住，大哭起来："我真恨我自己，青舟哥走的时候我就不该帮他，人的心肠变坏了，就再也回不去了，可我怎么也想不到他会朝你开枪啊哥，爹是他害死的，我真想找他问问清楚，到底是为什么！"

吴乾满目苍茫，想要安慰吴潇潇，却无从开口。

夜里，吴乾一个人坐在天台上。贺红衣将吴潇潇哄睡了，悄然来到吴乾身边。

吴乾看看贺红衣，拉住了她的手："红衣，你不用担心，我不会做傻事的，我就是觉得自己太天真了，到头来让兄弟摆了一道，我还满心想着怎么帮他……我爹为我挡这一枪，死得不明不白，至少我得弄清楚他究竟为什么开这一枪。"

"他已经不是那个连枪都不敢开的卫乘风了，等不到你弄清楚，很可能命就没了。"

"可能他变成现在这样，也有我的责任，我没能帮他在巡捕房谋到好差事，没能赚够钱给阿奶治病，假如阿奶死的时候我在边上……而且我还……我还选择了你。"

"所以你没有帮他摆平一切，就应该被他一枪打死吗？还是你以为只要把我让给他，他就能变回原来的样子？"

"说不定我可以跟他把话说清楚，我只是想把他找回来，就算是让他再开一枪，我也想看看是我的命硬，还是他的心硬。"

"那我呢？潇潇呢？你死了，我们怎么办？"

吴乾将贺红衣搂进怀中："我死不了的，吴法天在上面看着呢，他可不想我上去分他的钱。"


剧院中，贺红衣找到雨辰："老师还没有回来的消息，我总觉得不对劲，他以前去广州至少会打个电话回来。"

"老师肯定有重要的事情要忙，倒是你要好好照顾自己，"雨辰抱住贺红衣的手臂，"你不知道我有多想你，自从你搬去新闻路，家里就空荡荡的……我知道吴乾现在需要你，家里又是你的伤心地，出去住住也好，就是苦了我，你有空也回来看看嘛。"

"知道啦，我会回去的，那可是我们的家呀。"

雨辰笑了："我还得回趟学校，老师不在，学会也没什么要紧事，你也早点回去吧。"

"那我送你吧，陪你走走。"

"别送了，你快回去，把吴乾看好了。"雨辰笑着跑了出去。

距离剧院不远的转角处，雨辰走出街角，突然，一辆飞驰而过的汽车向雨辰冲了过来……

当贺红衣和博文等人得到通知赶到医院时，雨辰已经不治身亡。贺红衣站在手术室门外，浑身一软便晕了过去。


两日后，贺红衣捧着一只白色陶瓷罐来到郊外。

博文站在她身边："雨辰应该会喜欢这里的。"

贺红衣低着头，轻抚怀中的陶瓷罐，一声不吭。

博文望着贺红衣："红衣，从雨辰出事到现在，两天了你就没说过几句话，要不你就哭出来，别这样，雨辰知道也会不放心的。"

贺红衣紧了紧怀里的陶瓷罐："我应该送她回学校的，是我不好。那天我们还说好了，要回去看她……"

"这不能怪你，雨辰出事是意外，都是那个醉酒的司机，大白天喝什么酒。"

贺红衣不安地嘀咕着："怎么会这么巧？为什么偏偏是雨辰？……要是老师在就好了。"

"我之后每天都在学会守着，只要老师有消息，我立马通知他回来。"

贺红衣点点头，抬起手臂，将雨辰的骨灰撒落在她生前最喜欢的郊外草地上。

小黑屋中，一份报纸扔在桑介桥面前。桑介桥拾起报纸一看，只见上面报道着雨辰车祸事件，还附有被撞现场的照片。

桑介桥捏着报纸，浑身颤抖，气得说不出话。

"早就提醒过你，我的杀人方法很多的。"秦麒麟悠然走进来。

"你需要我做什么？"

秦麒麟似笑非笑地看着桑介桥："想明白就好，不急这一时，通知你信得过的人来接你吧。"

卫乘风身着巡长制服走进巡捕房，目不斜视地走进巡长办公室，看都不看搬着箱子离开的余德义。

李鹿点头哈腰地凑上来："卫巡长，办公室需要清理什么，我帮您。"

卫乘风冷笑道："余德义都混不下去了，我看你该跟着一块儿滚，你就把自己清理了吧。"

"巡长，你饶了我呗……"

卫乘风别有深意地盯着李鹿，扯住他的队长肩章："我和余德义可不一样，我手下只留老实好用的人，所以你心里那点小九九，最好都给我收干净，不然有的是人等着坐你的位子。"

"巡长，我哪敢有什么心思，我对您绝对是忠心不二……"

卫乘风冷哼一声："最好是这样，滚吧。"

李鹿感激涕零地鞠躬后退："谢谢巡长，谢谢……"

街头，一辆车停下，桑介桥憔悴地下车。

博文焦急地等着，远远地看见桑介桥，立刻上去扶住："老师你怎么了？你不是去广州了吗？为什么要我来这接你？"

"边走边说吧。"

博文忍哭丧着脸："老师你怎么不早点回来，前些天雨辰出车祸死了。"

桑介桥装出震惊的模样："怎么回事？"

"是意外，开车的司机喝醉了酒，雨辰没来得及闪开。"

桑介桥叹了口气："红衣呢，她最近怎么样？"

"吴乾爹死了，接着雨辰又出事，红衣最近都不太说话。"

桑介桥着急向前走："先回剧院，这几日老师去哪，做了什么，我都会慢慢讲与你听，红衣性急，不如你稳重，有些任务只能你来完成。往后你要盯紧红衣，我不希望你们任何人再有危险。"

"您有苦衷，我不多问，只管追随老师便是。"

"你记住，不论我如何解释，你只应下便好，到了剧院，你就去通知他们回来，你是接到我办公室的电话，去火车站把我接回来了。"

剧院中，桑介桥环视学会众人一张张沮丧的脸："雨辰的意外，大家都很难过，老师也一样，雨辰是个好孩子，她……不应该就这么走的。虽然老师希望你们能打起精神，为我们共同的理想继续坚持，但这次去广州见过胡部长，老师尽力了，我们学会要关闭一段时日，但这并不意味着学会就此解散，广州那边的情况也不乐观，暂停学会是形势所迫，你们接下来做什么说什么都不能莽撞，多来问问我的建议，不要单独行动，一切小心为上，我不希望你们任何人再出事，哪怕是意外。"

众人面面相觑，不知该如何是好。

桑介桥疲惫起身，贺红衣追上去欲问个明白，桑介桥却摆摆手，不再多说一句话。


向阳联社，温迎升的办公室内。

温雅慧衣着洋气，大大方方走进来，坐在温迎升的椅子上，将相框里

351

温迎升的单人照换成了她和温迎升的父女合影。

温雅慧端详着温迎升的单人照，照着照片里温迎升的样子，戴上桌上的老花镜，又夹起手边的雪茄，有模有样地翻开一本书。

房门突然打开，温迎升带着年轻副手常五走进来。

温雅慧故作严肃，清了清嗓子："进来怎么不敲门啊？没看见我在忙吗？"

温迎升无奈摇头，冲着常五乐："平时我就是这样的？"

常五笑了笑。

温雅慧摘掉眼镜，夹着雪茄起身，将父女合影展示给温迎升，顺便甩甩手里的单人照："像你这种事业有成的中年男性，办公室里怎么能不放合影呢？这张我就勉为其难替你先收着了，改天有空，再选一只精美点的相框补回来。"

温迎升一把夺下温雅慧手里的雪茄："你调皮也得有个度，女孩子家家的，像什么样子。"

"我就是逗你开心嘛，女孩子怎么啦，封建思想可不能有，传出去很不利于你伟岸的形象——实业家温迎升，向阳联社的创始人，怎么能歧视我这种进步大潮中的新女性呢？"

温迎升坐到办公桌前："别耍嘴皮子，没什么事赶紧出去，我跟常五还有事要聊。"

温雅慧连忙撒娇："爸，让我留下吧，我就想待在联社嘛。"

温迎升无奈地抬了抬下巴："那你就安生待着，别瞎插嘴，常五，你说吧，进口纺纱机的事有眉目了？"

"按您吩咐，我打听到日本那边有一批新机改造，不论时效还是工艺都是世界顶级水准，就是价格不太称心。"常五说道。

温迎升收拾着办公桌："嗯，自从联社组织起来，经费确实消耗比较快，工厂也还要维持生计，这么多人得养着呢。"

常五点头："而且近一年追加订单的数目也不小。"

"这说明是好事，只要能拿下这批机器，于人于己都是名利双收。"

"可工厂资金上确实周转不过来。"

"得想办法筹到这笔钱啊。"

"真是个大数目。"温迎升若有所思地点着头。

温雅慧忽然开口道:"爸,这事儿我能搞定。"

温迎升皱眉:"说什么风凉话。"

温雅慧一脸认真:"真的,您没听说吗?上海滩来了个有钱的公子哥,叫夏奕,家里做的是丝绸织造的生意,上两代是称雄江南的一霸呢,到今天不说首富吧,夏少爷百乐门一晚上那手笔,够平头老百姓过上大半年的。"

"丝绸织造?那倒也是合我们这拍。"温迎升说道。

常五有点为难:"但我也听说这个夏奕不好说话,见他一面都难。"

温雅慧笑笑:"不试试怎么知道,这事交给我,好歹这个夏奕年纪轻轻聊起来总有共同语言吧,我又不是没见过世面的小女孩,会会他也没什么可怕的,爸,要是他真愿意出手合作购买这批机器,你要怎么感谢我呀?"

温迎升笑笑:"事还没做成呢,就着急要奖励了。"

温雅慧故作深沉:"嗯,这话是我不对,俄国作家屠格涅夫说过,不做语言的巨人,行动的矮子,那我这就先去行动了。"温雅慧风风火火地离开。

温迎升摇头叹气,却面带笑意:"我这个女儿啊,书读得是不少,出去见识得太多,越发莽莽撞撞的,真不知道是好是坏。常五,你去帮我看着她吧,别让她太出格了。"

常五应下,转身离开。


吴乾和贺红衣走在街上,贺红衣始终闷闷不乐。

吴乾开口安慰:"桑老师不是挺神通广大的吗?学会的事他肯定有解决的办法。雨辰走了以后,学会都是你在扛,正好趁这段时间休息一下。"

贺红衣摇摇头:"老师这次回来,好像很累,话都不愿意和我多讲,我觉得有点不安。再加上雨辰走了,整个学会气氛都很沉重,我真的很怕……"

吴乾用力握住贺红衣的手："没事的，你别想太多，有我在呢。"

贺红衣点点头。

路边，一辆黑色轿车按响了喇叭。

吴乾和贺红衣歪头一看，车窗玻璃摇下来，露出秦麒麟的脸。

"吴乾，有没有兴趣和我单独喝一杯？"秦麒麟笑笑。

贺红衣拉住吴乾："吴乾，别去。"

"我不怕。你先回去，我倒要看看他会和我说什么。"吴乾松开贺红衣的手，上了秦麒麟的车，随他来到一家西洋酒馆。

秦麒麟点了两杯威士忌，示意吴乾尝尝。

吴乾冷冷地说道："你的酒我喝不惯，有事直说。"

秦麒麟不以为意："那就说正事。"


酒馆外，温雅慧匆匆赶来。

常五跟在后面："小姐，要不算了吧，这个夏奕打电话不接，递邀请函也不回，看来根本没有和我们合作的意思，你来酒馆堵人，温叔知道了又该说你不像话了。"

"好不容易打听出他是这家酒馆的常客，我肯定要试试，要是真能谈成，我爸才不会说我呢。"温雅慧来到酒馆门口。

门口的服务生拦下温雅慧："小姐，不好意思，我们店今天被包场了，请您改天光临。"

"包场了？"温雅慧顺着门缝张望过去，看到秦麒麟和吴乾正在谈话，她转转眼珠，对服务生说道，"包场的是夏先生吧？我想你误会了，正是夏先生找我来谈事情的。"温雅慧说完就往里冲。

服务生挡住温雅慧："小姐，不好意思，夏先生嘱咐了，一个人都不许放进来。"

常五拉住温雅慧："走吧，小姐。"

温雅慧气恼："这个夏奕真是看不起人，我们三催四请他不见，跑来和一个穷小子聊天。常五，你知道这小子是谁吗？"

常五茫然摇头。

温雅慧思索道："我总觉得这人有点面熟，好像在哪里见过……走，回去查一下！"

酒馆中，吴乾露出不可思议的表情："你要我来你手下做事？"

秦麒麟点点头。

"上次是军火，这次又是什么事？你到底还想干吗？"吴乾问道。

"你别这么大的戒心，我是看你确实有些本事，不忍埋没了你，所以才找上你。你要是跟了我，往后也算是个有头有脸的人了，总好过在新闸路当一个小混混。"

吴乾冷笑："就像卫乘风那样？"

"没错，卫乘风现在这样，不是很好吗？"

"卫乘风原来是我最好的兄弟，老实、善良，但是自从他跟了你，竟然拿枪指着我要杀我！"

"这都是误会，我已经说过他了，确实不该拿枪指着你。你要是跟了我，正好和他谈谈，都是好兄弟，以后一起为我办事，岂不美哉？"

"不用了。我们俩之间的问题，我自己会解决，至于你，我们根本不是一路人，更办不成一路事。"吴乾起身离开。

秦麒麟的笑容慢慢冷了下来，喝掉杯中剩下的酒。

翌日，卫乘风来到秦麒麟的办公室。

"我刚刚接到老爷子的指示。"秦麒麟说道。

卫乘风十分激动："曹老爷子？他有什么吩咐？"

"你先别着急，等人到齐了，我慢慢说。"

卫乘风疑惑之际，却见桑介桥推门进来了，卫乘风顿时惊讶："桑老师？"

"老桑在我这里住了不少日子，刚回去和学生们碰碰面，就又被我喊来了。"秦麒麟故作熟络。

桑介桥僵硬地扯了一下嘴角，不无讽刺地说道："小住这些天，夜不能寐，承蒙秦先生看得起，几番点拨，如今算是……大梦初醒。"

秦麒麟冷哼一声："醒了就好！眼下这个形势，若真是兵戎相见，到时候广州那边泥菩萨过江，哪里还管得了你！"

卫乘风一惊："要打仗了？"

"谁也说不好，但无论如何，上海这块宝地必须牢牢地放在我们自己口袋里，这是曹老爷子的意思。所以，我们做事心里要有数，各方面必须做好准备。"秦麒麟说道。

"是，任凭秦先生调遣，我虽然没有打过仗，但只要您说话，乘风赴汤蹈火……"

"打仗是前线战士的饭碗，你凑什么热闹，我们在座的这三位，哪个像是举得起枪杆的人肉沙包？还记得我和你说过的好东西吗？"秦麒麟拿出一沓地契，抽出一张交给卫乘风，"这个地方，熟悉吧？"

"新闸路？"卫乘风问道。

秦麒麟点点头："这几处产权已经办妥，地我要收回来，住的人得清干净，这件事要借你们巡捕房的手。"

卫乘风一凛："都要打仗了，还要收地吗？"

"宝地不是那么好拿的，尽管胜券在握，一旦有个差池，宝地就是废地。这几个地方都是交通枢纽，地上建医院和学校，地下埋炸药，一旦开战，炸得他们措手不及，再不济，落在他们手里的也是块废地。"秦麒麟注意到卫乘风双眉紧蹙，"怎么，难为你了？"

卫乘风迅速收起新闸路的地契："不为难。"

秦麒麟看向桑介桥："新闸路要拆，别的我不担心，但吴乾不是个善茬。老桑，你给我看住他，你的学生贺红衣和他的关系可不一般吧。"

桑介桥言辞闪烁："我一直不大喜欢吴乾，贺红衣未必会将他的事告知与我。"

秦麒麟意味深长："怎么会呢？她可是你的学生，有困难自然要找你帮忙，你说是不是？"

桑介桥不情愿地回答道："若有情况，自会汇报。"

秦麒麟满意地笑了。

夜里，秦麒麟来到卫乘风家，又命卫乘风叫来了李鹿。

秦麒麟向李鹿伸出手："我是夏奕，是一名商人。当然，你也可以叫我，秦麒麟。"

李鹿大惊："你是秦麒麟？可是秦麒麟不是已经……"

秦麒麟收回手，讽刺道："已经死了？"

卫乘风解释道："秦先生这样的人物，当然不会轻易以真面目示人。"

李鹿马上反应过来，点头哈腰："是我有眼不识泰山，您千万别和我计较。能亲眼见到您，是我三生有幸！"李鹿小心翼翼地看着卫乘风，"不知这次卫巡长和秦先生叫我来是……"

卫乘风将新闸路的地契拍在李鹿面前，又亮出一大一小两包金条："这，是你的；这些，是新闸路居民的安置费，别拿错了。"

李鹿望着金条，双眼放光："我马上就带人去办，请秦先生放心！请卫队长放心！"

秦麒麟和卫乘风满意地笑了。


李鹿回到巡捕房，立刻带上一众巡捕前往新闸路贴拆迁告示，责令所有棚户区居民三天内全部搬走，赔偿金额则少得可怜。街坊们顿时炸了锅，用臭鸡蛋和烂菜叶将李鹿打得狼狈不堪。

"别把我们当傻子，这点钱，想糊弄完交差，你做梦。"吴乾带头说道。

李鹿抹了一把脸上的臭鸡蛋："下令的是当今上海总巡捕房巡长卫乘风！"

"卫乘风？"众人大惊。

"走，三天之后你们要是不搬，别怪我不客气！"李鹿带队离开。

"卫乘风这个王八蛋！竟然要收了新闸路！"吴潇潇气得咬牙切齿。

董大锤握紧拳头："他现在就是秦麒麟的狗！"

"绝不是赶走我们那么简单，新闸路不能落在秦麒麟手里。"吴乾冷静道。

贺红衣点点头："这事既然和秦麒麟有关，我这就去问问老师，看看

他有什么办法。"

贺红衣赶到剧院，将秦麒麟欲收新闸路之事告诉了桑介桥。

"秦麒麟地契在手，借着夏奕的身份，收地光明正大，况且我们只是猜测他有所不轨，并不知晓他的具体目的。这么一来，台面上，我们又能拿他怎么办？"桑介桥说道。

贺红衣着急："老师，那怎么办？难道眼看吴乾和棚户区的人流离失所？"

"现在吴乾那边有什么打算？"

"吴乾他们心急如焚，但是也没有一个可行的办法。"

"越着急越容易坏事。你劝住吴乾，不要冲动行事，我去打探一下秦麒麟究竟意欲何为，再做打算。"

"学生明白了。"贺红衣高兴地离开了。

桑介桥叹了口气，拨通了秦麒麟的电话……

第五十六章

剑弩

吴乾等不到贺红衣从剧院回来，不顾众人的阻拦，匆匆赶往卫乘风的新宅，欲向卫乘风讨要一个说法。然而，任吴乾在门外好话赖话说尽，卫乘风就是闭门不见。

吴乾失望透顶，冲着卫府大喊："卫乘风，你给我听着，本来我想和你好好谈谈，现在看来根本没必要了。你杀了我爹，还要拆新闸路，这些事我跟你没完！"吴乾说完便大步离开。

常五调查了吴乾的背景，匆匆赶回向阳联社向温雅慧汇报。

温雅慧一听，惊讶道："怪不得我看那个穷小子面熟，原来他就是因为杀洋鬼子上过通缉的吴乾！"

常五点点头："没错，只不过后来这份通缉就被撤销了。我还打听到他参加过万术大赛，还入围了决赛。"

温雅慧皱眉："听起来这个人是在街面上混的，夏奕为什么会和他来往？不行，我去找我爸说一下。"温雅慧离开。

此时，温迎升正在办公室中与张厂长会面。

"本来我们和原地主签了五年的合同，经营得好好的，谁知道突然地就被收了，还让我们马上搬走。我们那么多工人怎么办，屠宰场怎么办？"张厂长焦急道。

温迎升皱起眉头："老张，你别急，慢慢讲，是谁收了地？怎么就收得这么急？"

"就是那个叫夏奕的商人，他收了不只我们一个厂子，还有上海和周边好多地皮，巡捕房四处贴告示，都是下令马上撤离。我问过能不能缓一缓，起码让我们找到新厂房再搬，结果巡捕房差点和我动了手！我真不知道该怎么办了，老温，咱们联社得想想办法啊。"

"贸然让工人和平民短时间全部搬走，这不是要人命嘛！我们联社不能坐视不管。巡捕房态度这么强硬，怕是得了那个夏奕不少好处。这事还是得找夏奕谈，只是此前我们找他谈合作的时候就约不到他，现在恐怕更麻烦。"

此时，温雅慧冲了进来："爸！"

温迎升看见温雅慧进来，摇摇头："雅慧，怎么直接闯进来了？见到你张叔叔连个招呼也不打，平时是我把你惯坏了。"

"张叔叔好。"温雅慧急忙转向温迎升，"爸，你们的话我都听见了。我们现在肯定见不到夏奕本人，但是我知道一个人和夏奕有关系，说不定通过他能把夏奕约出来。"

"谁？"

"吴乾。"

棚户区天台上，吴乾低沉地看着地面："见不到卫乘风，我就去见秦麒麟，我不能就这样看着新闸路的人被迫搬走。他之前不是想拉拢我当他手下吗？我假意投诚，然后找个机会……"

贺红衣摇摇头："你之前拒绝过他，现在又去找他，他肯定会有所防范，这样做太冒险了，我不同意。"

天台入口处，吴潇潇看到吴乾丧气的模样，摸了摸脖颈上的项链，愤然转身下楼。

董大锤遇见急匆匆的吴潇潇，得知她要去找卫乘风，拦了半天拦不住，只得跟上她的脚步。

此时，温雅慧来到棚户区，看到墙上贴的收地告示，既惊讶又愤怒，拉住一个大妈问道："阿姨您好，您知道吴乾在哪儿吗？"

大妈冲着天台上努了努嘴，温雅慧谢过大妈，匆匆向天台爬去。

天台上，贺红衣仍在安慰吴乾："你别着急，这件事我已经汇报给老师了，他正在打探消息。"

此时，温雅慧怒气冲冲地赶到："吴乾！好啊，为了给夏奕做事，连自己家都不管了，你心够狠啊！"

吴乾莫名其妙地说道："你谁啊？"

"你管我是谁，反正我看不惯你这种人！你得了夏奕多少好处，才做得出来这种没良心的事，你想过你的家人朋友、想过这些街坊邻居以后该怎么办吗？"

"神经病，你认错人了吧？"吴乾瞪着温雅慧。

"你不就是吴乾吗！我那天亲眼所见，你和夏奕在酒馆里聊天！当时我就奇怪，你一个穷小子怎么会和夏奕这种身份的人凑在一起，现在都明白了，你们肯定是在谈收地的事！"

吴乾烦躁地抓抓头发，求助地望向贺红衣。贺红衣一笑，耐着性子向温雅慧把前因后果说了一遍。

温雅慧小声嘟囔："原来是这样，我误会你了，不过我也不是故意的……"

吴乾瞥了温雅慧一眼："拜托你下次说话做事的时候，用用脑子。"

贺红衣审视温雅慧："姑娘，你是谁？为什么对夏奕收地的事情这么关心？"

温雅慧挺直腰板，骄傲地说："我叫温雅慧，是向阳联社的，这次夏奕收地闹得很多人都苦不堪言，其中就包括我们联社的厂子，所以我们

想阻止他。"

"向阳联社？那是什么？"吴乾问道。

贺红衣听到"向阳联社"几个字，思索了一下，没有说话。

温雅慧大感惊讶："你们没听过吗？我们联社是我父亲温迎升创办的，在上海也算有些实力。不然我请你们喝咖啡，一来表示歉意，二来和你们介绍一下联社。你们也不想搬走吧？说不定可以和我们联社合作呢。你们意下如何？"

"用不着，你哪儿来的回哪儿去。"吴乾面无表情。

温雅慧不服气："你这人怎么这样，什么都不了解就直接拒绝，到时候可别后悔。"

吴乾笑笑："看你说话办事的风格，就知道你们联社什么样了，我拒绝你一定是明智的选择。"

"你……"温雅慧气鼓鼓地走了。

贺红衣狐疑道："这个女孩莫名其妙闯过来，又莫名其妙说可以合作，好奇怪。"

吴乾点点头："不过她嘴里这个向阳联社，你真的没听过？感觉和你们明镜学会有点像。"

"隐约听过，我去问问桑老师。"

"我送你。"

吴乾将贺红衣送上一辆黄包车，一回头却发现温雅慧跳了出来。

温雅慧气鼓鼓地看着吴乾："你说我可以，不许说我们联社。你跟我来，今天我非和你说明白不可！"

吴乾皱着眉："你有毛病啊，你们那个联社是什么我根本不关心，你赶紧走，我没空陪你玩。"

温雅慧上前拽吴乾："谁在玩，我是要认真和你谈！"

吴乾甩开温雅慧："有什么好谈的，满口大道理，出事了比谁逃得都快，这种人我见得多了！"

温雅慧再次拽住吴乾，两人的争执拉扯引来路人围观。

"你别这样，别人以为我欺负你呢。行了行了，我们换个地方说话！"

吴乾无奈投降。

贺红衣来到剧院，向桑介桥询问向阳联社。

"向阳联社？"桑介桥略略回忆，"隐约知道是个工人联合组织，但是没有接触过。我去打探一下，如果确实如那个姑娘所说，确实可以考虑合作。"

另一边，吴乾将温雅慧带到棚户区路口的一家露天面铺。吴乾吃得津津有味，温雅慧却有些不习惯，拿着筷子挑挑拣拣，就是不往嘴里送。

吴乾看了一眼温雅慧，鄙夷道："真是大小姐，吃个面还挑挑拣拣。"

"喂，你能不能别这么粗鲁，从来没人这么对我。"

"我这人就这样，我又没求着你和我待着。有话赶紧说，吃完我走了。"

温雅慧按捺下怒火："好，那就说正事。向阳联社是我父亲温迎升创建的，他本是一家纱线厂的老板，一直以实业救国为己任，因而将生意场上一些志同道合的伙伴聚在一起，希望能用自己的力量为国家、为百姓做些事。我不希望因为我之前误会了你，你就对我们联社有偏见。"

"好，我知道了。"吴乾继续吃面。

"既然你知道了，不如我们谈谈合作。实不相瞒，之前我因为生意上的事，曾经想约他，但都没成功。你和夏奕打过交道，能不能再约他出来谈一次，只要不收我们的地，钱好商量。"

吴乾扑哧一笑："你真以为夏奕就是一个商人？"

"你这话是什么意思？"

"听不懂算了。"

"神神秘秘的，大不了我自己找他问清楚，翻遍全上海也要找到他。"温雅慧站起来。

吴乾情急拉住了她的手，随即放开："你就那么眼巴巴地找他送死？"

温雅慧警惕起来："送死？有那么严重？夏奕如果不是商人，那他是谁……他收地到底是什么目的……你到底还知道些什么？请你一定告诉我！"

吴乾看着温雅慧急切的模样，动了恻隐之心："看来你是真不知道。算了，就当我为你好。夏奕的真实身份，是北京特务处处长秦麒麟。拿钱摆不平他的，还是别费力气了。"

温雅慧瞪圆了眼睛："真的假的？"

"我骗你干吗？"吴乾囫囵吃完最后一口面，擦擦嘴。

"谢谢你告诉我这么多，夏奕，不，秦麒麟若真是特务处处长，那么他收地背后一定别有目的，这件事就只有我们联社才能解决。你若是也想保住新闸路，就更要和我们向阳联社联手了。"

吴乾不可思议地说道："你哪来的自信？"

"那是你没见识到我们联社的厉害。反正大家都是一个目标，联手总比单打独斗强。"

吴乾随口敷衍："那我考虑考虑。"

温雅慧拿出纸笔写下向阳联社的地址："你考虑好了，来这里找我。"

吴乾接过纸条，随便揉成团往兜里一揣，招呼来老板："老板，这位小姐付钱！"吴乾径直走了。

温雅慧愣住："喂，你怎么这么没有绅士风度啊！"


董大锤陪着吴潇潇在卫乘风新宅门外等到天黑，卫乘风才坐着一辆小轿车从外面回来。吴潇潇冲上去想和卫乘风好好谈谈，卫乘风却毫无耐心，命令手下将两人赶走。

吴潇潇哭着扑向卫乘风："你怎么可以变成这样！我……我曾经那么喜欢你！"

卫乘风冷冷地看着吴潇潇："那又怎么样？你是吴乾的妹妹，我从来没有喜欢过你，而且永远都不会喜欢你。"

"那你为什么送我项链？"

"不送点东西，怎么从你这问出话来？"

吴潇潇脸色瞬间煞白，她死死地咬住嘴唇，不让自己哭出来。

"好了，以后你们任何一个人都不要来找我，我很忙，不要浪费我的时间。"卫乘风转身欲走。

"卫乘风!"吴潇潇拉住卫乘风,将项链扔到他脸上,"我真是瞎了眼才喜欢过你,你根本不配我喜欢!"吴潇潇愤然离去。

吴潇潇回到家中,把自己关在屋里崩溃大哭,任谁敲门也不理。

吴乾气得握紧拳头:"卫乘风这个王八蛋,不敢见我,欺负我妹算什么本事!"

董大锤叹息道:"卫乘风真的彻底变了,别说对你和潇潇,他就是对我们老街坊都狠得下心……有钱,咱们还是想想收地的事吧。"

吴乾叹气:"办法办法……我也在想。可秦麒麟手上有地契,他要收地合理合法——你们说他是不是特意针对我才收的新闸路?那就冲着我来啊!"

"你别乱想,老师已经去查秦麒麟的目的了,他会帮我们的。"贺红衣说道。

"可是明天就要收地了,到现在还没结果。实在不行……"吴乾掏出温雅慧的纸条,"就和这个向阳联社赌一把试试。"

贺红衣谨慎道:"我们一出事,温雅慧就找了上来,我总觉得有些奇怪,还是不要贸然合作的好。"

"试试看呗,我觉得这个温雅慧虽然一副大小姐样子,但是不太像别有用心之人。"

贺红衣急了:"防人之心不可无,我都说了老师会想办法,难道你宁可信一个刚认识的温雅慧,也不信任老师吗?"

"我不是这个意思,现在时间紧迫,查秦麒麟哪是那么容易的事,老师是肯帮忙,可我们等不及啊,多开辟一条路子也没什么问题吧?你就让我试试吧。"

贺红衣无奈点头。

温雅慧回到向阳联社,将在吴乾那里了解到的情况悉数告诉了温迎升。

温迎升思索半晌,说道:"秦麒麟身份暧昧,行踪神秘,我会想办法打

听他的,现在我们能做的只有联名登报抗议收地了,我和报社联系,明天头条就会刊出来。"

温雅慧笑得狡黠:"爸,你太棒了!让吴乾见识见识我们的本事!"

翌日,各大报纸的头条全都写着"上海多处土地被紧急收回,温迎升联合多名实业家抗议"。

秦麒麟看了报纸,气急败坏:"就是因为这个温迎升,曹老爷子拍了电报给我,让我收地暂缓!我查了,他除了经营几个纱线场,还成立了一个向阳联社。老桑,这个向阳联社什么来头?"

桑介桥敷衍道:"我未曾听说过。"

秦麒麟冷笑:"这种群众组织,你会不知道?"

"秦先生这就是为难我了,上海滩这种联社多如牛毛,桑某怎么会各个知晓熟悉?"

"那你就去和他们熟悉!把他们背景、目的给我打探出来。"

桑介桥皱眉,推托道:"贸然亲近,对方未必会全然信任。您要想问出些东西,手段多得是,何必在我这儿兜圈子?"

"你说得倒不错,可眼下这个形势,老爷子不想再起事端。再说了,桑老师,您和您学生的能力,我信得过。"秦麒麟特意将"学生"两字咬得极重。

桑介桥回到剧院,将报纸递给贺红衣:"温迎升敢直接发声抗议收地,看得出这个向阳联社确实肯干实事。收地事关重大,一旦出了纰漏可谓危机四伏,实在不该牵连学会其他人,我以为就你我单独以明镜学会的身份与之合作,想帮新闻路,目前看来仅此一计可行。这事我去办吧。"

"老师,我和你一起……"

桑介桥有些为难,但最终答应:"切记,只能和我一同行事。"

温雅慧看到头条,立刻来到吴乾家,将报纸怼到吴乾面前:"你看看,这是什么?"

"拿走,我又不认几个字,看什么看。"

温雅慧索性朗读起来:"上海多处土地被紧急收回,温迎升联合多名实业家抗议——"

"抗议?你们抗议有用吗?我们早就抗议了,新闸路不是照样被收吗?"吴乾说道。

吴潇潇急忙跑回来:"哥,巡捕房来人了,你赶紧看看去!"

吴乾赶到人群聚集处,发现李鹿贴了一张新告示,将原来三天收地的时限改成了一周。

"给你们放宽时间了,有什么困难抓紧解决,一周到了,谁也别找理由,全部给我搬走!"李鹿说罢,大摇大摆地离开。

"有时间就代表有机会,就让他们等着看吧,到时候我们一个都不会搬!"吴乾信心满满。

邻居们纷纷点头,对吴乾投来信任的目光。

温雅慧挤过来:"怎么样?抗议有没有效果?要不要合作?"

吴乾爽快应承:"行!"

"走,跟我去见我爸!"温雅慧拉着吴乾就走。

董大锤呼喊道:"有钱,早点回来啊,别忘了今晚我娘过寿——"


桑介桥带着贺红衣来到向阳联社。

温迎升客气迎接:"久仰桑老师大名,您主编的《少年中国》我每期都看,今日明镜能和向阳联手,是向阳的荣幸。"

此时,温雅慧带着吴乾闯入:"爸,我把吴乾带来了!"

贺红衣看到温雅慧和吴乾,三人都愣了。

"雅慧,说了你多少次了。"温迎升转向桑介桥和贺红衣,"小女温雅慧,也在联社帮忙。"

吴乾挤到贺红衣面前:"原来你早出门了,难怪你不在家。"

温迎升有些疑惑:"你就是雅慧说过的吴乾了。你们……认识?"

吴乾笑笑:"都是自己人。"

温迎升会意点头:"好,人多力量才大。"

"我愿意跟你们合作。我跟秦麒麟打过交道，这个人心机极深，他突然这么大规模地收地，这背后一定有名堂。"吴乾说道。

"看不出来嘛，你的见解还挺一针见血的。"温雅慧露出欣赏的表情。

温迎升注意到女儿的神情，笑着看向吴乾："年轻人很聪明，我跟你想到一起去了。"温迎升看着女儿，"雅慧，你可是不轻易夸人的。"

贺红衣有些不自在，被吴乾看见。

温迎升又看看贺红衣："今天很高兴，雅慧也算是交到了新朋友，她这性子都让我惯坏了，有什么得罪之处你们多多包涵。"

吴乾连忙接话："还是说说秦麒麟的事吧，如果能打探出他的真实目的，或许就有办法阻止他！"

"如今收地暂缓，却也闹得人尽皆知，秦麒麟那边也有所防备，想打探他的真实目的更是难上加难。我想不如直接约见秦麒麟，反而能打他个出其不意。我已经下了请帖，只等秦麒麟赴约。"温迎升说道。

吴乾点点头："我也要去。"

温雅慧帮腔："爸，让吴乾一起去吧，他和秦麒麟打过交道，肯定会有所帮助。"

贺红衣瞥了瞥温雅慧。

温迎升笑笑："这样再好不过。桑老师呢？"

桑介桥想了想："你们既然已经在明，不如我在暗，好多一手防备。"

温迎升点头："还是桑老师思虑周全，就这么决定了。"

吴乾、贺红衣和桑介桥一起出了联社大门，贺红衣不理吴乾，和桑介桥快步走在前面。

吴乾对着贺红衣的背影喊道："今天大锤他妈过寿！"

贺红衣面无表情："我还有点事，学会虽然关了，但《少年中国》得有始有终，最后一刊我得去帮忙，忙完了就过去。"

吴乾拉住贺红衣，抱住她，在她耳边说道："早点回来，我们等你。"

贺红衣被吴乾拉入怀中的瞬间一下了然于心，欣慰地点点头。

温雅慧在门口注视着两人。

　　当晚，棚户区众人聚集在天台上给大锤妈庆祝生日，吴乾左盼右盼，没盼到贺红衣，却等来了温雅慧。

　　温雅慧提着两罐酒笑意盈盈上了天台："大家好，我是吴乾的朋友，听说阿姨过生日，我就过来了。"

　　吴乾眉头一皱："你来怎么不说一声？"

　　温雅慧笑笑："我想让你的朋友认识一下我啊，这是绍兴二十年的黄酒，我特意跑到老字号的泰福酒号打来的，就剩这两壶了，希望你们不要嫌弃。"

　　大锤妈圆场道："既然是有钱的朋友，那就坐下来一块儿热闹一下。"

　　众人看大锤妈这样说，纷纷点头。

　　温雅慧挤到吴乾身边坐下。吴乾站起，不甘心地看向楼下。

　　董大锤小声嘀咕道："别急，或许是有事耽搁了，再等等吧。"

　　"不等了。"吴乾拿起酒杯，"我先带个头，大锤妈，祝您身体健康、长命百岁，也祝我们新闸路的大伙，能和以前一样开开心心，无忧无虑，谁也不敢欺负我们！"吴乾与众人干杯，一饮而尽。

　　大锤妈感慨道："五十多年前，我跟着我爹来上海，没想到竟然在这里过了一辈子。虽然老董走得早，可我从没孤单过，因为有你们这群亲人在。我最近一犯困，就想起好多以前的事，想起卫阿奶给大锤补的衣服，想起老吴替老董出头打架。想起潇潇刚出生那会儿，老吴在局子里，她娘身体又不好，花妹妹帮着我晒尿布，一人一口饭把她喂大。后来，阿狼来了，那时我一直以为你是女孩子呢。"

　　众人笑了起来。

　　大锤妈继续说道："后来，新闸路有了乘风，他命不好，爹妈走得早。还好又来了有钱，他们总在一起玩。有钱在，没人敢欺负乘风了。就这样一天天的，一转眼我都老了，你们也大了。可人，却凑不齐了……今天我只有一个愿望，大家谁都不要再走了，我们就踏踏实实在新闸路过日子，生老病死，哪都不去。"

　　阿狼哽咽起来："对，我们哪都不去。"

　　阿蛙点点头："新闸路是我的家，我也没别的地方可以去。"

花蝴蝶打圆场："没我同意，谁都不许走，是不是吴乾？喝酒——"

吴乾装作释然："对，喝酒！"

"既然我妈起了个头，那我也许个愿望。我希望……我希望明天巡捕房就来人，说这地，不收了！"董大锤说道。

大锤妈摸了摸大锤的头："你这傻孩子怎么不替自己许呢？我替你说，我希望你今年就娶个老婆，给我们大伙生个大胖小子！"

董大锤瞬间脸红，众人跟着起哄。

"那我也趁这个好日子，一起把愿许了，我只希望……"吴潇潇看了看吴乾，"我想回到过去，爹在外头躲着债不敢回家，我和哥哥过着有一顿没一顿的日子。虽然苦，至少还有希望。"

"死丫头，说得好像现在看不到希望似的！"吴乾站到椅子上，"我的愿望就是，我拼了这条命也要保住这里，保住我们的家！"

温雅慧崇拜地看向吴乾，也跟着站在椅子上："吴乾的事就是我的事。我保证，向阳联社一定会出全力帮助大家。"

众人捧场拍手，吴乾也敬佩地看向温雅慧，对她隔空敬酒。

贺红衣终于忙完学会的事，跑到吴乾家楼下，只见温雅慧在天台上和大伙聊天喝酒，不禁愣在原地。

天台上，众人带着酒意一一道别。吴乾醉倒在椅子上，温雅慧看着吴乾的侧脸，一阵心动，抬手摸了摸他的脸颊。

贺红衣走上天台，正好看到了这一幕。董大锤上来收拾锅碗瓢盆，看到这一幕也愣住了。温雅慧注意到贺红衣和董大锤，又羞又愧地离开了。

董大锤看向贺红衣："红衣，你……你别多想啊！"

贺红衣转身离开。

董大锤无奈地看着熟睡的吴乾，摇摇头："有钱，这次你摊上大事儿了。"

翌日上午，吴乾喝了一碗醒酒汤，懊恼不已："你为什么不弄醒我，当场跟红衣解释清楚，她都那样了你还放她走。"

董大锤挠挠头："醉成那样，打仗都惊不了你，再说，我哪留得住她呀。"

吴潇潇撇撇嘴："先想想怎么哄她吧，还有那个温雅慧，你跟她到底怎么回事？"

"吴法天在上，我跟她一点关系都没有！不行，我得赶紧去跟红衣解释清楚！"吴乾说着就往门外冲。

温雅慧在楼下拦住吴乾："走吧，我是来接你的，和秦麒麟的饭局。"

吴乾一拍脑门，懊恼喝酒误事，当即命令吴潇潇先去替他向贺红衣解释，他自己则不得不跟着温雅慧去赴宴。


饭店中，秦麒麟带着卫乘风一同前来。吴乾一看到卫乘风，顿时拳头紧握。

"想不到吴乾兄弟也在，只是看这样子，不大高兴嘛。"秦麒麟看了眼卫乘风。

卫乘风点头道："秦先生，今天场合特殊，拿不上台面的私事，就不提了。"

"我看你是不敢提！我之前找你，你为什么不开门，你后来又和潇潇说了什么？"吴乾咬牙切齿。

卫乘风装作不知："哪一次？我最近有点忙，麻烦吴兄提点。"

吴乾怒目圆睁："别用你狗仗人势那一套跟我说话！卫乘风，这些天你睡过一个安稳觉吗？我爹的葬礼和头七，你根本就不敢来！"吴乾抓起酒杯狠狠地砸在地上，气氛愈发紧张起来。

秦麒麟向后挪挪身子："看来，这顿饭是吃不成了。"

温迎升赶忙圆场："服务员，换个杯子。吴乾，别忘了重要的事情。"

卫乘风礼貌地接过服务员手中的酒瓶："我来为各位倒酒。"

温雅慧按住吴乾的胳膊，暗暗使劲。

# 第五十七章

## 泣血

　　酒桌上，吴乾取了三只杯子，抢过卫乘风手里的酒瓶，自己倒满三杯。"卫乘风，我们今天还是见面了，这么高兴的事应该说给三个人听，我敬三杯酒——敬贺青舟，敬阿奶，敬我爹吴法天。"吴乾将三杯酒一一灌下，"高兴了，谈吧。"

　　秦麒麟鼓掌，笑道："吴乾聪明，想不到酒量也不小，温老板，有这样一个帮手，你的向阳联社前途不可限量啊。"

　　温迎升举杯："秦先生别见怪，认识吴乾不过几天，但也看得出他是个重情重义的人。想必也是看见自己的朋友，一时感怀才失了态。也是多亏了他，我们才有幸了解了您的真实身份，不至于失了分寸。"

　　秦麒麟抿了一小口酒："夏奕也好，秦麒麟也罢，我看温先生不也都是没放在眼里吗？"

　　温迎升一愣，温雅慧和吴乾谨慎对视。

秦麒麟大笑起来："说笑而已，赴约与我这身份真没什么关系，我爱交朋友，特别是温老板这种古道热肠的实业大家，我没理由不认识一下。"

温迎升了笑反倒坦然了："秦先生直爽，既然您提了，那我也不必拐弯抹角。此番求见，温某确实为收地一事忧心忡忡，过分为难的事情实在不该提，只是秦先生要的是地，温某家业不大，但也有几处不错的选址，近的有临河，远的有傍山，园林、别墅亦有，您看，我们是否可以交换？价格也好谈。"

"哎呀，啧，为难啊。"秦麒麟阴阳怪气道。

温雅慧紧张地看向父亲："秦先生，那些地皮中还有我祖辈传下来的老宅，价值一定在您收的棚户区和工厂之上。"

"雅慧小姐这是为我考虑，我很感动，来。"秦麒麟主动喝了一杯，"不过，我真的是为难。雅慧小姐，既然你知道我的真实身份，那你该明白我买的地，都是按着上面的意思一道道程序批下来的。要是违逆了上面，我是要有杀头之罪，雅慧小姐，你忍心？"

温迎升擦了擦汗："事发突然，想必北京方面也会考虑老百姓的困难，不知此番强势是否另有他意？"

秦麒麟笑笑："温老板想多了，权衡上海经济发展的利弊才是我们重中之重。老百姓的困难我们也不会坐视不管，我自掏腰包，拿出足足两大箱金条作为额外补助，我的用心日月可鉴。"

温雅慧急了："再多的赔偿也弥补不了他们心里的损失。"

秦麒麟看着温雅慧："雅慧小姐心肠真好。我们实行的其实是旧城改建的计划，更多医院、学校甚至商业会取代老房和工厂，这对百姓来说难道不算是好事吗？"

"放屁！家没了，要这些地方做什么！"吴乾愤怒道。

秦麒麟刻意看了眼卫乘风："吴乾兄弟太过武断了，乘风就很明白我的心意嘛。虽然新闸路这块地不大，但是那个小码头特别吸引我，将来好好发展，既能造福百姓，又能促进上海经济，两全其美嘛。"

卫乘风避开吴乾愤怒的目光，起身敬酒："温老板，你们确实应该换

个角度想，搬迁的确是好事，尤其对于老城区的居民来说，拿上些安置费，寻个更好的住处，也算是改善了生活条件，我也是为兄弟们考虑过的。"

吴乾怒视卫乘风："那是我们一起长大的地方，是新闸路所有人都离不开的地方。"

"所以我挂念你们，有这种好事，第一个想到你们。"卫乘风一笑。

"可那也是阿奶住了一辈子的地方！"

卫乘风冷笑："在我面前提阿奶，你不配。"

"你恨我就冲我来，杀不了我拿新闸路出气，你还算是个人吗？"

"阿奶已经不在了，你们住哪儿，对我来说无关紧要。"

吴乾抢起酒瓶，"砰"的一下砸向卫乘风的脑袋。卫乘风的额头流下血来，立刻掏枪对准吴乾。

"乘风！"秦麒麟按下卫乘风的手，"干什么，收起来，不小心走了火，叫温老板误会。不过，吴乾这话的确也让人生气。我好心提醒你，不要与我对着干，你和你的朋友都负担不起。"

吴乾瞪了一眼秦麒麟，踢开凳子转身离开。

温雅慧的声音像蚊子："爸……"

温迎升怯怯欠身："秦先生，实在抱歉，温某先告辞了。"


剧院中，吴潇潇急切地对贺红衣解释："我哥当时喝多睡着了，都是那个温雅慧，竟然吃我哥豆腐。早知道她是那种人，我连门都不让她进。我哥恨不得飞过来跟你解释，要不是被她拉走，他现在已经在你面前了！"

"她又来了？"贺红衣皱眉。

"来是来了，但是为了新闸路的事，我哥对她凶得不得了，我看得出来，哥真的一点都不喜欢她。"吴潇潇期待地看着贺红衣。

贺红衣叹了口气："对不起潇潇，最近发生了太多事，我真的不想再为这种事费心了。"


饭店外面，温雅慧追上吴乾："你去哪啊，我陪你吧，你刚才太威风了，简直是个大英雄！"

吴乾面无表情："大英雄？"

"对啊，你抢起瓶子敲他的时候，我觉得砸得太帅了！可是他一掏枪，把我吓坏了，我怕你就这么死了。"

"他不是第一次拿枪口对准我了。"

"为什么？他为什么要这样对你？"

"这些事不用你知道，替我跟温老板道个歉，收地这事被我搅黄了。"

"吴乾，我们已经是朋友了，我知道你心情不好，我想替你分担。这事你没做错，秦麒麟说的话够明白了，就像你说的，拿钱收买不了秦麒麟，看上去他有理有据，事实上一肚子坏水。跟他们比，你真的是英雄。"

"我不想做什么英雄。还有，你别这样看着我了，我虽不是什么正人君子，但我有原则有底线，你昨天害我被红衣误会，我不跟你计较，往后你离我远远的，咱们只谈公事，不聊私情。"

"行，那就只谈公事不聊私情。误会是吧，我去和红衣解释清楚，不就摸了你一下嘛。"

"带你去解释，只会越描越黑，今天就到这，别跟着我了。"吴乾头也不回地走掉了。

温雅慧心有不甘地自言自语道："她到底哪里好？你喜欢她什么呀？……"


车上，秦麒麟看着头顶还在流血的卫乘风："掏枪很威风吗？我还坐在你面前呢。"

"可是我真的忍不住！我恨不得马上杀了吴乾！"

"我说过，到我想动他的时候，机会肯定是你的。之前他不识抬举我也没有赶尽杀绝，但没想到他竟然和温迎升联手。温迎升愿意赔钱换地，可见是下了狠心了。"

"那就找个由头，端了向阳联社。"

"不错，不过这个由头不用我们找。温迎升充其量不过是舞文弄墨的这点小伎俩，可我们也得防着，他要再登个报，上面必定怪罪我办事不力。得提醒桑介桥看紧姓温的，他肯定还有动作，到时不管他用什么法子，我

都有办法治他的罪。"

　　吴乾回到家，对吴潇潇说道："潇潇，你出去会，让我一个人静一静。"

　　贺红衣从楼上走下："我也要出去吗？"

　　"你怎么回来了？应该是我去找你的……"吴乾望着贺红衣。

　　"潇潇都和我说了。"

　　"对不起，我知道你心里不好受，昨天我不该喝成那样，可新闸路突然出了这种事情，我心里烦，那个温雅慧又……"

　　"不要提她了。如果是以前，我说不定会生气，可现在有更重要的事情等着我们去做，我不想为其他人分散精力。你刚刚见过秦麒麟了？"

　　"除了他，还有卫乘风。"吴乾无力地抱住贺红衣，"他要毁了我们的一切，他已经不是以前我认识的卫乘风了。只要他在，我们所有人都活不下去。红衣，对不起，我不该忽视你，没有照顾到你的心情，你想打我骂我都可以，我现在甚至连任何保证都不敢给你，可能只有等一切都结束了，我才敢，才有底气向你承诺，我想给你一个家。"

　　"我不需要你承诺什么，我们不要等，我们一起想办法，一起保护我们的家。"贺红衣抱紧吴乾。

　　办公室中，桑介桥握着电话筒，神情冷漠："该做的事我都按你的意思办了，你还有什么要求？已经死了一个无辜的学生，北京难道都是这样欺凌懦弱，横行无忌吗？"

　　秦麒麟在电话中说道："你想全身而退我是有办法让你后悔的，死一个不够那就两个三个。"

　　桑介桥努力克制愤怒："秦先生！桑某唐突了，温迎升那边，有消息我马上告诉你。"桑介桥挂了电话，无力地坐下。

　　不多时，温迎升心事重重地找到桑介桥。

　　桑介桥别有用意地说道："看来谈得不顺。"

　　温迎升点点头："秦麒麟霸道无度，谈和已经不可能了，收地的目的我们也无从可知，向阳联社如今暴露在秦麒麟的眼皮底下，很大可能会受到他的打压，桑先生，我思虑再三只能冒险走这下一步，但是还需要你的帮助。"

桑介桥无力地摆摆手："温先生见外了，你我已是同舟共济，这件事情我是不会置身事外的。"

温迎升激动起身："既如此，我希望明镜学会能够支援我们做一件事。"

剧院舞台上，吴乾、贺红衣、博文、温雅慧和常五，每人捧着厚厚一叠纸张。

温迎升说道："今晚我们借用学会的印刷房，所有传单必须连夜印出，负责散发的工人，会在零点于向阳联社等待传单，大家抓紧时间。印刷完成之前，不要随意外出，以免走漏消息。"

"传单上的言论有所夸大，更没有真凭实据，为的只是引起民愤，给他们制造麻烦，所以你们千万不可暴露身份，散发动作要快，一定保护好自己。"桑介桥说道。

众人相互投去鼓励的目光，立即开动。不久，印好的传单已堆了一地。

"红衣，你校对一下有没有错漏，我回趟办公室。"桑介桥离开。

贺红衣仔细检查，传单上写着："官商勾结！同流合污！暴力收地！国将不国！强权掠夺，逼迫百姓无家可归，流离失所！"

桑介桥匆匆回到办公室，时钟指向十一点半，他犹豫再三，拿起电话听筒给秦麒麟拨打电话。

门外，贺红衣匆忙赶来，激动地推开门："老师——"

桑介桥紧张地挂断电话："有事吗？"

"传单就快印完了，我来喊您过去。"贺红衣打量着桑介桥，有些疑惑。

桑介桥下意识地扶了扶电话："好。"

另一边，秦麒麟面对戛然而止的通话一愣，随即疑惑地放下电话。

"怎么了？"卫乘风问道。

秦麒麟笑笑："不重要，关键信息已经拿到了，果然不出我所料，动作真够快的。"

"秦先生，明日就是棚户区搬迁的最后时限。"

"自以为是，想借着发散传单闹大动静，以为由此就能拖延棚户区的搬迁时限，跟特务处玩这种游戏，简直不知轻重。"

卫乘风点点头："该是我们巡捕房派上用场的时候了。"

贺红衣回到舞台，见众人已将传单打包好，一摞摞排列起来。

桑介桥匆匆赶到，神情游移："就按照之前的计划，向阳那边有温先生主持大可放心，但是印刷房只有博文一人，余下的一批印刷收尾，红衣你需要留在剧院。"

贺红衣不解地望着桑介桥。

吴乾立刻带着大家走上街头，趁天没亮往各个商铺和民居的门缝里塞传单。暗处，卫乘风命令李鹿带着一队巡捕朝吴乾的方向追去。吴乾见巡捕追上来，立刻掩护众人逃跑，他自己却被巡捕抓住。

剧院中，贺红衣心神不宁，对博文说道："刚才老师很奇怪，我去办公室叫他的时候，看见他紧张地挂断电话。"

"紧张？"博文问道。

贺红衣点头："我总觉得哪里不对劲。"

"能有什么不对劲？或许是广州那边的事，他不愿你听到怕你担心。"

贺红衣沉默。

"你在怀疑什么？红衣，难道你不相信老师？"

"没有，我把最后一批送给吴乾他们。"贺红衣不再多说，抱起传单向外走。

董大锤护着吴潇潇、温雅慧和常五回到吴乾家，吴潇潇拼了命要跑出去救吴乾，被众人使劲拦住。

"潇潇你不能冲动，现在去巡捕房只会暴露自己。"温雅慧劝道。

"被抓的是我哥！"吴潇潇泪流不止。

董大锤忽然想到什么："坏了，现在到处是巡捕，红衣肯定已经去集合点送传单了，她也有危险。"

"我们得去找她！"吴潇潇又欲往外冲。

温雅慧拉住吴潇潇："让常五去吧，我回联社通知我爸，你在家看着潇潇。"

常五赶到街角，将情况告诉了贺红衣，贺红衣顿时急了，匆匆赶往巡捕房。


巡捕房拘留室中，卫乘风冷眼盯着吴乾。

吴乾冲撞到铁栏上："我怎么没一瓶子砸死你！谁给你们通风报信了？！"

"有心思关心我，还不如先想想自己的死活。"卫乘风冷笑道。

"你就那么想我死？明的不行就玩暗的？"

"我想杀你本来很简单，但是你非要去惹秦先生，现在想死也不会那么痛快了。我算是够兄弟了，抓这几个工人陪你，我知道，一个人被关在这里的滋味不好受。"

"你对付我可以，不要连累其他人，把工人放了。"

"别着急，我都会满足你的。"卫乘风转身离开，对李鹿叮嘱道，"先关他一夜，任何人都不许见。"

李鹿点头哈腰："巡长您放心回去休息，我亲自值班看紧这个吴乾。"

卫乘风向外走，见贺红衣迎面走来："吴乾被抓了，你不能见他。"

"你们凭什么抓他？"贺红衣怒视卫乘风。

"他散发有辱国家机务要员的传单，影响社会秩序，激起民众恐慌，现在是关他，明天还有审讯，事情严重了他就是密谋造反的死罪。"

"死罪？明明是你们干了伤天害理的事，新闸路的人被你们逼得无处可去，我们才不得已这么做。让我见吴乾！"

"你见不了他。"

"所有行动都是我安排的,你要抓就抓我!"

"我知道这事和你脱不了干系,只是你有没有想过,为什么只有你躲过一劫?"

贺红衣看着卫乘风,忽然想到桑介桥吩咐她留在剧院:"有人把计划泄露给了你们?是谁?"

"你应该能猜到。你总是这样,贺红衣,那么多人都在背后保护着你,你却视而不见,你眼里只有吴乾。如今没了他,没了你哥,没了雨辰,对了,还有桑介桥,他早已经不是你想象中的那个老师了。你睁开眼看看,你身边除了我,已经没有人能帮你了。"

贺红衣捏紧拳头:"真的是老师……"

"你老师都想明白了,只有你还执迷不悟。那些工人没钱没势,有什么值得你费心的?温迎升不好好开工厂,自以为搞个联社就能替穷人撑腰?你们别傻了!"

贺红衣冷静道:"在你看来,温迎升是自找麻烦,但在我心里,他是和吴乾一样有担当的英雄!他们和你不一样。"

"吴乾吴乾又是吴乾……我告诉你,我不会再被你牵着鼻子走了。吴乾要做英雄,我会成全他的。"

"我不劝你,你已经变成一头冷血无情的野兽,你永远都不会拥有他们的感情!在你杀了吴叔之后,你知道吴乾是怎么想的吗?他想把过去的你找回来,他怕你就这样越走越远!"

"他是怕斗不过我!他现在已经没用了,是我抓了他,我还要杀了他!你求我啊,你求我,看我会不会放了他?"

"你做梦!"贺红衣满脸鄙夷,离开巡捕房。


贺红衣回到剧院,径直冲进桑介桥的办公室,瞪着桑介桥。

"你想问什么直接问吧。"桑介桥一脸倦意。

"我撞见您匆忙挂断电话……您为什么不让我们参与散发传单?为什么只有我们没有被抓?卫乘风为什么说您已经不是我想象中的老师,为什么? 行动暴露了, 吴乾和工人被抓, 是您把消息递给了他们, 对吗? ”

桑介桥动了动嘴唇, 终究开不了口。

贺红衣继续质问道: “您为什么要帮秦麒麟? 您完全不在乎自己人的安危吗? ”

“自己人, 你是自己人, 博文是, 还有剧院上下我的学生们, 我只关心你们。”

“所以您才会通风报信, 您知道有巡捕房介入才把我和博文留在这。可您明明知道吴乾对于我来说意味着什么, 还有潇潇、大锤, 他们都是我的朋友……老师! 我哥走的时候您说过, 要恨就恨这个乱世, 就恨那些大小军阀贪官污吏, 您要我把恨化作动力, 不能让我哥白死, 我听了您的话, 可是您呢? 您为什么要帮那些我痛恨的人? ”

“我没办法! ”桑介桥有些激动, “我没办法……他们杀了雨辰。”

贺红衣满脸错愕。

桑介桥颤抖着嘴唇: “你们以为我在广州的那些日子, 他们威胁我投诚, 我不答应。我的坚持害死了我的学生。我死了有什么关系, 可你们还年轻, 我只能按照他们的要求做。不光是今晚, 从我带你接近向阳联社那时起, 只有帮秦麒麟做事, 你们才是安全的。”

“你为什么不告诉我? 我不怕死, 从万术大赛开始, 烧鸦片, 劫军火, 我经历了多少生死, 不都一关关过来了吗? 是您教我们的, 为了民主和自由……”

桑介桥抬高声音: “没了命, 何来民主和自由? 过去我们还有希望, 可现在呢, 广州遗弃了我们, 那些信仰和目标全部成了一张废纸, 我不能带领你们实现理想, 起码我能屈服于现实, 至少可以保证你们都活着, 不要和雨辰一样……”

贺红衣摇头: “新闻路那么多百姓, 他们才是我们要救的人! 雨辰死了, 我们应该替她报仇, 可你却让她成了威胁利用你的武器, 这太不值了! 老师, 对不起, 您努力要保住我的性命, 可我更想做正确的事情, 哪怕会死! ”贺红衣朝着桑介桥深深一鞠躬后离开。

贺红衣离开剧院，径直走到巡捕房，见不到吴乾，只得坐在门口的台阶上等待着。拘留室内，吴乾焦虑地捶着墙。

清晨，一辆车停在巡捕房门口，温雅慧和温迎升匆忙下车。

贺红衣从台阶上起身："你们来了，巡捕房不让见人。"

"让我去试试。"温迎升往巡捕房里走。

李鹿立即拦住温迎升："上头有令，昨天闹事的工人，谁都不让见。"李鹿转身进了巡捕房。

温迎升叹气："到底是哪里出了问题？我们的行动那么保密。"

疲惫不堪的贺红衣撑起身子，鼓足勇气道："对不起，温先生，走漏消息的人是我老师。"

"什么？"温雅慧震惊不已。

温迎升叹息道："事情既然已经发生了，姑娘，这不是你的错。"

温雅慧点点头："我们先回新闸路吧，再一起想办法。"


秦麒麟在办公室中听着留声机里传出的流行歌曲，跟着哼唱。

卫乘风急切地问道："接下来，要不要找温迎升……"

"不着急，目标太多反而不好动手。既然只抓到吴乾，那就让他发挥作用，让向阳联社再也不敢乱动。"

"难道是……杀鸡儆猴？"

"你只说对了一半。我早就跟你说过，吴乾根本算不上什么，搞死他一点也不难，可如果他就这么死了，别人会当他是个英雄，你愿意看他死得那么体面吗？ 收地的事也不用拖着，就今天，我看看他们还有什么精力跟我斗。"

卫乘风回到巡捕房，径直来到拘留室，把罪状递给吴乾。罪状书上写着："密谋造反罪，聚众散播危害民众生命财产之谣言，诋毁政府名誉，危及百姓安危，致使社会动荡……"

"你认了罪，就可以安心上路了，棚户区的兄弟们就快过上好日子了。"卫乘风轻蔑一笑。

"直接杀了我，不用那么多废话。"吴乾面无表情。

"这小子嘴硬,直接打得了。"李鹿说道。

"这个罪,死不死他都要认。打他没有用,吴乾最擅长挨打,我知道。"卫乘风看向旁边的拘留室,"那边的工人不还好好的吗?等着做什么?动手,当着吴乾的面。"

吴乾气急,扑到铁栏上:"你发什么疯,你是不是怕我,不敢动我?卑鄙!打他们你算什么英雄?!"

"我的确不是什么英雄,你想做英雄就快点认了罪,省得他们受苦。"卫乘风笑笑。

李鹿进入另一间拘留室,对工人拳打脚踢。

吴乾猛然站起身,咬牙切齿地瞪着卫乘风。

卫乘风拿着枪指着他:"吴乾,你带头散发反动传单,密谋造反这个罪你认不认?"

"什么反动造反?我们的传单只揭发了你和秦麒麟的勾当,你这是污蔑!"

卫乘风一个眼神,李鹿对工人又是一顿毒打。

吴乾万分焦急:"你要我认罪不就是想弄死我吗?那你就直接开枪啊!"

卫乘风笑笑:"你怎么一点长进也没有?我可不只是想弄死你。我要的是全上海都知道,你是个彻头彻尾的罪人,就算死了也翻不了身!向阳联社再敢轻举妄动,最后的下场就跟你一样!"卫乘风看了看工人:"接着打。"

"卫乘风!"吴乾握紧拳头。

"使劲打,没吃饭啊?"卫乘风笑道。

工人被打到一口血喷出,彻底昏厥。吴乾如同困兽一般,使劲撞着栅栏。

"弄醒他,打死为止,死了再换下一个。"卫乘风对着吴乾笑。

"我认!"吴乾死死瞪着卫乘风,"我认!把工人放了!"

李鹿在罪状书上蘸了点血迹,拿起吴乾的手指摁下指印。

卫乘风嘴角上扬:"放了?你认罪不过是确保他们不被打死,我可没

说要放了他们。"

吴乾死死盯住卫乘风离开的身影。

卫乘风停在拘留室门口,满意地递过认罪书,吩咐李鹿:"收好了,带上兄弟们跟我去趟新闸路,今天真是好戏不少。"

李鹿带着一众巡捕走进棚户区,见众人没有搬家的意思,当即开始挨家挨户砸东西,哭声和尖叫声顿时四起,卫乘风则靠在后街的墙边默默听着。

贺红衣和吴潇潇听到打砸声,立刻冲出来阻拦巡捕。

"巡长请你前面一叙。"李鹿忽然出现在贺红衣面前,当即命令几名巡捕将贺红衣拖走。

棚户区的后街上,贺红衣被带到卫乘风面前:"快让你的人停手!"

卫乘风笑笑:"我不想动手的,新闸路这些人你熟,骨头硬得很。他们要是愿意好好听话,我也不会这样做。"

"你是想搞出人命来吗?这里是你长大的地方,都是些手无寸铁的百姓,卫乘风你太狠心了!"厮打声和哭喊声传来,贺红衣试图用力挣脱巡捕,"你放开我!"

卫乘风得意:"我早就说过,除了我,没有人能帮你,也没有人能救得了他们。"

贺红衣焦急万分,却毫无办法。

另一边,吴潇潇等人奋力抵抗着巡捕们。温雅慧和温迎升赶来,救起被巡捕打伤的孩童。

李鹿上下打量温雅慧和温迎升:"你们早上去过巡捕房吧?看这样子也不像是住这儿的人,少管闲事!巡捕房秉公办事,是这些暴民自讨苦吃。"李鹿掏出一袋银元往地上一扔,"之前给过你们赔偿方案,是你们自己不识相,这些额外补助已经是格外开恩,聪明的就拿上钱赶紧滚蛋!"

温雅慧看着地上的银元稍显疑惑,看了看温迎升。

阿蛙和阿狼等人捡起地上的铲子就往李鹿身上劈过去,众人顿时又与巡捕们打成一团。角落里,花蝴蝶的头磕在墙上晕了过去,大锤妈抱着花蝴蝶瑟瑟发抖。

混乱中，温雅慧不小心将巡捕的长枪打落，她愣了一下，死死盯着那把枪，颤抖地伸出手，试图去拿枪。李鹿注意到温雅慧的动作，立即拿出手枪，拉开保险。

温迎升看到李鹿举枪，急切地大喊："雅慧！危险！"

"砰"的一声枪声响起，周围安静下来。

后街，贺红衣听到枪声顿时愣住，恶狠狠地盯住卫乘风，一个巴掌拍在他脸上。

卫乘风笑着，长长地舒了一口气："你终于愿意正眼看我了，自始至终，你都没有这样看过我。"

贺红衣猛然挣脱开巡捕，欲逃离。

卫乘风没有阻拦，只是冷笑道："忘了告诉你，吴乾已经认了造反罪，三天后执行枪决，你们没希望了。"

贺红衣顿时愣住，迟疑半响断然离开。

温迎升紧紧将温雅慧护在自己怀中，面前的长枪被一名巡捕捡走。

李鹿满意地吹了吹枪口，看到棚户区众人受惊的模样十分得意："打啊？你们接着打啊？不给你们点颜色就不知道老实，赶紧都给我麻利地搬走，下次这枪口对准哪里，我可不知道！"李鹿带着巡捕队撤离。

街上鸦雀无声，人们还没从枪声中缓过神来……

# 第五十八章

## 旦夕

　　棚户区中，人们纷纷拿着行李往外走，杂物被扔得到处都是，小孩的哭声震天响。吴潇潇却说什么都不肯离开家，阿蛙和董大锤等人也坚持留了下来。

　　温迎升见状开口道："现在这个情况，再不走也不是明智之举，不如你们先去我那里，再做打算。"

　　董大锤妈感激不已："温老板，您真是好人，您这么大的一个老板，为了我们这么拼命，还有雅慧小姐，今天也受委屈了……"

　　温迎升摆摆手道："您说哪里话，我从来没当自己是个老板，我开纱厂、办联社，为的就是替百姓说话。"

　　温雅慧点点头道："就是，阿姨，您别说这样的话，先不说我是吴乾的朋友，就算是陌生人，我和我爸也无法看到你们这样受欺负而坐视不管。"

贺红衣一直站在角落里默默流泪。

大锤妈转头看到贺红衣的样子，安慰道："红衣丫头，你别哭啊，咱们先避一避，等有钱回来一定会有办法的。"

贺红衣仍不停地流泪："对不起……刚刚卫乘风告诉我，吴乾被判了死刑，三天后行刑……"

众人顿时震惊得说不出话来。

"大不了就一起死在这里，我不怕！"吴潇潇突然起身，跪在吴法天的牌位前流泪，"爹，我不走，我哪儿都不去，如果哥真的死了，我就去下面陪你们，我们一家人就又团聚了……"

众人纷纷泪流满面，不知该如何互相安慰。

卫乘风踩着一双油光锃亮的皮鞋踏入拘留室，走到关押吴乾的隔间外。

吴乾抬起头说："又是你，我都已经认罪了，你还来干什么？"

卫乘风不怀好意地笑了："有些事我不告诉你，我不开心啊。刚才我领着巡捕房的兄弟们跑了一趟新闸路，现在那里所有的人都会搬走，你拼命想保住的新闸路，还是保不住啊！"

吴乾又惊又怒："卫乘风，收地不是延缓了吗，你又去新闸路做了什么？"

"没什么，收地是迟早的事，只是没想到那些人又在闹事，我的兄弟们只好采取了些强硬手段。早搬走不就没事了吗，非要和我们巡捕起争执，吃亏的还不是他们自己？"

"卫乘风，你无耻！你趁着抓了我，就对新闸路下手！"

"跟我有什么关系，我一直以来都是秉公执法，是你觉得自己有能耐阻止收地，是你给了他们希望，但是可惜，现在你一个人在这里等死，他们也要搬走了，只有我，才是那个最后的赢家！"说完得意地离开了。

卫乘风回到办公室，发现贺红衣站在门口。

"卫乘风，你可不可以放了吴乾？"贺红衣满目无助。

卫乘风冷笑道："你来找我就是说这个的话，不送！"

贺红衣焦急道:"我……我求你……"

卫乘风眼睛通红地看着贺红衣:"我是想让你求我,可我没想到,你真的来求我了。为了吴乾,你连自尊都不要了吗?但我告诉你,我恨吴乾,恨不得他马上去死,你求我也没用!"

"如果你恨吴乾是因为我,那么我向你道歉。你对我的感情我没法回应,但这不是吴乾的错。"

"不是他的错,那是我活该?我活该得不到你,活该一无所有?"

贺红衣摇头道:"你一直把阿奶的死怪罪在吴乾头上,但其实这件事怪不了任何人。你如此固执,就算当时我选择了你,你也不会变得更好。我知道你心中有怨气,可是你变成这个样子,真的是你想要的吗?"

卫乘风冷笑道:"你永远只会替吴乾说话,你们真的有一次站在我的立场上为我想过吗?我对所做的一切现在不后悔,今后更不会!"

"好,我走了。"贺红衣说完便准备离开。

卫乘风一把抓住贺红衣说:"你别做梦了,死刑已判,神仙在世都救不了他!"

"就算只有一丝希望,我也要去拼一把,如果吴乾死了,我也不活了!"

卫乘风心中嫉妒的怒火燃烧到了顶点:"你就那么在意吴乾?"

"没错!"

卫乘风冷笑几声,眼里闪烁着恶意的光芒:"好,既然你这么爱他,我成全你。我可以向秦麒麟开口要求放人,但前提是,你和我结婚!"

"卫乘风你无耻!我不可能嫁给你!"

"什么都不想付出却想着得到,贺红衣,你算盘打得真好。"

"你……"

卫乘风打断贺红衣:"既然今天你能来求我,应该也知道你们已经无路可走了,好好考虑一下,吴乾没几天时间了。"

秦麒麟成功收了工厂的地,厂长们只能关了厂子,宣布退出向阳联社。

温雅慧焦急不已："爸，他们都走了，那我们怎么办？"

"雅慧，联社是我一辈子的心血，就算只剩下我们，我也一定要撑下去！"温迎升眉头紧锁。

温雅慧愤恨道："爸，难道就这样任由秦麒麟恣意妄为吗，那些工厂保不住，新闸路保不住，吴乾的命也保不住……"

温迎升低下头说："这次散发传单的行动失败，也害了吴乾，我心里也不好受。那个叫贺红衣的女孩说得对，如果是吴乾在，他说不定有办法扳倒秦麒麟，可我们现在连见都见不到他了。"

温雅慧突然想起饭局上秦麒麟曾说过他自掏腰包用了两大箱金条作为搬迁补助，但在棚户区里，李鹿只丢出一袋银元。

"我再去巡捕房试试！"温雅慧匆匆离开。

温雅慧闯入巡捕房，直接冲到了李鹿面前："别以为我不知道你干了什么好事，赶紧把人放了，否则我就把事情抖到秦麒麟那里去！"

李鹿脸色一变，恶狠狠威胁道："你个丫头片子，满嘴胡言乱语，我现在就把你关进去陪着吴乾！"

"你若抓了我，秦麒麟就会收到一封匿名信，上面写着你如何剥削新闸路的收地安置费，一旦败露，他秦麒麟为民造福的面目被揭穿，到时候，你猜你会是什么下场？"

"你……"李鹿慌了。

温雅慧乘胜追击："还不赶紧放人？"

李鹿转转眼珠道："人是不可能放的，不过吴乾马上就要死了，我最多让你见他一面。"李鹿带温雅慧来到关押吴乾的隔间，"只有五分钟，有话快说！"说完便离开了。

吴乾看到温雅慧，惊讶道："怎么是你？他们怎么让你进来的？"

"这个不重要，吴乾，我要救你出去，你有没有什么办法？"

吴乾苦笑道："我能有什么办法，他们拿你们联社工人的性命逼我认罪，就是一门心思要我死。新闸路的事我也听说了，与其想办法救我，不如你和你爹再帮我试试保住新闸路，这样我也不算白死。"

"吴乾，我好不容易进来，不是听你说这些的。你难道觉得你一个人去死很英雄吗？真正的英雄不是这样的！新闸路的大家被迫搬走，秦麒麟的阴谋到现在还没人知道，你指望我和我爸，不如自己活着出来，我们一起想办法！我们都需要你，你不能死！"

吴乾恍然想起当初贺红衣劝他入学会时说的话，猛地振奋了起来："我可能真的不是一个英雄，但你说得对，我不能就这样死了，有些事情我必须要去做！"

温雅慧激动不已："你准备怎么做？"

"你提醒了我，秦麒麟到底想做什么还不知道，但我们可以先揭穿他的身份……"

"揭穿他的身份？"温雅慧转着眼珠。

这时，李鹿不耐烦地敲敲门说："时间到了！"


贺红衣思量了半天，决定先答应卫乘风的要求救出吴乾再说，于是主动来到卫乘风的新宅找到他。

卫乘风看着贺红衣冷笑："你先和我结婚，我再放人。"

贺红衣没想到他会提这样的要求，不禁握紧了拳头："要是你言而无信怎么办？"

"你没有别的选择，只能相信我。"

"可你现在在我心里的信任度为零。如果这是一个必输的赌局，我又何必坐在这张赌桌上，起码，你要让我看到你的诚意。先放了向阳联社的两个工人，保证不再伤害新闸路的任何人。"

卫乘风挑了挑眉："这倒是不难。不过贺红衣，我也想告诉你，你在我这里的信任度为负。所以，我也得看到你的诚意！"

"你想要什么？"

"从现在开始，留在我这里，不许和其他人联络。我会找人尽快筹备婚礼，到时候委屈你直接从卫府出嫁。"

"你要软禁我？"

"你们的手段我见识得太多，放走你等于放虎归山。当然你也可以选择拒绝，不过，这也是你最后一次可以选择的机会。"卫乘风露出胜利的微笑。

　　温雅慧回到向阳联社，找来吴潇潇和董大锤等人，却唯独找不到贺红衣。时间紧迫，她来不及寻找贺红衣，于是先将揭穿秦麒麟身份的想法告诉了大家。

　　"秦麒麟收地实际上是北京那边的授意，他是特务头子，收地的事本不该由他来做，而他还假借商人夏奕的身份行事，说明他做的事不想让太多人知道。如果我们公开揭穿秦麒麟的身份，以此作为要挟让他放了吴乾，那么秦麒麟乃至他上头的人一定会松口。"温雅慧说道。

　　吴潇潇欣喜万分："那我哥，是不是有救了？"

　　董大锤点点头："现在要怎么做？"

　　"所有人都认为秦麒麟已经死了，如果我们登报揭发，肯定没人会信。所以我们只有一个办法，就是组织工人们去巡捕房示威抗议，直接拉出标语、喊出口号，造出声势来。"温迎升说道。

　　"只要能救出我哥，我是什么都不怕的，但是我怕这样把秦麒麟逼急了，温先生和温小姐会有危险。"吴潇潇说道。

　　温迎升摆摆手道："向阳联社早就暴露在秦麒麟的眼皮子底下了，现在无非就是撕破脸皮，我们不怕。况且，我也相信，只有吴乾出来了，我们才能真正扳倒秦麒麟。"

　　这之后，温迎升立即去厂子里组织工人们参加行动，温雅慧则带领大家制作标语和横幅。

　　贺红衣被软禁在卫乘风新宅的客房中，门口有两名打手时刻把守着。一名仆人拿着一封信走到客房门口，打手检查了信件，将仆人放入屋内。

　　仆人将信交给贺红衣，贺红衣接过一看，竟是桑介桥的来信，信中写道：红衣，老师听说你和卫乘风即将成婚，其中缘由，我多少能够猜到一二，只有一声叹息。我知道你已不愿原谅我，你我今后亦难得再见，但是老师不得不叮嘱你，你性子刚烈执拗，卫乘风又正春风得意，必要时多加忍

耐，保全自己为上。此生有幸与你师徒一场，是老师的福气。

贺红衣读完了信，沉默地将信慢慢撕碎。

卫乘风拿着一份喜帖来到秦麒麟的办公室。

秦麒麟打开一看，喜帖上写着明日就办喜宴，疑惑道："恭喜啊乘风！不过……这贺红衣不是爱吴乾爱得要死要活吗，怎么突然之间转了性子？"

卫乘风讽刺地笑笑："是，这本来就是一场交易罢了。"

秦麒麟挑眉道："哦？"

"贺红衣同意和我结婚，是想用自己换吴乾一条命。"

"吴乾不是你最想杀的人吗？我给你了亲手解决他的机会，想不到你还是为了女人心软了。"

卫乘风连忙解释："秦先生误会了，这个婚我要结，吴乾也必须死！和贺红衣结婚，正好可以看住她，谁知道她为了救吴乾还会做出什么事来。婚礼筹备得这么仓促，也是想赶在吴乾死前就全部办妥，免得再生事端。"

秦麒麟欣赏地一笑："你思虑得越来越周全了。"

"跟在秦先生后面学做事，自然耳濡目染。"

巡捕房中，李鹿走进拘留室，将向阳联社的工人放了出去。

吴乾着急地敲打着栏杆："你带他们去哪里？喂！怎么回事？"

卫乘风走进来，不耐烦道："多亏了你，他们能回家了。"

"突然放人，你又想干什么？"吴乾愤怒地看着卫乘风。

"不干什么，心情好，想放就放了，毕竟我和贺红衣马上就要结婚了，死太多人，晦气。"

吴乾如遭晴天霹雳，眼睛通红，声嘶力竭地喊道："卫乘风！是不是你逼迫她的？红衣是不会同意的！你对她做了什么？你给我说清楚！"

卫乘风冷笑道："我什么都没对她做，是红衣主动找上我的。"

"你有本事冲我来，我们堂堂正正决战，不要拿这种下三滥的手段对付我！"

"吴乾，你现在不过是一个阶下囚、死刑犯而已，堂堂正正决战？你不配！你拿什么和我比？贺红衣为什么选择我，还用我多说吗？"

"红衣看中的是身份吗？你说这话，不是在羞辱我，是在羞辱红衣。"

"是你太天真！女人都求安稳富贵的生活，即使是贺红衣也不例外。放心，你死后，我会替你好好照顾红衣的，看在我们曾经是朋友的份上。"说完便离开了。

卫乘风回到家，揽住贺红衣的肩膀说："我忙了一天，没看到你试婚纱，怎么样，还满意吗？"

贺红衣厌烦地甩开卫乘风的手，沉默不语。

卫乘风无所谓地耸耸肩："明天我们就结婚了，婚礼在圣善理教堂举行，请帖都发好了，等你成了卫夫人，就不用被关在这里了，婚礼当天会有很多人到场，我终于可以风风光光地娶你进门了。"

"我只希望过了明天，你能履行交易，放了吴乾。"

卫乘风面色一冷："既然知道是交易，那就别摆出这副要死不活的样子，毕竟这是你自己谈出来的结果，弄得像我强迫你一样，明天你给我开开心心地结婚，马上就是卫夫人了，别丢了我的脸！"说完他愤然离开。

翌日，巡捕房门外，众多工人举着横幅赶来，喊着"抗议特务收地"和"释放斗士吴乾"的口号。温雅慧、温迎升、吴潇潇和董大锤在队伍最前列，阿蛙和阿狼等人则拿着印有秦麒麟真实身份的传单发放给路人。街边有不少行人驻足，议论纷纷。众巡捕闻声从巡捕房中冲出来，用枪杆殴打工人和路人。

温迎升怒吼道："住手！你们巡捕凭什么打人？"

吴潇潇冲上去说："你们巡捕除了会对我们这些平民动手，还会什么？要么你把我们在场的人都打死，要么赶紧放人，否则我们誓不罢休！"

工人们齐声高喊："对，我们誓不罢休！"

关押室中，吴乾听到众人奋力高呼的声浪，既感动又担忧。

巡捕房外，场面愈演愈烈，巡捕们慌了，不敢再贸然继续攻击。一名巡

捕匆匆离开，前往教堂向卫乘风汇报。

此刻，教堂的钟声敲响，大厅中座无虚席，大门和四周遍布荷枪实弹的打手。贺红衣身着婚纱，和西装革履的卫乘风一起走进教堂。秦麒麟带头鼓掌，李鹿也带着一众巡捕纷纷起立鼓掌。

此时，一个巡捕突然来到李鹿身边耳语，李鹿闻言一惊，立刻上前将卫乘风拉到一边汇报。全场宾客全都不解地看着卫乘风，贺红衣和秦麒麟更是皱紧眉头，各怀心事。

卫乘风压低声音对李鹿说道："你是不是队长不想干了？现在是什么时候，这点小事都摆不平，拖着他们，反正吴乾明天就死了！"接着他回到原位，再次拉起贺红衣的手，一边微笑着走向牧师，一边小声对贺红衣说道："我昨天怎么和你说的，别在婚礼上板着脸。"

卫乘风与贺红衣面对面站在牧师面前。

牧师问道："卫乘风，你是否愿意接受贺红衣成为你的合法妻子，并承诺从今之后始终尊敬她、安慰她、珍爱她，始终忠于她，至死不渝？"

卫乘风打量着贺红衣的面庞，由衷道："我愿意！"

"贺红衣，你是否愿意接受卫乘风成为你的合法丈夫，并承诺从今之后始终尊重他、安慰他、珍爱他，始终忠于他，至死不渝？"

贺红衣久久不说话，脑海中回想起与吴乾的一幕幕往事，不禁泪流满面，终于低下头闷着声音说道："我愿意……"

宾客席掌声轰鸣，卫乘风得意地笑了出来。

婚礼结束后，秦麒麟走出教堂。卫乘风察觉到了秦麒麟的不悦，主动上前汇报道："秦先生，刚才李鹿找我，说向阳联社那帮人跑到巡捕房闹事去了，要求释放吴乾。我想着吴乾明天就要被枪决了，他们也闹不出什么……"

秦麒麟冷哼："算了，你大喜的日子，我也不想太为难你，把事情办得漂亮一点，不要再给我惹出麻烦！"

"我已经都安排好了，请您放心！"

当晚，卫乘风回到家，灌了一杯酒下肚，将贺红衣拉到沙发上说："我们终于结婚了，感觉像做梦一样。红衣，你知道我盼这天盼了多久吗？从我们第一次见面我就喜欢你，你早就应该是我的，我还记得你是怎么鼓励我的，你说我会成功的，红衣，答应过你的事我都做到了。"卫乘风凑上去要亲她。

贺红衣使劲推开卫乘风，翻身离开沙发："你想干什么？"

"你是我的妻子，怎么了？"

"你先放了吴乾。"

卫乘风起身走近贺红衣说："今晚我们能不能不提他？这是我们的新婚之夜！"他委屈地捧起贺红衣的脸。

贺红衣不再反抗，却满脸的不情愿："你为什么不回答我，婚也结了，吴乾可以放了吧？"

"我那么在乎你，为了你我什么都愿意做，可你就是看不见！你既然那么讨厌我，为什么要答应嫁给我，还是为了他！你以为我真的开心吗？如果我变成以前的样子，变成以前那个没用、懦弱，爱着你却不敢说的卫乘风，你会再给我一次机会吗？你会在吴乾和我之间，选择我吗？"卫乘风突然吻上贺红衣，将她压在身下，并开始扯她的衣服。

贺红衣扭头躲开卫乘风的嘴，拼命挣脱，又将他踹下沙发道："你疯了？放开我！"

卫乘风败了兴致，举起酒瓶猛灌一口，随即砸掉酒瓶道："你搞清楚，你现在是卫太太，你凭什么拒绝我？"

"我要亲眼看到你放了吴乾，否则我是不会和你发生什么的。"

"又是吴乾！算了，我早该知道，就算我跟你结婚，就算我对你再好都没用，你嫁过来就是一个皮囊，心还在吴乾那里，我就不明白，他到底有什么好，在你心里我到底哪点不如他？"

"我爱吴乾，因为他磊落、他坦荡，他发自内心想让他的亲人和朋友过得幸福，他始终相信美好的东西，而你……"贺红衣没再说下去。

卫乘风冷笑一声："怎么，不敢说下去了？因为你怕你说错了话，我改变主意对吗？那我替你说，我没用、懦弱，你根本就看不上我！"

贺红衣摇摇头："你已经不正常了。"

"那我怎么才算正常？难道我要默默看着你和吴乾甜蜜恩爱、双宿双飞，自己却只能躲在角落里当一个可怜虫，还要装作真心地祝福你们才可以吗？凭什么只能我一个人痛苦，我就是要你和吴乾都不好过！"

"如果是这样，你的目标达到了，我已经和你结婚了，不可能和吴乾在一起了，我现在只要你放了他而已。"

卫乘风露出恶毒的笑容："好啊，你不是说想亲眼看我放了吴乾吗？明天，我会给你一个答案。"


翌日，示威的工人整齐地坐在巡捕房门口，一直没有散去。

吴潇潇对董大锤道："红衣怎么还没来，我可是给她留了字条的，该不会出什么事了吧？"

"对啊，她肯定想亲眼看到有钱被放出来的这一刻的。"董大锤说道。

阿蛙插嘴道："她不来也好，否则卫乘风看到红衣估计要气炸了，更不会放了有钱。"

温雅慧皱眉道："说到这个，真的很奇怪，我们闹出这么大动静，卫乘风居然一直没出现……"

此时李鹿走了出来，打了个哈欠。

所有人瞬间站起身，再次示威："放人！放人！放人！"

"你们这帮硬骨头还真坐了一夜……都告诉你们了，上面的意思，吴乾死不死没个准信，一道道程序走下来，一时半会儿也放不了，我劝你们回去等消息，别在这儿闹了，闹大了下场跟吴乾一样！"李鹿说道。

"见不到人我们是不会走的！"吴潇潇大喊道。

董大锤把吴潇潇拉到自己身后说："对！没凭没据我们为什么相信你，你们巡捕房没一个好东西，缓兵之计别以为我们不知道！放人！"

"放人！放人！放人！"工人们再次呐喊起来。

李鹿被逼得节节后退，赶紧溜回巡捕房给卫乘风打电话请示。

卫乘风在家中接到电话，满脸怒气："这都一夜了，你这个队长是干什么吃的！马上就到行刑时间了，没时间耗着，你们赶紧偷偷把吴乾押到刑场,注意避开那群闹事的,省得节外生枝。"

"要不我给吴乾乔装一下,扮成巡捕,用枪顶着他带到刑场?"李鹿问道。

"吴乾现在还怕你用枪顶着吗?还是你当那群人是瞎的?套个麻袋塞住嘴,从后门走!记着,换辆车押送,别用运囚犯的车,要掩人耳目!"卫乘风愤然挂断电话。

巡捕房中,李鹿立刻照做,将一个鼓动着的麻袋从后门运了出去,扔到了一辆轿车上,便立刻向郊外刑场疾驰而去。

卫乘风来到贺红衣的房间,从衣柜中拿出一套最贵的衣服扔给她:"换上,跟我走。"

"去哪儿?"贺红衣满脸厌恶。

"去哪儿很重要吗?你只是想见吴乾罢了,我满足你。"

贺红衣不知道卫乘风又要要什么花样,但心中却存着一丝希望,沉默地换上衣服跟着他出了门。

秦麒麟在办公室中捧着电话,毕恭毕敬地说道,"是我疏忽,请放心,我立刻处理此事,绝不再节外生枝……"

秦麒麟放下上级的电话,一边拨着巡捕房巡长办公室的号码,一边骂道:"卫乘风这个没用的家伙……"电话无人接听,他暴躁地挂断电话,想了想,又打给了李鹿:"卫乘风人在哪里,这个巡长他是不是不想当了,为什么电话没人接?"

李鹿接到电话,一脸惶恐:"秦……秦先生,卫巡长估计已经到刑场了。"

秦麒麟立刻抬高声音道:"到什么刑场!把吴乾给我放了,让卫乘风来见我!"

李鹿听后神色慌张,匆匆离开了巡捕房。

郊外刑场,四个巡捕手持枪械看管着吴乾,远处十多个巡捕待命。卫乘风带着贺红衣来到刑场边,贺红衣被眼前的一幕震惊了,不顾一切地冲

向吴乾。

所有巡捕列队举枪，卫乘风摆了摆手示意巡捕解除警惕。

"吴乾！"贺红衣冲上去拥抱吴乾。

吴乾双手被铐住无法回应，只得用肩膀擦了擦脸上的泥土，努力挤出一个笑容："你为什么要来这里？"

"怎么会这样，他明明答应我要放了你。"贺红衣泪流不止。

"你不该求他，从一开始他就是骗你的。"吴乾看着贺红衣，满目心疼。

卫乘风悠哉悠哉地走了过来，一把拉住贺红衣的手腕。

"你骗我！"贺红衣愤然出招攻向卫乘风。

卫乘风被击退两步，立刻拔枪指向吴乾，贺红衣不得不停手。

"别伤害她！"吴乾喊道。

卫乘风轻佻道："红衣是我的妻子，就算她对我再狠心，我也不舍得伤了她。今天带她过来就是为了看看清楚，你是怎么死在我手里的！"

吴乾没有回答卫乘风，一直注视着贺红衣，温柔地说："红衣，这件衣服不适合你，晚上风大，你会着凉的。"他又转向卫乘风："你就是这么对你妻子的吗？"

卫乘风气急败坏："想怎么对她，那是我的事！"

吴乾笑笑："你现在气急败坏的样子，真是可怜。"

"你怎么还笑得出来？吴乾，你看看现在的我，金钱、权利，还有你爱的女人，这些都是我的。再看看你，一无所有，就像一只蚂蚁，只要我想，随时都可以杀死你。"

"可我有你永远得不到的东西。"吴乾深情地看向贺红衣，"那就是人的真心。"

贺红衣也对着吴乾笑了："同生死，共患难！"

卫乘风一手用枪指着吴乾，一手粗暴地将贺红衣拉到身后："用不着你为我们操心，她是属于我的，我有一万种办法让她爱上我，只有我能给她衣食无忧的生活，吴乾你能吗？"

"我能给她的你永远都给不了！"吴乾淡然道。

卫乘风一拳打在吴乾身上，吴乾忍住没有吭声。贺红衣不顾生死，摆出拼命的架势攻向卫乘风。

卫乘风见状直接一枪打在吴乾脚下："你是卫夫人！我劝你冷静，吴乾早晚是要死的，既然你那么着急，好！"卫乘风看向吴乾："你就感谢我吧，我这就送你去和吴法天团聚！"他挥手，接着众多巡捕立刻将贺红衣和吴乾分开。

吴乾看向红衣不停地说道："红衣我想告诉你，从万术大赛认识你开始，我就从来没有后悔过，没有你，我早就死在监狱里了，我的命，是和你的命绑在一起的。"

"你给我闭嘴！"卫乘风怒道。

吴乾继续说道："你带我进入学会，告诉了我那一个我从来不曾见过的世界，为了你的理想，我愿意付出一切！恢复记忆以后，我以为再也不用跟你分开了，可我还是没做到。如果我能再对你好一点，不总是惹你生气……"

贺红衣奋力地挣扎着，泪如雨下。

吴乾流着泪嘶吼道："不到死的时候，我都不知道，我真的好想还有下辈子……"

这时卫乘风已经举起枪，对准了吴乾的脑袋。

"对不起红衣，你不要看，你快回去！"吴乾声嘶力竭地喊着。

贺红衣使出全身力气，愤然挣脱一众巡捕，狂奔向吴乾："我不想再跟你分开，我只想过好这辈子，你去哪儿，我也去哪儿！"

卫乘风气急，扣动扳机，吴乾看着卫乘风的枪口，闭上了眼睛。

"不要——"贺红衣被一众巡捕抓住，向着吴乾的方向奋力哭喊。

卫乘风手指一动，就要开枪。

突然，一辆汽车赶到，李鹿上气不接下气地跑向卫乘风："巡长！别开枪！秦先生下了命令，吴乾不能杀！"

卫乘风顿了半晌，终究愤恨地放下枪道："我们走。"

李鹿问道："那吴乾……"

卫乘风怒不可遏，只能压低声音，不情愿道："放人。"说完，卫乘风

带着贺红衣走向车边，数名巡捕控制着贺红衣，贺红衣拼命挣扎，努力看向吴乾。

吴乾被松绑后，立即冲过来要拉走贺红衣。

卫乘风转身果断开了一枪，吴乾中枪撑着身子半跪在地上。

"吴乾！"贺红衣被控制住，无法逃脱。

"今天我杀不了你，但不代表我伤不了你，死不死就看你的命了。"卫乘风瞥了吴乾一眼，粗暴地将贺红衣塞进车里。

吴乾按着右肩的枪伤，缓缓倒下。

巡捕房门口，吴潇潇等人听说吴乾在刑场，立即开车前往。

吴乾倒在刑场边上，血流不止，已经意识模糊，看到吴潇潇远远跑过来的样子，勉强挤出了一个微笑便昏了过去……

## 第五十九章

# 诀别

卫乘风满脸不甘地来到秦麒麟面前:"为什么放了他? 他这个时候死了, 对你对我不都是一举两得吗? "

秦麒麟却一个巴掌甩在卫乘风脸上:"废物! "

卫乘风愣住了。

秦麒麟怒发冲冠:"你这辈子注定成不了大事! 女人和兄弟你一个都摆不平, 更不用谈那些静坐的工人, 你是怎么解决他们的? 我真是太看得起你了, 放手叫你去做, 你就是这样报答我的? 温迎升闹事已经捅到北京去了! "

卫乘风顿时心头一紧。

"老爷子大发雷霆, 就差摘了我处长的帽子了! 我要出了事, 你的好日子也过到头了! "秦麒麟指着卫乘风的鼻子骂, "你是不是还朝他开了一枪? 我告诉你卫乘风, 你就祈祷他命硬死不成, 要是死了, 我接下来的麻

烦就大了！坦白说，对于吴乾哪怕你想明放暗杀，我都可以睁只眼闭只眼，但是你在刑场的愚蠢行为，让我失望透顶！"

"是我冲动了。"卫乘风偷看秦麒麟道。

"无知无能！我看你就是被仇恨冲昏了脑子！彻头彻尾的蠢货、废物！你是不是早把重要的事忘得一干二净了？"

卫乘风稍作思考道："秦先生是指会战将至，收地不过只是您的第一步。"

秦麒麟稍显平静："接着讲，一个字都别出错。"

"您收的地都是上海要紧的交通枢纽，咱们要在这些要害位置掩埋炸药，以便自保。"卫乘风小心地看了看秦麒麟。

"既然你还记得，我就再给你最后一次机会，这件事你若还是办不好，等着你的就不是一个耳光了！"

卫乘风微微颔首，神情笃定。

"有关掩埋炸药一事，你只说对了一点，我要的是从根源上霸占上海，一旦开战，我们才能相机行事。我也考虑了最坏的打算，战事若真到了艰难的时刻，我就点燃炸药，一方面可以自保让敌军难以攻防，另一方面，即便上海这块宝地真的失守，我也不能给敌人留下全尸，变宝为废。"

"乘风明白。"卫乘风低头道。

"行了，我再最后饶你一回，埋炸药的事交给你了，现在时间紧迫不允许再出半点差错！"

"是！"卫乘风犹豫地看了眼秦麒麟。

"有话要说？"秦麒麟问道。

"还是觉得吴乾没死，做什么都不安心。"

"吴乾的命终归捏在我们手里，何况他已经中了你一枪，暂时坏不了事，倒是那个温迎升，竟敢把我的身份捅出来，要不是他们现在太过显眼，我非亲手废了他！别再做节外生枝的蠢事，除此之外，我必须尽快筹备记者会，以旧城改建的好门面澄清自己，这是你给我惹的烂摊子，顺便也回应一下温迎升的登报抗议，总不至于我秦麒麟还怕了这个羊质虎皮的小老板。"

"秦先生思虑周全。"

医院中，吴乾身上的子弹被成功取了出来，却高烧不退，一直昏迷不醒。众人轮流守在他的病床边，吴潇潇和温雅慧更是一刻不离。

卫乘风新宅内，贺红衣被单手拷在床柱上，地上是掀翻的饭菜。

卫乘风回到家，讽刺地开口："吴乾又没死，你不会急着送命的。"

贺红衣悲伤而低沉地说道："卫乘风，我真的没想到你从头到尾都在骗我。"

"你不是早就不信我了吗？"

"你明明可以不用走到这一步的，吴乾曾经想把他的自责、后悔都讲给你听，可你连他的面都不愿意见。"

卫乘风走到贺红衣身边坐下，声音很平静："他所谓的自责、后悔，我都听够了，即便他心甘情愿跟我道歉认错，我也不会原谅他，阿奶也不会活过来。我不可能走回头路的，无论如何我都会杀了他！"

贺红衣沉默片刻，眼神冷峻，猛地出手，一片尖利的餐盘碎片划向了卫乘风。卫乘风下意识避开，导致脸部被划伤，鲜血顺流而下。贺红衣盯住卫乘风的脖颈，再次攻击，却被卫乘风躲过，手铐铐住她的手使她无法再进一步。

卫乘风果断拔枪道："你竟然想杀我？我差点就被你的样子骗了！"

"难道我还指望你放过吴乾？"

"贺红衣我告诉你，惹怒我对你一点好处也没有！"卫乘风面目狰狞，气得拉开了保险。

贺红衣毫不退缩："做人下人的滋味不好受吧，秦麒麟下令放吴乾，所以你冒犯了他，我猜对了吗？你惹怒了秦麒麟，他的心狠手辣你比任何人都清楚，可你还是心甘情愿为他卖命！"

卫乘风缓缓放下枪，冷笑道："你真的很了解我，不过有句话你说错了，我不是什么人下人，我现在的地位，吴乾下辈子都得不到！我知道，你跟吴乾都是硬骨头，杀你有什么用，我要把你关在这里，看着你痛苦地憔

悴下去,让你做我一辈子的活死人!"

贺红衣看着转身离开的卫乘风,崩溃痛哭。

卫乘风将李鹿叫到办公室,丢出一张地图,熟练地圈出几个地方,又从抽屉取出一大串钥匙,对李鹿耳语吩咐了任务。

李鹿听后既惊讶又欣喜,连忙点头:"好好好,我一定办妥。"

"不过,新闸路,我要亲自去。"卫乘风说道。

"新闸路也埋?那可是您家……"

卫乘风瞪了李鹿一眼:"现在那里对我而言什么都不是,其他地方,带着兄弟们按着地图一个个地界办稳妥了。"

"是,是!不知道新闸路的炸药您打算埋哪儿啊?"

"白事店。"卫乘风面无表情,"我的家和我的亲人已经被毁了,是吴乾毁了他们。我痛恨过去的一切,我痛恨这个我从小生活的地方,我也要他们痛苦,所以我也要毁了他们的家。"他看着李鹿又道:"那边的人都搬干净了吧?"

"那肯定的,收地是我亲自操办的,绝对没有半点闪失,您放心去,尽管大张旗鼓,那里连个鬼都没有。"

自从那日李鹿开了枪,棚户区众人就纷纷搬走了,而花蝴蝶因为当时撞伤了头一直没有离开,大锤妈则留下来照顾她,空荡荡的棚户区里,二人是最后的居民。

夜里,大锤妈在中药铺中给花蝴蝶换药,忽然听到外面传来一阵巡捕的脚步声,二人立刻躲在药缸后面,不敢出声。

卫乘风站在白事店门外,数名巡捕提着木箱子轮番进出。

一名巡捕报告道:"巡长,最后一批掩埋完毕,入口也已经做好遮防,看不出痕迹。"

"知道了,你们先回巡捕房。"卫乘风挥退了一众巡捕,独自推开了白事店的大门。

卫乘风站在白事店中央,任凭黑暗吞噬自己。忽然,卫乘风似乎看到阿奶在角落里哭泣,他疑惑道:"阿奶?"

卫阿奶瞪着卫乘风:"你以为阿奶老了,就分不清对错了?你怎么能把这种杀人的东西放到咱们新闸路来,你怎么忍心?你嘴上念着阿奶、想着阿奶,可你做的却是阿奶绝对不能容忍的错事!"

"不是这样的……"

"好孙子,是阿奶的错,是阿奶没有教你做人,你变得贪婪、嫉妒,你的心里住着魔鬼,阿奶恨不得没有你这个孙子!都是我的错!我对不起被你伤害的所有人!"突然一团火光扑来,将阿奶的身影也淹没了。

卫乘风猛地睁开眼,只见眼前一片漆黑,原来方才只是幻觉。他转身走出白事店,将大门锁上,匆匆离开。

大锤妈从中药铺中探出头来,看见卫乘风的背影走远,疑惑不已。

不远处,董大锤匆忙走进棚户区,见卫乘风独自往外走,他下意识地掩身躲避,待卫乘风走远后,方才谨慎地走了出来。

医院中,吴乾缓缓睁开了眼睛,吴潇潇和温雅慧激动地流下泪来。

"红衣,救红衣……"吴乾一醒过来就要起身,魔怔一般往床下爬,"我要去救她,我去救她……"

温雅慧和吴潇潇赶紧挽扶吴乾,拼命拦着他。吴乾挣扎着翻倒在床下,牵动了伤口,顿时又晕了过去。

医生闻声急忙前来检查,转身对吴潇潇和温雅慧说道:"你们别担心,病人的体温已经降下来了,伤口也恢复得很好。他要苏醒的意志非常强烈,刚刚只是因为有伤在身,身体虚弱又过于激动而造成的再次晕厥。这两日继续留院观察,很快就能好起来了。"

温雅慧无奈道谢,送走了医生。吴潇潇又掉下泪来,眼巴巴地看着吴乾。

中药铺中,大锤妈压低声音说道:"大锤,你听娘的,千万不能动白事店的锁。"

"可是卫乘风带车队来的新闸路,您也听出来了,他们就是在运东

西。"董大锤愤恨不已。

"要是白事店真有不可告人的秘密，你就更不能轻举妄动，乘风不一定哪天又回来了，被他发现白事店进过人那后果不堪设想！"

董大锤焦躁道："有钱还不醒，连个拿主意的人都没有。"

"这个事情先别告诉潇潇了，她性子急，保不齐要来砸锁。"

董大锤无奈同意，大锤妈跟着唉声叹气，又看了看还在熟睡中的花蝴蝶。

董大锤赶回医院，见吴乾还在昏迷，不禁叹了口气。

"大锤，我哥醒过一次，吵着要救红衣，我们拉不住他，结果他一激动又……"吴潇潇说着又要流泪。

"看来红衣真的出事了。"董大锤看向吴乾，懊恼地叹息。

"我知道她不会丢下我哥的，她宁可不要自己的命也不会不管我哥，我一直不敢想，可是现在……"吴潇潇泣不成声。

温雅慧安慰道："潇潇你不能再哭了，再哭你身体怎么吃得消啊，红衣那么聪明，她不会出事的，你们的心都是连在一起的，老天爷不会那么狠心，吴乾会好起来，所有人都会好好的！"

吴潇潇倒在董大锤的怀里大哭，董大锤想着白事店的事，心事重重。

又过了两日，吴乾终于醒了过来，得知还没有贺红衣的消息，顿时没有力气再说话，更是拒绝吃药和食物。

"有钱，我们也担心红衣，潇潇为你们两个整天哭。你能不能听我一句劝，好歹吃点药、吃点东西，你现在这个样子，想救出红衣不是那么简单的。"董大锤端着药劝道。

"如果你还是这样，我就去卫乘风那里要人，我豁出去了！红衣能为了你牺牲自己，我这个妹妹难道就这样干看着什么都不做吗！"吴潇潇说着就要往外冲。

"你不能去！"吴乾虚弱道。

吴潇潇擦干眼泪说："那你就乖乖听话，吃点东西，救红衣的办法我们一起想。"

吴乾无奈地点点头，服下了药。

"其实还有一件事情不能耽误，得有钱你来拿主意。"董大锤终究还是把白事店的事说了出来。

"你说他整车整车地运东西？"吴乾眉头紧锁。

"就等你一句话，咱管还是不管？"董大锤看着吴乾。

"我一直怀疑他们突然收回棚户区这件事有问题……咱们这就回去，小心点就是了。"吴乾说着就要下床，这一次倒是能站稳了，任众人怎么劝也不听，他似是忽然来了劲，就是要回新闸路。

吴乾回到新闸路，看着眼前破败的棚户区，顿时满目苍茫，跟跄着跪在地上，痛苦地悲鸣着，肩上的伤口沁出了血迹。董大锤和吴潇潇上前扶起吴乾，温雅慧也忍不住哽咽着。

董大锤和吴潇潇扶着虚弱的吴乾来到中药铺，温雅慧跟在他们身后。

大锤妈赶紧迎上去，心疼地看着吴乾："我都听大锤说了，有钱福大命大，能活下来就好。"大锤妈有些哽咽，看向角落里。

花蝴蝶安静地蜷缩着，手里抱着化妆箱，充满恐惧地望着吴乾。

吴乾震惊道："花姐？"他撑起身子靠近花蝴蝶。

花蝴蝶连忙慌张地把头埋起来，恐惧不已。

大锤妈说道："花妹妹脑袋受了伤，醒了之后就不爱说话，这几天性子更是越来越怪，成天就抱着这个化妆箱说什么都不肯放下，她家里门窗都被砸得差不多了，连个睡的地方都没有，可她还是不肯走。"

吴乾看着花蝴蝶的样子，心痛不已："等天暗下来，我们就去白事店，不管查到什么结果，新闸路都不能再住了！"

大锤妈唉声叹气，看向缩在角落的花蝴蝶，众人也沉默不语。

夜里，白事店门外阴风四起，董大锤随手捡了一根铁杵，用力撬开了锁。

"你们在这儿守着。"吴乾独自走进白事店。

"你们守着，他身上有伤我不放心。"吴潇潇也跟着进了白事店。

温雅慧欲言又止，担忧地望着吴乾的背影。

白事店中，吴乾看见地上有新鲜的脚印，他顺着脚印一直走到脚印消失，又俯下身子，敲了敲地板："脚印是在这儿消失的。"

吴乾看了吴潇潇一眼，兄妹俩同时注意到一口棺材。吴乾果断移动棺盖，吴潇潇帮忙使劲。棺盖打开后，他们居然看到了满满一棺材的炸药。

办公室中，秦麒麟看着卫乘风，满意一笑："事情办得挺利索，没人发现吧？"

"您放心，我藏在了自己家。其他地界我也都检查过，全部按您的吩咐办妥了。"

"我欣赏你的出其不意，希望接下来的记者会也一样顺利。你的心事全都写在脸上，说吧，别藏着掖着了。"

"秦先生知道我的心事，我不会也不敢瞒您，吴乾一点消息都没有，我必须弄清楚他的死活，假如他命硬，那我以为秦先生所谓明放暗杀还是得做，毕竟记者会将近，吴乾不死您真的放心？秦先生，不能低估了他！这次我一定小心行事，不再给您惹麻烦。"

"你能小心行事最好不过，让吴乾凭空消失而你又能全身而退，才算你卫乘风有了长进。"

卫乘风激动领命："是，我让李鹿先私下打探他的消息。"

秦麒麟点点头，示意卫乘风离开。

阿蛙和阿狼等人接到温雅慧的通知，立刻赶到中药铺，一看到吴乾便激动地掉眼泪。

吴乾看了看温雅慧说："谢谢你，谢谢你们愿意照顾新闸路的人，谢谢你们救了我这条命。"

"你这样说话我都不习惯了。"温雅慧笑笑。

阿蛙看见吴乾手中拿着一个牛皮纸包裹，问道："这是什么？"

"卫乘风在他家棺材里存了炸药。"吴乾打开包裹，一小捆炸药跃然眼前。

吴潇潇愤恨不已："卫乘风竟然坏到这种地步，收了地还不满意，还要炸光咱们新闸路！"

吴乾看向温雅慧道："肯定是秦麒麟的安排！我怀疑不仅仅是新闸路，你那里是不是有被收地界的名单？"

温雅慧点点头："但凡涉及与联社相关人员的地界，我们都记录了。"

"如果之前的猜测没错，秦麒麟可能在所有地界上都埋了炸药，虽然不知道他要做什么，但我们必须阻止。"吴乾说道。

"对，那么大量的炸药，一旦点燃，损毁的可不仅仅是房屋，更会有无辜的老百姓受到牵连。"温雅慧满面担心。

阿蛙看着吴乾，激动道："对了，我们过来还带了重要情报。下午的时候，温先生已经打探到消息，秦麒麟之后有个旧城改造的记者会，温先生断定跟收地的事情有关。"

温雅慧点点头："秦麒麟的特务身份已经被揭穿，他一定是想误导舆论方向，借记者会洗清自己的罪恶。"

吴潇潇怒拍桌子道："看我不把秦麒麟的大阴谋掘地三尺，挖他个底朝天！哥你放心，你好好养伤，剩下的事交给我们去办。"

"我们的确不能错过这个记者会，拆穿秦麒麟这是个绝佳的机会，但是在这之前，我必须先救出红衣！炸药的事一旦败露，秦麒麟就不会放过任何人，卫乘风……他不会放过红衣的。"吴乾满面担忧，"时间紧张，我们分头行动。阿蛙和阿狼带大锤妈跟花姐离开这里；雅慧，你和常五根据收地记录确认一下咱们的猜测，是不是其他地方也埋了炸药；潇潇和大锤跟我去救红衣。"

温雅慧担心地望着吴乾："可是你的伤……"

"没时间了，睡了这几日，红衣自己不知道是怎么过的，我的伤好得差不多了，越快救出红衣，后面的事情才能越快进行。"吴乾看了看花蝴蝶，"新闸路和我失去的一切，我要找卫乘风一样一样拿回来！"

董大锤拉着黄包车，载着吴乾和吴潇潇离开棚户区，正遇见李鹿带着一队巡捕搜查而来。董大锤果断加速跑开，李鹿后知后觉地回头查看，黄包车却早已消失在夜色中。

吴乾、吴潇潇和董大锤三人乔装打扮, 蹲守在卫乘风新宅不远处。

"要我说直接冲进去要人得了, 我们三个还干不过他卫乘风? "董大锤握紧拳头。

吴潇潇捶了董大锤一下: "我哥不都说了吗, 红衣那么好身手都逃不出来, 我们三个贸然进去有什么用? "

"至少等卫乘风走了, 现在这么冲进去, 红衣就成了他的人质, 红衣太危险了。"吴乾目不转睛地盯着大门。

此时, 李鹿突然走进卫乘风家。

卫乘风仰在客厅的沙发上, 身边的酒瓶倒了一地, 见李鹿怯生生地走进来, 问道: "吴乾找到了吗? "

李鹿弓着身子说: "找不到啊, 我一整晚眼睛都不敢眨一下, 兵分几路能找的地方都找了, 医院、温家、联社, 全都没有。"

"新闸路也去过了? "

"去……去过了……"

卫乘风发现李鹿眼神闪烁不定, 便道: "你敢有一句不老实, 我现在就撕了你队长的肩章。"

"我说我说, 新闸路我真的去过, 找了一夜! 吴乾……好像看到了, 又好像没看到。"

卫乘风怒不可遏: "说清楚了! "

"我……我就看见中药铺那个董大锤拉着辆黄包车, 后面坐着两个人, 好像……是吴乾。而且……而且我发现新闸路还有人住着。巡长您饶了我, 帮帮我, 千万别让秦先生知道……"

卫乘风一个巴掌打在李鹿脸上: "废物! 彻头彻尾的蠢货! 你不是说那边连个鬼都没有吗! "

"真……真的没有什么人, 我也是刚刚才知道, 就是那个中药铺, 黑灯瞎火动静小得很, 也只有我发现了, 为了不打草惊蛇, 还是老老实实来跟您汇报不是……"

"中药铺? "卫乘风恨得咬牙, "我告诉你, 如果炸药的事败露, 你的命就是秦先生的。你马上去巡捕房, 叫人到新闸路待命。中药铺, 好啊, 吴乾你真是只捏不死的蚂蚁，那我就去等着你，总有办法把你逼出来。"

卫乘风回到房间，看着依旧被拷住的贺红衣，取出腰间的枪，用布慢慢擦拭。

"终于来杀我了？"贺红衣无力一笑。

卫乘风嘴角上扬："就那么想和吴乾同生死？那我就告诉你，我现在就去新闸路会会他。"

"吴乾是被无罪释放的！你不能杀他！"

卫乘风冷笑道："无罪释放那是权宜之计，风头过去了，吴乾还是得死！他能有几条命？不论他能死里逃生多少次，我都奉陪到底！"说完转身离去。

吴乾、吴潇潇和董大锤远远地看到了卫乘风走出家门，乘车离开。三人相互对视，眼神坚定地望向大门。

此时，卫乘风新宅中只剩几名下人，吴乾、吴潇潇和董大锤气势汹汹地冲了进去，迅速击败下人，冲进了卧室。

贺红衣看到吴乾不仅还活着，而且还冲进来救她，顿时百感交集，哽咽地呼唤道："吴乾……"

吴乾冲过去抱住贺红衣，看见贺红衣布满勒痕的手，忍不住流下眼泪："该死！他怎么能这样对你！"

贺红衣却笑着用另一只手抚摸吴乾的脸："我有什么要紧的，只要你还活着……"

吴乾握住贺红衣的手说："是的，我活着，我从阎王爷那儿又回来了。老天爷一次次让我死，我偏死不了，我还有好多事没有做，我没有把你救出来，我没有让卫乘风血债血偿，我没有让该死的秦麒麟滚出上海，我怎么能死？我还有力气，我要继续把上海搅得天翻地覆！"

"我陪你！"贺红衣看着吴乾笑了。

吴潇潇在二人身后抹着眼泪，也笑了。

此时，董大锤找了一把锤子冲进卧室："有钱！用这个！"

吴乾接过锤子，砸开贺红衣的手铐说："我们走！"

"卫乘风他带人去新闸路找你了,现在你不能回去!"贺红衣说道。

吴乾听到这话,顿时一惊:"他带人去了新闸路? 坏了! 阿蛙不知道接没接出花姐,如果碰上了卫乘风……"

众人瞬间脸色大变,匆匆离开。


卫乘风来到棚户区,对李鹿说道:"带人把这里围住,一只苍蝇都别给我飞出去。我今天非要把吴乾逼出来不可!"

"是!"李鹿挥手,巡捕迅速组成人墙,围住棚户区入口处。

中药铺中,阿蛙把收拾好的包裹放在桌上,看向花蝴蝶说:"花姐,我们也不想走,可这地下埋了炸药,真的太危险了。"

花蝴蝶紧紧抱着化妆箱道:"危险……危险……"

阿狼伸手想拿化妆箱,对着花蝴蝶道:"花姐,听话啊,这个给我,我们收拾好了一起带去联社。"

花蝴蝶却撞开阿狼,跑去另一个角落蹲下。

大锤妈看着花蝴蝶,心疼不已:"你们以为她真的疯疯癫癫什么都听不懂吗,其实她心里比谁都明白,她不能走,再危险也不能走。我生日时咱们怎么说的,生老病死,哪儿都不去,踏踏实实地在新闸路过一辈子!"

花蝴蝶抬头看向大锤妈。

"花妹妹,我都帮你记着呢,你说要再攒几年钱,开家自己的店,让所有人都漂漂亮亮体体面面地过日子,可是新闸路没了,这里的人都走了,我知道你是舍不得醒。"大锤妈抹了抹眼泪,"我也舍不得,这也是我守了一辈子的家。花妹妹,今天起我们不躲了,我就把着自己家这扇门,炸药也好,抓起来枪毙也罢,你花妹妹留下一天,我就陪你一天,谁要想欺负你,就先从我身上踏过去。"

此时,花蝴蝶眼神清澈,定定地望着大锤妈。

阿蛙抹抹眼泪道:"你们不走,我也不走,我不找我爹妈了,永远跟你们在一起。"

阿蛙、阿狼和大锤妈三人抱成一团。

花蝴蝶看着三人流泪,顿时着急了,下定决心一般地放下化妆箱说:

"我不要你哭……我跟你走……"

四人眼含热泪，终于拿着行李出了门。突然，卫乘风从拐角出现，凶狠地看着四人。

阿蛙挡在最前面说："这不是新闸路的败类吗，赶走了所有人，如今怎么还有脸回来？哼，不用劳驾你卫大巡长，我们自己走。"

卫乘风掏出枪，直接对准阿蛙的脑袋问："吴乾在哪儿？"

"乘风！你这是干吗？快放下枪！"大锤妈惊呼道。

卫乘风不理会大锤妈，依然用枪顶住阿蛙问："我再问一遍，吴乾在哪儿？"

阿蛙用力顶向枪口："我知道也不告诉你！你开枪啊，杀了我，开枪！"

卫乘风果真对准阿狼"砰"的一枪。阿狼应声倒地，无力地看向卫乘风，一脸不可置信。大锤妈和花蝴蝶抱着阿狼，痛哭不止。

"卫乘风！"阿蛙怒发冲冠。

"现在可以说了吗？吴乾在哪儿？"卫乘风再次以枪口抵住阿蛙的头。

阿蛙疯狂地冲向卫乘风，卫乘风又一枪打在了阿蛙眉心，阿蛙也缓缓倒了下去……

吴乾等人向着棚户区一路狂奔，两声枪响传来，四人顿了顿脚步，对视了一眼，随即吴乾疯了似的冲进去，其余三人匆匆跟上。

棚户区入口处，李鹿发现了吴乾一行人："吴乾在这儿，兄弟们，上！"

巡捕们一拥而上，被吴乾和贺红衣依次放倒。李鹿慌了，欲掏手枪。贺红衣连忙上前踹掉手枪，制服了李鹿。

"吴乾，你先进去看看情况，我们先解决完他们！"贺红衣喊道。

吴乾率先冲入棚户区，贺红衣、吴潇潇和董大锤则被巡捕团团围住。

中药铺门口，大锤妈泣不成声，伸手想摸阿蛙，又怕抱不稳阿狼："乘风啊……你这是着了什么魔，你怎么能在这里，怎么能在这里杀人啊……"

卫乘风的枪口又对准了大锤妈，声音中透出兴奋："你们永远这样，从来都不看我一眼，从来不听我在说什么，好啊，你们那么喜欢吴乾，那就为他去死啊！"

吴乾远远跑来，被眼前的一幕震惊了，只见阿蛙和阿狼倒在血泊里，已经咽了气。

卫乘风皱了皱眉："你终于出现了！"

吴乾抬手去抢卫乘风的枪，卫乘风警觉后退，对准大锤妈欲再次举枪，花蝴蝶使劲推开了卫乘风，卫乘风反手一枪击中了花蝴蝶，花蝴蝶顺着墙壁滑下来，倒在了地上。

吴乾耳鸣嗡嗡，迈着沉重的步子挡在大锤妈身前说："我，不许你再杀人！"

卫乘风狠狠踢了吴乾的肚子一脚："枪在我手里，杀不杀人我说了算！"

吴乾吃痛，捂住肚子，咬牙说道："你别杀大锤妈，我随你处置，只要你别杀她……"

卫乘风狂笑不止："吴乾，你为什么没死，你早死不就没这么多事了，阿蛙、阿狼，还有花蝴蝶，都是因为你才死的！他们不告诉我你在哪儿……是你杀了他们，现在还大言不惭说什么随我处置，真是恶心。是，我完全可以杀了你，但我觉得一枪毙了你真是便宜你了。"卫乘风再次踢翻吴乾，"我就要让你痛苦、求饶，我觉得看你这副模样，我真的很开心。"

吴乾的伤口大面积渗血，脸色煞白，他努力抬起头盯住卫乘风，满目愤恨。

"你不用这样看着我，你很快就能下去陪他们了。"卫乘风面目狰狞，手指再次扣住扳机。

吴乾瞅准时机，一脚踢飞卫乘风的枪，冲上去暴揍卫乘风。卫乘风一个趔趄向后坐倒，一阵晕眩。吴乾立即捡起卫乘风的枪，揣进腰间，拎住卫乘风的衣领，一路拖拽。

贺红衣、吴潇潇和董大锤跑来，看到阿蛙、阿狼和花蝴蝶的尸体，悲伤到不敢置信。

大锤妈吓得面无血色，指着一个方向说："有钱，快——"

吴乾拎着卫乘风的衣领，狠狠地将他摔在百佛墙前。卫乘风作势要起，吴乾又是两拳重击。贺红衣、吴潇潇和董大锤赶到，吴乾看见三人，抬手制止，三人停在了角落。

"你起来，我告诉你我为什么还活着！"吴乾将卫乘风拎起来，让他跪在百佛墙前，"卫乘风你听好了，对你我自责过，也后悔过，曾经我想就算被你一枪杀了，我也认了，但是从今往后不会了！他们……他们被你一枪接着一枪，再也不会活过来了。"吴乾涌着眼泪，按住卫乘风的头，向地上叩首，"跟他们道歉，说你对不起他们……"

卫乘风使劲撑起身子，抬起一条腿，单膝跪地。

吴乾重新制住卫乘风："我脚下站的这片土地，是我宁可拿命去换也要保住的家，可你不惜一切埋放炸药要毁掉它。"

贺红衣顿时一怔。

吴乾再次摁住卫乘风，向地上叩首："你对不起死在你手里的人，你也对不起被你赶走的街坊，你更对不起死去的吴法天，对不起贺青舟，对不起耗尽心力供你养你的阿奶！"

卫乘风闷着头，血泪一起向下流，他闭紧双眼猛地撞开吴乾。吴乾撑在地上，后背的伤口早已撕裂，鲜血染红了衣衫。

卫乘风扑上去，对准吴乾的枪伤，狠狠踩了下去："是你们对不起我！"

贺红衣立刻冲上来拉开卫乘风，吴潇潇和董大锤也慌忙赶来搀扶吴乾。卫乘风此时看到贺红衣，气愤不已，一脚踹向贺红衣。吴乾突然掏出枪，拉开保险，对准了卫乘风。

卫乘风看到吴乾拿着枪，有些慌乱，不过很快便镇定下来："怎么，想杀我？"他手指指着自己的胸膛，"你杀啊！我看你有没有那个胆子！"

吴乾咬牙，手指微微颤动。

卫乘风看着贺红衣又道："贺红衣，没想到还是被你逃出来了。你那天和我说，你喜欢吴乾什么来着？磊落？坦荡？你看看他现在那副表情，就

是一个字——怂！吴乾，你就是个懦夫，你永远比不上我。"卫乘风不屑地笑笑，转身离开了。

吴乾死死盯着卫乘风的背影，耳畔回响起吴法天、阿狼、阿蛙和花蝴蝶活着时的欢声笑语，通天的恨意一阵阵上涌，猛地扣动扳机。

卫乘风中枪倒地，回头看向吴乾，睁着眼睛倒了下去……

# 第六十章 黎明

　　吴乾走到卫乘风面前，帮他合上眼睛，脑海中回想起两人从小到大的一幕幕往事，不禁流下泪来："乘风，你终于可以回家了……"

　　吴潇潇哭着去拉卫乘风的手："乘风哥哥，你本来不用这样的……"

　　董大锤抹了一把眼泪说："我们一起长大的，乘风，我们嘴上一直骂你，但是心里都希望你能回来，可是没想到最后……"

　　贺红衣叹息道："他已经迷失了太久，现在终于可以忘记仇恨，做回真正的卫乘风了。哥，吴叔，你们若天上有灵，也可以安息了。"

　　吴乾站起身："大锤，你带潇潇回联社吧。红衣，你陪我去个地方。"

　　片刻后，李鹿带着巡捕赶来，看到卫乘风的尸体，顿时愣住了。

　　办公室中，秦麒麟接到李鹿的电话，咬牙切齿道："没用的东西，要他把吴乾料理好，他反倒被吴乾料理了，死不足惜！吴乾人呢？"

李鹿在电话那边小心翼翼道："逃了，还有贺红衣，也跟着一起……您放心，我一定会把他们抓住的！"

秦麒麟怒极反笑："在你眼皮底下都能逃，还敢大言不惭地说能把他们抓住，你以为我会信？"

"秦先生您消消气，给我点时间……"

"你以为还有时间？卫乘风死了，你说吴乾下一个会对付谁？我看你也不用想着抓吴乾了，带着你的人，先把记者会给我看好了。只要记者会一过，我有得是时间陪吴乾玩儿。"

郊外，吴乾带着贺红衣来到卫奶奶的墓前。

吴乾跪下，磕了三个头："阿奶，对不起，您从小对我那么好，可我却杀了您最疼爱的孙子。当我拿起枪对准卫乘风的时候，我还是不明白，他怎么会变成这个样子。我们曾经是最好的兄弟，怎么就走到了这一步。我想要问他，可他不说，我想过很多次，也想不出来。之后我就看着他做出越来越疯狂的事……当我看到阿狼、阿蛙、花蝴蝶死在他的枪口下，我是真的恨他，我必须杀了他……"

"吴乾，你别难受，他做了太多错事，阿奶不是不明事理的人，她不会怪你的。"贺红衣安慰道。

吴乾抬起头，满脸泪水："红衣，我是不是做错了？如果当时我多顾及一点他的感受，我早点发现他不对劲，我们有误会一开始就解释清楚……甚至就在我开枪之前，我都应该再给他一次机会。"

贺红衣怜惜地抱住吴乾说："很多事情的种子被埋下的时候，可能谁都不知道。我相信，卫乘风死的时候也很后悔，可是这一切终究是无法改变的，就算是重新来过，结果可能也是一样，你不要再想了。"

吴乾缩在贺红衣怀中道："红衣，我真的觉得很累……我真希望这一切都没发生过。"

"可我们只能向前看，卫乘风死了，但事情还没有结束。"

"我知道，还有秦麒麟！"

贺红衣点头道："你杀了卫乘风，秦麒麟知道你没死，不会放过你的。"

"你放心，我也不会放过他。红衣，对不起，从我们在一起以后，好像就总是卷入各种事情中，从来就没有一天轻轻松松的，比如吃个饭、看个戏，或者去玩一玩。但是也是这些事，让我明白你对我有多重要，我不能没有你。现在我们死里逃生，我在这里和你说这些好像有点不合适，但是你能不能再等我一段时间，等我做完我应该做的事，我会兑现我的诺言，给你一个家，我们以后，再也不分开了！"

贺红衣含泪道："你要做的事，我陪你一起做，我相信你什么都能做到，至于我们，反正有一辈子的时间。"

向阳联社门口，温雅慧焦急地等待着，看到吴乾和贺红衣远远走来，迫不及待地冲了过去："吴乾，太好了，你们……"温雅慧注意到贺红衣和吴乾十指紧扣，突然什么也说不出来了。

贺红衣有些不自在，想要把手抽出去。

吴乾会意，反而握得更紧："我们都没事。"

温雅慧努力挤出微笑："那个……大锤他们回来了，事情的经过也都听他说了。我爸等你们很久了，快进来吧。"温雅慧率先走进联社。

吴乾和贺红衣对视了一眼，也走了进去。

温迎升面色严肃道："吴乾，如你所料，秦麒麟所收的地下面都秘密埋了炸药，型号与我们在新闸路看到的一致。"

温雅慧拿出炸药摆在桌上说："如果这些炸药被引爆，死伤将不计其数，甚至整个上海都会被夷为平地。"

"他疯了，他到底想干吗？"吴乾大惊。

"这件事一定不是秦麒麟的个人目的，背后应该是北洋政府的授意。目前各个派系的军阀为了争夺势力范围无所不用其极，战争一触即发。一旦上海失守，北洋政府就会引爆炸药，目的在于毁掉上海，不至于它白白落入敌手。至于百姓的死活，他们根本不会顾及！"

"我绝对不会让他们这么做！"吴乾咬牙切齿道。

"秦麒麟的记者会就快要召开了，如果我们要阻止他，只有……"温雅慧望着吴乾说。

吴乾握紧拳头道："好，我现在就去这个记者会，当场揭发他，让这些记者看看他到底是什么目的！"

"哥，不能想想其他办法吗？你要是真这么做，只怕根本不能活着从这个记者会里出来！我们可以杀了秦麒麟，或者偷偷运走炸药啊……"吴潇潇说道。

吴乾摇摇头说："杀了这个秦麒麟，还会有下个秦麒麟，运走这些炸药，还会有下一批炸药。我必须要当着所有人的面拆穿他，才能从根本上阻止这件事，就算赌上我的命，我也在所不惜！"

"吴乾，我在刑场看着你中枪，你那时候活下来了，我就不会再让你死。你要去记者会，我同意，但是我也要去。"贺红衣眼神坚定。

温迎升点点头："贺小姐说得没错，你一个人太危险了，我们既然知道了这件事，就都一起去支援你！"

"我们也去！"吴潇潇、董大锤和温雅慧齐声道。

吴乾费尽了口舌，却劝不住众人，只得咬咬牙点了头："既然大家都想参与这个行动，那我们就一起干！但是我们在破坏了记者会后，必须马上离开上海。一旦我们揭穿了秦麒麟的阴谋，他肯定不会放过我们，他知道我和联社的关系，找到这里是迟早的事，到时候大家都不安全。"

气氛一下子凝重起来，半晌无人说话。

吴乾继续说道："我知道大家都不愿意走，我也是。我多希望打倒了秦麒麟，我们能要回新闻路，大家回到自己家，温先生继续开厂子，但是眼下如果不走，就真的只能留下来等死了。阿蛙、阿狼、花姐已经不在了，我不想再看到任何人离开。我相信，只要我们在一起，哪里都是我们的家！"

董大锤先开口："我同意。我妈那边，我去劝。"

"我们一起走目标太大，不如分头行动。大锤，我记得你娘是丽水人，你带着你娘和潇潇去丽水吧。我和红衣走水路，我们在丽水碰面，至于温先生那边……"吴乾看着温迎升。

"你们放心，我会让常五安排好联社和厂子的事，然后我带着雅慧出国，她一直想去英国读书，正好趁这个机会出去见识一下。"温迎升说道。

众人点点头，立即开始行动。

万国酒店宴会厅的门口挂着"新上海旧城改建计划公示记者会"的横幅，众多记者及衣着光鲜的社会名流不断涌入。李鹿带着一众巡捕站成一排，安保工作已然完善。名流们依次入座，不一会儿，巡捕们关闭了宴会厅的大门。

宴会厅台上，秦麒麟走到话筒前说："欢迎各位记者、朋友百忙之中来到这里参加记者会。我就是受北京方面的委派来到上海，负责主持上海相关工作的要务人员，秦麒麟。"

闪光灯瞬间狂闪，下面一片哗然。

"接下来我将正式以秦麒麟的身份，接受记者朋友们的提问。"秦麒麟礼貌地示意提问开始。

"请问您一直都在北京活动，为什么突然假借富商身份来到上海？"前排记者迫不及待地发问道。

旁边的记者不甘示弱："能和我们解释一下，收购土地到底是您个人行为还是政府行为吗？"

秦麒麟淡定道："大家少安毋躁，你们的问题我都会一一解答。众所周知，自前任代议长刘凤年因种种原因离职后，上海一直群龙无首，我临危受命，但由于我身份的特殊性，多方势力虎视眈眈，在不得已的情况下我才选择借用富商身份出入大小场合……"

此时，吴乾、吴潇潇、董大锤、贺红衣、温迎升和温雅慧赶到了宴会厅外，听到里面传来秦麒麟的声音。

"……假如没有其他别有用心的人想借由假身份这个事件来制造是非，那么我作为一个机务要员在上海开展工作，富商也好，文人也罢，都属于我的职责所在，希望大家不要受到蛊惑，用欺瞒百姓的谣言来为我定性……"

吴潇潇听到秦麒麟的回应，气愤不已："颠三倒四！他说的都是反的！"

"让他说，他召开这场记者会的目的本就在此，他说的假话越多越

好。"吴乾说道。

李鹿看到吴乾等人道:"吴乾,想不到你们真的跑来送死。兄弟们,给我抓起来,记者会后交给秦先生处置!"

巡捕们迅速拿枪包围众人。

吴乾站出来说:"李鹿,你知不知道秦麒麟究竟在干什么?他埋了炸药要炸掉上海!你让开,我们必须进去!"

李鹿寸步不让:"知道怎么样,不知道又怎么样?我得到的命令就是看见你就抓,其他的我不管!"

贺红衣愤然道:"那你就是在包庇他的恶行!就算我们不揭穿他,他的阴谋迟早有一天会败露的,到时候你们巡捕房脱得了干系吗?"

李鹿迟疑了,眼珠滴溜溜地转,没说话。

温迎升上前道:"李队长,我知道你帮他做事也是惧怕他的权势,但你想过没有,如果上海的炸药被引爆,他管得了你吗?"

"就算他管得了你,他管得了你的家人吗,管得了在场这么多巡捕的家人吗?"吴乾看着一众巡捕。

巡捕们一听此话,纷纷放下了枪。

"埋炸药这件事不是你想的那么简单,如果你还有一点良知,请你让开,让我们进去。"吴乾和众巡捕们站到一起,齐齐盯着李鹿。

李鹿咬紧牙关,满头大汗。

宴会厅中,记者们继续发问:"您提到了制造是非、蛊惑、谣言诸如此类的词语,能告诉我们您指的别有用心的对象是哪些事或哪些人吗?"

"我说过了,我会一个个问题依次解答。第二件有关收购土地一事,大家看标语自然就知道。"秦麒麟指指标语,"我收购土地乃是授意于北京,将一些旧地危房收购,建造成医院、学校以及图书馆等设施,以造福上海百姓。届时,上海将以崭新的面貌呈现在大家眼前!"

此言一出,众多记者纷纷交头接耳。

秦麒麟继续说道:"至于别有用心的人,我并不主张在这个场合公之于众,公道自在人心,我最大的夙愿是淳朴单纯的老百姓可以信任我们,我之所以公开秦麒麟这个身份,也是希望富商身份的误会不再继续影响这个利国利民的改建计划, 请你们相信, 我们心系老百姓, 始终牵挂你们! "

人群中有人带头鼓起掌来, 秦麒麟露出满意的微笑。

此时, 吴乾猛然推开了宴会厅大门: "你说谎! "

众人望向宴会厅大门, 传来窸窸窣窣的议论声。吴乾穿过众多记者挤到台前, 贺红衣等人则从不同方向聚集到相对靠前的位置。

记者们低声嘀咕着: "这是谁呀? "

温雅慧在人群中发声: "恐怕就是秦麒麟所说的那位别有用心、制造是非的人。"

温迎升高声道: "不只如此, 诸位, 他应该就是一早发现秦麒麟的真实身份, 最后被秦麒麟以造反罪名处以死刑的吴乾! "

记者们兴奋不已, 场面顿时乱成一团。

"我知道巡捕房门前的游行示威, 吴乾死刑当天是被无罪释放的。" 吴潇潇说道。

"秦先生, 此番言论是否属实? 如果死刑犯被无罪释放, 是否可以理解为您所说的蛊惑和谣言都有待商议呢? " 记者们焦急发问。

秦麒麟猝不及防, 面露尴尬。

吴乾趁机上前, 抢过秦麒麟的话筒道: "我就是吴乾。秦麒麟恐怕还没准备好应付你们刚才提出的疑问, 那就给他点时间。各位记者, 我绝不会用美化自己的方式影响你们对事实的判断, 我会拿出真凭实据, 证明秦麒麟刚才所说的全是假话! "

众记者一片哗然, 带着相机和话筒拼命往前挤。现场其余巡捕想要上前, 秦麒麟看向他们, 示意他们按兵不动。

"秦麒麟要改建医院学校真假未知, 但他在所收地界掩埋了炸药的事实有人知道吗? 身为老百姓的我们得知这个消息, 还能充分信任他所谓的造福百姓的无稽之谈吗! " 吴乾说道。

董大锤带头喊道: "不能! 秦麒麟埋炸药危害百姓生命安全! "

"你到底收了多少地? 埋了多少炸药? 你要炸掉整个上海吗? " 一位外国记者震惊不已。

李鹿连忙带着巡捕试图阻拦, 然而人还是如潮水般涌来, 相机几乎要

砸到秦麒麟的脸上。

秦麒麟挤出一个难看的笑："各位，不要听这个人胡言乱语，什么炸药，简直莫名其妙！"

李鹿暗自掏枪，带着巡捕悄悄围到秦麒麟身边。

"秦麒麟你不用抵赖！我当然有证据，在我亮出证据之前，只请在场的各位能够保持冷静。"说着吴乾从怀中掏出炸药。

巡捕们看到炸药迟疑了，纷纷收起了枪。

"这捆炸药就来自新闸路店铺的地板下面，为保证据确凿，你们可以立刻去所有被收地界要求证实，大批量的炸药都已掩埋完毕，一旦爆炸，后果不堪设想！"吴乾说道。

现场秩序越发失控，秦麒麟立即向巡捕们使眼色，巡捕们悄悄包围了吴乾。

"大家冷静，不论事实如何，我都希望现场可以保持秩序，有什么误会我们慢慢解决。"秦麒麟安抚道。

贺红衣向众人传递信号，吴潇潇、温雅慧等人相继离开了现场。

吴乾再次举起炸药说："证据在此，老百姓如何冷静！"

巡捕们试图抢下吴乾的炸药，吴乾却将炸药扔向秦麒麟，秦麒麟狼狈地躲避，一时场面混乱不堪。炸药落地，记者们纷纷围住炸药拍照。贺红衣趁机拉着吴乾冲出了人群，向外飞奔。

秦麒麟看着跑出去的吴乾，想指使巡捕去抓，却被记者们围得水泄不通。

吴乾和贺红衣拉着手在街头奔跑着，不顾忌旁人的眼光，放声大笑。吴潇潇、董大锤和温雅慧跟在后面，时不时往后张望，拍手称快，众人都露出了许久不见的笑容。

过了一会儿，众人回到联社，收拾好行李，顿时伤感起来。

吴乾给众人倒满酒："要走了，我知道大家心里都不好受，但是为了庆祝我们顺利拆穿了秦麒麟的真面目，怎么都得喝一个！"

其他人勉强笑了一下，与吴乾干杯共饮。

吴乾又倒了一杯："这第二杯，谢谢大家。你们都是对我来说最重要的人，是你们让我走到今天，我一直想拼尽全力保护你们、保护新闸路，最后却还是害得大家要离开上海，我真的很愧疚……"吴乾哽咽不语，又一饮而尽。

贺红衣想安慰吴乾，吴乾却摆摆手，紧接着倒了第三杯酒："最后一杯，我希望我们所有人，希望上海，希望整个中国，会渡过所有不幸和磨难，越来越好！"

众人被触动，脸上都带着希望的光芒，和吴乾碰杯，共同一饮而尽。

秦麒麟办公室内，桌上已经被电报淹没，他扯开领带，点头哈腰地接着电话："是，没错，您别生气，我一定想办法……"他还没说完，电话那边已经挂断。

秦麒麟愣了一下，放下电话，发狠地把所有电报文件扫在了地上，闭了闭眼，重新拿起电话说："喂，我是秦麒麟，整个特务处的人给我出动，去抓吴乾、贺红衣、温雅慧，还有吴乾身边所有的人！码头、火车站、棚户区，还有那个向阳联社，全都别给我放过！天亮之前，给我抓住吴乾，记住，要活的，我要亲手杀了他！"

深夜，离别的时刻终于到来。

吴乾对温雅慧说道："时间差不多了，你和温先生快走吧。"

温雅慧点点头，对众人说道："大家相聚一场，做了这么多事，真的很开心，我也很舍不得你们……"说着就哽咽了。

"我们虽然离开了，但是我在你和你的朋友身上，看到了中国未来的希望，只要有你们在，我相信我们的中国会越来越好。"温迎升起身提起箱子，和温雅慧一起与众人一一拥抱告别。

温雅慧抱到吴乾的时候，终于没忍住流下了眼泪："再见，吴乾。"接着她擦干泪水，提着箱子，扭头跟着父亲离开了。

董大锤也起身，掏出准备好的三张火车票说："有钱，我带着我娘和潇潇走了。"

吴潇潇扑到吴乾怀里说:"哥,你一定要来,不许像之前那样,把我骗到苏州去,让我怎么也找不到你……"

吴乾摸着吴潇潇的头发道:"不会的,我答应你。"他又转向大锤妈:"您一定要注意身体,潇潇就麻烦您和大锤了。"

大锤妈拉着吴乾的手,哽咽道:"好孩子,你放心……"

董大锤抹着眼泪,拉着母亲和吴潇潇离开了。

此时,吴乾看着贺红衣说:"就剩我们俩了。"

"我们俩这算不算是亡命鸳鸯?"贺红衣笑笑。

"你怕不怕?"

"当然不怕!倒是你……今天闯入记者会,一个人跑到台上,去讲那些话,你不怕?"

"说不怕是假的,虽然我们以前经历过那么多,但明知送死还要去做的事,还是第一次。其实现在我也怕,怕秦麒麟会追上来,怕我会连累你。以前我一个人,死了也就死了,现在我特别怕失去你。"

"别怕,就算是死,也有我陪着你呢。"

吴乾情不自禁吻住了贺红衣,半晌,忽然问道:"红衣,你从什么时候开始喜欢我的?"

贺红衣有点害羞:"怎么突然问这个?"

"就问问嘛,我想知道。"

"什么时候喜欢你的不知道,但你在剧院叫我花姑娘的那一刻,我就觉得,从来没有见过你这么无赖、这么讨厌的人。"

"因为我讨厌,所以喜欢我?"

贺红衣脸红了:"那你呢,你是什么时候开始喜欢我的?"

吴乾认真想了想说:"我不知道,可能很早吧,但是我一直没发觉,直到有一天,所有人都问我是不是喜欢你,我才发现,我早就喜欢上你了。"

贺红衣低头笑了:"好了,我们走吧,天快亮了。"

吴乾拿起酒,给自己和贺红衣再次斟满:"红衣,最后我们也喝一杯吧。有些话,我一直想对你说。"

贺红衣接过酒杯问:"什么话?"

"当初我们刚认识的时候，我什么也不懂，每天过得像个傻子一样，是你让我明白我该成为什么样的人，该做什么样的事，该承担什么样的责任。你为我做得太多了，这次，换我来保护你。"

贺红衣感动不已，与吴乾干杯，拉住吴乾的手说："好，你来保护我，我们以后再也不分开了。"

吴乾伤感地笑了，随即又摇摇头。

贺红衣顿时愣住了："吴乾？"她忽然感到一阵晕眩，拼命想抓住吴乾，身体却不断向下坠落，艰难地吐出一句，"吴乾，你说好，再也不骗我的……"

吴乾抱住贺红衣道："对不起。"

此时，常五开着车赶了过来。原来，吴乾早就想好了要将贺红衣悄然送去丽水，于是在方才的酒中放了安眠药。而温迎升是唯一知道吴乾这个计划的人，为了安全起见，他将常五留给了吴乾，让常五送贺红衣去丽水。

吴乾将贺红衣放到常五的车上，看着车子渐渐远去，心中暗暗想着——红衣，对不起，秦麒麟不会放过我，他翻遍整个上海找不到我，就会翻遍整个中国。我和谁在一起，就是害了谁！我只有这样做，才是真正保护了你。我死了不要紧，但你不能死，我活过这一场，值了。只要你活着，你能记着我，我就不算真正的死了，因为我就活在你的记忆里，活在你的生命里。

常五的车子消失在了黑夜的尽头，吴乾蹲在地上泣不成声，这一次他是真的与此生唯一心爱的女孩告别了……

黎明时分，吴乾回到家，抱着吴法天的牌位回到棚户区的街道上，环顾着破败不堪的屋舍，露出了释然又心酸的微笑。既然秦麒麟一定会找到他，那么他就在这片生养他的热土上等着他，在这里让一切结束。

吴乾坐在百佛墙前，掏出吴法天的牌位，愣愣地呢喃着："爹，我知道你一定舍不得新闸路，所以我把你留下来陪我，不过我猜很快我们就会见面了。"

这时，似乎有杂乱的脚步声由远而近。

吴乾挺直了腰背，慢慢回头，却顿时愣住了，他身后的人竟然是贺红衣、董大锤、吴潇潇和大锤妈！

"你们怎么……"吴乾不知所措。

吴潇潇扑上来，乱拳捶打吴乾，"哥！我就知道，你又打这个主意，骗我去了一次苏州，还想再骗我一次！你以为我还会上当吗？"

董大锤也不满地看着吴乾："有钱，船票已经被我撕了，你别想让我们走。"

"有钱，我老了，我在新闸路待了一辈子，我哪儿都不想去。"大锤妈慈爱地看着吴乾。

贺红衣走到吴乾身边，瞪着他说："吴乾，我说过，我不会再和你分开，你这次再让我走，就先杀了我。"

吴乾顿时流下了眼泪："你们真的太傻了。"

吴乾抱住贺红衣，吴潇潇、董大锤和大锤妈也围了上来，他又揽过所有人，大家终于抱在了一起。

突然，脚步声再次响起，众人回头，只见秦麒麟带着荷枪实弹的便衣队伍气势汹汹地逼近。吴乾和众人相视而笑，相互手挽手，坦然地大步向秦麒麟的方向走去……

不知是在明天，还是在梦里，温暖柔和的晨曦又唤醒了整个新闸路。

吴乾望着安静的棚户区，手放在嘴边，吹响了口哨。几个活泼的小孩子率先冲出家门，彼此追逐着，又笑又闹，从吴乾身边跑过去。吴乾爱怜地看着小孩子们跑远，再一回头，棚户区的街上已经热闹了起来。

面摊老板盛出一碗热腾腾的面，对吴乾招招手，示意吴乾来吃，吴乾笑着摇摇头。

几个年轻主妇在屋檐下坐着缝补衣服，吴乾对她们抛了个媚眼，她们顿时红脸了，捂着嘴笑了起来。

吴乾继续往前走，只见白毛拉着黄包车跑了过来："有钱，你快过去看看，你妹妹又和人打起来了！"

吴乾连忙顺着白毛指的方向走过去，果然看到吴潇潇追在几个男孩子屁股后面跑："敢惹姑奶奶，你们今天是活腻歪了!"

吴乾对吴潇潇吼道："潇潇，你给我住手，没个女孩子的样子!"

"哥，你别管我，我今天非教训他们不可!"吴潇潇不依不饶，继续追赶过去。

吴乾无奈地摇摇头，走到中药铺门外，董大锤端着菜招呼道："有钱，来吃饭啊!"

吴乾跟着董大锤进屋，却看到大锤妈画了一个夸张可怕的妆容，两人瞬间僵住。

花蝴蝶捂着嘴偷笑："你们来得正好，看看，大锤妈是不是漂亮多了?"

吴乾默默退后几步，离开了中药铺，恰好看到卫乘风走了过来。

"有钱，我转正了! 新的警服发下来了，你看，帅不帅?"卫乘风穿着正式巡捕的制服，脸上挂着真挚而热烈的笑容。

吴乾欣喜地瞪大眼睛，捶了卫乘风肩膀一下："可以呀兄弟! 改天借我试试啊!"

卫乘风点头道："没问题，我的就是你的。"

吴乾走到自家楼下，万金隆兴高采烈地等待着："吴乾，我有好消息告诉你，乔娜决定关掉砍刀帮了!"

吴乾点点头说："那就好好对人家，人家为你付出那么多，要珍惜。"

万金隆点头答应。

吴乾跨入家门，只见吴法天、阿狼、阿蛙和卫阿奶正在打牌。

此时，卫阿奶将面前的牌一推："和了。"

吴法天丢了几个钱在桌上，被卫阿奶一把抓住手腕："少了!"

吴法天撇撇嘴，又从兜里掏钱。

阿狼揶揄道："天叔，你还想蒙过阿奶，没门!"

阿蛙看到吴乾说："有钱，你回来了? 红衣在天台等你呢。"

吴乾连忙爬上天台，贺青舟正拿着剑比着戏曲中的招式，贺红衣在旁边赞赏地看。

"红衣!"吴乾呼唤道。

贺红衣转身飞奔到吴乾身边说:"我等你好久了,你怎么才回来!"

贺青舟拍拍吴乾的肩膀,微笑着先行离开。

吴乾猛地抱住贺红衣,将头埋在她的脖颈间,轻声道:"红衣,我回来了。"

贺红衣抱着吴乾,幸福地笑着。

吴乾猛然抬头,只见阳光刺眼,照得天空白茫茫一片,而泪水,不知何时已悄然滑落……

图书在版编目（CIP）数据

热血少年：全2册 / 汤祈岑，徐晓璐著. -- 北京：中国广播影视出版社，2020.1

ISBN 978-7-5043-8399-0

Ⅰ．①热… Ⅱ．①汤… ②徐… Ⅲ．①长篇小说－中国－当代 Ⅳ．①I247.5

中国版本图书馆CIP数据核字(2019)第274713号

热血少年：全2册

汤祈岑　徐晓璐　著

| | |
|---|---|
| 出 版 人 | 任道远 |
| 总 监 制 | 江　俊　杨阿里 |
| 图书策划 | 宋蕾佳 |
| 项目统筹 | 杨　柳 |
| 责任编辑 | 王　萱　宋蕾佳 |
| 特约编辑 | 葛　馨 |
| 封面设计 | 梦幻鱼 |
| 内文设计 | 张红涛 |
| 责任校对 | 张　哲　龚　晨 |

| | |
|---|---|
| 出版发行 | 中国广播影视出版社 |
| 电　　话 | 010-86093580　010-86093583 |
| 社　　址 | 北京市西城区真武庙二条9号 |
| 邮　　编 | 100045 |
| 网　　址 | www.crtp.com.cn |
| 电子信箱 | crtp8@sina.com |

| | |
|---|---|
| 经　　销 | 全国各地新华书店 |
| 印　　刷 | 北京凯德印刷有限责任公司 |

| | |
|---|---|
| 开　　本 | 880毫米×1230毫米　1/32 |
| 字　　数 | 837（千）字 |
| 印　　张 | 27.75 |
| 版　　次 | 2020年1月第1版　2020年1月第1次印刷 |

| | |
|---|---|
| 书　　号 | ISBN 978-7-5043-8399-0 |
| 定　　价 | 79.80元（全2册） |